CLEMENS BERGER

IM
JAHR
DES
PANDA

CLEMENS BERGER

IM JAHR DES PANDA

ROMAN

Luchterhand

Begräbt sie nur, ihr Toten, eure Toten!
Indes ihr noch die Leichenfackel hält,
Geschiehet schon, wie unser Herz geboten,
Bricht schon herein die neue beßre Welt.

HÖLDERLIN

Erster Teil

Der fünfundsiebzigste Tag

1

Wenn Pia die alten Scheine aus dem Automaten nahm und durch neue ersetzte, überkam sie jedes Mal ein Gefühl, das sie lieber für sich behielt. Eine Arbeit wie alle anderen, sagte sie, falls jemand mehr wissen wollte, bloß behaupteten das Totengräber und Henker wahrscheinlich auch, denen sie genauso wenig geglaubt hätte wie sich selbst.

Man musste glauben.

Das war die Hauptsache.

Man musste glauben, dass die Scheine, die Julian und sie in der Nationalbank in Empfang nahmen, den Kreislauf gewährleisteten, der Menschen versicherte, jederzeit abheben zu können – wenn es etwas abzuheben gab. Man musste glauben, dass die Bündel etwas wert waren, man damit so und so viel kaufen konnte, dass nicht besonders wertvolles Papier tatsächlich gegen Nahrung, Kleidung, Reisen, Gefühle und weiß der Teufel was noch eingetauscht werden konnte.

Der Teufel wusste es: Gegen alles; vor allem gegen Menschen.

Man musste glauben, dass die Scheine überall verstanden wurden, man sie anderswo in andere übersetzen konnte, um anderswo mehr oder weniger oder in etwa gleich viel dafür zu bekommen. Man musste glauben, dass man mit vielen großen Scheinen viel bewegen, ein sorgenfreieres Leben führen konnte. Man musste dem Schein seinen Schein abnehmen, die Zahl, die auf ihn gedruckt war und in der Welt etwas bedeutete. Man musste glauben, dass man es glaubte.

Es war Nacht, wenn Pia in blaugrauer Uniform aus dem Auto stieg, sich kurz umsah und das Foyer einer Bank betrat. Julian saß hinter dem Steuer, blickte abwechselnd in den Rück- und in die Seitenspiegel, seit anderthalb Monaten trug er eine Waffe, die er selbst hatte anschaffen müssen. Es war angenehm, wenn niemand da war, es war unangenehm, wenn sie Menschen bitten musste, einen Augenblick auf der Straße zu warten – vor allem an Wochenenden, wenn manche grausam betrunken waren und in ihr die große Spielverderberin erkennen wollten. Sie sperrte das Foyer ab, öffnete einen Automaten nach dem nächsten, nahm den Zählerstand ab, die alten Scheine aus den Kassetten und fütterte sie mit neuen, die genauso frisch und glatt wie die alten waren.

Das Frösteln, das Erschaudern, das Ziehen in der Brust, wenn sie mit den gebündelten Scheinen hantierte, und gleichzeitig die sengende Wärme in ihrem Kopf, das Pochen an den Schläfen, die Ruhe des Blutes, das unabstellbare Kribbeln. Das war, wie ihr Körper auf die vielen Scheine und die damit verbundenen Möglichkeiten reagierte. Etwas tief in ihr reagierte anders.

Und zwar mit Hoffnung.

Pia schämte sich, als sie Julian ein Zeichen gab, weil sie im selben Moment erkannte, wie harmlos der Mann war. Er lag auf dem Boden in einer Ecke, in einen langen schwarzen Filzmantel gehüllt, eine pralle Tragetasche aus Plastik unter dem Kopf, eine zweite lehnte an der Wand. Langsam hob er seinen Kopf und sah sie mit offenem Mund und toten Augen an. Der Mann war unrasiert, sein struppiger Bart grau, zuallererst waren ihr die langen Nägel und der Schorf im Gesicht aufgefallen. Sie hätte nicht sagen können, wie alt er war. Er hätte siebzig, aber auch fünfzig sein können. Er hatte sich zur Hälfte aufgerichtet und blickte sie ängstlich an.

»Bleiben Sie liegen. Aber drehen Sie sich zur Seite.«

Pia wusste, das war falsch. Sie wusste, sie durfte das nicht tun. So etwas hatte sie noch nie getan, höchstwahrscheinlich gab es eine Verordnung oder ein Gesetz, das in Bankfoyers zu schlafen untersagte. Sie blickte zu den Kameras, als wollte sie sich entschuldigen. Bloß wofür? Sie wandte sich abermals den Automaten zu. Von dem Mann, der sich folgsam zur Wand gedreht hatte, ging keine Bedrohung aus. Aber wenn man sie sah und bemerkte, dass sie ihn nicht aus dem Foyer vertrieb, bekäme sie Probleme, harmlos hin oder her. Sie konnte keine Probleme gebrauchen, ihr Leben war problematisch genug, bisweilen war ihr, als könnte sie jeden Augenblick platzen. Vier Automaten benötigten frische Banknoten, Pia durfte nicht trödeln, ihr Zeitplan war straff und wurde in Echtzeit überwacht. Was war das schon wieder, Echtzeit? Als gäbe es eine andere.

Es war eine Schande, und es war das Wort »Schande«, das Runden in ihrem Kopf drehte, während sie die Automaten entleerte und wieder befüllte und bereit zur Ausgabe machte. Sollte er sich sträuben, könnte sie ihn entfernen oder entfernen lassen. Es lag in ihren Händen. Er lag in ihren Händen. Sie war angehalten, ihn zu entfernen oder entfernen zu lassen. Stattdessen hatte sie sich mit ihm im Foyer eingesperrt. Er atmete tief, sie spürte ihn im Rücken, von der Ecke breitete sich ein unangenehmer Geruch aus.

Und da, in ihren Händen, war all dieses Geld. Das eigentlich niemandem gehörte.

»Natürlich gehört es jemandem.«

»Ach ja?«

»Der Bank zum Beispiel?«

»Scheiß auf die Bank! Woher hat denn die das Geld?«

»Von denen, die es ihr anvertrauen?«

»Von sich selbst! Von der Notenpresse!«

»Ach ja?«

Bravo, Julian, bravo, bravo, bravo! Pia klatschte dreimal, Julian stellte die Musik lauter. Immer schön kühl bleiben, nüchtern, unbewegt. Immer alles so sehen, als könnte man nichts tun, als wäre die Welt, wie sie war, und Ende der Durchsage. Keine Regungen zeigen, die Zähne aufeinanderbeißen, die Augen verdrehen, die Backen blähen, tief einatmen, tief ausatmen. Großartig, wirklich. »Take it easy«, sagte er dann, »easy, baby«, das »easy« in die Länge gezogen, iiiiiisiiiii, tief, beruhigend, als beruhigte sie das. Im Gegenteil, es regte sie nur noch mehr auf, und gerade deshalb verkniff sich Pia, was sie sagen wollte.

Entgegen seiner Gewohnheit hatte Julian beide Hände auf dem Lenkrad. Er blickte geradeaus, auf einmal tat er so, als wäre er hoch konzentriert und müsste der Müdigkeit ein Schnippchen schlagen. Üblicherweise hatte er seine Rechte auf ihrem linken Oberschenkel, bisweilen auch anderswo – so hatte alles begonnen, von einer Nacht auf den nächsten Morgen, als sie vor jeder roten Ampel gierig geknutscht und einander berührt hatten. Wie hätte es auch anders kommen können, hatte Julian unlängst gesagt, was sie ihm immer noch verübelte, obwohl er es wieder nur so dahingesagt haben wollte – Nacht, Geld, Gefahr, ein junger Mann, eine junge Frau, stundenlang gemeinsam in einem gepanzerten Wagen.

Das war im Herbst gewesen, die Blätter hatten gelb und rot geleuchtet, die Sonne war hoch am Himmel gestanden und von Tag zu Tag schwächer geworden. Julian hatte Pia an der Hand genommen, sie waren durch die Stadt gewandert, an Weinhängen entlangspaziert, über die Höhenstraße gefahren, hatten sich in Häuser und Gärten und neue Existenzen hineinfabuliert, in dunklen Vorstadtspelunken mit derselben Aufregung wie in zu teuren Restaurants Platz genommen und sich wie Abenteurer gefühlt, die ständig Neues entdeckten. Sie hatten viel gelacht, in Pias Erinnerung beinahe ununterbrochen miteinander geschlafen, sie hatten halbe Tage im Bett verbracht, waren auf die Straße gegangen, um Essen und Wein aufzutreiben, nur um wenige Stunden später wieder im Bett zu landen. Sie hatten einander so viel zu erzählen und so viel zu verschweigen.

Aber jetzt war Mai.

Und alles hätte anders sein können. Alles könnte, wenn es nach Pia ging, immer anders sein. Sollte anders sein. Manchmal dachte sie, nur um den Gedanken gleich darauf wieder zu verscheuchen, Julian mangle es an Phantasie.

Fassaden zogen vorbei, Häuserzeilen im Dunklen, hinter wenigen Fenstern war Licht, junge dunkle Männer zogen Wägelchen hinter sich her und sperrten Haustore auf, um Tageszeitungen auf Fußabstreifer vor Wohnungstüren zu legen. Schilder und Reklametafeln leuchteten, riesige Lettern warben für oder behaupteten etwas, Taxis mit gelben Lichtern glitten vorbei, hin und wieder wankte jemand nach Hause oder wohin auch immer. Routine hin oder her, ein Job wie jeder andere oder nicht – noch immer stellten sie sich vor, wie es wäre, überfallen zu werden, wie sie reagieren würden. Natürlich war es geübt worden, aber die Wirklichkeit war immer anders.

Die ersten Bäckereien waren erleuchtet, Pia hatte den Geruch von früher in der Nase, wenn sie nach einer langen Nacht hinter der Bar nach Hause gegangen war. Ein paar Menschen trotteten zur Frühschicht, der Tag begann, ihre Runde war beinahe beendet, als sie Julians Hand auf ihrem Oberschenkel spürte.

»Should I take it easy, baby?«

»War nicht bös gemeint. Aber du bist nicht schuld daran. Ich übrigens auch nicht.«

»Aber –«

»Halt die Fresse.«

»So?«

Sie fixierte ihr Kinn zwischen beiden Händen, presste die Finger gegen die Wangen, die Lippen wurden zu einem dicken Kussmund. Julian drehte sich zu Pia, packte sie am Hinterkopf und küsste sie. Die Ampel war auf Rot.

2

Seinen Berechnungen zufolge war Kasimir Ab im August des Jahres 1960 in Apulien gezeugt worden.

Er nahm an, dass es zwischen Mitte und Ende des Monats in einem niedrigen Doppelbett in der Mitte eines Durchgangszimmers geschehen war, nachdem seine Eltern voller Sonne und Salz vom Strand zurückgekehrt waren. Natürlich konnte er genauso wenig ausschließen, dass sie eines Nachts auf dem Strand übereinander hergefallen waren, nachdem sie in einem kleinen Innenhof bei Kerzenlicht gegessen und getrunken hatten. Es konnte auch die Sonne gewesen sein, die seinen Vater oder seine Mutter aus dem Schlaf gekitzelt und im hellen Morgenlicht die Hand zur Seite hatte wandern lassen. Vielleicht waren sie nach einem langen Tag einfach zu Bett gegangen und hatten getan, was ein Mann und eine Frau üblicherweise taten, bevor sie einschliefen.

Kasimir saß vor einem Café und betrachtete die alten Fotos seiner Mutter, während er versuchte, die beiden Säufer auf der anderen Straßenseite zu ignorieren.

Das Bett, in dem Kasimir vermutlich gezeugt worden war, stand in einem hellen, schnörkellosen Raum, über dem sich eine kreuzförmige Decke wölbte. Der Verputz bröckelte, in der Mitte hing eine Glühbirne in einer einfachen schwarzen Fassung, hoch oben hinter dem Bett war ein Fenster in die Wand gelassen, dessen Läden seine Eltern mit einem Stock öffnen und schließen konnten. Geradeaus blickten sie durch ein Fenster auf einen steinernen Brunnen, Wäscheleinen waren von den Ästen eines Baumes zu den Ästen eines anderen gespannt, Kasimir sah eine weiße Unterhose und einen schwarzen Slip neben einem roten Handtuch sanft vom Wind bewegt werden, als er sich nicht länger vorgaukeln konnte, die beiden nicht zu bemerken.

Sie stießen auf ihn auf.

Er hatte es geahnt. Die Säufer auf der Bank gegenüber, von denen er sich seit Minuten beim Essen beobachtet fühlte, wünschten ihn in ihre Mitte. Natürlich war die Kleinigkeit, die er zu sich nahm, keine Kleinigkeit für die beiden Männer auf der gegenüberliegenden Straßenseite, die mit roten Gesichtern und weiß Gott wann zuletzt gewaschenem Haar allem – und vor allem sich selbst – lange Nasen drehten. Die rotblau geäderte Knollennase des Linken drohte jeden Moment zu platzen, Kasimir Ab wollte sich nicht ausmalen, was er sich trotzdem ausmalen musste, Eiter, Blut, viel Blut, das aus einem berstenden Stumpf spritzte, zerfetzte Haut, die eine dünne Wand ungeschützt im Freien ließe, Nasenscheide, Augenweide, Tatortkreide. Der Rechte schob unermüdlich eine speckige, schief sitzende Schirmmütze auf seinem Kopf hin und her.

Sie tranken Wein aus dem Tetrapack, zwischen ihnen stand eine Flasche Fusel, sie unterhielten sich lautstark und unverständlich, ehe sie kurz innehielten und Menschen hinterherblickten, die sich zweifelhafter Kommentare sicher sein konnten. Sie sahen den anderen beim Leben zu.

Die anderen schienen allerdings weniger interessant zu sein als er, der manierlich seinen Salat aß und mit feinen dunkelblauen Handschuhen eine kleine Schale weißen Tees an seine Lippen führte. Ihm war, als sprächen sie über ihn, als suchten sie Kontakt, als meinten sie, in ihm den verlorengeglaubten Ausreißer aus ihrer Bande erkannt zu haben. Sie klopften einander auf die Schultern, winkten ihm zu, er hörte Gelächter, ein Spatz landete vor ihm auf dem Tisch und begann unverzüglich nach Brotkrümeln zu picken. Auf einmal hielten sie Bierflaschen in die Höhe und prosteten ihm zu.

Nein, eben nicht.

Sie stoßen auf mich auf, dachte er. Sie können Bierflaschen herbeizaubern, mit denen sie mich ködern wollen. Dachte er das für sich oder formulierte er seine Gedanken bereits für Frau Dr. König, die er bei sich längst Mirjam nannte? Es war nicht Hohn, was ihn in der Mittagspause vor einem kleinen Lokal traf; die beiden schienen etwas Verwandtes in ihm zu berühren, auf den schmalen Grat zwischen ihnen und ihm hinzuweisen. Da drüben hatte genauso gut *er* sitzen können.

Aber Kasimir Ab saß nicht da drüben, hatte sich das Hirn nicht aus dem Kopf gesoffen, trank keinen Wein aus dem Tetrapack und keinen Fusel, während er den anderen beim Leben zusah. Er hätte in diesem Augenblick Hans anrufen, sich zum Flughafen fahren lassen und fliegen können, wohin und für wie lange er wollte. Er hätte zum nächsten Luxuswagenhändler gehen und seinem Chauffeur einen Ferrari kaufen können. Geld spielte keine Rolle in seinem Leben, spielte sie nicht mehr, lange nicht mehr. Es sah auch nicht danach aus, als würde sich das bis zu seinem Tod ändern. Im Gegenteil: Er wurde immer reicher.

Er hatte nichts Böses an der Börse getan, gegen keine Währungen spekuliert, war nicht mit der Ausbeutung armer Menschen in der dritten, vierten, fünften, weiß der Teufel wievielten Welt reich geworden. Er lebte nicht von der Arbeit und Zeit anderer (ja, gut, aber nur sehr indirekt), hatte nichts geerbt, keinen Betrieb übernommen – er hatte einfach nur gemalt.

Er bediente keine Nachfrage. Er hatte ein Angebot, für das es eine Nachfrage gab. Wäre die Welt ärmer ohne seine Malerei, wäre sie anders? Ein Gedanke, zu dem Mirjam, also Frau Dr. König, die das Wort *Malerei* aus seinem Mund, bezogen auf seine *Arbeit* »abwertend« nannte, ihn bisweilen zu drängen schien, ein Gedanke, der ihm schmeichelte und den er selbst gern ausbreitete. Wenn man ehrlich war, wäre die Welt ohne Botticelli oder Pollock nicht besser oder schlechter; ärmer vielleicht, eintöniger bestimmt. Alles in allem wäre sie, wie sie war. Das waren Spitzfindigkeiten für wenige, von denen sich noch weniger tatsächlich von Kunst berühren ließen. Er produzierte etwas, das niemand brauchte und trotzdem so teuer war, dass er nachts bisweilen aufschreckte und sich fragte, was es auf sich habe mit ihm.

Einer der Säufer erhob sich schnaufend, Kasimir, der sein Leben lang vermieden hatte, Mitglied einer Bande zu sein, blickte stirnrunzelnd auf sein Mobiltelefon und betrachtete die Fotos seiner Mutter, als hinge davon sein weiteres Schicksal ab. Der Mensch überquerte die Straße, schon stand er vor ihm.

»Meister, hast Zigaretten? Bitte höflichst. Wir sind Penner.«

Penner? Sagte man das in Wien? Und warum nannte er ihn Meister?

»Das ist nicht lustig. Gibt's nichts zu lachen.«

»Ich habe nicht gelacht. Wie viel kosten Zigaretten?«

»Vier Euro. Vier bis fünf.«

Kasimir Ab griff in seine Hosentasche und schämte sich im selben Augenblick, in dem er die Geldspange herauszog, die ausschließlich große Scheine und viele davon umklammerte. In letzter Zeit geriet er zunehmend in ähnliche Situationen. Immer mehr Bettler zogen ihre Runden, gesund und auf Krücken, verwahrlost und wohlgenährt, von sieben bis siebenundsiebzig, immer mehr Menschen verkauften seltsame Zeitungen, an deren Verkauf sie ein wenig verdienten, an jeder Ecke hielt einer die Hand auf, vor jedem Supermarkteingang fragte eine um Kleingeld, vor jedem Zebrastreifen bat jemand um Gehör für ein Begehr. Und sprang auf einer großen Straße die Ampel auf Rot, sprang gleichzeitig ein Knabe oder eine junge Frau mit Baby oder Babyattrappe auf die Straße, klopfte an die Fensterscheibe und bot sie zu putzen an.

Der Penner blickte zuerst auf die Spange, dann auf Kasimirs Handschuhe, ehe er in seinem Gesicht zu forschen begann.

»Was machst du, Meister, wenn ich fragen darf?«

»Ich fresse kleine Kinder. Und manchmal Penner. Sagt man das in Wien, Penner?«

»Wir sind ja Penner.«

»Sie sehen aber nicht sonderlich müde aus.«

Kasimir nahm einen Fünfzigeuroschein, hielt ihn dem Ungläubigen entgegen, der ihn an sich nahm und langsam zwischen schmutzigen, klobigen Fingern drehte, wobei sein halboffener Mund böse dezimierte Zahnreihen offenbarte. Unter den Fingernägeln war viel Schwarz – und *Trauerrand* ein schönes Wort. Trauer hatte einen schwarzen Rand, der sich immer weiter ausdehnte.

»Wissen Sie, wie man in Spanien zum Fünfhunderter sagt?«

Der Penner nickte bedächtig, allerdings eher dem Schein zu, den er immer noch in seinen Lederhänden drehte, als könnte er sich jeden Moment auflösen, bevor er ihn fragend ansah.

»Bin Laden. Jeder redet von ihm, keiner hat ihn gesehen.«

Der Penner kratzte sich am Hinterkopf, versuchte zu lächeln, streckte den Rücken durch und blickte Kasimir unverwandt an.

»Danke, Meister. Gott schütze dich.«

»Gott?«

»Wer sonst?«

Und mit diesem »Wer sonst?« tippte er keck an seine Schläfe, salutierte zackig, sog durch die Nase Luft in seine Lungen, die Knolle schwoll an und wieder ab, er drehte sich um, beschleunigte seinen Schritt und blieb erst vor seinem Kompagnon wieder stehen. Während er mit dem Daumen über den Rücken lebhaft in Richtung Geldspange wies, redete er auf seinen Kumpel ein, der dem Meister übertrieben freundlich zuzuwinken begann. Kasimir Ab rief die Kellnerin. Er wollte nicht abwarten, dass aus Dankbarkeit noch einmal und inbrünstiger auf ihn aufgestoßen würde.

3

Es war seltsam, mit Klopapier durch die Stadt zu gehen. Pia vermied es, Entgegenkommenden in die Augen zu blicken. Sie hatte eine Tragetasche in ihrer Linken und zehn in Cellophan verpackte Klopapierrollen in ihrer Rechten. Ganz schön was vor, mochte man denken. Dachte sie zumindest bei jungen Männern, die schwere Bierkisten aus Supermärkten schleppten.

Pia fragte sich, wie viele Hundert Meter, wenn nicht Kilometer ausgerollten Papiers das seien, bis sie laut lachen musste und sich vornahm, es stolz durch die Stadt zu tragen. Gleichzeitig fiel ihr ein, wie selten sie Menschen mit Klopapier auf der Straße oder in öffentlichen Verkehrsmitteln sah. Die Menschen versteckten das Klopapier. Sie taten, als kauften sie keines. Wahrscheinlich zogen deshalb so viele Einkaufswägelchen hinter sich her.

Als sie wieder aufsah, bemerkte sie, dass niemand sie ansah. Allerdings sahen viele aus, als verdammten sie die öffentliche Sichtbarkeit von Klopapier, als wäre es unstatthaft, die Menschen an das Große Geschäft zu erinnern. Es gab Menschen, die mit dem Verkauf von Klopapier reich wurden. Darüber sollte man eine Dokumentation drehen! Pia liebte Dokumentarfilme, wann immer sie Zeit hatte, ließ sie sich in die Geschichte, in ferne Länder, ins Weltall oder zu exotischen Tieren entführen. Seit gestern wusste sie mehr über Google, vorgestern hatte sie sich die größten Containerschiffe der Welt erklären lassen, vorvorgestern Bekanntschaft mit der ersten Pharaonin geschlossen, Hatschepsut hatte sich bisweilen als Mann ausgegeben. Seit wann gab es Klopapier? Wo war es zuerst aufgetaucht? Wer war der König der Lagen? Sie würde später nachschauen – und Julian gelangweilt abwinken.

Vor einer Buchhandlung lagen verbilligte Bücher auf einem Tisch, Pia trat näher. *1000 Orte, die Sie sehen müssen, bevor Sie sterben.* Das Buch war vergünstigt, Pia schlug es auf. Schöne Landschaften, aufregende Städte, atemberaubende Ausblicke. Jede Landschaft, jede Stadtansicht, jede Schlucht und jeder Strand eine Werbung. Neben ihr schmökerte ein älterer Mann in einem Taschenbuch, wobei unschwer zu erkennen war, dass er nur so tat. Er schielte ständig nach ihr.

»Stört Sie das?«

Pia schwenkte die Klopapierrollen in ihrer Rechten.

»Unangenehm? Unanständig?«

Der Mann schüttelte den Kopf, legte das Taschenbuch zurück und ging brummelnd weiter, als hätte er sich vor einer Verrückten in Sicherheit zu bringen. Die Verrückte war keineswegs verrückt. Sie hatte eine stinknormale Frage gestellt. Pia blickte dem Mann hinterher, der immer noch seinen Kopf schüttelte.

Wahrscheinlich bevorzugten der Mann und seine Frau Klopapier mit Kamillengeruch. Schön weich und sanft. Die Welt war weder weich noch sanft, Verrückte lauerten überall. Außerdem konnten Weich und Sanft unerwartete Überraschungen bereithalten. Unlängst hatte sie in einer U-Bahn-Zeitung von der großen Verwunderung des Mannes XY gelesen, der Klopapierrollen aus dem Cellophan geholt habe und plötzlich aus einer Rolle von zwei kleinen Augen angeblickt worden sei. Zum Glück hatte der Mann alles mit seinem Mobiltelefon fotografiert und somit Pia den verängstigten Siebenschläfer sehen lassen, der in einer Kartonröhre gesteckt war.

Pia würde das Buch nicht kaufen. Es war eine Gemeinheit. Als wäre man kein vollwertiger Mensch, wenn man diese Orte vor seinem Tod nicht gesehen hatte. Man musste reich sein, um die Orte zu sehen, die man vor seinem Tod gesehen haben musste. Selbst wenn es nur hundert Orte gewesen wären. Der Titel brachte sie auf die Palme, sie sah sich mit einer Kokosnuss zwischen den Zweigen sitzen und auf Dummköpfe werfen, die dergleichen schrieben. Sie würde das Buch aus dem Verkehr ziehen. Pia blickte sich unauffällig um und beugte sich über den Tisch, als sähe sie ein anderes Buch genauer an. Es war gelb.

Vor dem Haus des Meeres blieb sie stehen. Es standen sehr viele Menschen davor, vielleicht war es einer der Orte des Buches, das neben Zahnpasta, Gemüse und Nudeln in ihrer Einkaufstasche lag. Die meisten standen nicht wie üblich in Schlangen vor dem Eingang, sondern blickten auf die Fassade des Flakturms, wiesen einander auf die Feuerleiter an der rechten Seite hin, fotografierten und tuschelten aufgeregt. In etwa vier Metern Höhe, über den Köpfen der Schaulustigen, war auf dem graubraunen Beton ein riesiger dunkelroter Fünfhunderteuroschein zu sehen.

Pia lachte – und wusste nicht, warum. Sie fand den auf die Wand gesprühten Schein wunderbar – und wusste nicht, warum. Sie hielt das Ungetüm für erleichternd – und wusste nicht, warum. Üblicherweise wusste sie aber gern, warum etwas etwas in ihr bewirkte.

Am Rande der Zusammenrottung standen eine junge Polizistin und ein junger Polizist. Pia fragte sich, warum junge Polizistinnen immer blond waren. Vielleicht hatte sie Unrecht, und es war ihr Blick, dem blonde Polizistinnen besonders auffielen. Jedenfalls passte das Blond ausgezeichnet zum Dunkelblau der Uniform. Die Polizistin fotografierte den falschen Schein mit ihrem Mobiltelefon, während sie etwas in ihr Funkgerät murmelte, der Polizist sprach mit einem aufgebrachten Mann, der beim Reden unentwegt mit den Schultern zuckte und sein Gegenüber anstarrte, als wollte er es auf den Boden nageln.

Das Rot ließ Pia an Blut denken. Es war nicht die richtige Farbe, der Schein war in Wirklichkeit heller, violett oder lila. Sie konnte sich nicht erinnern, wann sie zum letzten Mal einen gesehen – und ob sie überhaupt jemals einen in ihren Händen gehalten hatte. In die Automaten kamen sie jedenfalls nicht. So viel konnte man nicht auf einmal abheben.

»Wer macht denn so was?«, fragte der Aufgebrachte den Polizisten, der die Backen blähte, um seine Ratlosigkeit zu unterstreichen. Allerdings fragte der Aufgebrachte nicht, er schrie beinahe, sein Gesicht war gefährlich gerötet. »Was soll denn das«, rief er, wieder war es keine Frage, »was soll denn das, zum Kuckuck!« Pia zückte ihr Mobiltelefon, fotografierte den riesigen Schein und schickte das Foto Julian. Etwas stimmte nicht.

Im Nähertreten entdeckte sie einen Hund und musste so laut lachen, dass man sich nach ihr umdrehte. Der Polizist blickte sie vorwurfsvoll an; wahrscheinlich wollte er verhindern, was nicht zu verhindern war. Der Aufgebrachte drehte sich um, wollte in Pias Richtung, die Polizistin berührte ihn sanft, aber mit Nachdruck an der Schulter. Er blieb stehen. Sein Gesicht war hochrot, Pia fürchtete, er möge einen Herzinfarkt erleiden. Herzkasperl, dachte sie, gutes Wort.

»Was gibt's da zu lachen?«

»Sieht besser aus, so«, sagte Pia und ging weiter. Das Klopapier in ihrer Rechten federte mit jedem Schritt, sie fragte sich, ob sie dem Aufgebrachten eine Rolle anbieten solle. Ich würde Ihnen gern eine Rolle anbieten. Nein, nicht in meinem neuen Dokumentarfilm.

Im Weggehen drehte sie sich noch einmal um. Ihr fiel ein, wie oft ihre Mutter sie in das Haus des Meeres geschleppt hatte, obwohl *geschleppt* gemein war. Pia erinnerte sich bloß an ein vages Gefühl der Freude unter all den Tieren, an ein Entzücken und Schauen und Hören, an Lächeln und Japsen und Luftanhalten. Menschen schienen gern an diesen Orten zu sein, an denen etwas ihre Augen leuchten und ihre Münder offenstehen ließ. Vielleicht bewachte der Hund die Tiere des Meeres.

Kurz vor Julians Wohnung hatte sie sich daran erinnert, dass es Samstag und er auf dem Weg ins Stadion war. Sie war mit dem Klopapier durch die halbe Stadt spaziert. Es handelte sich um die günstigste Marke. Sogar beim Scheißen musste sie aufs Geld schauen.

Julian war nicht auf ihr Foto eingegangen, stattdessen hatte er ihr eines aus der U-Bahn geschickt, über das sie den Kopf geschüttelt hatte. Pia verstand nicht, wie sich ein erwachsener Mann einen grünweißen Schal umbinden und in eine U-Bahn steigen konnte, in der es vor grünweißen Schals, Trikots, Fahnen und Mützen nur so wimmelte. Aber Menschen mit Klopapier in der Hand sah man seltsam an. Wenn sie ehrlich war, hatte sie Julian in dieser Verkleidung schon beim ersten Mal lächerlich gefunden. Er war Teil einer befremdlichen Masse geworden. Sie hatte sich ein wenig für ihn geschämt.

Zu Hause saß Pia in Shorts und Leibchen auf ihrer Couch, die Laufschuhe an den Füßen. Sie hatte eine Fotostrecke vom Haus des Meeres entdeckt, den Artikel dazu konnte man kaum Artikel nennen. Abgesehen davon, dass das Graffito in der Nacht von Freitag auf Samstag angebracht worden sein musste, erfuhr sie nichts Neues. Neben dem Artikel konnte man abstimmen, ob der Fünfhunderteuroschein an der Wand des Flakturms Kunst oder Vandalismus sei. Diejenigen, die ihn für Vandalismus hielten, waren zu zwei Dritteln in der Mehrheit. Pia klickte *Kunst* an, obwohl es lächerlich war. Als ob ihre Meinung zu irgendetwas zählte. Vor dem Haus des Meeres wäre sie nie auf Kunst gekommen.

2,9e+11 hatte der Rechner ihres Mobiltelefons ausgespuckt, wie viel auch immer das war, für Pia war es eine unvorstellbare Zahl. Sie lief durch den Schlosspark von Schönbrunn, der Kiesel knirschte unter ihren Sohlen. Sie sah den riesigen dunkelroten Schein über den Köpfen der Menschen, sie sah den Aufgebrachten, dem sie eine Rolle hätte anbieten sollen und der höchstwahrscheinlich andere im Netz von der Ungeheuerlichkeit dieser Tat zu überzeugen suchte, sie sah die Scheine, von denen es 580 Millionen gab.

Üblicherweise dauerte es zwanzig bis dreißig Minuten, ehe sie im Moment angekommen war und das Tempo erhöhte. Dann verzogen sich ihre Gedanken, jagten einander nicht mehr im Kopf, führten nicht länger von einem zum nächsten. Sie wurde ruhiger, die Schritte, der Atem, die Stille, die wunderbare Leere, die keine Leere war, sondern alles anders in sich aufnahm. Sie schwitzte, ihr klatschnasses Leibchen klebte an ihrem Körper, sie ging an ihre Grenzen.

Dann endlich nichts mehr, nur noch ihr Atem, der Kiesel, die Bäume und Vögel, die Sonnenstrahlen, die durch die Blätter drangen. Hinter ihrem Rücken lachten Kinder über Pinguine, beobachteten Löwen und Tiger, wurden Eisbären gefüttert und Elefanten bestaunt, streuten Tierpfleger Bambus vor Pandas und sprachen mit sanften Stimmen zu Giraffen. An manchen Tagen hörte Pia die Wölfe heulen.

Ihr Kopf war warm, der Schweiß troff aus allen Poren, als sie um eine Ecke bog, kam ihr ein großer Schwarzer entgegengelaufen. Trotz der Wärme trug er einen Kapuzenpullover, die Kapuze über dem Kopf – beim Anziehen dürfte der Pullover blau gewesen sein, jetzt war er dunkelgrau. Er lächelte sie an, sie lächelte zurück, auf einmal hörte sie einen dumpfen Knall.

»Fuck.«

Pia drehte sich um, der Mann lag auf dem Boden und hielt sich den Kopf. Sie trabte zurück, er wollte aufstehen, der Schmerz zwang ihn in die Hocke zurück. Mit beiden Händen massierte er seine aufgekratzte Stirn, hielt die Hände vor die Augen und blickte sie kopfschüttelnd durch die gespreizten Finger an.

»Oh my God. This is so embarrassing.«

Er lachte und schüttelte den Kopf. Er sah sie wie ein kleiner Junge an, der auf frischer Tat bei einer Dummheit ertappt worden war. Der Baum, an dem er nie mehr unbeteiligt vorbeilaufen würde, bewegte sich nicht. Der Mann rappelte sich auf, stand verlegen vor ihr, sie trippelte im Stehen.

»Sie sind schuld.«

»Verklagen Sie mich.«

Bevor er nach der Zustelladresse für die Klageschrift fragen konnte, wünschte Pia seinem Kopf alles Gute, drehte sich um und lief weiter. Sie bemerkte, dass sie lächelte.

4

Sophie hatte die Farben gemischt, um die Kasimir vor der Mittagspause gebeten hatte, Antoine war zur Druckerei gefahren, um die limitierte Luxusausgabe eines neuen Bildbandes abzuholen, der Kaffee duftete, Passalacqua, aus Neapel, in seinem Atelier duldete er keinen anderen. Er sah die Spaccanapoli, er stand auf dem Vomero, er wartete unter den Extremgläubigen im Dom auf das Blutwunder des Heiligen Gennaro, er küsste Martha und sah den dreißigjährigen Kasimir in die Sonne blinzeln, wann immer er den Kaffee roch. Er sah auch die schlaflosen Nächte, die angsterfüllten Tage, seine brüchige Welt, der er im Süden zu entfliehen versucht hatte, während sein Gehirn rund um die Uhr mit der Frage beschäftigt war, ob er verrückt werde oder bereits verrückt sei. Er bat Sophie, auf die Terrasse zu kommen. Die Leinwände konnten warten.

Es war Mitte Mai, es war warm, Kasimir liebte die Sonne und die Wärme, auch wenn er jene allzu oft bloß durch die Glasfront zu sehen bekam. Er legte sich auf eine Liege am Pool und bat Sophie, sich ihm gegenüber hinzulegen.

»Was hältst du von mir?«

Sophie setzte sich auf, schob ihre Sonnenbrille auf den Kopf und lachte.

»Wie meinst du das?«

»Wie ich's gesagt habe.«

»Ich bewundere dich.«

Sie blickte sich um, ihr Kopf deutete einen Kreis über die riesige Terrasse an, über Blumen, Pflanzen, Sträucher und Gewürzstauden, über den Pool, das Gras ringsum, den Holzboden und den Rasen, über den Tisch, die Stühle, die Hängematte, bevor er einen weiteren Kreis über das Atelier – und allgemeiner: über das Haus – andeutete.

»Hab ich mich verkauft?«

»Bist du verrückt?«

»Sei ehrlich.«

»Du *lässt* deine Werke verkaufen.«

Kasimir setzte sich auf, winkte sie heran, Sophie tat, als schliche sie sich auf Zehenspitzen an. Er schloss sie in die Arme, sie strich ihm über den Kopf, er spürte ihre Brüste unter seinem Hals.

»Du hast dein Ding durchgezogen. Meine Kollegen denken Tag und Nacht darüber nach, was irgendwelchen Sammlern gefallen könnte.«

»Lass uns um die Wette schwimmen. Sechs Längen, dann geht's ab an die Ar– «

»Wolltest du Arbeit sagen?«

»Na ja, für dich.« Er lachte. »Der Verlierer schreibt ein Gedicht und liest es beim nächsten Rambazamba vor.«

»Mein Bikini ist in der Wäsche.«

»Ich verzichte auf meine Badehose. Keine Angst. Aber bitte auch keine Vorfreude.«

Sophie erhob sich, zeigte ihm den Vogel, knöpfte ihre Jeans auf, streifte sie ab, bevor sie sich das blaue Leibchen über den Kopf zog. »Komm schon«, rief sie, »alter Spanner«, Kasimir zeigte Sophie den Vogel, stand auf, ließ Hose und Unterhose auf einmal hinunter und knöpfte sein Hemd auf. Während Sophie unter der Dusche stand, die Arme blau, rot, grün tätowiert, stachelige Muster, sich windende Ranken, Worte in Schreibschrift, rotschwarze Sterne am Halsanfang, war ihm, als wäre er einer der wenigen Verbliebenen, die sich keine Tinte in die Haut hatten stechen lassen. Vielleicht sollte er sich Dürers Hände auf den Rücken tätowieren lassen und als ironisches Zitat ausgeben. Vielleicht sollte er sich *Trauerrand* auf die Fingerknöchel tätowieren lassen. Er zählte nach. Bingo! Dieses Gehirn müsste man einmal gesondert begraben.

Erstaunlich, was Sophie alles auf ihrer Haut trug; das meiste kannte er aus ihren Pausen, wenn er vor den Leinwänden stand und sie im roten Bikini Längen schwamm. Antoine neckte sie dann bisweilen, aber das war unverfänglich, man wusste nach den ersten paar Worten aus seinem Mund, dass er sich nicht für Frauen interessierte. Kasimir genoss durchaus, wie Antoine ihn bisweilen ansah, es war, ja, Mirjam, auch schmeichelnd, von jemandem begehrt zu werden, der nicht infrage kam. Sophie stand am Beckenrand, streckte und reckte sich, als wärmte die Titelverteidigerin vor dem Finale der Weltmeisterschaft auf.

»Brust oder Kraul?«

Kasimir musterte sie von unten nach oben, hielt seinen Blick kurz auf ihren verzierten oder verunstalteten Brüsten und lächelte.

»Beim Kraulen wäre ich im Nachteil.« Mit dreißig hätte er seine Seele für Sophie verkauft. »Verziert.«

»Was?«

Er winkte ab, stellte sich neben sie, begann zu zählen, »eins«, »zwei«, bei »drei« köpfte er ins Wasser, blickte kurz nach links, als er auftauchte, war Sophie nicht zu sehen. Er spannte seinen Körper an, Kopf über, Kopf unter dem Wasser, Zug für Zug, bei der ersten Wende war sie hinter ihm, bei der zweiten spürte er sie schneller werden, bei der dritten waren sie gleichauf, bei der vierten sah er sie bereits von hinten, Kasimir schwamm, so schnell er konnte, die Sonnenstrahlen standen schräg im Becken, ließen das grüne *Invictus* auf dem Boden funkeln, er holte auf, aber als er nach der sechsten Länge auftauchte, strich Sophie ihr Haar nach hinten, atmete langsamer und lächelte ihn an.

»Ich freu mich auf dein Gedicht.«

»An die Arbeit, husch.«

»Es geht nicht unbedingt um die Brust, Meister, der Brustkorb muss gedehnt sein.«

»Wir reden Ende August weiter. Sag, was ist eigentlich mit dem Streichelmonster von gegenüber?«

»Die Lady hat den Laden übernommen. Er soll an einem Buch schreiben.«

»Bring ihn mal vorbei.«

Fünf Minuten später stand Kasimir Ab in Spielkleidung vor seinen Gemälden. Er arbeitete nicht, er verspottete den grassierenden Arbeitswahn. Jeder musste auf einmal arbeiten, selbst Fußballer sprachen im Fernsehen davon, gut gearbeitet zu haben und noch mehr und konzentrierter und zielgerichteter arbeiten zu müssen; Politiker mussten arbeiten, Künstler mussten arbeiten, Schriftsteller arbeiteten besonders hart, Schüler mussten arbeiten, man vergaß beinahe, dass bereits Säuglinge arbeiteten – immerhin war es kein Kinderspiel, Muttermilch aus der Brust zu saugen. Vor wenigen Tagen hatte er im Fernsehen Staatsbedienstete der Vereinigten Staaten gesehen, die eines Haushaltsstreits wegen für ein paar Tage zu Hause bleiben durften, was die Verrückten dazu genutzt hatten, auf die Straßen zu ziehen und »Wir wollen arbeiten« zu skandieren.

Er wollte spielen.

Kasimir trug alte Jeans, ein vor Jahren in Weiß gekauftes Leinenhemd, das er Fleischerhemd nannte und das bei einer Auktion einen aberwitzigen Preis erzielen würde, auf dem Kopf einen vor unvordenklichen Zeiten weißen Strohhut, auf den eine gewisse Frau mit schwarzem Edding in fetten Blockbuchstaben das von zwei Ohren eingerahmte Wort *ARSCH* geschrieben hatte. Zum Glück konnte ihn niemand von denen, die sechsstellige Beträge für seine Bilder ausgaben, in diesem Aufzug sehen. Sophie hatte gut gemischt, aber es war ein grüner Tag. Er rief nach ihr.

Er brauchte jetzt sein Grün.

Und wie grün dieser Tag war.

Das Gras war grüner auf der anderen Seite, immer, aber auch auf seiner Seite, wenn er kurz zur Seite blickte, war es grün draußen, um den Pool, grün wie die Augen des Penners, grün wie das Männchen in der Ampel, grün wie der Schnabel, den er einmal gehabt hatte und sich bewahren und auf keinen Fall halten wollte, hinter den Ohren war er grün gewesen, grün wie der Klee, über den er seit Jahr und Tag gelobt wurde, Kasimir fuhr mit dem rechten Zeigefinger in die Farbe, schmierte sie sich hinter das rechte Ohr, angenehm kühlend, die kalte Farbe, bevor er die Teleskopstange mit der Walze eintauchte und die Leinwand attackierte, als hätte *sie* auf ihn aufgestoßen, grün war ein seltsames Wort, jedes Wort war seltsam, wenn man es nur oft genug wiederholte, es wies in eine Richtung, oh, ihr Blätter, Kokablätter bittersüße, Bambus für Pandas, Eukalyptus für Koalas, gründen, grünzen, in Grünzüng war er lange nicht gewesen, die Penner, Säufer, Tunichtgute, Tagediebe, Passantenkommentatoren waren ihm nicht grün, weil er ihnen grün und nicht grün in einem zu sein schien, Grünzeug, Gründerzeit, Kasimirgrün, Kasimirabgrün, Kasimirabgründe, abgründiges Grün war die Farbe, die er auftrug, sie rann, verdickte sich, lief in Schlieren von oben nach unten, mäanderte wie das Aderngeflecht auf der pompösen Knollennase, er stand auf einer Leiter, Gründonnerstag, wer sagte es denn, Donnerstag war's und ein grüner noch dazu, und die Hände, die das Grün führten, bis das Wort sich auflöste, bis es jede Bedeutung und jede Verbindung zu irgendetwas verlor, waren unbekannte Hände, kein Spleen, ihr Grünspatzen, die ihr etwas ergründen wollt, kein Marketingkonzept, kein Schmäh, wie man in der Stadt hinter seinem Rücken sagte, ihr Grünköpfe, ich will euch nicht die Hand reichen, will nicht überall mit allem in Berührung kommen, will euren Dreck nicht anfassen, hinterlasse keine Fingerabdrücke, lasse meine Hände nicht ablichten, damit ihr kommentieren, analysieren, spekulieren könnt, meine Trauerränder und Hoffnungsränder sind meine, wir kommen auf keinen grünen Zweig, heute nicht und niemals, Ölzweig, arme Taube, gestrandete Arche, sinkender Spiegel, gründlich will die Leinwand grundiert werden, grünst nur, grünst, er grünste auch, grüne Karten, die viele erwarten, er rief nach Sophie, nach Grünem Veltliner, der Abend würde grau sein, nur so zu überstehen, Kasimir schwitzte, hatte er behauptet, nicht zu arbeiten, bezahlten sie so viel, weil er doch arbeitete, oder bezahlten sie so viel, weil er gerade nicht arbeitete und wie ein Narr auf einer Leiter und grün und gründlich hinterm Ohr und Teleskop und Walze und innehalten im rechten Moment, er ließ sich das Holz reichen, gebot dem Grün Einhalt, lenkte es in andere Bahnen, hievte die riesige Leinwand auf den Boden – dann nur noch die Musik, dunkelrote Choräle, das Licht im Freien, die Vögel auf den Ästen, die Bewegungen, keine Gedanken, es war ein grüner Tag, es war sein grüner Tag, bis Kasimir Ab daran zu zweifeln begann.

5

Als Pia das Lächeln in Julians Gesicht und die Freude in seinen Augen sah, konnte sie ihm nicht böse sein. Er fiel ihr um den Hals, drückte sie an sich, rieb seine Wangen an ihren, küsste sie auf die Ohren. Er roch nach Bier und Zigaretten und Zwiebel.

»Nur drei Bier.«

»Und vor dem Spiel?«

Er lächelte.

»Und einen kleinen Joint?«

Julian sah sie mit einem Blick an, der genau zu wissen schien, er habe etwas getan, das er nicht hätte tun sollen und genau deshalb getan hatte. Die Niederlage hatte ihm offenbar nicht sonderlich zugesetzt.

»Ich will nur mit dir sein.«

»Außer im Stadion.«

»Auch im Stadion. Ich kauf dir eine Jahreskarte, ich –«

»Jetzt gehen wir brav unter die Dusche und dann essen. Ich hatte nämlich keinen Döner.«

Julian sah sie an, als wäre sie eine Wahrsagerin. Sein Mund stand offen, er wollte etwas sagen, er sagte es nicht. Stattdessen grinste er, zog Schultern und Augenbrauen hoch und seufzte tief. Er bestand darauf, dass sie in das enge Badezimmer mitkomme, während des Duschens wollte er ihr etwas erzählen. Beim Abstreifen der Unterhose stolperte er beinahe, verhakte sich mit einem Bein im Stoff und stützte sich kichernd an der weißen Wand ab. Pia hatte den Deckel auf die Klobrille geklappt und sah ihm kopfschüttelnd zu. Ein gutaussehender, betrunkener Anhänger Rapid Wiens in dem kleinen Badezimmer einer kleinen Wohnung in einer abgehalfterten Straße.

Julian war ein großer, starker Mann, auch wenn er sich gerade wie eine Robbe oder sonst ein Tier anstellte, das nicht sonderlich bewegungsfähig war. Alles an ihm war groß, das war ein beträchtlicher Vorteil, was immer andere Frauen sagen mochten, um andere Männer in Sicherheit zu wiegen. Er hatte einen breiten Rücken, muskulöse Schultern, einen starken Nacken. Sie liebte seine gewölbte Brust, den definierten Trizeps, seinen hervorspringenden Bizeps, einen Hügel, auf den sie gern ihren Kopf legte. Vor allem liebte sie seine starken Beine, mit denen er jedem jederzeit davonlaufen könnte, außer ihr. Die Zeit, die sie mit Laufen zubrachte, verbrachte er in der Kraftkammer. Er trainierte wie ein Besessener. Wofür, hatte sie einmal wissen wollen. Für dich, hatte er geantwortet, aber das war höchstens die halbe Wahrheit.

Er trainierte, als müsste er bald an einem Aufstand teilnehmen. Als rüste er sich für härtere Zeiten. Als stünde eine entscheidende Schlacht bevor, auf die er sich vorzubereiten hätte. Jetzt war es aber gut, Pia wollte keinen Bodybuilder. Julians Körper erinnerte sie an alte Heldenstatuen, oder umgekehrt. So ähnlich sieht mein Mann aus, dachte sie bisweilen mit einem Lächeln, wenn sie durch die Stadt ging, in Stein gehauene Helden sah und sich fragte, wie man damals trainiert habe.

Julian stand unter der Dusche, die Trennwand aus Milchglas hatte er nicht zugezogen, und sprach einen Vornamen nach dem nächsten aus, als spräche er von ihr wohlbekannten Freunden. Steffen habe einen schlechten Tag erwischt, nicht einmal die Eckbälle seien angekommen, Jimmy habe nicht und nicht getroffen, aber sie könnten immer noch, sie müssten Meister werden. Während er seufzte und seinen Penis einseifte, den er gründlicher als jeden anderen Körperteil wusch, machte er sich über das lange Elend lustig, das nicht in der Startelf gestanden, sich aber gebärdet habe, als wäre es Cristiano Ronaldo. Beim Aufwärmen sei das lange Elend wie ein Irrer die Seitenauslinie entlang gesprintet, habe Steffen bei jedem Eckball etwas ins Ohr geflüstert, obwohl er eigentlich auf der Ersatzbank gesessen sei. In der Pause sei das lange Elend einmal die Breitseite vor dem Fansektor hinauf- und hinuntergesprintet, habe dann im Stehenbleiben die Arme in die Höhe gerissen und auf Applaus gewartet – und zwei Minuten nach Wiederanpfiff ein Tor geköpft, das leider nicht gereicht habe. Während Julian noch einmal seinen Penis wusch, weil er vergessen zu haben schien, was er gerade getan hatte, fragte sie, was das mit ihm zu tun habe.

»Alles!«

»Du stehst nicht auf dem Feld, du bekommst nicht nur kein Geld dafür, du musst sogar zahlen – wenn du in einer anderen Stadt wärst, wärst du Anhänger einer anderen Mannschaft.«

Julian stellte das Wasser ab, griff nach einem Handtuch und stieg aus der Dusche. Der einmal weiße Boden war grau geworden, die Wände hatten einen Gelbstich bekommen. Er sah sie an, als wäre sie hinter dem Mond aufgewachsen und machte ein paar Schritte auf sie zu; während er sein Haar frottierte, bimmelte sein Penis vor ihr.

Sie küsste ihn kurz, bevor sie sagte, er solle sich beeilen, sie falle um vor Hunger.

»Wenn die Grünen gut sind, habe ich das Gefühl, die Welt ist in Ordnung. Verstehst du?«

»Nein.«

»Dass es so ist, wie es sein sollte. Als ob die eigene Partei an der Macht wäre.«

Er drehte sich um, Pia klatschte ihm auf den Hintern, er blieb stehen und drehte sich zur Seite.

»Wenn dir eine auf die linke Backe schlägt, halt auch die rechte hin.«

Pia schlug zu.

6

»Sie sprechen von Schuld. Wie wäre es mit Angst?« Kasimir zahlte, um zu reden. Er zahlte nicht, damit ihm zugehört werde. Er zahlte, um die Geschichten, die er bisweilen in geselliger Runde erzählte, einmal ehrlich erzählen zu können. Dabei war *ehrlich* nicht das richtige Wort, eher *ungeschützt* oder mit einem Fragezeichen anstatt des Punktes, zu dem alle nickten, anstatt des Rufzeichens, dem alle applaudierten. Hans hatte ihn in die Innere Stadt gefahren, Hans würde ihn in die Stadt und aufs Land und an den Fluss fahren, bis einer von ihnen tot war. Er solle nicht auf ihn warten, hatte ihm Kasimir beim Aussteigen zugerufen, Hans hatte die Brauen gehoben und durchaus richtig gehört, ja, heute habe er Lust zu schlendern. Er hatte kaum geschlafen. Er fühlte sich erfrischt.

Kasimir schritt zwischen den beiden barbusigen Karyatiden durchs Tor, er mochte den Hall seiner Absätze auf dem Marmor, vorbei an wohlgeformten Göttinnen und Helden die paar Stufen ins Parterre, groß, weit, herrschaftlich auch die sanft geschwungenen Treppen und die etwas zu entzückenden Schmiedeeisenarbeiten unter dem hölzernen Handlauf. Er rasierte sich jeden Freitagmorgen, zog jeden Freitagmorgen eine frische Hose, ein frisches Hemd, ein schönes Sakko und dazu passende Handschuhe an, er stand jeden Freitagmorgen noch etwas länger als üblich vor dem Spiegel, wenn er in die Innere Stadt fuhr.

Er lag auf der braunen Couch, die bloßen Hände hinter dem Kopf verschränkt, die Augen geschlossen. Als er Freunde gebeten hatte, sich für ihn umzuhören, war es ihm um eine Couch zu tun gewesen, zum einen des Klischees wegen, zum anderen aber, weil er ohnehin tagelang vor Leinwänden und auf Leitern stand, weil er abendelang bei mehreren Gängen und schwerem Wein saß, und weil er beim Nachdenken am liebsten lag – oder ging. Vielleicht sollte er Frau Dr. König vorschlagen, einmal während eines Spaziergangs zu reden.

Er war an drei, vier Adressen gewesen, bevor er zum ersten Mal im Wartezimmer jener Frau gesessen war, die mittlerweile mehr über ihn wusste als irgendein anderer. Sie hatte die Tür geöffnet, ihn ins Zimmer gebeten und kurz auf seine Hände geblickt; anstandslos hatte er die Handschuhe ausgezogen, seine Rechte ausgestreckt und ihre zarte, weiche, etwas zu warme Hand geschüttelt. Obwohl ihm eine Freundin zu einem Mann geraten hatte, war in diesem Augenblick alles entschieden: Seine Hände vertrauten ihr.

Die Frau war nicht vom Zimmer, das Zimmer nicht von der Frau zu trennen, ein volles Bücherregal, ein breiter schwarzer Schreibtisch, hinter dem sie saß und auf dem ein Kugelschreiber neben ihrem Notizbuch lag, die dunkelgrüne Lampe auf dem Tischrand, die weiße Stehlampe neben der Couch – alles strahlte Kultur und Kultiviertheit aus. Dass er sie überdies attraktiv fand, war nicht das Unangenehmste.

Er öffnete die Augen und drehte den Kopf. Frau Dr. König saß aufrecht hinter ihrem Tisch, die gepflegten weißen Hände lagen entspannt übereinander. Sie hatte feingliedrige, wenn auch etwas fleischige Finger, Zeige-, Mittel- und Ringfinger waren beinahe gleich lang. Auf dem rechten Ringfinger steckte ein schmaler, schnörkelloser Silberring. Wer immer ihn ihr angesteckt hatte, musste ein glücklicher Mensch sein. Die blassrot lackierten Nägel ragten etwa fünf Millimeter über ihre Betten, die Brille lag wie immer griffbereit, das Notizbuch war aufgeschlagen, die Kugelschreibermine ausgefahren. Letzte Weihnachten hatte er ihr einen edlen Kugelschreiber geschenkt, sie hatte sich bedankt, ihm kurz zugenickt, führte aber weiterhin den Stift in ihrer Linken, den sie immer benutzt hatte. An der Wand hinter ihr hing ein schwarzweißer Franz Kline, über dessen Herkunft er sich wieder und wieder den Kopf zerbrach, ansonsten gab es keine Bilder, keine Ablenkung.

Frau Dr. König trug eine schwarze Stoffhose, eine weiße Bluse, ein enges schwarzes Sakko und schwarze Stilettos mit gemäßigten Absätzen. Sie sah wie eine Dame aus, die gern gut aß, eine weiße Serviette auf dem Schoß, gedämpfte Stimmen, gedämpftes Licht, dazu ein Glas Rotwein trank, vielleicht noch ein zweites, dann aber bei Wasser blieb, um vor dem Schlafengehen noch eine Stunde im Bett zu lesen. Das lange dunkelbraune Haar trug sie streng nach hinten gekämmt und auf dem Hinterkopf zusammengebunden, die einzige Exzentrizität, die sie sich leistete, waren vier weitere Haargummis in gleichmäßigen Abständen, die ihren Zopf in Abschnitte teilten, die er weder Wülste noch Würste nennen wollte. Sie brachten etwas Keckes in die Strenge.

Mirjam König blickte ihn abwartend an, nicht im Mindesten drängend. Sie sprach wenig, erklärte nichts, sie stellte nur unangenehme Fragen.

»Könnte es sein, dass Sie sich von den Betrunkenen ertappt fühlten?«

»Ertappt?«

»Dass Ihre Freiheit vielleicht nicht so frei ist, wie Sie denken. Oder anders: Dass es eine größere, wenn auch prekärere Freiheit gibt?«

Was wusste Frau Doktor König von Freiheit? Kasimir schätzte gerade die Biederkeit, die sie ausstrahlte; sie erlaubte ihm, das Gegenteil darunter zu vermuten. Er hatte, wenn überhaupt, Angst gehabt, die Penner mögen ihn mit Bier taufen oder ihm ins Gesicht rülpsen. Gleichzeitig war mit ihnen eine Möglichkeit aufgeblitzt. Er hatte den grauen Abend vor sich gesehen, das Silberbesteck, die beflissenen Kellnerinnen und Kellner, die Speisekarte auf Büttenpapier, in die er nicht blicken würde, Weißwein und Champagner in Kübeln mit Eis, die nur er Kübel nannte, seinen Galeristen Jonathan in maßgeschneidertem Anzug und genagelten Schuhen, den Sammler mit Gattin, einen Banker, vielleicht einen Industriellen oder zur Abwechslung einen Herzchirurgen, viel Geld, sehr viel Geld, möglicherweise weniger als er.

Vielleicht, hatte Kasimir gedacht, wäre es erträglicher, in dem Zustand, in dem der Säufer vor ihm stand, dieses Abendessen über sich ergehen zu lassen. Es war einerlei, ob er sich gut oder schlecht verhielt. Er war Künstler. Er genoss Narrenfreiheit. Sie wollten ein Bild kaufen und einmal in seiner Nähe sein, vielleicht ein Foto mit ihm machen, und vermutlich fänden sie es aufregender, wenn er sich gehen ließe, liefe ihnen ein angenehmer Schauer über die Rücken, wenn er auf den Tisch kletterte und irre lachend Champagner verspritzte.

»Sie erzählen gerade das, was Sie eben verneinten.«

Genau deswegen, und weil Jonathan ihn genervt hatte, hatte er sich dann doch wieder danebenbenommen, wie man sagte, und zwar so richtig. Der Kübel und das Eis hatten dabei nicht unwesentliche Rollen gespielt.

Am frühen Nachmittag kam Kasimir Ab ins Atelier. Er hatte seine Analytikerin nicht zu fragen gewagt, ob er ihre Hände fotografieren dürfe. Analytikerin klang besser als Therapeutin. Er brauchte keine Therapie, ironischerweise war sein Werk Therapie für Menschen mit vollgekritzelten Terminkalendern, Yoga für Geldsäcke, was Mirjam König ebenfalls *abwertend* nannte, sobald er sich darüber mokierte.

Er schickte Sophie und Antoine nach Hause, sie sollten ein ausgedehntes Wochenende lang tun und lassen, was sie wollten, sich seinethalben der Kunst widmen, wenn es unbedingt sein musste. Antoines Lächeln verriet Unglauben, Sophie hatte noch einige E-Mails zu beantworten, er verschwand auf die Terrasse, zog sich aus und sprang ins Wasser. Zwanzig Längen, mindestens, dann Liegestütze und Klimmzüge.

Seit er Lydia kannte, trieb er wieder Sport. Sie kam, wann sie Zeit und Lust hatte, sie kümmerte sich kein bisschen darum, ob er ein berühmter Künstler war oder nicht, genoss den Komfort, den sein Atelier und die riesige Dachterrasse boten, schien ansonsten aber in keiner Weise bestechlich. Manchmal schrieb er ihr, je nach Zustand, schmachtende oder äußerst explizite Nachrichten, für die er sich am nächsten Morgen keineswegs schämte, obwohl sie öfter unbeantwortet blieben, als ihm lieb war. Wenn sie ihm nach dem Sport Nacktfotos aus der Umkleidekabine schickte, fürchtete er den Tag, an dem nichts mehr von ihr käme. Er kannte schönere Frauen, er kannte verdorbenere, er kannte gebildetere und kultiviertere, aber er war Lydia verfallen. Nicht, dass er sie hätte heiraten wollen, aber wenn sie nicht antwortete oder nur knapp und ohne Berücksichtigung der Orthographie absagte, wenn er befürchtete, sie vielleicht nie wieder zu sehen, drehte sich etwas in ihm um.

Einmal die Woche ging Kasimir mittags in das Lokal, in dem sie arbeitete, wobei ihm war, als genieße auch Lydia, Kellnerin und Gast zu spielen. Er löffelte die Suppe, aß die Hauptspeise, überflog die Schlagzeilen, bestellte hinterher Espresso, wobei er jedes Mal aufs Neue um braunen Zucker bitten musste. Sie behandelte ihn wie jeden anderen Gast, vielleicht etwas kühler. Lydia stand mit beiden Beinen in einem Leben, das ihr selbstverständlich zu sein schien, weshalb er sich bisweilen wunderte, warum sie immer noch zu ihm kam. Während er abwechselnd Liegestütze und Klimmzüge machte, versuchte er, an Fünfhunderteuroscheine zu denken, über die er seit der langen letzten Nacht mehr wusste, als er jemals hatte wissen wollen. Die Lange Nacht der Fünfhunderteuroscheine. Aber das war nur so dahingedacht. Er hatte wissen wollen, was zu wissen war.

Oh, du wohlklingendes, liebliches, reizendes Summen!

Bevor Kasimir die Haustür öffnete, betrachtete er Lydia in Schwarzweiß, wie sie in engen Jeans auf der Straße stand, in einem Shirt, das ihren Nacken und die Schultern frei ließ, das lange blonde Haar am Hinterkopf zusammengebunden. Sie blickte nach links und nach rechts, als wüsste sie nicht, dass und wie er sie sah. Man konnte über Überwachung sagen, was man wollte. Aber erstens war die Außenwelt draußen zu halten, zweitens waren die Gemälde in seinem Atelier und im Arsenal horrende Summen wert, und drittens hatte die Kamera, deren Bilder er auf einem Flachbildschirm sah, einen Vorteil, der Goldes wert war: Er sah, ob er zu Hause sein wollte oder nicht.

In diesem Moment wollte er nichts lieber.

Er öffnete die Tür zu seinem Atelier und hörte den Aufzug nach unten fahren. Mit einem Ruck kehrte er zurück, die Tür ging auf, Kasimir verbeugte sich, ließ seine Rechte eine einladende und sanfte Welle beschreiben, ehe er Lydias Handrücken küsste, dessen Geruch er unter Hunderten erkannt hätte. Im Hintergrund lief Musik, er hatte Champagner in zwei Gläser gefüllt und ein wenig vorgekostet. Während des Anstoßens deutete er in Richtung Terrasse, sie schüttelte kurz den Kopf und deutete Richtung Couch.

»Ich bin wütend, mein Chef, dieser –«

Während Lydia abwinkte und Kasimir Platz nahm, stellte er sich vor, wie aufschlussreich eine DNA-Analyse seiner Couch wäre; was dabei zu Tage käme, wäre nicht weniger als sein wirkliches Leben, hätte sein Werk hundertmal sinnvoller erklärt als all die mehr oder weniger angestrengten Versuche im wechselnden Vokabular wechselnder Moden. Lydia kramte in ihrer Handtasche, entnahm ihr Zigaretten, Papier und eine kleine Dose, um flink und geschickt einen Joint zu drehen, den sie noch im Stehen anzündete. Sie sog den Rauch tief ein, ließ ihren Kopf im Nacken kreisen, ehe sie eine dichte Schwade in die Luft blies. Sie sah wie eine Hohepriesterin auf Urlaub aus.

»Zieh dich aus.«

Kasimir entledigte sich widerspruchslos seiner Kleider, Lydia kam auf ihn zu und betrachtete ihn. Er mochte ihre Blicke auf ihm, auch wenn er sie nicht immer zu deuten wusste und sie ihm bisweilen spöttisch erschienen.

»Hände hinters Genick. Man schaut mit den Augen, Herr Ab.«

Lydia stellte sich vor ihn, ihre langen Beine formten ein Dreieck über seinen nackten Oberschenkeln. Sie hielt ihm die makellos gedrehte Zigarette vor den Mund, Kasimir zog an, einmal, zweimal, dreimal. Wie gut ihre Hand roch, wie gerade ihre langen, dünnen Finger waren, die ihm den brauen Zucker so nachlässig auf den Tisch stellten. Ihre Handfläche war fein gemasert, die Lebenslinie lang und tief, an diesem Tag würde etwas Unerwartetes eintreten. Sie nahm die Zigarette wieder an sich, legte sie in den Aschenbecher auf dem Beistelltisch, nippte am Champagner, strich ihm über die Lippen und steckte ihm den linken Zeigefinger in den Mund, an dem er lutschte, bis sie ihn zurückzog und wortlos verschwand.

Kasimir griff nach dem Joint, zog gemächlich an, stieß den Rauch aus den Nasenlöchern, angenehme Verlangsamung, genauerer Blick, geneigtes Ohr, gesteigertes Verlangen. »Wir hören besser«, hatte Peter Ost gesagt und Kasimirs Wangen geküsst, als sie jung und bekifft in Clubs gegangen waren und sich durch die Nächte hatten treiben lassen. Heute hätte man Peter Ost ohne weiteres zwischen die Penner setzen können; den Tetrapack hätte er abgelehnt, beim Fusel nur kurz gezögert. Ein, zwei Mal im Jahr besuchte Kasimir seinen alten Freund in einem Atelier, das längst nur noch ein potemkinsches Dorf war, und soff mit ihm, bis Hans kam, um seinen abgefüllten Arbeitgeber nach Hause zu fahren. Nach der zweiten Flasche Wein begannen Peters Augen zu blitzen wie früher, nach der dritten war er wieder der Künstler, der er einmal hatte sein wollen und hätte sein können, aber nach der Hälfte der ersten Flasche Whiskey sackte er ab in Selbstmitleid, und alle waren schuld an seiner Misere, die ganze Welt, vor allem sein Vater, der seit sieben Jahren tot war.

Daran wollte Kasimir jetzt nicht denken. Der Abdruck von Lydias Lippen auf dem Glas zog ihn in seinen Bann, er hatte noch den Geschmack ihrer Finger im Mund, Pergolesis *Stabat Mater* hüllte ihn ein, das Licht fiel schräg auf die Couch. Als er Schritte aus dem Bad kommen hörte, tauschte er den Joint gegen das Glas.

Die enganliegenden roten Satinhandschuhe reichten bis an Lydias Trizeps.

Hände ringsum, wenn er die Augen öffnete, riesige Hände, alt und jung, weiß und schwarz, gepflegt und verbraucht, heil und verstümmelt, männlich und weiblich und kindlich und von allem alles, was dazwischen und jenseits der Begriffe einer Sprache lag, der er nicht vertraute.

Das war seine Sprache. Das war seine Kunst. Das war, was er der Welt, ja, Mirjam, zugegeben, Frau Doktor, *der Welt* gegeben hatte und gab und bis ans Ende seiner Tage geben würde. Was er der Welt *hinzufügte*. Seine Ängste, seine Hoffnungen, seine Freuden, zwei Meter hoch, anderthalb Meter breit, gründlich grundiert, keine Angst vor Farben, keine Angst vor dem, was Mirjam *Impulsdurchbruch* genannt hätte, Hände von Hand gemalt, Adern, Nägel, Wunden und Ringe. Es waren Hände, menschliche Hände, die Hände des homo sapiens, aus der Familie der Menschenaffen, Hominiden, deren Vorfahren mit langen Armen und kurzen Daumen von den Bäumen gekommen waren. Sie hatten längere und beweglichere Daumen ausgebildet und ihr Körpergewicht irgendwann nicht mehr mit den Händen stützen müssen. *MYA*, herrlich schauriges Kürzel. Million years ago.

Lydia saß auf ihm, sie *war* wütend, ihr Becken kreiste auf ihm, die eine Hand drückte seine Brust hinunter, die andere tastete sein Gesicht ab, Kasimir hatte die Augen geschlossen und sah – Schimpansenhände. Weg damit, wunderbar die verhüllten Hände in seinem Nacken, die samtüberzogenen Finger auf seiner Zunge, in seinem Mund, er stand mit Lydia auf, sie lachte, hämmerte auf seinen Rücken, er trug sie auf sich mit sich aus dem Atelier, hinaus ins Freie, auf die Terrasse, noch war es warm, noch schien die Sonne, Vögel zwitscherten, hin und wieder ließ jemand einen starken Motor aufheulen, bisweilen bimmelte eine Straßenbahn, das Gras war grün und weich und gerade eindeutig auf seiner Seite. Sie waren Menschen, empfindliche Wesen, die alle anderen Wesen erforscht und durchleuchtet hatten, um sie zu verstehen und sich abzugrenzen. Sie waren die Tiere, die alles über ihre Zusammensetzung wussten und noch immer keinen Weg zum Zusammenleben gefunden hatten. Mit *Menschen* meinte Kasimir Ab beinahe alle außer sich.

Als Lydia kam, lachte sie wie immer. Wie immer schien ein Weinen in diesem Lachen mitzuschwingen.

Indirektes Licht beleuchtete, was Kasimir Ab Atelier nannte und worüber Antoine ununterbrochen den Kopf geschüttelt hatte, als er zum ersten Mal herumgeführt worden war.

»Atelier ist ein Witz, das ist eine Fabrik, ein kleines Dorf!«

Das Atelier oder die Fabrik oder das kleine Dorf war ein Rechteck um die Terrasse, die Kasimir Atrium nannte, hohe, weite Räume, viel Glas, das auf Knopfdruck undurchsichtig wurde. An den grauen Wänden der einen

Längsseite hingen die Werke, mit denen er sich gerade beschäftigte, an denen der anderen die, die er am liebsten vor jenen versteckt hätte, denen es um Status und sichere Anlagen ging. Allzu bald würden sie in von der Außenwelt abgeriegelten Villen, in Vorstandsetagen und Repräsentationsräumen weiße Wände verzieren. Sie würden vorgeführt, ihre Preise auf Nachfrage beiläufig genannt werden. Jemand wäre dafür bekannt, einen Kasimir Ab zu besitzen. Zum Glück gab es viele Kasimir Abs.

Im Stockwerk darunter lagerten Bilder – seine, gekaufte, getauschte, Schätze, die er für kein Geld der Welt veräußern würde. Unten lagen das Büro, eine zweite Küche, Badezimmer, Schlaf- und Ruhezimmer, ein kleines Fitnessstudio, mehrere unterschiedlich temperierte Kühlschränke. Im Arsenal lagerten Werkzeug, Leinwände und die Utensilien, die er für jenes Spiel brauchte, das manche todernst nahmen, Bücher, Bildbände, Skulpturen, der Sandsack, den er lange nicht mehr bekämpft hatte und bald wieder bekämpfen sollte, sowie allerlei Unfug, den er einmal unbedingt hatte haben müssen und ebenso schnell wieder vergessen hatte. Außerdem verbarg sich hinter einer Tür das Gemälde, das er bislang niemandem gezeigt hatte. Sein geheimes Zentrum, das Urbild. Martha hatte es gekannt. Martha hatte ihn zu seinem Namen geführt. Martha war nicht mehr.

Kasimir hielt Lydia die Augen zu, schob sie sanft vor sich her, in jeder Hand hielt sie ein Weinglas. Er fürchtete sich vor dem Moment, in dem er seine Hände von ihren Augen nehmen würde. Er hätte es niemandem, am ehesten noch Mirjam, erklären können. »Halt die Augen geschlossen«, flüsterte er ihr ins Ohr, »bitte«, als er seine Hände zurückzog und Lydia die Gläser abnahm. Er führte eines an ihren

Mund, ließ sie einen Schluck trinken, presste sich an sie und küsste sie in den Nacken, bevor er sich ein paar Schritte entfernte.

»Augen auf, Madame.«

Lydia zog den Gürtel um ihren Bademantel enger, trat ein paar Schritte nach vorn, ein paar Schritte zur Seite, ehe sie sich dem Gemälde in der Mitte näherte. Sie ging barfuß, auf Zehenspitzen, trat lautlos auf, der Raum war dunkel, lediglich auf die Gemälde fiel Licht. Sie schloss die Augen, und als sie sie nach einer Weile wieder öffnete, griff sie nach ihren Zigaretten und zündete eine an. Sie strich sich übers Gesicht, fasste sich an den Hals und schüttelte sich unmerklich. Es schüttelte sie unmerklich.

»Unheimlich.«

Und mit einem Nicken nach links:

»Ein Schmied?«

»Ein italienischer Bäcker, der fünf Tage, bevor sein Sohn den Laden übernahm, mit den Fingern in eine Würfelmaschine geriet.«

»Und der da? Der Schwarze auf dem rechten? Ein Türsteher?«

»Eine Boxerin.«

»Und eine Frau, ja, eine Frau, die nicht mit den Händen arbeitet.«

Kasimir zog die Brauen hoch, Lydia starrte wieder das Bild in der Mitte an. Sie schnappte nach Luft, ihr Atem ging schneller, die Asche ihrer Zigarette wurde länger, Kasimir trat einen weiteren Schritt zurück. Er hätte verstanden, wenn sie sich auf ihn gestürzt und der Treulosigkeit bezichtigt hätte. Aus gräulich schimmerndem Grün, rissig und bröckelnd, kamen Hände rot wie Flammen, eine

Welt nach der Katastrophe, eine zarte, bedrohte, brüchige Schönheit vor der nächsten Katastrophe, die vielleicht schon eingetreten war – was, Kasimir, hat das mit Lydia zu tun?

Lydia drehte sich um, über ihr Gesicht huschte eine Mischung aus Freude und Scham, sie schüttelte den Kopf, ließ die Zigarette zu Boden fallen, trat sie aus und näherte sich dem Gemälde, als wollte sie es nicht aufscheuchen.

»Jetzt weiß ich, was verewigt heißt.«

»Ewig ist ein großes Wort.«

»Wie hast du – «

Kasimir tippte an seine Schläfe und trank sein Glas aus.

»Lässt du mich kurz allein?«

Lydia strich an ihm vorbei, setzte sich auf den Boden und lehnte ihren Rücken gegen die Wand, die Beine angezogen, die Arme um sie geschlungen. Sie schluchzte leise.

»Bitte.«

*

Wer sagte, er sei ohne Sophie und Antoine aufgeschmissen?

Zugegeben, er hatte viel Papier verbraucht, viel geflucht und viel verflucht, sich verspottet und gelobt. Es war ein paar Minuten nach zwei Uhr morgens, als er den Durchbruch vermelden konnte. Kasimir streichelte den Plotter und lachte über die seltsame Zärtlichkeit, die er diesem zu guter Letzt doch willfährigem Ungetüm angedeihen ließ. A1, 594 mal 841 Zentimeter, den Maßstab umzurechnen, war ihm gerade noch gelungen, das untere Drittel des Bogens leer, auf die beiden oberen war ein riesiger Fünfhunderteuroschein gedruckt.

Abstrakte Architektur, Symbol der Jetztzeit, Glas und Stahl, transnational. Betrachtete man das abscheuliche – ja, was denn? – Bürogebäude unter den beiden großen Nullen, erinnerte es zuallererst an ein Gefängnis, erkannte man Gitterstäbe, hinter denen ein gelber Stern eingesperrt zu sein schien. Oder sollte er sich im Glas spiegeln, so wie die halbschräg gedrehte Glasfront links davon allerlei geometrische Formen spiegelte? In der Glasfront fehlte ein Quader; unten war ein Durchgang, eine Passage. Vielleicht sollte Bin Laden doch nicht hinter Gittern stehen, vielleicht sollte er durch diese Öffnung schreiten. Ging er hinein? Kam er heraus? Mit Kalaschnikow oder ohne? Bärtig? Rasiert? Kasimir griff nach dem Wein, um Lydias Marihuana zu dämpfen. Da, in der Passage, war kein Schatten, sondern eine Lichtschneise, durch die eine Lichtgestalt kommen musste.

Kasimir kam sich wie ein Bastler vor, wie der Junge, der mit allem, was ihm in die Hände gekommen war, gespielt hatte, um Kaugummiautomaten zu bauen oder Phantasietiere zu erschaffen. Er dachte an Lydia, was sie sagen würde, sähe sie ihn jetzt einen riesigen Fünfhunderteuroschein auf einen Karton kleben und langsam, bedächtig, die Zunge zwischen den Zähnen, die Zahlen ausschneiden – zuerst die Fünfhundert rechts der Mitte oben, dann die links unten, gefolgt von der links oben, ehe er sich hintereinander die drei kleineren am rechten Rand vornahm. Links unten schnitt er das Wort *Euro* aus, einmal in lateinischen, darunter in griechischen Lettern, links oben kamen Flagge und Sterne unter Stanleys Messer. Weiter zu den Sternen in der Mitte, ohne Sonne, ohne Mond, neuneinhalb, Ringelreih im Kreis, die Arme ausgestreckt, die Beine wie von Hampelmännern, die Köpfchen zugespitzt.

Das, Kasimir seufzte, fadenscheinige Fadengeflecht am

rechten Rand, ein Fischernetz mit Einbeulungen, blieb unberücksichtigt, die fünf mal drei Buchstaben nicht, *BCE, ECB, EZB, EKT, EKP*, daneben die Jahreszahl, allerdings *2009* statt *2001*, feine Klinge. Die Unterschrift des Präsidenten der Europäischen Zentralbank musste warten, oder, nein, diese Unterschrift – Kasimir hielt kurz inne – konnte nicht warten. *U, K*, und jetzt, Heilige Notenbank, zittern meine Pfoten. Was sollte die spiegelnde Glasfront neben dem Bürogefängnis? Zu schweigen von der Feuerleiter daneben, über die man floh, wenn der Ehemann zu früh nach Hause kam. Eine Sprossenwand im Turnsaal? Das Gebäude also, Flatiron Building aus Glas oder was, war brav gerastert und einfach auszuschneiden, beim Bürogefängnis schnitt er die Hauptverstrebungen aus, ein paar senkrecht, ein paar waagrecht, basta. Nichts basta: Wer schritt durch die schmale Pforte, wer kam aus dem Licht? Kasimir schloss die Augen.

Ein streunender Köter, was sonst, die Nase auf dem Boden, der Schwanz wie eine Antenne in der Höhe, ein Bein zum Markieren gehoben.

Wenn man alles selbst machen musste, war das kleine Dorf entschieden zu groß, aber schließlich fand Kasimir die Dosen, legte seine Schablone über ein großes Stück Karton – und sprühte. Er sprühte dunkelrot, viel Dunkelrot, es dauerte länger als erwartet und brannte in den Lungen. Als er die Schablone beiseitelegte, musste er lachen. Der Hund war fabelhaft.

Er blickte auf die Uhr. Es war die Nacht von Freitag auf Samstag, kurz vor drei Uhr morgens. Kasimir Ab kleidete sich hastig an, streifte alte Handschuhe über, schnürte seine Schuhe, legte die Schablone in eine große Mappe und klemmte sie unter den Arm.

7

»Der Hund«, sagte Pia, immer wieder: »Der Hund.«

Sie aßen Pizza, Pia trank Rotwein, Julian Wasser, und je mehr sie trank, desto begeisterter war sie von dem Hund, der sein Bein angewinkelt hatte und im Begriff war, in den Durchgang zu pinkeln. So frech, so frei musste man sein. So unverschämt, so selbstverständlich durchs Leben gehen. Ein kleiner Hund lief durch das Loch einer Glasfassade. Sie sah ihn durch menschenleeres Gebiet trotten. Überall Glas, überall Türme, überall klare Formen, aber keine Menschen in einer perfekt erhaltenen Ruinenlandschaft. Alles leblos, alles tot, und inmitten der Leblosigkeit, inmitten des Todes ein Köter, der auf der Suche wonach? herumstreunte. Die Schnauze auf dem Boden, dann wieder oben. Ein wippender Kopf, unbeschwert und arglos. Warum konnte sie noch immer über ihn lachen? Er verbreitete etwas Fröhliches.

»Zeichentrick.«

Pia zoomte in das Foto hinein, holte den Hund so nahe heran, bis er grobkörnig wurde, und schob Julian das Mobiltelefon über den Tisch.

»Ja, lustig.«

War das alles? Ja? Lustig? Jemand hatte sich die Mühe gemacht, einen Fünfhunderteuroschein zu vergrößern, einen Hund einzufügen und im Schatten der Nacht auf den Flakturm zu sprühen. Das war großartig, auch wenn sie noch immer nicht wusste, warum. Man musste nicht alles wissen. Auf die Plattform des Betonungetüms, auf dem einmal Kanonen auf Flugzeuge geschossen hatten, war ein weißer Kubus gesetzt worden. *ZERSCHMETTERT IN STÜCKE (IM FRIEDEN DER NACHT)* stand darauf. Auf der nackten Fassade stand *(IM FRIEDEN DER NACHT)*. Darunter befand sich jetzt der *Fünfhunderteuroschein (mit Hund)*. Der Titel gefiel ihr. Sie würde ihn unter die Kommentare im Netz schreiben.

Julian schien nicht richtig zuzuhören, er nickte und war mit seiner Pizza beschäftigt. Kein Hund, sagte man, wolle so leben. Das war es. Dieser Hund wollte nicht in dieser Welt leben, aber tat, was Hund eben tut: Er markierte. Gerade so wie jemand den Flakturm rechts oberhalb des blauen Schriftzuges *Haus des Meeres* markiert hatte. Nicht jemand. *UK*. Der Hund musste sich um keine Scheine kümmern. Das war nicht nichts.

»Was glaubst du, wie viele Fünfhunderter im Umlauf sind?«

»Viele.«

»Ungefähr?«

»Siebenhundertfünfundzwanzigtausend?«

»58 Millionen. Und wir bekommen keinen davon zu sehen.«

»Doch.« Julian schickte ihr einen Kuss. »Vorm Haus des Meeres.«

Julian küsste sie in den Nacken und begann ihre Brüste zu streicheln. Pia tat, als läse sie unbekümmert in den bizarren Kommentaren weiter. Einer fragte, wofür *UK* stehe, ein anderer antwortete, wahrscheinlich für *Unbekannter Künstler*, worauf wieder ein anderer beklagte, man mache sich damit über den Unbekannten Soldaten lustig. In jedem Büro saßen Menschen vor Computern, an denen sie alles außer dem taten, wofür sie eingestellt waren. Chef, könnten Sie mich kurz in Ruhe lassen, ich führe gerade eine hochemotionale Auseinandersetzung über einen auf einen Flakturm gesprühten Fünfhunderteuroschein. Kein Wunder, dass die Wirtschaft den Bach hinunterging. Pia lächelte.

Während Julian ihr das T-Shirt über den Kopf zog, überflog sie, wie manche sich für die Neugestaltung der Fassade erwärmten, Buntheit und Ironie ins Feld führten und einen Angriff auf das Nachwirken des Nationalsozialismus entdecken wollten, was die größtmögliche Empörung der Gegenseite hervorrief. Sie spürte seine Lippen an der Schulter und unter den Achseln, seinen Atem an ihrem Ohr, seine Hände fuhren langsam ihre Innenschenkel entlang, während er ihren Hals küsste und ihr ins Ohr flüsterte. Julian presste sich an sie, sie hörte seinen Atem schneller gehen, als sie doch noch ein Foto des Hundes fand. »Der Hund«, sagte sie wieder, »der Hund«, während Julian seine Hand in ihre Jeans zwängte. Er knabberte an ihren Ohrläppchen, sie spürte seine Erregung, er enthakte ihren BH. Sie tat, als lächelte sie über Kommentare.

»Ich denk an was anderes«, flüsterte er ihr ins Ohr, »bei Hund muss ich an was anderes denken«, er strich ihr über den Rücken, einmal, zweimal, bevor er leise lachte, »tut mir leid, dass ich so ein Prolet bin.« Pia schob den Laptop nach vorn, stützte sich auf den Unterarmen ab und reckte ihm den Hintern entgegen. »Nein, tut mir gar nicht leid«, Julian zog ihre Jeans mitsamt dem Höschen über ihre Beine, küsste sie auf die Pobacken, der Hund hatte sein linkes Hinterbein immer noch gehoben, als Pia Julians Zunge zwischen ihren Beinen spürte. Sie sagte noch etwas über das leicht belämmerte Gesicht des streunenden Köters, dann war Julian in ihr.

Im Bett kamen sie wieder zu sich. Julian schwitzte, Pia atmete tief durch und öffnete die Augen. Draußen war es schön. Der Mann neben ihr war schön. Die Welt war schön – und ungerecht. Ihre Fenster waren gekippt, die Nachbarn hatten ihre Freude oder ihren Ärger gehabt, was ihr einerlei war. Julian steckte sich eine Zigarette an, danach war eine erlaubt, ihr Schlafzimmer ansonsten Nichtraucherzone. Er hatte einen Arm um sie geschlungen, ihr Kopf ruhte auf seiner Brust, seltsamerweise mochte sie in diesen Augenblicken den Geruch des Rauches. Julian schien anderswo, vielleicht in der Tabelle der Bundesliga, vielleicht in seiner glorreichen Jugend, vielleicht immer noch in ihr. Pia stapelte ein paar Kissen übereinander, setzte sich auf und lehnte sich gegen die Bettwand.

»Wann hast du zum ersten Mal daran gedacht?«

Sie blickte ihn kurz von der Seite an, Julian sog an seiner Zigarette und blies den Rauch durch die Nase aus. Er küsste sie auf die Stirn.

»Beim ersten Mal.«

8

Obwohl sich vier große Ventilatoren unter Höchstgeschwindigkeit drehten, war es unerträglich heiß. Die Sonne stand im Zenit, ein Großteil der Tiere hatte sich verkrochen, die Besucher des Tiergartens flüchteten sich von einem Schatten in den nächsten. Rita schwitzte.

Während sie die dritte große Flasche Wasser an diesem Tag aufschraubte, ließ sie ihren Blick durch den Raum schweifen. Niemand sprach, alle starrten mit dunklen Flecken unter den Achseln auf den Bildschirm. Die grünen Polos waren durchnässt, die Hosen klebten an den Oberschenkeln, es hatte schon deutlich besser gerochen. Die Direktorin fächelte sich Luft zu, die Pflegerinnen rückten ihre Köpfe so nahe wie möglich an die Ventilatoren, die Gesichter der Pfleger schimmerten. Die Lautstärke war auf Maximum gestellt. Außer gelegentlichem Knacken im Stroh war nichts zu hören.

Rita war gestern gerufen worden. Rita war vorgestern gerufen worden. Die Szenen hatten einander geähnelt. Geschehen war nichts.

Fu Mao saß in ihrer engen Wurfbox, in die sie sich gestern und vorgestern zurückgezogen hatte, um sie nach einer Weile einfach wieder zu verlassen. Um Bambus zu fressen, im Schatten zu schlafen, um sich ihres Darminhalts zu entledigen und die Ruhe des geschlossenen Geheges sowie die Ruhe von Yang Lang zu genießen.

Sie führt uns an der Nase herum, dachte Rita. Das Biest weiß, dass wir ihm zusehen.

Wenn Rita ehrlich war, gingen ihr Pandas auf die Nerven. Sie waren faul, sie schliefen beinahe rund um die Uhr, sie fraßen mindestens dreißig Kilogramm Bambus täglich. Rita und ihre Kollegen fuhren und schleppten ihn Tag für Tag in vier großen Rationen heran – und blieben unbedankt, mit wie viel Nachdruck auch immer sie auf ihre Dienste hinweisen mochten. Zwar nahmen Pandas Menschen wahr. Sie blickten sie bisweilen an. Sie waren ihnen aber gleichgültig. Einmal die Woche kamen Lastwagen aus dem Süden Frankreichs mit frischem Bambus für die Großen Pandas, die sich auf den Boden ihres Geheges setzten oder an einen Baumstamm lehnten und eine Staude nach der nächsten vertilgten. Das Holz knackte, sie schmatzten, fraßen die Blätter von den Stämmen und warfen die kahlen Stümpfe von sich. Sie zeigten keinen Anflug von Dankbarkeit.

Natürlich waren sie so. Rita warf Pandas ihr Pandaverhalten nicht vor. Sie verstand bloß nicht, warum Menschen ausgerechnet Pandas so liebten. Sie verstand nicht, warum seit Tagen Journalisten und Kamerateams um das abgesperrte Gehege streiften, als hielte sich der Kaiser von China in ihm versteckt. Sie verstand nicht, warum Menschen Pandas mit feuchten Augen beim Schlafen beobachteten. Sie verstand nicht, warum sie sich bei jedem Wetter in Scharen vor der Glaswand im Freien drängten, um zu beobachten, ob eines der Faultiere vielleicht doch einmal einen Baumstamm hochklettere. Sie verstand nicht, warum Menschen Pandas fotografierten und filmten und wieder fotografierten und noch einmal filmten. Am allerwenigsten verstand sie, warum sie sich im Winter Pandamützen mit schwarzen Ohren aufsetzten.

Fu Mao war die Schlimmste von allen. Sie war eine Diva. Sie brachte einhundertundfünfzehn Kilogramm auf die Waage. Kaum tauchte eine Kamera auf, blickte sie direkt in die Linse und legte den Kopf schief. Sie war aufmerksam. Sie war launisch. Sie war gebieterisch. Sie war äußerst schwer zu durchschauen.

Im April hatte es viel und häufig geregnet, und als Fu Mao von einem Tag auf den nächsten immer weniger zu fressen, merkwürdige Laute von sich zu geben und heftig zu markieren begonnen hatte, waren die Pfleger alarmiert und die Journalisten im Handumdrehen auf der Lauer gelegen. Wie vor zwei Jahren, hatte es geheißen. Yang Lang hatte seine Dame, die er üblicherweise nicht weiter beachtete, nicht mehr aus den Augen gelassen und war ununterbrochen in respektablem Sicherheitsabstand um sie herum gestrichen. Er hatte gewusst, welche Tage es waren. Er hatte es an den Stämmen gerochen, an denen Fu Mao gekratzt und ihren Duft abgesondert hatte.

Manchmal dachte Rita, Fu Mao wisse, wer sie war. Dann war ihr, als wäre der Diva bewusst, dass sie die erste Pandabärin der Welt war, die in einem Zoo auf natürliche Weise ein Kind empfangen und zur Welt gebracht hatte. Sie war ein Aushängeschild ihrer schwachen Art. Wenn die Diva ihren Kopf schief legte, schien es, sie wüsste, dass man Souvenirs mit ihrem Konterfei kaufen konnte, dass Poster von ihr an den Wänden unzähliger Wohnungen hingen und dass sie das Motiv für den Bildschirmschoner vieler Computer war. An solchen Tagen raunte ihr Rita mit sanfter Stimme zu:

»Dich, Fu Mao, würde ich gern auf freier Wildbahn erleben.«

Während sich Fu Mao in der Wurfbox aufrichtete und alle ringsum den Atem anhielten, sah Rita jenen Tag vor sich, an dem die Bärin auf einmal vor Yang Lang zu tanzen begonnen hatte. Tags zuvor hatte sie ihn noch abgewehrt und mit aller Kraft zu verscheuchen versucht, hatten sie miteinander gekämpft, sich gebalgt und waren dabei gemeinsam zu Boden geplumpst. Wahrscheinlich war *tanzen* ein übertriebener Ausdruck für diesen Koloss, jedenfalls hatte sie sich so grazil und geschmeidig wie nie zuvor bewegt. Es hatte geregnet, das Gras war grün und nass gewesen, vor einem Baumstumpf war sie stehen geblieben. Die gleiche Stelle wie vor zwei Jahren, hatte es geheißen. Sogar beim Paaren waren Pandas faul. Nicht, dass Rita dieses Phänomen nicht gekannt hätte; bei ihr hatte es allerdings andere Gründe. Zwei, drei Mal im Jahr taten sie es an zwei bis drei aufeinanderfolgenden Tagen – an jenen Tagen, an denen das Weibchen fruchtbar war. Man konnte, zugegeben, auch von Effizienz sprechen.

Während Fu Mao Runden in der engen Box ging, erinnerte sich Rita, wie ihr an diesen drei Apriltagen Schauer über den Rücken gelaufen waren. Auf einmal war alles ganz anders gewesen. Die Menschen, die vor den Zäunen gestanden waren, hatten ihre Kinder rasch vom Gehege weggeführt, Journalisten und Fotografen wie ein einziger Apparat geklickt, junge Männer ihren Freundinnen Zweideutiges ins Ohr geraunt. Yang Lang hatte sich aufrecht hinter Fu Mao gestellt, sie mit beiden Pratzen an den Lenden gepackt und in sie gestoßen. Er hatte immer heftiger zugestoßen, sie dabei immer tiefer zu Boden gedrückt, bis er am Ende beinahe auf ihr gelegen war. Es hatte etwas

Gewaltsames gehabt. Es hatte etwas von einem Kampf gehabt. Es hatte auch etwas Tollpatschiges gehabt. Es hatte nicht viel mit Liebe zu tun gehabt.

Am nächsten Tag hatte sich das Schauspiel wiederholt, Rita erinnerte sich, wie sie gezittert und Gänsehaut bekommen hatte. Niemand von den Pflegern hatte gesprochen, keiner gescherzt, niemand Anspielungen gemacht. Als alles vorbei war, hatte man betreten geschwiegen. Das also, hatte Rita gedacht und die Bilder lange nicht aus dem Kopf bekommen, ist die nackte Wahrheit. Das ist die Natur. Keine Spur von Vergnügen.

Fu Mao hatte sich hingehockt. Man sah ihren Rücken und den Schwanzstummel, das weiße Fell und die schwarzen Hinterläufe, den gigantischen Rücken. Sie brummte, sie stöhnte, sie presste und schnappte nach Luft. Es waren unvorstellbare Schmerzen gewesen, als Rita ihr Kind geboren hatte. Das war bald dreißig Jahre her. An die Schmerzen konnte sie sich nicht erinnern; Rita wusste nur noch, dass es die schlimmsten körperlichen Schmerzen ihres Lebens gewesen waren. Fu Mao streckte den Rücken durch.

»Das sind die Wehen!«, rief die Direktorin und beugte sich in ihrem Stuhl nach vorn. Sie blickte von einem zur anderen, um sich zu vergewissern, dass man sie gehört hatte. Mit einem Mal sprachen alle durcheinander. Diese meinte etwas bemerkt zu haben, ein anderer wies auf Fu Maos Haltung hin, die jener bei der Ausscheidung nicht unähnlich sei, der menschlichen allerdings, korrigierte die Direktorin, ehe Verenas sanfte Stimme alle ruhig werden ließ.

»Darum heißt's auf Englisch labour. Das, meine Damen und Herren, ist Arbeit.«

Von der du keine Ahnung hast, sagte Rita nicht.

Sie dachte es. Verena war die oberste Tierpflegerin. Sie

teilte ein, sie war Doktorin, sie war überaus intelligent. Sie hätte ihre Tochter sein können, aber wenn Rita mit ihr sprach, kam es ihr zumeist umgekehrt vor. Rita mochte sie. Verena hatte etwas Leises und Bestimmtes, das ihr zusagte. Sie war uneitel und äußerst konzentriert, ohne verbissen zu wirken. Sie behandelte niemanden von oben herab, selbst wenn sie mehr wusste, viel mehr. Aber sie verlangte Genauigkeit und Sorgfalt. Und sie war sich nicht zu schade, selbst anzufassen, Scheiße zu beseitigen, umgefallene Baumstämme aus dem Weg zu räumen oder kranke Tiere anzupacken. Außerdem ersann und führte sie jene Versuche durch, bei denen man mehr über das Sehvermögen des Großen Panda erfahren wollte.

»Die Vereinigung war auch harte Arbeit«, sagte ein Pfleger, »zumindest für Yang Lang.«

»Irgendwie«, sagte die Direktorin und ließ ihren Blick von einem zur anderen streifen, »ich weiß, es klingt seltsam, so etwas zu sagen – aber irgendwie sind Tiere seltsame Wesen.«

Alle verstummten, die Ventilatoren ratterten, Fu Mao streckte ihren Hintern heraus. Sie war ruhig geworden. Man sah ihren Kopf von hinten. Die kleinen schwarzen Ohren standen ab. Durch einen Spalt fiel das Licht schräg in die Box.

»Sie hebt das Becken«, sagte Verena und legte den Zeigefinger über ihre Lippen.

Auf einmal flutschte etwas aus Fu Mao. Im nächsten Moment quiekte dieses Etwas schrill. Ein nacktes winziges Ding – quiekte und quiekte auf dem Stroh der Wurfbox. Fu Mao richtete sich auf und trat behände zur Seite, um nicht darauf zu steigen. Die Kamera zoomte das winzige quiekende Etwas heran. Ein nacktes, rosarotes, von einem feinen weißen Flaum umhülltes Wesen suchte mit geschlossenen Augen zu seiner Mutter zu kommen. Es strampelte, es fiel hin, es wollte sich aufrichten, seine Beine versagten. Dabei quiekte es markdurchdringend, als wollte es um alles in der Welt dorthin zurück, woher es gekommen war. Das Köpfchen war so groß wie eine mittelgroße Nuss, das Mäulchen stand offen, zwei winzige Nasenlöcher, zwei zusammengekniffene Äuglein, zwei winzige Ohrstummel. Das Gesicht war von dünnen weißen Härchen überzogen, als wäre es eingesponnen worden. Es lag auf dem Bauch, die ausgestreckten Beine strampelten in der Luft.

Es zappelte, es robbte in Richtung Mutter, es wollte etwas und konnte es nicht, der Schwanz war unverhältnismäßig lang im Vergleich zu einem Wesen, das wie ein Minikätzchen, ein Nacktmolch, ein Alien, aber nicht im Mindesten wie ein Panda aussah. Auf einmal nahm die Mutter das Kleine ins Maul. Fu Mao setzte sich, das Etwas in ihrem Maul quiekte schrill. Seine Mutter nahm es in die Pranken. Sie leckte es. Es verstummte.

Die Pflegerinnen und Pfleger sprangen auf, klatschten in die Hände, fielen einander um die Hälse, Verena stand auf und küsste Rita auf beide Wangen, die Direktorin saß nickend in ihrem Stuhl und nahm ihre Brille ab, während Rita auf Fu Maos Zunge starrte, die unentwegt das winzige rosafarbene Etwas ableckte.

»Das ist schon mal gut, Verena, nicht wahr?« Die Stimme der Direktorin zitterte. »Das ist doch schon mal gut.«

»Allerdings.« Verena nickte lächelnd. »Fu Mao scheint es anzunehmen. Wir müssen trotzdem abwarten.«

»Ist es ein, ein, ein – Junge – oder ein, ein, ein – «

Jetzt erst bemerkte Rita, dass sie weinte. Ihre Brust zitterte, sie wollte sich fassen, aber sie bekam kaum Luft. Im nächsten Moment ging ihr Atem wieder schneller, Tränen kullerten über ihre Wangen, sie brachte kein weiteres Wort hervor. Peter, der junge Pfleger mit den Dreadlocks, den sie unlängst während einer Verschnaufpause mit einem Joint erwischt hatte, fiel ihr um den Hals und streichelte ihren Rücken. Er drückte sie so fest an sich, dass sie sein Herz schlagen hörte.

»Da!«, rief die Direktorin, wischte sich Tränen aus den Augenwinkeln und setzte ihre Brille wieder auf. »Sehen Sie sich das an! Un-glaub-lich!«

Fu Mao blickte direkt in die Kamera. Auf dem Bildschirm war ihr riesiger weißer Kopf mit den schwarzen Flecken um die Augen und den aufgestellten schwarzen Ohren zu sehen. Sie war ganz ruhig. Sie hielt das kleine, nackte, rosafarbene Etwas in ihrem offenen Maul. Das kleine, nackte, rosafarbene Etwas hatte alle viere von sich gestreckt. Zwischen der schwarzen Schnauze und den scharfen gelben Zähnen des Unterkiefers seiner Mutter sah es wie ein viel zu früh geborenes Menschenkind mit Schwanz aus. Fu Mao hielt das Kleine im Maul, als sollte niemand jemals wagen, ihm etwas zuleide zu tun.

»Unsere Diva«, sagte Rita.

Es gab kein Halten mehr. Etwas schüttelte ihren Körper, etwas fuhr mit einer Macht durch sie, etwas griff in sie. Rita schluchzte, ihre Schultern zuckten, Tränen standen in ihren Augen, während sich das Drehen der Ventilatorenblätter mit dem Quieken eines neuen Erdenbewohners vermischte, der im Maul seiner Mutter zappelte, deren gelbe Eckzähne wie Burgzinnen aus ihrem Gebiss ragten. Ritas Augen standen unter Wasser. Da war ein großer Bildschirm. Sie sah nichts. Jemand fasste sie an der Hand.

9

Rambazamba, ja. Es ging nichts über eine gute Party, nichts über ein rauschendes Fest. Die Räusche setzten ein, das Fest kam in Schwung, vor den Bildern, auf der Terrasse, um den Pool, überall wurde ausgelassen getanzt. Das Licht im Atelier war gedimmt, Sophie und Antoine hatten ein Buffet anrichten lassen, das keine Sekunde verwaist blieb. Sophie kümmerte sich um die Weine, entkorkte Flaschen, schenkte ein und nach, während Antoine Joints drehte und den Gästen weiße Linien legte. Auf der Terrasse brannten Fackeln, die Ersten liebäugelten mit dem Pool, noch war das Wasser glatt.

Kasimir ging von der einen zum anderen, scherzte mit den Menschen, ließ sie mit Sätzen zurück, auf die sie so schnell nicht antworten konnten, fragte sie, wie es ihnen gehe, wo der Schuh drücke und nahm abwinkend Huldigungen entgegen. Freunde und Freundinnen waren gekommen, Sammler, Kuratoren, Kunstbegeisterte und Kunstverwalter steckten ihre Köpfe zusammen, während sich sein Galerist fürsorglich um jene kümmerte, die erstmals Zutritt zum Heiligtum erhalten hatten. Lange vor Mitternacht stand fest, dass es mindestens eines Tages bedürfte, um das Atelier wieder in einen einigermaßen bespielbaren Zustand zu bringen.

Peter Ost tanzte mit einer Flasche Whiskey in der Hand, die jungen Frauen, die er antanzte und zu einer Art Lambada einladen wollte, drehten bald wieder ab, am Buffet wurden Häppchen aufgespießt und in weit geöffnete Münder geführt. Wenn die Musik leiser wurde oder zwischen zwei Nummern eine kurze Pause entstand, hörte man Gläser gegeneinander stoßen, eine Symphonie von Stimmen, die etwas oder zumindest sich mitteilen wollten. Kasimir trug cremefarbene Handschuhe zu einem dunkelbraunen Anzug. Seine Hände waren seine, an ihnen war nichts Außergewöhnliches, sie waren und blieben verborgen. Dafür küsste er mit gespitzten Lippen die Hände der Damen, was als charmant oder besonders subtil empfunden wurde.

Wie verwandelt alles war. Voller Menschen, voller fremder Leben, voller fremder Hände. Die meisten zückten irgendwann ein Mobiltelefon oder eine Digitalkamera, um nebenbei, wenn sie sich unbeobachtet wähnten, seine Wände zu fotografieren. Anstatt sie anzusehen, anstatt sie auf sich wirken zu lassen, anstatt sich in sie zu versenken, fotografierten sie die Gemälde bei äußerst ungünstigen Lichtverhältnissen. Manche schreckten nicht einmal vor Blitzen zurück, Kasimir nannte sie die Rotaugenfraktion. In den nächsten Tagen würden ihre Mitglieder mit den Fotos hausieren gehen. Seit einiger Zeit hielten sich alle Menschen für Nachrichtenagenturen.

Er hätte Antoine vor die Tür stellen und allen Besuchern Mobiltelefone und Kameras abnehmen lassen sollen. Es war befremdlich, wie da eine und dort einer seine Räume und Bilder ablichtete und nach persönlichen Spuren absuchte. Vielleicht sollte er Nagelzwicker, Teelöffel oder Pinselhaare auslegen, damit man sie mitnehmen und andächtig bewundern konnte. Vielleicht sollte er abgeschnittene Fingernägel an neuralgischen Punkten verteilen, die man rahmen und ins Wohnzimmer hängen konnte. Vielleicht sollte er jedem und jeder ein Haar von sich mit auf den Weg geben. Oder einen freundlichen Arschtritt.

Vor Kasimirs Bildern stand ein großgewachsener junger Mann in Jeans und engem schwarzen Polo-Shirt, schlenderte von einem zum nächsten, trat an sie heran, trat ein paar Schritte zurück – und schaute. Er schaute tatsächlich, und er schaute genau. Kasimir stellte sich mit zwei Gläsern Rotwein neben ihn.

»Ich liebe Parmigianino auch. Vor allem den Amor, der uns beim Pfeilschnitzen belustigt über die Schulter anblickt. Oder entschuldigend. Es gab Zeiten, in denen ich nur seinetwegen ins Kunsthistorische Museum ging. Was dieser Pfeil wieder anrichten wird.«

»Der Teufel trifft mich täglich.« Der junge Mann nickte in Richtung des Gemäldes, vor dem er stand. »Das ist übrigens phantastisch.«

»Zeigen Sie her.« Kasimir deutete auf Sebastians Hände. »Ich sehe. Sie haben sie ja eindrücklich beschrieben. Um nicht zu sagen autoerotisch.«

»Sie haben das Buch gelesen?«

»Eine Zeit lang haben wir doch beide von der Hand in den Mund gelebt. Kommen Sie.«

Kasimir freute sich über Sophies Verlässlichkeit. Sie hatte das Streichelmonster eingeladen, das er sich etwas anders vorgestellt hatte, wenn er auch nicht genau wusste, wie. Der junge Mann war schnell, sehr schnell, und das, wie es aussah, nicht vom Kokain. Seit Kasimir es sein gelassen hatte, hielt er die Menschen nur noch schwer aus, die von einem Moment auf den nächsten die Größten, Schönsten und Erfahrungsgesättigsten waren. Der junge

Mann war eine gute Stunde abseits gestanden, zwischen den Bildern hin- und hergegangen, wenn sich jemand zu ihm gesellt hatte, hatte er sich kurz mit ihm und etwas länger mit ihr unterhalten, ansonsten war er freundlich unverbindlich geblieben.

Kasimir drückte ihm ein Weinglas in die Hand und führte ihn in den Raum, in dem seit dem Morgen jene Bilder hingen, die an diesem Abend tabu waren. Er stellte das Licht an und prostete ihm zu.

»Ich bin Kasimir.«

Er streckte ihm die Hand entgegen, der junge Mann schüttelte sie fest.

»Ich weiß. Und ich Sebastian.«

»Und was ist das?«

Kasimir deutete auf das Gemälde neben Lydias Händen.

»Gepflegte, grazile Frauenhände.«

»Könnte ein Blinder sehen.«

»Die nie arbeiten mussten. Sehr entspannt die Finger der Linken, Zigarette zwischen Zeige- und Mittelfinger, eben angezündet. Ein schlichter Ring auf dem Ringfinger, die Hand abgewinkelt, der Ellenbogen abgestützt. Vielleicht auf einer Lehne. Ein steinbesetztes Armband ist weit gerutscht. Sehr feine Finger, aufsteigend gekrümmt. Der kleine ganz gekrümmt, der Ringfinger etwas offener, der Mittelfinger beinahe im Stinkefingermodus, der Zeigefinger so gut wie aufrecht – und der Daumen verborgen. Höchstwahrscheinlich. Könnte auch fehlen. Wäre aber grausam.«

»Ich bin nicht grausam.«

»Der Daumen der Rechten ist auch nicht zu sehen.«

»Was für ein Zufall.«

»Die Rechte umklammert einen langen spitzen Gegenstand, ist fest um den Griff geschlossen, der am Ende eines Glashalbknaufs – Ist das ein Dolch?«

»Junger Mann, das ist ein Eispickel.«

»Sharon Stone.«

Kasimir klatschte. Er wollte »braver Bub« sagen, gebot sich aber Einhalt. Er wusste nicht, warum, aber er vertraute dem ehemaligen Berufsstreichler, der sein Bild so genau wie technisch beschrieben hatte. Je älter Kasimir wurde, desto unumwundener gestand er sich das Recht zu, Menschen nach dem ersten Eindruck zu bewerten. Kein Wort zu den Farben, kein Halbsatz über die Stimmung, kein Hinweis auf den Betrachter im Betrachteten. Kasimir hatte über ein Jahr daran gemalt, in jener Phase, in der er begonnen hatte, bekannte Hände zu malen. Ihm bekannte Hände. Die Menschen waren bekannt, die Hände konnte niemand identifizieren. Er hätte drei Bilder malen wollen, aber er wusste, er musste sich wie immer für eines entscheiden – so streng war er, selbst wenn es um Sharon Stone ging.

Natürlich stammte die Linke mit der Zigarette aus dem ersten Verhör, als die mysteriöse Thrillerautorin in weißem Kleid und weißer Jacke auf einem Stuhl Platz genommen und die nackten Beine übereinander geschlagen hat, während sich die weißen High Heels keinen Deut bewegen. Die Rechte ist genauso entspannt wie die Linke, zwischen Daumen, Zeige- und Mittelfinger hält sie ein schwarzes Zigarettenetui und blickt mitleidig auf die armen Polizisten, die sie mit einem vergebenden Blick fragen wird, ob man sie wegen Rauchens im Nichtraucherbereich verhaften wolle. Das wäre ein perfektes Bild gewesen. Es war bereits ein perfektes Bild. Eine schräge, imaginäre Linie von der Rechten unten zur Linken oben, auf dunklem Hintergrund. Vielleicht noch stärker, weil völlig entspannt, waren

Sharon Stones Hände in der berühmten Szene kurz darauf, als sie das Überschlagsbein ändert und dabei für einen Moment den Blick auf ihre glatte Scham freigibt. Vielleicht war das der Moment, den man *iconical* nannte, jener Moment, in dem die Frauen dieser Welt ihre Scham glattzurasieren begonnen hatten. Die Linke ist noch immer höher als die Rechte, liegt auf der Rückenlehne, die Rechte auf der Armlehne, beide Hände sind offen, alle zehn Finger hängen gerade nach unten.

Kasimir hatte sich schweren Herzens dagegen entschieden, obwohl es Skizzen dazu gab, zwei im Freien schwebende Hände, die er in seiner Küche neben den Händen Barack Obamas aufgehängt hatte. Aber er wollte den Eispickel und die Zigarette, beide Hände auf gleicher Höhe im oberen Drittel der Leinwand, während von der Zigarettenspitze eine dünne Rauchlinie bis ans Leinwandende zog. Die Offenheit der Linken, die Entschiedenheit der Rechten, der helle Teint in einem abgestuften Blau, das hell, weiß, gräulich begann und immer blauer wurde. Die Einladung zum Spiel mit dem Feuer.

»Soll Sharon Stone das Bild kaufen?«

»Als ihre Hände zum ersten Mal zu sehen waren, wusste ich, dass sie nicht die Mörderin ist. Die Hände, die zu Filmbeginn den Eispickel in den ehemaligen Rockstar stießen, waren andere. Erinnerst du dich an das letzte Bild?«

Sebastian schüttelte den Kopf.

»Es wiederholt das erste. Eine Frau, die einen Mann reitet. Diesmal wissen wir, wer sie ist. Sie lehnt sich nach hinten und wirft sich im Kommen nach vorn. Sie hat keinen Eispickel in der Hand, Michael Douglas wird überleben. Zumindest diesen Augenblick. Unter dem Bett liegt ein Eispickel.« Kasimir lachte. »Unsere große Angst.«

»Was wird das kosten? Ein paar Hunderttausend Euro?«

Kasimir hob die Hände.

Als Kasimir zurückkam, sah er Körper, die sich zur Musik bewegten, Arme, die in die Luft gerissen wurden, Frauen, die sich unter Männerarmen drehten, Männer, die sich unter Frauenarmen drehten, Männer, die Männer an den Hintern fassten, Frauen, die Frauen den Hof tanzten, absurde Verrenkungen, groteske Zuckungen, manche schienen mit Elektroschocks bearbeitet worden zu sein. Peter Ost war auf einer Couch eingenickt, neben ihm tippte Maya Kempowski, eine eifrige Kuratorin, in ihr Mobiltelefon, auf der Terrasse standen mehrere Grüppchen beisammen. Antoine knutschte mit einem Unbekannten, sein Galerist dozierte inmitten einer kleinen Zusammenrottung und sah immer noch so aufgeräumt aus, als käme er eben von einem ausgedehnten Frühstück mit Meerblick. Sophie tuschelte mit Sebastian, der ihr alle Augenblicke etwas ins Ohr flüsterte und den Kasimir in Zukunft vermutlich öfter sehen würde. Er würde ihn beizeiten ins Gebet nehmen. Sophie war ein zartes Geschöpf, das man angemessen behandeln musste.

Da griff Sophie nach einem Löffelchen und schlug es gegen ihr Weinglas. Außer ihrer nächsten Umgebung hatte es niemand bemerkt, sie wies Sebastian auf die Anlage hin, er stellte die Musik leiser, Sophie ließ noch einmal Glas klirren. Man drehte sich in ihre Richtung, sie stand in engen blauen Jeans und einem gelben Shirt da, das ihr über die linke Schulter gerutscht war. Bisweilen fand es Kasimir absurd, eine Assistentin und einen Assistenten zu haben.

»Meine sehr geehrten Damen und Herren! Bevor uns alles davongaloppiert, will der Meister eine Wettschuld einlösen. Begrüßen Sie mit mir – den Dichter Kasimir Ab!«

Alles klatschte, alles johlte, manche pfiffen, einige wieherten, Kasimir fragte sich, womit er das verdient habe, und hob beschwichtigend die Hände. Er funkelte Sophie an, Sophie lächelte zurück.

»Die bezaubernde junge Dame hat mich im Brustschwimmen geschlagen. Mein Gedicht ist noch nicht geschrieben, deshalb –«

Bitte! Komm schon! Wir wollen ein Gedicht hören! Ein Gedicht von einem Gedicht! Wettschulden! Ehrenschulden! Kasimir konnte die Hände noch so abwehrend vor die Brust halten, die Menge klatschte, gluckste, lachte und feuerte ihn an.

»Draußen«, sagte er, »draußen.«

Draußen stellte sich Kasimir an den Rand des Pools, die Luft war warm, um ihn bildete sich eine Menschentraube. Er trank sein Glas in einem Zug leer, schloss die Augen und öffnete seinen Mund.

»Zer–«

–schmettert im Frieden der Nacht, hätte er beinahe gesagt. Er hielt den Atem an.

»–borsten das Dunkel über den Dächern
Schleicht eine Katze
Über die Sichel eines Mondes
Der nicht fragt
Was er
Für sie
Tun könne
Die Abendroben der Damen im Zwielicht
Die Monokel der Herren vorgestellt
Dies ist die Zeit
Von der einmal gesagt werden wird
Sie meinte

Nie zu vergehen
Das Klirren der Gläser
Der Rauch aus tausendundeinem Mund
Tanzt den Tanz auf dünnem Eis
Zerborsten das Dunkel über den Rächern«

Kasimir öffnete die Augen und ließ sich mit dem ersten Klatschen seitwärts in den Pool plumpsen. Das Wasser kühlte angenehm, der Pool war mattgrün beleuchtet, er drehte sich einige Male wie ein Ball, die Knie angezogen, die Arme vor den Knien verschränkt.

Als er auftauchte, klatschten und johlten die Gäste, als hätte er eine entscheidende Wahl für sie gewonnen. Peter Ost sprang mit der Whiskeyflasche in der Hand ins Wasser, Kasimir war erleichtert, als er gleich darauf wieder auftauchte. Eine Frau, die er noch nie gesehen hatte, zog sich aus und sprang in den Pool, »Guten Abend«, sagte er, als sie auftauchte, »kennen wir einander?«, »noch nicht«, sagte sie und streckte ihm die Rechte entgegen, »Yvonne«. »Egal, wie dicht du bist«, Peter Ost, natürlich, »Goethe war Dichter«, von überall erschallte Gelächter, als hätte man den Spruch nicht schon tausendundzweimal gelesen, der junge Mann, mit dem Antoine geknutscht hatte, sprang in engem weißen Slip ins Wasser, Antoine hechtete ihm hinterher und küsste ihn unter tosendem Applaus am Beckenrand, die nackte Yvonne tauchte unter und schoss in die Höhe, tauchte unter und schoss in die Höhe, tauchte unter und schoss in die Höhe, der Bass vibrierte, der Profistreichler a. D. hatte sich in einen DJ verwandelt, die Umherstehenden durften endlich fotografieren, Kasimir und Yvonnes Brüste, alle standen mit gezückten Mobiltelefonen um den Pool, Sophie kam mit Handtüchern und legte sie auf eine Liege.

Kasimir schüttelte sich, als er unter großem Hallo aus dem Pool kletterte. Sein brauner Anzug war schwarz, das weiße Hemd klatschnass, die Handschuhe klebten an seinen Fingern. Als ihm Sophie ein Handtuch reichte, sah er Lydia mit einem Weinglas in der Terrassentür stehen. Sie schüttelte nachsichtig den Kopf, als wäre er ein dummer Junge. Er hatte ihr vor dem Fest geschrieben; sie hatte nicht geantwortet. Kasimir bahnte sich einen Weg durch die Applaudierenden, küsste Lydia auf die Wangen, fasste sie an der Hand und zog sich mit sich fort. Sebastian winkte ihm.

Wahrscheinlich wäre es tatsächlich besser, Sharon Stone kaufte das Bild als irgendein windiger Neureicher. Unterdessen führte sein Galerist ganz nebenbei Verhandlungen. Ein Fest, viele Feste.

10

Nachdem sich der erste Freudentaumel gelegt und Verena der Wurfbox einen Antrittsbesuch abgestattet hatte, saßen sie in einem Halbkreis beisammen und atmeten tief durch. Im Hintergrund war die Box zu sehen, das Kleine quiekte in länger werdenden Abständen, Rita konnte ihre Augen nicht vom Bildschirm nehmen.

Fu Mao hielt das kleine rosafarbene Etwas in ihren Pranken. Sie drückte es an ihren Körper, leckte es und roch an ihm. Dann stillte sie es, über das Kleine gebeugt.

Rita hörte, was Verena sagte. Trotzdem spürte sie, wie weit weg sie war. Verena sprach von der Gefahr, die Mutter könnte ihr Kind doch noch verstoßen, obwohl sie es offenbar angenommen habe, und erklärte, worauf in den nächsten Tagen besonders zu achten sei. Man müsse in Tagen denken, in Stunden. Die ersten Wochen seien entscheidend. Rita bekam alles mit. Es sei noch lange nicht gesagt, dass das Kleine überleben werde. Einmal sei es jedenfalls gelungen. Es sollte ein zweites Mal gelingen. Die Welt schaue zu. Die Chinesen schauten besonders genau.

Alle möglichen Probleme waren in Betracht gezogen worden. Ein kleiner Brutkasten stand bereit, der zum Einsatz käme, sollte Fu Mao ihrem Kind nicht ausreichend Körperwärme geben. Warum sich eine Mutter für oder gegen ein Kind entschied, wusste niemand. Rita hörte alles. Gleichzeitig war ihr, als wäre sie in der Wurfbox. Neben, mit den beiden.

Verena sprach von der Presseaussendung, die gerade vorbereitet, und von der Nachricht, die morgen in den sozialen Medien verbreitet werde. Sie wolle nicht noch einmal darauf hinweisen, tue es aber des Protokolls wegen: Keine Fotos veröffentlichen, keine Bilder aus der Hand geben, Fu Mao und das Kleine bräuchten Ruhe und Zeit und noch einmal Ruhe und Zeit. Fragen wurden gestellt, die Direktorin verabschiedete sich, Verena versuchte, allen so präzise wie möglich zu antworten. Etwas Beschwingtes lag in der Luft. Sie hatten es geschafft. Es war vollbracht.

Fu Mao saß auf dem Stroh, drückte das kleine Etwas an ihren Bauch und wiegte es. Abermals blickte die Diva direkt in die Kamera. Rita konnte ihre Augen kaum ausmachen, so gut waren die schwarzen Knöpfe in den schwarzen Flecken versteckt. Sie wirkte erschöpft. Das Kleine quiekte.

Mit einem Mal sah sich Rita von außen. Sie sah einen kleinen Raum mit verdunkelten Jalousien, in dem sieben Menschen saßen und vier Ventilatoren kühle Luft spenden sollten, während auf einem Bildschirm im Hintergrund eine Pandabärin auf dem Rücken lag und ihr Neugeborenes an die Zitzen setzte. Sie atmete tief, ihr Körper hob und senkte sich, das Kleine zitterte während des Saugens. Menschen hatten die Box gebaut, in der Fu Mao es geboren hatte. Die Menschen, die den Bau der Box in Auftrag gegeben hatten, saßen in einem Halbkreis und beratschlagten, wie sein Überleben sichergestellt werden könne, wobei man realistisch zu bleiben habe – vierzig Prozent der Großen Pandas stürben im ersten Lebensjahr. Die Menschen sprachen von Öffentlichkeitsarbeit, vom Schutz der Intimsphäre. Es sei kein Unglück, dass Fu Mao keine Zwillinge geboren habe, üblicherweise nehme die Mutter eines an und lasse das andere sterben.

Rita war, als blickte sie durch die geschlossenen Augen des kleinen rosafarbenen Etwas auf die seltsamen Wesen in diesem Raum. Hieß es nicht, man sehe sich von außen, wenn man sterbe? Hoch oben, aus einer Ecke des Raumes, derweil man auf sich selbst und den Raum und die anderen Menschen in ihm blicke? Ihr Herz schlug laut, etwas pochte unter den Schläfen, sie bekam kaum Luft. Sie wusste nicht, wie ihr geschah.

Rita stand auf. Es schwindelte sie. Sie hielt sich an der Stuhllehne fest, entschuldigte sich knapp und verschwand auf die Toilette. Kalter Schweiß rann über ihren Körper, ihr war übel, sie kniete sich vor die Klomuschel und erbrach sich. Sie betätigte die Spülung und erbrach sich noch einmal. Als ihr Magen leer zu sein schien, blieb sie noch eine Zeit lang vor dem Waschbecken stehen, atmete tief ein und aus und klatschte sich Wasser ins Gesicht. Allmählich beruhigte sich ihr Atem, und als sie in den Spiegel zu blicken wagte, blickte ihr eine erschöpfte Frau mittleren Alters entgegen, die aussah, als hätte sie vor ein paar Stunden ein Kind zur Welt gebracht. Rita fasste sich an die Nase und zwickte sich in die Wangen.

Sie sagte: »Ich heiße Rita.«

Sie sagte: »Ich habe gerade etwas Merkwürdiges erlebt.«

Sie sagte: »So ist das Leben.«

11

Er stand unter der Dusche und wusch die vor ihm stehende Lydia. Das war sein Fest im Fest. Er seifte sie ein, massierte ihre Brüste, knetete ihren Hintern, küsste sie in den Nacken, auf die Ohren, auf den Hals. Lydia seufzte und dirigierte ihn, er griff nach einem Schwamm, schrubbte ihren Rücken, strich ihr Haar nach hinten, Lydia knurrte, Lydia summte, das Wasser prasselte auf sie nieder.

Den ganzen Abend lang hatte Kasimir Gesprächsfetzen aufgeschnappt, vorm Buffet, im Atrium, beim Tanzen, immer wieder war über den Fünfhunderteuroschein des Unbekannten Künstlers gesprochen worden. Anders als in den Zeitungen und Onlineportalen sprach man in seinem Atelier hinter vorgehaltener Hand darüber. Natürlich war das keine Kunst, sondern billiger Aktionismus, Schwachsinn für Schwachsinnige, sonst hätten sich nicht die Boulevardmedien darauf gestürzt. Ein Journalist hatte dargelegt, der Unbekannte Künstler sei ein streunender Köter, der nicht mehr könne als Wände anpinkeln. Er könne nicht mehr, als Künstler anpinkeln, weil er es selbst nicht geschafft habe, hatte Kasimir geantwortet, was wenig verwundere, wenn man seine Arbeiten einmal gesehen habe. Niemand hatte ihm widersprochen, nicht einmal der Journalist.

Kasimir küsste Lydias Pobacken, ihre Schenkel, ihre Waden, dann massierte er ihre Schultern, ihre Oberarme, während ihm bewusst wurde, dass keines seiner Werke, so berühmt er immer sein mochte, jemals auch nur annähernd so viel Aufmerksamkeit gefunden hatte wie der ein paar Tage alte *Fünfhunderteuroschein (mit Hund)*. Es war das einzige Werk, das nicht er betitelt hatte.

»Kasimir, das ist –«

»Was?«

Lydia drehte sich um, er hatte nicht bemerkt, was er tat, sie blickte ihn an, wie sie ihn noch nie angeblickt hatte.

»You're making love to me.«

Kasimir legte seinen Zeigefinger auf ihre Lippen und küsste sie auf die Schläfe.

»Lass mich deine Hände sehen.«

Lydia stützte ihre Hände an der Wand ab, Kasimir küsste ihren Hals, ihre Ohrläppchen, ja, Liebe, was sonst, viel mehr Liebe als für drei Viertel der Menschen, die über ihnen tanzten, das Buffet leerräumten, längst eigenmächtig Flaschen öffneten und entkorkten, jetzt, da er nicht anwesend war, hemmungslos fotografierten, was ihnen unter die Augen kam, die ansonsten so wenig sahen.

Das alles hatten seine Hände erschaffen. Seine Hände waren viele Hände, von seinen Händen – Kasimir fand den Gedanken amüsant, nach so vielen Jahren fiel ihm der naheliegendste Satz ein: *Das alles haben meine Hände erschaffen.* Das alles war wunderbar und beängstigend, mehr als gerecht und schwindelerregend ungerecht.

»Magst du meine Version deiner Hände?«

»Ich hätte sie beinahe nicht erkannt.«

»Das ist keine Antwort.«

»Bei welchem Schnösel werden sie hängen?«

Kurz nachdem sie nach oben gekommen waren, hatte sich Lydia verabschiedet. Sie fühle sich nicht wohl, man sehe sie seltsam an, sie verstehe nicht, worüber die Menschen sprächen, und sei auch nicht erpicht darauf. Sie hatte ihm nicht in die Augen gesehen, ihr Blick war umhergegeistert, sie hatte fahrig geraucht. Sie könne sich doch mit Sophie und dem Streichelmonster unterhalten, hatte er gesagt, das seien normale Menschen, was immer man darunter verstehe. Ob er denn nicht verstehe, Lydia hatte den Kopf geschüttelt, ihr Glas geleert und ihn flüchtig auf den Mund geküsst, das sei nicht ihre Welt. Und war verschwunden.

Als Kasimir Ab auf die Terrasse trat, um frische Luft zu schnappen und nach Antoine Ausschau zu halten, sah er seinen Galeristen mit einer Künstlerin vor dem Pool stehen, die er mochte, obwohl er ihre Kunst verheerend fand.

»Unglaublich«, sagte sie.

»Allerdings«, sagte Jonathan und schüttelte den Kopf. »Aber sagen Sie ihm nichts. Er ist so gut gelaunt heute. Wunderbares Fest. Wenn mich nicht alles täuscht, hat seine blendende Laune mit der entzückenden jungen Dame zu tun, die –« Er breitete die Arme aus und strahlte ihn an. »Er ist es! Kasimir Ab himself! Meister, wie haben wir dich vermisst!«

»Phantastisches Gedicht«, sagte die schlechte Künstlerin.

»Modern«, sagte Jonathan, »Zwischenkriegszeit. Mittlerweile könnte man allerdings wieder reimen.«

»Was nicht sagen?«

»Wie bitte«, sagte Jonathan und zog die Brauen hoch, »wovon sprichst du?«

»Was soll sie mir nicht sagen?«

»Erzähl ich dir – «

»Jetzt, Jonathan, jetzt.«

»Sie entschuldigen uns.«

Jonathan reichte der schlechten Künstlerin die Hand. Sie sah ihn an, als wäre er der liebenswürdigste Mensch der Welt, ehe sie eine Visitenkarte aus ihrer Handtasche kramte und ihm in die Hand drückte.

»Schauen Sie doch mal vorbei. Oder auf meiner Website. Ich – «

»Gern«, sagte Jonathan, »danke.«

Sie gingen an den Rand der Terrasse, Jonathan bat Kasimir, kurz zu warten. Kasimir ließ seinen Blick über die Menschen gleiten. Wie gut sie ihre Rollen spielten, obwohl viele bereits mit Textproblemen zu kämpfen hatten. Sie waren alle wichtig, weil sie bei einem wichtigen Künstler sein durften, sie waren in einen seltsamen Adelsstand erhoben, sie nahmen an einem Hochamt teil. Er fühlte sich fremd. Mit einem Mal fühlte sich Kasimir unter all den Menschen fremd. Es war seine Welt, und es war nicht seine Welt. Er hatte sie zusammengestellt, und er hatte sie nicht zusammengestellt. Der Hund hatte gebellt, und er –

Er wurde zu den Siegern gezählt, obwohl er alles andere als ein Sieger war. Er war ein Kämpfer. Er war ein Spieler. Er kämpfte mit sich, er kämpfte mit der Welt, er kämpfte mit seinen Gespenstern. Er spielte mit sich, er spielte mit der Welt, wenn er sich stark genug fühlte, spielte er sogar mit seinen Gespenstern. Der Hund hatte noch nicht gebellt.

Jonathan kam mit zwei Gläsern Whiskey zurück, die er hoch über dem Kopf durch die Menge balanciert hatte. »Verzeihen Sie, Achtung, Excusez-moi.« Er bedankte sich für den phantastischen Abend, lobte die neuen Bilder, kam auf die große Ausstellung zu Kasimirs Fünfzigstem zu sprechen, die sie noch einmal in eine andere Sphäre katapultieren würde.

Jonathan sprach druckreif, mit Konjunktiven, man hätte ihn in diesem Moment eine Rede auf die linke Hand in der Kunst des 20. Jahrhunderts halten lassen können, es hätte wunderbar geklungen. Jonathan sah stets aus, als hätte er sich eben erst rasiert. Er vermittelte jederzeit den Eindruck, alles im Griff zu haben, vor allem sein eigenes Leben. Seine Anzüge saßen perfekt, seine silbernen Manschettenknöpfe funkelten, sein gewelltes dunkelblondes Haar hatte er locker nach hinten gekämmt. Er schien aus einer anderen Zeit zu kommen, er kam aus einer anderen Klasse, Kasimir nannte ihn den Kronprinzen, nicht zuletzt, weil der Kronprinz ein Apfel war, den Kasimir als Kind gern gegessen hatte.

Vor anderen hätte er Jonathan nie Kronprinz genannt. Das war sein Wort, es war zwischen ihnen. Seit zwanzig Jahren arbeitete er mit dem Kronprinzen, den er auch zu der Zeit gesehen hatte, als diesem sein Leben zu entgleiten drohte, den er gesehen hatte, wie Jonathan nie hätte gesehen werden wollen. Jonathan hatte viel Geld mit Kasimir verdient, Kasimir hatte viel Geld mit Jonathan verdient. Er mochte seinen Galeristen auch aus anderen Gründen. Jonathan bewunderte ihn für seine Freiheit und Ausdruckskraft, gleichzeitig hätte er nie wie er leben wollen oder können. Von Zeit zu Zeit fragte sich Kasimir, wie ernst Jonathan ihn tatsächlich nehme. Bisweilen behandelte der Kronprinz seinen Künstler wie ein Kind – allerdings wie einen Thronfolger.

»Trink aus und sprich.«

Jonathan stieß mit Kasimir an, trank den Whiskey in

einem Schluck und nahm eine Zigarette aus seinem Silberetui.

»Ich halte das Bild für ein Meisterwerk. Eine ikonographische, dialektisch gespannte Szene auf der Schwelle zum neuen –«

»Sprich, Jonathan.«

»Die Mädchenhände auf dem gelben Hintergrund, die mit spitzen Fingern Radiergummis halten.«

»Ich kenne meine Bilder. Hat das nicht ein Koreaner?«

»Ein stinkreicher japanischer Industrieller.«

»Und der will etwas Ähnliches mit den unendlich berührenden Fingerchen seiner Enkelin. Kommt nicht in Frage.«

»Ich mach es kurz, Kasimir. Er hat in seinem Testament verfügt, das Bild solle mit ihm verbrannt werden.«

12

Es war kurz vor Mitternacht, als Rita nach Hause kam. Im Innenhof zirpten Grillen, bunte Glühbirnen leuchteten über Menschen, die im Freien um einen Tisch saßen, lachten, anstießen und einander unaufhörlich ins Wort fielen. Rita hielt sich am Handlauf fest, während sie keuchend die Stiegen nahm und sich nach einem Lift sehnte. Rosanna wartete hinter der Tür, reckte ihr den Kopf entgegen, gab aber keinen Mucks von sich. Sie verengte nicht einmal ihre grünen Augen. Sie stand nur anklagend da.

»Ach, meine Süße, gleich bekommst du was Leckeres. Ich hab dich nicht vergessen.«

Als sich Rita zu ihr beugen wollte, drehte sich Rosanna um und trippelte in Richtung Küche. Rita setzte sich auf den Boden. Selbst das Ausziehen der Schuhe fiel ihr schwer. Sie konnte sich nicht erinnern, wann sie zum letzten Mal so müde gewesen war. Auf dem Heimweg hatte sie einen Döner verschlungen, weil sie mit einem Mal Heißhunger verspürt hatte. Dazu hatte sie Cola getrunken, um für die letzten Schritte munterer zu werden. Nun war ihr, als hätte sie einen Stein im Magen. Munterer war sie nicht. Alle Augenblicke musste sie aufstoßen. Etwas rumorte in ihr. Sie kam sich vor, als hätte sie zu viel getrunken. Sie trank nie zu viel.

Als Rita die leere Wasserschüssel in der Küche sah, entschuldigte sie sich abermals bei Rosanna. Sie wollte ihr über den Kopf streicheln, aber Rosanna duckte sich weg. Rita ließ frisches Wasser in die Schüssel laufen und stellte sie vor ihre Katze, die ihre Augen nicht von ihr genommen hatte und kläglich miaute.

»Heute ist eine Bärkatze geboren, weißt du, darum ist es so spät geworden. Schau mich nicht so an. Ich kann nichts dafür. Trink.«

Rosanna hielt wenige Schritte vor der Schüssel, während Rita nach Futter suchte. Rosanna machte keine Anstalten, zu trinken. Sie wandte ihren Kopf Rita zu und blickte sie mit zusammengekniffenen Augen an. Sie musste entsetzlich durstig sein, es hatte noch immer an die dreißig Grad, Rita sprühte sich Wasser ins Gesicht und aufs Haar und öffnete das Fenster. Sie griff nach dem besten Futter, das sie finden konnte, öffnete die Dose und verteilte die feinen Stückchen gleichmäßig auf einer kleinen blauen Schüssel. Dann rupfte sie zwei Blätter Basilikum von einem Strauch und garnierte das Nachtmahl. Rosanna blieb stehen und rührte sich nicht. Sie wartete auf etwas. Rita hatte keine Kraft für solche Spielchen.

Sie lehnte an der Badezimmertür und zog sich langsam aus. Es war nicht einfach, aus den Kleidern zu kommen, die an ihr klebten. Sie blickte in den Spiegel. Sie sah nicht aus, wie Frauen ihres Alters im Fernsehen aussahen. Sie sah nicht aus, wie Frauen ihres Alters auf Plakaten aussahen, um Frauen ihres Alters Crèmes gegen das Altern anzupreisen. Sie sah aber auch nicht wie eine aus, die sich keine Hoffnungen mehr machen durfte. Bloß wusste sie nicht, worauf sie sich Hoffnungen machen sollte. Das winzige rosafarbene Etwas sollte leben. Und weiter?

Rita stützte sich an den gelben Fliesen ab, das kalte Wasser prasselte auf sie nieder. Etwas zog in ihrem Magen. Sie dachte, sie müsse urinieren, aber als sie die Augen öffnete und auf den Wannenboden blickte, entdeckte sie rote Schlieren im Wasser, das kreisförmig in den Abfluss rann. Das Rot wurde dünner, rosa, immer zarter, ehe es verschwunden war. Der Schwindel, die seltsamen Gedanken, das Erbrechen – Rita atmete auf. Das also war es. Im Innenhof lachte jemand hell. Die Zikaden zirpten laut.

Als sie sich einigermaßen erfrischt fühlte, legte sie sich in ihrem kleinen Wohnzimmer auf die Couch. Die Straßenbahn ratterte vorbei, Autos fuhren die Straße entlang, eine Sirene ertönte. Rita war zu müde, um den Fernsehapparat einzuschalten, fühlte sich zu schwach, um Tee zu kochen oder aus dem Fenster zu blicken. In der Wohnung über ihr wurde wieder einmal in einer fremden Sprache gestritten; Rita war froh, die Schreie und Worte nicht zu verstehen. Rosanna kam aus der Küche und sprang auf die Couch. Sie hatte den Schwanz aufgestellt und strich um ihren linken Unterschenkel. Rita musste lachen. In der Wohnung über ihr wurde eine Tür zugeknallt.

»Nicht kitzeln, Süße, das macht mich wahnsinnig.«

Sie musste wieder lachen. Wieder knallte eine Tür.

»Nicht kitzeln, hab ich gesagt!«

Rita packte Rosanna am Nacken und legte sie neben sich. Ihre Augen fielen zu, sie konnte sie nicht offenhalten, ruhig wurde sie dennoch nicht. Es war nicht das Koffein. Es war nicht der Zucker. Es war auch nicht die Zwiebel. Eine Sequenz lief wieder und wieder in ihrem Kopf ab: das Flutschen, der Alien auf dem Stroh, das erste schrille Quieken und gleichzeitig der traumwandlerische Platzwechsel der Mutter. Alles wie in Trance.

Rita stand auf und ging zum Fernsehapparat. Es musste in einer Kiste darunter sein. Während sie in der Kiste wühlte, wunderte sie sich, warum sie all den Müll aufhob, den sie niemals brauchen würde. Ansichtskarten, Trillerpfeifen, Werbegeschenke, eine kleine Taschenlampe, Batterien, Stofftiere, Datensticks, Eintrittskarten. Und da war das kleine blaue Notizbuch, das sie bei einer Tombola gewonnen hatte und auf dem *Aufzeichnungen eines Genies* stand. Sie schmunzelte. Darum hob sie den Müll auf.

Rita legte sich auf die Couch, lehnte ihren Rücken gegen einen Polster, zog die Beine an und schlug das kleine blaue Notizbuch auf.

12. 8. 2009

Heute bin ich geboren. Um 12 Uhr 17 bin ich aus meiner Mutter geflutscht und habe sofort zu quieken begonnen. Ich bin winzig. Ich bin rosarot. Und ich bin beinahe nackt. Ein spärlicher weißer Flaum bedeckt mich. Es sieht aus, als wäre ein dünnes Netz über mich geworfen. Man muss genau schauen, um die Härchen zu entdecken.

Ich wollte mich bewegen. Aber ich konnte nicht. Meine Beinchen versagten. Ich ruderte mit ihnen um Hilfe. Meine Mutter wechselte augenblicklich ihren Platz. Sie hatte Angst, mich zu erdrücken. Sie ist riesig. Weil ich mit dem Quieken nicht aufhörte, nahm sie mich in ihr Maul und leckte mich ab. Sie roch lange an mir. Sie schmeckte mich.

Noch sind meine Augen geschlossen. Wenn ich sehen könnte, müsste ich mich fragen, was ich bin. Meine Mutter sieht ganz anders aus. Meine Eltern kommen aus China. Ich bin in Wien geboren. Man hat meiner Mutter eine Box gebaut, die für die Höhle steht, in die sie sich auf freier

Wildbahn zurückgezogen hätte. Im Freien gibt es nur noch an die 1600 von uns. Wir anderen sind Botschafter. Wir haben Namen. Uns liebt man. Wir werben für unser aller Überleben.

Man weiß noch nicht, ob ich Männlein oder Weiblein bin. Mir egal. Ich bin. In hundert Tagen bekomme ich einen Namen. Rita nennt mich Rosarote Wonne.

13 Tiefstehende Sonne.

Es gab Warnungen vor Kamelen, Panthern, Krötenwanderungen oder Eichenprozessionsspinnern, aber dieses Verkehrsschild war das schönste, das Kasimir kannte. Sie waren auf der Südautobahn, kurz vor dem Wechsel, Hans saß mit einer verspiegelten Sonnenbrille hinter dem Steuer. Kasimir fragte sich, ob Hans die Lederhandschuhe trage, um sich über seinen Fahrgast zu mokieren oder um dem Bild des gewissenhaften Chauffeurs zu entsprechen.

»Ihr Schild.«

Guter Hans. Er hatte bemerkt, dass Kasimir etwas auf der Leber lag, nicht nur die Getränke der letzten Nacht. Seit dem Einsteigen hatte er kein Wort verloren, dumpf vor sich hingebrütet, den Japaner verflucht, die Welt verteufelt, sein Mobiltelefon abgestellt und aus dem Fenster gestarrt. *Kauf es zurück*, hatte er Jonathan geschrieben, *K.*

»Fast wie mit einer Leiche, nicht wahr?«

»Das ist eine andere Stille. Glauben Sie mir. Wie lange wollen Sie bleiben?«

»Zwei, drei Tage. Ich muss mich ein wenig verstecken.«

»Haben Sie wieder was angestellt?«

Kasimir musste lachen. Wieder! Bevor er ihn eingestellt hatte, war Hans jahrelang für einen Billigbestatter mit Leichen und Urnen über die Lande gefahren. Der Billigbestatter Marc Maló nannte sich *Engel der Armen*, Kasimir hatte absurde Videos von ihm im Netz gefunden. Hans hatte arme Leichen, also die sterblichen Überreste von Menschen, deren Angehörige arm oder nicht willens waren, den üblichen Bestattungspreis zu bezahlen, in tschechische Krematorien gefahren und war einmal im Monat mit einem Kleinbus voller Urnen in die Schweiz aufgebrochen, um ihren Inhalt über einer einsamen Wiese zu verstreuen. Wieder und wieder ließ sich Kasimir erzählen, wie Hans eines Tages die Urnen geöffnet und die Asche über der Wiese zu verstreuen begonnen hatte, als Wind aufgekommen war. *Er hatte den Tod im Gesicht gehabt.* Ob Bergbach- oder Baumwurzelbestattung – ohne Angehörige wurde jede Bestattung zur Almwiesenbestattung, der günstigsten im Katalog.

»Erzählen Sie von Maló. Der erheitert mich immer.«

»Eigentlich heißt er Richard, Maló klingt halt besser. Trägt immer einen Diamanten am Sakko. Also seine Mutter – oder das, was von ihr geblieben ist. Er hat seine Mutter zum Diamanten pressen lassen.«

»Sie nehmen mich auf den Arm.«

»Nein. Habe ich ja –«

»Das haben Sie noch nie erzählt.«

»Eines Tages komme ich ins Büro. Draußen Schnee. Ein Einsatzfahrzeug fährt mit orangem Blinklicht über die Straße. Die Sekretärin nimmt Anrufe entgegen. Das Geschäft läuft gut. Maló hat die Hände hinterm Rücken verschränkt. Geht auf und ab. Spricht mit dem Diamanten. Spricht in der dritten Person über sich.« Hans wechselte in die Kopfstimme. »Die Welt versteht Marc Maló nicht. Dem Engel der Armen wird nicht gehuldigt. Sein Einsatz für die Ärmsten wird bezweifelt. Aber, Mamá, der Tag wird kommen. Wenn er zur Rechten des Herrn sitzt – «

»Das erfinden Sie jetzt.«

»Ich erfinde gar nichts.« Wieder verfiel er in eine Fistelstimme. »Wenn er zur Rechten des Herrn sitzt, wird dieser ihm eine Almwiese zeigen, da unten, wo die Menschen ein kleines Stück Land Schweiz nennen. Auf dieser Wiese tummeln sich Alte, Junge, Männer, Frauen, Kinder. Zuwinken werden sie ihm. Sieh, wird der Herr sagen, ihnen hast du eine würdevolle Bestattung ermöglicht. Würde hat keinen Preis. Sieh deine Verstreuten. Dabei steht er noch immer mit dem Rücken zu mir. Als ich mich umdrehe, sagt er: Hans, mein fahrender Charon – ich musste nachsehen, was das heißt –, habe ich Ihnen nicht hundertmal erklärt, dass man anklopft, bevor man mein Büro betritt? Bevor ich antworten kann, dreht er sich mit Tränen in den Augen um: Ich vergebe Ihnen. Meine Frau will den Vertrag nicht unterschreiben. Welchen Vertrag? Dass sie mich, sollte ich vor ihr sterben, zum Diamanten pressen lässt. Genauso wie ich ihr garantiere, dass ich sie, sollte sie vor mir sterben, zum Diamanten pressen lasse.«

»Da haben Sie's mit mir vergleichsweise einfach.«

Hans lachte. Es schüttelte ihn, Kasimir befürchtete, er könnte die Kontrolle über den alten Mercedes verlieren. Kurz fragte er sich, ob sein Chauffeur in diesem Moment verrückt werde, was schlecht wäre, weil Kasimir noch nie ein Auto gesteuert hatte. Aber Hans schob nur seine Sonnenbrille auf den Kopf, wischte sich Tränen aus den Augen, setzte die Brille wieder auf, um der tiefstehenden Sonne zu trotzen.

»Hoffentlich bin ich Ihr letzter Einsatz. Nicht, dass Sie in zehn Jahren einen anderen Scharlatan spazieren fahren und ihm absurde Geschichten über Kasimir Ab erzählen.«

»Sie wissen gar nicht, wie schön es ist, wieder mit Lebenden unterwegs zu sein. Unlängst hat man mich übrigens um ein Interview gebeten.«

»Über Maló?«

»Über Sie.«

»Hans?«

»Ich schweige wie eine Urne.«

»Hat sie den Vertrag unterschrieben?«

»So lange ich in der Firma war, nicht.«

Die Sonne stand tatsächlich tief. Kasimir klappte die Blende herunter und blickte aus dem Fenster. Wie grün alles war. Sanfte Hügel, die Ausläufer der Alpen, es ging leicht bergan. Er liebte das Gefühl, fliehen zu können. Er liebte es, zu verschwinden. Auch wenn sein kleines Häuschen nur zwei Stunden von Wien entfernt war, stand es in einer anderen Welt.

Den alten Weinkeller hatte er einer Künstlerin abgekauft, die nach Italien gezogen war. Manchmal stellte er auf dem Eisenberg, einem Hügel, den die Flachländer Berg nannten, eine Leinwand ins Freie. Direkt vor seiner Tür führten Weinhänge hinunter zum Dorf. Meist ging er bloß spazieren, folgte seiner Nase, trank Wein, hielt den Kopf in die Sonne, um zu vergessen, wer er war. Es ging nicht darum, sich zu vergessen. Er wollte vergessen, was an seinem Namen hing. Er wollte ein Mann sein, der die Weinhänge entlangspazierte oder ein Fahrrad durch die Gegend trat. Dort trug er nur Handschuhe, wenn ihm kalt war. Er hätte nicht sagen können, die Eingeborenen interessierten sich übermäßig für ihn. Wahrscheinlich war er für sie *der Künstler* oder *der Maler*, womit die Angelegenheit erledigt war, und weil er kein großes Grundstück gekauft und das Haus nicht allzu aufwendig renoviert hatte, fiel er nicht weiter auf.

Dass er den Keller ausgerechnet von Iris gekauft hatte, die für die Ortskirche eine überaus realistische Christi Geburt gemalt hatte, mit Köpfchen und Vagina und Heiligenschein, der Grund für ihre Flucht, sicherte ihm einen gewissen Pariastatus, der ihn seine Ruhe genießen ließ.

»Wenn ich noch ein Glas trinke, kann ich nicht zurückfahren.«

»Wollen Sie zurückfahren?«

»Weiß nicht.«

Sie tranken auf der Terrasse eines Buschenschanks, unter ihnen lag die Ebene, breit, scheinbar unendlich, sattes Grün, das sich im Blaugrau des Horizonts auflöste. Mit niemandem konnte Kasimir so gut schweigen wie mit Hans. Hans schien etwas von der Welt zu wissen, das ihm verborgen blieb. Er schien so sehr in sich zu ruhen, dass es Kasimir mitunter wie eine Verhöhnung seiner selbst erschien. Er rief die Kellnerin, bestellte eine gemischte Platte, eine Flasche Blaufränkisch und eine Flasche Wasser, ehe er sie für den Herrn ein Zimmer zu reservieren bat. Die Kellnerin sprach eine Mischung aus Burgenländisch und Ungarisch, und auch wenn er kaum etwas verstand, nickte Kasimir freundlich. Er verstand, dass sie es versuchen werde. Er verstand, dass sie ihn verstanden hatte.

Den Japaner verstand er nicht. Vielleicht hätte er sich geehrt fühlen sollen. Immerhin war ein Mensch von einem seiner Bilder derart besessen, dass er sich damit bestatten lassen wollte. Vielleicht hätte ihm vor zwei Jahrzehnten die Archaik eines solchen letzten Willens imponiert. Vielleicht hatte er sich durch den Verkauf für immer von seinen *Mädchenhänden* getrennt.

Hans knipste eine dicke Zigarre zurecht, drehte das Endstück im Mund und zündete sie mit einem Feuerzeug an, das an einen Bunsenbrenner erinnerte, was Kasimir auf die Idee brachte, seinen Galeristen bei nächster Gelegenheit sanft zum Feuerzeugtausch mit seinem Chauffeur zu zwingen. Der sog den Rauch ein, legte den Kopf in den Nacken und blies Kringel in die Luft, während Kasimir an die Zeit dachte, in der er die *Mädchenhände* gemalt hatte.

Wie immer konnte er sich nicht an das Malen selbst erinnern. Er erinnerte sich an die Menschen, mit denen er zu tun, an die Fragen, die sich ihm und die er sich gestellt hatte, an Liebschaften, Reisen, Ausstellungen, Gerüche, Geschmäcke. Die Radiergummis, hatte ein angesehener Kritiker geschrieben, stünden nicht für den Neuanfang, nicht für die Ausmerzung der Fehler der Vergangenheiten, nicht einmal für die Unschuld der Kinder, denen es nun obliege, das Heft in die Hand zu nehmen. Sie streckten den Älteren Radiergummis entgegen, die sie einmal verwenden *könnten*. Aber damit könnten sie weder den Händen noch der Grundierung etwas anhaben. Zu diesem Zweck müssten sie die Radiergummis gegen gröberes Werkzeug tauschen. Messer. Waffen. Rasierklingen.

Die Kellnerin brachte Wein und Essen, ein Zimmer war reserviert, Hans hatte es genauso verstanden. Über der Ebene begann es zu dämmern, im Südburgenland schlug eine andere Zeit. Da war nichts außer Weite, Sanftheit, Wein und schwerverständlichem Dialekt. Man saß und sprach und vergaß. Kasimir schaltete sein Mobiltelefon wieder ein.

Ich fürchte, Du kennst diese Menschen nicht. Ruf bitte zurück. Herzlich, Dein Jonathan.

Frag ihn, was ihm das Bild bedeutet. Ich will es wissen. K.

Fluchend schaltete er es wieder ab.

»Er kann es sich leisten, Herr Ab. Also tut er's.«

»Ich verstehe ja noch, wenn man die geliebte Mutter zum Diamanten pressen lässt. Aber sich mit einem, mit meinem –«

»Vielleicht nimmt er auch seine Diener mit ins Grab. Seinen Chauffeur. Seine Lieblingskatze.«

»Das Schlimme ist, dass die Japaner nicht an die Auferstehung glauben. Die Scholastiker debattierten darüber, welche Teile des menschlichen Körpers auferstehen und welche nicht. Wie ist das mit dem Darm? Wird er in dem Zustand, in dem der Körper den Geist aufgab, auferstehen oder entleert? Wie ist das mit den Geschlechtsorganen, die man im Himmel nicht mehr braucht?

»Was ist das für ein Himmel?«

»Darum geht's jetzt nicht, Hans. Wenn unser Japaner an so etwas glaubte, könnte ich guten Willen erkennen. Ich wäre der einzige Künstler der Geschichte mit einem Werk im Himmel!«

Kasimir blickte einem Auto auf der Dorfstraße hinterher.

»Ein talentbefreiter Belgier hat eine Skulptur auf dem Mond. Er schickte, besser gesagt, schmuggelte sie mit Apollo 15 auf den Mond. Hielt sie für den Beginn seines Weltruhmes, aber die NASA breitete den Mantel des Schweigens darüber. Sie verstand die Skulptur als zarte Erinnerung an die Kollegen, die sterben mussten, bevor Mister Armstrong seinen Fuß auf den Planeten setzen konnte.

Jonathan soll den Japaner von einer Konversion zum Katholizismus überzeugen!«

Kasimir holte sein Mobiltelefon hervor und schaltete es wieder ein. Hans sog an seiner Zigarre, am Nebentisch tranken Bauern in einer Geschwindigkeit, mit der selbst Peter Ost nicht hätte mithalten können. *Er soll Katholik werden und seinen Glauben an die Auferstehung verkünden. K.*

»Wäre ein schönes Bild.«

»So etwas male ich nicht.«

»Malen Sie nur die Finger. Gottes Finger, die der Apostel, Heiligen und Gerechten und daneben, etwas erhöht, die Mädchenfinger, die ins Grab mussten.«

»Vielleicht ist er Katholik. Wer sagt, dass alle Japaner – «

»Wie ist das mit den Ausgestopften?« Hans hatte beinahe geschrien, man wandte sich nach ihm um, er dämpfte seine Stimme. »In Wien wollte eine Frau präpariert im Wohnzimmer ihrer Tochter aufgestellt werden. Der rechte Unterarm ausgestreckt, darauf ein Tablett, auf dem man Gläser abstellen kann. Testamentarisch verfügt. Ein Bekannter, ein Ritualdesigner – «

»Was?«

»So nennt er sich. Weiß alles über Tod und Begräbnisformen. In verschiedenen Zeiten und Kulturen. Der hatte die Idee, die ausgestopfte Mutter zum Kunstwerk und die Wohnung zum Museum zu erklären.«

»Und ich glaube, ich brauche eine Analyse.«

14

Am nächsten Morgen titelten die Zeitungen mit der Geburt eines Pandababys im Tiergarten Schönbrunn. Von einem Wunder war die Rede, von einem großen Ereignis, von der Freude, die das Kleine Tausenden von Menschen bereiten werde. Die Überschriften klangen triumphierend, als hätten die Zeitungen Anteil an Wunder, Ereignis und Freude.

Verena und die Direktorin hatten kein Foto weitergegeben, was Rita mit einem Lächeln quittierte und die Schreiberlinge zu verstimmen schien. Die Zeitungen hatten bloß Buchstaben, Rufzeichen und Faktenboxen. Bisweilen waren kleine Pandas abgebildet, um einen groben Eindruck davon zu vermitteln, wie das Kleine einmal aussehen *könnte*, weil keine einzige Zeitung ein Bild von dem winzigen nackten rosaroten Alien zeigte, das ein Pandababy tatsächlich war. Dafür brachte beinahe jede Zeitung ein Bild von der Paarung. Unter diesen Bildern, die Rita anstößig bis geschmacklos fand, stand in der Regel: *Yang Lang und Fu Mao beim Liebesspiel.* Rita steckte die Zeitungen in ihre Tasche.

»Fu Mao hat die Box noch nicht verlassen«, sagte Verena bei der morgendlichen Besprechung. »War auch nicht zu erwarten.«

Schon früh am Morgen war es drückend heiß. Die Ventilatoren drehten sich, als wären sie nie abgestellt worden, helles Licht fiel durch die Spalten der Jalousien und ließ kleine Pünktchen in der Luft flirren, der Bildschirm zeigte die Wurfbox. Es war der 13. August, Tag eins nach der Geburt. Es war nichts Schlimmes geschehen. Rita hatte vier Stunden geschlafen, Rosanna war ihr bis zur Tür gefolgt und hatte miaut, als sie auf den Gang getreten war.

»Wir lassen Fu Mao in Ruhe – vorausgesetzt, sie kümmert sich weiterhin um das Kleine. Spätestens am Nachmittag geht's los. Sie will nicht fressen, weil sie müde ist. Aber sie muss fressen, damit die Milch nahrhaft ist. Wir haben besonderen Bambus. Fu Mao muss das Kleine auf dem Bauch tragen und warm halten. Den Inkubator brauchen wir hoffentlich nicht. Ich sehe, ihr seid alle müde. Ich habe zwei Stunden geschlafen. So ist das mit Wundern. Gibt's Fragen?«

»Männlein oder Weiblein?«

Ritas Stimme klang wie immer.

»Wissen wir nicht. Alles von Mama verdeckt. Also, meine Lieben, rein ins Vergnügen.«

15

Vor Anbruch der Dämmerung lag Kasimir Ab in der Landschaft und beobachtete eine Wolke. Sie war sehr weiß und schien sehr dünn, alle Augenblicke franste sie an den Rändern aus, wurde dünner und weiter, während das Weiß weißer wurde. Wenn Kasimir genau hinsah, sah er eine Burg in der Ferne, eine Festung vielleicht. Er wusste weder, wo sie stand, noch wie sie hieß, ihm genügten ihre Schemen am Horizont.

Unter der einzelnen Wolke und weit vor der Burg oder Festung lag der Ort, Kasimir sah Häuser und Straßen, Bäume und Weingärten, bisweilen fuhr ein Wagen die Hauptstraße entlang, wobei Hauptstraße ein durchaus zu großes Wort war. So viel Grün, so viel Blau – wenn er in der Landschaft lag, begnügte er sich mit den allgemeinen Worten. Sie schienen ihm angemessen, er musste die Bilder nicht mit Worten zerlegen.

Jeder Halbgebildete dachte an Turner, wenn er einen dramatischen Himmel und sich türmende Wolken sah. Genauso sollte man bei Händen dereinst an Kasimir Ab denken.

Er hörte Cellosuiten von Bach, wenn er in der Landschaft lag und sich auf eine Ansprache an die Anderen einstimmte, konnte er nur Instrumentalmusik hören. Inmitten des Raumes stand eine weiße Badewanne, in der zwei Menschen bequem Platz hatten. Kasimir hatte die schmale Mauer zum Weinhang durch eine Glasfront ersetzen lassen, wofür man einen Bürgermeister oder Beamten ein wenig hatte bestechen müssen. Jonathan hatte sich darum gekümmert. Natürlich war Jonathan erfolgreich gewesen und Kasimir froh darüber, nicht mitgehört haben zu müssen, was Jonathan dem Bürgermeister oder Beamten über Kasimir Ab und die Notwendigkeit einer hangseitigen Glasfront erzählt hatte.

Das Stativ mit der kleinen Kamera stand einen Meter hinter Kasimir, der Bildausschnitt ging über seinen Nacken und den Badeschaum auf die sich verdüsternde Landschaft. Wenn es dunkel wurde und die Nacht klar war, sah Kasimir so viele Sterne und Galaxien, wie er sie in seinem Atrium nie zu sehen bekam. Er hatte ein Programm auf sein Mobiltelefon geladen, das ihm die Sterne erklärte, sobald er das Telefon auf sie richtete.

Außerdem hatte sich Kasimir ein Teleskop zugelegt, mit dem er die Sterne und Planeten beobachten konnte. Das Entzücken, als er zum ersten Mal Saturn und seine Ringe gesehen hatte; man vermutete, es handle sich um Mondbestandteile, aus denen nie Monde geworden waren. Er konnte stundenlang vor dem Eingang zu seinem Häuschen stehen und das Teleskop auf den Himmel richten. Sehen und staunen. Er sah sich von oben, aus dem All, den winzigen Punkt auf dem blauen Planeten. Das erleichterte ihn.

Wie Saturn hatte auch die Erde einen Ring. Die Erde hatte ihren erst jüngst bekommen. Tausende von Satelliten kreisten um sie, in ihren Umlaufbahnen schwebten abgeworfene Raketen, deren Kapseln weiter ins All geflogen waren, kein Mensch konnte sich vorstellen, wie lange die

Satelliten kreisen würden. Man sprach von der zwei- bis dreifachen Zeit, die von den ersten Höhlenmalereien bis zum heutigen Tag verstrichen war.

Die Erde hatte einen Verteidigungswall umgelegt bekommen. Ein Satellit da oben wusste, wo er war. Der Satellit wusste, wo sich sein Mobiltelefon befand. Es war unwahrscheinlich, dass es anderswo kein intelligentes Leben gab, gegeben hatte oder geben würde. Verschiedene Institutionen suchten das All ununterbrochen nach dem sogenannten Erstkontakt ab. Wenn der talentbefreite Belgier eine kleine Skulptur auf dem Mond hatte, ein liegendes Wesen, hinter dem auf einer Tafel die Namen aller Astronauten und Kosmonauten standen, die bis Apollo 15 ums Leben gekommen waren, wollte Kasimir Ab Botschaften an die Anderen richten. Er wollte ihr Erstkontakt sein. Wenn sie kommen oder die Botschaften empfangen konnten, könnten sie auch die Sprache entschlüsseln. Wenn nicht, hätten sie schöne Bilder.

Leuchtend ging die Sonne unter. Ein Orange, ein Rosarot, ein dunkles Blau. Kasimir stellte Bach leise, trank einen Schluck Rotwein und ließ seine Linke unter dem Schaum verschwinden. Dann streifte er einen Waschlappen über die Rechte, griff nach der Fernbedienung und drückte mit dem Kinn den roten Aufnahmeknopf. Die Festung in der Ferne schien in Flammen zu stehen. Kasimir schnalzte mit der Zunge und legte den Hinterkopf auf den Wannenrand. Heute wollte er ihnen von den Himmelsvorstellungen der Welt erzählen, in der er lebte.

»Liebe Andere!«

16

Das Kleine war ein Kleiner. Während Reporter und Kamerateams weiterhin von dem Wunder ausgeschlossen blieben, verbrachte Rita gleichermaßen anstrengende wie beglückende Tage. Der Kleine hatte sie gewählt. Nachdem Verena mäßig erfolgreich, Peter vertrieben und eine andere Kollegin mit Fu Mao nicht warm geworden war, hatte man Rita zur Wurfbox geschickt – und zwar so, dass Rita gespürt hatte, man glaube keine Sekunde an diese Möglichkeit.

Wahrscheinlich hatte die Diva Rita gewählt, nach heftigem Fauchen und bösen Blicken ließ Fu Mao sie allmählich an den Kleinen heran – nun war ausgerechnet sie es, die sich ihm und seiner Mutter nähern durfte. Rita zeigte es nicht, aber sie war stolz. Die Mutter, die bei der Geburt tausendmal schwerer als ihr Kleines war, das bescheidene neunzig Gramm auf die Waage gebracht hatte, schien etwas in ihr zu erkennen. Sie schien ihr etwas zuzugestehen. Ihr Instinkt schien ihr zu bedeuten, sie könne diesem anderen weiblichen Wesen ihr Kind anvertrauen.

Die ersten Lebensmonate waren entscheidend – und Pandas äußerst delikate Wesen. So groß und schwer sie im ausgewachsenen Zustand sein mochten, so schwach war ihre Konstitution. Sie verschlangen dreißig Kilogramm Bambus täglich, aber weil sie eigentlich Fleischfresser waren, litten sie unter steter Unterversorgung. Obwohl sie rund um die Uhr fraßen und schliefen, nahmen sie viel zu wenig Kalorien zu sich. Es waren unvorstellbare Mengen an Bambus, die Woche für Woche durch halb Europa angekarrt wurden, ein nie versiegender Strom. Ausgewachsene Tiere neigten ein Leben lang zur Ausgelaugtheit; die Jungen hatten von allem Anfang an geringe Überlebenschancen.

Es würde überleben. Dafür wollte Rita sorgen. Sie, die ruhige, bescheidene, etwas schüchterne Frau, die man nicht so genau nach ihrem Leben vor dem Zoo fragte.

Es war so winzig, es war so fragil, es quiekte um sein Leben. Rita hatte geschluchzt und gelacht, als sie es zum ersten Mal in ihrer Hand gehalten und ihm das Fläschchen mit angereicherter Milch vor das winzige Maul gehalten hatte. Sie hatte es äußerst behutsam am Kopf gestreichelt, die kleinen weißen Härchen hatten sie gepikst, allmählich hatte es seine Angst verloren. Nach einer Weile hatte es zu schnurren begonnen und sein Körperchen gegen Ritas Handfläche gedrückt. Rita hatte einen Auftrag bekommen. Einen Sinn. Eine Berechtigung.

Im Chinesischen hieß der Große Panda Bär-Katze. Das kleine Kätzchen, das keines war, nuckelte an einem Plastikfläschchen. Rita hielt das Fläschchen in der einen, den Kleinen in der anderen Hand. Wenn sie mit dem Rücken zur Kamera stand, beugte sie sich bisweilen über den Kleinen und küsste sein Köpfchen. Sanft, kaum, dass sie es berührte, während die feinen Härchen ihre Lippen kitzelten. Gegen nichts in der Welt hätte sie diese Momente getauscht.

Die Welt wartete draußen. Sie wartete unermüdlich, hartnäckig und fintenreich; bislang aber umsonst. Tag für Tag nahmen Reporter und Journalisten vor dem Gehege

Aufstellung, brachten ihre Kameras in Anschlag, riefen den Tierpflegern Fragen zu, interviewten Besucher. Sie versuchten es mit Ruhe und Bescheidung. Sie versuchten es mit Penetranz und Distanzlosigkeit. Sie versuchten es mit Tricks und Verkleidungen. Es nützte ihnen alles nichts. Niemand durfte den Kleinen sehen.

Wenn Fu Mao ihr Geschäft verrichtete oder fraß, was sie zusehends freiwilliger tat, zog Rita den Kleinen aus der Box. Sie streichelte ihn, sie redete auf ihn ein, sie strich über den zerbrechlichen Körper eines Wesens, das einmal auf Bäume klettern und schwimmen und allerlei Faxen machen würde. Alle zwei bis drei Stunden hatte er gestillt zu werden. Zuweilen musste Rita ihn seiner Mutter aufdrängen, behutsam, aber mit Nachdruck. Zwar nuckelte er gern am Fläschchen mit der Kraftmilch, Muttermilch war ihm allerdings bedeutend lieber. Fu Mao lag auf der Seite oder auf dem Rücken, während der Kleine gierig an ihren Zitzen sog. Sie bekam mehrere Sorten von frischem Bambus zur Auswahl; wenn sie nichts freiwillig anfasste, half Rita sanft und bestimmt nach. Sie half ihr, den Kleinen am Leben zu erhalten. Selbst so stattliche Wesen konnten zu schwach sein, um sich um ihren Nachwuchs zu kümmern.

»Du wirst leben«, sagte Rita dem Kleinen, wenn sie ihn in ihren Händen hielt, »du wirst groß und prächtig und schön. Es wird dir gut gehen. Wir haben noch so viel vor.«

Ab dem siebten Tag begannen sich Teile des Fells zu verdunkeln, die Rosarote Wonne verwandelte sich. Kaum sichtbar zuerst, nicht mehr als schwache Schatten, aber bereits am zehnten Tag waren die immer noch geschlossenen Augen schwarz umrahmt, schwarze Pünktchen auf stacheligem Rosa, als hätte jemand zweimal kurz mit einem feinen Pinsel hingetupft. Aus den Ohren waren schwarze Pünktchen geworden, das Schulterband wurde allmählich dunkler und breitete sich von Tag zu Tag weiter aus. Am fünfzehnten Tag waren die Vorderläufe schwarz, die Krallen scharf, während das restliche Fell weiß und der immer noch zu lange Schwanz schwarz waren.

Es war kurz nach sieben Uhr morgens, als Rita am fünfundzwanzigsten Tag in den Tiergarten kam. Am Himmel war keine einzige Wolke zu sehen. Um halb acht säuberten Peter und eine Kollegin das Gehege, Yang Lang bekam seine erste Bambusration, Rita ging zur Wurfbox. Sie schlich auf Zehenspitzen heran, um die beiden nicht aufzuscheuchen. Fu Mao saß auf dem Stroh, mit dem Rücken an die Wand gelehnt, und säugte ihren Kleinen. Sie hatte die Ohren aufgestellt, obwohl keine Gefahr drohte. Rita hielt den Atem an. Der Kleine nuckelte, Fu Mao hielt ihn fest und beugte ihren Kopf über ihn, sie gab tiefe, beruhigende Laute von sich. Als sie fertig waren, nahm sie ihn auf den Bauch und legte sich nieder. Sie lag auf der Seite, presste den Kleinen fest an sich und umklammerte ihn mit beiden Pratzen.

Auf einmal wandte sie ihren Kopf in Ritas Richtung. Sie sah sie lange an. Ein offener, beinahe freundlicher, auch fragender Blick. Rita hockte sich nieder, zog ihr Mobiltelefon aus der Tasche und stellte die Kamera an. Der Kleine hatte zugelegt, seine Fellzeichnung ließ keinen Zweifel daran, was er war. Er drängte sich an seine Mutter, die ihn loswerden wollte, Fu Mao schien hungrig, vielleicht musste sie sich auch bloß erleichtern. Der Kleine quiekte nicht mehr, er krächzte und klang wie ein kranker Vogel. Fu Mao blickte Rita an, während sie ihn behutsam auf das Stroh setzte. Rita wischte sich Tränen aus den Augenwinkeln.

Sie konnte den Blick nicht vergessen, als Fu Mao ihn kurz nach der Geburt im Maul gehalten hatte. Die Entschiedenheit. Die Entschlossenheit. Die Natürlichkeit all dessen.

17

Die Schuhe, die Pia kaufte, wurden von Halbwüchsigen in Bangladesch hergestellt, die unter entsetzlichen Bedingungen rackerten. Alle paar Monate brannte eine der Fabriken, die von Gefängnissen kaum zu unterscheiden waren, ab und kostete Hunderten von Menschen ein Leben, von dem sie nie etwas gehabt hatten. Dennoch trug sie die Schuhe. Die Kleider, die Pia kaufte, die Hosen und Shirts, die sie in Umkleidekabinen anprobierte, wurden von Kindern, Frauen und Männern genäht, die nichts als Sklaven waren, denen man gerade einmal Brotkrumen oder Reisschalen zugestand. Sie hatten keine freien Tage, keine Gewerkschaften, keine Arbeitszeitbegrenzungen, sie wurden überwacht und zur Konzentration angetrieben, bis sie umfielen oder aus einem Fenster sprangen. Dennoch trug sie die Kleider. Das Telefon, über das Pia und Julian sich über ihre Zukunft unterhielten, wurde von einem Akku aus Lithium betrieben, das Kinder in lebensgefährlichen Stollen, Bergwerken und Gruben in Afrika abbauten, während sie von Soldaten mit Maschinengewehren bewacht wurden. Dennoch benutzte Pia das Gerät. Die Tomaten, die sie im Supermarkt kaufte, wurden im Süden Spaniens und Italiens von Afrikanern geerntet, die auf der Flucht in ein besseres Leben nicht im Mittelmeer ertrunken waren, keine Papiere hatten und für ein paar Euro dem Willen ihrer Ausbeuter ausgeliefert waren. Dennoch aß sie die Tomaten. Die Rose, die sie von Julian zum Valentinstag bekommen hatte, wurde auf riesigen Farmen in Afrika angebaut, die so viel Wasser benötigten, dass für die Dörfer zwischen Quelle und Plantage keines übrig blieb. Dennoch hatte sie sich über die Rose gefreut.

Was Pia trug, wie Pia kommunizierte, was Pia zu sich nahm, wurde unter Blut, Schweiß und Tränen von denen produziert, denen die Welt, in der sie nicht mehr leben wollte, als Paradies erschien.

Das Erstaunliche war: Alle wussten es.

Das Bemerkenswerte war: Nichts davon war verborgen.

Man musste nur eine Woche lang fernsehen und durchs Netz streifen, um über Sweatshops, die Macht der Konzerne und Banken, über Hunger und das Geschäft damit, über bewaffnete Auseinandersetzungen um Rohstoffe, unwürdige Produktionsweisen, Ausbeutung oder Menschenhandel Bescheid zu wissen. Man wusste, dass junge Osteuropäerinnen mit dem Versprechen, Schauspielerinnen oder Tänzerinnen zu werden, in den Westen des Kontinents gelockt wurden, um von ihrem Eintreffen an die Reisekosten für ihre Herren in Bordellen abzuarbeiten. Man wusste, dass sich Afrikanerinnen in Italien ficken lassen mussten, weil die Zuhälterin ihren Familien monatliche Zuwendungen versprochen hatte, wenn diese die Tochter zur Hausarbeit nach Europa schicken. Man wusste, dass Armen Organe entnommen wurden, die Wohlhabenden das Weiterleben ermöglichten.

Nichts war geheim.

Alles lag offen da.

Jeder sagt: Ja, ich weiß, aber.

Pia sagte auch: Ich weiß.

Weil sie wusste. Sie wusste auch, dass sie nichts dagegen tat. Aber sie hatte nicht das Geld, um *gute* Schuhe, *faire* Kleider, *ausbeutungsfreies* Obst und Gemüse kaufen zu können. Ein gutes Gewissen musste man sich leisten können. Sie war eine Zuseherin.

Sie war nicht immer eine Zuseherin gewesen. Während der Wende, im Winter 2000, als die Rechten an die Regierung kamen, war sie mit Zehntausenden auf dem Ballhausplatz gestanden, hatte gegen die Faschisten demonstriert, gegen Sozialkürzungen und Umverteilung von Unten nach Oben gepfiffen, Eier geworfen und in ihre kleine rote Trillerpfeife geblasen. Sie war in einer bunten Masse über die Ringstraße gezogen, es hatte sich wunderbar befreiend angefühlt, dort zu gehen, wo üblicherweise Autos, Straßenbahnen und Fiaker mit Touristen fuhren.

Die Barrikaden der Polizei, Polizisten mit Helmen, Schilden und Waffen, die Unruhe, die nervösen Blicke. Die verhasste Regierung, die durch einen Tunnel zur Angelobung in die Hofburg geleitet werden musste, weil der Ballhausplatz voller Menschen war, die nicht von ihr regiert werden wollten, nicht von einer Partei, von der es, als Pia klein war, nur geheißen hatte: die Nazis. Die Wut über der Stadt und der Wunsch nach etwas anderem, nach einer wirklichen Wende, nach einer Zukunft, nach Würde und Respekt und Gleichheit. Auf den Podien wurden flammende Reden gehalten, alle Welt schien sich zu fragen, was schon wieder in diesem Österreich los sei, während Pia über der Tatsache verzweifelte, dass ein Drittel der jungen Menschen Jörg Haider gewählt hatte. Sie saß in der U-Bahn, sie fuhr in der Straßenbahn, sie stand vor einer Supermarktkassa und fragte sich, wer von den Menschen ringsum das wolle, wer die Dummheit und Gemeinheit unterstütze, wer die wähle, zu denen sich bei Tageslicht kaum jemand bekannte.

Dennoch waren es Tage, an denen sie sich stark gefühlt hatte. Da war das Gefühl gewesen, etwas bewirken, etwas verändern, etwas fordern zu können. Da war vor allem so viel Hoffnung gewesen – und sie nicht allein in ihrer Ohnmacht. Nicht alle wollten sich alles gefallen lassen, Abertausende machten ihrem Unmut Luft, die Europäische Union hatte ihre Beziehungen zu diesem neuen Österreich auf Eis gelegt, was viele gefreut hatte, nur Mario nicht, der von Heuchelei und italienischen Faschisten in einer Regierung gesprochen hatte, die niemand so heftig befehdet habe.

Sie war nicht allein, sie war mit Mario gewesen. Am vierten Februar, als die neue Regierung angelobt werden sollte, hatte Pia eine Schachtel Eier aus ihrem Rucksack geholt. Sie war allein auf den Ballhausplatz gekommen, das erste Ei hatte sie so weit wie möglich nach vorne geworfen, es war über die Absperrung der Polizei geflogen – wo es gelandet war, hatte sie nicht sehen können, die Masse vor und um sie war zu dicht gewesen. Ringsum wurde gehüpft, gepfiffen, skandiert, als sie die Schachtel den Menschen um sie herum hingehalten hatte. Ein hübscher junger Mann mit feinen Gesichtszügen hatte eines genommen und auf den Schild eines Polizisten geworfen. Sie hatte gelacht, ihn an sich gezogen und auf die Wangen geküsst. Er hatte sie verdattert angesehen, einen Moment lang überlegt und sie dann auf die Nasenspitze geküsst.

Nach der Demonstration waren sie ins Café Hummel gegangen, Mario studierte Philosophie, rauchte selbstgedrehte Zigaretten und trank schweren Rotwein. Sie lachten darüber, dass sie nur in dem Café saßen, weil er seine Genossen verloren und in der Menge gesucht hatte, als sie ihm die Eierschachtel gereicht hatte. Pia kannte das Wort *Genossen* nur aus Filmen. Sie lachten, sie tranken, sie blickten einander unumwunden in die Augen.

Aber er küsste sie nicht. Er schien um sein Leben zu reden, nur ein Generalstreik, sagte er ein ums andere Mal, am besten ein europäischer, am besten ein weltweiter, könne etwas ändern. Er sprach von Chiapas, von einem Subcomandante, von einem Aufstand gegen die herrschende Weltordnung am Neujahrstag vor sechs Jahren – sie hatte nie davon gehört. Er sprach von angepassten Medien, von freiwilliger Selbstzensur, vom Nachwirken des Faschismus in der Demokratie – sie hatte noch nie jemanden so reden gehört. Er ereiferte sich über die Rednerinnen und Redner auf dem Ballhausplatz, die einmal links gewesen seien und jetzt eine rotgrüne Mehrheit als das höchste der Gefühle sähen – sie hatte ihnen begeistert applaudiert. Er griff nach einer Zeitung, las Auszüge aus Kommentaren, von denen er kaum einen Halbsatz gelten ließ – sie sah seine weichen Lippen, seine feinen Hände, seine großen offenen Augen. Er wollte wissen, woher sie komme, was sie tue, ob sie einen Freund habe, wo sie wohne. Aber er küsste sie nicht.

Also küsste sie ihn.

»Herrschaften«, sagte ein schmunzelnder Kellner in weißem Hemd und schwarzem Anzug nach langem Räuspern, »ich störe Sie höchst ungern, aber wir haben Schichtwechsel, und ich würde gern kassieren. Einverstanden?«

»Ausnahmsweise«, sagte Mario.

»Zusammen?«, fragte der Kellner.

»Wenn es dich nicht stört?«, sagte Mario.

Sie musste lachen. Warum sollte es sie stören? Beim Verlassen des Lokals hielt er ihr verschämt die Tür auf. Als sie ihn nachher fragte, warum es sie hätte stören sollen, erklärte Mario, viele Frauen empfänden das als übergriffig, der Mann als Ernährer, die arme Frau, reaktionäre Rollenbilder. Darum habe er beim Türaufhalten gezögert. Wie bitte? Viele Frauen sähen das als Zeichen, nicht ernst genommen und als schwach behandelt zu werden – als könnten sie nicht selbst Türen öffnen oder in Mäntel schlüpfen.

»Ich mag es, wenn du mir die Tür aufhältst. Und ich hätte es gemocht, wenn du mir in die Jacke geholfen hättest. Und jetzt zieh mich endlich aus.«

Sie waren in seiner kleinen Wohnung in der Tigergasse. Pia hatte noch nie so viele Bücher in einer Wohnung gesehen. Die gesamte Wohnung schien aus Büchern zu bestehen, selbst auf der Toilette stapelten sie sich, es gab nicht viel anderes – einen Schrank mit etwas altmodischen Klamotten, eine Couch, einen Fernsehapparat, einen Videorekorder, eine billige Stereoanlage, eine kleine Küche, in der es an allem zum Kochen mangelte, ein Schlafzimmer mit aufklappbarer Couch und Schreibtisch, die Dusche in der Küche, die Toilette auf dem Gang. Ansonsten Bücher, Zeitungen, Zeitschriften und wieder Bücher, Zeitungen, Zeitschriften. Die Wände waren kahl, nur neben dem Schreibtisch hing eine Postkarte in Schwarzweiß, auf der ein Mann mit Brille, melancholischem Blick, gekräuseltem schwarzen Haar und einer Zigarette in der den Kopf stützenden Hand zu sehen war. Sie wollte wissen, wer das sei. Walter Benjamin, sagte Mario und erzählte von einem Philosophen, der auf der Flucht vor den Nazis an der geschlossenen Grenze nach Spanien Morphium geschluckt und sein wichtigstes Manuskript bei sich gehabt habe. Sie hatte noch nie eine solche Wohnung gesehen. Sie gefiel ihr.

Marios Mutter zahlte die Miete. Darüber musste sie lachen. Da hatte er anscheinend keine Bedenken.

Sie war nicht immer eine Zuseherin gewesen. Jeden Donnerstag, an dem es sich einrichten ließ, war sie mit Mario pfeifend durch Wien gezogen, um zu zeigen, dass sie sich nicht daran gewöhnten, dass sie sich nicht mit dieser Regierung abfanden, obwohl man sich, wie Mario bei jeder Diskussion, ob in einem Hörsaal, auf der Straße oder unter Demonstranten, sagte, unter diesen Umständen von *keiner* Regierung etwas erwarten dürfe. Sie waren so lange mitspaziert, bis sie sich allmählich eingestehen mussten, zu Karikaturen ihrer selbst zu verkommen. Pia war Kellnerin in einem beliebten Club unter den Gürtelbögen, Mario kam oft spät, setzte sich mit einem Buch, einem Notizblock, einem Kugelschreiber und einem Glas Wein an die Glasfront, während über ihm die letzten U-Bahnen ratterten und halbverwahrloste DJs ihren Elektroirrsinn immer lauter drehten, während Menschen tanzten oder seltsame Wesen mit Gameboys musizierten, als brächte sie das in ihre Kindheit zurück.

Pia bewunderte Mario für seine Disziplin; sie hätte bei diesem Lärm nicht einmal die dümmste Zeitung lesen können. Nachdem sie Kassa gemacht hatte, schlenderten sie eng umschlungen in die Tigergasse, rauchten einen Joint und vögelten, bis sie einschliefen. Manchmal spürte sie im Halbschlaf, wie Mario sich mitten in der Nacht oder frühmorgens an und in sie drängte und ihr die schönsten Worte ins Ohr raunte. *Überfallen* nannten sie das. Sie ließ sich gern überfallen. Sie waren glücklich. Pia war glücklich.

Und Mario war es auch. So sah sie es immer noch. Auch wenn er unentwegt davon sprach, wie verkommen die Welt sei, wie schamlos der Kapitalismus alles unterwerfe, wie vorvorvorgestrig Regierung und parlamentarische Opposition zugleich seien. Zwar hatte er von Anfang an betont, er wolle keine normale Beziehung, keinen kleinbürgerlichen Kompromiss, kein Besitzdenken und keinen Egoismus zu zweit. Aber *er* wollte sie ständig sehen, *er* wollte ununterbrochen mit ihr schlafen, *er* wollte mit ihr durch die Stadt spazieren, in Bädern und an der Donau liegen, *er* wollte von ihr Kochen lernen und mit ihr auf Flohmärkte gehen und in seltsamen Lokalen tanzen. *Er* war eifersüchtig, sobald einer, von dem er annahm, er könnte ihr gefallen, zu lange bei ihr an der Bar stand, *er* wollte wissen, wer der sei, der da gerade zu offensichtlich mit ihr schäkere, *er* fragte sie, was sie getan habe, wenn er sie am Telefon nicht erreicht hatte.

Sie waren Anfang zwanzig, Pia lebte in einer WG, Mario hatte seine kleine Wohnung, sie verbrachten sehr viel Zeit miteinander – es war eine normale Beziehung, und Pia war, als müsste Mario alle paar Wochen zumindest ein Mal feststellen, er wolle keine normale, langweilige Beziehung, die den Menschen ihre Freiheit raube. »Ich ja auch nicht«, sagte sie dann.

Sie kannte seine Freunde, die er Genossen nannte, gleichaltrige und ältere Männer, die von 1968 und den Siebzigern erzählten, vom Unistreik und von Parteiausschlüssen, während sie für die bestehenden Verhältnisse nur Spott und Häme übrig hatten. Sie mochte diese Männer, die beinahe alle Doktoren waren und keine Karrieren gemacht hatten, kaum Geld hatten und in ärmlichen Wohnungen hausten, weil sie nicht mitgemacht hatten. Die Frauen hatten Pia von Anfang an merkwürdig angesehen. Sie war nie das Gefühl losgeworden, abschätzig betrachtet und nicht ernst genommen zu werden. Weil sie gern schöne Schuhe trug, weil sie sich mitunter schminkte, weil sie nicht in Fetzen und Kapuzenpullovern herumlief, weil sie ihre Achseln rasierte. Das war ihr Vergehen, ihre Schuld: die unkritische Verinnerlichung des herrschenden männlichen Blicks – das hatte ihr eine von Marios Genossinnen einmal vorgehalten. Nachher, als sie bekifft auf seiner Couch gelegen waren, hatte er sich über die Genossin lustig gemacht. In jenem Moment hatte er Pia nicht verteidigt. In jenem Moment hatte er *nichts* gesagt.

»Warum?!«

»Du kannst dir doch sonst helfen.«

»Ich war allein. Die haben auf alles eine Antwort.«

»Wenn ich etwas gesagt hätte, hätten sie sich nur bestätigt gefühlt. Eine von denen, die einen starken Mann brauchen, der für sie denkt und spricht.«

»Das ist mir zu blöd.«

Das war das erste Mal, dass sie ihre Schuhe anzog, die Eingangstür hinter sich zuwarf und ihre Absätze im Stiegenhaus hallen hörte.

Sie war nicht immer eine Zuseherin gewesen. Im November 2002 war sie mit Mario und seinen Genossen in einem Sonderzug nach Florenz gesessen. Der Zug war voller Menschen gewesen, die zum Europäischen Sozialforum reisten, das unter dem Motto *Eine andere Welt ist möglich* stand. Sie wollte eine andere Welt, Mario und seine Genossen wussten, dass sie möglich war – aber nicht, wie.

Es war die ausgelassenste Zugfahrt ihres Lebens, auch wenn sie an der Grenze stundenlang von unfreundlichen Polizisten kontrolliert und ein paar von ihnen an der Einreise gehindert worden waren. Im Abteil blödelten die Männer herum, und auch wenn Pia die meisten Anspielungen nicht verstand, musste sie sich bisweilen den Bauch vor Lachen halten. Ein beleibter Philosoph im Hawaiihemd und mit im Nacken zusammengebundenem Haar erzählte in herrlichem Wienerisch die absurdesten Anekdoten, und während er von einem berühmten Philosophen – er sagte immer: Philosophieprofessor – sprach, dessen Freundin ihm später erzählt habe, der Philosophieprofessor habe keinen Geschlechtsverkehr mit ihr haben können, bevor er nicht sein Tagespensum von siebzig Seiten gelesen habe, wischte er sich Tränen aus den Augen. Ein Mann mit Schnauzer, trockenem Humor und starkem steirischen Akzent, der seinen Lebensunterhalt ausgerechnet mit dem Mitstenographieren von Parlamentssitzungen verdiente, hielt das Buch, in dem er hatte lesen wollen, waagrecht in die Luft und sagte, nach der Revolution, wenn Büsten angefertigt würden, hätte er nichts gegen eine für sich, in der Art von *Lenin studiert für das Volk*, der einzige Unterschied wäre allerdings, dass auf seinem Buch *Mängelexemplar* stünde. Als Pia von der Toilette zurückkam, sprach sie ein junger Mann mit Baskenmütze an und erklärte ihr, er beschäftige sich mit der Frage, wie aus der Klasse an sich die Klasse für sich werde.

Sebastian, Marios Freund, sagte:

»Darüber haben sich schon Klügere den Kopf zerbrochen.«

Mario sagte:

»Unsere Trotzkisten.«

Ein schmaler Mann, den sie besonders mochte, sagte:

»Die agitieren sogar die Schienen an.«

Am Bahnhof von Florenz standen Busse für sie bereit. Polizeiautos mit Blaulicht eskortierten sie an den Ort, an dem sie schlafen sollten. Sie hatten die Sirenen angestellt.

Was für eine Stadt Florenz war! Wenn Mario gesagt hätte, »Lass uns hierbleiben, Liebste, lass es uns versuchen«, hätte sie keine Sekunde gezögert. Sie war mit diesem lächerlichen Traum durch die Stadt gegangen, war mit diesem Traum in Kirchen getreten, was sie noch nie getan hatte, war mit diesem Traum durch das berühmte Museum geschlendert, hatte sich mit diesem Traum Brötchen und Wein an Imbissen im Freien gekauft und war mit diesem Traum essend und weintrinkend unter fremden Leuten auf der Straße gestanden, während Mario unter sechzigtausend Menschen aus ganz Europa in der mittelalterlichen Fortezza da Basso über eine andere Welt diskutiert hatte.

Sie wollte *jetzt* eine andere Welt. Sie wünschte, Mario möge vorschlagen, hierzubleiben oder irgendwo hinzugehen, wo sie sich eine andere Welt schüfen, wo die Himmel blauer und die Menschen freundlicher wären. Sie hatte nichts gegen die stundenlangen Diskussionen und Demonstrationsvorbereitungen, aber sie verstand nicht einmal ein Drittel von dem, was gesagt wurde. Sie verstand in etwa, worum es ging, aber sie verstand die Sprache nicht. Dafür schien es in Italien möglich, links, feministisch und gut gekleidet zu sein.

Sie schliefen in einer aufgelassenen Lungenheilanstalt auf einem Hügel über der Stadt. Als sie ankamen, war das Gelände verschlossen, einer kletterte über einen Zaun, stieg durch ein Fenster in das Gebäude und öffnete eine Tür. Es war kalt, es war gespenstisch, auf dem Flur lagen tote Vögel, der Wind pfiff durch zerbrochene Fensterscheiben. Sie schlief mit Mario und den Männern aus dem Abteil in einem kalten, kahlen Raum ohne funktionierende Heizung, in dem einmal Kranke um ihre Leben gerungen hatten. Sie hatten dicke Schlafsäcke, tranken viel Rotwein vor dem Schlafengehen, es machte ihr nichts aus. Morgens, beim Aufwachen, rieben sie lächelnd ihre Nasenspitzen aneinander.

Mario beschwerte sich nicht, dass sie die Tage nicht mit ihm verbrachte, er fragte sie auch nicht, ob sie zu den Veranstaltungen mitkommen wolle. Sie ließ sich treiben. Sie trieb durch eine Stadt, die hysterisch wurde. In den Zeitungen wurde vor Anarchisten und Gewalttätern gewarnt, die Männer aus dem Abteil machten sich über eine bekannte italienische Journalistin lustig, die davor gewarnt hatte, Michelangelos David könne seines Penis verlustig gehen. Davids Kopie wurde abgesperrt, am Tag vor der Demonstration wurden Banken verbarrikadiert, Geschäftsfassaden vernagelt, Rollläden hochgezogen und Luxusläden versperrt, während McDonald's die gelben Ms an seinen Lokalen abmontieren ließ. An jeder Ecke, auf jedem Platz blickten Polizisten grimmig in die Gegend, überall standen die Einsatzwagen der Carabinieri, einen sah sie immer noch über Carlo Giuliani fahren.

An jenem Tag war Pia hinter der Bar gestanden, hatte Bier gezapft und Drinks gemischt, als Mario zur Tür hereingekommen und direkt zum Computer an der Wand gegangen war. Er hatte sie aufgebracht zu sich gerufen und auf den Bildschirm gedeutet.

»Diese Arschlöcher, unfassbar, schau, die haben ihn einfach ermordet.«

Pia sah immer noch die Bilder vor sich, die sie nie wieder angesehen hatte, eine tödliche Sequenz: ein junger Mann mit kurzgeschorenem dunklen Haar steht in weißem Unterhemd mit dem Rücken zum Betrachter, vor ihm ein Einsatzwagen der Carabinieri; jetzt hält er einen Feuerlöscher über seinem Kopf und steht näher am Wagen, in dem auf der Rückbank die Umrisse eines Polizisten zu erkennen sind, der eine Pistole auf ihn richtet; plötzlich sackt der Körper auf den Asphalt, der Wagen rollt im Rückwärtsgang darüber. Zur Sicherheit.

Von all den Bildern hatte sich eines in sie eingebrannt: der junge Mann, der gegen die Zumutungen der aktuellen Weltordnung demonstrierte, tot auf dem Boden, die schwarze Maske über dem Gesicht dunkelrot, das linke Auge genauso, der Kopf auf dem Pflaster, während das Blut in einem Strahl aus dem Schädel in eine Lache rinnt, die sich ausweitet, Luftblasen im Rot, konzentrische Kreise. So viel Blut aus einem toten Körper. Carlo Giuliani war am selben Tag wie Pia geboren. Es war der 20. Juni 2001, an dem Mario ihr diese Bilder in ihrer Bar gezeigt hatte. Pia war in ihrem vierundzwanzigsten Jahr. Carlo blieb für immer dreiundzwanzig.

Am Samstag zog eine Million Menschen mit Fahnen, Trommeln, Transparenten und Kastenwagen mit dröhnenden Musikanlagen durch Florenz, während unentwegt Militärhubschrauber über ihnen kreisten. Aus den Fenstern hingen Fahnen, weiße und regenbogenfarbene mit der Aufschrift *Pace*. An den Straßenrändern standen und klatschten Florentinerinnen und Florentiner, aus Fenstern und Hauseingängen winkte man ihnen zu. Es ging gegen einen drohenden Krieg im Irak, gegen die Globalisierung im Dienste der Reichen und für eine andere Welt. Überall war es zu lesen, unentwegt wurde skandiert: *Un altro mondo è possibile!* Schwarze und braune Gesichter zeigten sich an den Fenstern, als Tausende riefen: *Siamo tutti clandestini!* Am Sonntag schien die Sonne, und als Pia mit Mario durch die Stadt spazierte, war der Ponte Vecchio von Frauen besetzt. Auf Diamanten, hatten sie auf ihre Transparente geschrieben, lasse sich keine neue Welt errichten.

Einen Monat später war Pia bei Mario in der Tigergasse. Sie lagen nackt und erschöpft auf dem Sofa, als ihr einfiel, ihrer Mitbewohnerin mitteilen zu müssen, am nächsten Morgen komme jemand zur Stromzählerablese. Sie ging auf die Toilette, von dort in Marios Schlafzimmer, nahm den Hörer vom Telefon und wählte die Nummer. Es tat sich nichts. Das Telefon war tot.

»Warum hast du das Telefon ausgesteckt?«

»Hab ich das?«

»Ja, hast du.«

Sie wusste noch immer nicht, warum, aber in diesem Moment wusste sie etwas. Etwas pochte unter ihren Schläfen, etwas zog sich in ihr zusammen, etwas legte sich in ihrem Kopf um. Sie lief ins Wohnzimmer, Mario hatte sich aufgesetzt und zog seine Unterhose an.

»Wer soll nicht anrufen, wenn ich bei dir bin?«

Er blickte sie lange an, die Therme in der kleinen Küche brummte.

»Ich hab jemanden kennengelernt. Ich – «

Das war das letzte Mal, dass sie ihre Schuhe anzog, die Eingangstür hinter sich zuwarf und ihre Absätze im Stiegenhaus hallen hörte.

Als sie die Tür zur Straße öffnete und Marios Tür im letzten Stockwerk aufgehen hörte, brach sie in Tränen aus und lief davon, bis sie sich heulend und keuchend in eine Spelunke setzte und so lange soff, bis man ihr ein Taxi rief. Sie nahm seine Anrufe nicht entgegen, sie öffnete die Tür nicht, wenn er davorstand, sie ignorierte ihn, sie verbannte ihn aus ihrem Leben. Sie stand hinter der Bar, als sie Mario zum ersten und letzten Mal danach wiedersah, wenige Tage später. Sie sagte: »Du hättest ALLES von mir haben können. Ich will nicht wissen, wer die Schlampe ist. Lass mich einfach nur in Ruhe.« Eine Woche später kündigte sie. Er hatte ihr drei dicke Briefe geschrieben. Sie hatte sie nicht geöffnet.

Sie hatte sie bis *jetzt* nicht geöffnet. Pia hatte sie entdeckt, als sie ihre Wohnung ordnete und zu entscheiden versuchte, was sie mitnehme ins neue Leben und was nicht. Viel konnte sie nicht mitnehmen. In einem Karton hatte sie neben den drei Briefen einen roten Ausweis an einem Band gefunden, auf dem *ESF* und *Un altro mondo è possibile* stand; unter *Delegate* hatte sie in Druckbuchstaben ihren Namen geschrieben. Sie hatte den ersten Brief gelesen. *Liebe, geliebte Pia, ohne die ich nicht sein kann und nicht sein will. Ich weiß, dass du das nicht lesen willst, aber lies bitte weiter, es ist alles ganz anders.*

Die liebe, die geliebte Pia saß auf dem Boden und heulte. Sie hätte den Brief nicht lesen sollen. Sie steckte ihn mit den anderen in ein Seitenfach ihres Koffers, als das Mobiltelefon piepte.

Wir haben ein Auto, Schatz! Ich freu mich auf eine schöne Reise! Außerdem küss ich dich, überallhin, J.

18

Seit Kasimir wusste, er würde schwerelos sein, sah er sich bisweilen schweben und eine Erfahrung machen, für die er eigentlich nicht gemacht war. Er sah sich drehen und gedreht werden, kopfüber und seitwärts, kein Oben, kein Unten. Leichter als eine Feder. Spüren konnte er es nicht.

Die junge Kuratorin, die neben ihm im Flugzeug saß und so schnell sprach, dass ihn bisweilen schwindelte, war außer sich. Noch immer hatte das Flugzeug nicht abgehoben, noch immer standen sie auf der Rollbahn in Wien-Schwechat, noch immer war kein Wort zum Warum verlautbart, während sie doch, wie sie zum ungefähr zwanzigsten Mal betonte, nicht viel Zeit in Paris-Charles de Gaulle hätten, wobei man wissen müsse, was sie zum ungefähr zwanzigsten Mal sagte, Charles de Gaulle sei nicht eben klein.

Kasimir gab den Besonnenen. Sein Herz klopfte viel zu laut, seine Hände waren feucht, seine Handschuhe verschwitzt, er bekam kaum Luft – und dennoch war er es, der Scherzchen trieb, auf die bärtigen Moslems wies und raunte, kurz nach dem Abheben sei ohnehin alles vorbei. Maya Kempowski verzog die Mundwinkel.

»Ka-tas-tro-phe, Kasimir, ich mein, wir haben nicht viel Zeit zum Umsteigen in Charles de Gaulle, und Charles de

Gaulle, ich mein, muss man halt auch wissen, ist nicht eben klein.«

»Erinnerst du dich an den Karikaturenstreit?«

»Widerliche Bilder.«

»Eines fand ich wunderbar: Mohammed vor dem Himmelstor, auf Wolken schwebend, davor eine schier endlose Schlange bärtiger Selbstmordattentäter, und er sagt: Sorry, Jungs, es gibt keine Jungfrauen mehr.«

Während Kasimir laut lachte, knackte es in den Lautsprechern. Der Pilot berichtete von einem im Moment nicht behebbaren Triebwerkschaden, weshalb die Gäste auszusteigen gebeten würden, bis eine neue Maschine bereitstehe.

Im Transitraum klappte Maya Kempowski unverzüglich ihren Laptop auf, um Frau Dr. Heinrich anzurufen, der sie von der unverschuldeten Verspätung berichten wollte, wobei sie das Wort *unverschuldet* oft und immer aufgeregter wiederholte.

Ihm hingegen war, als fiele alle Anspannung auf einmal von ihm ab. Er hatte dem bevorstehenden Irrsinn zugesagt, weil ihm die Vorstellung, etwas zu erleben, das dem allerkleinsten Teil der Menschheit vorbehalten war, gefallen hatte, und weil er sich von Mirjam König hatte überzeugen lassen, sich dieser Extremsituation auszusetzen, um seine Flugangst zu überwinden.

Kasimir ging summend auf und ab. Wie sich alle aufregten! Bis auf die orthodoxen Juden und die strengen Moslems trugen die Männer graue oder schwarze Anzüge, die Frauen dunkle Kostüme oder graue Hosenanzüge. Aktentaschen, Entrüstung, volle Terminkalender; man hielt Telefone ans Ohr, sprach aufgeregt in Headsets, schüttelte den Kopf und stapfte herum, als käme man so schneller an die

Seine, um den Kurssturz der Pariser Börse im letzten Moment abzuwenden.

Hinter dem Informationsstand hatte eine hübsche asiatische Stewardess ihre Stirn in Falten gezogen. Wahrscheinlich hatte sie hundert empörten Wichtigtuern dasselbe mitteilen und sich ein ums andere Mal entschuldigen müssen. Kasimir wünschte ihr einen guten Morgen.

»Madame, ich hätte gern eine Flasche Champagner und zwei Gläser.«

Sie blickte ihn erschrocken an.

»Da muss ich mit meinem Vor– «

»Müssen Sie nicht. Ich zahle natürlich. Ich würde nur gern diesen wunderbaren Morgen begießen. Darf ich Ihnen ein Glas anbieten?«

Sie blickte ihn ängstlich an.

»Sind Sie gar nicht verärgert?«

»Im Gegenteil. Bestellen Sie mir bitte den besten Champagner und drei Gläser – oder zwei Gläser und für Sie, wonach es Sie gelüstet.«

Die Stewardess lächelte und griff zum Hörer. Im Hintergrund des Transitraumes wurde die Fluglinie verteufelt und das miserable Krisenmanagement verhöhnt. Sie hatte zierliche, ungeahnt lange Finger, die Nägel dunkelrot gefärbt.

»Einen Moment bitte.«

»Sie sind eine sehr schöne Frau.«

Sie lächelte verlegen.

»Vor allem die Hände.«

»Die Hände?«

»Ja, die Hände.«

Jemand tippte ihm auf die Schulter, Kasimir drehte sich um und tippte dem Manager hinter ihm (schwarzer Anzug, weißes Hemd, rote Krawatte) drei Mal mit dem behandschuhten Zeigefinger seiner Rechten auf die Stirn, bevor er zur Seite trat und ihm mit einer galanten Handbewegung den Weg zum Schalter freimachte. Die Stewardess schmunzelte, fünf Minuten später stand Kasimir mit einer Flasche Champagner und zwei Gläsern neben der Bank, auf der Maya Kempowski aufgeregt auf die Tasten ihres Laptops klopfte.

»Um die Zeit?«

Sie blickte ihn entgeistert an.

»Wenn die Moslems und Juden an Bord Reise nach Jerusalem spielen, ist das auch wurscht.«

Maya Kempowski und Kasimir Ab kamen rechtzeitig zum Abendessen in Bordeaux-Mérignac an. Sie saßen im Restaurant eines Flughafenhotels, Silberbesteck, Stoffservietten, Kellner in weißen Fracks. Kasimir saß zwischen einem deutschen Wissenschaftler mit Schnauzbart und einem französischen Wissenschaftler mit Glatze, die eingehend das Abendmenü studierten. Der Mann gegenüber stellte sich als Bordarzt vor, am Ende des Tisches hatte ein Pilot der französischen Luftstreitkräfte neben einem italienischen Astronauten Platz genommen, der ein halbes Jahr auf der Internationalen Raumstation verbracht hatte. Frau Dr. Heinrich, die so dick war, wie es Kasimir beinahe ausschließlich von Amerikanern kannte, klopfte mit einem Buttermesser gegen ihr Glas und erhob sich ächzend.

»Meine sehr geehrten Damen und Herren, ich mache es kurz, weil ich keine große Rednerin bin, außerdem sind Sie, wie ich annehme, hungrig. *Ich* bin hungrig.«

Frau Dr. Heinrich stellte die Teilnehmer der Zwanzigsten Parabelflugkampagne des Deutschen Zentrums für Luft- und Raumfahrt vor, die drei Piloten, von denen jeweils zwei das Flugzeug steuern würden, der eine die Horizontale, der andere die Vertikale, während der Dritte zur Rotation bereitstehe; den Bordarzt, einen untersetzten Mann mit Wohlstandsbauch, der Kasimir auf Anhieb sympathisch war; den Leiter und Chefingenieur von Novespace, mit dem Maya im Auftrag des Ateliers Ab unzählige E-Mails gewechselt hatte; Wissenschaftler aus Deutschland und Frankreich, die seit Jahren an Parabelflügen teilnahmen; sowie die Männer, die für die Sicherheit an Bord zuständig waren.

»Jetzt aber«, sagte Frau Dr. Heinrich, »kommen wir zu unseren Künstlern, die dieses einmalige Projekt bestreiten werden. Kunst schwebt. Und schweben werden –«

Angelina Torres, eine Künstlerin aus Uruguay, die laut Maya sehr bekannt sei und einen einflussreichen Newsletter herausgebe, eine, wie Frau Dr. Heinrich betonte, eminent politische Künstlerin, deren Werk sich kritisch auf die Globalisierung beziehe, was sie wahrscheinlich aus einem Dossier Maya Kempowskis hatte. Angelina Torres hob, ihre langen schwarzen Wimpern aufschlagend, eine schwarze Locke um den linken Zeigefinger drehend, die Rechte und bewegte sie nachlässig im Handgelenk, ehe sie sich ihrem Mobiltelefon zuwandte. In ihren Ohrläppchen steckten Coca-Cola-Kronkorken; wahrscheinlich um die multinationalen Konzerne anzuprangern. Paul Dunst, ein weltberühmter deutscher Künstler, den Frau Dr. Heinrich ohne Maya Kempowskis Dossier zu Recht *Fotokünstler* genannt hätte, der mit seinen großformatigen Fotografien nackter Menschen (ohne Gesicht, ab dem Adamsapfel, dezidiert nicht-erotisch, schon gar nicht pornographisch) das abendländische Portrait revolutioniert habe, indem er in den Körpern seiner Zeitgenossen die Frage nach Klasse,

Geschlecht und Zugriff der Macht neu gestellt habe und sich mittlerweile mit dem Mond befasse, erhob sich von seinem Stuhl und verneigte sich. Juliette Duvalle, eine zierliche, beinahe durchsichtige Künstlerin aus Paris, die mit ihren Installationen und verstörenden Videoarbeiten die allzu gern übersehene Unterdrückung der Frau im Postfordismus sichtbar gemacht und sich mittlerweile Sorgen um möglicherweise katastrophische Meteoriteneinschläge auf der Erde mache, richtete sich im Sitzen auf, nickte einmal nach links und einmal nach rechts, ehe Kasimir Ab als ein, wie man getrost sagen dürfe, lebendes Kapitel Kunstgeschichte vorgestellt wurde, als jener Künstler, der den Blick des homo ludens auf die ersten Werkzeuge des homo faber richte und nun, an Bord des Airbus *Zero-G*, eine bislang unbekannte Serie abschließen wolle. Kasimir erhob sich und verbeugte sich tief.

»Ich bin schon anderthalbtausend Parabeln geflogen«, sagte der Bordarzt und nahm einen Schluck Chablis.

»Ich halte bei dreitausend«, sagte der französische Luftfahrtingenieur und strich Entenleber auf ein kleines Stück Brot.

»Viertausend«, sagte der deutsche Wissenschaftler ohne aufzusehen.

Der Pilot lächelte milde, der Astronaut hob die Brauen und griff nach seinem Weinglas.

Das Flugzeug würde sehr schnell sehr steil steigen, so viel hatte Kasimir verstanden, der zuerst doppelt so schwer, dann schwerelos, dann wieder doppelt so schwer sein würde. Die Schwerelosigkeit würde sich nach dem steilen Aufstieg mit dem Abstellen der Motoren einstellen, einem Steinwurf ähnlich, ehe die Motoren nach dem freien Fall wieder angestellt würden. Einunddreißig Wiederholungen, einunddreißig Mal bei siebenundvierzig Grad nach oben Motorenabstellen, einunddreißig Mal schweben, einunddreißig Mal bei zweiundvierzig Grad nach unten Motorenanstellen.

Während Kasimir zu schnell zu viel trank, schwirrten um ihn absonderliche Begriffe, und er sah die Versuchskaninchen in ihren blauen Anzügen wieder, die er bei der Vorbereitung vor ein paar Monaten gesehen hatte, als sie mit bleichen Gesichtern, hängenden Köpfen und leeren Mägen aus dem Flugzeug gewankt waren. Die meisten hatten verklärt ausgesehen, seltsam strahlend, als wäre ihnen der Heilige Geist erschienen, glücklich, etwas debil – wahrscheinlich wegen der Droge, die ihnen verabreicht worden war. Kasimir sah den kleinen Japaner wieder, dessen Team Versuche mit winzigen Robotern angestellt hatte, die in ein paar Jahren auf einen Asteroiden geschickt werden sollten und alles andere als einwandfrei funktionierten. Wie es gewesen sei, hatte Kasimir gefragt. »Nur gekotzt«, hatte der junge Mann gesagt, »nur gekotzt.«

Während Kasimir befürchtete, in ein paar Tagen wie der so böse gebeutelte Japaner auf die Erde zurückzukehren, nahm er am Gespräch teil, stellte Fragen, nickte und brachte bisweilen Scherzchen an. So viele Abendessen, Einladungen, Diners hatte er bestritten und über sich ergehen lassen, dass er gleichzeitig anwesend und abwesend sein konnte, dass man ihn hinterher als umgänglich, witzig und für einen Künstler eigentlich erstaunlich normal bezeichnen würde.

»Seit ich mich erinnern kann«, sagte er, und die Menschen um ihn blickten in seine Richtung und horchten auf, zumindest taten sie so, »träume ich vom Fliegen. In meinen Träumen kann ich fliegen. Ich brauche nur mit den Armen zu rudern, die zu Flügeln werden, je stärker ich schlage, desto höher steige ich. Die Flügel sind auf einmal Schwingen, ich entferne mich immer weiter, immer höher, immer schneller, die Landschaft, die Bäume, die Häuser und Straßen, alles wird kleiner, verschwindet unter mir, ich fliege seelenruhig, schaue und jubiliere bis zu dem Punkt, an dem ich zu hoch bin und Angst bekomme, wie und ob das was wird mit der Landung. Meist kann ich mich mit langen, gleichmäßigen Schlägen absenken. Wenn ich abstürze, wache ich immer vor dem Aufprall auf.«

»Sehr realistisch«, sagte der Pilot und schnitt ein Stück von seiner zartrosa gebratenen Entenbrust, »wenn man abstürzt, erlebt man den Aufprall nicht mehr. Berufsglück.«

»Mittwochabend trinken Sie bitte nicht so viel«, sagte Kasimir, »ich fliege am Donnerstag und will das Nichterleben des Aufpralls nicht erleben. Außerdem habe ich Flugangst.«

»Sie sind genau richtig«, sagte der Bordarzt und hob sein Glas, »*wenn* Sie zurückkommen, sind Sie geheilt.«

»Ist das Routine«, fragte Kasimir, »wie Linienbusfahren, oder macht es Ihnen Spaß?«

Der Pilot war in Kasimirs Alter, sah aber aus, als könnte er den Atlantik mit einem auf den Rücken geschnallten Arm durchschwimmen oder von Bordeaux nach Wladiwostok ohne Verschnaufpause laufen. Sein schwarzes Haar war kurzgeschoren, die Gesichtszüge hatten etwas Hartes, insgesamt haftete ihm etwas Resolutes an, das Juliette Duvalle zu beeindrucken schien, die ihn unentwegt aus den Augenwinkeln beobachtete. Er sah Kasimir mit einem beruhigenden Blick an und hob ebenfalls das Glas.

»Ich liebe es.«

»Wissen Sie, was mich beruhigt?«

»Dass Sie unsere wunderbare Droge injiziert bekommen?«, fragte der Bordarzt.

Kasimir wandte sich an den Piloten:

»Der Ring an Ihrem Ringfinger.«

19

Sie sahen einander anders an, seit das Wort gefallen war. Pia sah, wie Julian sie bisweilen von der Seite anblickte, sie musterte und begutachtete. Sie selbst ertappte sich immer öfter dabei, ihn verstohlen zu betrachten, als wollte sie ihn, wenn er sich unbeobachtet fühlte, auf seine Tauglichkeit prüfen. Seine schwarzen Haare waren nicht mehr dieselben, seine braunen Augen waren nicht mehr dieselben, seine Muskeln, seine Hände, seine Worte waren nicht mehr dieselben.

Mit einem Mal sah sie überhaupt alles anders. Die Welt war in ein neues Licht getaucht, das greller war und Straßen, Plätze, Häuser und Menschen schärfer fasste. Alles bekam eine neue Dringlichkeit, sie fühlte sich wacher als je zuvor. Auf einmal war etwas zwischen ihnen, das sie stärker verband als ihre Körper und ihr Begehren und mehr war als die erste Verliebtheit, die ihre Konten geplündert und die Wiener Gastronomie entzückt hatte. Pia hatte dieses eine Leben, nur dieses eine; und Julian hatte dieses eine Leben, nur dieses eine. Sie hatten nächtelang diskutiert, wenn sie nicht gerade unterwegs waren, um Automaten mit Geld zu befüllen, überlegt und getrunken und miteinander geschlafen – und weiter geplant, phantasiert, entworfen, verworfen und miteinander geschlafen. Was immer kommen mochte, Pia wusste, sie hatten nur diese eine Chance, um aus einem vorgezeichneten Leben auszubrechen.

Sie wollte frei sein. Sie wollte ein selbstbestimmtes Leben. Aber das, was als ein solches verkauft wurde, der schicke Hosenanzug, die sachlich-ernsten Blicke, die Kostüme der Wirtschaftsfrauen, die es geschafft hatten, genauso rücksichtslos wie die Herren der Schöpfung zu sein, das Mitdrehen an dem Rad, unter das Pia und Julian gekommen waren, weil sie waren, wer sie waren, und kamen, woher sie kamen – war zum Verzweifeln. Frei sein, darauf kamen sie in jedem Gespräch zurück, konnte man nur mit Geld. Auf ehrliche Weise konnte man wiederum nicht an Geld kommen, zumindest nicht an so viel, um frei zu sein. Sie waren nicht dazu geboren, Geld zu haben. Sie waren aber dazu geboren, frei zu sein.

Zumindest wünschte sich Pia das. Dass auch Julian es sich wünschte, dass er ein Leben auf Sparflamme, das ihm vorherbestimmt zu sein schien, nicht wollte, stimmte sie glücklich. Sie sah seine Entschlossenheit, wenn sie ihn von der Seite anblickte. Sie sah, wie er sich alles noch einmal und sehr genau einprägte. Sie sah, dass seine Gedanken denselben Fluchtpunkt wie ihre hatten.

Sie saß in einer verrauchten Spelunke, in der alles billig war, die Toasts, die Snacks, die Getränke. Alles so billig wie ihre Leben. Die Krise, stand in den Zeitungen, die Krise, die Krise, die Krise. Sie konnte es nicht mehr lesen. Die Märkte, hieß es im Radio, die Märkte, die Märkte, die Märkte. Sie konnte es nicht mehr hören. Julians bester Freund feierte seinen Geburtstag, die Gäste tranken und lachten und plauderten. Julian würde den nächsten Geburtstag seines besten Freundes nicht hier feiern. Er würde anderswo sein, in einem neuen, anderen Leben – entweder an einem angenehmen oder an einem äußerst unangenehmen Ort. Alle, die hier saßen und feierten, hatten kaum Geld. Sie arbeiteten, sie verausgabten sich, sie taten Dinge, die nicht das Geringste mit ihnen zu tun hatten, um über die Runden zu kommen. Trotzdem sprachen sie von *ihrer* Firma, von *uns* und *wir*, während sie doch nur jene waren, die für andere Gewinne produzierten.

»Bist du immer so ruhig?«

Der Typ neben ihr, Christian oder Hannes, sie hatte seinen Namen mit der Begrüßung vergessen. Julian hatte mit dem Geburtstagskind und zwei anderen die Köpfe zusammengesteckt. Sie erzählten einander alte Geschichten, die Pia stumm hätte mitsprechen können, so oft hatte sie sie gehört. Sie schüttelte den Kopf.

»Wo bist du?«

»Auf einer Insel.«

»Was machst du dort?«

»Mit dem Moped durch die Gegend fahren. Hin und wieder muss ich Eseln ausweichen. Tatsächlich dumme Tiere. Wenn sie am Straßenrand stehen und man hupt, laufen sie auf die Straße. Dabei suche ich nur ein einsames Plätzchen am Meer.«

»Welche Insel?«

»Eine griechische.«

»Unser Geld ist schon dort.«

»Darum gibt's auch keine Medikamente mehr.«

Er sah sie verständnislos an, schien zu überlegen, dann drehte er sich wortlos zur Seite und fragte die junge Frau neben ihm, ob es ihr hier gefalle.

Der Rauch war so dicht geworden, dass Pia versucht war, ihren Namen in die Luft zu schreiben. Aller Voraussicht nach würde sie nie wieder in dieser Spelunke sitzen.

Sie sah Christian oder Hannes an. Sie entdeckte nichts Entdeckenswertes an ihm. Das wollte sie sich merken. Sie blickte zu Julian. Er lächelte ihr zu.

Es war, als hätten sie beschlossen, ein Kind zu bekommen.

Es war die Zeit des heimlichen Abschiednehmens, eine zusammengedrängte Zeit, die Pia in sich bewahren wollte. Die Wut, die in ihr getobt hatte und sie so schnell hatte toben lassen, wenn jemand sie nicht wahrzunehmen, ungerecht oder von oben herab zu behandeln schien, war einem leisen, ihr bislang unbekannten Gleichmut gewichen. An manchen Orten, in manchen Geschäften, in manchen Lokalen wusste sie beim Verlassen, sie würde nicht wiederkehren. Sie lebte auf Abruf in einer Stadt, die ihr mit einem Mal schöner und lebenswerter als jemals zuvor erschien. Seit Wochen schrieb sie an einem Abschiedsbrief an ihre Mutter, versuchte sie sich an einem Abschiedsbrief an ihre beste Freundin, aber während des Schreibens streikten ihre Finger, und sie fragte sich, wie und was und warum – ehe sie sich einen Ruck gab und sehr genau wusste, wie und was, und vor allem: warum.

Es war nicht nur ein Leben auf Abruf, es war ein Leben auf Raten. Pia hatte sich einen neuen Laptop und eine digitale Spiegelreflexkamera geholt. Julian war ebenfalls dabei, sich zu holen, was er für sein neues Leben brauchte. Mittlerweile *holten* sie sich dieses oder jenes aus den großen Kaufhäusern, was sie sich unter anderen Umständen nicht hätten leisten können. Sie holten sich alles auf kleine, lange Raten, die sehr bald nicht mehr einzutreiben wären. Sie hatten Kredite aufgenommen, Julian für ein neues Auto, sie für eine neue Wohnung, und weil sie beide nicht viel, aber nachweislich beständig verdienten, waren sie ihnen gewährt worden.

Als Pia aus der Bankfiliale getreten war, hätte sie am liebsten laut gejubelt und zu tanzen begonnen. Stattdessen war sie von der Polizei angehalten worden und hatte einen kleinen Teil des Kredits auf der Stelle an die Stadt abgetreten, weil sie auf dem Fahrrad mit Julian telefoniert und ihm von der netten Bankberaterin berichtet hatte. Sie versicherten sich wechselseitig, indem sie sich in die Pflicht nahmen. Kein Zurück mehr.

Kein Zurück hieß, nicht in Wien bleiben zu können. Julian hatte überlegt, ob sie sich überfallen lassen sollten, um bleiben zu können und unauffällig ein neues Leben zu beginnen. Pia wollte nicht bleiben und schon gar nicht unauffällig sein. Julian wollte in Wirklichkeit auch nicht bleiben, er würde anderswo einen anderen Club finden. Niemand wusste, dass sie ein Paar waren. Weil man sie nicht verdächtigte. Außerdem müssten sie halbseidenen Kleinkriminellen vertrauen, sich erstens nicht erwischen lassen und zweitens die Vereinbarung mit ihnen einhalten. Und vor allem: Sie müssten die Beute teilen.

Es gab kein Zurück. Darum ging es.

Pia wollte dieses Leben und diese Welt hinter sich lassen. Sie hatte von dieser Welt und von diesem Leben nichts zu erwarten. Sie wollte nicht weiterhin Automaten befüllen, aber auch in keinem Büro sitzen, nicht Taxi fahren, an keiner Supermarktkassa sitzen, nicht kellnern, niemanden bedienen. Sie wollte tun und lassen können, was sie wollte. Sie wollte neu beginnen. Sie wollte frei sein und glücklich und das Leben genießen. Sie wollte etwas Sinnvolles tun. Sie wollte ein Mensch sein. Nicht nur an Wochenenden, nicht nur im Urlaub.

Sie hatte einen Strich unter das Wort *Dienstleisterin* gezogen.

20

Er hasse Menschen, hatte Alain gesagt, im vollen Konferenzzimmer des Flughafenhotels waren erstaunte Blicke getauscht worden. Er steckte in einem orangen Overall, auf dessen rechten Oberarm ein blaues Abzeichen genäht war, das einen schwebenden Engel zeigte. Er selbst war ein Engel, ein oranger Engel, wie Frau Dr. Heinrich erklärt hatte, einer von denen, die für die Sicherheit an Bord des seltsamen Vogels zuständig waren, den Maya Kempowski und Kasimir Ab bei ihrer verspäteten Landung am äußersten Rand des Flughafens wie ein vergessenes Relikt aus der Geschichte der Aeronautik stehen gesehen hatten. Maya Kempowski hatte den orangen Engel während des Security Briefings wie einen Erlöser angehimmelt, zu jedem seiner Worte zustimmend genickt und bisweilen etwas in ein kleines Heft notiert.

Security Briefing. Was für ein Wort. Es hallte in Kasimir wider, der am Pool vor dem Hotel lag und sich eingestehen musste, keineswegs auf den Roman konzentriert zu sein, den er zu lesen vorgab. Das wiederum hatte drei Gründe, die er in weißer Badehose und weißen Handschuhen auf einer Sonnenliege in eine aufsteigende Reihenfolge zu bringen suchte.

Drittens – und mit Zweitens aufs Engste verbunden –

die Eröffnungsszene der *Satanischen Verse*. Vor dem Abflug hatte er seine Bibliothek nach ungelesenen Büchern durchforstet, und weil er, wie er annahm, genug freie Zeit hätte, hatte er nach einem dicken Roman gegriffen. Kasimir schlug das Buch auf, das ausgerechnet mit einem von Terroristen herbeigeführten Flugzeugabsturz begann! Zwar waren weder von Wien nach Paris noch von Paris nach Bordeaux Terroristen an Bord gewesen, genauso wenig würden Terroristen an Bord des seltsamen Vogels sein, zumal Wissenschaftler und Künstler Terroristen zweiten Grades waren. Aber. Dass das Buch, das er lesen wollte, so begann – verquickte sich anstandslos mit dem Security Briefing des Vortages.

Trotz oder wegen seiner Flugangst hatte Kasimir Sicherheitsanweisungen an Bord noch nie Aufmerksamkeit geschenkt, weil er sich ein ums andere Mal eingebläut hatte, es sei ein Linienflug und also Routine und also ungefährlich. Sollte es zum Unglück kommen, wäre seine Biographie noch mysteriöser. Diesmal hatte Kasimir aufmerksam gelauscht, als der graue Raumfahrerhelm präsentiert wurde, der aus einem Science-Fiction-Film zu stammen schien und fünfzehn Minuten Sauerstoffzufuhr garantieren sollte, als die Schwimmwesten hochgehalten wurden, die im Fall einer Wasserlandung nützlich seien, als es darum ging, wie man sich am besten aus dem seltsamen Vogel befreie. An Bord musste alles gut festgeschnallt sein, damit nichts und niemand ungeplant herumschwebe, um dann mit doppeltem Gewicht zu Boden zu krachen, was gleichzeitig Alains vielbeklatschte Pointe war. »Ich hasse Menschen – die unkontrolliert herumschweben.«

In Wirklichkeit ergaben die Buchstaben und Worte keinen sinnvollen Zusammenhang, weil Kasimir beständig am Buch vorbei auf die blonde deutsche Sportstudentin am anderen Beckenrand starrte. Während er zu lesen vorgab und seinen Bauch einzog, schwärmte er von ihrer Jugend, ihrem langen blonden Haar, ihrem prallen Busen, ihren starken Schenkeln, ihrem durchtrainierten Körper, ihrem hellen Lachen. Wie sollte er da eine Geschichte über ein abstürzendes Flugzeug lesen?

Als Kasimir abermals an den Buchdeckeln vorbeischielte, hatte sich die junge Frau auf den Bauch gedreht, während sie mit einer Kollegin auf der Sonnenliege nebenan redete. Es war eine Unverschämtheit, wie sie zehn Meter von ihm entfernt die Unterschenkel angewinkelt hatte, sodass sein Blick direkt auf den in einem engen Höschen steckenden Hintern gelenkt wurde. Es war unverfroren, wie ihr langes blondes Haar, leicht gelockt vom Tauchen, über den muskulösen Rücken fiel. Es war unanständig, wie sie ihre Füße bewegte und mit den Zehen spielte, während –

Kasimir Ab hatte eine Erektion. Nicht voll ausgeprägt, aber deutlich genug. Je mehr er daran dachte und sich gleichzeitig vornahm, nicht daran zu denken, um eine gewisse Beruhigung eintreten zu lassen, desto eher geschah – das Gegenteil.

Er war doch keine vierzehn mehr! Wie gern wäre er vierzehn gewesen! Eine Sportstudentin, die von Kunst wahrscheinlich keine Ahnung hatte, die regelmäßig lief, schwamm, schnursprang und viel an der frischen Luft war, die sehr körperlich und körperbewusst und körperbetont war – würde sie seinem Leben eine neue Wendung geben? Er fragte sich, ob sie überhaupt wisse, *wie* anziehend, begehrenswert und schön sie war.

Als er jung war, hatte Kasimir am liebsten mit älteren Frauen geschlafen, vor allem mit solchen, die alle Aufregung der Reproduktion hinter sich gelassen oder mit ihr abgeschlossen hatten, was den großen Vorteil mit sich brachte, dass es in erster Linie um Lust, Vergnügen und Hingabe ging. Damals hatte er ein Lob des Klimakteriums gesungen. Jetzt schielte er nach jungen Frauen und entblödete sich nicht, ihnen auf der Straße hinterherzusehen und darauf zu hoffen, sie mögen sich nach ihm umdrehen. Noch einmal sechzehn sein – und Mechaniker werden!

Er phantasierte sich schon wieder in ein anderes Leben, in eine neue Liebe, in eine, natürlich, verehrte Frau Dr. König, Rettung. Er hatte eine Suite in einem komfortablen, abgelegenen Hotel, groß, geräumig, mit King-Size-Bed, einer Dusche, unter der sechs heterosexuelle Kugelstoßer Platz gefunden hätten, und einem Whirlpool; viel Raum für eine bewegungsfreudige Sportstudentin, die ihn erleichtern würde, weil sie nicht nur noch nie von Paul Dunst, Angelina Torres, Juliette Duvalle oder Kasimir Ab, sondern weil sie noch nie von Duchamps, Lucian Freud oder Parmigianino gehört hatte, aber so schnell laufen und so hoch springen konnte wie keine einzige Künstlerin an irgendeiner Akademie.

»Paul! Pa-aul!! Paul???«

Er hörte Maya Kempowski, ihre Stimme wurde lauter, Maya kam aus dem Hoteleingang gelaufen, Autotüren wurden geöffnet und zugeknallt, »Paul ist zurück!«, rief sie Kasimir über den kleinen Zaun zum Pool zu, »Paul ist da!«

Kasimir griff nach seinem Bademantel, zog ihn an und versuchte gleichzeitig, seine Erregung mit Hilfe des Badehosenbundes zu verbergen, zurrte den Gürtel um den Mantel fest und verließ den Pool, nicht ohne sich beim Durchwaten der Wassergrube vorm Ausgang nach der Sportstudentin umzudrehen, die sich angeregt mit einem muskelbepackten Sportstudenten unterhielt.

Paul Dunst stand vor einem braunen Volvo und lehnte an Maya, die ihn fest in die Arme geschlossen hatte. Sein bärtiges Gesicht hing über ihrer linken Schulter, die Brille war ihm an den Nasenrand gerutscht, somnambul schob er sie auf den Nasenrücken zurück und lächelte Kasimir seltsam an. Kasimir war sich nicht sicher, ob er diesen Blick verklärt, debil, entrückt oder weggetreten nennen sollte. Paul Dunst, dessen großformatige Portraits in wichtigen Museen hingen, über den es zig Dokumentationen, Essays und Kataloge gab, der einen Lehrstuhl an einer angesehenen Akademie hatte, hob schwachsinnig grinsend die Rechte, während sein Kinn noch immer über Mayas Schulter hing, und winkte Kasimir zu, als hätte ihn jemand auf Zeitlupe gestellt.

»Mensch, wie war's, ich mein, sag schon«, sagte Maya Kempowski und löste Paul Dunst aus ihrer Umarmung, während Angelina Torres aus dem Hotel kam, sich zu Kasimir gesellte und behauptete, Paul Dunst sei übel zugedröhnt, sie habe, was sie nicht hätte tun sollen, im Netz über Scopolamin recherchiert, die Substanz sei in Europa legal nicht erhältlich, man nenne sie auch Wahrheitsserum, Scopolamin schalte den eigenen Willen aus, weshalb die CIA – Kasimir betrachtete sie von der Seite und wartete auf den richtigen Moment, um sie zu bitten, zur Raison zu kommen und die Coca-Cola-Kronkorken aus den Ohren zu nehmen – sie als Lügendetektor verwendet habe, ganz zu schweigen von den Verbrechern Südamerikas, die ihre Opfer damit willfährig machten. Wenn sie auf etwas stolz sei, dann auf ihren Willen, und den wolle sie auf keinen Fall ausschalten lassen.

»Wunderbar«, sagte Paul Dunst, »wunderbar.«

Kasimir trat auf ihn zu, umarmte ihn kurz und klopfte ihm auf die Schultern. Jegliche Körperspannung schien entwichen. Man hätte ihn an eine Wand lehnen können, er hätte ein paar Augenblicke an ihr gelehnt, ehe er zu Boden gesackt wäre. Man hätte ihn ohne weiteres *Fotokünstler* nennen können. Er hätte gelächelt.

»Jetzt verstehe ich«, hörte er Angelina Torres, »warum man nach dem Flug auf keinen Fall autofahren soll.«

»Wie sind die Drogen?«, fragte Kasimir und hielt Paul Dunst an den Schultern fest.

»Wunderbar«, sagte er und strahlte, »richtig gut.«

Und mit einem Blick auf die eminent politische Künstlerin, deren Coca-Cola-Kronkorken in der Spätnachmittagssonne funkelten:

»Halb so schlimm. Hab gar nichts gespürt.«

»So siehst du aus«, sagte Angelina Torres, »das ist doch Irrsinn.«

»Aber das Schweben«, sagte Maya Kempowski, »wie ist das Schweben? Ich mein, ich darf ja nicht.«

»Phantastisch«, sagte Paul Dunst. »Muss jetzt. Meine Kinder anrufen. Sind richtig stolz auf mich.«

Er kicherte. Seine Brille war wieder an den Nasenrand gerutscht.

»Als ich meinen Vater zum ersten Mal hackedicht auf dem Bildschirm sah«, sagte Angelina Torres. »Aus der Serie Kindheitstraumata.«

Paul Dunst strich ihr übers Haar und stakste Richtung Hotel. Maya, Kasimir und Angelina folgten ihm. Als Kasimir sah, dass die Sportstudentin gerade dabei war, den Pool zu verlassen, ließ er sich zurückfallen.

»Unser Kollege sieht etwas mitgenommen, aber auch sehr selig aus. Sind Sie von der Sportuniversität?«

»Ja«, sagte sie, ihre Hände waren erstaunlich groß, die Finger hatten etwas Zupackendes, mittelmäßig gepflegt, aber interessant.

»Was werden Sie in dem seltsamen Vö– in dem seltsamen Vogel tun?«

»Wir laufen auf einem Laufband. Dabei wird unsere Belastbarkeit unter extremen Bedingungen getestet.«

»Darf ich Sie auf ein Glas Champagner einladen?«

»Hätten Sie wohl gern.«

Die Sportstudentin lächelte ihn seelenruhig an, während sie ihm ein Messer in die Brust rammte. Ja, er war ein älterer Herr, zugegeben, er hatte etwas zu viel Fett um den Bauch, aber –

»Ja, das hätte ich *auch* gern.«

»Ich muss unter die Dusche. Wir haben gleich eine Teamsitzung. Schönen Abend.«

21

»Am Abend vor dem nächsten Feiertag. Nächsten Mittwoch. Alles noch einmal gut anschauen.«

Sie würden nicht mehr auf dem Yppenplatz sitzen. Sie würden nicht mehr den Brunnenmarkt entlangspazieren. Sie würden die billigen Fetzen vor den Ständen nicht mehr sehen, nicht die Frauen mit ihren Kopftüchern, nicht die Wurst- und Gemüsehändler, die ihr fragwürdige Komplimente hinterherriefen, nicht den einen Würstelstand, an dem nur echte Wiener standen, also weiße Männer mit jugoslawischen oder tschechischen Namen.

Julian legte einen Schlüssel auf den Tisch. Das war der Schlüssel zu dem Auto, mit dem sie in ihr neues Leben fahren würden. Pia drehte ihn zwischen ihren Fingern; neben dem Schlüssel baumelte ein kleiner schwarzer Drücker, mit dem man die Türen aus der Ferne öffnen konnte. Zuerst dachte Pia, Julian scherze, ehe sie feststellen musste, dass es sein Ernst war. Julian hatte sein Auto, das er vor zwei Jahren im Hanappistadion gewonnen hatte, gegen einen alten Škoda getauscht. Das Auto, in dem sie so gern mit ihm gefahren war, auf das er stolz gewesen war, selbst wenn er es nicht zugegeben hätte, zumindest nicht vor ihr. Das Los war damals auf ihn gefallen, er hatte während der Pause eines Spiels Elfmeter gegen den Ersatztormann schießen dürfen und als Einziger alle drei verwandelt. Er hatte also doch noch Tore in Hütteldorf geschossen und dadurch einen nagelneuen schwarzen Audi gewonnen. Er konnte die Tore sehr genau beschreiben.

Jetzt erzählte er von einem dieser Männer, die Visitenkarten in die Fahrertüren alter Autos klemmten, die sie gern und jederzeit und ohne Formalitäten kaufen würden. Dem habe er sein Auto gezeigt und vorgeschlagen, es gegen ein älteres Modell zu tauschen. Der Mann habe gefragt, ob er ihn verarschen wolle. Julian habe nur gesagt, er solle nicht fragen, sondern seine Modelle zeigen. Am nächsten Tag hatte Julian sein Auto abgemeldet und dem Mann gebracht, und während dieser hinterm Steuer gesessen und sich über die Anlage gefreut habe, habe er die Kennzeichen abmontiert. Für die Kennzeichen, die der Mann aufgetrieben habe, habe er fünfhundert Euro bezahlt.

»Du hast ihm dein Auto *und* fünfhundert Euro für eine alte Karre gegeben?«

»Wir brauchen mein Auto nicht mehr. Aber wir brauchen ein Auto. Ein ganz normales, das gut fährt und unauffällig ist. Wir brauchen einen Škoda Octavia mit hundertfünfzigtausend Kilometern, der noch einmal so viele schafft.«

Pia wusste nicht, ob sie lachen oder weinen sollte. Natürlich war dieser Kuhhandel himmelschreiender Unfug. Gleichzeitig war es eine gute Idee, und mehr als das: Sie sah Julian und wusste, sie liebte ihn. Sie wusste, er liebte sie. Er, der sie schalt, wenn sie die Autotüren zu fest zuknallte, der sich ärgerte, wenn sie den Sitz zurück- und ihre Schuhe auf die Konsole legte, der sie aufforderte, ihre leeren Flaschen und Dosen aus dem Wagen zu nehmen und in einen Mistkübel zu werfen, hatte seine schwarze Limousine, ohne mit der Wimper zu zucken, gegen einen alten Škoda eingetauscht. Für sie, für ihn, für ihr neues Leben.

»Was für ein Kennzeichen?«

»Ein burgenländisches.«

»Damit ist man auffällig.«

»Von einem alten Opa, dessen Wagen seit Jahren in der Garage steht – der aber nicht mehr weiß, dass er einen Wagen und eine Garage hat.«

»Gefällt mir nicht.«

»Hast du eine bessere Idee?«

»Ich hab in einer Doku Italiener gesehen, die ihre Neuwagen von Roma in Rumänien anmelden lassen, um keine hohen Versicherungsprämien zu zahlen. Die bekommen weniger als tausend Euro, die Papiere –«

»Ein rumänisches Kennzeichen ist auffällig.«

»Die sind auch in der EU.«

»Aber sie gelten als Verbrecher.«

»Schwachsinn.«

»Wir müssen anders denken, Pia. Wie Verbrecher.«

Julian rief die Kellnerin und zahlte. Er nahm Pia an der Hand. Als sie in die Gaullachergasse bogen, drehte sie sich noch einmal um. Adieu, Ankara. Adieu, Zagreb. Adieu, Belgrad. Adieu, Ottakring. Julian wollte auf die Höhenstraße, Wien noch einmal von oben sehen, über das Kopfsteinpflaster fahren, irgendwo anhalten und vögeln. Es war Mittwoch. Der nächste Mittwoch würde anders.

»Da«, rief Julian, »da, ich hab es da geparkt!«

Aber da war kein Auto. Da war auch kein Parkplatz. Da stand ein Container, der bis an den Rand mit Schutt gefüllt war. Julian trat dagegen und lief ein paar Schritte, ehe er vor einem Verkehrsschild stehen blieb.

»Die haben eine Baustelle eröffnet! Als ich parkte, war's

noch ein Parkplatz! Da war kein Hinweisschild! Da war kein Schild! Ich bin ja kein Volltrottel! Pia, ich, was, das ist doch – «

Er ging in die Hocke und fasste sich an den Kopf. Er fuhr sich durchs Haar und klopfte gegen seine Schläfen.

» Das können die doch nicht tun. Ich, ich – «

Er stand auf und zog sein Mobiltelefon aus der Hosentasche.

»Was machst du? Julian, was tust du?«

»Ich ruf bei den Arschlöchern in Simmering an. KFZ-Verwahrstelle, der beschissenste Ort der. Ich will wissen – «

»Doch nicht mit deiner Nummer!«

»Bist du paranoid?«

»Telefonzelle?«

»Gibt's keine mehr.«

»Dann unterdrück zumindest die Nummer. Wir müssen anders denken.«

Julian nickte, brummelte etwas, drückte an seinem Telefon herum und wählte eine Nummer.

»Hallo, ja, hallo, hören Sie mich? Ist mein Auto bei Ihnen? Da ist auf einmal eine Baustelle, die nicht angekündigt, das ist doch – wie? Ja, Škoda Octavia, schwarz, Kennzeichen, ja, Kennzeichen, Moment, vergess ich immer, OW 127 AA, ja, haben Sie, was kostet das, ist nicht Ihr Ernst, bitte, was – «

Julian schlug und hämmerte gegen den Container, bis er sich an ihm abstützte. Als er sich umdrehte, sagte er:

»Wir holen es.«

»Wir können es nicht holen.«

»Es ist mein Auto.«

»Hast du Papiere? Bist du 1927 geboren?«

22

Als die Vögel zu zwitschern begannen, war Kasimir Ab mit einem Mal hellwach. Er tastete nach seinem Mobiltelefon und unterbrach ihren Gesang. Er hatte besser geschlafen als befürchtet und war bloß einmal aufgewacht, um auf die Toilette zu gehen.

Unter der Dusche stellte er sich vor, einem Caravaggio, Van Gogh oder seinetwegen Cézanne ein kleines Gerät zu zeigen, mit dem man telefonieren, fotografieren, filmen, sich auf dem Atlas verorten – und von Vogelgezwitscher wecken lassen konnte. Abends hatte er mit den übrigen Schwebekünstlern vor einem Restaurant eine ausgerechnet *Discovery* genannte Platte mit Austern und Meeresfrüchten gegessen und drei Gläser Sancerre getrunken, obwohl im Security Briefing darauf hingewiesen worden war, am Abend vor dem Flug keinen Alkohol zu trinken. Paul Dunst hatte am Abend vor seinem Flug stilles Wasser getrunken, was ihn nervös und fahrig hatte werden lassen. Er hatte sich mit dem Selbstauslöser einer neuen Wunder-Leica zu fotografieren versucht, während er und die Kamera, die partout nicht habe machen wollen, was er von ihr erwartet habe, schwebten. Angelina Torres hatte ein Glas Bordeaux getrunken, um am nächsten Tag eine Dose Coca Cola, eine leere Big-Mac-Schachtel und einen Big Mac in ihrer Zelle schweben zu lassen, Juliette Duvalle ein Glas Zinfandel (»Ich verstehe nicht, was alle mit dem französischen Wein haben«) und einen Pastis, während sich am nächsten Tag Fotografien magersüchtiger Mädchen in ihrer Zelle erhoben hatten. Maya Kempowski hatte – nachdem Kasimir Frau Dr. Heinrich beiseitegenommen und erklärt hatte, er fliege auf keinen Fall, wenn die Kuratorin, ohne die es das Projekt nicht gäbe, nicht an Bord des seltsamen Vogels dürfe – drei Gläser Chablis geleert.

Nachdem Kasimir in den blauen Overall geschlüpft war, fühlte er sich verändert. Er stand vor dem Spiegel. Der Anzug verlieh ihm etwas Seriöses. Er sah ernsthafter aus als je zuvor. Kasimir fotografierte sein Spiegelbild und schmunzelte über die kleine deutsche Flagge auf seinem rechten Oberarm, während auf der linken Brusttasche das Emblem des Deutschen Zentrums für Luft- und Raumfahrt angebracht war. Er nahm ein Pflaster aus seiner Toilettentasche, schrieb mit schwarzem Edding *AB-EN-TEUER* darauf und trat auf den Gang. Die weißen Handschuhe passten ausgezeichnet zum blauen Anzug. Mit einer roten Mütze hätte er sich als Papa Schlumpf zum Frühstück setzen können.

Im Frühstücksraum war es ruhig. An die zwanzig Menschen in blauen Overalls saßen an Tischen, sprachen nicht oder nur sehr leise, während sie Obst aßen und Tee tranken. Das Fernsehen berichtete von Selbstmordattentaten im Irak und in Afghanistan und von einem französischen Politiker, der gekokst und sich mit mehreren blutjungen ukrainischen Prostituierten vergnügt hatte. Wenn Kasimir schon nicht dem Ratschlag nachgekommen war, am Abend vor der Großen Leichtigkeit keinen Alkohol zu trinken, hielt er sich nun an die Anweisungen, aß eine Banane, ein kleines Brot und trank eine Tasse Tee. An Bord gab es keine Toiletten. Drei Tische von ihm entfernt schlürfte die blonde deutsche Sportstudentin Tee und sah hinreißend verschlafen aus. Wenn das Deutschlands Zukunft war, trug er gern Schwarzrotgold.

Vor dem Hotel warteten Kamera- und Tonmann, gemeinsam stiegen sie in den braunen Volvo, Kasimir nahm im Fond Platz. Es war kurz nach sieben, über Mérignac dämmerte es, an ihm zog die Ödnis der Flughafendörfer vorbei. Die Sonne schien an den Wolken zu pochen, sie aufreißen zu wollen, hell und gleißend und immer noch kräftig. Während Kasimir aus dem Fenster blickte, lauschte er den französischen Nachrichten, ließ sich im Klang der fremden Sprache treiben, ohne etwas verstehen zu wollen. Alles kam ihm bedeutungsvoll vor.

Der Wagen parkte auf dem Areal von Novespace, am äußersten Rand des Flughafens, der Wachmann vor der Schranke hatte sie anstandslos passieren lassen. Kasimir betrat den länglichen grauen Container, der ihn an die Stabsstelle einer Großbaustelle erinnerte. Menschen in blauen, schwarzen, grünen und orangen Overalls. Jeder hatte etwas zu erledigen, routinierte, geschmeidige Handlungsabläufe, die Kasimir undurchsichtig waren und ihn dennoch beruhigten. Menschen in blauen Overalls saßen an langen Tischen vor Computern und gaben Daten ein, Experimente wurden startklar gemacht, die Piloten in grünen Anzügen verschwanden mit orangen Engeln und Ingenieuren in schwarzen Anzügen in jenem Konferenzzimmer, in dem Kasimir den kreidebleichen Japaner angetroffen hatte. Frau Dr. Heinrich umarmte ihn.

»Wie fühlen Sie sich?«

»Gerechtfertigt. Unheimlich seriös.«

Sie lachte und klopfte dem Meister, dessen Werke sich keiner von ihnen, wie sie beim Abendessen festgestellt hatte, ohne Lotteriegewinn oder Bankraub jemals leisten könnte, auf die Schultern. Er wartete nur darauf, dass sie ihm in die Wange kniffe. Am liebsten hätte sich Kasimir noch einmal umarmen lassen, so weich und beschützend hatte sich ihr Körper angefühlt.

An der Tür zum Konferenzzimmer war eine lachende Sonne mit Sonnenbrille angebracht. Kasimir entdeckte ähnliche Verzierungen an anderen Türen. Hier einen grinsenden Neptun, da einen lustigen Jupiter, dort einen grimmigen Mars. Hinter einer angelehnten Tür zogen Frauen in weißen Kitteln Spritzen auf, die einen Versuchskaninchen wurden verkabelt, den anderen Elektrodenhelme aufgesetzt.

Er würde lieber Erbsen gefüttert bekommen, sagte Kasimir dem Kameramann, der ihn verständnislos ansah. Sie verließen den Container, die Morgensonne schien über dem Flughafen, vor der kleinen hölzernen Aussichtsplattform, auf der Frau Dr. Heinrich Tag für Tag Abflug und Rückkehr des seltsamen Vogels mit einem Feldstecher beobachtete, schwirrten Kolibrischwärmer und schwarze Hummeln um blühende Sträucher. Kasimir hielt seine Identifikationskarte gegen einen Sensor, die kleine Tür ging auf, er betrat das Rollfeld.

Da stand der seltsame Vogel. Im Hintergrund starteten und landeten Flugzeuge, die ab einer gewissen Höhe ohne Mätzchen einfach geradeaus flogen. Ihr Flieger war weiß, auf der Seite prangte in blauen Lettern *Zero-G*, daneben sollten vier Symbole den Weg vom Menschenaffen zur Raumfahrt darstellen. Der Primat kroch auf allen vieren, der Neandertaler hatte sich leidlich aufgerichtet, der homo sapiens sapiens ging. (Unbeweglicher Daumen; längerer, beweglicher Daumen; Daumen wie Kasimir, die Sportstudentin oder Frau Dr. Heinrich.) Sie alle hatten ihren Platz auf weißem Boden, während auf der dunkelblauen Heckflosse ein auf den Rücken Gedrehter die Erdanziehung hinter sich gelassen hatte. Sein linker Unterarm war angewinkelt, über dem Handteller schwebte ein Sigma, daneben und darüber funkelten Sterne.

»Der Astronaut«, sagte der Kameramann.

»Welcher Astronaut?«

»Mit dem wir zu Abend gegessen haben. Leiter des französischen Raumfahrtprogramms. Hab einen Film über ihn gedreht.«

Das Innere des seltsamen Vogels erinnerte Kasimir an einen Turnsaal oder eine psychiatrische Anstalt älterer Schule. Vor dem Cockpit befanden sich drei Reihen mit Sitzen, der große Mittelteil war mit Matten ausgelegt, die Seitenwände waren mit Matten geschützt, auf Kopfhöhe sollte eine schaumstoffüberzogene Stange Halt bieten, von der Maskottchen, Stofftiere und Talismane baumelten. Keine Fenster, keine Sitze, auf dem Boden festgezurrte Plasmaschleudern und Computer, ein Laufband – das Laufband, auf dem unter extremen Bedingungen die Belastbarkeit der Studentin getestet würde. Der Kameramann hielt vor Kasimirs Zelle, die durch ein weißes Netz vom Rest des Turnsaals abgetrennt war.

»Hier oben«, sagte der Kameramann, »befestige ich eine Kamera. Ich werde mich anschnallen und mit der Handkamera filmen. Vielleicht auch im Schweben.« Er lachte. »Sie machen einfach Ihr Ding.«

»Natürlich sein, ganz ungezwungen.«

»Sie werden mich nicht bemerken. Sie werden gar nicht in Verlegenheit kommen, mich zu bemerken.«

»Jetzt bin ich aber beruhigt.«

Wenig später stand Kasimir in einer blauen Schlange vor einer Tür, auf der eine neckische Venus mit roten Bäckchen dargestellt war. Man flüsterte, im Hintergrund bearbeiteten Finger Tastaturen. Die Männer, mit denen Kasimir vor wenigen Abenden Wein getrunken, gegessen und gescherzt hatte, waren verwandelt. Ernst und aufgeräumt schritten sie in grünen, schwarzen und orangen Overalls über ihren Stützpunkt, gerade so, als hätten sie noch nie in ihrem Leben zu viel getrunken oder etwas getan, das man bei Tageslicht besser für sich behielt.

Als Kasimir den Raum betrat, verließ ihn der muskulöse Sportstudent, von dem sich die Sportstudentin wahrscheinlich gern auf ein Getränk einladen ließ. Sein Blick war umwölkt. Kasimir zog den Overall von der rechten Schulter und nahm auf einem Plastiksessel Platz. Eine Frau fragte, ob er die normale Dosis bekomme, Kasimir sagte, er wolle die höchste. »Gut«, sagte sie, »also 0,9 Gramm.« Sie zog die Spritze auf und betupfte seinen Unterarm.

»Nur ein kleiner Stich.«

»Ein kleiner Stich für Sie, ein großer Stich für Kasimir Ab.«

Als er aufstand und das Zimmer verließ, war ihm, als ginge er auf Watte. Sein Brechreflex war betäubt, das Wahrheitsserum in seine Blutbahn gebracht, sein Wille vielleicht ausgeschaltet. Er durfte das Pflaster nicht vergessen. Kasimir fühlte sich wunderbar. Er lächelte jedem in der blauen Schlange zu, obwohl er das Gefühl nicht los wurde, dass etwas entgeistert zurückgeblickt werde. Sein Kopf war frei, er kicherte über die Vorstellung, nun auch wie eines der Versuchskaninchen herumzugehen, die er vor Monaten neben einer entrüsteten Angelina Torres beobachtet hatte, ferngesteuert, abwesend, an eine tollpatschige Zeichentrickfigur erinnernd – wie sein unbeschwert streunender Köter. Als er den Bordarzt sah und ihm zulächelte, streckte ihm dieser beide Daumen entgegen.

Der Pilot war nicht nur ein Mann, der Frau und Kinder nicht allein zurücklassen wollte; er hatte veranlasst, dass Kasimir beim Start im Cockpit sitzen durfte. Da saß er nun auf einem schmalen Sitz links hinter ihm, neben dem Piloten saß ein zweiter Pilot, hinter dem ein Ingenieur mit aufgeklappter Mappe Platz genommen hatte. Sie trugen Kopfhörer, sprachen mit sonoren Stimmen über kleine Mikrofone miteinander, mit dem Tower und dem Lotsen, während der Ingenieur Zahlen und Werte in Tabellen eintrug. Der seltsame Vogel hob ab, stieg sehr schnell sehr hoch, Kasimir sah das unendliche Blau und viel Weiß durchs Cockpitfenster, bizarre Wolkenformationen, großartige Landschaften, zerklüftete Gletscher, ewigen Schnee. Sie nahmen Kurs auf die Bretagne, über deren Meer an diesem Tag die geeignetsten Verhältnisse erwartet wurden.

Kasimir beobachtete die Hände des Piloten, bemerkte freudig, dass auch der zweite Pilot einen Ehering trug, Hände auf Steuerknüppeln, Finger, die Schalter umlegten und Knöpfe drückten, er hörte die Durchsage an Ground Control, wonach alles in Ordnung sei, und schloss die Augen, um das gleißende Licht auf seinem Gesicht zu spüren. Die Tür zum Cockpit wurde geöffnet, Alain tippte ihm auf die Schulter, Kasimir nahm seine Kopfhörer ab und stand auf. Er holte das Pflaster aus der Brusttasche seines Overalls, klebte es über die schwarzrotgoldene Fahne und folgte dem orangen Engel.

One minute to parabola.

Kasimir legte sich, wie Alain ihm geraten hatte, auf den Bauch, die Arme an den Seiten angelegt –

Thirty seconds, ten, pull up –

Es dröhnte in seinen Ohren, er wurde schwer, sehr schwer, etwas zog ihn nach unten, etwas drückte und drängte und strebte erdwärts, seine Eingeweide schienen hinuntergezogen zu werden, der Kehlkopf schien zu wandern, die Luftröhre nach unten gezogen zu werden, etwas zog an der Luftröhre, etwas zog an den Schläfen, sein Körper war bleiern, Hals, Ohren, Brust wurden auf die Matte gepresst, als wollte ihn die Erde nicht loslassen, als wollte sie ihn mit aller Kraft an sich zerren, als wollte sie seine Hybris bestrafen, während das Flugzeug höher und höher stieg –

Thirty, fourty, injection –

Auf einmal verlor er den Boden unter sich, wurde leicht, federleicht, gewichtslos, er schwebte nach oben, aber da waren kein Oben und kein Unten, oben und unten waren in der Welt, die er eben verlassen hatte, die Erde hatte ihn losgelassen, ließ ihn treiben im Raum, Laute kamen aus ihm, Japser, Schreie, Entzückung, Kasimir jauchzte, Kasimir lachte, Kasimir standen die Haare zu Berge, er stieß an einer Stange an, wurde gedreht, stieß gegen die Kabinendecke, wurde wieder gedreht und wusste nicht, wohin, er schwebte und wusste nicht, wie, er spürte seinen Körper nicht, nichts zu kontrollieren, nichts zu –

Thirty, fourty –

Alain kam angeschwebt, fasste Kasimir unter den Armen, drehte ihn dorthin, wo gleich wieder unten sein würde –

Pull out –

Kasimir landete hart auf der Matte, die doppelte Erdanziehung hatte ihn fest im Griff, er wurde schwer, versuchte sich vergebens aufzustemmen, auf einmal war der Spuk vorbei. Er sah Alain, der kein Scopolamin gespritzt bekommen hatte, ihm den ausgestreckten Daumen zeigen, er sah den Kameramann, der die niedrigste Dosis im Blut hatte, nach einem Mobiltelefon greifen, sah ihn reden, hörte nichts, Menschen mit Elektrodenhelmen kauerten auf dem Boden, während andere eine giftgrüne Flüssigkeit in die Elektroden spritzten, er erhaschte einen Blick auf die junge blonde deutsche Sportstudentin, die auf dem Laufband lag –

One minute to parabola.

Es war seine Zeit, sein Auftritt –

Thirty seconds, ten, pull up –

Er saß auf dem Boden, der ihn verschlingen wollte, hob seine schwere Linke, fasste mit der schweren Rechten nach dem Handschuh, um ihn abzustreifen –

Thirty, fourty, injection –

Er wurde im Sitzen aufgehoben, erhoben, neben ihm schwebte sein linker Handschuh, er streifte den rechten ab, der flatterte davon, Kasimir jubilierte, »Liebe Andere«, sagte er, »hochverehrte andere Wesen«, er musste lachen, »Ihnen zeige ich meine Hände, das hier ist das, was wir Hände nennen, wir arbeiten mit den Händen, wir essen mit den Händen, wir berühren einander mit den Händen – «

Thirty, fourty, pull out –

Alain hatte ihn wieder in die richtige Richtung gedreht, er war ein Engel, ein oranger, ein schwebender, ein rettender Engel, Kasimir wurde schwer, Kasimir verschwamm die Zeit, verschwamm der Raum, verschwamm sich selbst, er glitt in eine Abfolge aus Schwere und Schwerelosigkeit, kaum war eine Parabel zu Ende, wurde schon die nächste angesagt, »wir streicheln einander mit den Händen, wir schütteln einander die Hände«, in der Zelle nebenan, der *free floating area*, drehte sich die junge blonde deutsche Sportstudentin wie eine Yogi, die Unterschenkel überkreuzt, der Rücken aufrecht, die Hände angewinkelt, rotierte im Uhrzeigersinn und gegen den Uhrzeigersinn, Alain war neben ihr und drehte sie wie ein Ventilatorenblatt, in seinem nächsten Leben wollte Kasimir als oranger Engel geboren werden, »wir schlagen einander mit den Händen, wir werden von Händen aus der Mutter gezogen, wir töten einander mit den Händen«, er hörte einen dumpfen Aufprall, gefolgt von einem »Aua«, dann schwebte der Kameramann vor Kasimirs Zelle, hielt sich mit einer Hand an den Maschen fest, der Körper in der Waagrechten, als müsste er einen Sturm überstehen, eine Fahne im Wind, hielt mit der anderen die Kamera auf Kasimir gerichtet, »wir bedeuten einander dies und jenes mit den Händen, wir klatschen in die Hände, wenn wir uns freuen oder uns etwas gefällt, wir bereiten unsere Speisen mit den Händen zu«, Kasimir lag auf dem Rücken und ließ sich wie ein Stück Holz aufheben, »wie von Zauberhand, durchlauchte Andere, wie von Zauberhand«, die Hände über der Brust gefaltet, dann ruderte er mit den Armen, drehte sich um die eigene Achse, wohin es ihn trieb und warum, blieb ihm ein Rätsel, Alain rief, er solle kraulen, Kasimir kraulte in der Luft, »wir schreiben mit unseren Händen, wenn wir Hände haben, nichts Feindseligeres, als einer ausgestreckten Hand die eigene nicht zu reichen«, ein leichtes Stupsen genügte, um Kasimir von der Matte abheben zu lassen, ein festerer Abstoß ließ ihn hochschnellen, während Sportstudentinnen auf einem Laufband liefen, um die Gleichgewichtskontrolle unter gewichtslosen Umständen erforschen zu lassen, während man das Einfangen herumfliegenden Weltraummülls mittels Netzen simulierte, während neue Plasmakammern für die Internationale Raumstation getestet wurden, während an den Boden geschnallte Menschen menschliche Nervenzellen und Augentierchen untersuchten, während junge Männer, die ein Jahr unter extremen Bedingungen in der Antarktis verbracht hatten, anderen extremen Bedingungen ausgesetzt waren, »die Nahrung wandert durch unsere Därme, wird umgewandelt und von einem anderen Mund ausgeschieden, wir wischen unseren Anus mit den Händen sauber, was wir mit aller Kraft voreinander verbergen, ich wasche meine Hände in Terpentin.«

Als zum was-wusste-er-wie-vielten-Mal die Große Schwere über ihn kam, sah er den italienischen Astronauten, der als Erster das Andocken einer Sojus-Kapsel an die Internationale Raumstation fotografiert hatte, sich eine Papiertüte vor den Mund halten. Kasimir hatte man gesagt, er solle es mit dem Sprechen nicht übertreiben, der Körper werde aufs Äußerste gefordert – und jetzt sah er, was er nicht sehen wollte: Ein Mensch, der ein halbes Jahr in der Schwerelosigkeit verbracht hatte, kotzte. Kasimir rief Alain, ihm war übel, er fühlte sich hundsmiserabel, schon wurde er gepackt, Kasimir legte noch die weißen Handschuhe übereinander auf die Matte, man geleitete ihn Richtung Cockpit, schnallte ihn auf einem Sitz fest, Alain holte zwei Papiertüten aus einer Tasche an seinem Schienbein –

Thirty seconds, fourty, injection –

Kasimir kotzte, wie er später oft und oft wiederholen sollte, nicht. Er wurde angehoben, der Sicherheitsgurt bis zum Äußersten angespannt, Kasimir öffnete die Augen.

Allein, plötzlich allein.

Atmen, endlich in Ruhe.

Schauen, hören, da sein.

Die Stille, wenn die Motoren abgestellt waren. Die Laute der anderen, Erstaunen, Freude, Verzweiflung. Vorm Eingang zum Cockpit saß ein Ingenieur vor einem Computer, auch er bis zur äußersten Gürtelspannung angehoben. Über leeren Sitzen schwebten geschnallte Sicherheitsgurte, flackerten wie brennende Zünglein, wie Kerzenflammen in einer Kapelle. Knapp unter der Decke flog ein oranger Engel an Kasimir vorbei, die angezogenen Beine voraus, an der Wand vor dem Cockpit glitt er Richtung Boden. *Ein Mensch flog an ihm vorbei.* Kasimir drehte sich um und blickte in den großen Turnsaal oder die psychiatrische Anstalt älterer Schule. Menschen schwebten, Menschen waren auf den Boden oder an Stangen geschnallt, Menschen kotzten, Menschen arbeiteten.

Alles, was schwebe, hatte Frau Dr. Heinrich gesagt, mache irgendetwas. Kasimir hatte irgendetwas gemacht, mit ihm war irgendetwas gemacht worden. Alles, was keine Flügel hatte, schwebte: Die Sicherheitsgurte schwebten, die Taschen schwebten, die Maskottchen schwebten, das lange blonde Haar der deutschen Sportstudentin schwebte, das aus der Tasche gerutschte Mobiltelefon schwebte, Kasimirs Handschuhe schwebten – wäre ein Elefant an Bord gewesen, er wäre geschwebt.

In diesem Moment verstand Kasimir Ab, warum Maya Kempowski ihm verboten hatte, Frau Dr. Heinrich nach der Schwebetauglichkeit eines Elefanten zu fragen.

23

Die Spätsommersonne schien ins Zimmer, das Bett war von Schatten und Licht geteilt, der Himmel dunkelblau.

Pia hatte nicht gut geschlafen. Mitten in der Nacht war sie aufgewacht, und während sie in der Wohnung über ihr ein Kind brüllen gehört hatte, das irgendwann ruhig und von Vogelgezwitscher abgelöst wurde, bevor man im Innenhof die Mülltonnen auf die Straße rollte, hatte sie Wohnungen vor sich gesehen, in denen sie mehr oder weniger Zeit verbracht hatte, Wohnungen von Freunden, Liebhabern, Affären. Sie war Stufen hochgestiegen, in Aufzügen gefahren und durch Eingangstüren getreten, hatte in Küchen gekocht oder beim Kochen zugesehen, war unter Duschen gestanden und in Badewannen gelegen, hatte sich in Betten gesehen, auf Tischen und Böden, hatte aus Fenstern geblickt und heimlich auf Toiletten geheult, war auf Sofas gelegen und hatte Blumen gegossen. Und war immer allein gewesen dabei. Nur sie in den Wohnungen. Nur sie und die Wohnungen. Wie lange das alles in ihr verschlossen war.

Julian schlief, sein Gesicht ruhte an ihrer Schulter, während sie allein durch Marios Wohnung in der Tigergasse schlich und noch den Staub auf der nicht mehr weißen Dose sah, in der das Telefonkabel nicht steckte.

Es waren viele Wohnungen. Nach Mario hatte sich Pia genommen, was sie wollte, wen sie wollte, einen nach dem anderen, einen neben dem anderen. Unterm Strich hatte immer etwas gefehlt. Ihr hatte etwas an den Männern gefehlt, und dieses Etwas hatte gefehlt, um sich ihnen zu zeigen, um neugierig auf sie zu bleiben, um sie tatsächlich kennenzulernen. Sie sei beziehungsunfähig, sagten ihre Freundinnen, die heirateten und Kinder bekamen und jedes Mal, wenn sie allein ausgehen durften, den Männern schöne Augen machten und noch mit dem traurigsten Wichtigtuer tanzten, als kämen sie direkt aus dem Gefängnis. Sie hatte sich nicht bedauert in diesen Jahren, im Gegenteil, sie war frei gewesen und unbekümmert. Es ging so leicht, vielleicht zu leicht, aber da war keiner, zu dem sie gesagt hätte: »Komm her. Halt mich fest.«

Dann die neue Firma, der nächste Job, den sie nicht zuletzt deswegen angenommen hatte, weil ihr der Kotzbrocken von Chef blöd gekommen war. Ob sie sich das zutraue, hatte Herr Werner gefragt, immerhin sei sie eine Frau, die Arbeit nicht ungefährlich. Sie hatte bloß gelächelt. Von diesem Typen wollte sie sich keine Tür aufhalten und in keinen Mantel helfen lassen. Und dann mit Julian im Wagen, der freundlich und abweisend zugleich war, dessen Gedanken sie nicht erraten konnte, der sie manchmal aus den Augenwinkeln beobachtete, ansonsten aber bei sich blieb. Dessen muskulöser Körper sich unter der engen, schäbigen Uniform abzeichnete. Der so verschmitzt grinsen konnte. Der alles nicht so ernst zu nehmen schien. Der bisweilen den Motor laufen ließ, aus dem Wagen sprang und mit zwei Bechern Kaffee zurückkam. Der so gut roch.

Und der auf einmal von sich zu erzählen begann, aber offensichtlich nicht, um ihr zu gefallen. Der von Reisen sprach, von Fußballspielen, von Partys und Frauen. Es klang nicht immer sympathisch. Es klang auch nicht immer sonderlich klug. Sonderbarerweise begann ihr gerade das zu gefallen – dass er sagte, was er dachte; dass er erzählte, wie es ihm in den Sinn kam; dass er nicht nach Beifall heischte und sich nicht als strahlender Held präsentierte, der immer das Richtige tat.

Pia hatte sich nie für Fußball interessiert, schon gar nicht so wie viele Frauen, die Interesse vorschützten, um Männern zu gefallen. Die sich jedes Mal aufs Neue dies und jenes erklären ließen, was sie sich von den Vorgängern bereits hundert Mal hatten erklären lassen. Denen es gefiel, dass die Männer sie belehren konnten. Pia war egal, wie das mit dem Abseits war, wie die Auswärtstorregel funktionierte, welche Mannschaft wofür stand und wofür nicht, wer wie viel verdiente oder wer das Viele nicht verdiente. Aber als Julian von dem einen großen Traum seines Lebens erzählte, Fußballer zu werden, bei einem berühmten Verein einen Vertrag zu unterschreiben, wofür er während der Schulstunden fleißig seine Unterschrift geübt hatte, von Zehntausenden im Stadion angefeuert zu werden oder unter den Klängen der Bundeshymne im Prater zu stehen und den Blick über die gefüllten Ränge schweifen zu lassen, wissend, da irgendwo sei eine Frau, die ihn liebe und die er liebe – verliebte sie sich in ihn.

Nicht, was er erzählte, *wie* er es erzählte, berührte sie. Die Leidenschaft, das Glühen, die Unbedingtheit. Wie er nachmittagelang allein trainiert und auf Tore geschossen hatte, während er sich selbst kommentierte: »Torschütze mit der Nummer Neun, Julian – Fuchs!« Zehntausende, die seinen Nachnamen brüllten. Wie er gegen die Jugendmannschaft von Rapid drei Tore schoss und dachte, bald zum Probetraining nach Hütteldorf eingeladen zu werden. Wie er die Ergebnisse und Aufstellungen aus den Zeitungen schnitt, seinen Namen mit Leuchtstift markierte und die Schnipsel feinsäuberlich in Hefte klebte. Wie er davor, als die Ergebnisse noch nicht in den Zeitungen standen, nach jedem Spiel Ergebnis und Aufstellung in ein Heft geschrieben hatte. Wie er von diesem und jenen erzählte, die jetzt bei einem großen Club, in fernen Städten oder im Nationalteam spielten, die Millionen verdienten, während er Bankomaten mit Geld befüllte.

Dann der x-te Muskelfaserriss, nach Operation und Physiotherapie der Ruf in ein Zimmer, der Verein habe wirtschaftliche Probleme, könne sich die Mannschaft nicht mehr leisten, er dürfe sich nach einem anderen Engagement umsehen. Fünf Jahre kein Fußball, nicht einmal im Fernsehen, keine Weltmeisterschaft, keine Champions League. »Ich hab mir geglaubt, dass mich das alles nicht mehr interessiert.« Er hatte gelacht und sich an den Kopf getippt. »Wie wunderbar man sich belügen kann.« Er bemitleidete sich nicht. Er gab nicht den anderen die Schuld. Er stellte sich nicht als Opfer dunkler Machenschaften hin. Das gefiel ihr.

Jetzt spielte er wieder. Mit Freunden, in einer Hobbymannschaft, die manchmal bei Turnieren antrat. Wobei er das nicht könne, zum Spaß spielen, er wolle noch immer gewinnen, wenn er die Schuhe anziehe, wolle er Tore schießen und besser als der Gegner sein. Daher müsse er sich ein ums andere Mal sagen, es gehe nicht um die Champions League, er stehe nicht einmal im österreichischen Pokalfinale.

»Ich würde dich gern dabei sehen.«

»Ein matter Abglanz.«

»Trotzdem.«

Julian freute sich, als sie trotzdem kam. Er strahlte sie von Weitem an, unterbrach das Dehnen, trabte zu ihr und küsste sie auf die Wangen. Das hatte er noch nie getan. Sie beobachtete ihn auf einem Sportplatz in Meidling, an den sie durch eine Kleingartensiedlung und vorbei an einem Umspannwerk gekommen war, hinter dem einen Tor zeichneten sich im Gegenlicht die Silhouetten der Twin Towers ab. Ein Hohn, die beiden Glastürme an der Triester Straße so zu nennen.

Auf dem Platz drehten sich mehrere Rasensprenger, vor dem Buffet saßen Männer mit nackten Oberkörpern und tranken Bier. Es war heiß, die Luft flirrte, die Spieler näherten sich beim Aufwärmen dem sich schnell drehenden Wasserstrahl. Die Gegner trugen schwarzweiße Dressen, die Gegner waren schwarzweiß, schwarze Männer und weiße Männer, durchtrainierte und beleibte, starke und heruntergekommene, manchen sah man beim Laufen an, dass sie Alkoholiker waren, andere rauchten am Spielfeldrand und lachten hustend. Es war die Mannschaft der Obdachlosenzeitung, Männer, die tagsüber vor U-Bahn-Stationen und auf der Straße Zeitungen verkauften, um einen Euro pro verkauftem Exemplar zu verdienen.

Ein kleiner, dicker Mann mit rotem Ziegenbart, der aussah, als hätte er einen Fußball verschluckt, pfiff das Spiel an, Julian lief viel und schnell, er grätschte und passte und schoss an die Stange. Wie geschmeidig er sich bewegte, wie lustvoll er spielte. Es stand 0 : 0, als ein junger Schwarzer aus der Kabine gelaufen kam und dem Trainer außer Atem etwas von der U-Bahn und einer Kontrolle zurief – und dass er sofort aufs Feld wolle. Ein dünnes Männchen, das bei jedem schnelleren Schritt einzuknicken drohte, tauschte mit ihm, seine Mitspieler suchten ihn sofort, er spielte auf Julians Seite, kam einmal an ihm vorbei, blieb einmal an ihm hängen. Julian hatte den Ball und lief die Seitenlinie entlang Richtung gegnerisches Tor, der eben Eingewechselte sprintete ihm hinterher und drehte sich um, als Julians Pass abgefangen wurde und es aufs andere Tor ging. Der Schwarze sprintete die Seitenlinie in die andere Richtung – auf einmal fiel er hin. Das Spiel ging weiter, jemand rief ihm etwas zu, das Spiel ging weiter, einer aus Julians Mannschaft lief zu dem Liegenden und wollte ihm aufhelfen. Ein Zweiter kam hinzu, ein Dritter.

Auf einmal liefen alle in seine Richtung, der Schiedsrichter klemmte den Ball unter den Arm, hektische Rufe, man solle die Rettung verständigen, der Trainer der Schwarzweißen sprang auf und eilte auf die andere Seite des Feldes, Pia rannte ihm hinterher. Sie fand Julian über den Mann gebeugt, ein anderer bearbeitete seine Brust, Julian hielt ihm die Nase zu und blies Atem in seinen Mund. »Was ist?«, fragte sie, »keine Ahnung«, hörte sie, man hatte dem jungen Mann das Trikot ausgezogen, er war sehr schwarz und sehr trainiert, kein Gramm Fett zu viel, jeder einzelne Muskel schien sich auf der schimmernden Haut abzuzeichnen, und da kam schon die Rettung mit Blaulicht und Sirene, der Wagen fuhr über das Spielfeld und stoppte kurz vor der Menschentraube.

Zwei Ärzte übernahmen von Julian, einer verabreichte dem jungen Mann eine Spritze, zwei Sanitäter rannten zum Wagen und kamen mit Gerätschaft zurück. Zwei junge Afrikaner drehten sich mit Tränen in den Augen weg, die Ärzte versetzten dem jungen Mann einen Elektroschock, sein Körper zuckte, Julian hatte seine Hände auf die Schläfen gepresst. Als er sie kurz ansah, schüttelte er bloß den Kopf.

Man legte den jungen Mann auf eine Bahre, trug ihn zum Rettungswagen, die Sanitäter zogen die Hintertür zu. Manche standen in losen Grüppchen beisammen, die beiden jungen Afrikaner saßen heulend auf dem Boden, die Ersten verschwanden mit hängenden Köpfen in die Kabine, andere spielten selbstvergessen mit Bällen. Julian saß auf einer Holzbank am Spielfeldrand, der Körper vornübergebeugt, die Ellenbogen auf die Knie gestützt, ein Mitspieler hatte einen Arm um seine Schulter gelegt.

Als der Rettungswagen ohne Blaulicht und Sirene abfuhr, schien die Abendsonne, die Rasensprenger drehten sich klickend, das Wasser fiel in hohen Bögen aufs Gras.

»Er war tot«, sagte Julian, »einfach tot. Ich konnte nichts tun. Ich hoffte. Ich –«

»Du hast es versucht. Ich hätte nicht einmal gewusst, was ich –«

»In dem Moment weißt du's. Ich –«

»Komm her.«

Sie setzte sich neben ihn, er ließ seinen verschwitzten Kopf auf ihre Schulter sinken, er roch nach Schweiß und Gras und atmete schwer. Als er aufstand, fragte er, ob sie auf ihn warte. Sie nickte. Kurz vorm Kabineneingang zog er sein Trikot aus. Pia wollte diesen Mann.

Nachher saßen sie biertrinkend und stumm vor dem Buffet. Pia wusste nicht, was sie sagen sollte, sie kannte die anderen Männer nicht. Sie blickten in die Hälse ihrer Bierflaschen und schüttelten die Köpfe, manchmal sagte einer »unglaublich« oder »Wahnsinn« oder »entsetzlich«. Wann immer jemand mit nassem Haar und umgehängter Tasche aus der Kabine kam, klopfte er Julian auf die Schulter oder strich ihm über den Kopf, bevor er zum Buffet ging, um sich kurz darauf mit einer Flasche Bier zu den anderen zu setzen. Julian fragte, ob sie zur U-Bahn mitkomme. Die Luft war warm, über den Himmel zogen weißgraue Gewitterwolken, schweigend gingen sie an Schrebergartenhäuschen und dem Umspannwerk vorbei, schweigend überquerten sie die Gleise, schweigend stiegen sie in die U-Bahn.

»Das war also dein erstes Fußballspiel.«

Sie nickte. Er versuchte zu lachen:

»Und ich hätte so gern ein Tor für dich geschossen.«

»Wollen wir noch –«

»Ein andermal gern. Aber. Ich muss allein sein.«

Als Julian ausstieg, umarmte er sie und küsste sie auf die Wangen. Sie winkte ihm durchs Fenster.

24

Seit der Kleine auf der Welt war und sie brauchte, stand Rita gern frühmorgens auf, duschte sich rasch, versorgte Rosanna und stieg voller Vorfreude mit Brot und Apfel in die Straßenbahn. Sie fühlte sich leicht und benötigt. Als wäre auch sie neugeboren. Hatte sie die Pandas faul genannt? Waren sie ihr auf die Nerven gegangen? Hatte sie nicht verstehen können, was Menschen an ihnen fanden? Unlängst hatte es Rita einer Journalistin erklären müssen, die sie nach ihrer Arbeit befragt hatte. Und danach, ob Pandas immer so faul seien.

Abgesehen davon, dass man ein Tier nicht faul nennen konnte – man hielt auch keinem Wolf vor, das Schaf zu reißen, und verachtete den Vogel nicht, der seinem Nachwuchs Würmer brachte –, stimmte es einfach nicht. Pandas hatten es schwer in der Evolution. Sie waren zerbrechlich. Sie verwendeten den falschen Treibstoff. Sie hatten sich einmal versehentlich für Bambus entschieden, waren falsch abgebogen, fraßen wie Besessene und liefen trotzdem ständig auf Sparflamme. Dennoch kletterten sie auf Bäume, turnten auf den Anlagen im Gehege oder schwammen in Teichen. Sie hatten zu wenig Energie, weil sie sich falsch ernährten. Menschen mussten schnell sein und funktionieren und sorgten sich seit einiger Zeit immer aberwitziger um die richtige Ernährung und die angemessene Diät. Pandas gingen es gemächlich an. Sie lebten mit und trotz ihrer Verirrung. Vielleicht liebte man sie deshalb.

Der Kleine lebte unter Wölfen und Löwen, neben Pinguinen und Nashörnern, in der Nähe von Eisbären und Erdmännchen, in Wurfdistanz von Kängurus und Schlangen. Die ganze Welt war auf einem kleinen Stück Land versammelt. Die ganze Welt war in Form ihrer jeweiligen Repräsentanten anwesend. Unter all den Tieren der Welt war keines ein natürlicher Feind des Großen Panda.

Einzig der Mensch. Für ein Pandafell wurden auf dem Schwarzmarkt bis zu zweihunderttausend Dollar gezahlt; was für die einen perverser Luxus war, sollte die anderen gegen böse Geister wappnen und ihnen die Zukunft entschlüsseln helfen. Die Chinesen hatten Menschen hinrichten lassen, weil sie Bärkatzen getötet und mit ihren Fellen gehandelt hatten. Vielleicht war das etwas streng. Vielleicht waren es arme Bauern, die mit einem Fell mehr verdienten als in Jahren harter Arbeit und die mit Tieren allgemein nicht zimperlich verfuhren. Trotzdem hatte sich Rita dabei ertappt, in diesem Fall die Todesstrafe nachvollziehen zu können.

Die Journalistin hatte Rita Geld geboten, viel Geld. Wenn es um Pandas ging, spielte Geld offensichtlich keine Rolle. Bloß ein Foto aus der Wurfbox, sie würde ihren Namen schützen, Redaktionsgeheimnis, da fahre die Eisenbahn drüber. Ein Foto tue dem Kleinen nichts, die Menschen wollten ihn sehen, hätten ein Recht darauf, man verstehe nicht, warum der Tiergarten so streng sei. Rita verstand es auch nicht. Der ehemalige Bundeskanzler mit den schmalen Lippen und der Fliege um den Hals hatte in die Wurfbox schauen dürfen, weil er eine Sonderpatenschaft übernommen hatte, woran eine Plakette im Pandahaus erinnerte. Ob sie das demokratisch finde, hatte die Journalistin gefragt. Nein, fand sie nicht. Aber sie freute sich, etwas sehen und erleben zu dürfen, das andere nicht sehen und erleben durften. Die Journalistin hatte freundlich gelächelt. Wenn Rita sie nicht zur Wurfbox mitnehmen wolle, verstehe sie das. Sie wolle sie nicht in Gefahr bringen, ein Foto von Ritas Mobiltelefon genüge, die Entschädigung wäre mehr als angemessen. Rita hatte den Kopf geschüttelt und Nein gesagt.

In der Nacht hatte es geregnet. Der nasse Kiesel knirschte unter ihren Sohlen, als Rita durch den Schlosspark Richtung Tiergarten ging. Die Luft war feucht und nass, der Himmel grau, auf dem Boden lag nasses Laub, gelb und rot und braun, sie atmete tief ein. Ein schwarzer Mann in Shorts und Kapuzenpullover lief an ihr vorbei, zwei Pensionistinnen setzten ihre Stöcke in regelmäßig klickenden Abständen auf den Boden, die Kastanienbäume standen seit mehreren Menschenleben hier.

Rita näherte sich der Box. Noch nie hatte sie so gern gearbeitet. Sie hätte das, was sie tat, nicht einmal arbeiten genannt. Was sie tat, bereitete ihr Freude. Die Großen Pandas, die Roten Pandas, die Koalas zu beobachten, mit und neben und unter ihnen zu sein, beschwingte sie. Die Menschen beschwerten sich ständig. Alle waren unzufrieden. Alle kamen zu kurz. Alle wollten etwas anderes sein als das, was sie waren.

Weil die Menschen bloß sich sahen. Sie sahen bloß ihresgleichen. Manchmal gaben sie sich einem Hund in der Straßenbahn gegenüber freundlich, manchmal sprachen sie mit Katzen, manchmal streichelten sie Ponys über die Mähnen, manchmal warfen sie einer Taube Brotkrumen zu. Im Alltag aber sahen sie nur Menschen.

Es verwunderte Rita nicht, dass viele Menschen griesgrämig wurden. Sie sah Vögel und ihre Nester, Regenwürmer und Ratten, sie sah die Habitate der Wesen, die mit ihr diese Stadt belebten. Sie sah Eichhörnchen und Spinnen, Schmetterlinge und Raupen, sie sah Bäume, Sträucher, Grünflächen, auf denen sie lebten.

Als sie den Kleinen an seinem fünfundsiebzigsten Tag erblickte, musste sie lachen. Er war gewachsen, hatte viel Milch getrunken, man sah auf den ersten Blick, welcher Familie er entstammte. Allerdings sah er wie ein Stofftier aus. Hätte er stillgehalten, hätte man ihn im Souvenirladen anbieten können. Flauschig, handlich, süß. Schwarz und weiß und niedlich. Zwar konnte er immer noch nicht gehen, aber mittlerweile hatte er seine Augen geöffnet. Sein Überleben war immer noch nicht gesichert.

Fu Mao bemerkte Rita und griff nach dem Kleinen. Sie wollte ihr zeigen, dass er ihrer war, auch wenn sie sich nicht immer so um ihn kümmerte, wie sie sich um ihn kümmern sollte – wie die Menschen sagten, dass sie sich um ihn kümmern sollte, um sein Überleben zu gewährleisten. Fu Mao setzte ihn auf den Bauch, er begann zu nuckeln, dabei zuckte er am ganzen Körper. Nach zehn Minuten verabschiedete sich Rita, um Bambus zu holen und das Gehege zu säubern. Der Kleine konnte bis zu einer halben Stunde lang saugen und zittern und sich fürs Leben stärken.

Vor dem Gehege kamen ihr zwei Männer entgegen. Es nieselte, ihre Gesichter waren nass, über den Himmel zogen dunkle Wolken. Der eine war groß und dunkel, wirkte stark und entschlossen, der andere war klein und zäh und hatte einen Dreitagebart. Der Kleinere sah wie ein Reptil aus. Das war gemein – dem Reptil gegenüber.

»Rita Swoboda?«

Die beiden blieben knapp vor ihr stehen. Rita hielt inne. Sie konnte diese Journalisten nicht mehr ausstehen. Sie gingen ihr mehr auf die Nerven, als die Pandas es jemals getan hatten. Entweder schleimten sie oder gaben sich einen Hauch von Gefährlichkeit, immer aber ließen sie durchscheinen, dass sie wichtig waren und darüber entschieden, was berichtenswert sei und was nicht. Die beiden versuchten es offensichtlich auf diese Weise. Ernste Gesichter, kein Lächeln. Vielleicht hatten sie noch nicht gefrühstückt. Vielleicht hatten sie das Warten satt. Vielleicht hatten sie verstopfte Därme. Im Hintergrund verteilte Peter Bambus im Gehege. Yang Lang wartete.

»Ja?«

»Wir würden gern mit Ihnen reden.«

»Ich verstehe, wenn Sie nicht verstehen, warum man den Kleinen nicht fotografieren darf. Wenden Sie sich bitte an die Presseabteilung. Ich kann es nicht ändern.«

»Wir müssen mit Ihnen reden«, sagte der große Dunkle und zog einen Ausweis aus der Innentasche seiner Jacke, »Kriminalpolizei.«

»Ich habe keine Fotos – «

Der Kleine blickte sie auf eine Weise an, dass sie augenblicklich verstummte.

25

Die ersten Zeichen, die Menschen hinterlassen, die ersten Spuren, die ihre Gegenwart dokumentieren sollten, die erste Kunst waren Hände. Am Anfang wurden Hände auf Wände gedrückt. Weiße Handflächen kommen aus braunem Rot, als riefen sie um Hilfe, als steckte ein Mensch hinter dem Felsen fest, als wäre ihm alles außer den Händen abhanden gekommen. Eine Linke und eine Rechte, noch eine Linke und noch eine Rechte, merkwürdig versetzt – vor dem Stein waren Menschen gestanden, um ihre Anwesenheit mitzuteilen.

Vielleicht waren es stolze Hände, Hände stolzer Menschen, die bezeugen wollten, dass sie die Hirsche und Pferde, Stiere und Rinder, Raubkatzen und Bisons an die Wände der Höhle von Lascaux gemalt hatten. Seit mehr als siebzig Jahren fragten sich die Gelehrten, wie es im Südwesten des heutigen Frankreich zur Darstellung eines Rentiers gekommen sei, was die seltsamen Jagdszenen bedeuten könnten, vor allem bereitete ihnen der Vogelmensch Kopfzerbrechen, der nach dem Angriff eines Bisons offensichtlich sterbend nach hinten fällt. Sie diskutierten und phantasierten über den Vogelkopf auf der einzigen Darstellung eines menschlichen Körpers, räsonierten über den offenen Mund und den merkwürdigen langen Schnabel, stellten immer neue Mutmaßungen über seinen erigierten Penis und dessen möglicherweise kultische Bedeutung an.

Von den Händen sprach niemand. Keiner las sie. Keine befragte sie. Die Tiere könnten auch von Tieren abgebildet worden sein. Vielleicht konnten Tiere einmal malen.

Eindeutig waren nur die Handabdrücke. Die Hände waren nicht in Farbe getaucht worden; die Stellen, auf die Menschen ihre Hände gedrückt hatten, waren gefärbt worden. Aus dem Wald kannten sie die Fährten der Tiere. Wenn sie frisch waren, wussten sie, der Hirsch konnte nicht weit sein, vom Boden lasen sie, ein Rind musste sich in der Nähe aufhalten. Aus Eisen, Speichel und Pigmenten hatten sie Farbe gerührt, in den Mund genommen und auf die Wand gespuckt, ehe sie mit ihren Händen Fährten legten.

Wem, fragte sich Kasimir Ab, uns? Die Höhlenmalereien sollten siebzehntausend Jahre alt sein, manche Forscher hielten sie für wesentlich älter. Wann immer Kasimir die Bilder studierte, blitzte in ihm etwas auf, das er schwer in Worte fassen konnte. Die offenen Hände waren trügerisch. In erster Linie waren es einmalige Abdrücke, die einmalige Leben bezeugten, Spuren, die absichtlich hinterlassen worden und beinahe unmöglich zu lesen waren. Sie mochten nach Hilfe rufen. Sie mochten auf ihre Fähigkeiten hinweisen. Sie mochten winken. Sie mochten Einhalt gebieten.

Kasimir sah etwas anderes. Er sah Hände, die über unvorstellbare Zeiten hinweg geöffnet waren, um andere zu berühren. Er sah eine Handreichung. Lege deine Hand in meine. Sieh die Ähnlichkeit. Sieh den Unterschied. Spüre die Verbindung. Wer war der Mensch, der Kasimir die Hand darbot? Was wusste er von Kasimir? Was wusste Kasimir von ihm?

Das waren sinnlose Fragen, trotzdem schlichen sie sich in seinen Kopf. Er liebte diese Bilder. Sie sagten ihm etwas, sprachen ihn direkt an, schienen auf ihn gewartet zu haben. Kasimir zeigte Hände zurück. Über Jahrtausende hinweg zeigte er den Händen von Lascaux die Hände seiner Zeitgenossen.

Kasimirs Rechte ruhte auf einer Maus. Den Anderen würde er erklären müssen, dass er kein Tierquäler, sondern Maus eine Bezeichnung für ein technisches Gerät gewesen sei, die Entsprechung einer Hand auf einem Bildschirm. Er trug dunkelblaue Handschuhe zu einem locker geschnittenen schwarzen Anzug, hatte ein dunkelblaues, nicht bis oben zugeknöpftes Hemd angezogen und eine Krawatte umgebunden, die er kurz darauf wieder abgenommen hatte. Er schwitzte unter den Achseln. Neben ihm stand ein Glas Wasser, auf dem Bildschirm hatte er eine Fotografie von vier Handabdrücken auf einer steinernen Wand, die ihn beruhigen sollten. Er war nie in der seit Jahrzehnten unzugänglichen Höhle gewesen; die exakte Nachbildung interessierte ihn nicht. Die Höhle war in ihm, die Hände waren in ihm. Die Angst vor dem Bison kannte er nicht. Das Fallen kannte er.

Jemand fragte um Austausch der Kontaktdaten an. Nicht irgendjemand. Er atmete tief durch, stimmte zu und hatte einen neuen Kontakt in der Liste. Jonathan hatte ihm angeboten, an der Konferenz teilzunehmen. Kasimir wollte Jonathan nicht dabei haben. Das war eine Angelegenheit zwischen zwei Menschen, wahrscheinlich auch zwischen zwei Männern. Als es klingelte, schloss Kasimir kurz die Augen. Er trank einen Schluck Wasser, stellte das Glas auf den Boden und nahm den Anruf entgegen.

Die Kamera sprang an, Kasimir fand sich auf dem rechten unteren Bildrand in Klein, stellte auf Vollbild und sah einen jungen Asiaten in schwarzem Anzug und weißem Hemd, den er auf dreißig bis vierzig schätzte. Sein schwarzes Haar war streng nach hinten gekämmt, auf der Nase trug er eine randlose Brille, seine beinahe durchsichtige Haut schimmerte. Er sah wie ein Geschäftsmann oder Staatssekretär aus, der sich so gewissenhaft vorbereitet hatte, wie er sich sein bisheriges Leben lang stets gewissenhaft vorbereitet hatte. Sterbenskrank war jedenfalls etwas anderes. Ein mattes Licht beschien sein Gesicht, im Hintergrund waren eine Bibliothek und Topfpflanzen auszumachen. Der junge Mann nickte kurz, Kasimir nickte zurück.

»Guten Tag, Herr Ab. Es freut mich, dass Sie unserer Einladung gefolgt sind.«

»Gern«, sagte Kasimir und wunderte sich über den Majestätsplural, »guten Abend.«

Der Mann sprach einwandfreies Deutsch. Wahrscheinlich verhandelte er mit deutschen Großkonzernen oder Banken. Vielleicht musste er deutschen Staatssekretären die kulturellen Schätze Japans erläutern. Für einen kurzen Moment blickte er direkt in die Kamera. Kasimir lächelte. Am Gesicht seines Gegenübers war nichts abzulesen.

»Herr Yamamoto ist bereit. Er freut sich, Sie sehen und sprechen zu dürfen. Ich werde übersetzen. Warten Sie bitte einen Moment.«

Mit einem Mal wurde der Bildschirm weiß, zartrosa, fleischfarben; der junge Mann musste einen Finger über die Linse gelegt haben. Kasimir hörte Schritte und gleichmäßiges Atmen, er sah sich mit verbundenen Augen durch ein fremdes Haus getragen werden, das Bild wackelte, ehe es abrupt zur Ruhe kam und der Finger von der Linse genommen wurde.

Ein hagerer alter Mann mit schlohweißem Haar und Altersflecken im Gesicht saß in einem Rollstuhl. Er trug eine große schwarzgerahmte Brille, seine Züge waren hart, die Haut war ledern. Stück für Stück zoomte die Kamera ihn heran, der Alte faltete die Hände vor der Brust und neigte sich langsam nach vorn. Kasimir tat es ihm gleich, blickte direkt in die Linse, aber der Alte sah ihm nicht in die Augen. Es war unangenehm still, Kasimir räusperte sich im Aufrichten, das Bild wurde breiter, der Mann im Rollstuhl kleiner.

Der Raum war düster und kahl, die hohen blaugrauen Wände passten nicht in den Bildausschnitt, Kasimir kam nur schwer gegen die Vorstellung an, einen Entführten in einer Lagerhalle vor sich zu haben, der von fanatischen Kasimir-Ab-Hassern zur Unterzeichnung dieses Testaments genötigt worden war. Über den Beinen des Alten lag eine dunkelblaue Decke, hinter dem Rollstuhl hingen Kasimir Abs *Mädchenhände mit Radiergummis*. Es war genauso wahnsinnig, Kunst zu verkaufen, wie Kunst zu kaufen. Die delikaten Hände waren ausgezeichnet beleuchtet, Kasimir konnte die Lichtquellen nicht ausmachen. Er räusperte sich laut und klickte auf Schnappschuss.

Aus zartem, von blauen und grünen Schlieren durchkreuztem Gelb tauchten zierliche weiße Hände auf, deren Fingerspitzen rotblaue Radiergummis hielten. Als müssten sie etwas Heißes, Gefährliches, leicht Zerbrechliches anfassen, hatte der berühmte Kritiker geschrieben, und Kasimir sah, was er vielleicht zum ersten Mal sah – die freche Freiheit dieser Geste, ihre spielerische Drohung über dem gebrechlichen Alten, der in seinem Testament seine und die

Einäscherung dieser Hände angeordnet hatte. Bis auf das Gemälde war der Raum leer. Es hätte eine Lagerhalle oder ein zeitgenössisches Museum sein können. Der Alte sprach direkt in die Kamera, hielt den Blick leicht gesenkt, seine Stimme klang erstaunlich fest.

»Herr Yamamoto«, sagte der Übersetzer, der nicht im Bild war, »grüßt Sie höflich. Es ist ihm eine Ehre, den Meister zu sehen.«

»Sagen Sie ihm, die Ehre ist ganz auf meiner Seite. Ich freue mich, mit ihm sprechen zu dürfen. Wie geht es ihm?«

Kasimir vernahm Laute, die er nicht verstand, die aus einer Welt kamen, die ihm fremd war. In einem kahlen Raum saß ein hinfälliger Alter in seinem Rollstuhl, als hätte er sich mit letzter Kraft aus einem Francis Bacon gestohlen. Oder in einen Francis Bacon, der Raffaels Portrait von Julius II. in die Gegenwart übersetzt hatte. Der Alte saß gerade und aufrecht, seit der leisen Verbeugung schien er sich keinen Millimeter bewegt zu haben. Sein Gesicht war eingefallen, der Blick und die Mundwinkel schienen von mindestens doppelter Gravität nach unten gezogen zu werden. Die Kamera holte ihn näher heran, Kasimir sah seinen ausgemergelten Oberkörper, der in einen gräulich glänzenden, spärlich bestickten Kimono gehüllt war. Die Hände des Alten ruhten auf den Armlehnen des Rollstuhls, die Finger waren fein und erstaunlich lang, die Haut war von braunen Pünktchen übersät. Er trug keinen glitzernden Ring. Er war nicht Julius II.

»Herr Yamamoto sagt, er werde diese Welt bald verlassen. Er habe ein gutes Leben geführt. Er fürchte sich nicht.«

Kasimir wollte antworten, aber der Alte sprach ruhig weiter. Seine Lippen bewegten sich unmerklich, sein Mund öffnete sich kaum, jedem Wort folgte eine kurze Pause.

Oder jedem Satz. Kasimir verstand nur Bahnhof, aber warum man Bahnhof sagte, wenn man nichts verstand, hatte er nie verstanden. Was er hörte, kam ihm Spanisch vor, die Engländer hätten Griechisch dazu gesagt, Kasimir fragte sich, mit welcher Sprache das Japanische bezeichnete, was fremd und unverständlich klang. Es war nicht klar, zu wem er sprach, das breitflächige Gelb im Hintergrund schien grün zu leuchten.

»Herr Yamamoto bewundert Ihre Kunst. Seit er das Gemälde erworben hat, ist kein Tag vergangen, an dem er es nicht aufmerksam studiert hätte.«

Kasimir öffnete den Mund. Der Alte sprach unbeirrt weiter. Kasimir wollte sich einen Reim auf das Gesicht und die Laute und die Sprachmelodie machen. Es gelang ihm nicht. Von einem Augenblick auf den nächsten begann das Bild zu ruckeln, die Mundbewegungen passten nicht mehr zum Gesprochenen, das Bild wurde grobkörnig, als würde es von Schimmel befallen, auf einmal fror es ein. Die Stimme klang grotesk verzerrt, etwas pfiff, etwas rauschte, etwas knackte, Kasimir hörte nichts mehr. Er sah bloß das eingefrorene Gesicht in die Länge gezogen werden, den leicht geöffneten Mund seitlich ausfransen, das weiße, kurz geschnittene Haar von Augenblick zu Augenblick stärker verschwimmen, die Hände, die sich eben noch an den Lehnen festzukrallen geschienen hatten, sich ins Ungefähre auflösen.

»Hallo«, sagte Kasimir, »hören Sie mich? Was –«

Erst da fiel ihm ein, dass sich der junge Mann, der vielleicht gar nicht so jung war, nicht vorgestellt hatte. Das Bild verdunkelte sich, Buchstaben wiesen ihn auf Probleme mit der Verbindung hin, die allerdings so schnell wie möglich wiederhergestellt werden solle. Er fragte sich, ob er das

Gespräch beenden solle, als er Herrn Yamamotos Stimme wieder vernahm. Kurz darauf kehrte das Bild zurück.

»Sie waren weg«, sagte Kasimir.

»Wir konnten Sie sehen«, sagte die Stimme aus dem Abseits. »Was haben Sie zuletzt gehört?«

»Er sagte, er habe das Bild jeden Tag studiert.«

Der Übersetzter sagte etwas, der Alte nickte. Er sah aus wie ein König, der sein Reich verloren hatte und dem ein Diener geblieben war, der entweder nicht wusste, wohin sonst, oder als Einziger weiterhin an das Reich glaubte.

»Herr Yamamoto hat viel und hart gearbeitet. Er hat auf dieser Erde Schlimmes erfahren, das er seinem Erzfeind nicht wünscht. Ihr Bild hat ihm Hoffnung gegeben. Diese Hoffnung wurde seine. Sie kennen die Geschichte nicht, die Ihr Bild ihm erzählt. Es ist seine Geschichte.«

Der junge Mann wechselte ins Japanische. Als er verstummte, sprach Herr Yamamoto unaufgeregt weiter. Kasimir hätte viel gegeben, um ihn zu verstehen.

»Das Bild ist zu seinem geworden. Niemand versteht, was es ihm erzählt. Niemand soll dieser Geschichte ausgesetzt werden. Ihm hat sie Hoffnung geschenkt, andere könnte sie gefährden.«

Kasimir räusperte sich erneut. Er wollte endlich etwas sagen. Der Alte sprach weiter.

»Um ihn zu schützen und andere vor Unheil zu bewahren, nimmt er das Bild auf seine letzte Reise mit. Das Bild verschwindet, die Hoffnung bleibt.«

»Es freut mich«, sagte Kasimir, »dass mein Bild Herrn Yamamoto ans Herz gewachsen ist. Ich verstehe auch, dass es für ihn etwas schwer zu Vermittelndes bedeutet. Ich bitte ihn lediglich, zu bedenken, dass er mit seiner Vernichtung *eine* Unterstützung dieser Hoffnung aus der Welt nimmt.«

Innerlich schüttelte Kasimir den Kopf über sich. Interessant, was da aus ihm sprach. Andere Saiten, die angeschlagen wurden. Er war stolz auf seine Beherrschung; Frau Dr. König hätte ihn hören und sehen sollen. Wieder kamen Klänge aus dem Mund des unsichtbaren Übersetzers, über das Gesicht des Alten huschte ein flüchtiges Lächeln, das Kasimir mitleidig genannt hätte, hätte er nicht längst das Gefühl gehabt, überhaupt nichts mehr zu verstehen. Was übersetzte der junge Mann? Wie übersetzte er? Auf einmal war ihm, als übersetzte der Übersetzer etwas völlig anderes. Als sagte der Alte, dass er gegen seinen Willen festgehalten und das Gemälde von Barbaren mit Zerstörung bedroht werde.

»Herr Yamamoto sagt, die Hoffnung sei immer da.«

»Fragen Sie Herrn Yamamoto, ob er Englisch spricht. Ich würde gern direkt mit ihm sprechen.«

Ein paar Worte, eine kurze Stille, die Miene des Alten verfinsterte sich.

»Herr Yamamoto legt keinen Wert auf die Sprache des Feindes, der seine Brüder getötet und sein Volk verbrannt hat.«

»Dann sagen Sie ihm bitte, dass er mit dem Bild auch einen Teil von mir vernichtet. Ich verspreche, es nicht wieder zu verkaufen. Ich unterschreibe eine Verzichtserklärung. Vielleicht kann man ein passendes Museum finden. Der Gedanke an seine Verbrennung schnürt mir die Kehle zu.«

Der Übersetzer sprach, kürzer als vorher, wie Kasimir vorkam, wobei er vorher weniger gesagt zu haben schien. Der Alte antwortete knapp.

»Herr Yamamoto wollte sich erklären, weil er Sie sehr schätzt.«

»Sagen Sie ihm, ich würde es jederzeit zurückkaufen. Der Preis spielt keine Rolle.«

»Herr Ab«, sagte der Unsichtbare, als spräche er zu einem zurückgebliebenen Kind, »bitte verstehen Sie, dass ich das nicht übersetze. Sie würden Herrn Yama –«

Das Bild fror ein. Kasimir vernahm ein pfeifendes Rauschen, das Gesicht des Alten schien auseinanderzubrechen, grüne Pünktchen blitzten in ihm auf und verbreiterten sich, die braunen Altersflecken wurden von kleinen schwarzen Quadraten übertüncht, der düstere Hintergrund verdüsterte sich weiter. Kasimir saß in Wien, Yamamoto irgendwo in der Nähe Tokios. Sie waren doch nicht in Uganda! Kasimir fluchte. Andererseits gab es vielleicht doch einen Gott der Kunst, der eingriff, um den Übeltäter grotesk zu verunstalten. Er schüttelte den Kopf, fuhr sich durchs Haar, als er plötzlich einen mutigen Vermummten die *Mädchenhände* zurückholen und Kasimir mit einer Verbeugung übergeben sah. Hier sollte eine Spezialeinheit der Vereinten Nationen oder Internationalen Kunstbewahrer eingreifen! Hier sollte eine von jedem Recht entbundene Eingreiftruppe tätig werden! Hier sollte ein Exempel statuiert werden!

Allmählich gewann das Bild seine Konturen zurück, der Fokus war auf dem Greis im Rollstuhl, der wieder sehr realistisch dasaß und zu warten schien. Die Hoffnung blieb, dass sich der Himmel öffnete und ein gleißendes Licht die beiden blendete – und dass an der Wand hinter ihnen, wenn sie wieder sehen könnten, nichts als ein großer dunkler Fleck wäre.

Langsam zog Kasimir seine Handschuhe aus und hielt seine Hände in die Kamera. Niemand sprach, der Alte sah genau hin. Kasimir zeigte ihm die offenen Handflächen, der Alte nickte, Kasimir drehte die Handflächen langsam vor seine Augen und blickte durch die gespreizten Finger in die Kamera.

»Sagen Sie Herrn Yamamoto, ich würde gern seine Hände sehen.«

Der Alte hob seinen Blick und sah Kasimir für ein paar Sekunden an. Er hob seine zitternden Hände, Kasimir klickte auf Schnappschuss, der Alte drehte die Hände, Kasimir klickte, der Alte legte seine Hände auf die Lehnen des Rollstuhls zurück. Sein Mund öffnete sich, seine Stimme wurde etwas lauter.

»Herr Yamamoto ist müde. Er hofft, dass Sie seine Entscheidung eines Tages verstehen. Er wünscht Ihnen ein gutes Leben. Sie haben dem seinen eine Wendung gegeben. Dafür dankt er Ihnen und grüßt Sie.«

Der Alte neigte sich leicht nach vorn, sein Kopf verharrte einen Moment in der Verbeugung, ehe er sich wieder aufrichtete. Die Kamera entfernte sich von ihm, bis die zarten Mädchenfinger hinter ihm Radiergummis zwischen Daumen und Zeigefinger hielten, als wollten sie sie jeden Augenblick auf den Kopf eines Greises in einem Rollstuhl fallen lassen. Kasimir winkte. Er drückte auf Schnappschuss.

»Gute Nacht, Herr Ab«, sagte der Übersetzer.

Ehe Kasimir antworten konnte, war das Gespräch beendet und der Kontakt offline.

Kasimir fragte sich, ob das alles tatsächlich geschehen oder Ausgeburt seiner Phantasie war. Eine Hand wusch bekanntlich die andere. Pontius Pilatus wusch seine Hände in Unschuld. Wie wusch man Hände in Unschuld?

Kasimir stand auf und trat gegen den Stuhl, von dem er sich eben erhoben hatte. Er, nein, Jonathan musste den Kulturminister anrufen. Oder die UNESCO. Oder irgendjemanden, der etwas ausrichten konnte.

26

Noch war Freitag, der 23. Oktober 2009. Vor Wien lag ein langes Wochenende. Am Montag war Nationalfeiertag.

Auf dem fernen Heldenplatz würden sich Tausende von Menschen drängen, Panzer, Helikopter und Trainingsanlagen des Bundesheeres bestaunen oder verspotten, während Pia und Julian sich über eine Fischplatte am Meer hermachen würden. An der Ringstraße würden sich Alt und Jung tummeln, die Militärparade verfolgen, Soldaten zuwinken oder aus der Fassung zu bringen versuchen, während sie sich in einem fremden Bett umgeben von vielen bunten Scheinen vergnügen würden. Hinterher würden die Wiener in ein Café gehen, ein Wirtshaus, einen Club, um den freien Tag zu feiern und das Ungemach des nächsten aufzuschieben, an dem man wieder ein Rädchen in dem Getriebe war, das die Welt zerstörte. Dafür brauchte man Geld. Dafür mussten die Automaten gerüstet sein. Darauf vertrauten die Menschen mehr als auf das Bundesheer.

Als Julian auf dem Parkplatz vor der Nationalbank den Schlüssel in der Zündung drehte, schielte er kurz nach rechts und küsste Pia auf den Mund. Seine Augen leuchteten. Sie spürte etwas zwischen ihnen, das sie noch nicht kannte.

Sie taten es.

Tatsächlich.

So viele Gespräche, so viele Verwerfungen, so viele Vorstellungen, wenn sie taggeträumt und sich das Leben danach auszumalen versucht hatten. So viel Planung, so viel Vorsicht, so viele Möglichkeiten des Scheiterns. Jetzt saßen sie im gepanzerten Kastenwagen einer Sicherheitsfirma und brachen auf.

Es kam ihr unwirklich vor. Sie hätte schwitzen sollen, aber sie schwitzte nicht. Sie hätte ihre Not mit dem Atem haben sollen, aber sie atmete frei. Sie hätte ihr Herz viel zu laut pochen hören sollen, aber es schlug regelmäßig. Es ging um Präzision. Um Ruhe. Unbeirrtheit.

Sie atmete tief durch und fasste Julian am Oberschenkel. Er stieg aufs Gaspedal. Unwillkürlich kreuzte Pia die Finger ihrer freien Hand. Das hatte sie als Mädchen getan, wenn sie sich etwas ganz stark gewünscht und meistens doch nicht bekommen hatte. Vor wenigen Minuten hatte sie im Inneren der Nationalbank unterschrieben, vierhundertfünfundsiebzigtausend Euro in Empfang genommen zu haben. Sie hatte fester als sonst aufgedrückt und ihren Namen mit Schwung auf das Dokument gesetzt. Pia musste grinsen. Man hatte sie einmal darüber belehrt, sie unterschreibe nicht, so und so viel Geld tatsächlich bekommen zu haben, vielmehr unterschreibe sie – Wie war das gewesen? Sie wusste es nicht mehr. Ihre Gedanken waren anderswo, schwirrten hin und her, setzten sich nirgendwo wirklich fest. Sie wusste nur noch, eine Zeit lang immer wieder damit geliebäugelt zu haben, ein paar Hundert Euro für sich abzuzweigen.

Ein paar Mal ein paar Hundert Euro hatte sie gestern von ihrem Konto abgehoben. Zum ersten Mal in ihrem Leben war Geld darauf gewesen, weil sie die Miete für den letzten und die Miete für diesen Monat nicht bezahlt und einen Kredit für den Kauf einer neuen Wohnung aufgenommen hatte. Sie hatte sich fünf Fünfhunderteuroscheine in die Hand zählen lassen, die in der Brusttasche ihrer Uniform steckten. Während Julian das Lenkrad mit beiden Händen festhielt und selbstbeschwörend nickte, holte sie ihr Mobiltelefon aus der Tasche und teilte ein Musikvideo auf ihrem Facebook-Profil. Block Party, *The Prayer*. Ihre Hymne für diese Nacht.

Sie sprachen nicht. Julians Backenknochen mahlten. Das kannte sie. Üblicherweise mahlten sie, wenn er sich beherrschen wollte. Pia wollte etwas sagen. Ihr fiel nichts Passendes ein. Sie hörte sich atmen. Sie hörte ihren Liebsten atmen. Ihr Plan war gut. Das wollte sie nicht noch einmal sagen; es hätte geklungen, als redete sie es sich ein. Wieder und wieder waren sie ihn durchgegangen, hatten die letzten Nachtschichten benutzt, um Punkt für Punkt durchzuspielen, was nun vor ihnen lag.

Pia blickte aus der Windschutzscheibe. Es nieselte. Die Scheibenwischer bewegten sich langsam und ließen die kleinen Pünktchen verschwinden, die leise auf das Glas klopften. Julian drehte seinen Kopf im Nacken, die Knorpel knackten, sie roch sein Rasierwasser. Über die Alser Straße fuhren sie auf den Gürtel, die Schilder und Lettern der Bordelle leuchteten rot, vor manchen Eingängen standen leicht bekleidete Frauen mit absurd hohen Lederstiefeln, an den Döner-, Wurst- und Pizzaständen aßen und tranken junge Menschen.

Pia sah alles wie zum ersten Mal. Es war, als würde sie durch eine andere Stadt gefahren. Fenster waren erleuchtet, Fernsehapparate ließen Wohnungen bläulich blitzen, die letzten U-Bahnen ratterten über die Bögen, und da, unter einem, hatte sie in einem anderen Leben hinter der Bar Bier gezapft, bis – Hinter der Bar Bier gezapft. Punkt. Auf der Freitreppe vor der Hauptbücherei saßen kleine Grüppchen unter Regenschirmen, Zigarettenrauch stieg in den dunklen Himmel, vor dem Westbahnhof zogen Reisende Koffer hinter sich her, die Taxischilder auf den Dächern weißer Autos leuchteten gelb. Ihr Taxi wartete in der Nelkengasse. Reisende sollte man nicht aufhalten. Sie reisten in ein gutes Leben. In die Möglichkeit des Glücks.

Tonight I claim what's mine.

»Okay«, sagte Julian, als er in die Mariahilfer Straße bog, seine Stimme bebte, »jetzt geht's los. Ruhig bleiben. Ich liebe dich.«

Ja, ruhig bleiben.

Natürlich, Liebe.

Was sonst?

Als Julian vor der ersten Bankfiliale hielt, fiel Pia ausgerechnet der Kotzbrocken beim Bewerbungsgespräch ein. Sie brauche keine Angst zu haben, es geschehe nie etwas.

Es geschah immer wieder etwas. Bloß sprach man nicht darüber, damit es nicht an die Öffentlichkeit gelangte und die Leute auf dumme Ideen brächte. In jenem Moment hatte sie an ihre Mutter denken müssen, die ihr beigebracht hatte, sich nichts gefallen zu lassen – schon gar nicht, weil sie eine Frau sei. Dafür war sie ihr dankbar. Sie wollte jetzt nicht ihre Stimme hören, sie musste sich auf ihren Plan konzentrieren und die Kontrolle bewahren. Sie hörte sie. Während des Gesprächs mit ihr hatte Julian sein Telefon auf Lautsprecher gestellt. Als ihre Mutter gesagt hatte, es fehle ihr nichts, sie sehne sich allerdings danach, einmal im

Leben ein wenig Liebe zurückzubekommen, hatte Pia in ihren Polster gebissen und die Tränen fließen lassen.

Mit einem Geldkoffer und einem leeren Koffer stieg sie aus dem Wagen. Julian nickte, sie ging los. Sie hatte ihn im Ohr. Sollte etwas geschehen, würde er sie warnen. Ansonsten wollten sie nicht über Funk sprechen. Man wusste nicht, wer mithörte. Es war, als gingen ihre Beine mit ihr. Der Gehsteig war nass, sie hörte ihre schmatzenden Schritte, im Bankfoyer stieß sie auf ein junges Paar. Die Frau lehnte an einem Automaten, die Hände des Mannes bewegten sich unter ihrem Pullover, sie küssten einander gierig. Pia räusperte sich und fragte, ob sie draußen weiterknutschen könnten, sie habe hier zu tun. Die beiden verschwanden wortlos, gerötete Gesichter, hämische Blicke, als wäre Pia eine von denen, die der Welt die Freude raubten. Sie versperrte das Foyer. Sie würde niemanden mehr in einem Bankfoyer stören. Keinen Obdachlosen, keine Verliebten, keine Betrunkenen – niemanden, einfach niemanden.

Sie blieb vor dem ersten Automaten ihres letzten Arbeitstages stehen. »Guten Abend«, sagte sie und verneigte sich vor dem stummen Zeugen, »sehr erfreut«. Sie schloss ihn auf, klappte das Ausgabefach nach oben, öffnete die Tresortür und zog das Wägelchen mit den Schubladen heraus. Dann öffnete sie die erste, die zweite, die dritte, die vierte Kassette. Geld, überall Geld, Schein dicht an Schein. Glatte Banknoten, die sich verfärbten, wenn man sie mit Gewalt entwenden wollte. »Köpfchen«, murmelte Pia, »Köpfchen und Mut«. Sie entnahm die auszutauschenden Scheine und legte jeweils ein frisches Bündel in die ersten drei Kassetten – gerade so viel, um die nächsten Abhebungen zu gewährleisten. Die vierte Kassette schob sie leer zurück. Alle Hunderter eingezogen.

Pia schritt von einem Automaten zum nächsten, selbstvergessen, beinahe traumwandlerisch. Sie hatte alles in ihrem Kopf durchgespielt. Der andere Dokumentarfilm: *Arbeiten, um nie mehr arbeiten zu müssen. Karriere mit Lehre*. Es war, als flöge sie, als stünde ihre Mutter vor der versperrten Glastür und sähe ihr staunend zu. Tresor öffnen, Wägelchen mit Schubladen herausziehen, Kassetten öffnen, Geld entnehmen, frische Scheine nachschieben. Schritt für Schritt, wie immer, wie Hunderte Male zuvor, nur diesmal für sich. Für Julian, für ihre Zukunft.

Fünf Automaten waren zu erleichtern, ihre Hände ruhig, sie atmete gleichmäßig und leise. Gleichmäßig und leise war gut. Sie musste aufmerksam bleiben, ihrem Drehbuch folgen. Sie blickte nach oben, zu den Überwachungskameras. Weder sie noch Julian glaubten, in diesem Moment sähe tatsächlich jemand zu – und bemerkte, dass sie die Automaten alles andere als ordnungsgemäß befüllte. Man zeichnete auf. Sollte man. In fünfzehn Minuten würden sich die Diensthabenden in der Zentrale Pia und Julian aufzeichnen können – auf Papier, mit gut gespitzten Buntstiften, Punkti, Punkti, Strichi, Strichi, fertig ist das Mondgesichti. Und noch schnell zwei großen Ohren, und schon ist Herr Werner geboren.

Sie blickte auf die Straße. Der schwarze Kastenwagen stand da, ein robustes Gefährt, dem niemand zu nahe kommen sollte, Julian schloss gerade die Hintertür und stieg zurück auf den Fahrersitz.

Neben der gläsernen Schiebetür, die geräuschlos aufging, saß ein hagerer Mann mit langem, fettigem Haar auf einer Fensterbank. Seine Tränensäcke waren geschwollen, er hielt sich an einem Rollator fest und zog an einer Zigarette, die er lange nicht abgeäschert hatte. Bläulicher Rauch zerstob in der nassen Luft, vor der nach vorn gebeugten Gestalt lag eine speckige braune Mütze. Pia öffnete die Hintertür, hievte die vollen Geldkoffer in das gepanzerte Fahrzeug und eilte zu ihm zurück. Er blickte auf seine ausgetretenen Schuhe und brummelte unverständlich. Sie legte einen Fünfhunderteuroschein in seine Mütze.

»Alles Gute.«

Er sah sie verdutzt an und blickte sich nach allen Seiten um. Ehe er etwas sagen konnte, saß Pia neben Julian im Wagen und beobachtete beim Losfahren im Rückspiegel, wie der Mann den Schein nervös beäugte, ehe er ihn rasch einsteckte und aufstand.

»Robin Hood, oder wie?«

»Ruhig bleiben.«

27

Kasimir ging in sein Kinderzimmer. Er betrat den kleinen Raum mit Oberlichte, dessen Wände einmal weiß gewesen waren, und in dem sich nichts außer Wasser und ein paar Farben, Pinseln und Ölkreiden befand. Er zog Sakko und Hose aus und schlüpfte in den weißen Mantel, der auf dem Boden lag. Er benetzte seine Finger mit Wasser, rührte mit ihnen in Farben, verschmierte sie auf seinen Händen und stellte sich vor die Wand.

Sie war monströs. Sie war laut und leise. Vor allem war sie bunt, voller Abdrücke und Zeichnungen, Buchstaben und Zahlen. Wenn das jemand sähe – würde Kasimir Unsummen für ihre Abtragung kassieren. Wen wunderte es, wenn er sich bisweilen wie ein kleiner Heiliger fühlte?

Er pochte mit den offenen Handflächen gegen die Mauer, stemmte sich dagegen und winselte. Er presste sein Gewicht gegen die Mauer, wischte mit seinen Handflächen darüber, schlug die Handballen gegen den Verputz und drückte seinen Kopf gegen den Beton. Er griff nach einem Pinsel, tünchte ihn in Ölfarbe, markierte, durchkreuzte, veränderte seine Spuren, die er seit Jahr und Tag in unregelmäßigen Abständen zog.

Kasimir setzte sich auf den Boden. Er sah Kopffüßler, wackelige Häuser, lachende Sonnen, schnarchende Monde.

Er sah Tiere und Gesichter, las Daten und Worte, verfolgte Linien und Schwünge. Er sah Kussmünder, schwarze und rote und blaue und grüne. Er sah Freude und Verzweiflung. Er sah seine Feinde, die Teufel, die er an die Wand malte, um sie aus sich zu verbannen. Er war nicht mehr wütend. Er war ausgelaugt.

»Yamamoto ist kein Katholik«, murmelte er.

Auf einmal musste Kasimir lachen. Wie lachhaft er sich benahm. Tränen kullerten ihm über die Wangen, andere als vorhin, er konnte sich nicht helfen. Er schnappte nach Luft, sein Bauch verkrampfte, das Lachen schmerzte ihn.

»Kein Katholik«, wiederholte er lauter, »Yamamoto nicht! Keine Auferstehung, kein ewiges Leben!«

Niemand hatte ihn jemals gefragt, was hinter der stets verschlossenen Tür stecke. Wo der Meister ein Tabu verordnete, herrschte ein Tabu. Selbst vor Mirjam König hatte er sich geschämt, über dieses Zimmer zu sprechen. Regression, danke, wusste er, aber da war noch viel mehr. Hier hatte er Kontakt zu einem früheren Ich. Hier konnte er auf die Welt pfeifen. Es gebe ein lesenswertes Buch, hatte Mirjam König gesagt, genauer gesagt, falle ihr ein passender Titel zu seinen Knoten ein. »Es heißt *Enjoy your symptom*. Also!« In diesem Moment hätte er sie am liebsten umarmt.

Kasimir hatte etwas entdeckt. Er griff nach ein paar Ölkreiden und stellte sich an die Wand.

Als Yamamotos Portrait fertig war, fühlte er sich erleichtert. Er verließ sein Kinderzimmer, kochte Espresso, verbrannte sich den Gaumen, öffnete eine Flasche Rotwein, goss ihren Inhalt in eine Karaffe, nahm einen Schluck und verschwand unter die Dusche.

Man hatte ihm eine gute Nacht gewünscht. Er würde

eine gute Nacht haben. Er musste eine gute Nacht haben. Anders war an Schlaf nicht zu denken. Er war weniger erleichtert, als er gedacht hatte.

Das Grün war richtig. Jetzt wusste er es. Kasimir stand vor der Leinwand, auf einem Tisch warteten Wein, Salami, Oliven und Brot. Gute Sophie. Mit dem Grün hatte er Recht gehabt, allerdings benötigte es mehr Licht. Das Licht musste sich im Grün reflektieren, es zum Leuchten bringen. Eine Wiese, auf der man liegen will. Ein Boden, der warm ist. Eine Fläche, die jeden Blick fängt. Die Leinwand kam auf den Boden, Kasimir konnte das auch allein, wer wusste, was Antoine gerade trieb.

Kasimir ließ sich in sein Grün fallen, wollte in ihm baden, sich in ihm auflösen und von ihm davontreiben lassen. Er nahm sich Zeit, er hatte Zeit, alle Zeit der Welt. Zeit ist Geld, hatte er oft gehört, und Geld haben wir keines. Zeit war Geld, und er hatte Geld.

Tausende von Kilometern entfernt war ein alter Mann in einem Rollstuhl in seine *Mädchenhände mit Radiergummis* versunken. Zeit hatte er nicht mehr viel, aber Geld. Eines nahen Tages würden seine Kinder oder Erben, würde vielleicht der junge Mann, der möglicherweise gar nicht so jung war, den Raum betreten, eine Leiter an die Wand stellen und das Bild abnehmen. Man würde es in Stücke schneiden und dem Vater oder Verwandten in den Sarg legen. Der Sarg musste groß sein, sehr groß, zu groß für den im Alter Geschrumpften. In einem dunklen Wagen würde er zu einem Krematorium gefahren, hinter dem Steuer säße vielleicht jemand wie Hans, am Ende würde alles von Flammen verschlungen. Vielleicht würde sich der Himmel öffnen und eine geballte Linke wie jene, die Kasimir gerade zu malen begann, aus ihm kommen. Vielleicht würden sich die Wolken auftun und eine geballte Rechte wie jene, die Kasimir vorschwebte, durch sie gestoßen werden.

Als Kasimir mit dem Weinglas näher an die Leinwand trat, fragte er sich, ob er Unterarme, zumindest Ansätze dazumalen sollte. Die ausgeklappte Linke rechts oben war gerade dabei, etwas umzulenken, die Rechte in der Mitte kam aus einem seitlich abgewinkelten Unterarm, der den Körper in Spannung hielt. Zwei geballte Fäuste, wobei die Rechte nicht wissen wollte, was die Linke tat. Diego Armando Maradona. 21. Juni 1986. Die Hand Gottes.

Sie interessierte ihn gerade nicht. Er ließ alles liegen und stehen. Er wollte nach draußen.

28

»Der Typ«, sagte Julian mit gedämpfter Stimme, als Pia aus dem zweiten Bankfoyer trat. Alles war glatt gelaufen, Schritt für Schritt, Handgriff für Handgriff. Geld einsammeln, Geister beruhigen, erhobenen Hauptes raus. Sie ging für die Überwachungskameras, das Bankfoyer und der Eingangsbereich davor waren ihr Laufsteg. Sie wollte normal gehen, fest auftreten, sich nicht hektisch umblicken. Bislang hatte sie alles richtig gemacht, die Scheine aus den Kassetten der Automaten genommen und durch wenige Zehn- und Zwanzigeuroscheine ersetzt. Alle Fünfzigeuroscheine, alle Hunderteuroscheine hatte sie eingezogen. Autos fuhren über die Mariahilfer Straße, Menschen schlenderten vorbei, Männer hakten Frauen unter, Schirme schützten Köpfe vor dem Regen, alles in Ordnung. Etwas in ihr misstraute dieser Ordnung.

»Ich weiß nicht, was er tut, aber ganz sauber sieht es nicht aus.«

Sie drehte sich um. Pia hatte den Mann aus den Augenwinkeln wahrgenommen, die breite blaue Arbeitshose, den schwarzen Kapuzenpullover, nichts Aufregendes. Er war gerade dabei, mit einer Spitzhacke einen Stein aus dem Gehsteig zu heben. Pia blieb stehen. Den Stiel umklammernd, stand er mit beiden Schuhen auf dem Werkzeug, lehnte sich weit nach hinten, wippte vor und zurück, bis sich der Stein allmählich nach oben zu biegen begann. Sein Arbeitsbereich war mit rotweißen Hütchen abgezirkelt. Er hatte einen dunklen Schal bis über die Nase gezogen, schnaufte und stöhnte. Pia lief auf ihn zu. Er hielt inne und blickte ihr in die Augen.

»Walk of fame. Wollen wir mal nachhelfen.« Er lachte. »Oder wollen Sie mich festnehmen?«

Neben ihm stand eine große Ledertasche, in der eine flache Steinplatte steckte. Sie sah Hammerstiele, Spachteln und Dosen.

»Wären Sie gern berühmt?«

Er schien nicht unbedingt nüchtern, aber auf eine angenehme, leichte Art. Er sprach ruhig und sanft, und während er sich mit den roten Lederhandschuhen, die viel zu fein zum Arbeiten schienen, wieder auf die Spitzhacke stellte und den Stein weiter aus seiner Verankerung hob, hörte sie Julian »Aip!« ins Mikrofon zischen.

Wie sie es liebte, wenn er sie so nannte. Niemand nannte sie so, niemand hatte sie jemals so genannt. Die Stirn des Mannes schimmerte vor Schweiß, er schien zu dampfen und der Dampf direkt aus dem Schal zu kommen. Er summte, während er den Stein zur Seite hob. Pia stellte sich neben ihn, setzte die Geldkoffer auf dem Boden ab und griff in ihre Brusttasche. Er hob seinen Kopf.

»Da«, sagte Pia und steckte ihm einen Fünfhunderteuroschein in die Hosentasche, »für Sie.«

»Schöne Samariterin!« Der Mann lachte. »Wäre wirklich nicht nötig gewesen. Sind Sie katholisch?«

Sie lief zum Wagen, stellte die Koffer neben die anderen und schmetterte die Tür zu. Als sie einstieg, verdrehte Julian die Augen.

»Wenn der wüsste«, sagte sie.

Julian blinkte und fuhr los. Vor dem Würstelstand, der Abend für Abend auf einem Anhänger herangefahren wurde, drängten Menschen unter ein schmales Vordach, die Regenschirmdichte nahm zu, auf dem Eckhaus gegenüber las Pia die rot leuchtenden Lettern *Hotel Kummer*. Guten Abend, herzlich willkommen im Hotel Kummer, die Abschiedsbriefsuite liegt im Souterrain. Unter anderen Umständen hätte Pia gelacht, nur um darauf zu warten, dass Julian sie fragte, was nun wieder witzig sei. Julian blinkte.

Sie öffnete die Tür. Es gab kein Zurück mehr. Ab jetzt war alles anders.

Das zarte Gelb der Fassade. Das diffuse mattorange Laternenlicht davor. Die weißen Fenstereinfassungen. Die weißen Verzierungen. Die erleuchteten Fenster, mit Werbungen und Immobilienangeboten verklebt. Der blaue Schriftzug der Bank. Ihr rotes Logo. Die flimmernden Farben in der nassen Nacht. Fünf Stockwerke. Der verzierte Dachsims. Engelchen und Fratzen und Kordeln. Zwei winzige Balkone mit Gittern im ersten Stockwerk. Drei flache Stufen zum Eingang.

Pia sah das Haus, in dem ihr altes Leben endete, als sähe sie es zum ersten Mal. Sie sprach sich Mut zu, Atemwölkchen strömten aus ihrem Mund. Sie öffnete das Foyer. Es war leer. Leer war gut. Sie versperrte das Foyer. Versperren war gut. Sie blickte nach oben. Zehn Überwachungskameras, mindestens. Eine hinter der anderen. Der Raum war grell erleuchtet, damit niemand auf die Idee käme, seine Augen in ihm zu schließen. Sie begann zu schwitzen. Als hätte man Scheinwerfer auf sie gerichtet. Sie bekämpfte den Impuls, die Augen schließen zu wollen. Fünf Automaten standen hier, ein sechster war in die Wand eingelassen, damit man von der Straße aus abheben konnte. Angst wollte sich ihrer bemächtigen; sie konnte sie nicht gebrauchen. »Bleib weg«, zischte sie, »du bist auf ihrer Seite.« Ihr wurde schummerig vor den Augen, sie musste sie kurz schließen. Es war bloß die Angst, Angst zu bekommen. Als sie die Augen öffnete und sich einen Ruck gab, geschah etwas mit ihr. Sie sah sich von oben, als blickte sie aus der Kamera, den ersten Automaten öffnen und am Tresorschloss drehen – und sich verdrehen. Verdammt. Noch einmal. Durchatmen, Pia, easy.

Sie drehte am Tresorschloss. Es klickte. Sie drehte den Schlüssel im Schloss. Die Tür sprang auf. Sie klappte das Ausgabefach nach oben. Es federte zurück. Sie wiederholte es sanfter. Es blieb oben. Oben war gut. Sie zog das Wägelchen mit den Schubladen aus dem Metallgerippe. Sie zog die Kassetten aus dem Wägelchen. Scheine, Scheine, Scheine. Bunte Banknoten, in absteigender Reihenfolge einträchtig aneinandergereiht. Vor ihr. Einfach so. Niemand hielt sie fest. Niemand wusste von diesem Moment. Die Zentrale war nicht alarmiert. Pia nahm den Zählerstand nicht ab. Sie würde nie wieder einen Zählerstand abnehmen. Hörst du, Zentrale?

Sie packte die Zehneuroscheine, sie packte die Zwanzigeuroscheine, sie packte die Fünfzigeuroscheine, sie packte die Hunderteuroscheine. Ihre Finger zitterten, es pochte an den Schläfen, ihr Atem ging schneller. Sie musste sich beruhigen, auf dem Boden bleiben, die Kameras Kameras sein lassen. Es war wie im Traum. Jetzt spürte sie es, kurz und durchdringend und unheimlich stark. Wenn ihr Leben ein Film wäre, würde sie das tun wollen. Das sehen wollen. Nichts anderes.

Klack. Erste Kassette zurück. Leer.

Klack. Zweite. Leer.

Klack. Dritte. Leer.

Klack. Leer. Alle. Leer.

Sie schob das Wägelchen zurück in den Tresor, verschloss das Gehäuse und ließ das Ausgabefach einrasten. Ruhig und sanft.

Sie flog, sie schwebte, sie sah die Uhrzeit auf dem Schwarzweißbild einer Überwachungskamera, sah ihre Silhouette geisterhaft darauf herumwieseln, in Zeitlupe, im Schnellvorlauf, sah die Sekunden dahinrasen, während sie an dem zweiten Automaten zu hantieren begann. Die Uhr lief, die Ziffern wechselten einander in rasantem Tempo ab. Sollten sie laufen, sollten sie einander abwechseln, schon sah sie sich vor dem dritten Automaten stehen, eine sportliche junge Frau in billiger Uniform mit Schulterpolstern, das lange Haar im Nacken zusammengebunden, aber der Schritt leicht, leicht, leicht. Sie funktionierte wie ein Uhrwerk. Geschmeidige Bewegungen, verselbstständigte Handgriffe, reibungsloses Vorgehen. Sie sah sich aus der Zukunft.

Pia spürte, wie sie zu lächeln begann, wie etwas durch sie nach oben kriechen und sich Bahn brechen wollte. Etwas Warmes durchströmte sie, etwas Pochendes, dem sie sich jetzt nicht hingeben durfte. Sie eilte zur vierten Entleerung. Alles in Ordnung. Noch war sie im Plan. Niemand konnte sie aufhalten. Ringsum standen Legionen anderer Automaten im grellen Licht des Bankfoyers, zum Münzzählen, zum Überweisen, zum was ging es sie an. Ein grauweißes Plastikheer mit unbekanntem Innenleben.

Sie leerte den vierten, sie leerte den fünften. Leeren war gut. Zwei von fünf Automaten waren noch anständig gefüllt. Sie war wieder da. Sie stand mit beiden Beinen auf dem Boden einer Bank. Als sie den Automaten in der Wand öffnete, begann sie zu summen. Ihr Lied. Das Lied des Abends.

Tonight make me unstoppable.

Sie griff nach den Geldscheinen wie nach Ziegeln, Bündel für Bündel, die auf sie gewartet hatten. Ihre Handflächen waren nass, sie legte das Geld in den Koffer und sperrte mit zitternden Fingern den leeren Automaten ab. Durch die Schiebetür blickte sie ins Freie. Julian saß nicht im Wagen. Er stand auf der Straße und redete durch das offene Beifahrerfenster mit einem Taxifahrer. Julian reichte ihm etwas, bevor er ihm Geld in die Hand drückte und das Taxi abfuhr.

Außer Betrieb.

Stand in fetten roten Lettern auf dem Bildschirm des Automaten, an dem sie eben vorbeiging. Sie lief zum nächsten. *Außer Betrieb*. Rot. Natürlich. Alle *Außer Betrieb* ließen in diesem Moment irgendwo ein Alarmlicht aufleuchten. Auf der Straße war *Außer Betrieb* zu lesen, wenn man vor dem Automaten in der Mauer stehenblieb. Jetzt kam es darauf an, wann es jemand bemerkte. Sie mussten schnell sein.

Als Pia das Foyer verließ, drehte sie sich auf der Schwelle um, stellte die beiden Geldkoffer zwischen ihre Beine und streckte den Überwachungskameras ihre Mittelfinger entgegen.

Draußen war es kühl. Es nieselte stärker, Julian ging los.

Alles ging jetzt los.

Ein Motor sprang an, sie stieg in den schwarzen Kastenwagen ihres Arbeitgebers, dem sie ihre Arbeit viel zu lange gegeben hatte, und begann die frischen Bündel und die entnommenen Scheine in große blaue Einkaufstaschen zu packen. Ihre Hände gehorchten ihr nicht mehr, sie musste sie ausschütteln, ihnen Ruhe gebieten. Ihre Halsschlagader klopfte, Schweiß rann ihr aus den Achseln und über den Rücken, und während sie ein Bündel Euroscheine neben und auf und über das nächste legte, hätte sie schreien wollen. Sie hätte weinen und lachen und springen und tanzen wollen. Ihr war, als müsste sie jeden Moment platzen. Atmen, Pia. Nase, Mund, Hände, Scheine. Immer mehr Scheine kamen in die Taschen, die Scheine kamen auf Scheine, Julian hatte vorgearbeitet. Durch die Windschutzscheibe sah sie ihr Taxi rückwärts aus der Nelkengasse kommen. Der Kofferraum sprang auf. Sie hatte noch zu tun. Sie wollte keinen einzigen Schein zurücklassen.

Als Pia die Fahrzeugtür öffnete, glitten zwei Autos im Schritttempo vorüber, aus der Nelkengasse torkelten drei betrunkene Männer. Sie gingen viel zu langsam, hatten einander die Arme um die Schultern gelegt, Zeugen sahen anders aus. »Schneller«, murmelte sie, »Tempo, im Café Europa gibt's noch was zu trinken.« Als die drei am offenen Kofferraum vorbei waren, stellte sie die schweren Taschen auf die Straße, warf die Tür hinter sich zu und ging los. Der Schlüssel blieb in der Zündung stecken, auf dem Fahrersitz lag ihre Funkverbindung.

Sie waren nicht mehr erreichbar.

Einen Schritt, zwei, drei, vier, fünf, sechs, sieben, acht, neun, zehn, elf, zwölf, dreizehn Schritte. Sie wuchtete die Taschen in den Kofferraum ihres neuen alten Wagens, schlug ihn zu und stieg ein. Julian fuhr los, sie küsste ihn auf den Hals, eine Sirene ertönte. Sie waren unterwegs.

Vorm Tanzcafé Jenseits klingelte eine junge Frau, die

nicht mehr sicher auf ihren Beinen stand. Als sie an ihr vorbeifuhren, wurde die Tür geöffnet und gleich wieder hinter ihr geschlossen. Trotzdem sah Pia den roten Plüsch, die Bar mit ihren hohen Hockern, die kleine Tanzfläche, das DJ-Pult, die sich drehende Diskokugel, das kleine Hinterzimmer, die engen Toiletten. In zwei, drei Stunden würden die letzten Verzweifelten klingeln, Einlass begehren und auf einen Aufriss hoffen. Auf den letzten Rest des Abends.

»Mach das Fernlicht an.«

»Warum?«

»Kurz.«

Das Licht flackerte über den dunklen Flakturm, als Julian nach links bog, »darum«, sagte Pia und deutete auf den *Fünfhunderteuroschein (mit Hund)*, vor dem dicke Tropfen in gelborangem Licht zu Boden fielen. Sie lächelte. *ZERSCHMETTERT IN STÜCKE (IM FRIEDEN DER NACHT).*

Nicht nur darum.

Schliefen die Fische? Ruhten die Haie? Was tat Pippa, die schwimmende Riesenschildkröte? Im Inneren dieses Betonungeheuers waren Tausende von Tieren, an der Fassade des Tropenhauses hüpften vielleicht auch jetzt Weißbüscheläffchen mit ihren alten schwarzen Gesichtern, die sie immer an Indianer erinnert hatten, von Fels zu Fels. Da lagen Boas und schwarze Mambas, lebten Vogelspinnen und Leguane, da flatterten Fledermäuse über Krokodilen. Pia sah ihre Mutter vor sich, damals. Vielleicht war sorglos das richtige Wort, obwohl sie viele Sorgen gehabt hatte. Auf einmal war ihr, als hätte sie sich mit den Besuchen bei den Tieren bei ihr entschuldigen wollen. Pia sah ihre Mutter vor den Aquarien und Terrarien stehen, sah ihre großen braunen Augen leuchten, ihr Gesicht ganz offen dabei. Sie wollte jedes Tier sehen, konnte minutenlang vor einer Scheibe stehen, nur um herauszufinden, wie sich ein Insekt tarne oder wo sich ein Tier versteckt halte oder was geschehe, wenn jetzt gleich. Ihre Mutter war an diesen Orten ein Kind gewesen.

»Was wollte der Taxifahrer?«

»Hab ihm mein Handy und vierzig Euro gegeben. Der fährt gerade nach Neustift am Walde und liefert es bei einem Heurigen ab. Wo es mein Freund, der es bei mir vergessen hat, abholen wird.«

»Scheiße!«

Pia griff nach ihrem Mobiltelefon. Sie schaltete es mit einem langen Fingerdruck ab. Sie schaltete es für immer ab. Sie wollte es öffnen, ihre Finger zitterten zu stark, sie konnte das Gehäuse nicht abziehen. Julian hatte leicht zu klingen versucht; er hatte nicht leicht geklungen. Die Ampel an der Gumpendorfer Straße blinkte Orange, als Julian die Straße überquerte. Das Kino war beleuchtet, aus dem kleinen türkischen Laden gegenüber kamen Jugendliche mit Bierdosen.

»Nicht mehr bei Orange!«

»Ja, ich weiß, aber –«

»Nichts aber!«

Es ging bergab, Pia schloss die Augen. Lass es gut gehen, sagte sie in sich, bitte, lieber Gott, lass es gut gehen. Julian schwieg, sie spürte seine Anspannung, er begann zu husten. Sie musste ihn beruhigen. Sie wusste nur nicht, wie. Er bog nach links in eine kleine Gasse und hielt auf dem ersten freien Parkplatz. Wortlos fuhr er seinen Sitz zurück, Pia zog ihre Uniform aus, schlüpfte in schwarze Jeans, zog ein T-Shirt über und eine olivgrüne Jacke an, setzte eine

Baseballkappe auf und verknotete ihr Haar über dem Plastikverschluss. Als sie nach links blickte, hatte Julian Jeans und einen dicken blauen Pullover an – und eine Brille auf der Nase.

»Steht dir hervorragend.«

»Doktor Julian untersucht Sie später.«

»Denk jetzt bitte nicht, ob schon, und wie, und wer. Fahr einfach. Sonst werden wir beide untersucht.«

Sie bogen auf die Linke Wienzeile, fuhren den Fluss entlang und über eine Brücke auf die Reinprechtsdorfer Straße. Friseure, türkische Läden, Spelunken, Hochzeitskleider, Erotikdiscount, Eineuroshops, asiatische Imbisse, leicht bergan. Eine Sirene ertönte, Pia sah Blaulicht im Rückspiegel, einen Polizeiwagen bei Rot über eine und die nächste Kreuzung flitzen, sie sah Autos ausweichen und an den Straßenrand fahren. Sie musste nicht nach links blicken, um zu wissen, wie Julian gerade aussah.

Sie roch ihn.

Sie hörte ihn.

Sie spürte ihn.

»Wechsle die Spur, hat nix mit uns zu tun.«

Der Polizeiwagen schnitt direkt vor ihnen nach rechts, Julian bremste abrupt, Pia hielt den Atem an.

»Was machen wir«, schrie Julian, »Scheiße, was machen wir?«

»Durchatmen, lächeln. Heimweg, nichts getrunken.«

»Der Führerschein! Da steht mein Name drin!«

Die Polizei bog nach rechts ab, Julian stöhnte und schien sich am Lenkrad festklammern zu wollen, während er wieder aufs Gas stieg. Häuser, Geschäfte, Seitengassen. Zeitungsständer, Imbisse, Menschen mit Hunden.

»Halt an.«

»Wieso?«

»Halt an!«

Julian hielt an, Pia packte die Uniformen und stieg aus. Sie ging schnell, drückte die Klappe eines Altkleidersammelcontainers nach hinten, warf das Bündel hinein und lief zum Auto zurück. Aus den Augenwinkeln erspähte sie einen Mann in einem Schlafsack vor einem Supermarkt. Sie lief zu ihm, er stank, sie hielt den Atem an und steckte fünfhundert Euro in seine Behausung.

Als sie wieder einstieg und nach Luft schnappte, blickte Julian sie unwirsch an. Eine Ampel, grün, noch eine Ampel, grün, sie fuhren über den Gürtel, durch die Unterführung am Matzleinsdorfer Platz auf die immer noch rege frequentierte Triester Straße, Julian wechselte auf die äußerste rechte Spur. Er schien besonders unauffällig fahren zu wollen, kein wenig zu schnell, ein weißer Maserati raste an ihnen vorbei, der Arbeiterstrich vor dem Baumarkt war verwaist. Es ging bergauf. Es ging weiter. Julian schien das Atmen zu vergessen. Sie musste ihn aufheitern.

»Fahr kurz zur Tankstelle. Ich hab Hunger.«

»Lass die Scherze, Pia. Bitte.«

Sie glitten durch die Nacht. Der Regen wurde stärker, die Stille im Wagen gespenstisch, die Fahrbahn glänzte, die Scheibenwischer bewegten sich schnell, schon waren sie an den Twin Towers vorbei. Auf der gegenüberliegenden Fahrspur kam ihnen ein Polizeiwagen entgegen, Julian schluckte, sie fürchtete, er könnte jeden Augenblick ausrasten. Die Polizei drehte nicht um, das Blaulicht ging nicht an, die Sirene blieb stumm. Die großen Gemeindebauten lagen hinter ihnen, der Wienerberg mit seinem Teich lag hinter ihnen, die Spinnerin am Kreuz lag hinter ihnen, die Mariahilfer Straße –

»Nicht auf die Autobahn. Über Vösendorf.«

»Warum?«

»Bauchgefühl.«

Julian schüttelte den Kopf und äffte sie nach:

»Bauchgefühl, aha, Bauchgefühl.«

Aber er fuhr nicht auf die Rampe, fuhr nicht nach Plan, er blieb auf der Triester Straße. Vor ihnen öffnete sich das Industriegebiet, Autowerkstätten, Bettenlager, Reifenhändler, ein Laufhaus, zwielichtige Pensionen, wenig Autos, kaum Verkehr, keine Polizei, keine Polizei, keine –

Sie saßen in einem unverdächtigen Auto.

Zu dieser Zeit waren in dieser Stadt viele Autos unterwegs.

In vielen Autos saßen zu dieser Zeit in dieser Stadt eine Frau und ein Mann.

In einem saßen allerdings –

Als sie an dem Schild vorbeifuhren, auf dem *Wien* durchgestrichen war, griff Pia nach ihrem Mobiltelefon. Diesmal konnte sie das Gehäuse abziehen, sie holte die SIM-Karte heraus, brach sie in der Mitte entzwei und warf sie aus dem Fenster. Vor ihr tauchte die verwaiste Shopping City Süd auf, die Ödnis des stumpfen Konsums, die traurigen Freuden der Freizeit. Ein M leuchtete gelb auf rot.

»Einen kleinen Big Mac? Mit Pommes vielleicht?«

Julian stieg abrupt auf die Bremse, der Gurt fing sie auf, er entkoppelte die Gangschaltung, trommelte gegen das Lenkrad und schnallte sich ab. Er blickte geradeaus. Seine Backenknochen mahlten.

»Fahr du.«

Julian öffnete die Tür und stieg fluchend aus, Pia kletterte nach links, er stapfte ums Auto und nahm auf dem Beifahrersitz Platz, lehnte sich weit nach hinten, hustete und rieb seine Schläfen.

»Clown, wichtigste Mahlzeit des Tages, oder was?«

Pia fuhr los, vorbei an hässlichen Einkaufsschachteln, vorbei an Lager- und Fertigteilhäusern, vorbei an Reklamen für Swimmingpools und Leben aus dem Katalog. Eine langgezogene Kurve führte auf die Autobahn.

Sie waren auf der Autobahn.

Sie waren auf der Südautobahn.

Sie waren zwanzig Kilometer von Wien entfernt.

Pia schob eine gebrannte CD in den Player und stellte auf Track 4.

Is it so wrong to want rewarding, to want more than is given to you?

29

Kasimir hatte fünfzehn Minuten gebraucht, vielleicht etwas länger, um die Handabdrücke eines berühmten Skifahrers durch die vier Pfoten eines verwaisten Straßenköters zu ersetzen. Der Hund war ihm vor ein paar Tagen auf der Straße gefolgt, einfach so, unendlich zutraulich, als Kasimir vom Mittagessen gekommen war, nach dem er Lydia wieder einmal um braunen Zucker hatte bitten müssen. Der Hund hatte verloren und traurig gewirkt. Vielleicht hatte er Herrchen oder Frauchen verloren, vielleicht war er ausgesetzt worden, vielleicht ausgebrochen, um einmal allein um die Häuser ziehen zu können. Natürlich hatte Kasimir in dem kleinen schwarzen Streuner ein Zeichen gesehen. Das Zeichen hatte nicht ihm, es hatte dem Unbekannten Künstler gegolten.

»Bist du also aus meinem Schein getreten«, hatte Kasimir gemurmelt, während er ihm im Atelier Salami aufgeschnitten hatte. Dem Hund hatte es geschmeckt, er hatte mehr gefressen als die gierigsten Atelierbesucher, seine lange rosarote Zunge hatte das Wasser aufgeleckt, das Kasimir vor ihn gestellt hatte. Während Kasimir ihm wohlwollend beim Essen und Trinken zugesehen hatte, hatte er ihm über den Kopf gestrichen, ihn abwechselnd »Salamifreund« und »Euroeuphoriker« genannt. Der Hund hatte gewinselt, worauf Kasimir ihm den Rest der Wurst aufgeschnitten, die Tür zum Atrium geöffnet und sich vor die Leinwand gestellt hatte.

Als Kasimir später alles andere als nüchtern von einer Vernissage zurückgekommen war, hatte er ihn vor dem Kühlschrank wiedergefunden und sich ein wenig geschämt, ihn vergessen zu haben. Kasimir hatte noch vor Augen, wie er den Strawanzer ein ums andere Mal ergebnislos über die kleine Holzbox mit dem frisch angerührten Beton gehalten hatte. Wie der sich mit allen vieren gesträubt hatte! Als wollte er in der Luft laufen, nichts wie weg von dem tagsüber freundlichen Wesen, das sich nachts plötzlich als Irrer entlarvte, während Kasimir seine vier Pfoten doch nur gleichzeitig und einigermaßen symmetrisch in den Beton hatte pressen wollen.

Der Hund hatte seinen Kopf geschüttelt, Kasimir seine Beine gestreichelt und sein Fell gekrault, um ihm zu bedeuten, sie wären desto eher fertig, je einsichtiger er sich zeigte. Schließlich hatte Kasimir ihm französische Ringelsalami vor die Nase gehalten und in den folgenden Minuten eine Verbindung zwischen Salami und Willfährigkeit herzustellen versucht, was nach heftigem Hin und Her den erwünschten Erfolg gezeitigt hatte. Den Beton hatte Kasimir mehrere Male wieder glatt streichen müssen, er hatte allmählich zu trocknen begonnen, ehe der Hund seinen Widerstand auf- und die Pfoten freigegeben hatte.

Am Schluss war Kasimir zufrieden, der Salamifreund offensichtlich auch, zumindest erleichtert. Bevor Kasimir ihn auf die Straße gebracht hatte, hatte er unter der Dusche fürsorglich den Beton von seinen Pfoten gewaschen und ihm zugeflüstert, er müsse mit dem Ein-Tages-Asyl zufrieden sein, wenn er nicht nach Jeff Koons geraten wolle. Auf der Straße hatte sich der kleine schwarze Köter einmal umgedreht, ehe er schwanzwedelnd unter dem matten Licht der Straßenbeleuchtung davongetrottet war.

Kasimir hatte sich geduscht, auf den Straßen war er nass geworden, nun lag er auf seinem Sofa im Atelier, schmetterte enthusiastisch die Lieder seiner Jugend mit der Stereoanlage mit und ließ seinen Blick über die Hände an der Wand streifen.

Glückstrunken. So kam er sich vor. Trunken vor Glück, betrunken mit Glück, mitten im Moment, der so schön war, dass er ihn am liebsten angehalten hätte. Er fühlte eine Dankbarkeit seinem Leben gegenüber, trotz allem. Seine Glückstrunkenheit erinnerte ihn an die Nächte, an denen er von dieser oder jener Frau nach Hause gegangen war, weil er nicht hatte bleiben können oder wollen, und vor allem, weil er dieses leise Nachhauseschweben genossen hatte, seine Schritte in der Nacht, leicht, befreit, einverstanden. Ganz Nase, ganz Auge, ganz Ohr. Ein Strahlen im Gesicht, eine Ruhe im Kopf, ein gestillter Blick.

Und da, in diesem Moment, fiel ihm etwas ein.

Kasimir sah ein Bild vor sich, scharf und überdeutlich; so deutlich, wie es ihm wieder nicht gelingen würde. Das Werk die Totenmaske der Konzeption – wo hatte er das gelesen? Das Bild würde eine Tür aufstoßen. Es musste strahlen und gleißen wie der Himmel kurz vor dem Jüngsten Gericht. Zeigen, was niemand sah, und woran alle glauben sollten.

Der Unbekannte Künstler zog sich zurück, Kasimir Ab trat hervor. Er erinnerte sich an die junge Frau, die für die Bank arbeitete und ihm Geld zugesteckt hatte. Er ging ins Badezimmer, neben der Waschmaschine lag seine Hose; er hätte sie gern selbst gewaschen, wenn er gewusst hätte, wie. Mit dem Schein würde er morgen ein Bier kaufen. Einen Augenblick lang zweifelte er an seinem Verstand. Kasimir blickte in den Spiegel, dann auf den Schein, dann wieder in den Spiegel. Wahrscheinlich ein Drittel ihres Monatsgehalts. Er ging zurück zur Couch, stellte die Musik lauter, streckte sich aus und verschränkte die Hände hinterm Kopf.

Mit einem Mal musste Kasimir so laut lachen, dass er ein wenig erschrak. Sie hatte ihn für einen Penner, zumindest für einen Bedürftigen gehalten! Wenn sie wüsste! Er sah den Straßenkehrer auf der anderen Straßenseite, der ihn kurz in Panik versetzt, aber einfach weitergekehrt hatte. Er sah den rot lackierten Betonziegel, der sich leichter als erwartet in die Lücke hatte setzen lassen.

Er ließ Bilder an sich vorbeiziehen, die Musik nahm ihn mit, setzte seinen Kopf in Bewegung, er schwang ihn von links nach rechts, ließ ihn im Takt federn und Achter beschreiben und treiben, treiben, treiben. Martha fiel ihm ein, die ihn fürs Theater begeistert hatte, *Kasimir und Karoline*. Sie hatte die Karoline gespielt. Weil er so besessen von ihr war, weil er unentbehrlich für sie werden wollte, weil er sie abhängig machen wollte, wie sie einmal im Halbscherz gesagt hatte, hatte er das Textbuch mehrere Male gelesen, bevor er ihr im Bett den Text zu memorieren half. Er Kasimir, sie Karoline.

Lustiger Zufall. Lachen, Küssen, Herumalbern. Wie eifersüchtig er auf den Kasimir auf der Bühne war, er hatte es nicht ausgehalten, wie er sie angegriffen und geküsst, wie sie ihn angegriffen und geküsst hatte. Im Bett aber – auf seiner Couch, die Augen geschlossen, der Kopf in der Musik seiner frühen Jahre, sah er die Szene, als wäre es gestern gewesen, nach all den Jahren, das musste er Mirjam erzählen, aber in gewisser Weise war alles erst gestern oder heute oder eben erst geschehen: Er las, Martha sprach, er half ihr auf die Sprünge, sie setzte fort, bis er las: »Kasimir ab.«

30

»Wann haben Sie Ihre Tochter zum letzten Mal gesehen?«

»Pia?«

»Haben Sie eine andere?«

Der Kleine blickte sie freundlich an; dermaßen freundlich, dass Rita ihm am liebsten ins Gesicht geschlagen hätte. Sie saßen in dem Besprechungszimmer, in dem sie die Geburt des rosaroten Etwas erlebt hatte. Mit einem Mal erschien es ihr düster und unheimlich. Die Zeiger der Wanduhr tickten, die Jalousien waren nicht heruntergelassen, trotzdem hatte Rita das Deckenlicht anstellen müssen, um den Raum etwas zu erhellen. Vor dem Fenster war es Grau in Grau, Regentropfen klopften gegen die Scheiben, der Kiesel knirschte unter den Sohlen der Tiergartenbesucher.

»Immerhin haben Sie am Sonntag telefoniert.«

»Eins nach dem andern.« Der Große fiel dem Kleinen ins Wort. »Frau Swoboda, wann haben Sie Ihre Tochter zuletzt gesehen?«

»Ich habe letzten Sonntag nicht mit ihr telefoniert.«

»Nein?«

»Ich weiß gar nicht, wann ich zum letzten Mal mit ihr telefoniert habe.«

»Interessant«, sagte der Kleine und blickte seinen Kollegen an. »Äußerst interessant. Aber eins nach dem andern: Wann haben Sie sie zum letzten Mal gesehen?«

Rita schloss die Augen. Es schwindelte sie, etwas drehte sich in ihrem Kopf. Sie verstand kein Wort von dem, was sie hörte, während sie sich verzweifelt das Gesicht ihrer Tochter vorzustellen versuchte. Es war schön, es war das ihrer Tochter, es war einzigartig – sie fand es nicht. Stattdessen fand sie ein anderes. Jung und süß und fröhlich.

»Ist ihr etwas zugestoßen?«

»Frau Swoboda, ich sage es Ihnen im Guten: Versuchen Sie nicht, uns zum Narren zu halten. Es geht um ein Verbrechen.«

»Ist sie –«

Rita konnte das Wort nicht aussprechen. Sie wollte es nicht einmal denken. Sie wollte nicht einmal denken, dass sie es nicht einmal denken wollte. Pia, ihre Pia, zwei Polizisten, was zum Teufel.

Pia hatte sich schon vor langer Zeit von ihr abgewandt, wahrscheinlich war Rita nicht schuldlos daran. Seit Jahren hoffte sie auf jenen Tag, an dem sie einander wieder verstehen würden. Seit Jahren sehnte sie sich nach jenem Tag, an dem es wieder gut wäre, alles. An dem sie wieder so eng und unzertrennlich wären wie damals. An dem sie das blöde Missverständnis als blödes Missverständnis entlarvten. An dem Pia aufwachte und die Wahrheit wüsste.

Aber Pia war so stur, so hart, so unnachgiebig. Wenn sie etwas nicht wollte, wollte sie es nicht. Wenn sie etwas wollte, wollte sie es. Unbedingt, kein Kompromiss, man konnte ihr wie einem kranken Ross zureden, es nützte nichts. Da war etwas an ihr, zu dem Rita spätestens ab der Pubertät keinen Zugang mehr gehabt hatte, so sehr auch immer sie sich bemüht hatte. Pia hatte ihr nicht verziehen, keinen Vater zu haben. Als ob Rita etwas dafür könnte, dass Pias Erzeuger ein Scheusal war, ein Trunkenbold, ein Schläger und Halsabschneider, ein Lügner und Blender. Sie hatte inständig gehofft, sie hoffte immer noch inständig, sie würden eines Tages lachen und die Köpfe schütteln und sagen: »Schwamm drüber.« Sie wartete darauf, dass Pia erwachsen würde. Dass sie sähe, wie ihre Mutter alles versucht und alles in ihrer bescheidenen Macht Stehende unternommen hatte, um ihrer Tochter ein gutes Leben zu ermöglichen und ein Zuhause zu bieten, in dem sie sich geliebt und geborgen und geschützt fühlen könnte.

»Wir gehen davon aus, dass es Ihrer Tochter gut geht.«

»Wir wissen nur nicht, wo sie ist. Darum wären wir Ihnen verbunden, wenn Sie uns auf die Sprünge helfen könnten.« Der Kleine schnalzte mit der Zunge und lächelte sie an, als meldete er ihr den Gewinn eines Lottojackpots. »Denken Sie ruhig nach. Wir haben Zeit. Noch einmal: Wo könnte sie sein?«

»Könnten Sie mir jetzt endlich sagen, was mit meiner Tochter ist?«

Ritas Stimme war lauter, als sie wollte. Sie hatte beinahe geschrien. Sie hörte Pias Stimme. »Mama«, sagte sie, »Mamamamamama.«

»Nehmen wir für einen Moment an, nein, glauben wir Ihnen fürs Erste – nicht wahr, wir glauben ihr jetzt mal«, der Große nickte, der Kleine sprach übertrieben freundlich weiter, »dass Sie es nicht wissen. Pia ist verschwunden. Julian auch. Was könnte das bedeuten?«

»*Wir* haben sie zuletzt in einer Bankfiliale in der Mariahilfer Straße gesehen. Und zwar sehr spät.«

»Wer ist Julian?«

»Frau Swoboda.« Der Große beugte sich über den Tisch in ihre Richtung und wiegte seinen Kopf. »Sie haben letzten Sonntag fünfzehn –«

»Siebzehn –«

»Siebzehn Minuten mit Julian Fuchs telefoniert.«

»Mit wem?«

»Da Julian Fuchs der Freund Ihrer Tochter ist, könnten Sie natürlich auch mit Ihrer Tochter oder mit beiden gesprochen haben.«

»Ich kenne keinen Julian Fuchs.«

»Telefonieren Sie immer so lange mit Menschen, die Sie nicht kennen?«

»Ich habe letzten Sonntag weder mit einem Julian Fuchs noch mit meiner Tochter telefoniert. Ich rufe meine Tochter zum Geburtstag und zu Weihnachten an, und sie hebt nicht immer ab. Manchmal ruft sie nicht einmal zurück.«

Rita wischte sich Tränen aus den Augen. Am liebsten hätte sie auf den Tisch geschlagen oder gegen einen Stuhl getreten. Ungeheuerlich, was sie da sagte. Ungeheuerlich, dass es stimmte. Sie schämte sich vor den beiden Männern, die das nicht das Mindeste anging. Sie schämte sich vor sich. Sie schämte sich vor Verena, die sie mit den beiden auffällig Unauffälligen gesehen hatte, von denen sie sich peinliche Fragen stellen lassen musste. Sie schämte sich vor Fu Mao und dem Kleinen.

»Reden Sie sich nicht um Kopf und Kragen, Frau Swoboda.«

»Wir sehen uns mal die Pandas an«, sagte der Kleine, »und vielleicht noch die Löwen.«

»Wenn wir zurückkommen«, sagte der Große und klopfte mit den Fingerknöcheln zweimal auf die Tischplatte,

»würden wir gern erfahren, worüber Sie mit Julian Fuchs oder Pia oder beiden am letzten Sonntag so lange gesprochen haben.«

»Vielleicht fällt Ihnen auch ein, wo sie sein könnten.«

»Oder wo das Geld ist.«

Es war sehr still. Nach all den unverständlichen Worten tat es gut, die eigene Stimme zu hören. Das Ticken der Uhr beruhigte sie.

Sie sagte: »Ich verstehe die Welt nicht mehr.«

Sie sagte: »Pia.«

Sie sagte: »Geld.«

Rita hatte nicht die leiseste Ahnung, was die Polizisten von ihr wollten. Julian Fuchs. Was für ein Name. Pia hatte also einen Freund, der Julian Fuchs hieß. Nicht, dass es sie störte, wenn Pia einen Freund hatte. Allein sie wusste nichts von einem Freund. Gleichzeitig wunderte sie sich darüber, wie sehr ihr die Vorstellung, Pia habe einen Freund, den sie nicht kannte und nie gesehen hatte, Unbehagen bereitete. Es war nichts dabei, sie hatte immer wieder Freunde gehabt, schon relativ früh, aber. Sie wäre nicht die erste Frau gewesen, die die Fehler ihrer Mutter wiederholt hätte. Rita war in Pias Alter längst Mutter gewesen. Vielleicht hatte auch Pia –

Nein, das konnte nicht sein. Das, zumindest das, hätte sie erzählt. Hätte sie? Die beiden Männer hatten jedenfalls nichts von einem Kind gesagt. Die beiden Männer hätten etwas von einem Kind gesagt. Sie hatten etwas von Geld gesagt.

Oben auf dem Hügel hörte sie einen Wolf heulen. Sie kam selten zu den Wölfen, sie mochte ihr Areal nicht, die Düsternis, den Waldweg zu einer Jagdhütte. Sie meinte den

Wolf zu sehen, den gestreckten Hals, die scharfen Zähne, die grüngelben Augen, das gräulich schimmernde Fell.

Sie war eine Rabenmutter.

Rabenmütter waren keine schlechten Mütter.

Sie wollte keine schlechte Mutter sein.

Sie war keine schlechte Mutter.

Etwas stürzte in Rita zusammen. Ihr war eng um die Brust, sie bekam kaum Luft. Mit einem Mal heulte sie so heftig auf, dass sie nichts mehr denken, nichts mehr sehen, nichts mehr überlegen konnte. Nur noch fühlen. Es fühlte sich nicht gut an.

Sie wusste nichts von ihrem Kind. Sie wusste nicht, was und ob ihre Tochter arbeitete. Einmal war sie Kellnerin gewesen, dann Taxi gefahren, dann hatte sie in einem Supermarkt gearbeitet, dann stand sie hinter einer Bar, und dann wusste Rita nicht mehr, was und wie und wo und überhaupt.

Rita war nie von einem Mann verlassen worden. Entweder hatte sie die Männer vor die Tür gesetzt oder den Kontakt abgebrochen. Eine Zeit lang hatte Pias Erzeuger Alimente gezahlt, wenig, immer mit Verspätung und nie freiwillig, bis er eines Tages nicht mehr aufzufinden war. Sie hatte schuften müssen, damit ihre Kleine dies und jenes haben konnte, ohne das man anscheinend nicht sein konnte, wollte man keine Außenseiterin sein. Sie hatte es nicht hinterfragt, hatte ihr nicht zu erklären versucht, man sei auch ohne diesen Pullover, ohne diese Schuhe und ohne jene Jacke ein wertvoller, schöner, einzigartiger Mensch. Rita hatte nur Pia, und wenn Pia sich nach diesem Pullover, diesen Schuhen und jener Jacke sehnte, bekam sie, wonach sie sich sehnte, auch wenn Rita nie so viel Geld ausgegeben hätte. Nicht für sich. Wie Pia sich dann freute, genügte ihr, wie sie sie umarmte und küsste und herzte, wie ihre Augen leuchteten und sie sofort anzog, was sie bekommen hatte.

Die Polizei war hinter ihrer Tochter her.

Ihre Tochter hatte Geld gestohlen.

Ihre Tochter war mit viel Geld auf der Flucht.

Rita kannte ihre Tochter, auch wenn sie sich ihr nicht mehr anvertraute. Ihre Tochter hatte sie verlassen. Wie oft hatte sie sich den Tag ausgemalt, an dem sie zurückkäme. Wie sie ihr um den Hals fiele. Wie sie weinten. Wie sie einander hielten und drückten und in die Augen blickten, endlich wieder. Solange Pia lebte, war alles gut. Solange Pia nicht tot war, würde der Tag kommen, an dem sie einander vergeben und von vorne beginnen und alles besser machen könnten. Solange sie niemanden ermordet hatte, konnte alles zurechtgebogen werden.

Während sie aus dem Fenster auf den schmalen Kiesweg blickte, auf dem sich kleine braune Lachen gebildet hatten, in die Regentropfen platschten, eine nach der anderen, fiel ihr der Tag kurz vor Weihnachten ein, an dem sie in der Arbeit ans Telefon gerufen worden war. Sie war zum Telefon gelaufen, voller Panik, was mit ihrem Kind sei, es konnte nur wegen Pia sein, weswegen sonst sollte man nach ihr verlangen. Eine tiefe Männerstimme forderte sie auf, in einen Drogeriemarkt zu kommen, wenn sie nicht wolle, dass man die Polizei rufe. Der Unbekannte fügte hinzu, neben ihm sitze ihre Tochter. Rita hatte ein Taxi gerufen und sich zum Drogeriemarkt bringen lassen.

Hinter der Lade mit den Umschlägen, in denen alphabetisch geordnet Fotos fremder Menschen und unbekannter Reisen steckten, war eine Tür, dahinter ein schmaler Gang, der in ein kleines Zimmer führte. In dem Zimmer brannte Licht. Pia saß neben einem etwas verwahrlost aussehenden Mann Ende vierzig mit Vollbart und Bierbauch, der Rita beim Eintreten kurz zunickte, ehe er aufstand und ihr die Hand reichte.

Pia hatte ihre abgetragenen grünen Converse an, ausgewaschene blaue Jeans, ein schwarzrotes, viel zu weites Holzfällerhemd, darüber eine Collegejacke eines Basketball- oder Footballteams. Ihr Haar war rot gefärbt, unter den Augen war sie viel zu stark und viel zu schwarz geschminkt, die Lippen waren dunkelblau angestrichen, um den Hals hatte sie ein grünweißes Bandana, in der Nase steckten zwei silberne Ringe. Unter dem Hemd zeichneten sich ihre Brüste ab. Sie waren gewachsen, Pia versteckte sie vor ihrer Mutter. Aber das war es nicht.

Es war Pias Blick. Sie blickte sie bockig an. Sie blickte sie an, als wäre Rita schuld daran, dass Pia jetzt mit diesem Mann und dieser Mutter in diesem Zimmer sein musste. Rita war, als schieße viel zu viel in ihrem Kopf zusammen, worauf sie sich keinen Reim machen konnte. Hatte sich ihre Tochter schon berühren lassen? Hatte sie vielleicht sogar? Sie wollte nicht weiterdenken. Trank sie? Rauchte sie? Sie roch oft nach Rauch. Pia sagte dann, sie seien nach der Schule in einem Café gesessen, um Hausaufgaben zu machen. Nahm sie Drogen? Manchmal schien sie weggetreten, ungemein abwesend. Müde, sagte Pia dann, langer Tag, Sport und überhaupt. Rita hatte das alles auf einmal – nicht gedacht. Alles war auf einmal dagewesen. Zum ersten Mal hatte Rita nicht gewusst, wer dieser Mensch vor ihr war. Dieses Mädchen mit dem trotzigen Blick. Dieses Mädchen mit dem Aussehen eines Straßenmädchens. Mit einem Mal hatte sie gewusst, wie vieles sie nicht wusste. Weil sie Angst davor hatte, es zu wissen. Sie war ihr fremd – und in Pias Blick etwas unendlich Kaltes gewesen.

»So, Pia, jetzt sagst du deiner Mutter, warum du hier sitzt.«

Pia verschränkte die Arme vor der Brust, lehnte sich nach hinten und kaute mit offenem Mund Kaugummi.

»Pia?«

»Wohl nicht, weil Sie mich für Ihre neue Werbekampagne wollen.«

»Pia«, sagte Rita, die spürte, wie sie errötete, »antworte gefälligst.«

»Was ist denn das für ein Leben?« Pia schlug die Beine übereinander, lehnte sich weiter zurück und verdrehte die Augen. »Anderen hinterherspionieren. Kaufhausdetektiv, ich meine, wer wird Kaufhausdetektiv?«

Der Mann stand neben Rita. Er zog die Schultern hoch und lächelte wenig überzeugend. Rita schämte sich. Sie suchte Pias Blick, Pia starrte zurück, das Deckenlicht surrte. Wut war in ihrem Blick, etwas Undurchdringliches und, ja – Verachtung. Auf dem Tisch vor ihr stand eine Parfumschachtel. Rita starrte auf die Ringe in der Nase ihrer Tochter.

»Nimm das zurück, Pia, entschuldige dich.«

»Bei dem Loser?«

Rita blickte den Mann hilflos an. Sie wusste nicht, was sie sagen sollte. Sie wollte ihm zeigen, wie unangenehm ihr das war und wie leid ihr alles tat. Er zuckte die Schultern.

»Wenn du keine so nette Mutter hättest, würde ich jetzt die Polizei rufen. Aber der Loser lässt dich gehen. Ich glaube, Sie wissen, worum es geht, Frau Swoboda. Bezahlen Sie an der Kassa, und die Sache ist erledigt.«

Pia stand auf und nahm das Parfum vom Tisch.

»Können wir jetzt endlich gehen?«

Der Mann machte einen schnellen Schritt auf sie zu, als wollte er sie schlagen, aber er packte nur die Schachtel und drückte sie Rita in die Hand. Rita hatte gewünscht, er hätte sie geschlagen.

»Auf Wiedersehen.«

Und nach einem kurzen Blick zu Pia:

»Ich meine natürlich: Schönen Tag.«

Das Parfum war sündteuer, Rita verdiente viel zu wenig, um es sich leisten zu können. Vor dem Drogeriemarkt schlug sie Pia einmal mit der flachen Hand ins Gesicht. Pia lachte und hielt ihr die andere Wange entgegen. Rita wäre am liebsten im Erdboden versunken. Es war das erste und einzige Mal, dass sie ihre Tochter geschlagen hatte. Sie schlug sie nicht, wenn sie betrunken ins Klo kotzte. Sie schlug sie nicht, wenn sie bekifft war. Sie schlug sie nicht, wenn sie sie anlog oder schwieg und ihre Mutter wie Luft behandelte.

Auf einmal schluchzte Pia. Dicke Flocken fielen vom Himmel, Arbeiter schaufelten Schnee von Gehsteigen und legten Geschäftseingänge frei, ein Einsatzwagen fuhr mit orangem Blinklicht über die Straße. Pia wollte sie umarmen, Rita stieß sie von sich.

»Das sollte dein Weihnachtsgeschenk sein. Ich mein, ich kann mir das ja –«

»Ich mir auch nicht.«

Der ersten Frau, die ihnen entgegenkam, drückte Rita das Parfum in die Hand.

»Frohe Weihnachten.«

Die beiden Männer stanken nach kaltem Rauch, als sie zurückkamen. Sie sagten nichts. Zuerst setzte sich der Große, dann nahm der Kleine Platz. Er lächelte nicht mehr.

»Ich nehme an, Pandababys brauchen viel Aufmerksamkeit.«

Rita nickte, obwohl sie sich fragte, was er, abgesehen von abgerichteten Hunden, von Tieren wusste.

»Fast wie Menschenkinder.«

Rita nickte.

»Ihre Mütter verteidigen sie mit Zähnen und Klauen, was auch immer sie tun mögen.«

Rita nickte nicht.

»Habe ich recht, Frau Swoboda?«

»Nicht wirklich.«

»Nicht wirklich?«

Er zog die Brauen hoch, als käme es selten vor, dass er Unrecht hatte. Sie kannte diesen Blick von Pias Erzeuger. »Unser Kind? Wirklich? *Unser* Kind?« Wie sehr die beiden einander ähnelten. Der eine war Polizist, der andere Kleinkrimineller. Seit Jahren hatte sie sich nicht gefragt, was er wo tun möge – und ob er überhaupt noch am Leben sei. Hatte Pia Kontakt zu ihm? Hatte er ihr Lügen über ihre Mutter erzählt?

»Sie verteidigen die Neugeborenen. Manchmal lassen sie sie zugrunde gehen. Relativ häufig sogar. Ziemlich einzelgängerisch.«

»Frau Swoboda.« Der Große grinste, als wäre der Kleine manchmal mit anderen Maßstäben zu messen. »Sie sehen aber, worauf mein Kollege hinaus will.«

»Sagen Sie mir bitte, was Sie wissen, ich muss zum Gehege zurück. Der Kleine muss gestillt und die Mutter gefüttert werden.«

»Das sollte jetzt Ihre geringste Sorge sein«, sagte der Kleine. »Wir haben mit Frau Dr. Böhm gesprochen. Je früher Sie sprechen, desto früher können Sie den Kleinen stillen.«

Rita versuchte, den Unterton zu überhören. Wie sollte sie Verena jemals wieder in die Augen blicken? Sie atmete tief durch und versuchte, einen klaren Gedanken zu fassen. Stattdessen sah sie Pia betrunken – oder wie immer der Zustand zu nennen war – vor der Klomuschel knien und kotzen. Sie sah Anna, ihre Freundin, daneben stehen und hysterisch lachen. Sie sah, wie Pia genauso hysterisch lachte, wenn sie nicht gerade kotzte. Rita war damals gewesen, als lebten sie auf einem anderen Planeten, Lichtjahre entfernt. Wie hätte sie diese Distanz überbrücken können? Hausarrest? Taschengeldentzug?

»Keine Sorge, Frau Swoboda, wir haben ihr nichts gesagt, nur dass wir Ihnen ein paar Fragen zu einer Angelegenheit stellen wollen, bei der Sie uns behilflich sein könnten.«

»Sehen Sie dieses Gerät?« Der Kleine legte es auf den Tisch. »Ab jetzt zeichnen wir unser Gespräch auf. Einverstanden, Frau Swoboda?«

Rita nickte, der Kleine drückte einen Knopf und räusperte sich. Pias Erzeuger hatte sich auch immer geräuspert, bevor er etwas besonders Verletzendes gesagt hatte. Der Kleine blickte auf die Uhr.

»25. Oktober 2009, elf Uhr fünf, Vernehmung Rita Swoboda. Jankovits und Wagner. Frau Swoboda, wo ist Ihre Tochter Pia?«

»Ich weiß es nicht.«

»Haben Sie eine Ahnung, wo sie sein könnte?«

»Nein.«

»Wann haben Sie Ihre Tochter zum letzten Mal gesehen?«

»Am 24. Dezember letzten Jahres. Etwa um drei Uhr nachmittags. Sie blieb nicht lange, sie hatte ein –«

Rita brach in Tränen aus. Sie wollte nicht in Tränen ausbrechen, nicht vor diesen Männern, nicht vor dem Reptil, das sie an Pias Erzeuger erinnerte. Sie hatte sich unbeschreiblich gefreut, Pia zu sehen, wenn auch nur kurz. Es brauche Zeit, hatte sie sich gesagt, aber das sei ein Beginn, immerhin. Sie war zu ihr gekommen. Ende der Eiszeit, Anfang vom Ende. Sie hatte sich einfach nur gefreut.

»Frau Swoboda, war irgendetwas merkwürdig an diesem Besuch?«

Etwas? Alles war merkwürdig an diesem Besuch. Alles war merkwürdig an ihrer Beziehung. Alles war merkwürdig an Pia. An allen war alles merkwürdig.

»Sie hat mir ein teures Parfum geschenkt, obwohl ich darauf keinen Wert lege. Ich habe es erst ausgepackt, nachdem sie gegangen war.«

»Hat sie von ihrer Arbeit erzählt?«

»Nein.«

»Von Kollegen?«

»Auch nicht.«

»War Julian Fuchs bei ihr?«

»Ich kenne keinen Julian Fuchs.«

»Frau Swoboda«, sagte der Große langsam und sanft, als redete er zu einem törichten Kind, »Ihre Tochter arbeitet seit drei Jahren für eine Sicherheitsfirma, die unter anderem Bankomaten befüllt. Bei der Arbeit lernte sie ihren Freund kennen. Er heißt Julian Fuchs. Seit gestern 23 Uhr 11 sind beide mit einer halben Million Euro verschwunden. Letzten Sonntag telefonierten Sie siebzehn Minuten mit der Nummer von Julian Fuchs. Wie sollen wir das verstehen?«

Rita schüttelte den Kopf. Wäre es ein Alptraum, müsste sie jetzt, spätestens jetzt, erwachen. Aber sie war wach. Sie war da. Die Männer waren da. Das Zimmer war da.

»Ich verstehe das nicht. Ich kenne Pias Freund nicht. Sie hat mir nichts von ihm erzählt. Sie erzählt mir wenig von sich. Ich. Was.«

Sie sank nach vorn und legte ihren Kopf auf den Tisch. Sie wollte schlafen. Sie wollte einen schönen Traum träumen. Sie wollte in Ruhe gelassen werden. Sie wollte zur Wurfbox. Wie dumm sie war. Das Parfum war ein Friedensangebot gewesen. Sie hatte die ausgestreckte Hand nicht ergriffen. Sie hatte sich bloß gefreut, dass Pia an sie gedacht hatte, unendlich gefreut, auch wenn sie mit dem Geschenk nichts anzufangen wusste.

»Julian Fuchs – «

»Frau Swoboda?«

Rita richtete sich auf und wischte Tränen aus ihren Augenwinkeln. Sollten sie denken, was sie wollten. Sie würde ihre Tochter schützen, wann und wo und wie immer sie konnte. Sie hatte niemandem etwas zuleide getan. Sie hatte keiner Oma die Handtasche geraubt. Sie hatte Geld von der Bank genommen. Rita lachte.

»Ja?«

Der Kleine blickte sie ungläubig an.

»Eine halbe Million, sagen Sie?«

»Etwas mehr, wenn man unbezahlte Mieten und nicht abgestattete Raten dazunimmt.«

Sie war stolz auf ihre Tochter. Das war nicht der Drogeriemarkt. Das war ein Neustart.

»Ich würde sie verstecken. Wenn ich könnte. Ich wünschte, sie hätte mir davon erzählt. Aber. Ich wusste bis heute nichts von dieser Arbeit.«

»Die Nummer, Frau Swoboda, mit der Sie letzten Sonntag telefonierten, war die von Julian Fuchs. Die Nummer war mit Ihrem Festnetz verbunden.«

»Kann ich mir nicht erklären.«

»Sie werden es bald jemand anderem erklären müssen.«

»Festnetz, sagten Sie?«

Das Reptil nickte.

»Wann?«

»Kurz nach elf Uhr vormittags.«

Rita überlegte. Ihr Kopf schmerzte. Sie spürte, wie sie zitterte. Sie spürte auch, dass sie ihre Stimme wieder unter Kontrolle hatte.

»Mich ruft niemand auf dem Festnetz an. Weiß gar nicht, warum ich's nicht längst abgemeldet hab. Nur Umfragen und solche Sachen. Oder jemand von der Bank, der mir ein neues Kontopaket aufschwatzen will. Ich weiß nicht, wann. Sonntag, da hatte ich frei, an einem Sonntag ruft doch –«

»Sprechen Sie weiter, Frau Swoboda.«

»Rufen am Sonntag Meinungsforscher an?«

»Eher nicht.«

»Ich wusste nicht, dass Sonntag war. Heute ist Tag 75, ich hatte wahnsinnig viel zu tun mit dem Kleinen. Ja, das letzte Mal, als mich jemand auf dem Festnetz, das war eine Männerstimme, sehr freundlich. Üblicherweise gebe ich keine Auskunft, geht die alles nichts an, aber der war sehr nett, es ging um dieses Land und das Leben im Allgemeinen. Er rief im Auftrag eines Ministeriums an. Umfrage zu Glück und Zufriedenheit. Eher allgemein, wie ich mich fühle, was für mich Glück bedeutet. Ob ich mich als glücklich – Sagten Sie nicht, dieser Julian Fuchs arbeitet für eine –«

Rita stockte. Sie blickte in zwei fremde Gesichter, die ihr viel aufmerksamer als zuvor zuzuhören schienen. Eine Mischung aus Freude und Trauer stieg in ihr hoch.

»Gut«, sagte der Kleine und stellte das Aufnahmegerät ab. Seine Stimme klang sanfter. »Sie dürfen sich jetzt wieder um Ihr Baby kümmern. Sollte Ihnen noch was einfallen, melden Sie sich bitte.«

Er schob ihr eine Visitenkarte über den Tisch, der Große stand auf und strich seine Lederjacke glatt. Es hatte den Anschein, als wäre ihm etwas unangenehm. Sie ärgerte sich, dass die beiden sie zu bemitleiden schienen. Das Reptil hatte unmerklich, eher für sich, den Kopf geschüttelt.

»Oder wenn Ihre Tochter Sie kontaktieren sollte.«

Bestimmt nicht, sagte Rita nicht.

Sie stand auf, reichte den beiden ihre Hand und steckte die Visitenkarte ein. Sie wollte so schnell wie möglich zu ihrem Kleinen. Sein fünfundsiebzigster Tag. Seine Schwester hatte sich bloß genommen, was ihr zustand. Was allen zustand.

Rita musste an den Kaufhausdetektiv denken. Manchmal war es tatsächlich falsch, »Auf Wiedersehen« zu sagen. Sie nickte den beiden kurz zu.

Zweiter Teil

Kuckuck, Kuckuck

31

»Gelobt sei die Europäische Union«, sagte Pia, als sie die Grenze zu Slowenien passierten, die keine Grenze mehr war. Trotzdem drosselte sie das Tempo, hielt sich sklavisch an das Tempolimit und versuchte, so unaufgeregt und arglos wie möglich zu blicken. Aber da war niemand, der sie aufgehalten, niemand, der ihren Kofferraum zu öffnen befohlen, niemand, der ihre Pässe verlangt hätte. Sie sah bloß bröckelnden Beton und verwaiste Schalter, ausrangierte Zollgebäude und hochgeklappte Schranken.

Julian kramte in seinen Hosentaschen, Pia blickte in den Rückspiegel. Es war eine Stunde nach Mitternacht, der 25. Oktober 2009 eine Stunde und ein paar Minuten alt – Tag Eins ihrer neuen Zeitrechnung, Tag eins im Piajulianischen Kalender.

Es hatte aufgehört zu regnen, die Straßen schimmerten, in den Pfützen reflektierte das Scheinwerferlicht. Im Kofferraum ihres Wagens waren Tausende von frischen und glatten Geldscheinen verstaut. Nein. Abertausende.

Es war kein Traum.

Es war ein Traum.

Es war ein Traum, dass es kein Traum war.

Am liebsten hätte Pia beide Hände auf die Hupe gepresst und gedrückt gehalten und dazu geschrien und gejubelt und gesungen und was wusste der Teufel noch getan. Aber sie musste ruhig bleiben, das Pochen unter dem Kehlkopf ertragen, das Vibrieren unter ihrer Schädeldecke aushalten. Je weiter sie kamen, desto besser. Als sie die aufgelassene Grenze nicht mehr sehen konnte, atmete sie tief aus.

»Schau in den Rückspiegel!«

»Nichts zu sehen.« Julians Stimme war leise. »Ich glaub, es sieht gut aus.«

»Sieh genauer hin!«

»Nichts. Keine Lichter. Ah, jetzt, ich glaub, jetzt kommt jemand. Fahr nicht zu –«

»Unser altes Leben, Süßer, unser altes Leben ist im Rückspiegel!«

Im Kofferraum war Geld, das sie zu keiner Bank tragen konnten, ihre Konten durften nicht mehr bewegt werden, sie hatten Pässe bei sich, die sie so schnell nicht herzeigen durften – und eine Pistole im Handschuhfach, die Julian trotz Waffenscheins besser nicht auspackte.

Sie sprachen nicht darüber. Ihr Leben begann *jetzt*. Das alte lag im Rückspiegel, mit jedem Kilometer, den sie zurücklegten, wurde es kleiner und unbedeutender. Je rascher der Kilometerstand im Tachometer stieg, desto eher würden sie anhalten und durchatmen und überlegen und Pläne schmieden und Geld zählen und all die schönen Dinge tun können, für die sie auf der Welt waren – auch wenn es eine stumme Vereinbarung gab, dass Menschen wie sie kein Anrecht darauf hätten.

Sie jagten durch die Nacht. Die Schilder am Fahrbahnrand verwiesen auf unbekannte Orte, warnten in fremder Sprache, bisweilen versuchte Julian, einen Ortsnamen laut zu lesen, worüber Pia lachen musste. Es klang komisch, aber lachen tat gut, auch wenn es ein wenig gezwungen klang. Sie fuhren an Tankstellen und Autobahnraststationen vorbei, an unbekannten, schwach beleuchteten Orten und Kleinstädten, über Flüsse und Rinnsale, quer übers Land, meerwärts. So viele fremde Häuser, so viele fremde Wohnungen, so viele fremde Leben. Die Welt tat sich auf.

Ihre Mutter fiel ihr ein, der einzige Urlaub, den sie gemeinsam im Ausland verbracht hatten, mit einem Mann, den Pia nicht hatte ausstehen können. Ein Elektriker aus Ottakring, der sich rührend um Pia bemüht hatte, ihr Eis und Süßigkeiten und Puppen und alles gekauft hatte, was sie wollte, auch das Maschinengewehr aus Plastik, dessen großen Tank man mit viel Wasser füllen konnte, das natürlich in erster Linie er abbekam, wenn er in einer Sonnenliege am Strand lag, Bier trank und aufs Meer blickte. »Nach Jugo«, hatte er gesagt, Peter hatte er geheißen, sie sah ihn vor sich, schlank, drahtig, behaarte Brust, Schnauzbart, enge rote Badehose, verspiegelte Sonnenbrille, »Schatz, wir fahren nach Jugo, Pia, wir fahren nach Jugo, weißt du, wo Jugo ist?« Schon Wochen vor der Abfahrt hatte *Jugo* einen ebenso verheißungsvollen wie bedrohlichen Klang entwickelt.

In Jugo, stellte sie sich vor, schiene ständig die Sonne, wären die Menschen braun und laut und lustig, das Meer blau, der Himmel blau, alles anders. In Jugo aber würde sie ihre Mutter mit diesem Peter teilen müssen, der Rita ununterbrochen anfasste, küsste, ihr über den Kopf, das Gesicht, den Rücken strich und sie dabei so merkwürdig ansah. In Jugo würde sie ein eigenes Zimmer haben und so viel Eis essen, wie sie nur wollte, in Jugo wäre alles anders, alles gut, wäre sie nicht in Wien und nicht unter ihren Freundinnen, die keine Freundinnen waren, sobald Pia nicht in ihrer Nähe war, was wunderbar wäre, wenn Peter nicht auch in Jugo wäre. Crikvenica hatte der Ort geheißen, sie hatten in einer Burg gewohnt, Hotel Kastell, allein der Name, es war riesig in ihrer Erinnerung, der Strand war paradiesisch gewesen, das salzige Wasser hatte ihr nichts ausgemacht, Peter schon.

Eines Abends hatte sie mit ihren Fingern Vanilleeis in sein Bier gerührt, er war aufgesprungen und auf die Toilette verschwunden, ihre Mutter hatte sie vor allen Menschen angeschrien. Einmal finde sie jemanden, der gut zu ihr sei, einmal kümmere sich jemand um sie, einmal *liebe* sie jemand, und ihre Tochter tue alles, um diesen Jemand zu vertreiben. »Aber Mama«, hatte sie gesagt, »warum bist du so böse auf mich?« »Schau mich nicht so an«, hatte sie geschrien, »schau mich nicht so an! *So* siehst du aus wie er!«

Ihre Mutter hatte kurz die Augen geschlossen und tief durchgeatmet, bevor sie sich umgedreht hatte und Richtung Toilette gelaufen war. Pia war allein mit ihrem Vanilleeis, der Banane, der Schokolade und der Sahne an einem Tisch am Meer gesessen, und während sie kein Wort von dem verstanden hatte, was ringsum gesagt wurde, und ihren Bananensplit nicht mehr angerührt hatte, hatte sie genau gewusst, wem sie ähnelte.

Das hatte sie ihrer Mutter nie verziehen.

Nach dem Urlaub hatte sie in Ritas Schlafzimmer Fotoalben durchstöbert. Pia sah ihrem Vater tatsächlich ähnlich. Die Augen, der Mund, die Nase, das Grübchen im Kinn. Bald nach Jugo war Peter aus ihrem Leben verschwunden. »Gratuliere«, hatte Rita gesagt, »du hast bekommen, was du wolltest. Herzlichen Glückwunsch, Pia.«

»Warum hast du mir das nie erzählt?«

Julian legte seine Hand auf Pias Oberschenkel. Sie hatte nicht bemerkt, dass sie gesprochen hatte.

»Weil's mir erst jetzt wieder einfällt. Ich hab all diese Häuser und Orte aus dem Autofenster gesehen und gedacht, da sind so viele Wohnungen und so viele Menschen, die ich nie kennen werde. Und da, in einem, vielleicht hinter diesem Fenster, sitzt ein Mädchen, das meine beste Freundin sein könnte. Und da, in diesem Park, ist vielleicht ein Bub, mit dem – «

»Was?«

»Der mein Freund sein könnte.«

Es war, als säße ihnen jemand im Nacken, als wäre alles nur ein teuflischer Hinterhalt, als käme bald, spätestens beim ersten Halt, jemand lächelnd auf sie zu und sagte: »Einen Versuch war's wert, Herrschaften, aber jetzt kommen Sie bitte mit.«

Julian sah die Entschlossenheit in Pias Gesicht, die Konzentration, mit der sie durch die Nacht navigierte, bei jedem Spurwechsel blinkte sie, überschritt nie die Geschwindigkeitsbegrenzung, verhielt sich wie bei einer tadellosen Führerscheinprüfung. Kurz flackerte in ihm der Gedanke auf, die Frau neben ihm, die er gerade ihrer Direktheit und ihres Mutes wegen liebte, nicht wirklich zu kennen. Weil sie so viel verschwieg. Weil sie eine Welt in sich zu tragen schien, zu der er keinen Zugang hatte. Weil sie sich mit nichts Erreichtem jemals zufrieden gab. Er verscheuchte den Gedanken, indem er seine Hand ihren Oberschenkel hinaufwandern ließ. Zum ersten Mal waren sie tatsächlich allein miteinander. Er küsste sie auf den Hals.

Er liebte diese Frau. Es war, als hätte er ein Leben lang auf sie gewartet. Er hatte ein Leben lang auf sie gewartet.

Sie rauschten schweigend durch die Nacht. Da waren keine Worte, die richtig gewesen wären, keine Worte, um die Angst und die Freude und alles dazwischen auch nur annähernd auszudrücken. Sie hatten nichts geschafft, waren allenthalben fürs Erste entkommen. Mittlerweile war längst Alarm geschlagen worden, ihre Bilder zirkulierten, Polizei und Behörden waren hinter ihnen her. Sie mussten ihre Spuren verwischen, aufmerksam sein, keine Regeln übertreten, brave Bürger sein, sie durften sich keine Dummheiten erlauben. Julian lehnte sich tief in den Beifahrersitz und verschränkte die Hände hinter dem Kopf. Während er die Augen schloss, versuchte er, sich seine Kollegen vorzustellen, seine Vorgesetzten, seine Freunde und Bekannten. Er versuchte, sie in dem Moment zu sehen, in dem sie die Nachricht entgegennähmen.

Sie waren reich. Er rechnete. Er überschlug. Seit Stunden rechnete und überschlug er. Wenn er richtig rechnete und richtig überschlug, hatten sie so viel Geld im Kofferraum, wie er mit seinem derzeitigen – ehemaligen! – Gehalt in dreißig Jahren verdient hätte. Sie hatten so viel Geld, wie sie mit ihrem ehemaligen Gehalt gemeinsam in fünfzehn Jahren verdient hätten. In fünfzehn Jahren wäre er sechsundvierzig. In dreißig Jahren wäre er einundsechzig. Nicht auszumalen. Es war höchste Zeit gewesen. Er tastete nach seiner Jacke auf der Rückbank, durchsuchte die Taschen und fand, was er in den Hosentaschen vergeblich gesucht hatte. Höchste Zeit, Julian, sagte er sich, höchste Zeit.

Pia hatte das Radio angestellt. Die fremde Sprache, in der Nachrichten verlesen wurden, beruhigte sie. Sie hatte beide Hände auf dem Lenkrad und die Spiegel fest im Blick. Sie verstand nichts, bisweilen meinte sie doch ein Wort zu erkennen, Irak, Washington, Krise. Dann kam Werbung, die so dumm wie überall klang, Nummern, die man anrufen, Internetseiten, die man aufrufen, unglaublich tolle Produkte, die man kaufen sollte, um glücklich, gesund, schön, begehrenswert – um brauchbar zu werden. Sie schaltete weiter, und da sang Whitney Houston, Pia stimmte ein, sie fühlte das Lied, es vibrierte in ihr, *give me one moment in time*, Julian stimmte ein, er sang laut und falsch, aber es kam aus seinem Innersten, sie hatte ihn noch nie singen gehört, sie war auch nie mit ihm im Stadion gewesen, *when I'm more than I thought I could be*, sie musste ihn nicht ansehen, das war ihr Lied, in diesem Moment, den sie beide geschaffen hatten, *when all of my dreams*, sie sangen, sie schrien, sie brüllten mit, *are a heartbeat away*, es war wunderbar, es war befreiend, *and the answers are all up to me*. Sie war in dem Lied, es nahm sie mit, trug sie fort, es war sie, es war Julian, *when I'm racing with destiny*, sie weinte, sie lachte, ihre Brust wurde eng und weit in einem, Julian trommelte gegen das Handschuhfach, stampfte mit den Füßen auf den Wagenboden, am liebsten hätte sie die Warnblinkanlage eingeschaltet, gehupt und geblinkt, *I will feel*, stattdessen spritzte sie Wasser auf die Windschutzscheibe, stellte den Scheibenwischer auf Höchstfrequenz, *I will feel*, der Schaum zerrann vor ihren Augen, die sie für einen Moment schloss, weiße Schlieren auf der Scheibe, *I will feel*, als sie etwas roch, *e-ter-ni-ty*.

»Bist du bescheuert?«

»Meine Füße brechen schon nicht durch. Wir sind ja nicht Familie Feuerstein.«

»Du kannst jetzt nicht kiffen!«

»Ich muss mich beruhigen, ich will diesen Moment verstärkt –«

»Wirf den Joint weg, du Idiot! Was ist, wenn ich müde werde! Wenn mir schlecht wird! Wenn ich nicht weiterfahren kann!«

»Nur ein paar Züge.«

»Wirf ihn weg, hab ich gesagt. Wenn wir in Sicherheit sind, kannst du eine ganze Plantage rauchen. Aber doch nicht jetzt.«

Sie blickte nach rechts, schüttelte den Kopf und verzog das Gesicht. Julian grinste. Sie blähte die Backen, er zog einige Male tief an dem Joint, bevor er ihn behutsam im Aschenbecher ausdämpfte.

Als sie den nächsten Parkplatz angeschrieben sah, blinkte Pia und bog ab. Sie waren kurz hinter Ljubljana, außer einem LKW war niemand zu sehen, sie hielt so weit entfernt von ihm wie möglich. Pia stellte *Bloc Party* an, suchte ihr Lied, befreite sich vom Sicherheitsgurt, langte über Julians Beine und fuhr seinen Sitz nach hinten. Während sie sich aus ihren Jeans zwängte, musste sie lachen, weil sich ihre Beine in den engen Hosenröhren verhedderten. Sie streckte das linke Bein durch, die Hose blieb an der Ferse hängen, sie zerrte, befreite den Fuß, dasselbe rechts, sie kicherte. Julian ließ wortlos seine Hosen hinunter, hob dabei seinen Hintern leicht an, sie kletterte zu ihm und begann ihn zu küssen.

Sie fuhr ihm ins Gesicht, öffnete seinen Mund mit ihren Fingern, sie griff ihm zwischen die Beine, sein Schwanz war hart, sie schob ihren Slip zur Seite und setzte sich langsam auf ihn. Sie hatte nicht geahnt, wie feucht sie war. Sie wurde schneller, Julian seufzte, sie stützte sich auf seiner Brust ab, drückte seinen Hals in den Sitz, er hielt sie am Hintern fest, *and I will charm, I will slide, I will dazzle them with my wit.*

»Mach die Augen auf. Sieh mich an.«

Pia schlang ihre Arme um Julians Hals. Sie sah sich in seinen Augen, spürte ihre Bewegungen auf ihm, er lächelte wie ein Erlöster, küsste ihre Brüste durch den Stoff, verbiss sich in ihrem T-Shirt, sie presste ihre Stirn gegen seine, er packte ihren Hintern fester, massierte ihre Backen, sie packte seinen Kopf und blickte ihn an.

Sie sah sich, sie sah sie beide, sie wusste nicht, wann sie ihn zuletzt so begehrt hatte – wann sie überhaupt jemanden so sehr in sich hatte spüren wollen. *Tonight I claim what's mine.* Kurz nachdem sie sein Sperma und seinen pochenden, zuckenden Schwanz zu spüren begonnen hatte, als sie Julian stöhnen und wimmern hörte, kam sie mit einem leisen Schrei.

Pia atmete tief durch. Es war, als wäre ein Eimer Licht über ihr vergossen worden. Im Himmel konnte es nicht besser sein. Nirgendwo konnte es jetzt besser sein.

Julian schloss die Augen, fuhr sich durchs Haar und ließ sich nach hinten sinken. Er steckte sich eine Zigarette in den Mund. Ihr Schlafzimmer und sein Schlafzimmer waren im Rückspiegel, andere Menschen würden bald in ihnen liegen, andere Menschen sich in ihren engen Badezimmern duschen, andere Menschen in ihren Küchen kochen und auf ihren Toiletten sitzen, andere Menschen aus ihren Fenstern auf düstere Hinterhöfe und graue Straßen blicken.

»Du hattest es nötig.«

Julians Schwanz war noch immer hart, sie rutschte langsam auf ihm hin und her und lächelte. Sie spürte, dass sie noch einmal kommen konnte. Sie wollte noch einmal kommen.

»Fast eine Vergewaltigung.«

»Warte nur, bis ich dich außerhalb dieser Karre zu fassen kriege.«

Auf einmal flackerte Licht auf. Der Kegel einer Taschenlampe geisterte über die beschlagene Beifahrerscheibe, jemand klopfte dagegen, Pia sah die Umrisse eines Kopfes.

»Verdammte Spanner«, rief Julian. »Fuck you!«

»Policija.«

Pia blickte Julian an. Julian schloss die Augen. Sie hielt auf ihm inne.

»Einen Moment. Sorry. Wait a second.«

»Aussteigen.«

»Einen Moment. Sofort.«

Pia kletterte auf den Fahrersitz, Julians Samen rann ihre Innenschenkel hinab, sie zwängte sich in ihre Hose und schlüpfte in ihre Schuhe. Julian zog seine Hose über die Beine, schloss den Gürtel und schüttelte den Kopf. Sie wischte den Schweiß aus ihrer Stirn.

»Das darf nicht wahr sein«, flüsterte er, »das kann doch nicht –«

»Lass mich reden.«

Pia öffnete die Tür und stieg aus. Zwei Polizisten kamen ihr entgegen. Weiter hinten stand ihr Wagen.

»Dober vecer.«

»Dober vecer.«

Sie versuchte, die Worte so exakt wie möglich zu wiederholen. Die Polizisten warfen einander amüsierte Blicke zu. Die Beifahrertür ging auf, Julian stieg aus und schlug die Tür zu.

»Papiere.«

»Bitte«, sagte Julian ungehalten, Pia warf ihm einen bösen Blick zu.

»Ich bin die Fahrerin«, sagte Pia. »I drove.«

Der eine Polizist zog die Brauen hoch, der andere nickte. »We have seen.«

Pia stapfte zum Wagen. Sie spürte, wie das Sperma ausfloss, ihr Slip war nass, sie kam sich nicht mehr himmlisch, sie kam sich besudelt vor. Sie öffnete die Beifahrertür, öffnete das Handschuhfach, in dem eine Pistole lag. Sie schloss es sofort wieder. Sie musste schnell denken. Natürlich hatte sie einen Führerschein. Auf dem ihr Name stand. Der den beiden vielleicht bekannt war. Vielleicht auch nicht. Vielleicht noch nicht. Aber wenn sie ihren Namen in ihren Computer eingaben, stiegen die Chancen, dass. Sie durften nicht in den Kofferraum blicken. Auf keinen Fall. Sie hörte, wie Julian den Polizisten erzählte, er sei mit seiner Geliebten unterwegs nach Kroatien, nach Rovinji wollten sie, so eine schöne Stadt, und seine Geliebte sei verheiratet, married, big problem, you know, only three days, nicht länger ausgehalten, und Sex im Auto sei doch auch in Slowenien nicht illegal, oder?

»Papiere?«

Einer der beiden Polizisten stand neben Pia und beugte sich ins Wageninnere. Sie blickte ihn ratlos an. Er lächelte, schnüffelte, es war ihr unangenehm. Sie roch den Schweiß, ihre Körperflüssigkeiten, sie roch die Gier und die Lust, mit der sie sich über Julian hergemacht hatte. Der Polizist legte den Kopf schief und zog die Augenbrauen hoch. Er mochte in Julians Alter sein. Er sah gut aus. Er sah sie mit einem gewissen Blick an. Sie zog die Schultern hoch und lächelte ihn an.

»Ich finde sie nicht. Ich glaube, ich habe sie vergessen.«

Er stemmte die Hände in die Hüften. Auf der einen Seite seines weißen Gürtels hing eine Pistole, auf der anderen ein Schlagstock. Auf dem Kopf trug er eine blaue Mütze.

»Sorry. Forget.«

Er nickte freundlich.

»Sex in car not illegal. But Marijuana. Even in Slovenija.«

»Marijuana?«

Er hob die Nase und zog mehrere Male hintereinander die Luft ein. Sie hasste, wie er dabei grinste. Dann knurrte er leise, beugte sich über den Beifahrersitz und holte den zur Hälfte aufgerauchten Joint aus dem Aschenbecher. Er roch kurz daran und hielt ihn Pia vor die Nase.

»Come.«

Pia folgte ihm zu seinem Kollegen, der Julian schweigend gegenüberstand. Er war etwa zehn Jahre älter und sah wie jemand aus, mit dem man unter keinen Umständen Streit wollte. Der eine zeigte dem anderen den Joint. Sie sprachen schnell miteinander. Julian hielt seinen Kopf gesenkt.

»You come with us. To station.«

»I smoked.« Julian hob die Arme. »She drived.«

»No difference.«

Julian drehte sich in Pias Richtung, er hatte keine Ahnung, wie er sie retten konnte. Vielleicht hatte sie eine Idee. Es schüttelte sie. Sie kämpfte gegen die Tränen an; sie kämpfte kurz und erfolglos. Ihre Schultern zuckten, sie rang um Luft, Tränen rannen ihr über die Wangen, ihr Oberkörper bebte, ihre Zähne klapperten. Sie hielt sich die Hände vors Gesicht und schluchzte wie ein kleines Mädchen, das seine Mutter im großen Supermarkt verloren hatte.

Julian verfluchte sich. Er verfluchte sie. Warum war sie auf den Parkplatz gefahren? Wenn sie einmal in Sicherheit wären, könnten sie bis zum Umfallen vögeln. Hätten sie bis zum Umfallen vögeln können. Es war vorbei, aus der Traum. Sie waren Idioten, und Idioten verdienten keine halbe Million. Idioten landeten hinter Gittern.

Er sah die Blicke seiner Kollegen, seiner Vorgesetzten, Freunde und Bekannten. Sie schüttelten die Köpfe, sie schlugen sich gegen die Stirn, sie lachten, bis sie heiser waren. Wie sich der kleine Julian mit den großen Muskeln die Welt vorstellt. Es war zum Lachen, es war zum Weinen, es war zum Schreien komisch.

Er ging zu Pia, umarmte sie und presste sie fest an sich. Ihr Leben war vorbei. Jetzt. Er wusste es.

»Ich liebe dich, Pia, egal was –«

»Mein Mann«, stammelte sie unter Tränen, »my husband –«

Sie kam nicht weiter, wurde von heftigen Schluchzern unterbrochen, Julian strich über ihr nasses Gesicht, küsste sie auf die Stirn, fuhr ihr über den Kopf.

»Will kill me.«

Die Polizisten warfen einander Blicke zu, die Julian nicht zu deuten wusste. Sie schienen amüsiert zu sein, aber auch etwas wie Mitleid zu verspüren. Jedenfalls sah er, dass nicht Pia, sondern er das Problem war. Der junge Polizist mochte ihn nicht. Julian sah, wie er Pia ansah. Er sah, dass er Julian nicht mochte, weil Julian mit ihr war.

»Sorry«, sagte er und sah nicht im Mindesten aus, als täte ihm etwas leid.

»It's the law«, sagte der andere.

Pia hockte sich nieder. Sie zitterte. Hinter den Polizisten waren Bäume im Dunkel zu erkennen, Sträucher, eine Wiese, Buschwerk, ein Tisch und zwei Bänke aus Holz. Vielleicht sollten sie laufen. Die Polizisten würden nicht schießen. Sie würden nicht auf Pia schießen. Er wollte nicht, dass Pia im Gefängnis landete. Sie –

»She is freezing«, sagte der Jüngere. »Bring her jacket.«

Julian sah sich auf das Auto zugehen, die Tür öffnen,

ihre Jacke von der Rückbank nehmen, sich umdrehen und zurückgehen. Mit einem Mal war es still in ihm. Wäre ihm befohlen worden, sich auszuziehen, er hätte sich ausgezogen. Wäre ihm befohlen worden, zu bellen, er hätte gebellt. Wäre ihm befohlen worden, sich für Pia zu opfern, er hätte sich für Pia geopfert.

Er sah sich seiner wimmernden und zitternden Freundin die Jacke über die Schultern legen. Er sah sich ihr über den Rücken streichen. Er sah sich von einem Bein aufs andere treten.

»It's over«, stammelte sie. »All over.«

»Follow now. Please.«

Julian sah Pia aufstehen, in ihre Jacke schlüpfen, sich die Haare aus der Stirn streichen und auf die Polizisten zuschreiten. Er sah sie knapp vor ihnen stehen bleiben und in die Jackentasche greifen.

»Please. Take that. Nehmen Sie das. Bitte.«

Julian sah Pia mit einem Fünfhunderteuroschein vor zwei Polizisten stehen. Er sah die Polizisten einander anblicken und die Köpfe schütteln. Er sah die Äste eines Strauches von leisem Wind bewegt werden. Er sah eine Zukunft, die ein Alptraum war.

»Wollen Sie Polizei bestechen?«

»Ja.«

Julian hörte Pias Stimme. Sie kam ihm unendlich weit entfernt vor. Sie klang stark und gefasst. Sie schien aus einer anderen Welt zu kommen.

»Wir haben nur drei Tage. Only three days. No time for police station. My husband is rich. Take his money. Please. Na zdravje!«

Julian sah den jüngeren Polizisten auflachen. Es schien ansteckend zu sein. Er sah den älteren lachen. Er sah den jüngeren den Schein nehmen, zwischen den Fingern drehen und kopfschüttelnd dem anderen vor die Nase halten. Er sah beide lachen. Er sah Pias Rücken. Er sah ihre weißen Turnschuhe. Er sah die Liebe seines Lebens vor zwei Männern, die sie in der Hand hatten. Er sah den älteren den Schein einstecken. Er sah den jüngeren die Stirn in Falten ziehen. Er sah ihn weiterhin den Kopf schütteln. Er sah ihn Pia mit einem Blick ansehen, für den er ihm am liebsten den Kopf abgerissen hätte. Er sah, dass er stärker als der Polizist war. Er sah seine Waffe.

»Na zdravje!«

Er sah den älteren in seine Richtung blicken. Er hörte seine Stimme.

»Stop smoking.«

Über Piran hingen schwere weißgraue Wolken, als die Sonne aufging. Sobald ein Sonnenstrahl durch den Wolkenteppich brach, schlossen sie die Augen, legten ihre Köpfe in den Nacken und summten Unsinn vor sich hin. Das Meer war dunkelblau, man sah die Kälte des Wassers und die Silhouetten der Berge auf dem anderen Ufer, blau und grau im Hintergrund.

Als sie ihren Wagen in der Dunkelheit auf einem Parkplatz außerhalb der Altstadt angehalten hatten, waren sie eine Zeit lang regungslos sitzen geblieben und hatten in die Stille gelauscht, ehe sie ausgestiegen waren, einen Fuß vor den nächsten gesetzt hatten, skeptische Blicke. Vereinzelt hatten Laternen gebrannt, die Luft hatte frisch und nass gerochen, die ersten Schritte waren ihnen unendlich schwer gefallen, als wären sie betrunken oder einfach nur zu sehr aus dem Gleichgewicht, um einen Schritt fest vor den nächsten zu setzen. Möwen hatten zu kreischen begonnen, laut und schrill, als wollten sie den Schlaf durchdringen, den die unsichtbaren anderen schliefen, ihr Kreischen klang wie höhnisches Gelächter. Nicht einen Menschen hatten sie gesehen, hinter wenigen Fenstern war Licht, ansonsten Stille, kleine Wellen, die leise gegen die Felsen geschlagen hatten, Boote in der Marina, auf dem Wasser schaukelnd, klirrende Masten, der Geruch alter Fischernetze.

Der marmorgepflasterte Hauptplatz war von mattem Licht beleuchtet gewesen, sie hatten ihre Schritte gehört und keinen Lärm zu machen versucht, ehe sie die Strandpromenade eingeschlagen hatten. Immer wieder waren sie stehengeblieben, hatten sich vor aufgetürmten Steinbrocken umarmt und einander ihre Namen ins Ohr geflüstert, als wollten sie sich vergewissern, dass sie es waren, die hier waren, auf einmal am Meer, auf einmal – ja, was?

Nach Sonnenaufgang standen sie auf der Wiese vor der Kirche, die über der Stadt und dem Meer wachte, und blickten auf den spitzen Turm dahinter, auf dem eine grüne Männerfigur mit Schild und Schwert Richtung Italien schaute. Sie setzten sich auf eine Steinbank an der Längsseite der Kirche, vor ihnen lagen das Meer, die Möwen, die Mauer zum steinigen Strand. Pia kramte eine Schere aus ihrer Manteltasche, Julian sog an einer Zigarette und ließ den Rauch langsam aus der Nase strömen. Sie senkte den Kopf und ließ ihr Haar vornüber fallen.

»Nein, Pia, bitte nicht.«

»Wachsen nach.«

Julian hörte die Schnitte, schnell und bestimmt, Pias Haare fielen zu Boden. Sie fasste eine Strähne nach der anderen mit der Linken und schnitt sie mit der Rechten knapp über der Schädeldecke ab. Das Haarnest vor ihr wuchs.

»Du hast ja ein schönes Gesicht, aber –«

»Aber was?«

»Du siehst wie ein gerupftes Huhn aus.«

»Ich werd gleich noch ganz anders aussehen. Hier.«

Sie holte seinen elektrischen Rasierer aus ihrer Jacke und schwenkte ihn vor ihm.

»Ich kann das –«

»Mach schon.«

Julian schaltete den Rasierer ein, er brummte wie ein kleiner Rasenmäher, er mähte ihren Kopfrasen, schön gleichmäßig, sehr kurz, englischer Rasen, zuerst das Haupt und dann. Julian hielt inne, suchte nach seinem Mobiltelefon, als ihm einfiel, dass es Hunderte von Kilometern entfernt war. Er musste lachen. Er liebte sie auch als gerupftes Huhn.

»Wie sehe ich aus?«

»Militant.«

»Phantastisch.«

»Dafür lasse ich mir einen Bart wachsen.«

Sie tranken Kaffee in einem kleinen Café auf dem Tartiniplatz, durch das Fenster sahen sie in großen Abständen Menschen an der Statue des Komponisten und am Theater vorbeigehen. Sie aßen Tramezzini und Eier im Glas und schmatzten hemmungslos. Das Auto stand hoffentlich noch, wo und wie sie es abgestellt hatten.

»Ich hab mir den Moment anders vorgestellt«, sagte Pia.

»Ich hab ihn mir gar nicht vorgestellt.«

»Befreiter vielleicht. Weiß nicht. Anders halt.«

Julian rief die Kellnerin, eine blonde junge Frau mit Locken und Brille, die ihn an eine Kindergärtnerin erinnerte, die sich nur sehr schwer durchsetzen konnte. Er bestellte zwei Gläser Prosecco, was sie nicht zu verwundern schien. Pia schloss die Augen und stützte ihren Kopf in die Hände.

»Ich bin so schnell irgendwie. Alles so schnell in mir. Knapp über dem Kehlkopf. Wie ein Kochtopf oder so. Mein Kopf der Deckel.«

Die Kellnerin stellte zwei Gläser auf den Tisch.

»Auf die slowenische Polizei«, sagte Julian, nachdem sie gegangen war, und stieß sein Glas gegen Pias.

»Auf die Kofferraumsicherheit!«

»Aus unsere Flucht!«

»Auf die Freiheit!«

»Auf dich, Pia!«

»Auf dich, ehemaliger Lohnsklave!«

»Prost!«

»Na zdravje!«

Die Gläser klirrten, sie nahmen einen Schluck, Julian schüttelte den Kopf und fragte, was das denn um Himmels willen bedeute.

»Prost.«

Er prustete los und verschluckte sich. Seine Augen tränten, der Prosecco brannte im Hals, am Kehlkopf, überall. Er beugte sich nach vorn, Pia klopfte ihm auf den Rücken, er wischte sich Tränen aus den Augen.

»Ich fühle mich wie ein Fußballer, der gerade Weltmeister geworden ist. Wie geht es Ihnen? – Ich hab's noch gar nicht realisiert.«

Auf einmal lachten sie. Sie lachten, als wären sie dazu jahrelang in den Keller gegangen. Es schüttelte sie, sie mussten die Blicke voneinander abwenden, wann immer sie einander ansahen, lachten sie nur noch lauter. Ein einsamer Mann am Tresen drehte sich mit seinem Barhocker in ihre Richtung, die Kellnerin blickte vom Ordnen der

Tramezzini in der Glasvitrine auf, eine alte Dame schritt mit einem weißen Königspudel über den Platz, auf dem ein langgezogener schmaler Streifen von der Sonne beleuchtet war. Beim Zahlen fragte Pia die Kellnerin, ob sie eine Privatunterkunft kenne. Sie hätten nicht viel Geld, etwas Kleines reiche vollauf, in der Stadt oder wo immer, für zwei, drei Nächte.

»Mein Onkel. Moment.«

Nach einer Weile kam die Kellnerin mit ihrem Mobiltelefon zurück und zeigte ihnen auf einer Karte, wohin sie zu gehen hätten. Ein bisschen außerhalb, über der Stadt, ein Zimmer, nichts Besonderes, aber günstig. In einer halben Stunde könnten sie es ansehen.

Slavoj, eine Erscheinung, die erste Herberge, einem Stall nicht unähnlich, oben auf einem Hügel über Piran, zehn Minuten von der Altstadt entfernt, an Gärten, Sträuchern und steinernen Mauern vorbei. Slavoj mit dem angegrauten Vollbart, dem riesigen Bauch und den riesigen Händen, dem schwarzroten Holzfällerhemd, den zerschlissenen Jeans und der blauen Mütze, auf der *NY* stand. Slavoj, der rauchend vor dem Häuschen wartete, das eher ein Schuppen war, ein ebenerdiger Raum mit Couch, Tischchen und zwei Stühlen, dahinter ein kleines Zimmer mit Doppelbett, in dessen Matratze man versank, ein kleines Badezimmer mit Toilette. Slavoj, der mit Händen und Füßen redete, als verstünden sie dadurch Slowenisch, dazu ein paar Brocken Deutsch, ein paar Brocken Italienisch, ein paar Brocken Englisch mit bemüht amerikanischem Akzent. Slavoj, dessen Lachen scheppernd aus geteerten Lungen kam, der eine Zigarette nach der nächsten rauchte und ihnen die Tür aufsperrte, als wäre er ein Schlossherr, vierzig Euro die Nacht.

»Slavoj!« Er zeigte auf sich und entblößte seine gelben Zähne. »Welcome, dobrodôšlica!«

»Maria«, sagte Pia.

»Hans«, sagte Julian.

Hans, warum um alles in der Welt Hans! Später, als sie im Auto saßen und bis knapp vor die Herberge fuhren, schüttelte es sie vor Lachen. Blöder geht's nicht, Hans, wer heißt heute noch Hans? Hans und Maria, warum nicht gleich Josef, das wäre passender gewesen, aber nicht schwanger, noch nicht schwanger. Ein Liebespaar, junge Menschen, wenig Geld, die Niederkunft war eine Ankunft, allmählich, von Minute zu Minute, und als sie Slavoj die Hand schüttelten und Pia ihm zweihundert Euro gab, holte er drei kleine Gläser aus einem Schrank, nahm eine Flasche aus seiner Tasche und schenkte ein. Sliwowitz, natürlich.

»Fuck the Coca«, sagte Slavoj, »fuck the pizza, all we need is Slivovitza.«

Sie standen in dem Raum, den sie zuerst Wohnzimmer und später Zählzimmer nannten, die Eingangstür weit geöffnet, der Blick von einem scheußlichen Haus hundert Meter weiter versperrt. Dahinter lag das Meer. Auch wenn sie es nicht sehen konnten, konnten sie es riechen, mit Slavoj und den Gläsern, die wieder und wieder gefüllt wurden, und bei jedem *Na zdravje!* wurden sie von einem Lachen geschüttelt, das Slavoj die Augenbrauen heben ließ, kurz vor Mittag, mitten im Irgendwo, mitten im Nirgendwo, aber nicht einmal mitten, sondern abseits.

Sie sprachen und lachten und fielen einander ständig ins Wort. Obwohl Pia und Julian nur einen Bruchteil verstanden, verstanden sie, dass er völlig einverstanden war mit Maria und Hans, die frisch verliebt waren und einfach ans Meer wollten, aus einer Laune heraus, spätnachts ins Auto, warum nicht. Ihr Leben war hier und jetzt, also jetzt hier und nicht dort, sie hatten keine Arbeit, und das Arbeitsamt konnte warten, wie es seit einiger Zeit hieß, wohlklingende Worte für furchtbare Orte.

Rückspiegel, Na zdravje, neue Menschen. Fuck the Coca, fuck the pizza.

Slavoj verabschiedete sich, sein Gesicht war sehr rot geworden, er murmelte etwas von einer Verabredung, lächelte kurz und torkelte aus dem Haus.

Als die Tür ins Schloss fiel, fielen sie übereinander her. Pia durfte nicht die Augen schließen, wenn sie es nur kurz versuchte, drehte sich alles in ihr, drehte sie sich in ihr, Slavojs Sliwowitz drehte sie, wie und wohin er wollte, und Julian war, als läge er auf einer anderen Frau, einer Frau mit beinahe kahlgeschorenem Kopf, deren Ohren etwas abstanden, was er noch nie bemerkt hatte, deren Lippen voller und deren Augen größer erschienen, die ein seliges Lächeln um den Mund hatte und sich in seinen Rücken verkrallte.

Aber es tat nicht weh; es tat gut; er spürte, was sie getan hatten.

Sie verschworen sich, sie keuchten und lachten und schwitzten und stöhnten, von fern läuteten die Glocken Mittag, aber fern war nah, und es war, als wären sie in dem grauen Turm, der auch in Venedig hätte sein können, Julian wusste nicht, warum ihm Venedig einfiel, er war noch nie in Venedig gewesen, aber vielleicht –

»Langsam, Hans. Sei zärtlich. Liebe mich.«

Es dämmerte, als sie erwachten, und es dauerte ein Weilchen, bis Pia dämmerte, wo sie waren. Sie rüttelte Julian, der auf einmal Hans hieß und reich war, zum Glück hatte er seine Brille abgenommen, und stolperte in das kleine

Bad. Lauwarmes Wasser tropfte auf sie, als tropfte es an ihr vorbei, aber immerhin gab es Wasser, und als sie die Haare aus dem Gesicht streichen wollte, waren da keine. Sie seifte ihren Kopf ein, ihr Kopf war bloß ein Schädel, noch nie hatte sich ihr Kopf beim Einseifen so angefühlt, und sie wunderte sich, dass sie an Haarshampoo gedacht hatte, den Conditioner würde sie Slavoj überlassen, sie würde ihn auf absehbare Zeit nicht brauchen.

Als sie aus der Dusche stieg, rieb sie zweimal mit dem Handtuch über ihren Kopf, schon war er trocken. Alibert, auf einmal fiel ihr das Wort ein, das schmuddelige braune Plastikding an der Wand, in dem man Parfums verstauen und Zahnputzbecher vor den Spiegel stellen konnte, hieß Alibert, ein lächerliches Wort, Hans sollte sich Alibert nennen oder Adalbert oder Aldibert. Pia blickte in den milchigen Spiegel, auf dem Zahnpastareste klebten, kleine grauweiße Pünktchen.

»Das bist du«, sagte sie. »Ein freier Mensch.«

Obwohl sie sehr hungrig waren und außer dem kleinen Frühstück seit einem Tag nichts zu sich genommen hatten, holten sie im Dunklen die schweren blauen Tragetaschen aus dem Auto. Das Schloss zu ihrer Herberge war keineswegs sicherer als ihr Kofferraum, im Gegenteil, aber sie hatten keine andere Wahl. In der Mitte der Zimmerdecke warf eine runde Leuchte fahles Licht auf den hellen Linoleumboden. Sie teilten die Taschen auf. Vier für Pia, vier für Julian.

»Wie machen wir's?«, fragte Julian.

»Nach Scheinen ordnen. Sagen wir, in Zehnerstapeln?«

»Aye-Aye, Captain.«

Als Pia die ersten Scheine aus der Tasche nahm und mit

zitternden Fingern neben sich auf dem Boden verteilte, tastete sie nach ihrer Halsschlagader. Ihr Puls raste wie nach einem Lauf in Schönbrunn. Zehn Zehneuroscheine – hundert Euro. Wo sie nicht mehr, möglicherweise nie mehr laufen würde. Zehn Zwanzigeuroscheine – zweihundert Euro. Nahe am Tiergarten, in dem sich ihre Mutter um Tiere kümmerte. Zehn Fünfzigeuroscheine – fünfhundert Euro. Pia wusste nicht einmal, um welche. Zehn Hunderteuroscheine – tausend Euro. Katzen wahrscheinlich, also Raubkatzen.

Sie lachten, sie schüttelten die Köpfe, sie pfiffen und sangen selbsterfundene Lieder zu wohlbekannten Melodien, während sie in Slavojs Hütte die Scheine stapelten, Schein auf Schein, Stapel neben Stapel.

Sie holte Banknoten aus Taschen, Unmengen an bedrucktem Papier, das durch ihre Finger glitt, als handelte es sich um Einkaufszettel, bald war sie von Stapeln umringt. Sie blickte zu Julian. Er saß wie ein Eiland inmitten kleiner Türme da. Sie mussten die Stapel seitlich leicht versetzen, um weitere Zehnerstapel im rechten Winkel darüber legen zu können, Banknotenkreuze. Blaue Türme, rostfarbene Türme, grüne Türme, rötliche Türme.

»Wir haben zwar keine Münzen«, sagte Julian, »aber ich komme mir wie Onkel Dagobert vor.«

»Wir mauern uns gerade ein.«

Obwohl die Türme wuchsen, schienen die Scheine nicht weniger zu werden. Etwas Warmes durchströmte Pia. Etwas Kaltes mischte sich in die Wärme.

Keine Fünfeuroscheine, das war gut. Sie hatten gestern, vor wenigen Stunden, eine gute Gegend bedient. In guten Gegenden gab es größere Scheine. In guten Gegenden hob man mehr ab. In guten Gegenden kam niemand auf die

Idee, nur zwanzig oder dreißig Euro aus dem Automaten zu ziehen. In guten Gegenden, fiel ihr ein, hatte sie einmal mit einer Freundin Katzen entführen und auf die Vermisstenanzeigen warten wollen, um Lob und Finderlohn einzustreichen.

»Totes Kapital«, sagte Julian, »nennen es die Banken. Liegt in den Automaten und wirft keine Zinsen ab.« Er ließ die Zunge schnalzen. »Für mich ist das sehr lebendig.«

»Lebendig?«

»Was sonst?«

Julian saß auf dem Boden, eine Zigarette im Mund, der Rauch zog an seiner Nase vorbei deckenwärts. Er stapelte Scheine, schnell, exakt, mechanisch und sah wie ein Junge aus, der in sich versunken Lego spielte und etwas ausheckte. Sorgfältig baute er Türmchen um Türmchen. Seine Hände sah Pia nur, wenn er einen weiteren Stapel auf ein Türmchen legte.

»Ganz schön anstrengend.«

Sie schlugen miteinander ein, als sie fertig waren, Julian griff nach einem Taschenrechner und begann hastig zu tippen. Er vertippte sich, fluchte, schlug auf die Tasten, schob den Rechner beiseite und blickte auf die Zettel mit den vielen Strichen vor sich.

Sie hatten 12 511 Zehneuroscheine.

Sie hatten 7150 Zwanzigeuroscheine.

Sie hatten 2503 Fünfzigeuroscheine.

Sie hatten 1432 Hunderteuroscheine.

Julians Hände schwitzten. Er griff nach einem Blatt Papier und einem Kugelschreiber, schrieb die Anzahl der Scheine darauf und runzelte die Stirn.

»Soll ich es zusammenzählen?«

»Klar, mach, aber laut.«

»12 511 mal zehn macht 125 110.«

»Hätte ich auch sagen können.«

»7150 mal zwanzig macht –«

»143 000.«

»Nicht schlecht. 2503 mal fünfzig macht?«

»Ein bisschen über 125 000.«

»125 150.«

Pia pfiff.

»1432 mal 100 macht?«

»143 200!«

»Und alles zusammen?«

»Warte. Wir müssen etwas schwören. Komm her.«

Julian stieg über Banknotentürme, Pia stand auf. Schweigend standen sie einander gegenüber. Seine Augen leuchteten.

»Du siehst jetzt schon wie Dagobert aus. Lass uns schwören, dass das unseres ist.«

»Es ist unseres.«

Sie lehnte ihre Stirn an seine und küsste ihn auf die Nasenspitze. Auf der Straße bellte ein Hund. Ein zweiter antwortete. Eine Möwe kreischte.

»Wir lassen uns nicht verderben davon.«

»Wir lassen uns nicht verderben davon.«

»Es ist für uns da. Nicht umgekehrt.«

»Es ist für uns da. Nicht umgekehrt.«

»Wir lassen uns nicht fangen.«

»Wir lassen uns nicht fangen.«

Sie umarmten einander inmitten ihres Schatzes, und als sie einander losließen und anblickten, nickten sie. Julian räusperte sich, tippte die Zahlen in den Rechner und schloss die Augen.

»Soll ich auf Ist-gleich drücken?«

Pia nickte, Julian drückte die Taste, warf ihr einen Kussmund zu und blickte auf den Taschenrechner.

»536 460 Euro.«

Das Rauschen des Meeres in der Dunkelheit, die fremden Klänge von den spärlich besetzten Nebentischen, der Kellner mit dem weißen Hemd und der bordeauxroten Schürze, der sich darüber freute, wie sehr ihnen die Fischplatte mundete. Gierig hoben sie Muscheln, Fisch, Calamari, Garnelen, Kartoffeln und Mangold von der versilberten Platte auf ihre Teller. Dazu Brot und Oliven und Weißwein, der in einem Eimer mit Eis aufbewahrt und um dessen Flaschenhals eine weiße Stoffserviette gewickelt war. Alle Augenblicke ließen sie die Gläser klirren und schüttelten die Köpfe, wenn sie einander ansahen. Schmatzend leckten sie sich die Finger, wenn sie eine weitere Schale geknackt hatten, wiederholten sie die Zahl, wieder und wieder, fünfhundert-sechsunddreißigtausend-vierhundert-und-sechzig.

»Ist der Euro ein Teuro?«

Julian lachte, als Pia das sagte, Politiker hatten einmal Stimmung damit zu machen versucht.

»Kannst du dich an die Einführung erinnern? Das Startset?«

Pia nickte.

»Ein Exemplar jeder Münze. Mal zwei und dann mal sieben, um auf Schilling zu kommen.«

»Siebeneinhalb Million, circa.«

»Millionäre halt.«

Auf dem Tisch brannte eine Kerze, im Hintergrund lief melancholische Küstenmusik, Julian bat den Kellner, dem

Koch ein Bier oder Glas Wein oder was immer er wolle zu bringen.

Der Koch, ein untersetzter Mann mit Schnauzbart und weißer Mütze, kam mit einem Glas Bier an ihren Tisch. Sie stießen miteinander an, er freute sich über die Platte, auf der nur noch ein paar Kartoffelstückchen lagen, kurz darauf kehrte der Kellner mit Crème caramel und einer Panna cotta zurück. Gruß aus der Küche, diesmal am Ende.

Piran, eine Zunge im Meer, das erste Durchatmen auf ihrer Flucht, ein kleiner Triumph. Als sie das Lokal verließen, nachdem sie ein großes Glas Sliwowitz hatten leeren müssen (sie hatten es gern geleert), spazierten sie untergehakt die Strandpromenade entlang, sahen die Lichter auf der anderen Seite, Kroatien links, Italien rechts, nicht weit, gar nicht weit. Möwen kreischten, hin und wieder kam ihnen jemand entgegen, die meisten Lokale hatten geschlossen, sie wiesen einander auf Häuser und Wohnungen hin, in denen sie unter anderen Umständen gern Zeit verbracht hätten.

»Vielleicht sollten wir einfach Hälfte-Hälfte machen. Wäre am einfachsten.«

»Spinnst du?« Pia blieb stehen und rüttelte Julian. »Das ist unseres. Weißt du, was das heißt?«

Julian nickte.

Sie blieben drei Nächte. Sie erkundeten die Gegend, schlenderten durch die engen Gässlein, blickten in Wohnzimmer und Küchen, stiegen auf dem Hügel über der Stadt auf den Kirchturm, der tatsächlich eine Miniaturkopie eines Turms aus Venedig war, und blickten über die Ziegeldächer aufs Meer. Bisweilen fragten sie sich, ob und wie man ihnen auf der Fährte sei, dann schoben sie ihre Befürchtungen beiseite und nannten einander Maria und

Hans und hofften, die beiden Polizisten mögen sich ihrer Bestechlichkeit schämen. Pia dachte an ihre Mutter, die mit Tieren immer besser hatte umgehen können als mit Menschen, Julian kaufte eine *Kronen Zeitung* und freute sich, dass Rapid gewonnen hatte, ein gutes Omen.

In ihrer Herberge vögelten sie, als könnte jedes Mal das letzte Mal sein. Sie bekamen nicht genug voneinander, auf- und über- und ineinander krallten sie sich am anderen fest und ließen ihn spüren, was sie durchgemacht und was sie vorhatten. Sie schliefen leicht, wachten bei jedem leisen Geräusch auf, wenn ein Auto die enge Straße entlang kam, wenn sie Schritte hörten, wenn ein Licht aufflackerte, wenn ein Tier durchs Gebüsch huschte. Den Atlas studierten sie wie eine Speisekarte. Sie träumten sich an entlegene Orte, in große Städte, auf andere Kontinente. Auf einmal war alles kein Träumen mehr. Sie konnten hin, wohin sie wollten.

Sie konnten nicht, wohin sie wollten.

Sie hatten einen Plan. Sie wussten nicht, ob er durchführbar sei.

*

Ende Oktober betraten Pia und Julian ein Internetcafé in einem heruntergekommenen Viertel von Triest. Ein junger Inder oder Pakistani saß hinter einem Schalter, in der verschlossenen Glasvitrine vor ihm lagen Mobiltelefone, Laptops, Kameras, Kopfhörer, Datensticks und allerlei Kleinkram, für den Pia kein Auge hatte. Sie kaufte eine Flasche Wasser für sich, eine Flasche Cola für Julian und ließ sich einen Computer zuweisen.

Dicht an dicht saßen Afrikaner, Araber, Inder und ein

paar Asiaten vor Computern, sprachen mit Verwandten oder Freunden auf den Bildschirmen, hackten auf Tastaturen herum, sahen sich im Netz nach Sexualpartnern um, suchten Arbeit oder schrieben Bewerbungen. Es war laut und düster, manche aßen und tranken, während sie Menschen in der Ferne zuhörten oder etwas erzählten. Pia und Julian nahmen auf rollbaren Bürostühlen Platz.

Am frühen Morgen hatten sie sich von Slavoj verabschiedet, der ihnen feierlich eine Flasche Sliwowitz überreicht hatte, dann war Julian losgefahren. Der Grenzübergang war offen gewesen, diesmal hatte er die Europäische Union gelobt.

Er beobachtete Pia, während sie sich durch Seiten klickte, »nicht viel« sagte, »ich weiß nicht, ob sie was wissen.« Sie solle keine Kommentare lesen, sagte er, nicht jetzt. Je früher sie loskämen, desto besser.

Als Pia ihr Facebook öffnete, wurde ihr schummrig vor den Augen. Sie hatte so viele Benachrichtigungen wie nie zuvor. Alles rot. Freundschaftsanfragen, Nachrichten, Gefällt-mirs. Sie hatte 257 Freunde, von denen sie mit vielleicht zehn tatsächlich befreundet war, aber 1217 Menschen gefiel das Musikvideo, das sie vor der Nationalbank hochgeladen hatte. Sechsundfünfzig Menschen hatten es weiterverbreitet. Sie bekam kaum Luft, ihre Finger zitterten, es war ihr unheimlich.

»Was ist das? So viele – «

»Du weißt, dass ich das hasse. Schließ die Seite. Lass uns – «

»Nur kurz.«

Pia öffnete ihre Nachrichten, überflog die Absender, die meisten kannte sie nicht. Eine stach heraus. Eine rote Maske anstatt eines Bildes. Sie öffnete die Nachricht.

Schließe das Fenster, nachdem du das gelesen hast, und checke deine E-Mails. Mir gefällt, was ihr getan habt. Ich helfe euch. Ihr habt sonst niemanden. Glaubt mir.

»Lies das, Julian.«

»Wer ist der Irre?«

»Weiß nicht.«

»Mach zu.«

Pia schloss das Fenster, schloss die übrigen und starrte den Bildschirm an.

»Ich schau kurz.«

»Mach das nicht.«

»Ich hab so ein Gefühl.«

In ihrem Posteingang fand Pia eine E-Mail ihres Vorgesetzten, Georg Werner, den sie Herr Werner nannten. Sie tippte auf seinen Namen auf dem Bildschirm, Julian tippte an seine Schläfe, Pia öffnete die Nachricht des Unbekannten.

Liebe Pia, wenn ich euch helfen darf, befolge diese Schritte:

1) Öffne deinen Posteingang und dein Facebook nicht mehr, bis du

2) auf einem Datenstick folgendes Live-Betriebssystem installiert hast (link),

3) mit dem du über einen einfachen Laptop ohne Festplatte anonym im Netz bist.

4) Wenn du das getan hast, schicke mir eine kurze E-Mail von einer neuen Adresse an (Adresse), ich helfe dir weiter.

5) Nicht paranoid, aber vorsichtig sein!

6) Gratuliere!

Eine Freundin.

»Was meinst du?«

Pia schloss ihren Posteingang und drehte sich zu Julian.

»Keine Ahnung. Lass uns aufbrechen. Wir haben eine lange Fahrt vor uns.«

Pia bezahlte einen Euro und fünfzig Cent.

Friaul, Veneto, Emilia Romagna, Toskana, Umbrien, Latium. Sie fuhren, sie hörten Musik, sie hielten zweimal, um Espresso in einer Raststation namens *Autogrill* zu trinken, und scherzten, dass auch sie ihr Auto grillten. Die Motorhaube war heiß, aber der Motor hielt, was der Händler Julian versprochen hatte. Wann immer sie in eine neue Region kamen, fuhren sie auf den nächsten Parkplatz und wechselten sich hinterm Steuer ab.

Venedig, Padua, Ferrara, Bologna, Florenz, Siena, Pisa – all diese Städte gab es tatsächlich, sie sahen sie angeschrieben, Weiß auf Grün, fuhren an ihnen vorbei, und trotzdem klang es erhaben, einander die Namen vorzulesen, auch wenn sie nicht halten, den Schiefen Turm nicht sehen, in keinem Vaporetto über den Canal Grande fahren, keinen Wein in der Toskana und keine Pasta in Bologna kosten konnten.

Zwischen Bologna und Florenz war es furchtbar, zu viel Verkehr, enge Straßen, ein Tunnel folgte auf den nächsten, riesige Lastwagen fuhren auf der rechten Spur, scherten bisweilen aus, sie stöhnten und brummten, wenn sie knapp an einem bedrohlichen Ungetüm vorbeifuhren. Aber sie mussten überholen, von hinten wurde gedrängt, sie wollten weiter, in den Süden, nach Neapel, wohin sonst. Wenn Pia etwas aus ihren Dokumentarfilmen gelernt hatte, dann dass sie in Neapel am ehesten untertauchen könnten, in einer Stadt, die andere Probleme hatte als zwei junge Österreicher, die mit ein wenig Geld durchgebrannt waren.

Sie einigten sich darauf, die anonyme Freundin, die Große Unbekannte, wie Pia sie nennen sollte, so bald nicht zu kontaktieren und Pias Laptop erst mit dem Netz zu verbinden, wenn sie sich einigermaßen sicher fühlten. Sie waren nicht paranoid, wollten es nicht sein, aber die Tatsache, dass sie auf diese seltsame Weise kontaktiert worden waren, verunsicherte sie mehr, als sie einander eingestehen wollten. Pia hatte gesehen, wie Julian sich umgesehen hatte, als sie kurz nach Bologna aus dem Auto gestiegen waren, wie schnell er seinen Espresso an der Theke des *Autogrill* getrunken hatte, wie hektisch seine Augen hin- und hergewandert waren.

Aber etwas sagte ihr, sie sollten der Großen Unbekannten vertrauen.

Pia wusste, wie viele Menschen diese Welt ablehnten. Sie hatte Abertausende gesehen, die aus Protest auf die Straßen gezogen waren, sie wusste aus ihrem Bildungsfernsehen, wie viele den Kampf ins Netz verlegt hatten. »Oh«, sagte Julian, wann immer sie ihm zeigte, was einer der Männer, mit denen sie damals im Zug nach Florenz gesessen war, auf Facebook geteilt hatte, »da rettet schon wieder einer mit einem Mausklick die Welt. Alle Achtung. Dabei könnte er nicht einmal dem lahmsten Polizisten davonlaufen.«

Sie dachte an Mario, natürlich, wie hätte sie nicht an Mario denken sollen, als sie an Florenz vorbeifuhr. Schon als der Name zum ersten Mal auf einem Schild aufgetaucht war, hatte sie an ihn denken müssen. Er war auf Facebook, sie konnte nur sein Profilbild sehen, es war kein Bild von ihm, bloß ein Strand, ein Sonnenschirm, dahinter Meer. Er hatte ihr eine Freundschaftsanfrage geschickt, sie hatte abgelehnt. Sie waren keine Freunde, nie gewesen. Wie konnte man mit jemandem befreundet sein, den man begehrte? Wie konnte man mit jemandem befreundet sein, der einen derart verletzt hatte?

Pia wusste nichts über Mario, wollte nichts über ihn wissen, einige Male war sie kurz davor gewesen, seinen Namen in eine Suchmaschine einzugeben, hatte es dann aber doch sein lassen. Sie würde es niemals tun, beschloss Pia, als sie an Florenz vorbei war, und war erleichtert, als Julian aufwachte und sagte, er würde mit ihr am liebsten auf den nächsten Parkplatz fahren und einen Joint rauchen, während sie es im Auto trieben.

Rom kam immer näher, noch war es hell, nicht einmal fünf, sie waren seit sieben Stunden im Auto, weder Pia noch Julian waren jemals in Rom gewesen. Der Name zog sie magisch an, »fahren wir hinein«, »klar, am besten zum Hauptplatz, dort essen wir Pizza«, sie alberten herum, sie konnten wieder lachen, auch oder weil Pia ein schlechtes Gewissen hatte. Sie hätte nicht so intensiv, nicht mit diesen Gefühlen an Mario denken, das alles hätte längst nichts mehr bedeuten sollen.

Unnötige Konjunktive. Das Leben war jetzt. Und hier. In diesem Auto. Auf dieser Autostrada. Mit diesem Mann. Mit dem Inhalt dieses Kofferraums.

Und wenn sie schon nicht über den Ponte Vecchio spazieren, wenn sie den Schiefen Turm nicht sehen, wenn sie nicht auf dem Markusplatz stehen und nicht ums Kolosseum fahren konnten, wenn Julian mit niemandem darüber sprechen konnte, ob er den AS oder Lazio Roma unterstütze, dann konnten sie, um endlich ihren Hunger zu stillen, doch einfach an dem Ort die Autobahn verlassen, der am verlassensten klang.

Colleferro. Was für ein Name. *Rainbow Magic Land* stand auf einem verblichenen Schild, sie fuhren an einem Riesenrad und einer Hochschaubahn im Hintergrund vorbei, blinkten und brachen in Gelächter aus, als sie das Schild genauer lasen – *Raimbow Magic Land* stand da.

Sie bezahlten Maut an der Ausfahrt, schon sahen sie rauchende Schlote, eine riesige Fabrik, die sie an einen Film über die Welt nach der großen Katastrophe erinnerte. Eine Runde durch Colleferro genügte, um zu sehen, dass der Name hielt, was er versprach. Zum Essen anhalten wollten sie nicht.

Sie fuhren eine Landstraße entlang, wenige Autos kamen ihnen entgegen, Hügel ringsum, Wälder und Bäume und Wiesen am Straßenrand. Sie sahen einen Hinweis auf ein Vogelschutzgebiet, kamen an einer Tankstelle vorbei, die Straße führte bergauf, auf dem höchsten Punkt sahen sie einen Hügel mit einem Städtchen in der Ferne.

Als sie nach Paliano kamen, hielten sie auf dem ersten öffentlichen Parkplatz. Kleine Häuser, in den Stein gebaut, enge Gässlein, hoch über ihnen eine Burg. Die Luft roch frisch und gut, als sie aus dem Auto stiegen und ihre Glieder streckten, Olivenhaine, Hügel, Grün, wohin das Auge blickte.

Neben einem steinernen Durchgang zur Straße war eine einfache Pizzeria. Ein paar Tische, ein Kellner, ein Mann hinter der Bar. An einem Tisch saß eine Großfamilie, an der Bar tranken ein paar Männer, an einem Tisch saß ein Paar, auf einem anderen standen eine Flasche Rotwein, ein Glas und ein Teller, der darauf wartete, abgetragen zu werden.

Ein junger Kellner nahm lächelnd die Bestellung auf.

»Two beer, zwei Bier, due birre«, sagte er, »antipasti?«

»No«, sagte Pia, »Pizza«, und zeigte auf den Namen einer, Julian auf den einer anderen.

Sie stießen miteinander an, als Sebastian aus der Toilette kam.

»Pia?«

Sie drehte sich um und sah ihn entsetzt an. Sie blickte zu Julian, sie blickte zu ihm, sie hielt die Luft an. Julian schob seinen Stuhl zurück und stand auf.

»Wer sind Sie?«

Er sah aus wie ein Mann, der gerade den Liebhaber seiner Frau ertappt hatte. Sebastian wich einen Schritt zurück. Julian sah wie jemand aus, der überlegte, ob er den anderen gleich hier oder erst vor der Tür schlagen sollte.

»Ich kenne ihn, Julian, ein alter Bekannter. Setz dich. Und du setz dich auch.«

Sebastian nahm sein Glas und die Weinflasche, rückte seinen Stuhl an ihren Tisch und rief dem Kellner, den er Luigi nannte, zu, er solle zwei Gläser bringen. Was für ein Zufall!

»Schnauze«, zischte Julian.

»Was weißt du?«, fragte Pia.

Sebastian zog die Brauen hoch, als wäre er der Meinung, einiges zu wissen, nur nicht, welches Wissen sie meinte. Er sah Julian an, der ihn nicht aus den Augen ließ.

»Du hast uns nie gesehen. Verstanden?«

32

An einem nasskalten Novemberabend schaltete Kasimir Ab seinen Flachbildschirm in freudiger Erwartung ein. Es war kurz vor neunzehn Uhr dreißig, er stellte die Lautstärke höher. Üblicherweise sah er nur alle heiligen Zeiten die Nachrichten an; er interessierte sich nicht gerade brennend für die Themen des jeweiligen Tages. Bisweilen versuchte er, in Flugzeugen Zeitungen zu lesen, um sich einzureden, er wäre nicht im Mindesten aufgeregt, beim Mittagessen blätterte er manchmal durch Magazine, um nicht ständig nur mit sich selbst zu sprechen, ansonsten genügten ihm Jonathans Kommentare, der der Meinung anhing, man müsse immer wissen, was gerade auf der Welt geschehe und dazu einen Standpunkt vertreten.

Kasimir Ab plädierte für eine Lockerung des Weltverhältnisses. Er vertrat sich lieber die Beine. Das Leben war ohnehin ernst genug. Man musste sterben. Geliebte Menschen mussten sterben. Man konnte so vieles nicht beeinflussen. Wenn man sah und hörte, was auf der Welt geschah, zeigte man ihr besser kurz den Vogel und wandte sich Näherliegendem zu. Allgemein nahmen die Menschen alles zu ernst. Nicht zu allem eine Meinung haben zu müssen, Minister nicht zu kennen, über den aktuell beleuchteten Krieg und den neuesten Krisenherd nicht Bescheid zu wissen, vom Schlagabtausch zwischen X und Y unbehelligt zu bleiben, morgens mit einer Tasse Espresso aus dem Fenster zu blicken und einen neuen offenen Tag zu begrüßen – das war Kasimir Abs Freiheit.

Zumal die Welt anders war, als sie dargestellt wurde. Auch wenn er diese Banalität niemals laut ausgesprochen hätte, erleichterte sie ihn. Jeder Moment war offen, jede Sekunde stand an der Front der Zeit. Niemand wusste, was morgen war. Aber alle taten so. Das fand Kasimir Ab bemerkenswert. Kasimir hatte eine Flasche des besten Rotweins geöffnet, den er gefunden hatte, Salami aufgeschnitten, Brot und Weichkäse danebengelegt und die Musik leise gestellt. Als die Nachrichten mit einer drängenden Melodie begannen, die den Ernst der Weltlage und die stete Bedrohung der Menschheit unterstreichen sollte, lehnte er sich zurück. *Zeit im Bild.* Kasimir war der Meinung, die Zeit sei in seinen Bildern wesentlich besser eingefangen, vor allem besser aufgehoben. Er nahm einen Schluck Wein und überhörte das Klingeln seines Telefons. Bestimmt waren viele schreckliche Ereignisse zu vermelden.

Wie abgeschmackt das Studio war. Es sollte Seriosität und Objektivität vermitteln, zeugte aber bloß von erbärmlichem Geschmack. »Ästhetischer Supergau«, flüsterte er und schüttelte den Kopf. Eine blonde Moderatorin versuchte, beim Sprechen keine Miene zu verziehen; vielleicht war sie auch geliftet, was er begrüßt hätte, Kunst war besser als Natur. Seriosität hieß also Unbeteiligtheit. Kanzler und Vizekanzler standen nebeneinander vor einem Pult und lobten die gute Zusammenarbeit. »Bananenrepublik«, sagte Kasimir und schob sich ein Stück Salami in den Mund. Im Studio übernahm ein gutaussehender Mann mit einem Anflug von Grau im Haar, der als Österreichs begehrtester Single gehandelt wurde. Wenn man es genau nahm, war auch Kasimir Ab Single, und er war bestimmt –

»Darum geht's nicht«, murmelte er und fuhr mit einer kleinen Gabel in den weichen Käse. Erstaunlich, wie gut Sophie seinen Geschmack traf. Der Schöne trug einen schwarzen Anzug, ein weißes Hemd und eine schmale dunkelblaue Krawatte. Jedes Haar schien einzeln frisiert, es glänzte von Haarwachs, James Bond hätte nicht besser aussehen können.

Die Kamera zoomte den Schönen heran, der ein nachsichtiges Lächeln um die Mundwinkel hatte, die geliftete Blonde war nicht mehr im Bild. Kurz kniff er die Augen zusammen, als müsste er sich an etwas erinnern, bevor er sie mit einem Mal weit aufschlug. Er räusperte sich und hob mit tiefer gestellter Stimme zu sprechen an.

»Am Rande eines Treffens der Staats- und Regierungschefs der Europäischen Union in Paris, bei dem es um eine Neuausrichtung des europäischen Banken– «

Der Schöne hielt inne und schüttelte sachte, beinahe unmerklich den Kopf. Er zog die Brauen hoch, blähte die Backen und schnaufte. Dann schloss er die Augen, presste die Lippen aufeinander, schüttelte den Kopf heftiger und öffnete sie wieder.

»Ich kann das nicht mehr, meine Damen und Herren. Ich will das nicht mehr vorlesen. Ich will nicht mehr ernsthaft dreinblicken dabei.«

Er stand so abrupt auf, dass für einen kurzen Moment nur das weiße Hemd und die schmale dunkelblaue Krawatte zu sehen waren, ehe die Kamera den Bildausschnitt vergrößerte. Die Blonde blickte sich hilfesuchend um, der Schöne schloss die Augen, streckte seine Zunge weit raus und schüttelte mehrere Male wild den Kopf, ehe er seelenruhig *Der Kuckuck und der Esel* zu pfeifen begann. Dabei beugte er sich über den Tisch, griff nach einem Kugelschreiber, steckte ihn in seine Sakkotasche und setzte sein süßestes Lächeln auf.

»Leben Sie wohl.«

Als der Schöne pfeifend aus dem Bild verschwand und die Blonde nach einem Lächeln suchte, piepte Kasimirs Mobiltelefon.

Schalte ORF ein. Nachrichten. Ly.

Kasimir Ab erhob sein Glas und prostete dem Bildschirm zu, auf dem die Moderatorin die unbewegliche Miene auf ihr Gesicht zurückzurufen versuchte. Ein Kurznachrichtenblock wurde vorgezogen, bewegte Bilder aus einer brüchigen Welt, und als die Beiträge zu Ende waren, sah man bloß das ratlose Gesicht der Moderatorin, die sehr aufrecht an einem Tisch saß, der für zwei Personen gedacht war.

»Sehr geehrte Damen und Herren, wir entschuldigen uns für diesen Zwischenfall, von dem ich, ehrlich gesagt, noch immer nicht weiß, was es damit auf sich hat.«

Sie lächelte hilflos und wischte sich eine Strähne aus dem Gesicht, Kasimir Ab prostete ihr zu. »Geht ja«, sagte er, »Lockerungsübung eins.« Ihr Lächeln hielt nicht lange, schon verordnete sie sich einen Ernsthaftigkeitsschub, fixierte die Worte vor sich und begann zu lesen.

»Am Rande eines Treffens der Staats- und Regierungschefs der Europäischen Union in Paris –«

Mit einem Mal klang es ganz anders, die Wiederholung verlieh dem Satz etwas Unwirkliches, die Geschichte hätte genauso gut erfunden sein können. Kasimir schaltete die Nachrichten aus, nahm sein Glas und trat ins Atrium.

Er atmete die frische Luft ein, ließ den Rotwein in seinem Mund kreisen und lauschte in die Stille. Das Wasser war aus dem Pool gelassen, Töpfe mit robusten Pflanzen standen in ihm, auf der Straße kicherte eine Frau. Er widerstand dem Drang, sich an den Computer zu setzen, um nachzusehen, was man zum Abtritt des schönen Nachrichtensprechers sagte. Kasimir Ab hatte bloß gesehen, was Tausende von Menschen ebenfalls gesehen hatten. Er zog seinen imaginären Hut vor dem neuen Arbeitslosen, der nicht lange ohne Beschäftigung bleiben würde, und griff nach seinem Mobiltelefon.

Schöne Frau, wollen wir das Gesehene auf der Ihnen wohlbekannten Couch besprechen? Ich würde mich außerordentlich freuen, Ihrer bezaubernden Handschuhe ansichtig zu werden. Ihr sehr ergebener KA.

Er schickte die Nachricht ab und drei rote Rosensymbole hinterher, während der Unbekannte Künstler wahrscheinlich Hintergrundgespräche führte. Es war beinahe gespenstisch, dass Kasimir keine stärkere Verbindung zu ihm hatte. Er nahm einen Schluck Wein und aß das letzte Stück Salami, ehe er sich auf den Weg ins Bad machte. Er wollte frisch und sauber sein. Immerhin rechnete er mit einer positiven Antwort.

Die Geschichte schlug beträchtliche Wellen, Kasimir Ab ließ sich wohlig auf ihnen treiben, wann immer er auf einen ihrer Ausläufer traf. Während er mittags vor einem Wiener Schnitzel saß, über den Abgang des schönen Nachrichtensprechers las und mit einer Gabel Zitrone auf die Panier presste, beobachtete er Lydia aus den Augenwinkeln. Die enge weiße Bluse, die eher an ein Männerhemd erinnerte, gestärkt und faltenfrei, verlieh ihr etwas schmerzlich Begehrenswertes. Er hoffte, der ehemalige Nachrichtensprecher, dessen Bild links über Kasimirs Schnitzel lag, möge nie hier auftauchen.

Sein Umfeld konnte sich den Vorfall nicht erklären. Er sei ein wenig angespannt gewesen in letzter Zeit, habe sich nach einer gescheiterten Beziehung in erster Linie für sein Aussehen, Sport und Partys interessiert, aber so etwas. Es klang wie nach einem Gewaltverbrechen, wenn die Nachbarn meinten, der Mörder sei immer unauffällig und lieb und nett und eigentlich ganz normal gewesen. Dabei war gerade das ganz Normale das Verrückteste.

Der Schöne hatte auf Facebook mitgeteilt, sich diesen Schritt, der sich ohnehin von selbst erkläre, lange und gründlich überlegt zu haben, weshalb er nicht weiter Stellung nehmen werde, übrigens auch nicht zum Unbekannten Künstler, der ihn weder für seine Zwecke eingespannt noch gar verleitet, sondern bloß im Zuge eines fruchtbaren Gedankenaustausches auf die Idee gebracht habe. Jetzt verschwinde er ins Warme. An einen Ort, an dem man bei *Austria* an Kängurus denke – oder überhaupt nur ratlos dreinblicke.

Es war ein altes Magazin, in dem Kasimir Ab blätterte. Die aktuelle Ausgabe widmete sich dem neuen Fall, in den der Unbekannte Künstler verstrickt war und dem – bei aller Sympathie, die ihm von vielen Seiten entgegenschlug – eine andere Dimension zugeschrieben wurde. Es gehe, wie allenthalben zu lesen war, selbst dort, wo man die Freiheitlichen nicht gerade schätzte, immerhin um einen Mordaufruf, dergleichen stehe auf einem gesonderten Blatt. Andere sprachen von Witz und Augenzwinkern, der Generalsekretär der Freiheitlichen Partei hatte bei der Staatsanwaltschaft wegen Aufrufes zum Mord Anzeige gegen Unbekannt erstattet.

»Einen Espresso bitte«, sagte Kasimir, als Lydia seinen Teller vom Tisch nahm. Er blickte ihr hinterher und fragte sich, ob und wie oft sie an ihn denke. Er genoss ihr süßes Geheimnis, obwohl er an manchen Mittagen gehofft hätte, sie würden trotzdem ein wenig anders miteinander umgehen. Er griff nach einem Revolverblatt auf dem Nebentisch und begann, darin zu blättern. Auch hier wurde der Unbekannte Künstler erwähnt, der Generalsekretär sprach von einem weiteren Beweis dafür, dass die Linkslinken in ihrer Demokratieverachtung vor nichts zurückschreckten. Ansonsten dominierte das Pandababy aus Schönbrunn die Nachrichten. Wohin man blickte, stieß man auf Fotos des Kleinen, minutiöse Berichte über Tagesablauf und Speisegewohnheiten, Stimmen von gerührten Besuchern, die beim Verlassen des Tiergartens die Stoffpandabestände des Souvenirladens dezimierten. Es war, als hätte die Stadt keine anderen Sorgen als das Überleben dieses merkwürdigen, zugegebenermaßen drolligen Tieres.

Als er zum letzten Mal in Schönbrunn war, war Kasimir fasziniert und abgestoßen vor den Ameisen gestanden, die im Aquarienhaus durch ein weitverzweigtes System durchsichtiger Plastikrohre wimmelten. Es waren Millionen, vielleicht Milliarden von Lebewesen, die kleine grüne Blätter transportierten, um einen Pilz zu füttern, der unaufhörlich wuchs und gedieh. Von diesem Pilz lebten sie. Für diesen Pilz lebten sie. Metaphysische Tiere.

Kasimir bekam die Bilder nicht aus seinem Kopf, manchmal suchten ihn die Insekten in seinen Träumen als kleine Boote mit grünen Segeln auf unruhiger See auf. Wie die schnelleren Ameisen einfach über die langsameren hinwegliefen, die einen in diese Richtung, die anderen in die entgegengesetzte, selbstverständlich, automatisch, zitternde

Blätter auf ihren Rücken, war gespenstisch. Am meisten hatte ihn der Friedhof verstört. Unweit der Schildkröten und Puppen, aus denen Schmetterlinge schlüpften, transportierten Ameisen ihre Verblichenen zu einem Hügel bereits vertrockneter Genossen, luden sie ab und machten sich über den Totenhügel wieder auf den Weg, um Blätter zu schneiden, die sie ihrem wuchernden Pilz darbrachten. Es schüttelte ihn, wenn er daran dachte.

»Ein Espresso für den Herrn.«

»Danke sehr. Wären Sie so nett und würden mir noch Zucker bringen? Braunen Zucker bitte.«

Lydia nickte, kurz darauf stellte sie eine Dose mit braunem Zucker auf den Tisch.

»Was sagen Sie dazu?«

Kasimir deutete auf das Foto des Generalsekretärs der Freiheitlichen Partei, über dem *Mordaufruf?* zu lesen war. Daneben war ein Screenshot des umstrittenen Eintrags auf der Facebook-Seite eines Fitnessstudios zu sehen. Der Eintrag stand neben einem schwarzen Profilbild, auf dem in Weiß *UK* zu lesen war. *Generalsekretär K. schwimmt gern in Ihrem Fitnessstudio. Sammeln wir gemeinsam für ein Krokodil. Es wird bestimmt gern mit ihm trainieren.*

»Ich kannte das Würstel gar nicht.«

»Würstel? Woher wissen Sie das?«

»Schauen Sie ihn doch an. Zehn bis dreizehn Zentimeter.«

»Vielleicht doch kein Krokodil schicken?«

Lydia lachte laut auf, fing sich aber schnell wieder. Immerhin war sie Kellnerin und durfte sich nicht von älteren Herren bezirzen lassen.

»Ist das ein Mordaufruf?«

»Leider nein.«

»Hätte mir nicht gedacht, dass Sie so starke Meinungen haben.«

»Ich hasse diese Bagage. Meine Eltern sind nach Österreich geflohen.«

»Woher denn?«

»Aus einem Land, das es nicht mehr gibt. Es hieß Tschechoslowakei.«

Kasimir nickte, als Lydia den Tisch verließ. Etwas an ihr schnitt direkt durch ihn hindurch. Vielleicht war es die schmale gelbe Krawatte, die hinter dem zweiten Knopf unter ihrer weißen Bluse verschwand. Er ertappte sich bei dem Gedanken, dass Lydia im besten Alter für ein Kind war. Er rief sich zur Vernunft. Bis gerade eben hatte er nicht einmal gewusst, dass sie noch Eltern hatte, geschweige denn, dass sie über den Eisernen Vorhang geflohen waren.

»Darf ich zahlen?«

Lydia kam mit der Rechnung, lächelte ihm kurz zu, ehe sie ihre große schwarze Brieftasche öffnete.

»22,40 bitte.«

Kasimir Ab zog einen Fünfzigeuroschein aus seiner Spange und reichte ihn ihr.

»Stimmt schon.«

Lydia legte den Kopf schief.

»Danke sehr.«

»Wie heißt das auf Tschechoslowakisch?«

»Tschechisch, nicht Tschechoslowakisch.« Sie blickte ihn wie einen dummen Schüler an. »Děkuji!«

»Und wie sage ich?«

»Prosím.«

»Prosím.« Kasimir stand auf. »Auf Wiedersehen!«

»Na shledanou.«

Ein paar Stunden später lag Kasimir neben Lydia auf der Couch. Er hörte ihren Atem, Regen prasselte auf die Holzbretter des Atriums und gegen die Scheiben. Sie hatte nichts außer ihren langen roten Satinhandschuhen an, nippte an einem Glas Wein und zog an einer Zigarette. Durch die gekippten Fenster strömte feuchte Luft, Kasimirs Arm ruhte unter ihrem Nacken, seine Hand streichelte ihre Brust, während sich sein Atem allmählich beruhigte. In der Glasfront zum Atrium spiegelten sich seine *Mädchenhände mit Radiergummis*.

Vor einem Monat hatte sich der junge Japaner gemeldet, der ihn einst auf einem Laptop durch Herrn Yamamotos Anwesen getragen hatte. Wie Kasimir wisse, sei Herr Yamamoto verstorben. Der junge Mann war auf dem Boden gesessen und hatte freundlich, aber auch bestimmter und selbstbewusster geklungen. Was Kasimir nicht wisse, sei allerdings, dass man, besser gesagt: er, das Gemälde vor der Zerstörung bewahrt habe. Ehe Kasimir hatte antworten können, hatte der junge Mann die Kamera seines Laptops gedreht und auf eine weiße Wand gerichtet, an der die *Mädchenhände* lehnten. Es sei eine Frage der Ehre und des Respekts, Kasimir das Bild als Erstem anzubieten. Er verlange dreihunderttausend Euro und erwarte eine Antwort innerhalb der nächsten drei Tage. Er brauche keine drei Tage, hatte Kasimir geantwortet, er kaufe das Bild.

»Du hast dein eigenes Bild zurückgekauft?« Lydia kicherte und tippte auf Kasimirs Schläfe. »Ist das nicht völlig meschugge?«

»Vor allem, weil ich es teurer gekauft als verkauft habe.«

»Wie viel?«

»Sag ich nicht.«

»Sag es, oder ich zieh diese Handschuhe nie wieder an.«

Sie strich ihm sanft über die Wange.

»Dreihunderttausend.«

Lydia richtete sich auf und strich ihre Haare nach hinten. Sie blickte ihn entgeistert an.

»Allerdings, das ist keine Kleinigkeit.«

»Dafür müsste ich« – er sah, wie sie überlegte – »zwanzig Jahre lang arbeiten. Wahrscheinlich länger.«

Sie stand auf und schritt auf das Bild zu. Dabei murmelte sie etwas, während Kasimir seinen Blick nicht von ihrem Hintern nehmen konnte. Er musste wieder ernsthafter Sport treiben. Seine Kräfte nahmen ab.

Sie drehte sich langsam um. Ihre Lippen zitterten unmerklich, sie schüttelte den Kopf, stellte das Weinglas auf den Boden und richtete sich wieder auf.

»Bin ich um so viel weniger wert als du?«

Lydia kam auf ihn zu, schlüpfte in den Slip, der auf dem Boden lag, griff nach dem BH, der auf dem Sofa lag, und verhakte ihn auf dem Rücken. Sie setzte sich Kasimir gegenüber auf die Couch, hüllte sich in eine Decke, zog die Knie an und blickte ihm in die Augen.

»Ich bin nicht halb so naiv, wie du denkst. Ich verstehe sogar ein wenig von dem hier.« Sie deutete auf die Wände. »Ich mag, was du tust. Aber –« Sie hielt inne und schien noch einmal zu überlegen. »Was mich wirklich anspricht, was etwas mit mir und meinem Leben zu tun hat, ist der Unbekannte Künstler.«

Kasimir Ab fand sich in einer seltsamen Stimmung wieder. Er fühlte sich immer noch erhoben von der Schwerelosigkeit, die seine Träume durchzog und ihn in regelmäßigen Abständen nach seligem Schweben erwachen ließ. Er, der die Gesetze dieser Welt nie respektiert hatte, war ein anderer geworden, nachdem er sie tatsächlich hinter sich gelassen hatte. In seinen Träumen spürte er immer noch das Ziehen in der Brust, das Sinken des Kehlkopfes, die Verdoppelung seines Gewichts, ehe er angehoben wurde und schwebte. Leicht, leicht, alles war so viel leichter gewesen.

Das war das eine. Das andere war: Er war eifersüchtig. Auf sich selbst.

War er tatsächlich eifersüchtig auf sich selbst? Er bekam Lydias Blick nicht aus seinen Gedanken, das Strahlen ihrer Augen, das Zittern ihrer Stimme, als sie vom Unbekannten Künstler gesprochen hatte. Zwar hatte sie Kasimir oft lustvoll und verführerisch angesehen, ein wenig bewundernd, melancholisch und offen, zwei, drei Mal vielleicht sogar mit einem Anflug von Verliebtheit. Aber *so* hatte sie Kasimir noch nie angesehen. Was sie eigentlich gesagt hatte, war: *Den* würde ich gern kennenlernen.

Was hatte *der* getan? Was unterschied *den* von ihm? Es war einfach: *Der* machte nicht mit.

Kasimir spielte mit den letzten Bildern für seine große Ausstellung, benahm sich bei Abendessen daneben oder auch nicht, trank auf Festen und zeigte sich bei Eröffnungen, schwieg in Mikrofone und verbat sich Kameras. Trotz der Leichtigkeit, mit der er oft erwachte, sank ihm vor der Leinwand immer öfter die Hand.

»Wie geht's dir?«, fragte Sophie, als sie ihn so sah, »alles in Ordnung?«

»Alles ist nie in Ordnung.«

»Mir geht's auch komisch. Sebastian ist komisch. Ich glaub, er will mich loswerden. Ständig skypt er mit dieser Pia.«

Das Spätnachmittagslicht fiel schräg durch die Glasfront

ins Atelier, feine Staubpartikelchen flimmerten in der Luft, als wollten sie darauf hinweisen, woraus die Welt tatsächlich zusammengesetzt sei. Kasimir entdeckte eine Träne in Sophies Augenwinkel. Sie wischte sie schnell weg.

»Hol zwei Gläser Wein.«

Kasimir legte sein Spielzeug beiseite, nahm seine Narrenkappe ab und starrte durch die Glasfront ins Freie. Vielleicht sollte er Heizstrahler anschaffen, um auch im Winter im Atrium feiern zu können. Er meinte, einer wichtigen Sache auf der Spur zu sein, als Sophie mit zwei Gläsern Rotwein und einer Schale Oliven zurückkam. Wortlos stießen sie an, Kasimir legte sich auf die Couch und versuchte, das Glas auf seiner Brust zum Stehen zu bringen.

»Hol das zerfledderte Buch da drüben. Nein. Ja. Das dicke. Da muss ein Zettel sein.«

Sophie stellte das Glas auf den Boden und schlug das Buch auf.

»Lies bitte das Unterstrichene vor.«

Sophie blickte ihn kurz fragend an, er nickte und schloss die Augen. Sie las:

»Sie betrat das Heiligtum in dem Augenblicke, als Paris –«

»Páris, Sophie, nicht wie die Stadt, das A betonen.«

»Sie betrat das Heiligtum in dem Augenblicke, als Paris sein Opfer vollbracht hatte. Wie dieser die eintretende Fürstin gewahr ward, sanken ihm die zum Gebet erhobenen Hände, und er verlor sich in Staunen –«

»Das reicht, danke. Noch einmal bis hierher. Und zwar langsamer.«

Während Sophie mit ruhiger Stimme die beiden Sätze las, formte sich in Kasimir das Bild, mit dem er abtreten wollte. Wenn ihm schon die Hände sanken, während andere sie auf Auktionen noch bei zehn Millionen gehoben hielten, sollten sie heroisch sinken.

»So müssen einem die Hände sinken.«

Sophie klappte das Buch zu, bückte sich nach ihrem Glas und nahm einen Schluck.

»Ist halt eine Göttertochter.«

»Was verbirgt sich hinter dieser Tür? Was glaubst du?«

Sie standen vor der zweiten stets verschlossenen Tür seines Reiches, nach der ihn noch nie jemand gefragt hatte. Sie war vielleicht wichtiger als die Tür zum Kinderzimmer.

»Folterkammer? Liebesspielraum?« Sophie drehte sich in seine Richtung. »Für dich und deine Gespielinnen.«

Kasimir wiegte den Kopf, drehte den Schlüssel im Schloss und schob die Tür auf.

»Nach dir.«

Er wartete eine Weile, ehe er den kahlen Raum betrat, in dem ein einziges Bild hing, vor dem Sophie auf einer kleinen grauen Couch Platz genommen hatte. Eine Hand – oder was von ihr geblieben war – kam aus einem grünlichen, von dünnen braunen Schlieren durchzogenen Hintergrund. Die Leinwand war zwei Meter hoch und einen Meter breit.

»Willst du nichts sagen?«

Kasimir setzte sich neben Sophie und beobachtete von der Seite, wie sie das Bild anstarrte. Ihr Mund stand leicht offen, ihre Augen schienen das Gemälde abzutasten, während es aussah, als zöge ein Gewitter über ihr Gesicht. Sie hielt ihm ihren Unterarm vor die Augen.

»Warum sagt man eigentlich Gänsehaut?«

»Keine Ahnung. Ich habe überhaupt von wenig eine Ahnung. Oder eben nur Ahnungen.«

»Ganz schön gruselig.«

Kasimir wiegte den Kopf.

»Oder aggressiv. Als wollte sie einen packen. Als müsste man sie schütteln.«

Kasimir schmunzelte.

»Meine erste Hand. Zwanzig Jahre her. Alles andere, was es von mir gab, habe ich vernichtet.«

Kasimir erzählte von dem alten Mann, dem eine Bombe im Krieg die Hand zerrissen und das Augenlicht geraubt hatte. Von einem Auto und einem Handschuhfach war die Rede gewesen, alles hinter vorgehaltener Hand, vielleicht war es auch ganz anders gewesen – wahrscheinlich war es ganz anders gewesen. Er hatte sich immer vorgestellt, der Mann sei in einen grauen VW Käfer gestiegen, habe das Handschuhfach geöffnet – und bumm. Der Kriegsversehrte war der Großvater eines Schulfreundes, wann immer Kasimir ihn getroffen hatte, hatte er ihm die Hand geben müssen. Allein er hatte keine Hand mehr gehabt, der rechte Unterarm war in zwei runde Stümpfe gespalten, die den kleinen Kasimir an die Scheren eines Krebses erinnerten, und über denen der alte Mann schwarze Lederhandschuhe trug, die er bisweilen zur Begrüßung abnahm. Kasimir hatte Angst vor diesen Stümpfen und ihrer Berührung gehabt, nicht nur Angst – Horror und Ekel. In die Angst, in den Horror und den Ekel hatte sich das schlechte Gewissen gemischt, sich vor etwas zu fürchten, womit der alte Mann bis ans Ende seiner Tage geschlagen war, auch wenn er stets gut gelaunt erscheinen wollte. Kasimir hatte einem Menschen die Hand geschüttelt, die keine war. Er hatte eine Leere begriffen. Er hatte –

»Warum hast du das nie gezeigt?«

Sophie erhob sich und stellte sich vor das Bild. Die Hände vor der Brust verschränkt, stand sie da, als müsste sie sich dagegen zur Wehr setzen. Kasimir gesellte sich mit seinem Glas dazu. Er sah es an. Er spürte den alten Ekel hochsteigen.

»Warum?«, wiederholte er.

Auf einmal musste er lachen. Kasimir verschluckte sich, sein Mund tat sich auf, er hielt sich die Hand davor, aber die Hand wurde zum Sieb, der Rotwein spritzte auf die Leinwand, von der er langsam in zähen Schlieren hinablief.

»Hast du irgendwo? Ich meine. Scheiße, Kasimir, wo?«

»Lass gut sein. Lass –«

Er kam nicht weiter. Etwas packte ihn. Kasimir lachte und lachte, er bog sich vor Lachen, ging in die Knie, stützte seine Hände auf den Oberschenkeln ab, es schüttelte ihn, »klopf mir auf den Rücken«, es rüttelte ihn, Sophie klopfte ihm auf den Rücken, als er sich wieder aufrichtete, hatte er Tränen in den Augen. Sein Bauch schmerzte, er keuchte und hustete, Sophie wollte wissen, ob sie ihm etwas bringen, ob alles, ob er, aber er umschlang sie nur und lachte so herzhaft, wie er seit Ewigkeiten nicht mehr gelacht hatte. Er wollte reden, er wollte etwas sagen, aber jedes Wort wurde bereits im Ansatz von einem neuen Lachschub verschluckt.

Als das Lachen allmählich verebbte und er den Schrecken in Sophies Augen sah, setzte er sich auf die Couch, beugte sich nach vorne und begann langsam und tief ein- und auszuatmen. Er beruhigte seinen Atem, wurde immer wieder von leisem Glucksen unterbrochen, ehe er sich einen Ruck gab.

Mit einem Mal war es still in ihm. Er griff nach dem Glas und leerte den letzten Schluck. Die hohen weißen Wände, das immer noch unheimliche Bild, die Couch, er, Sophie, die er in sein Herz geschlossen hatte und doch nicht wirklich kannte. In diesem Moment sah er, dass sie sich um ihn sorgte.

»Kasimir?«

Er atmete tief durch.

»Es ist absurd, Sophie, lächerlich. Alles, mein ganzes Werk, all die Hände wahrscheinlich nur, um das hier zu vergessen.«

»Das glaubst du doch selbst nicht.«

*

Es gab beinahe alles, was es gab, und beinahe alles, was es nicht mehr gab. Kasimir und Hans spazierten zwischen den Standreihen auf und ab. Staunend, lächelnd, augenzwinkernd wiesen sie einander auf dieses und jenes hin – und genauso oft auf diesen und jene. Menschen kramten in Kisten, hielten Gegenstände und Kleider in die Luft, blätterten in alten Büchern und betrachteten Ansichtskarten, probierten Hüte an und ferngesteuerte Autos aus. Wie viele Zeiten sich in der Halle vermischten. Eine kleine Weltausstellung. Eine Ausstellung verblichener Welten.

»Auf *dem* Markt«, flüsterte Kasimir Hans zu, »kann man sich Flöhe holen.«

Inmitten dieser gigantischen Ansammlung von Dingen, deren Wert so unbestimmbar wie ihr Nutzen war, standen und lagen Dutzende von Bildern. Sie sahen Madonnen mit Jesukindern, Heilige und Märtyrer, Schutzpatrone, Engel, Alm- und Waldszenen, Wiesen und Felder, Pferde vor Ziehbrunnen bei Sonnenuntergang, martialische Heldinnen mit riesigem Busen, grelle Hintergründe, aus denen schwarze Krieger traten. Kitsch, Proportionenmissbrauch,

Augengrauen. Sie hörten Deutsch in unterschiedlichen Färbungen, sie hörten Ungarisch und Rumänisch und andere Sprachen, die sie nicht identifizieren konnten.

»Warum grinsen Sie so?«

Hans kam auf Kasimir zu, der eine kleine gerahmte Zeichnung in seinen Händen hielt.

»Das ist das Absurdeste, was ich je gesehen habe.«

Strahlend hielt er Hans seinen Fund entgegen. Übereinander waren zwei Köpfe im Profil zu sehen. Oben der einer Frau mit Kopftuch, unter der *Maria* stand, darunter der eines bärtigen Langhaarigen, unter dem *Jesus* stand. Die Künstlerin – Kasimir war sicher, das Werk einer frommen Hausfrau vor sich zu haben – hatte nicht unterschrieben, aber dem Bild einen Titel gegeben.

»Lesen Sie mal, was da in dieser rührenden Schreibschrift steht.«

»*Flucht nach Ägypten.*«

Kasimir tippte auf seine Stirn, Hans sah ihn fragend an.

»Erstens, lieber Hans, flohen die Israeliten *aus* Ägypten, und zweitens war das lange, bevor Maria in Bethlehem niederkam. Das ist ein revolutionäres Bild in der abendländischen Tradition.«

Er wandte sich an einen dicken Mann mit Goldkette, dessen Alter er schwer schätzen konnte.

»Wie viel wollen Sie für die *Flucht nach Ägypten*?«

Der Dicke, der etwas in sein Telefon tippte, blickte kurz auf, ehe er sich wieder seinem Telefon zuwandte.

»Vierzig Euro.«

»Für vierzig müssten Sie mir auch noch die Viertelung des Schwarzen Meeres dazugeben.«

»Welches ist das?«

»Leider nicht hier. Ich gebe Ihnen zehn.«

Der Dicke erhob sich von seinem Stuhl, nahm Kasimir das Bild aus der Hand und legte es vor sich auf den Tisch. Er würdigte ihn keines Blickes und murmelte:

»Zwanzig. Letztes Angebot.«

Kasimir griff nach seiner Geldspange, zog einen Zwanzigeuroschein hervor und reichte ihn dem Dicken. Als sie weitergingen, fasste er Hans am Armgelenk und blickte auf die Uhr.

»6 Uhr 19, Messehalle Oberwart, Kasimir Ab erwirbt eine anonyme apokryphe Zeichnung, die sowohl die Geschichte der abendländischen Malerei als auch der Bibel einer radikalen Neubewertung unterwirft.«

Sie standen auf dem Parkplatz vor der Messehalle. Nachdem sie das riesige Paket aus dem Anhänger gehievt hatten, begann Kasimir, den Wagen seines Chauffeurs zu durchstöbern, weil sie nicht nur mit dem Bild herumsitzen könnten. Unmöglich, hörte er Hans fluchen, unverschämt, eine Frechheit sondergleichen, nicht einmal Maló wäre zu dergleichen imstande gewesen. Kasimir legte ihm einen Arm um die Schulter.

Eine Viertelstunde später saßen sie auf Klappstühlen vor einem länglichen Holztisch, auf dem neben der *Flucht nach Ägypten* eine gelbe Regenjacke, ein Verbandskoffer, ein Feuerzeug in Form einer Plastikklomuschel (betätigte man die Spülung, hob sich der Deckel, und eine Flamme loderte auf), ein schwarzer Regenschirm und ein Paar dicker grauer Wollsocken lagen. Hinter ihnen lehnten überlebensgroß die *Mädchenhände mit Radiergummis*.

Als sie um fünf Uhr morgens in die Halle gekommen waren, hatten sie gerade noch einen kleinen Platz ergattert, die Standgebühr entrichtet und sich umgesehen. Kurz nach sieben waren die meisten Stände aufgebaut, die Menschen hatten die erstaunlichsten Dinge herangeschleppt; erstaunlicher war lediglich, dass sie gekauft und verkauft wurden. Kasimir trug eine Brille und einen Bart, auf den Hans am Vortag, als er zu ihm auf den Eisenberg gekommen war, mit seiner Rechten gedeutet hatte. Was das sei, hatte er gefragt. Ein Bart, hatte Kasimir geantwortet.

Kasimir Ab hatte sich eine Woche Südburgenland verordnet, Isolationshaft nannte er es bei sich, die große Ausstellung rückte näher. Er hatte eine weitere Ansprache an die Anderen aufgezeichnet, jede Nacht die Sterne beobachtet, heftige Diskussionen mit dem Unbekannten Künstler geführt, den er in die Schranken zu weisen versucht hatte, ansonsten war er durch die Gegend gestapft, Fahrrad gefahren und seinen Gedanken nachgehangen. Als er auf einem Holzständer die Ankündigung für den Flohmarkt gesehen hatte, war in ihm eine Idee aufgeblitzt.

»Haben Sie das Geld gesehen, Hans? Die Münzen und Scheine.«

»Am beliebtesten sind immer die mit Hitler. Wie bei den Briefmarken.«

»Abgesehen davon: Wer kauft alte Banknoten aus aller Herren Länder, die nichts wert sind?«

»Ich tippe einmal ganz tollkühn auf Sammler.«

»Haben Sie die Geschichte mit den Bankomaträubern mitbekommen?«

»Konnte man nicht nicht mitbekommen.«

»Ich verstehe, dass man für Geld Geld kauft, das mehr wert ist, weil es auf einmal Kunst sein soll. Aber ich verstehe nicht, dass man für Geld Geld kauft, das nichts wert ist. Was halten Sie von den beiden?«

»Pia und Julian?«

Kasimir nickte.

»Soll keiner sagen, die jungen Leute wären zu nichts zu gebrauchen. Außerdem gefällt mir Pias Mutter.« Er legte den Kopf schief. »Die mysteriöse Pandapflegerin.«

»Gefällt Ihnen?« Kasimir zwinkerte ihm zu. »Dann sollten wir sie und den Kleinen in Schönbrunn besuchen.«

»War schon dort.«

Kasimir blickte ihn erstaunt an.

»Ich gehe aber gern nochmal mit Ihnen. Am besten fand ich allerdings die Aktion des Unbekannten Künstlers. – Warum schauen Sie so?«

»Wo haben Sie das gesehen?«

»Glauben Sie, ich habe kein Internet? Unsere Aktion könnte von ihm sein.«

»Wissen Sie was, Sie aufmerksamer Zeitgenosse? Dann machen Sie ein Foto von mir und dem Stand und schicken es dem Sagenumwobenen.«

Als Kasimir das Foto sah, musste er lachen. Er sah wie ein Scharlatan aus. Er sah wie der Scharlatan aus, der er war.

Sie saßen nebeneinander, gingen abwechselnd auf die Toilette oder drehten kleine Flohmarktrunden. Zuerst wollte eine alte Dame mit Hut und Feder die *Flucht* kaufen, aber Kasimir nannte einen Preis, der sie grußlos weiterziehen ließ. Eine arme junge Mutter interessierte sich für Hans' Regenjacke, die er keineswegs verkaufen wollte, kurz darauf aber zähneknirschend einem jungen Mann abtreten musste, weil Kasimir ihm in den Rücken gefallen war. Kasimir trennte sich für vier Euro von der Klomuschel, die er in der Früh in seine Sakkotasche gesteckt hatte, um Hans Feuer geben zu können.

Von den *Mädchenhänden* schienen die Menschen Abstand zu nehmen. Viele blieben in sicherer Entfernung stehen, blickten verstohlen und tuschelnd nach dem Gemälde, bisweilen machte jemand ein Foto. Allmählich fragten die Ersten zaghaft an, drucksten herum, ob das Bild zu kaufen sei und wie viel dafür verlangt werde. Kasimir wollte im Gegenzug wissen, wie viel es ihnen wert sei. Die Gebote erstreckten sich von fünfzig bis vierhundert Euro. Er schlug jedes aus.

»Sie wollen es nicht wirklich verkaufen?«

»Doch.«

»Sie wollen nur sehen, wie viel es Menschen, die keine Ahnung von Kunst haben, wert wäre.«

»Falsch, lieber Hans. Ich will es jemandem geben, dem es gefällt. Jemandem, der es wirklich haben will. Der eine Ahnung von Kunst hat.«

»Warum schenken Sie's nicht mir?«

»Weil ich dann keinen Fahrer mehr hätte.«

»Chef, manchmal glaube ich – «

Da kam ein schlaksiger dunkler Mann mit schwarzem Schnauzbart und langem Haar im Nacken, einer Igelfrisur und Stirnfransen. Er trug Jeans, ein weißes T-Shirt und eine zerschlissene Jeansjacke. Kasimir hatte ihn innerhalb der letzten halben Stunde mindestens vier Mal das Bild betrachten sehen. Jedes Mal war er weitergegangen, nur um bald darauf wiederzukommen. Jetzt stand er vor ihnen.

»Nicht schlecht. Ich mein: Supa.«

Seine Stimme klang hoch, ein Singsang, Kasimir blickte ihm in die Augen. Der Mann holte eine Schachtel Marlboro aus der Brusttasche seiner Jeansjacke und zündete eine Zigarette an.

»Muss von einem echten Künstler sein. Ich komm ja viel herum in der Gegend, aber so was –« Er stockte, wiegte den Kopf und starrte die *Mädchenhände* an. »Ich trau mich ja gar nicht fragen, aber – wie viel wollen Sie dafür?«

»Was ist es Ihnen wert?«

»Na ja, wert, wert. Wert wär's mir viel, sehr viel sogar, aber – ich hab nicht viel.«

Kasimir zog die Augenbrauen hoch. Der Mann zögerte, dann fragte er zaghaft:

»Zweihundert?«

»Hat die Farbe gekostet.«

»Haben *Sie* das?«

»Nein, aber ich kenne mich aus.«

»Ich weiß jetzt gar nicht, ob das in meine Wohnung passt.« Er überlegte. »Ein bisserl was hab ich noch daheim. Vierhundert? Verdien ich in einem Monat.«

»Sechshundert. Letztes Angebot.«

»Gibst mir eine Stund? Vielleicht kann's mir wer –«

»Die Zeit läuft.«

Der Mann nickte und eilte davon. Als sich Kasimir zu Hans drehte, schaute dieser weg.

Zwanzig Minuten später zählte der Mann sechshundert Euro in kleinen Scheinen auf den Tisch. Im Hintergrund wartete ein kleiner dicklicher Mann, der wie ein verarmter Diego Maradona aussah und sich nervös in alle Richtungen drehte. Kasimir streckte dem Käufer die Hand entgegen.

»Passen Sie gut darauf auf.«

»Da können S' Gift drauf nehmen.«

Der Käufer schüttelte Kasimirs Hand, bevor er dem kleinen Dicken im Hintergrund ein Zeichen gab. Gemeinsam trugen sie die *Mädchenhände mit Radiergummis* davon.

20.11.2009

33

Heute bin ich hundert Tage alt. Meinesgleichen bekommt an diesem Tag einen Namen. So will es die chinesische Tradition. Rechtlich gesehen bin ich Chinese. Obwohl ich keine Ahnung habe, was das sein könnte: China.

Der Welt habe ich mich noch immer nicht gezeigt. Trotzdem bin ich äußerst beliebt. Unermüdlich berichten die Zeitungen über mich. Der Tiergarten stellt alle paar Tage neue Schnappschüsse von mir ins Internet. Tausende von Menschen mögen diese Bilder. Kommentieren sie. Verbreiten sie weiter. Man versteht nicht, warum ich der Öffentlichkeit nicht längst vorgeführt wurde. Meint ein Recht auf mich zu haben. Will über meine Tapsigkeit lachen. Weil ich noch nicht so recht auf die Beine komme. Weil sie meist in der Luft strampeln. Weil mein Schwanz so lang ist. Man könnte sagen, ich krabble.

Es ist kalt, nass und nebelig geworden. An manchen Tagen könnte ich im Freien kaum die Pfoten vor den eigenen Augen sehen.

Mittlerweile sehe ich. Als ich meine Augen zum ersten Mal öffnete, presste mich Fu Mao ganz fest an sich. Da war meine Schnauze rosarot. Jetzt ist sie schwarz. Rita weinte. Am nächsten Tag waren überall Bilder von mir und meinen geöffneten Augen zu sehen. Unser Pandababy kann sehen!

Niemand weiß, was ich sehe. Niemand weiß, wie ich sehe. Das gefällt mir. Ich sehe, ~~was~~ wie ihr nicht seht.

Und umgekehrt: Yang Lang habe ich noch nie gesehen. Einmal soll er die Ohren gespitzt haben, als ich in seiner Nähe besonders laut quiekte.

Ich wurde unter der Sonne geboren. Theoretisch. Seit Wochen war sie nicht zu sehen. Fu Mao stört das nicht. Aber die Menschen beklagen sich in einem fort. Wenn mich meine frischgewachsenen Zähnchen schmerzen, erzählt mir Rita von meiner Schwester. Ich habe sie noch nie gesehen. Sie kommt bald, sagt Rita. Wenn ich frage, wann, sagt sie: Weiß nicht. Bald. Wirst sehen.

Alle waren heute versammelt, um mich zu meinem Jubiläum zu begrüßen. Also sehr viele. Vor allem sehr viele WICHTIGE. Menschen mit Kameras. Mit Fotoapparaten. Die für Zeitungen schreiben. Fürs Radio berichten. Mich im Fernsehen zeigen. Dem Tiergarten Geld geben. Die Direktorin, Verena, Vertreter der Stadt und des Staates. Alle wieselten um den Botschafter der Volksrepublik China herum. Er ist sehr klein für einen Mann. Für China vielleicht groß. Schwarzer Anzug, gestärktes weißes Hemd, rote Krawatte, auf Hochglanz polierte schwarze Lederschuhe. Man hatte Luftballons und Girlanden aufgehängt. Ein Florist hatte eine Riesentorte aus Bambus gebastelt. Kann ich doch noch nicht fressen! Obwohl ich schon den falschen Daumen ausgebildet habe, um die Stauden einmal pandagemäß halten zu können.

Am Vormittag servierte man mir angereicherte Milch. Die beste, die ich je bekommen habe. Danach setzte mich Rita in eine kleine Plastikbox und stellte sie auf eine Waage. Schon sechs Kilo, sagte sie. Ich quiekte. Tue ich längst nicht mehr so oft wie früher. Auch nicht so markdurch-

dringend. Früher quiekte ich aus Angst. Jetzt aus Freude. Als sie mich unter den Vorderbeinen aus der Box hob, presste sie mich ganz fest an sich. Etwas tropfte auf mein Fell. Glaub nicht, dass ich weine, sagte sie, ich lache. Dein Kopf ist viel zu groß für deinen Körper. Dein Kopf allein hat wahrscheinlich vier Kilo. Besser einen großen Kopf als gar keinen.

Politiker sprachen von Völkerverständigung und Kulturaustausch. Von den starken wirtschaftlichen Verbindungen der beiden Staaten, die noch stärker werden sollen. Von der Freude, die ich den Menschen bereite. Nicht nur den Österreichern, sondern jedem, der von weiß der Kuckuck woher nach Schönbrunn kommt. Der chinesische Botschafter sagte, unser kleiner Freund ist ein Botschafter Chinas. In Wien hat er eine zweite Heimat. Verena sagte, wir haben zum zweiten Mal das Wunder vollbracht, auf natürliche Weise Nachwuchs zu bekommen. Gibt es nur in Wien. Die Direktorin sagte, ich bin wichtig für den Zoo. Publikumsmagnet schon jetzt. Augenweide trotz vorläufiger Unsichtbarkeit. Die ersten Stoffpandas, die wie ich aussehen sollen, sind längst ausverkauft. Es wird eifrig nachproduziert. Jeder soll mich mit nach Hause nehmen können.

Der Raum war brechend voll, die Bühne erleuchtet. Musik. Zuerst chinesische, dann österreichische. Neben dem Podium Stangen mit den Fahnen der beiden Staaten. Alle warteten gespannt. Manche tuschelten. Einige murrten.

Ich kam nicht. Obwohl man mich immer wieder aus der Wurfbox locken wollte. Fu Mao verhielt sich neutral. Rita machte mit. Ich glaube, sie tat nur so. Ich habe die Box schon einige Male verlassen. Wenn man mich zur Waage trägt. Zum Beispiel. Am liebsten sitze ich allerdings vor dem Eingang zur Wurfbox. Fu Mao hat ihn vergrößert. Wenn du nicht willst, flüsterte Rita, musst du nicht kommen.

Ich wollte nicht. Ich schlief. Später kam Rita und verriet mir meinen Namen. Österreicher und Chinesen hatten eine Liste mit fünf Vorschlägen erstellt. Im Internet durften die Menschen abstimmen. Es war lange spannend. In der letzten Woche gab es eine Stichwahl. Entweder Fu Hu oder –

Ich heiße Fi Fo.

Heute bin ich hundert Tage alt. Alle wollen etwas von mir. Ich will nur Milch.

9. 12.

Ich sehe immer schärfer. Höre immer besser. Vor allem bin ich stärker auf den Beinen.

Viel zu lange gaben sie nach, wenn ich gehen wollte. Ich rutschte über den Boden. Alle viere zappelten. Trockenschwimmer. Zwergenrobbe. Mittlerweile kann ich mehrere Schritte hintereinander tun. Bevor ich einknicke und zu Boden plumpse. Menschen stehen vor Bildschirmen und sehen mir dabei zu. Sollen sie. Vielleicht sahen sie auch, wie ich gestern zum ersten Mal auf Fu Maos Rücken kletterte. Eine Zeit lang hielt sie still. Dann bewegte sie sich. Ich plumpste zu Boden. Eigentlich plumpse ich dauernd zu Boden.

Einen Meter schaffe ich trotzdem. Weiter als ich groß bin. Das ist nicht nichts. Dann aber geben meine Beine nach. Einmal die Vorderbeine, dann wieder die Hinterbeine, manchmal alle zusammen. Ich schwanke stark. Ich torkle. Ich falle. Wenn sie nicht wüsste, dass ich nur Milch trinke, sagt Rita, würde sie glauben, ich bin besoffen.

Vorgestern musste sich Rita einen halben Tag freinehmen. Zur Polizei bestellt. Fragen wegen meiner Schwester. Rita weiß von nichts. Die Zeitungen wissen viel. Eine U-Bahn-Zeitung hatte Pia und ~~ihren Freund~~ Julian sogar auf der Titelseite. So wie mich. (Ich war allerdings mehrmals auf verschiedenen Titelseiten.) Die einen wissen, dass sie in Österreich sind. Die anderen wissen, dass sie noch in Wien sind. Andere andere wissen, dass sie in Ungarn sind.

Im Internet wissen die Menschen am meisten. Die einen feiern die beiden als Helden. Andere nennen sie Räuber, Gesindel und Schlimmeres. Ihre Kollegen wussten nicht, dass sie ein Paar sind. Einer sagt in einer Zeitung, er konnte Pia nie ausstehen. Sie war hochnäsig. Ließ keinen an sich ran. Ihr Chef ist persönlich und menschlich enttäuscht. Wie viel Geld sie sich genommen haben, verrät er nicht.

Im Internet stellen die Menschen Berechnungen an. Die einen meinen, sie haben nicht mehr als hunderttausend Euro. Die anderen meinen, mindestens eine Million. Die meisten stellen die Frage, ab wie vielen Euros man dieses Risiko auf sich nehmen würde. So gut wie alle sind sich sicher, sie werden bald gefasst. Viele wünschen das. Es gibt auch welche, die ihnen alles Glück der Welt wünschen. Und ein schönes Leben.

12. 12.

Rita ist jetzt Medienbeobachterin. Wenn sie nicht im Tiergarten ist, durchstöbert sie das Internet oder liest Zeitung. Die Katze neben ihr auf dem Sofa. Sie mag Katzen, weil Katzen einen eigenen Willen haben. (Ich bin eine kleine Große Bärkatze.) Die Katze ist verstimmt. Rita sammelt jetzt nicht nur alles, was über mich gedruckt wird.

Sie schneidet auch alle Artikel über meine Schwester und ihren Freund aus Zeitungen und Magazinen. Die Artikel aus dem Internet druckt sie aus. Auf einmal wollen alle mit ihr reden. Man bietet ihr immer mehr Geld für ein Exklusivinterview. Sie kann das Wort nicht mehr hören. Sie soll über meine Schwester und mich sprechen. Rita spricht aber lieber mit mir. Die Zeitungen nennen sie verschlossen und mysteriös. Manchmal kommt sie sich in der Straßenbahn beobachtet vor, weil Bilder von ihr in den Zeitungen waren. (Nur gut, dass ich nicht Straßenbahn fahre.) Die Pandapflegerin, deren Tochter Geld geraubt hat!

Ich brauche kein Geld. Stimmt nicht. Für mich wird Geld gebraucht. Meine Milch kostet Geld. Rita, die sie mir im Fläschchen ans Maul setzt, kostet Geld. Die Bretter für die Box, in der ich geboren wurde und seither lebe, kosten Geld. Die Kamera, die mich überwacht und den Besuchern zeigt, kostet Geld. ~~Mein~~ Leben kostet Geld.

Das Lustige ist: Ich bringe dem Zoo Geld. Der Eintritt kostet Geld. Die Fi Fos aus Stoff kosten Geld. Meine Schwester könnte alle Stoffpandas dieser Welt kaufen. Oder Tausende von Jahreseintrittskarten. Das Pandagehege könnte sie nicht kaufen.

Seit einigen Tagen erkunde ich nachts unsere Box. Fu Mao mag das nicht. Wenn ich ihr zu unruhig bin, schnappt sie meinen Nacken mit der Schnauze und trägt mich ins Gehege. In eine Baumhöhle.

15.12.

80 Zentimeter groß. 6,5 Kilogramm schwer. Seit fünf Tagen Baumhöhle.

Mittlerweile lässt mich Fu Mao öfter allein. Nimmt

längere Auszeiten. Sehr lang sind die aber nicht. Fu Mao kommt gleich, sagt Rita dann, sie frisst und kackt. Rita sagt, Fu Mao frisst viel weniger als gewöhnlich. Dafür hat sie vor meiner Geburt mehr Bambus als sonst schon vertilgt. Eigentlich hat sie vor meiner Geburt ununterbrochen gefressen.

Nach meiner Geburt hat sie die Wurfbox überhaupt nicht verlassen. Tagelang nicht. Wollte nicht, dass man sich mir nähert. Zum Fürchten, sagt Rita, wie eine Löwin. Ich sollte so viel wie möglich trinken. Ich wollte so viel wie möglich trinken. Fu Mao hat vier Zitzen. Mit meiner langen Zunge sollte ich gut trinken können. Tat mir aber schwer. Zum Glück tauchte Rita mit dem Fläschchen auf. Weil du was Besonderes bist, sagte sie, besondere Wesen sind manchmal schwächer. Scheinbar schwächer.

Ich trinke viel. Ich wachse. Ich habe einen kleinen Milchbauch.

In der Baumhöhle kann ich nicht viel tun. Schon gar nicht raus. Wenn Rita rasch verschwindet, heißt das, Fu Mao hat gefressen und ist auf dem Weg zu mir. Schon zwängt sie sich in die Höhle. Hält mich fest. Wärmt mich. Kuschelt mit mir. Ist fast immer bei mir.

Yang Lang nicht. Meinen Vater habe ich noch nie gesehen. Kümmert sich nicht um mich. ~~Der Arsch.~~ Wenn Rita mir nicht von ihm erzählt hätte, wüsste ich gar nicht, dass es ihn gibt. Ist so, sagt Rita, Väter sind so. Liegt in ihrer Natur. Wirst dich einmal nicht anders verhalten. ~~Da bin ich mir~~

Vater da – und nicht da. Schwester nicht da – und da. Dafür endlich ein Lebenszeichen von ihr. Pia hat ein Foto ins Internet gestellt: Es dämmert, man sieht ein Geschäft, in dem Zeitungen und Zigaretten verkauft werden. Darü-

ber eine Werbefahne im Wind. Last Minute steht drauf. Das Bild ist äußerst beliebt. Natürlich deutlich weniger als die Bilder von mir. Drei Tage nach seiner Veröffentlichung – also genau <u>jetzt</u> *– haben 2847 Menschen »Gefällt mir« angeklickt.*

Der Seitenwald wächst, die Druckerpatrone ist gewechselt. Pias Stapel kann es mittlerweile fast mit meinem aufnehmen. Manchmal schmunzelt Rita beim Lesen. Meistens ärgert sie sich. Ein Magazin behauptet, Pia hat Kontakt zu Kommunisten. Zumindest gehabt. (Da haben wir was gemeinsam.) Auf einem Kommunistenforum in Florenz. Tatsächlich feiern Kommunisten Pia und Julian im Internet. Sie schreiben: Was ist der Einbruch in eine Bank gegen die Gründung einer Bank? Rita mag den Satz. Sie kann ein Lied davon singen.

Für mich gibt es auch eine Bank. Steht im Gehege. Ich in meiner Baumhöhle habe sie noch nicht gesehen. Eines Tages werde ich darauf herumklettern.

24. 12.

Weihnachten. In China feiert man Weihnachten nicht. Aber in Österreich. Vor 2009 Jahren wurde ein Mann geboren, dem man auf der ganzen Welt noch immer Häuser errichtet. Milliarden von Menschen haben seither gelebt. An ihn erinnert man sich. Er sagte: Liebe deinen Nächsten.

Ich liebe meine Nächsten. (~~Obwohl~~ Weil ich kein Mensch bin.) Kann gar nicht anders. Ich liebe Fu Mao. Ich liebe Rita. (Obwohl ich es nicht immer zeige.)

Heute kam sie mit einem Fläschchen Milch. Schmeckte wunderbar. Fu Mao und ~~der blöde~~ Yang Lang beka-

men sieben Paletten des besten und frischesten Bambus. Ich freue mich auf den Tag, an dem ich endlich Bambus fressen kann. Zu Weihnachten isst man gut und viel und feiert mit seinen Liebsten. Darum kam Rita zu mir. Pia, meint sie, isst heute bestimmt gut und viel. Auch wenn sie als Kommunistin Weihnachten wahrscheinlich nicht feiert. Vielleicht ist sie ja in China. Oder auf Kuba. Rita glaubt nicht, dass sie noch in Wien ist.

Pia hat ein neues Foto veröffentlicht. Zum Glück erkennt man nicht, wo sie es hochgeladen hat. Auf ihm ist das Haus des Meeres zu sehen. Jemand hat einen riesigen 500-Euro-Schein draufgesprüht. Ein einsamer Hund läuft durch eine leere Stadt. Man weiß nicht, wer das getan hat. Nennt ihn den Unbekannten Künstler. 3255 Menschen haben bis jetzt – Heiliger Abend, Katze schnurrt, sogar in der Wohnung über Rita Stille – »Gefällt mir« angeklickt. Das Bild ist eine Botschaft an Rita. Zu Weihnachten war sie mit meiner Schwester oft im Haus des Meeres. Nach Bewunderung der Riesenschildkröte gingen sie nach Hause und zündeten Kerzen auf einem Tannenbaum an. Umarmung, Rita feuchte Augen, Pia Geschenke auspacken.

Nichts Neues von meiner Warte. Weiterhin Baumhöhlengefangenschaft. Keine Weihnachtsamnestie. Als Fu Mao am frühen Nachmittag zurückkehrte, war sie so träge wie noch nie. Überfressen. Legte sich auf den Rücken und brummte. Legen ist das falsche Wort. Rollte sich in die Höhle. Die ist nämlich rund. Fu Mao schmiegte sich in die Rundung, um in ihr Platz zu haben. Abnehmender Halbmond. Für mich blieb ein kleines Plätzchen neben ihrem großen Kopf.

Ich begann mit ihr zu spielen. Zuerst tappte ich mit meinen kleinen Pfoten in ihrem riesigen Gesicht herum. Sie bewegte leicht den Kopf. Als müsste sie eine lästige Fliege verscheuchen. Dann wollte ich mit meinen Pfoten eine ihrer Pfoten umfassen. Tastete sie ab. Rieb mein Köpflein daran. Schleckte mit der Zunge darüber. Sie legte ihren Kopf nach hinten. Fauchte leise. Ich schleckte weiter. Mit beiden Pfoten konnte ich nur die äußeren Ränder ihrer Pfote umfassen. Ich schmiegte mein Köpflein an ihre Wange. Schmiegte mein Köpflein an ihre Schnauze. Schmiegte mein Köpflein an ihre Augen. Sie ließ es sich gefallen. Manchmal hob sie ein Hinterbein. Manchmal grummelte sie. Manchmal öffnete sie ihr Maul.

Ihre Zähne sind riesig. Sehr scharf und sehr spitz. Weil ich so beeindruckt von ihren scharfen spitzen Zähnen war, musste ich immer wieder ihr Maul öffnen. Einmal steckte ich mein Köpflein hinein. Dunkel und warm. Roch nicht gut. Ich wurde mutiger. Stemmte meine Pfoten gegen ihre Wangen. Langte nach ihren Zähnen. Der Weihnachtsbambus hatte Fu Mao friedlich gestimmt. Ich wischte mit beiden Pfoten über ihre Augen. Schleckte ~~ihr flauschiges Kinn~~ ihren flauschigen Hals ab. Bewegte ihren Kopf. Tastete jeden Zentimeter ab. Tat, was sie üblicherweise mit mir tut. Als ich nach oben blickte, sah ich Rita.

Frohe Weihnachten, sagte sie.

1. 1. 2010

Heute hat das neue Jahr begonnen. In der Nacht Maximallautstärke. Das Dunkel immer wieder von Blitzen erleuchtet. Fu Mao verließ die Box. Ich sah ihr vom Eingang aus zu. Sie fraß und drehte Runden im Gehege. Manchmal blieb sie stehen. Hebung des Kopfes.

Als es hell wurde, war es auf einmal ruhig. So still wie

noch nie. Ab Mittag wurde es lauter. Menschenstimmen. Manche klangen sehr rau. Zum Jahreswechsel trinkt man viel Alkohol und macht Krach. Man glaubt für ein paar Stunden, alles wird anders.

Mir egal. Will endlich Bambus fressen wie alle anderen auch. Auf freier Wildbahn müssen wir ihn mit Roten Pandas (nicht viel größer als ich jetzt), Fliegen, Bambusratten und Menschen teilen. Die Bambusratte lebt in einer Höhle unter der Erde. Nagt an den Wurzeln und zieht den Bambus in die Höhle hinab. Für ihre Kinder und sich. Die Fliege legt ihre Eier in die Stauden. Der Bambus verfault und stirbt ab. Der Mensch macht Zäune daraus und Körbe und Matten.

Wir hier haben es gut. Müssen nur mit den Roten Pandas nebenan teilen. Die fressen aber nicht so viel. Die Fliege und die Ratte kommen in unserer Welt nicht vor. Schön langsam geht mir Milch auf die Nerven. Bin kein Baby mehr.

Fu Mao ist kalt, nass und eisig, wenn sie zu mir kommt. Von einer weißen Schicht überzogen, die allmählich verschwindet und zu Wasser wird. Schnee, sagt Rita, gibt es in China nicht. Woher will sie das wissen?

In einem Nachrichtenmagazin fünf Seiten Julian und Pia. Man will sie in Slowenien gesehen haben. Als Mädchen stand Pia zu Silvester stundenlang vorm Fenster und blickte zum Himmel. Liebte das Rot und das Blau und das Grün der Feuerwerke. Die Feuerwerke werden in China produziert. Besonders liebte sie die Raketen, die hoch in der Luft explodieren und langsam in Schlieren nach unten sinken. Wie eine Trauerweide. Ich kenne keine Weide. Ich kenne keine Trauer.

Zum dritten Mal ins Gehege. Wie gestern und vorgestern hinter Fu Mao aus der Box getrottet. Plötzlich tat ich es. Trottetetete. Beine stark genug. Ich fiel nicht. (Ja, gut, manchmal. Rappelte mich aber gleich wieder auf.) Einmal schnappte mich Fu Mao im Nacken und trug mich im Maul zu ihrem Fressplatz. Sehr ungeduldig.

~~Meine Mutter ist nämlich eine Diva. Eine Diva ist eine Frau, die auf der Bühne oder im Film eine andere Frau spielt. Oder sich auf einer Bühne ans Herz fasst und laut singt. Eine Diva darf immer tun und sagen, was ihr gerade~~

Alles so groß im Gehege. So anders. Riesige Baumstämme. Auf einem ein Panda. Deine Schwester, sagte Rita, Fu Yao. Noch eine Schwester! Höchst merkwürdig. Ich beneidete sie um ihren kleinen Schwanz. Sie sah ziemlich groß aus. Fu Yao ist zwei Jahre älter als ich. Soll Unmengen an Bambus fressen. Gestern kam sie von ihrem Baum runter. Wo sie geschlafen hatte. Will ich auch. Menschen hatten mit leuchtenden Augen auf sie gezeigt und Fotos geschossen. Ich fürchtete mich ein wenig. Sie bog ab und strich um Fu Mao herum. Dann zu mir. Mehrmalige Umrundung. Schnüffelte an mir. Kletterte wieder auf ihren Baum. Pandas sind seltsam.

Heute kletterte ich auf meinen ersten Baum. Etwas kleiner, aber immerhin. Rita war gerade mit der Mittagsration im Gehege erschienen. Blieb stehen und stellte sich neben Fu Mao. Sollte die mich wieder in eine Baumhöhle setzen, kann ich nun entkommen. Vor dem Gehege Menschen hinter Glaswänden. Große und kleine. Wurden immer mehr. Die meisten mit Telefonen und Kameras. Sie nehmen Bil-

der von uns auf und sehen sie zu Hause an. Weil sie hier nicht schauen, sondern Bilder aufnehmen. Sagt Rita.

Im Gehege gibt es Ausgänge ins Freie. Im Freien liegt Schnee. Die anderen spielen dort. Fressen. Trotteln herum. Ich bleibe im Warmen.

Immer noch Milch. Trinke weniger davon. In längeren Abständen. Aber! Wenn Fu Mao auf dem Boden sitzt, liegt oder an einem Baum lehnt und Bambus frisst – dann sitze, liege oder lehne ich daneben und tue so, als ob ich Bambus fresse. Schaue ihr ganz genau zu. Ahme sie nach. Halte meine Pfoten wie sie. Meinen falschen Daumen wie sie. Was soll daran falsch sein? Ist nun mal so. Vielleicht gar kein Daumen. ~~Vielleicht ist alles~~ Jedenfalls knabbere ich Luft. Oder in der Luft. Menschen scheinen das besonders lustig zu finden. Menschen sind seltsam.

13. 1.

Rita hat nun doch ein Interview gegeben. Sie mochte die Journalistin, die sie vorm Eingang zum Tiergarten angesprochen hat. Vertraute ihr. Rita verteidigte meine Schwester. Sie wusste und weiß von nichts. Nullkommajosef. Die jungen Leute haben es schwerer als zu ihrer Zeit. Ich bin ihr Lichtblick. Mit mir lernt sie die Welt anders sehen. Neu sehen. Es war seltsam, was sie gesagt hat, gedruckt zu lesen. Klang anders. War aber, was sie gesagt hat.

16. 1.

Gestern musste Rita zur Direktorin. Die saß hinter ihrem Schreibtisch, Rita stand davor. Die Direktorin nahm die

Brille ab. Was haben Sie sich dabei gedacht? Sie können doch keine Straftat gutheißen. Es ist meine Tochter, sagte Rita. Das können Sie gern so sehen, sagte die Direktorin, aber nicht in der Öffentlichkeit sagen. Sie sind eine Angestellte des Tiergartens. Was glauben Sie, wie viele Anrufe ich bekomme? Rita dachte, jetzt werde ich gefeuert. Also sagte sie: Was halten Sie von dem, was meine Tochter getan hat? Die Direktorin lächelte. Was ich darüber denke, würde ich in keinem Interview sagen, wenn ich meine Stelle behalten will. Merken Sie sich das. Schönen Tag! Sie setzte ihre Brille wieder auf. Als Rita die Tür öffnete, sagte sie: Fi Fo ist tatsächlich ein Lichtblick.

Ich weiß nicht, was alle mit mir haben.

Sie klatschen, wenn ich ins Freie trete.

14. 2.

Heute hat schon wieder ein neues Jahr begonnen. Heute ist Valentinstag. Heute habe ich zum ersten Mal Bambus gefressen.

Kenne mich nicht mehr aus.

In China wird heute das neue Jahr gefeiert. Jahr des Tigers. Auch gut. Man kann nicht alles haben. In unserem Gehege Aufhängung der Papierdrachen. Sehr bunt. Ein wenig furchterregend. Mit jedem Luftzug bewegen sie sich. Als ob sie tanzen. Wann hat das neue Jahr also begonnen? Mein neues Jahr beginnt an meinem Geburtstag. Was soll ich zum neuen Jahr sagen, wenn ich noch kein Jahr alt bin?

In der Freiheit, sagt Rita, würde ich wahrscheinlich nicht mehr leben. Und würde ich noch leben, würde ich mein erstes Jahr wahrscheinlich nicht erleben.

Seltsame Freiheit.

Die amerikanischen Chinesen haben die Neujahrsfeiern jedenfalls verschoben. Weil Valentinstag. Hat Rita in der Zeitung gelesen. Am Valentinstag schenken Männer Frauen Blumen und Süßigkeiten und laden sie zum Essen ein. Beim Essen holen sie kleine Schachteln aus ihren Taschen und legen sie auf den Tisch. Dabei blicken sie die Frauen merkwürdig an und sagen, sie sollen die Schachteln öffnen. Die Frauen wissen, was drin ist, tun aber ganz überrascht, wenn ein Ring zum Vorschein kommt. Damit sagen die Männer den Frauen, dass sie mit ihnen vor Gott und/oder dem Staat einen Vertrag schließen wollen. Dass sie immer zusammenbleiben, sich vermehren und keine anderen Frauen oder Männer anfassen wollen. Rita weiß nicht, ob das in China auch so ist.

Immer China! Der Botschafter war schon wieder da. Brachte Geschenke. Drachen, Futter, Mondkekse. Die Direktorin sprach mit ihm und Journalisten. Vor dem Gehege. Neben ihm größere Männer mit schwarzen Anzügen und Knöpfen in den Ohren. Sahen stark aus. Sie passen auf, dass ihn niemand entführt oder ermordet. Alle wichtigen Politiker müssen beschützt werden. Es gibt immer und überall Menschen, die sie entführen oder ermorden wollen. Mich wollen alle nur ansehen. Und streicheln. Dürfen sie aber nicht.

Eines nie vergessen: Ich bin ein Bär.

Ein Tag wie alle anderen. Kein Tag wie alle anderen!

ICH
HABE
BAMBUS
GEFRESSEN.

Zur Feier des neuen Jahres hatten Fu Mao, Fu Yao und Yang Lang (weit von den anderen entfernt) Biskuits, Äpfel und Süßkartoffeln bekommen. Ich setzte mich mit Bambusstauden auf den Boden. Fasste sie an. Begann die Blätter abzunagen. Die Stauden quer vorm Maul. Gut geübt. Spürte das Kauen unter der Schädeldecke. Und an den Schläfen. Anstrengend. Als ich es besser konnte, legte ich mich auf den Rücken. Nagte. Biss. Kaute. Wollte gar nicht mehr aufhören. Am Schluss nagte ich an Stauden. Zuerst Abziehung der braunen Schicht, dann Biss ins Grün darunter. Es knackte. Wunderbar frisch. Auf einmal konnte ich alles. Von nun an werde ich ein Leben lang wenig anderes tun.

Jetzt bin ich ein Bär. Auch wenn andere Bären Fleisch fressen. Ein besonderer Bär. Bärkatze halt. 78 Zentimeter groß. 8,3 Kilogramm schwer. Vegetarier.

16. 2.

Rita bekommt Briefe in den Tiergarten geschickt. Zu Hause landen sie neben den Akten Fi Fo und Pia. Was für eine Frechheit, dass sie ihre Verbrechertochter in Schutz nimmt! Man sollte Ritas Geld stehlen! Wird man ja sehen, ob sie dann noch immer für Diebstahl ist! Ein paar haben gratuliert. Sie ist mutig, schreiben sie. Bloß das Geld der Banken. Die sie retten sollen. Oder müssen. Obwohl man sie nie gefragt hat.

Heute kletterte ich über die Bank. Man musste mich nicht retten. War bald wieder auf dem Boden.

18. 2.

Ich esse Bambus. Ich trinke Milch. Ich trotte hinter Fu Mao her. Heute wie gestern – und doch immer ein BISS-

CHEN anders. Seit ich mich im Gehege zeige, stehen noch mehr Menschen vor den Scheiben und jubeln mir zu.

Die Menschen sprechen miteinander. Sie haben Worte. (Mensch ist auch nur ein Wort der Menschen.) Damit erzählen sie von sich und was auf der Welt geschieht. Worte sind Laute, die etwas bedeuten. Tiergarten zum Beispiel. Bank. Foto. Panda. Mich nennt man Panda oder Pandababy. Man nennt aber auch alle anderen Pandas Pandas. Und alle anderen Pandababys Pandababys. Vielleicht habe ich deshalb einen Namen. Fi Fo heißt niemand. Fi Fo bedeutet nichts. Das gefällt mir.

Die Menschen haben Zeichen, um Worte aufzuschreiben. Damit können sie etwas hören, auch wenn sie keine Laute hören. Die Österreicher haben Buchstaben. Jeder Buchstabe ist ein Laut. Damit setzen sie ihre Worte zusammen. Die Chinesen haben Zeichen. Das bin ich:

大熊猫

Da. Dschung. Mao. Große Bär-Katze. Beim Bären sehe ich die Tatzen. Darunter Krallen. Die Katze hat sich aufgerichtet und lehnt an einem Fenster. Das doppelte Kreuz darüber ist wahrscheinlich keines. Seltsam. Aber auch schön. Hingegen:

Panda

Jeder Buchstabe ein Laut. Aber wie weiß man, wie ein Zeichen klingt? Rita meint, es gibt Zeichen, die so alt sind, dass sie niemand mehr versteht. Das gefällt mir. Fo heißt Buddha. Buddha ist ein dicker Mann, der weise ist und in sich ruht. Ein Heiliger. ~~Ich kann das jetzt aber nicht al~~les Fi konnte sie im Wörterbuch nicht finden. Sie sagt, das hat jemand vorgeschlagen. Wahrscheinlich fanden die Wähler, es klingt gut.

Ich klinge gut.

Eigentlich müsste ich jedes Wort erklären. Von eigentlich bis erklären. Ich will aber nicht verrückt werden. Verrückt ist ver-rückt. Man rückt einen Tisch beiseite. Man rückt enger aneinander. Rücken ist aber auch die Hinterseite der Menschen. Wenn man einen Tisch rückt, kann es in den Rücken gehen. ~~Gehen~~

Zum Glück ~~habe~~ brauche ich keine Worte.

20.2.

Für mich wird man ein eigenes Zeichen erfinden müssen.

28.2.

Menschen freuen sich über mich. Kinder klopfen mit großen Augen an die Scheiben, wenn ich auf die Bank oder einen Baum klettere. Eine alte Frau steht jeden Tag stundenlang mit Tränen in den Augen vorm Gehege. Manchmal schüttelt sie den Kopf und lacht. Man weiß nicht, ob sie sich aus Freude oder Trauer in ihr Stofftaschentuch schnäuzt. Vielleicht auch nur ver-rückt.

Es gibt Menschen, die uns jagen, töten und verkaufen. Es gibt Menschen, die uns schützen, Gehege bauen und Bambus geben. Alle heißen Menschen. Die einen haben Worte dafür, warum sie uns jagen, töten und verkaufen. Die anderen dafür, warum sie uns schützen, Gehege bauen und Bambus geben. Mir ist letzteres entschieden lieber. Kann es zwar nicht sagen. Man sieht es aber.

Tag für Tag werden viele Worte über mich geschrieben. In Zeitungen und im Internet. Auf den Bildschirmen in U- und Straßenbahnen. Gestern bekam Rita beinahe einen Herzkasperl, als sie meine Schwester und ihren Freund auf dem Umschlag eines Nachrichtenmagazins sah. Eine Frau in der Straßenbahn las darin. Rita konnte den Zeitungsverkäufer nicht ansehen, als sie ihm das Geld gab. Kam sich ertappt vor. Als wäre sie auf dem Umschlag. Schön langsam macht mir meine Schwester Konkurrenz. Mich nennt man drollig und niedlich und süß. Sie nennt man schön und verwegen und sexy.

Zu Hause las Rita viel über meine Schwester, das sie nicht wusste. Und nicht glaubte. Pia hat kein gutes Verhältnis zu ihrer Mutter. Heißt es. Ein Einzelkind, das immer gegen alles rebelliert hat. (In China darf man nur ein Kind haben. Außer man kann sich mehrere leisten, kennt die richtigen Leute oder betet zu Allah. Warum soll ich das schon wieder wissen?) Ihre Mutter will keine Auskunft geben, hat in einer anderen Zeitung aber sehr wohl Auskunft gegeben. Jemand, der unbekannt bleiben will und Rita angeblich gut kennt, sagt, sie kann mit Tieren besser als mit Menschen. Kein Wunder, dass ihre Tochter sich vernachlässigt fühlte. Als Jugendliche gestohlen und Drogen genommen. Von der Schule geflogen. Auf einem Foto Pia mit vierzehn. Gefärbte Haare, schwarz umrandete Augen, Ring in der Nase.

Ihr ~~Vater~~ Erzeuger sagt, sie soll sich stellen. Auf dem Foto sieht er nicht wie jemand aus, den man ernst nehmen sollte. Sie soll ihm keine Schande machen. Er hat kein Geld, hält sich aber an die Gesetze. Wer ist schuld? Rita! Tochter nicht richtig erzogen. Keine Grenzen gesetzt. Er sieht nicht wie jemand aus, dem man glaubt. Eher wie jemand, der ständig besoffen ist. Ein Polizeisprecher sagt, sie verfolgen mehrere heiße Spuren. Augenblickliche Verwandlung in den Eisbär. Wer den entscheidenden Hinweis gibt, bekommt Geld. Der Artikel macht sich über die Poli-

zei lustig. Pia führt sie an der Nase herum. Weil sie munter Fotos im Internet veröffentlicht.

Sie versteckt sich. Und sie versteckt sich nicht. Das gefällt mir.

Rita weiß nicht, ob sie jemals wieder auf die Straße treten soll. Im Magazin war auch ein Foto von ihr. Mit mir. Wir wollen das nicht!

Ich wäre jetzt gern bei Rita. Damit sie schlafen kann.

14.3.

Heute hat meine Schwester Geburtstag. Sie ist 30 Jahre alt. Ich mag die Milch nicht mehr. Trinke nur noch ein wenig von meiner Mutter. Zweimal am Tag. Mehr nicht. Bevorzugung des Bambus. Meine Schwester trank die Milch auch aus dem Fläschchen. Rita konnte sie nicht stillen. Sie sollte sich deswegen keine Sorgen machen. Ich mochte die Milch aus dem Fläschchen. Jetzt nuckle ich Fu Mao zuliebe.

Pia hat das Foto eines jungen Italieners hochgeladen. Der hätte auch heute Geburtstag. Er wurde aber bei einer Demonstration von der Polizei getötet. Seit neun Jahren nicht mehr gefeiert, schreibt meine Schwester dazu. 7985 Menschen haben »Gefällt mir« angeklickt. Wie kann einem gefallen, dass jemand getötet wurde? Darunter gratulieren Hunderte von Menschen Pia zum Geburtstag. Lassen sie hochleben, obwohl sie sie nicht kennen. Wünschen ihr das Beste von allem, obwohl sie sie nie gesehen haben. Gratulieren zu ihrem Mut, weil sie selber keinen haben. Andere schreiben, man soll den toten jungen Mann nicht vergessen. Er wollte eine bessere Welt und wurde dafür ermordet. Manche schreiben, ist ihm recht geschehen. Gesicht verhüllen und Polizeiwagen mit Feuerlöscher atta-

ckieren?! Manche wünschen Pia, dass sie bald vor Gericht gestellt wird. Schreiben: dreckige Kommunistin. Glaubt Rita nicht. Meine Schwester ist für die Freiheit.

Sollte ich demonstrieren? Bin ich gefangen? Tut man mir Unrecht?

Ich kenne kein anderes Leben. In der Freiheit wäre ich längst tot. Vielleicht. Vielleicht bin ich auch nur bequem. Hoffentlich demonstrieren nicht eines Tages Menschen gegen mich. Das tun sie, wenn sie hungrig sind. Wenn sie die Welt, in der sie leben, nicht mehr aushalten. Im Ersten Weltkrieg hat ein Soldat in Schönbrunn einen Eisbären erschossen. Er sagte, der Eisbär bekommt Fleisch, während ich hungere. Zum Glück bin ich Vegetarier.

Rita hat auf Facebook ein Profil angelegt. Will sehen, was meine Schwester tut. Unter die Kommentare schrieb sie »Alles Gute, deine Mama«. Als sie die Seite wieder öffnete, hatten über 72 Menschen »Gefällt mir« angeklickt. 27 Freundschaftsanfragen. Sie schloss das Fenster in Windeseile.

Alles Gute, verwegene Räuberin!

34

Sie saßen über die blauen Taschen und das Geld gebeugt, als es an der Tür klopfte. Guido rief etwas, Julian suchte nach einem Ort, an dem er die Taschen verstecken konnte, Pia näherte sich vorsichtig dem Eingang. Eine Tür knallte, ein Motor sprang an, ein Auto fuhr davon. Vor der Tür standen drei Flaschen Rotwein neben einem geflochtenen Korb, in dem Wurst, Käse, Tomaten, Zwiebeln, Oliven und frisches Brot lagen.

Pia und Julian setzten sich auf die Terrasse, aßen Wildschweinsalami und Ziegenkäse, der Wein schmeckte wunderbar. Vor ihnen lagen Hunderte von Olivenbäumen, knorrig und alt, sie konnten ihr Glück kaum fassen. Kein Haus, kein Mensch weit und breit, nur Landschaft, sanfte Hügel, Täler und Grün, viel Grün. Er kenne jemanden, hatte Sebastian gesagt, der für eine Frau und einen Mann, die zu Hause einen anderen Mann und eine andere Frau hatten, höchstwahrscheinlich großes Verständnis habe. Guido hatte Verständnis.

Sie fuhren mit dem Auto durch die Gegend, kleine Dörfer, unbedeutende Städtchen, sie aßen in günstigen Lokalen, das Essen schmeckte herrlich. Als Pia zum ersten Mal ihre Laufschuhe anzog und den Olivenhain hinablief, aufs Geratewohl nach rechts abzweigte und einfach weiterlief,

Kilometer um Kilometer, immer schneller, rannen ihr Tränen über die Wangen. Sie blieb stehen, dehnte ihre Oberschenkel, ihre Unterschenkel, ging in die Grätsche – und war auf einmal da.

Irgendwo in Italien. Wie ruhig es in ihr war. Ihr war, als sähe sie die Welt zum ersten Mal. Sie hörte Vögel zwitschern, die Äste eines Baumes bewegten sich leise im Wind, sie fasste den Boden an, blieb vor einem Baumstamm stehen und strich über die Rinde. Es war wunderbar, auf der Welt zu sein. Zu atmen, zu sehen, zu riechen.

In diesem Moment, an einen Baumstamm in der Nähe von Olevano Romano gelehnt, das rechte Bein ausgestreckt, das linke darüber gelegt, schwor sich Pia, keine Kompromisse mehr einzugehen. Sie wollte die Heldin ihrer Geschichte sein. Sie wollte ein Leben, das diesen Namen verdiente.

»Wer braucht Hanteln?«

Julian strahlte, als sie verschwitzt zurückkam. Er stand vor dem Haus, eine Steinplatte auf jeder Handfläche. Er hob und senkte sie, sein Bizeps spannte sich.

»Rocky, oder was?«

Sie ließen Wasser in Guidos runde Badewanne und stellten sich vor, was ihr Gastgeber in seinem Liebesnest tat, wenn er gerade keine fremden Ehebrecher beherbergte.

Julian fühlte sich erfrischt. Er benötigte kein Fitnessstudio. Hier fand er alles, was er brauchte. Es war aufregend, passte zu seinem neuen Leben. Er hatte die Angst in Sebastians Augen gesehen. Er würde den Mund halten, zumal Pia sicher war, dass er gut fand, was sie getan hatten. Als Julian nackt aus dem Badezimmer gekommen war und Sebastian ihn gesehen hatte, war es ihm kurz unangenehm gewesen. Jetzt musste er darüber lächeln. Er brauchte sich nicht zu schämen. Im Gegenteil.

Julian massierte Pias Füße, sie seufzte. Auf dem Wannenrand standen zwei Gläser Rotwein.

»Was machen wir mit all den Scheinen?«

»Frag ich mich auch.«

Sie hatten gemeint, alles durchdacht zu haben, die Flucht, die Route, die Frage nach neuen Papieren, später dann. Das Naheliegendste hatten sie nicht bedacht: Wohin mit über dreiundzwanzigtausend Banknoten?

»Wenn wir's hier verstecken?«

»In der Badewanne?«

»Auf dem Grundstück. In einer Kiste. Vergraben. Nach Neapel ist es nicht weit.«

»Du hast zu viele Piratengeschichten gesehen.«

»Und du willst mit einer halben Million durch Neapel fahren, ein Zimmer finden, und es dort unterm Bett verstecken?«

Julian tauchte seinen Kopf unter Wasser. Er musste einen sicheren Ort finden, vielleicht eine illegale Sperrmülldeponie oder einen Platz, an dem man alte Kühlschränke entsorgte und weder öffnete noch abholte. Etwas in der Art hatte er gesehen. Als er wieder auftauchte, nippte Pia an ihrem Wein und blickte ihn an.

»Wie soll ich heißen?«

»Maria ist gut.«

»Hans aber nicht. Ich kann dich nicht Hans nennen.«

»Wie wär's mit Mario?«

Pia sah ihn erschrocken an. Als Julian unter die Dusche gegangen war, hatte sie Sebastian nach Mario gefragt.

»Maria und Mario, wär doch –«

»Total verblödet. Robert.«

»Gut, Robert. Roberto. Ich hab Roberto Baggio geliebt.«

»Wen?«

»Fußballer. Sein Bruder hieß Dino.«

»Dino klingt süß.«

»Ich bin aber kein Italiener. Auch kein Saurier.«

»Bene. Roberto.« Sie beugte sich zu ihm und küsste Julian. »Mein Freund Robert. Robert, was ist unser Problem?«

»Mehr als 23 000 Scheine. Viel Papier. Nimmt viel Platz ein.«

»Ich weiß was.« Pia nickte und blickte zur Decke, Julian sah, wie sich etwas in ihr in Bewegung setzte. »Wir werden arbeiten müssen.«

»Um Geld zu verdienen?«

»Um das Geld klein zu bekommen. Falten oder rollen.«

»Und dann?«

»Aufteilen. In Taschen nähen. Oder in Teddybären. Was weiß ich.«

Pia stieg aus der Badewanne und streckte Julian die Hand entgegen.

»An die Arbeit, Süßer!«

Es war Arbeit. Nachdem beide jeweils zwanzig Scheine jeder Größe an sich genommen und noch einmal jeweils zwanzig davon in einen Geldbeutel gesteckt hatten, ging es los. Pia fand heraus, es war am besten, die Scheine ganz eng zu rollen, aber Julian stellte sich ungeschickt an und fluchte, weil sich nach dem Einrollen das letzte Stück jedes Mal leicht aufbog. Er sagte, er komme gleich wieder, verließ das Haus und fuhr davon.

Mit fünf Rollen Klebeband kam er zurück. Pia rollte, Julian verschloss das Röllchen mit einem winzigen Stück Klebeband, nach einer Weile wechselten sie sich ab. Sie begannen mit den Zehneuroscheinen, die nicht und nicht weniger zu werden schienen, Julian holte seinen Notizblock und las laut vor, wie viele Scheine sie hatten. Sie hatten ein wenig ausgegeben, es fiel nicht ins Gewicht, es waren etwa zwölftausend Zehneuroscheine.

»Und ich dachte, wir hätten das getan, um nicht mehr arbeiten zu müssen.«

»Robert, ich verbuddele unser Geld nicht. Wir sind nicht auf der Schatzinsel. Wenn es regnet, ein Unwetter kommt oder irgendwelche Würmer sich durch deine Kiste fressen? Das ist Irrsinn!«

»Dafür ist das, was wir hier tun, äußerst vernünftig.«

Wie klein die Scheine wurden, wie dünn, kurze Strohhalme, die sie geerntet hatten und nach der Verarbeitung in die blaue Tragetasche warfen. Anfangs kommentierten sie noch, was sie taten, allmählich wurden sie ruhiger, eingespielte Handgriffe, ineinandergreifende Rädchen, mitunter hatte es etwas Meditatives.

Je mehr Scheine Julian rollte oder verklebte, desto mehr schwand seine Achtung vor ihnen. Er verarbeitete etwas stärkeres Papier mit einem Metallstreifen, in dem sich sonderbare Zeichen spiegelten, die seine Echtheit beweisen sollten. Auf der Rückseite stand die Seriennummer, ihre Scheine begannen mit einem N für Österreich, auf der Vorderseite waren Buchstaben und Nummern in einem Stern, um den Ringe schwebten – es war alles auch etwas lächerlich.

Gegen zwei Uhr morgens fielen sie ins Bett. Zwischendurch hatten sie ein wenig von Guidos Salami, dem Käse und dem Brot gegessen. Die kurzen Strohhalme lagen in der blauen Tasche, man konnte mit beiden Händen tief hineingreifen, sie durch die Finger rieseln lassen, die Ernte war noch lange nicht eingebracht. Sie kuschelten sich in Guidos Liebesnest aneinander. An Liebe war nicht zu denken. Ihre Liebe hatte der Ernte gegolten.

Espresso am nächsten Morgen, schwarz und stark, ein paar Häppchen in den Mund, schon ging es weiter. Wenn sie konzentriert waren, schafften sie zehn Scheine pro Minute, fünf Mal rollen, einmal plattdrücken, weiterreichen, in etwa sechshundert Scheine pro Stunde, sehr viel – und doch zu wenig.

»Das nennt man Akkordarbeit«, sagte Julian. »In der Schule gelernt.«

»Geographie und Wirtschaftskunde.« Pia deutete auf Julian und sich. »Gute Schüler.«

Am Nachmittag zogen sie sich um, Pia lief durch leichten Regen, die Luft war feucht und nass, Julian machte Liegestütze und Kniebeugen vor dem Haus und trainierte mit Steinen seine Muskeln.

Es dauerte, bis er die Scheine nicht mehr vor sich sah, als sein Kopf endlich frei war, kam Pia angelaufen, sie verschwanden unter der Dusche, liebten einander, schon saßen sie wieder über den Scheinen. Kurz nach vier Uhr morgens rollte Julian den letzten Zehneuroschein. Als er im Bett die Augen schloss, sah er sich immer noch drehen und plattdrücken und kleben.

Kurz vor Mittag erwachten sie. Es regnete noch immer. Der Zwanzigeurotag begann, alles noch einmal, nur weniger und in blau. Als der Regen kurz vor Dämmerung aufhörte und ein paar Sonnenstrahlen durch die dichten Reihen der Olivenbäume drangen, stellten sie sich auf die steinerne Terrasse. Vögel zwitscherten. Bald würden sie nach Afrika fliegen.

»So ähnlich muss es in einer Zigarettenfabrik zugehen«, sagte Julian.

»Nur dass es dort Maschinen gibt.«

Kurz vor zwei Uhr morgens rollte Pia den letzten Zwanzigeuroschein, Julian verschloss ihn mit einem Stückchen Klebeband und warf ihn in die Zwanzigeurotasche.

»Scheiß Geld«, sagte er.

»Der Irre bringt uns um«, flüsterte Julian Pia ins Ohr, die neben Guido saß und nicht wusste, ob sie lachen oder weinen sollte. »Voll auf Koks.«

»Wenigstens sind wir dann als freie Menschen gestorben.«

»Zwei Wochen frei – und auf der Flucht.«

»Die betrogene Ehefrau kann sich zumindest an die Strohhalme im Liebesnest klammern.«

Sie hatten über vier Stunden Fünfzigeuroscheine und knappe drei Stunden Hunderteuroscheine verarbeitet, als sie einander umarmten und feststellten, noch nie in ihrem Leben so hart und konzentriert gearbeitet zu haben. Sie hatten sich zum Essen bereit gemacht, als Guido vor der Tür gestanden war. Ob sie schon gegessen hätten, wenn nicht, ginge es jetzt in sein Lieblingslokal, nach Rom, sie müssten seine Lieblingspasta essen. Er hatte die Arme ausgebreitet und sie angelächelt, schon waren sie zur Autobahnauffahrt nach Colleferro gejagt.

Guido raste die Autobahn entlang, eine Zigarette in der Linken, den Ringfinger der Rechten ständig an der Lichthupe. Er lachte, er erzählte, er schien sich nicht im Geringsten darum zu kümmern, dass Pia und Julian so gut wie nichts verstanden und zusehends stiller wurden.

»Coca«, sagte er, »un poco, certe volte.«

Er griff über Pia hinweg zum Handschuhfach. Ob sie auch etwas wollten.

»No«, sagte sie, »grazie.«

»Una birra«, sagte Julian.

Guido lachte.

Er hielt in einem Außenbezirk. Kein Kolosseum, keine alten Mauern, aber eine rötliche alte Mauer hatten sie doch gesehen, als sie von der Autobahn gekommen waren. »Two thousand years«, hatte Guido gesagt und an seiner Zigarette gezogen, »incredibile, no?«

»Die hatten nur Münzen damals«, flüsterte Julian.

Guidos Lieblingslokal lag neben einem Nachtclub, aus dem laute Musik drang, die Kellner grüßten ihn ehrerbietig, der Chef eilte ihm entgegen, Guido stellte seine neuen Freunde aus Österreich vor. Sie nahmen an einer langen Tafel Platz, an der fünf Menschen um die fünfzig saßen.

Pia und Julian lachten, sie tranken, wenn ihre Blicke aufeinander trafen, schüttelten sie die Köpfe und erhoben die Gläser auf sich und die Schwerstarbeit, die hinter ihnen lag, Dominantseptakkord. Sie beobachteten die Kellner, die Wein brachten und Vorspeisen anpriesen, die Italiener am Tisch, die wild durcheinander redeten, aber ruhig wurden und aufmerksam zuhörten, sobald Guido sprach. Eingelegte Artischocken, Tomaten, Oliven, geschmorter Oktopus, Vitello tonnato, alle naschten von allem, und als die Kellner mit der Pasta kamen und die Teller vor Julian und Pia stellten, stand Guido hinter ihnen, seine Hände auf ihren Schultern, sein Kopf zwischen ihren Köpfen und erklärte ihnen seine Lieblingsspeise.

Über die Spaghetti waren winzigkleine orangebraune Stückchen gestreut, dazwischen kleingehackte Petersilie.

»Spaghetti alla bottarga«, sagte Guido. »Ripeti. Repeat.«

»Spaghetti alla bottarga.«

»Brava! Bravo!«

»Allora. Questo.« Er zeigte auf die orangebraunen Stückchen. »Bottarga di muggine. Non di tonno. Muggine! Ripeti.«

»Muggine.« Pia lachte. Es klang lustig. »Muggine.«

»Sì. Bravissima! Come, come, caviale. Caviar. Capisci?«

»Kaviar«, sagte Julian. »Aha.«

»Caviale italiano. Di Sardegna. Capriolo, eh, uova – eggs. Eggs di muggine. Capisci?«

»Die Eier von dieser Muggia«, sagte Pia zu Julian, »glaube ich. Eggs of muggini.«

»Sì! Muggine. Pesce. Fish. Allora.« Er klopfte ihnen auf die Rücken. »Mangiate. Buon appetito.«

Es schmeckte wunderbar, zart und fischig und salzig, dazu das Öl und die Petersilie, Julian und Pia stießen ihre Beine gegeneinander, sie waren Glückskinder. Sie fühlten sich wohl unter diesen Fremden, die sie anlächelten, mit ihnen anstießen und glücklich darüber zu sein schienen, dass ihnen Guidos Lieblingspasta so mundete. Guido und der Lokalbesitzer verschwanden, und als sie laut lachend zurückkamen, konnte Julian die Zwanzigeuroscheine, die er eingesteckt hatte, eingesteckt lassen. Die Rechnung war beglichen, der Chef schien sich genauso wie Guido zu freuen, dass es ihnen geschmeckt hatte.

Kurz standen sie in dem Club nebenan, sie hatten keinen Eintritt bezahlt, Guidos Nase rann, sie tranken Bier, ein paar Menschen hatten sich auf die Tanzfläche verirrt, Pia nickte im Takt. Als Guido nicht zu finden schien, wen er suchte, nickte er ihnen zu. Er raste zurück, die Autobahn war beinahe leer, auf einmal war es Julian egal, wie verrückt oder bekokst Guido war. Er fuhr schnell und sicher, Julian hatte das Gefühl, es könnte nichts passieren.

Als Guido vor seinem Liebesnest hielt, sagte er, sie könnten gern noch bleiben, aber Pia antwortete, sie müssten zurück, leider, was für ein wunderbarer Abend mit Spaghetti alla bottarga, morgen brächten sie den Schlüssel zurück.

»Wunderbar«, sagte Julian, als er auf der Couch und Pia auf ihm lag, »so stelle ich mir das Leben vor.«

»Das darf uns nie wieder passieren.«

»Er fuhr doch sicher.«

»Aber wenn sie ihn aufgehalten hätten, hätten wir uns all das« – sie zeigte auf die Tür, hinter der die Taschen mit der eingebrachten Ernte standen, bevor sie auf Julian und sich zeigte – »aufzeichnen können.«

*

In Zweier- und Dreierreihen standen Autos um die Statue der Unbefleckten Jungfrau, als Julian an einem Abend Anfang Dezember auf die Piazza Gesù Nuovo kam. Die schwarzen Steinquader der Basilika waren gelblich beleuchtet, Julian erinnerte sich an das erste Mal, als er an dem Gebäude vorbeigekommen war, das so düster, bedrohlich und gespenstisch wirkte, dass er es nie für ein Gotteshaus gehalten hätte. Aus heruntergelassenen Autofenstern strömte Rauch, es roch nach Marihuana und Haschisch, laute Musik drang aus den Wagen, in denen geraucht, geknutscht, getrunken und gelacht wurde. Mitten in der Stadt, mitten in der Mitte dieser verrückten Stadt. Man stelle sich so etwas auf dem Stephansplatz vor, hatte Pia gesagt.

Die Große Unbekannte hatte Pia eine Nummer geschickt, nachdem Pia und Julian mehrere Kontakte in Lokalen bekommen hatten, die ihnen allesamt unzuverlässig bis gefährlich erschienen. Keine politischen Aktivisten, hatte sie geschrieben, sondern einfache Gauner und Verbrecher, aber von ihnen bekämen sie, was sie wollten.

Julian blieb unweit des Haupteinganges von Gesù Nuovo stehen, zündete sich eine Zigarette an und ging langsam los. Er ging an den Autos vorbei, die auf der anderen, leicht abwärts in die Trinità Maggiore führenden Seite noch dichter aneinander standen.

»Roberto?«

Das Fenster eines weißen Fiat 500 wurde hinuntergelassen. Es war noch immer seltsam, Roberto gerufen zu werden. Andererseits machte ihm der Name Mut. Roberto war ein anderer. Roberto war der, der Julian immer hatte sein wollen. Er ging näher, beugte sich zum Fenster auf der Beifahrerseite, hinter dem Lenkrad saß ein Mann in seinem Alter. Dreitagebart, kurzgeschnittenes schwarzes Haar, Jeans, Hemd, Gürtel, Jacke, wahrscheinlich halbhohe Lederschuhe. Er sah wohlhabender als die meisten Neapolitaner seines Alters aus.

Der Mann lächelte und wies auf den Beifahrersitz.

»Get in.«

Im Auto roch es nach Gras, Julian schloss die Tür. Am meisten bewunderte er die Italiener für die Fertigkeit, im Stehen mit einer Hand einen Joint drehen zu können. Er hatte oft aufmerksam zugesehen; gelungen war es ihm nie. Der Mann reichte ihm die Hand, Julian schüttelte sie, der andere drückte länger und fester als nötig, ehe er ein Täschchen unter seinem Sitz hervorholte.

»Look.«

Julian öffnete den Reißverschluss. In dem Futteral befanden sich schwarze, grüne und rostbraune Reisepässe. Am teuersten waren US-amerikanische, dicht gefolgt von kanadischen und jenen der Europäischen Union, innerhalb derer es weitere Abstufungen gab.

Sie hatten sich für deutsche Pässe entschieden. Anfangs war Julian dagegen gewesen, weil Italiener italienische Pässe wahrscheinlich am besten fälschten und niemand die Deutschen mochte. Es fürchteten sich aber auch alle vor ihnen, hatte Pia gesagt, was ein beträchtlicher Vorteil sei. Außerdem sähen sie nicht wie Italiener aus. Balotteli auch nicht, hatte er geantwortet, und als ihn Pia verständnislos angesehen hatte, hatte er erklärt, er spreche von einem schwarzen Stürmer von Inter Mailand. Sie sprächen aber nicht Italienisch, hatte Pia gesagt. Deutsch auch nicht, hatte er dagegengehalten, er meine, wie die Deutschen. Dann seien sie halt Bayern, hatte Pia gesagt und die Augen verdreht, in München geboren, österreichische Eltern, mein Gott. Als Deutscher hätte Julian andererseits endlich einmal beim Fußball jubeln können, was er Pia gegenüber nicht ins Feld hatte führen können, zumal sie –

»We take Germany.«

»Bene.«

Der Mann nickte. Er klang etwas enttäuscht.

»Got the money?«

Julian griff in die Innentasche der wertvollsten Jacke seines Lebens, die so abgetragen und zerrissen war, dass sie nicht einmal in Neapel jemand hätte stehlen wollen, und reichte dem Mann einen Umschlag. Er dehnte ihn, »uno, due, tre«, zählte leise weiter, »venti, trenta«, er nickte, steckte sich eine Zigarette an, »novanta, cento.«

»Stick?«

Julian holte ein kleineres Kuvert hervor, in dem ein Datenstick mit ihren Fotos, Namen, Geburtsdaten und -orten war. Der Italiener nickte, streckte ihm die Hand entgegen und warf mit der anderen seine Zigarette aus dem Fenster.

»We call you.«

»Okay«, sagte Julian, »ciao.«

Pia stand neben einem gutaussehenden Mann in schwarzem Hemd mit silbernen Glitzerstreifen an einer Bar an der Trinità Maggiore, der sich enttäuscht zur Seite drehte, als Julian sie auf den Mund küsste und eine Flasche Bier bestellte.

»Wie war's?«

»Gut. Glaub ich.«

»Glaubst du?«

»Was weiß ich. Er hat jetzt tausend Euro, könnte aber noch einmal dreitausend bekommen.«

Draußen war es angenehm mild. Sie hakten einander unter und spazierten zurück. Der November war wunderbar gewesen, zumindest was das Wetter betraf. Tagsüber nie unter zehn Grad, um die Monatsmitte immer um und über zwanzig. Sie liebten die engen Gassen der Spanischen Viertel, die Wäsche, die vor den Fenstern hing, die Käfige auf den Balkonen, in denen Hühner gackerten, die kleinen ebenerdigen Werkstätten, in denen einer ein Moped reparierte, ein anderer einen Sessel neu überzog, ein dritter einen Tisch ausbesserte, während jeweils mindestens doppelt so viele dabei zusahen. Sie wiesen einander auf ausgeschlachtete Vespas hin, deren Stauräume zu Mülleimern umfunktioniert worden waren, auf Wohnzimmer, in denen Großfamilien um das Fernsehgerät saßen. Überall, auf Kirchen und Hausfassaden, schossen Grünzeug und Blumen aus dem Stein, eine trotzige Schönheit, wie Pia fand, ein Obwohl und Dennoch inmitten des Verfalls.

Sie hatten sich rasch an den Lärm gewöhnt, an die Mopeds, auf denen zwei, drei, vier Menschen saßen, Julian hatte gestrahlt, als eines Tages zwei Mädchen auf einer klapprigen Vespa knapp an ihm vorbeigefahren waren und eines ihm im Vorbeifahren über den Kopf gestrichen und zum wilden Hupen des anderen »Ciao bello« gerufen hatte. Sie hatten sich an die Familientabernakel gewöhnt, an die verblichenen Fotos der Verstorbenen, neben denen Kerzen brannten, an den dreifachen Jesus, der allerorten auf Mauern gemalt war, an die zahllosen Marias und Märtyrer, an den Heiligen Gennaro, dessen Blut sich jedes Jahr zu Ostern in einer Ampulle verflüssigen musste, damit der Vesuv nicht ausbreche. Julian hatte eine alte, gekrümmte, schwarz gekleidete Frau gesehen, die in einer Kirche mit ihrem Regenschirm wütend auf die Statue des Heiligen Gennaro eingeschlagen hatte. Warum sie das tue, hatte er jemanden gefragt. Wieder nicht im Lotto gewonnen, hatte die Frau neben ihm geantwortet.

Alle paar Schritte traf man auf Heilige und Tote, auf den Straßen breiteten Afrikaner Leintücher aus, von denen man CDs, Parfums, Handtaschen, Sonnenbrillen und jedweden Ramsch kaufen konnte. Wenn die Polizei auftauchte, klappten sie die Tücher über ihre Ware und verschwanden hinter der nächsten Ecke, bis die Luft wieder rein war. Asiaten verkauften billige Klamotten, alte Italiener streunten mit Bauchläden die Straße entlang, aus denen sie geschmuggelte und gefälschte Zigaretten verkauften. Wenn sie mit dem Funicolare auf den Vomero fuhren, um auf die Stadt zu blicken, auf den Golf von Neapel, auf den Hafen mit den riesigen Containerschiffen, auf den mächtigen Vesuv im Hintergrund, war ihnen, als wären sie endlich an einem Ort angekommen, an dem sie bleiben könnten. Im Funicolare verkauften fliegende Händler Batterien und Kochlöffel und Taschentücher. Wer kaufte Taschentücher in einer Seilbahn? Sie fragten sich vieles nicht mehr. Sie summten und sangen den alten Gassenhauer, dessen Melodie das Auf und Ab der Seilbahn wiederzugeben schien. *Funiculi, Funicula!*

Rund um den Bahnhof boten Asiaten die elektronischen Geräte feil, die ein paar Stunden zuvor gestohlen worden waren, Kameras, Laptops, Mobiltelefone. Julian und Pia, deren erste Regel von allem Anfang an war, ja nicht wie Touristen auszusehen, hatten zwei Mobiltelefone um zwanzig Euro erstanden, dazu Wertkarten, um miteinander telefonieren zu können, ohne sich registrieren zu müssen. Pia hatte für zweihundert Euro einen Laptop ohne Festplatte gekauft, dazu drei Datensticks, damit die Große Unbekannte sie dirigieren und ihr helfen könnte, ihre Verbindung mit dem Internet sicher zu halten. Auf den Märkten wurde geschrien und verkauft, es roch nach Fisch und Fleisch und Gemüse, Julian hatte Handeln gelernt, es machte ihm Spaß, es machte ihnen Spaß, zumal nach kurzem Murren am Ende alle zufrieden zu sein schienen.

Kein einziges der in den engen, feuchten Gässlein der Spanischen Viertel geparkten Autos schien mehr über seine Rückspiegel zu verfügen, noch nie hatten sie so viele ramponierte Fahrzeuge gesehen, also hatten sie, weil sie keine Lust hatten, Unsummen für das Parken in einer garantiert sicheren Garage auszugeben, ihren Autogrill um achthundert Euro verkauft, die erste Einnahme seit der Wiener

Beute. Der Käufer hatte keine Papiere sehen wollen, gar nichts, nur das Auto testen, mit dem er zufrieden war, und das war es gewesen. Julian hatte die Pistole verkaufen wollen, aber Pia hatte die Vorstellung nicht gefallen, dass jemand mit ihrer Waffe getötet würde. Sie hatte sie in hohem Bogen ins Meer geworfen.

Sie waren Studenten, Pia studierte Kunst, Julian Sportwissenschaften, sie hatten sich wie Studenten eingekleidet. Weil sie arme Studenten waren, trugen sie günstige Kleider, etwas abgetragen, T-Shirts, Hemden und Pullover, und immer wieder ertappten sie sich dabei, einander zuzulächeln, wenn sie den anderen in einer zerschlissenen Jacke sahen, von der niemand ahnen konnte, wie wertvoll sie war.

Dorthin, wo es niemand vermutete.

In die Öffentlichkeit.

Mitten auf die Straßen und Plätze Neapels.

Sergio saß mit einer seiner Freundinnen vor dem Fernsehapparat, als Pia und Julian in seine Wohnung kamen. Er nickte ihnen freundlich zu, bedeutete, er sei beschäftigt, sie holten eine Flasche Wasser aus dem Kühlschrank, nahmen eine Flasche Wein aus dem Regal und gingen in ihr kleines Zimmer.

»Wart ihr auch brav, ihr kleinen Dummköpfe?«

Julian ließ sich aufs Bett fallen. Ob er sie schon wieder Dummköpfe genannt habe, der fürchterliche Julian Roberto, fragte Pia und küsste den Teddybären Herrn Werner, den Elefanten Elias, die Katze Bank Austria, den Hund UniCredit und den Panda Fiat auf die Stirn. Sie nannte jedes der Stofftiere aus dem verstaubten Laden in Paliano ihren Schatz.

Teddybär Herr Werner, benannt nach dem Chef einer

Wiener Sicherheitsfirma, die unter anderem Automaten mit Geld befüllen ließ, war wie Elias und UniCredit mit Zehneuroscheinen gefüllt, während die Katze Bank Austria und der Panda Fiat mit winzig zusammengerollten Zwanzigeuroscheinen vollgestopft waren. Die Fünfzig- und Hunderteuroscheine waren in die doppelten Wände zweier Ledertaschen und in das Innenfutter zweier schäbiger Jacken genäht, die zwei Studenten seit mehreren Saisonen trugen, weil sie sich keine neuen leisten konnten.

»Bald«, sagte Julian, »seid ihr in Sicherheit.«

»Wir werden euch vermissen«, sagte Pia, »aber ihr werdet es gut haben im Zoo. Vielleicht ein bisschen dunkel.«

Nicht, dass sie sich nicht sicher gefühlt hätten in Sergios kleiner Wohnung. Sergio war Mitte siebzig, sah höchstens wie sechzig aus, mittelgroß, athletisch, das schlohweiße Haar kurz geschnitten. Er war Matrose gewesen, Hafenarbeiter, er liebte das Meer über alles, schon im März stand er frühmorgens auf und ging zum Schwimmen an den Hafen.

Seit ein paar Jahren musste er Studenten in eines seiner Zimmer aufnehmen, seine Pension wurde gekürzt und wieder gekürzt, die Lebensmittelpreise und alles, was man zum Leben und Wohnen brauchte, stiegen. Er mochte den Austausch, neue Gesichter, Geschichten, die er nicht kannte. Er war stolz darauf, noch immer mehrere Freundinnen zu haben, die ausnahmslos um die fünfzig waren, er trank Wein mit ihnen oder sah fern, und wenn sie sich in sein Schlafzimmer zurückzogen, musste Pia grinsen, während Julian meinte, wäre er in Sergios Alter noch dermaßen in Form, wäre er der glücklichste Mensch der Welt.

Jeden Morgen trank Sergio eine große Tasse schwarzen

Espresso, rauchte eine Marlboro und konnte nicht verstehen, dass sie Käse, Schinken und Eier zum Frühstück aßen. Das konnte nicht gesund sein. Wenn sie beisammensaßen, erzählte er von der Stadt, von der Mafia, den Verbrechern, der Korruption, aber anders als so viele andere hatte er keinen Augenblick in Erwägung gezogen, Neapel zu verlassen. Er machte Pia Komplimente, die selbst Julian hinreißend fand, sie kam nicht darum herum, sich tatsächlich schön zu finden, weil Sergio keine Hintergedanken hegte – zumindest keine, die realisierbar waren.

Sie gaben ihm zweihundertundfünfzig Euro im Monat, er hatte zweihundert verlangt, aber ursprünglich nur eine Person aufnehmen wollen. Einmal die Woche kam Pia mit einem großen Einkauf für alle vom Markt zurück. Manchmal kochte Sergio, der zu jedem Gericht eine Geschichte zu erzählen wusste, entweder hatte es ihm eine Frau oder seine Mutter beigebracht, manchmal kochte Pia, manchmal eine seiner Freundinnen, die allesamt nicht gerade dünn waren. Er brauche etwas zum Angreifen, sagte er und lachte, dünne Frauen hätten ihn nie interessiert, aber Pia, diese Augen, dieses Gesicht, dieses Lächeln, dieses Funkeln, das von innen komme, sei eine Ausnahme.

Um ihre Zimmer müssten sie sich selbst kümmern, hatte er gesagt, als er sie erstmals durch seine Wohnung geführt hatte, sie seien in keiner Pension.

Wenn sie Sergio und eine seiner Freundinnen im Nebenzimmer oder vor dem Fernsehapparat hörten, lachten sie noch immer über die Pension, in der sie den ersten Monat in Neapel verbracht hatten. Sie hatte unzählbare Nachteile, aber einen Vorteil gehabt: Niemand hatte einen Ausweis sehen wollen.

Alles verfallen, das Stiegenhaus, die Fassade, die Flure waren stickig und düster, während die beiden Alten, die so gut wie nichts hörten und den ganzen Tag in ihrem Wohnzimmer voller Bilder und Madonnen und Erinnerungen an früher mit Decken über ihren Schößen vor dem Fernseher saßen, der so laut gestellt war, dass man ihn beinahe auf der Straße gehört hätte, sich wie Adelige in einem Palast aufführten.

In ihrem geräumigen Zimmer standen zwei klapprige Doppelbetten mit anderthalb Metern Zwischenraum, es gab eine Waschmuschel, die ständig verstopft war, und einen Balkon, auf dem ein Mensch hätte stehen können, wäre er das Wagnis eingegangen, mit ihm auf die Straße zu krachen. Ein langer dunkler Einbauschrank stand an der Langseite, auf dem so viel Staub war, dass man die alten Kondome, das lange Zigarettenpapier und die anderen Überbleibsel zwielichtiger Vorbewohner kaum sah. Man konnte die Tür absperren, aber lehnte man sich etwas fester dagegen, ging sie auf. Ein Bett knarrte wie das andere, man versank in der Matratze, durch die man die Eisenfedern spürte, und als sie die Bettdecke zurückschlugen, um einfach nur zu schlafen, endlich, nach der langen Fahrt, der schwierigen Suche, der Angst um ihren Schatz, nach all dem Wahnsinn, in dem sie gelandet waren und der sie fürs Erste sprachlos gemacht hatte, fanden sie Schamhaare. Immerhin hatten sie etwas in der Hand.

Peli del pube.

Der zweite Fachausdruck nach Spaghetti alla bottarga. Pia hatte in ihrem Taschenwörterbuch nachgeschlagen.

»Du machst das«, sagte sie.

Julian sagte »mi dispiace«, als er an der angelehnten Tür

der Alten klopfte und sich räusperte. »Excuse me!«, rief er und klopfte fester.

»Avanti!«, rief die Alte.

»We have a problem.«

Die Alte saß neben ihrem halbtauben Mann vor einer Talkshow, in der eine sehr blonde Frau mit sehr operierten Brüsten, sehr kleiner Nase und sehr aufgespritztem Mund ununterbrochen ihre sehr weißen Zähne zeigte und sehr schnell sprach.

»Problema.«

»Un problema?«

Widerwillig drehte sie den Kopf in seine Richtung. Ihr Gesicht war runzelig, über dem roten Jackett, unter dem sie eine weiße Bluse trug, baumelte ein großes vergoldetes Kruzifix. Sie sah ihn wie einen Hausierer an.

»E?«

Julian zog die Achseln hoch und winkelte die Unterarme an, Handflächen nach oben. Er hatte die Italiener beobachtet.

»Nostro letto. Peli del pube.«

Die Alte blickte zu ihrem Mann, der nichts gehört zu haben schien, nickte zweimal und sprang auf.

»Rosalba! Dio mio! Rosalba!«

Rosalba, ihre Schwester, ihre Sklavin, die einen Buckel hatte und kaum sprechen konnte, schleppte sich mühsam ins Zimmer und wurde von ihr angebrüllt, Julian verstand kein einziges Wort, aber der Blick, den Rosalba ihm zuwarf, war alles andere als freundlich.

»Aspetti«, sagte die Alte, als Rosalba noch gekrümmter davonschlich, »mi dispiace, horribile.«

Kurz darauf kam Pia und flüsterte ihm ins Ohr, die arme Frau könne nichts dafür, sehe aber wie eine Hexe aus, sie habe das Zimmer verlassen müssen, die Stofftiere und die Taschen und – Julian drückte ihre Hand. »Alle verrückt«, flüsterte er ihr ins Ohr.

Als sie zurückkamen, sah das Bett zwar nicht frisch überzogen aus, aber die schwarzen Schamhaare waren verschwunden, und über eine Hälfte des Schranks war gewischt worden.

»Wir müssen uns etwas einfallen lassen«, sagte Pia.

»Ich glaube nicht, dass sich Rosalba für Stofftiere interessiert.«

»Aber für die zwei Taschen, in denen sehr viel Geld ist. Du bleibst hier. Ich komme bald wieder. Wir werden arbeiten müssen.«

»Wir haben so viel Geld«, sagte Pia und blähte die Backen, »und sind in dem erbärmlichsten Zimmer, in dem ich jemals geschlafen habe.«

»Weil wir Verbrecher sind, müssen wir schuften. Großartige Idee übrigens.«

»Hast du eine bessere?«

Pia nahm einen der kurzen Strohhalme und verknotete ihn mit dem unteren Ende des Zwirns. Sie zog den Zwirn um den nächsten eingerollten Schein, von dort über den nächsten und den nächsten und immer so fort. Julian bekam seine Zwirnspule, wortlos machten sie sich an die Arbeit. Eine lange Matte sollte es werden, wie die Bambusmatten, mit denen man Sushi rollte, allerdings viel länger. Zusammenklappen, daraufsteigen, ins Innenfutter zweier Jacken nähen. Pia hatte sich zurückgehalten und weder ihre E-Mails noch ihr Facebook geöffnet. Stattdessen hatte sie sich in einem Internetcafé Videos angesehen, wie man näht. Es war nicht schwer. Sie hatte es bloß noch nie getan.

Pia bestand darauf, das Zimmer nicht eher gemeinsam zu verlassen, ehe sie fertig wären. Während der nächsten drei Tage kauften sie abwechselnd Nahrung und Getränke ein, aßen im Zimmer, stellten sich vor den Balkon, um Anteil an der Welt zu haben, trieben es auf dem quietschenden Bett und banden Abertausende von Geldröllchen aneinander. Die Tätigkeit war so haarsträubend, dass Julian seinen Widerstand so schnell wie möglich aufgeben musste, um sich seiner Aufgabe widmen zu können. Als Pia am dritten Tag mit zwei zerschlissenen olivgrünen Armeejacken ins Zimmer trat, konnte er vor Bewunderung nur den Kopf schütteln. Ihre Idee war genial. Trotzdem fand er noch immer, Vergraben wäre einfacher gewesen.

»Dreißig Euro«, sagte sie, »für beide.«

»Wirklich wunderschön.«

»Vielleicht nicht wintertauglich. Aber wir werden sie füttern. Das Futter füttern.«

Julian drehte sich einen Joint, zündete ihn an und setzte sich aufs Bett. Das wollte er niemals vergessen. Das würde er niemals vergessen.

Pia, seine Pia, auf dem Boden mit zwei olivgrünen Jacken, die mit einem weißgräulichen Fell gefüttert waren, trennte behutsam das Fell vom Stoff, indem sie die Fäden mit einer Nadel öffnete. Sie inspizierte die langen schmalen Geldmatten auf dem Boden, legte sie auf die Jacken, klappte sie übereinander, stellte sich auf Tausende von Euro und passte die plattgedrückten Matten, nachdem sie mit dem Ergebnis zufrieden schien, den Jacken an. Sie begann unten, legte eine Schicht eng über die nächste, während Julian »Sushimeisterin« sagte und lachte, »tapferes Schneiderlein.«

Sie hatte die Zunge zwischen den Zähnen und schien nichts um sich herum wahrzunehmen. Als Rosalba klopfte, schrie sie nur »Domani!«, legte das Futter über die Matten, nahm Nadel und Zwirn und begann, es wieder in die Innenseiten der Jacken zu nähen. Julian fielen die Faschingskrapfen ein, von denen es geheißen hatte, in manchen seien Münzen versteckt. Als Kind hatte er immer Acht gegeben, wenn er in einen Faschingskrapfen gebissen hatte. Seine Zähne waren nie auf Metall gestoßen. Er hatte Pia noch nicht gekannt.

Der weißgraue PVC-Boden war so verschmutzt, dass man sich nicht vorstellen konnte, er könnte jemals wieder sauber sein. Das Zimmer sah wie eine große Abstellkammer aus, in der man zwei Betten für den Sperrmüll aufbewahrte. In der Waschmuschel hatten sie sich einmal die Zähne geputzt, Julian hatte einen Brechreiz bekommen, weil nichts abgeflossen und eine klebrige, dicke Flüssigkeit beständig höher gestiegen war. »So ein sensibler Verbrecher«, hatte Pia gesagt und seine Wange gezwickt. Auf dem Bett, in dem sie nicht schliefen, lagen die Plüschtiere, die sie zu einem Spottpreis ergattert hatten. Die Ladenbesitzerin hatte nicht damit gerechnet, sie in der Kleinstadt, in der seit Jahren kaum Kinder geboren wurden, in ihrem Leben noch zu verkaufen. Aus dem Zimmer nebenan traten täglich andere Menschen, das dritte hatten sie noch nie gesehen, Dusche und Klo befanden sich auf dem Gang. Es hatte Überwindung gekostet, zu duschen. Aber er war nicht aus Zucker. Er war kein sensibler Verbrecher.

Am Spätnachmittag machte sich Pia über die zweite Jacke her. Wie laut es war. Menschen, Autos, Motorräder. Julian stellte sich vor die Balkonschwelle. Die Menschen waren arm. Sie kämpften ums Überleben. Sie aßen frittierte Reisbällchen, überbackene Pasta und alles, was das Meer hergab. Gestern war er mit seinem Einkauf durch ein enges

Gässlein gegangen. Auf dem Boden war ein junger Mann gelegen, eine Nadel im Arm, aus dem zähes Blut lief, ein anderer war daneben gestanden. Julian hatte seine Brust angespannt und sich mit angehaltenem Atem an ihnen vorbeigezwängt. Aus einem Geschäft war vor wenigen Stunden ein Dieb gelaufen, der Ladenbesitzer von nebenan hatte ihm ein Bein gestellt, der Bestohlene sich wütend auf ihn gestürzt, ihn mit Faustschlägen ins Gesicht traktiert, aber noch ehe die Carabinieri auftauchten, hatte der Dieb sich losgestrampelt und war entkommen. Julian hätte keinen Cent darauf gewettet. So etwas hatte er noch nie gesehen. Kein Wunder, dass sie die abgebrühteren Kicker hatten.

»Das Haar«, sagte er und drehte sich um, »das Haar hätte ich gern.«

Pia strich mit einer Nadel im Mund die zweite Jacke glatt.

Neben einer Pizzeria hing ein gerahmtes Passepartout an einer Wand. Weiß, er hatte zuerst nichts ausmachen können. Als er näher getreten war, hatte er ein schwarzes, leicht gekräuseltes Haar gesehen. *Un capello del divino Diego.* Sie liebten Maradona so sehr, weil er einer von ihnen war. Weil er den Traum verkörperte, den alle träumten. Der Bub aus den Slums von Buenos Aires, der mit dem Fußballspiel reich und berühmt und göttlich geworden war. In dieser Stadt konnten sie ihn nur lieben. An jeder Ecke hing ein Poster von Maradona, man trug immer noch sein Trikot mit der Zehn auf dem Rücken, Julian hatte einen Mann gesehen, der sich Maradona hatte tätowieren lassen – inklusive des Che Guevara, den Maradona auf den rechten Oberarm tätowiert hatte.

»Ein Foto aus dem Familienaltar zu stehlen ist nichts dagegen.«

»Wie bitte?«

»Vergiss es.«

Da bekam er einen Ärmel über seinen linken Arm gezogen, streckte den rechten nach hinten, Pia zog ihm die Jacke an. Sie spannte etwas, er konnte sie nicht zuknöpfen, aber sie passte.

»Fast wie angegossen.«

Er drehte sich um. Er musste lachen. Pias Jacke war zu groß. Sie sah wie eine Vogelscheuche aus.

»Ich studiere Kunst.«

»Ich will eine Speisekarte studieren.« Er umarmte Pia und küsste sie auf die Stirn. »Raus hier. Bevor wir verschimmeln.«

Er strich über seine neue Jacke, über die Rückseite, über die Ärmel. Er ertastete etwas. Billiges Futter. Darunter etwas Weiches. Wie Karton. Er blickte auf die Straße. Die Luft war mild.

»Wunderbar, Pia, aber –«

»Aber was?«

»Schütten darf's halt nicht.«

*

WiFi, ein wunderbares Wort. Die Italiener sprachen es aus, wie man es schrieb, WiFi klang wie Bifi, und Bifi war eine entsetzliche, in Aluminium verpackte deutsche Salami. Wie gut, dass Pia das wusste. Sie würde bald eine Deutsche sein.

Pia saß mit dem zweiten Cappuccino und einem Tramezzino am Fenster eines kleinen Cafés und las zum ersten Mal in Ruhe alle Nachrichten, die ihr auf Facebook geschickt worden waren.

Niemand, nicht einmal die Große Unbekannte, konnte

sehen, wo Pia war. Niemand konnte nachvollziehen, welche Seiten sie auf welchem Computer und über welchen Server ansah. Sie musste bloß auf ein wenig Schnickschnack verzichten. Sie hatte gelesen, was ihr die unbekannte Freundin empfohlen hatte, und sie hatte herumprobiert. Es war nicht schwer. Es sah nur aus, als säße sie vor einem Computer aus der Steinzeit, der mit Programmen aus der Steinzeit betrieben wurde. Sie war unsichtbar. Darauf kam es an.

Das alles interessierte Julian nicht. Abgesehen von den Jungs, mit denen er ins Stadion und zum Training ging, kommunizierte er mit niemandem, hatte nicht einmal das Bedürfnis danach. Er sei nicht nach Neapel verschwunden, um nachzusehen, was in Schönbrunn passiere. Manchmal sah er in Internetcafés oder auf ihrem Rechner Videos an, in denen Fußballer vor dem Elfmeterschuss ausrutschten, verletzt auf Bahren liegend von Sanitätern fallen gelassen wurden, seltsame Jubelchoreographien entsannen oder aus unmöglichen Winkeln Tore erzielten.

Wenn sie sicher sei, dass sie sicher sei, sei alles gut. Punkt, aus.

Er streunte wie ein kleiner Junge durch die Stadt, Augen und Ohren offen, als lernte er die Welt eben erst kennen. Er sprach mit Menschen, mit denen er sich auf magische Weise verständigen zu können schien, auch wenn er bloß ein paar Brocken Italienisch und nicht besonders gut Englisch sprach. Er trainierte mit Halbstarken in einer heruntergekommenen Kraftkammer und führte Pia alle paar Tage in neue Lokale, in denen sie günstig und gut aßen und tranken. Pia erkannte ihn kaum wieder. Auf einmal schien er ein Mann der Halbwelt zu sein, der Wege durch die Spanischen Viertel kannte, die kein Tourist jemals betreten hätte. Sie war stolz auf ihn. Er war fröhlich und gut gelaunt. Er war der Mann, der in ihm gesteckt hatte. Er war Roberto.

Sie wusste nicht, was sie antworten sollte. Ihre beste Freundin hatte fünf Nachrichten geschickt, andere Freunde und Bekannte hatten sich gemeldet, in ihrem Schattenpostfach fand sie unzählige Nachrichten von Unbekannten. Man wollte wissen, wie es ihr gehe, wünschte alles Gute, bewunderte sie, zwei Perverse hatten Penisfotos geschickt. »Jetzt muss ich euch unbedingt treffen«, murmelte sie, löschte die Fotos und blockierte die Absender.

Ihre Pinnwand war voller Anfeuerungen und Glückwünsche, man hatte ihr Fotos geschickt und Videos hochgeladen, es wimmelte von Blumen und ausgestreckten Daumen. Sie stieß auf zwei Profile, die jemand für Julian und Pia erstellt hatte, in denen alles gepostet war, was in den Zeitungen und im Netz über sie zu finden war. Beide Seiten waren sehr beliebt.

hallo pia, alles gut?

Ein Fenster sprang auf. RoseAmazon.

Rosa Luxemburg und Amazonen, nicht besonders einfallsreich, ihr sei nichts Besseres eingefallen, hatte die Große Unbekannte geschrieben, als Pia wissen wollte, was ihr Name bedeute. Pia hatte *Rosa Luxemburg* und *Amazonen* in die Suchmaschine eingegeben. Seither nannte sie die Große Unbekannte Rosa.

ja.

war julian erfolgreich?

wir warten auf einen anruf.

drücke die daumen.

sicher dass ich auf facebook posten kann?

du sendest keine geodaten. wenn du mit dem idiotenverein kommunizieren willst.

ich melde mich wieder. danke!
alles gute!

Rosa – oder wer immer der Mensch hinter RoseAmazon war – hatte sie anfangs wie eine Blinde durch die dunklen Seiten des Netzes geführt. Sie schickte ihr diesen Link und jenen und machte sie auf allerhand Schwierigkeiten aufmerksam, von denen Pia nicht einmal geahnt hatte, dass es sie gab. Mit der Zeit fand sie sich immer besser zurecht.

Manchmal versuchte sie, sich Rosa vorzustellen, irgendwo an einem Computer, in einem kleinen Raum, neben anderen Aktivisten. Es gelang ihr nicht. Als sie Rosa gefragt hatte, wo sie lebe, hatte sie geantwortet, in Berlin, wobei sie natürlich alles behaupten könne. Pia müsse sich entscheiden, ob sie ihr vertraue oder nicht. Sie vertraute ihr. Oder ihm. Oder ihnen.

Es war einfach, einer Unbekannten zu vertrauen. Wenn sie ihren Messenger öffnete, hatte Pia bloß einen Kontakt.

Mörder, organisiertes Verbrechen, Drogen, Steuerflucht, Terrorismus. Sie klickte sich durch die Seite von Interpol und erkundigte sich nach gesuchten österreichischen Staatsbürgern. Pia und Julian waren nicht darunter. Die anderen hatten gemordet, waren vor der Steuer geflohen oder wurden der Mitgliedschaft in einer kriminellen Vereinigung verdächtigt. In zwei Monaten, vielleicht schon etwas früher, hatte Rosa geschrieben, seien sie sicher. Was sei schon eine halbe Million für eine Bank, die ohnehin versichert sei? Es piepte.

Übermorgen. Er hat angerufen. Ti amo, Roberto

Pia öffnete die Fotos, die sie in den letzten Monaten in Wien aufgenommen hatte. Der Blick über die Stadt vom Wilhelminenberg; Julian auf dem Brunnenmarkt; ein vorbeifahrendes Motorboot auf der Alten Donau; ihre Handtasche auf einem Liegetuch im Schafbergbad; eine alte Dame mit Hut vor einer Konditorei. Die Bilder sagten ihr nicht viel, bewirkten kein Heimweh, es waren Bilder aus einem anderen Leben. Bei einem hielt sie inne.

Es war an einem Abend vor ihrem Entschluss gewesen, Julian und sie hatten vor einem Lokal Bier getrunken und Herrn Werner nachgeäfft. Als Julian auf die Toilette gegangen war, hatte sie sich umgesehen und die Trafik gegenüber fotografiert, weil sich das Werbebanner über ihrem Eingang so sachte im Wind bewegt und das Straßenlicht die Fassade in ein schönes mattes Orange getaucht hatte. Auf dem Banner stand *Last Minute*. Pia war sich nicht sicher, ob sie es damals überhaupt gesehen hatte. Etwas in ihr hatte es gesehen. Etwas in ihr hatte etwas von Maria und Robert gewusst.

Kommentarlos lud sie das Foto hoch.

Als sie eine Viertelstunde später ihr Facebook öffnete, hatten über dreihundert Menschen *Gefällt mir* angeklickt und über dreißig das Bild geteilt, unter dem zweiundachtzig Kommentare standen. Sie schloss das Fenster und schaltete den Rechner aus.

Zwei Tage später stiegen Pia und Julian abends auf der Piazza Gesù Nuovo in den weißen Fiat 500. Pia gab dem jungen Mann die Hand, der sich als Alessandro vorstellte. Als Julian ihm die ersten eintausend Euro überreicht hatte, hatte er sich keine Mühe gegeben, einen Namen zu nennen.

Sie hielten vor einem *basso* in einem engen Gässlein. Nachdem Alessandro die Tür zugezogen hatte, bedeutete er ihnen, stehenzubleiben. An der gegenüberliegenden Wand lehnte ein fleischiger, mittelgroßer Mann mit kahlgeschorenem Kopf und platter Nase, der wie ein ehemaliger Boxer aussah, der mittlerweile den Ring gegen die Straße eingetauscht hatte.

»Mi dispiace«, sagte Alessandro, »I have to search you. Just to make sure. We don't like police here.« Er hob die Hände. »Not that we think you are.«

Julian und Pia warfen einander fragende Blicke zu. Alessandro trat an Julian heran, Julian streckte seine Arme aus. Alessandro klopfte seine Beine ab, die Hosentaschen, die Jacke. Er hielt kurz inne, strich noch einmal über die Rückseite der Jacke, dann lächelte er.

»Bene.«

Er bewegte sich auf Pia zu, die einen Schritt zur Seite machte. Er blieb stehen, grinste und rief:

»Valentina!«

Eine große, schlanke Frau mit langem schwarzem Lockenhaar erschien. Pia streckte ihre Arme zur Seite, die fremde Frau tastete ihren Körper ab, ehe sie Alessandro zunickte.

»Avanti.«

In einem kleinen Hinterzimmer saß ein etwa Fünfzigjähriger in schwarzem Anzug, das graumelierte Haar nach hinten gekämmt, vor einem schweren Schreibtisch und sog an einem Zigarillo. Als er Pia und Julian sah, erhob er sich. Alessandro und Valentina zogen die Tür zu und lehnten sich mit vor der Brust verschränkten Armen gegen die Wand.

»Maria«, sagte er übertrieben freudig, »Roberto«, schüttelte ihre Hände und setzte sich. »Please have a seat. No!«

Er fasste sich an den Kopf, stand noch einmal auf, Pia und Julian hielten inne und richteten sich zögerlich wieder auf. Er rief Alessandro etwas zu, der aus dem Zimmer verschwand.

»There is something we have to do first. Just a little something.«

Der Mann lächelte, Julian schluckte. Er blickte zu Pia, die genauso ratlos wie er schien.

»Don't be afraid.«

Der Mann holte ein Mobiltelefon aus der Sakkotasche und tippte lächelnd auf dem kleinen Bildschirm herum, ehe er es auf den Tisch legte.

»Ma famiglia. Look.«

Auf einem Foto waren der Mann in weißem Anzug, eine sehr schöne und sehr blonde Frau Anfang zwanzig in einem sehr kurzen roten Sommerkleid sowie zwei Jungen in blauen Anzügen zu sehen.

»Ecco!«

»Beautiful«, sagte Julian.

»Who? My wife?«

»Yes.«

»You like my wife?«

»Everyone, beautiful, I mean.«

Als Alessandro zur Tür hereinkam, steckte der Mann sein Telefon ein und öffnete die kleine Schachtel, die ihm gereicht wurde. Alessandro nahm wieder vor der Tür Aufstellung.

»Votre mani. Your hands. Show me.«

Julian und Pia streckten ihre Hände aus. Der Mann runzelte die Stirn. Etwas klirrte, als er in der kleinen Schachtel zu kramen begann. Er kniff die Augen zusammen, schien etwas zu überdenken, ehe er Julian und Pia jeweils einen versilberten Ring in die offenen Handflächen legte. Er räusperte sich.

»Will you, Roberto, take Maria as your wedded wife, love her and honor her and take care of her and everything?«

»Sì«, sagte Julian.

»Will you, Maria, take Roberto as your wedded husband, love and honor and take care of him and everything?«

»Yes«, sagte Pia.

»Please. Exchange your rings.«

Julians Hände zitterten, als er den Ring auf Pias Finger steckte, und er sah, wie ihre Hände zitterten, als sie einen Ring über seinen Finger zog. Es schmerzte, der Ring war etwas zu klein. Julian bedeutete ihr, trotzdem weiterzumachen.

»Che bello. You may kiss the bride.«

Julian drehte sich zu Pia, blickte ihr in die Augen, neigte den Kopf leicht zur Seite, schloss die Augen und legte seine Lippen auf ihre. Er küsste sie lange und ließ mit einem lauten Schmatz von ihr ab.

»Bellissimo.«

Der Mann klatschte übertrieben begeistert in die Hände, Alessandro und Valentina klatschten zweimal kurz und hohl, Pia und Julian durften sich setzen. Der Mann lächelte, zündete sein Zigarillo wieder an, öffnete eine Schublade und holte zwei Pässe mit dem deutschen Adler hervor.

»Maria Hofmann.«

Er verglich ihr Gesicht mit dem Foto in dem Pass und nickte.

»Robert Hofmann.«

Wieder ließ er seinen Blick zwischen Gesicht und Pass pendeln, ehe er nickte und die beiden Pässe in die Mitte des Tisches legte.

»Rings are free. Courtesy of the house.«

Julian holte einen Umschlag aus der Innentasche seiner Jacke und legte ihn neben die Pässe.

»Please count for me. I'm a lazy Neapolitan.« Er lachte und hob die Hände. »Not a German.«

Julian holte das Geld aus dem Umschlag und begann, zu zählen. Auf einmal überkam ihn die Furcht, sich in dem kleinen Zimmer mit den Plüschtieren zu ihren Gunsten verzählt zu haben. Als er den letzten Schein auf den Umschlag zählte und »Tremila« sagen konnte, wurde ihm etwas leichter um die Brust.

Der Mann steckte das Geld in den Umschlag zurück, legte ihn in die Schublade, verschloss sie und stand auf. Er nickte in Richtung der Pässe, Julian steckte sie ein. Der Mann deutete einen Handkuss an, als er Pias Rechte nah an seine Lippen führte, und schüttelte Julians Hand.

»Good luck. If you need anything, you know how to find us. True identity is hard, but not impossible. But –«

Er rieb den Zeigefinger am Daumen und nickte Alessandro zu.

35

Als Kasimir Abs *Mädchenhände mit Radiergummis* bei einer Auktion in London für eine knappe Million Euro versteigert wurden, rieben sich die einen die Augen und die anderen die Hände. Selbst jene, die Abs Kunst jahrelang als vorgestrig abgekanzelt hatten, wiesen auf einmal darauf hin, sein Marktwert habe endlich mit seinem Rang als Maler gleichgezogen. Über die Herkunft des Bildes wurden Mutmaßungen angestellt, man nannte es ein frühes Meisterwerk seiner mittleren Phase. Wer einen Kasimir Ab besitze, habe allen Grund, zu jubeln. Wer einen wolle, müsse ab sofort tiefer in die Taschen greifen.

Kurz nachdem Sophie mit ihrem Laptop ins Atelier gestürmt war, um Kasimir die Meldungen im Netz zu zeigen, eine nach der anderen, um sich und ihn von ihrer Richtigkeit zu überzeugen, rief Jonathan an.

»Was soll das, Kasimir? Ich dachte, der Verrückte hätte sich mit dem Bild verbrennen lassen. Weißt du etwas darüber?«

»Ich habe es zurückgekauft.«

»Was heißt: Ich habe es zurückgekauft?«

»Sein Sekretär, oder wer immer das war, hat es mir angeboten.«

»Hast du es versteigern lassen?«

»Nein.«

»Kasimir! Wir haben einen Vertrag. Pacta sunt – «

»Ich habe es mehr oder weniger verschenkt.«

»Was heißt verschenkt? Was heißt mehr oder weniger?«

»Ich habe es um sechshundert Euro verkauft.«

»Willst du mich verarschen?«

»Ich habe einen Zeugen. Außerdem ist es mein Bild.«

»Jetzt das eines steinreichen Investors. Ich bin gerade in Paris. Warte einen Moment.« Kasimir hörte Jonathan jemandem Anweisungen geben. Sein Französisch klang sehr französisch. »Ich bin am späten Nachmittag bei dir. Und dann will ich die Wahrheit hören.«

Die Wahrheit. Kasimir Ab lachte, als er sein Mobiltelefon lautlos stellte und beiseite legte. Jonathan wollte die Wahrheit hören. Die Wahrheit war, dass jemand eine knappe Million mit einem seiner Bilder verdient hatte. Die Wahrheit war, dass er sich sehr in dem jungen Mann mit dem Schnauzer hätte täuschen müssen, wenn dieser die knappe Million verdient hätte. Die Wahrheit war, dass Kasimir 299 400 Euro verschenkt hatte. Die Wahrheit war auch, dass er nicht wusste, ob das tatsächlich –

»Warum murmelst du ständig ›Die Wahrheit, die Wahrheit, die Wahrheit?‹«

»Weil in ein paar Stunden Möwe Jonathan angeflogen kommt und die Wahrheit wissen will.«

Kasimir griff nach seinem Telefon und öffnete die Galerie. Er wischte durch die Bilder der letzten Monate, ehe er nickte und Sophie das Telefon reichte.

»Geiler Schnauzer.«

»Der hat das Bild gekauft.«

Sie blickte ihn verwundert an.

»Macht sehr auf Understatement.«

»Oder auch nicht.« Kasimir seufzte. »Sechshundert Euro konnte er zusammenkratzen.«

Es dauerte eine Weile, bis Sophie Kasimir die Geschichte vom Flohmarkt abnahm, und Kasimir sah, dass sie diese erstens nicht lustig fand und zweitens seinen Geisteszustand gehörig in Zweifel zog. Er selbst verspürte weder Freude noch Aufregung. Ihm war, als wäre von einem anderen die Rede. Sophie schickte das Foto Hans, rief ihn an und bat ihn, alles liegen und stehen zu lassen, um den Käufer ausfindig zu machen. Nachdem sie aufgelegt hatte, holte sie eine Flasche Weißwein und zwei Gläser, wies Kasimir an, es sich auf der Couch bequem zu machen und nahm ihm gegenüber mit aufgeklapptem Laptop Platz.

Während Sophie zusammenfasste, was sie den Meldungen entnehmen konnte, läutete ununterbrochen das Ateliertelefon. Kasimir blähte die Backen, er konnte keine Aufregung gebrauchen, weil er gerade mit einem Bild spielte, das ihm große Freude und viel Kummer bereitete. Die Anrufe kamen aus Kunst- und Wirtschaftsredaktionen, die eine Stellungnahme des Künstlers zu dem sagenhaften Erlös wollten. Kasimir schüttelte bloß den Kopf, Sophie teilte ein ums andere Mal mit, das Atelier sei für eine Stellungnahme nicht zu erreichen, ehe sie das Telefonkabel aus dem Stecker zog und ihr Mobiltelefon lautlos stellte. Im Viertelstundentakt fand sie neue Nachrichten, die allesamt nicht mehr verrieten, als dass ein anonymer Käufer per Telefon Kasimir Abs *Mädchenhände mit Radiergummis*, die laut Werkkatalog als verkauft und verschollen galten, für eine knappe Million Euro ersteigert habe.

»Irre.« Sophie klappte den Laptop zu. »Ich pack's nicht.«

»In der Weltrangliste bin ich trotzdem unter ferner liefen.«

Als Kasimir nach seinem Telefon griff, hatte er eine Unmenge versäumter Anrufe und fünfundvierzig Kurznachrichten. Er öffnete bloß eine.

Nehme alles zurück. Doch nicht völlig meschugge. Lädst du mich auf eine Leberkässemmel ein? Ly.

Hinter dem Fragezeichen befanden sich Symbole für ein Glas Wein, eine Flasche Champagner, für Messer und Gabel, einen Bikini und einen Kussmund. Kasimir nickte. Die unsichtbare Hand des Marktes hatte nach ihm gegriffen.

Als zwei Jahre zuvor die Börsen einbrachen, die Märkte krachten, Banken verstaatlicht, zerschlagen oder mit Steuergeldern gerettet wurden, wurde auf dem Kunstmarkt weiterhin gekauft, als gäbe es kein Morgen. Es war ein Feuerwerk, ein Irrsinn sondergleichen, den Kasimir aus der Ferne und mit einer Mischung aus Amüsement und Widerwillen verfolgte. Das Schiff sank, in den Galerien und Auktionshäusern wurde immer noch getanzt, ihre Welt – und somit seine – stemmte sich gegen den Untergang. Er sah die letzten Tage Roms.

Aktien waren von einem Tag auf den nächsten nichts mehr wert, Milliarden über Nacht verpufft, Manager nahmen sich das Leben, unermesslich reiche Menschen steckten ihr Geld in Kunst. Sie versteckten das Geld, das am nächsten Tag schon weg sein konnte, in Kunstwerken, die Kasimir oft nicht geschenkt haben wollte. Der Markt sollte glauben, dass sie tatsächlich so viel wert waren und eine weitere Wertsteigerung vor sich hatten. Fünfundsiebzig Millionen für einen diamantenbesetzten Totenkopf, den der englische Krämer angefertigt hatte, den Kasimir auf Wienerisch *Damian Heast* nannte, *Dummkopf, hörst du?* Ein paar Monate später hatte der Dummkopf die Signale gehört und eine Unmenge seiner Kunstwerke – Kasimir erinnerte sich in diesem Moment an Jonathans zitternde Unterlippe – direkt bei Sotheby's versteigert, wo seine düpierten Galeristen zum Teil selbst mitsteigerten. Große Aufregung, Trommelwirbel, etwas Einmaliges, nie Gesehenes, die Hände gingen in die Höhe und sanken selbst dann nicht, als ein goldenes Kalb versteigert wurde.

Plakativer ging es nicht. Kasimir erinnerte sich, wie er Jonathan am Telefon gesagt hatte, vielleicht sei es an der Zeit, Kasimirs Scheiße, eine schöne, in Formaldehyd eingelegte Wurst, mit DNA-Analyse als Zertifikat zu versteigern. Kasimir erinnerte sich auch, dass er es insgeheim persönlich genommen hatte, so viel weniger wert zu sein und in diesen Gefilden keine Rolle zu spielen.

In diesen Gefilden gab es Kunstwerke, die Menschen um alles in der Welt besitzen wollten, jetzt und sofort. Sie wollten die Meister ihrer Zeit besitzen, und das waren jene, die am meisten wert waren. Picasso war tot, van Gogh war tot, die Alten Meister waren tot, aber die Meister der Gegenwart zu besitzen, die munter vor sich hin produzieren ließen, war auf einmal der allerletzte Schrei. Auch wenn die Nachwelt die Meister der Gegenwart dereinst anders beurteilen würde, war der Kaufpreis das Urteil der Gegenwart. Jeder wusste, dass die Preise in die Höhe getrieben und künstlich hochgehalten wurden, indem Galeristen und Sammler mitsteigerten oder Strohmänner die Hände heben ließen.

Kasimir sah Yamamoto vor sich, den halbversteinerten Alten, für den er auf einmal beinahe etwas wie Zärtlichkeit verspürte. Schüttelte es ihn in seiner Urne durch? Wem erzählte das Bild jetzt welche Geschichte? Für einen Moment stockte Kasimir der Atem. Er hörte den letzten Diener die

Worte seines Königs übersetzen: »Ihm hat sie Hoffnung geschenkt, andere könnte sie gefährden.«

»Was für eine – ich muss mich sehr bemühen, das Adjektiv nicht zu verwenden – Aktion soll das denn gewesen sein?« Jonathan schritt im Atelier auf und ab, Kasimir lag mit hinter dem Kopf verschränkten Händen auf der Couch und summte. »Du bist doch nicht der Unbekannte Künstler!«

»Manchmal finde ich den gar nicht so schlecht.«

»Aber schlecht kann's einem werden. Sei nicht kindisch, Kasimir. Warum hast du das getan?«

»Ich wollte jemandem etwas Gutes tun.«

»Du musst doch nur eins und eins zusammenzählen. Jetzt hast du irgendeinem windigen Geschäftemacher etwas Gutes getan. Gut gemeint – das Gegenteil von gut.«

»Fünfhundert Euro ins Phrasenschwein.«

»Versteigere ein Bild, wenn du meinst, und spende das Geld. Am besten für Flüchtlinge oder ein Frauenhaus – kommt immer gut. Warum hast du mir nichts von dem Anruf erzählt? Ich hätte das Bild gekauft, wir hätten es verkauft. Das kann doch nicht dein Ernst sein. Ich fühle mich übergangen. To say the least.«

»Am liebsten würde ich alle meine Bilder zurückkaufen.«

Jonathan lachte.

»Das kannst du ab heute vergessen. *Den* Kredit bekommst du von keiner Bank.« Er klatschte in die Hände. »Das ist nämlich das Gute an diesem Tag. Das ist so gut, dass ich dir gar nicht böse sein kann. Nach der Ausstellung kannst du dir eine Insel kaufen.«

»Und du die Nachbarinsel.«

»Willst du mir etwas sagen? Warum freust du dich nicht?

Du hast ein Bild verschenkt – und in großem Stil gewonnen.«

»Wie heißt der Schönling? Der Stürmer von Real?«

»Cristiano Ronaldo.«

»Der wurde letzten Sommer um hundert Millionen gekauft. Also hundert Gemälde von Kasimir Ab. Bin ich um so viel weniger wert?«

»Nein. Aber er bringt auch ständig Geld. Merchandise, Titel, Eintrittskarten. Wenn ich dich ins Büro oder ins Wohnzimmer hänge, habe ich keine laufenden Einnahmen. Komm, Kasimir, lass uns essen gehen. Ich schätze es nicht sonderlich, wenn du dich für dumm verkaufen willst.«

Während Jonathan Beef tartare auf Toasts schmierte und mit Kapernbeeren und Zwiebeln belegte, löffelte Kasimir eine Leberknödelsuppe. Die heiße Brühe tat ihm gut, sein hellblauer Handschuh führte den Löffel von der Schüssel zum Mund und wieder zurück. Wenn er ehrlich war, hatte er keine Ahnung, welcher Preis für welches seiner Bilder angemessen wäre.

Sie saßen im hintersten Eck eines Wirtshauses, Jonathan schmiedete Pläne, jonglierte mit Summen, pries Kasimirs neue Bilder und erwähnte nebenbei die Anfrage eines Sammlers, der das Schwerelosigkeitsvideo kaufen wolle. Die Originalversion, also mit unverpixelten Händen.

»Nach meinem Tod.«

»Ich will dich zu nichts drängen. Wollte es nur erwähnt haben.«

Das Video mit Kasimirs Ansprache und den schwebenden Handschuhen, die sich in der Luft drehen, nach oben steigen, herumwirbeln und wieder zu Boden plumpsen, während Kasimir im blauen Raumfahreranzug mit dem

Schriftzug *AB-EN-TEUER* anstatt der deutschen Flagge durch die Schwerelosigkeit rudert und seine Hände zeigt, die im Nachhinein verpixelt worden waren, war das erste Werk, das Kasimir Ab ins Internet hatte stellen lassen. Bislang war es siebzigtausendmal angesehen worden. Kasimir selbst saß alle paar Wochen davor, um den Zustand der Schwerelosigkeit in sich wiederzuerahnen.

Er hatte Scopolamin besorgt, was weder einfach noch günstig war, aber weder schwer noch kostspielig konnte ihn von etwas abbringen. Die Droge war nicht für ihn. Sie war für den Unbekannten Künstler, der unerschrocken, leicht und angstlos alle heiligen Zeiten durch die Stadt oder das Netz schwebte, um Spuren zu hinterlassen. Es war alles andere als leicht gewesen, sich das Serum zu spritzen, aber allmählich hatte der Unbekannte Künstler Übung darin bekommen, und wann immer Kasimir um die Mittagszeit nach einem *Abgang* erwachte, wunderte er sich über das, was der Unbekannte Künstler diesmal angestellt hatte.

Das Netz feierte ihn, die Kunstwelt war gespalten bis feindselig, die Polizei ermittelte, und je mehr die Medien im Dunklen tappten, desto mehr Gerüchte kamen auf. Der *Fünfhunderteuroschein (mit Hund)* und die Abdrücke des Salamieuphorikers auf der Straße der Sieger waren lange her. Sie hatten nicht das Schwebende, Leichte und Waghalsige, das den Unbekannten Künstler auszeichnete. Kasimir fand ihn weder besonders originell noch besonders begabt. Er freute sich bloß darüber, dass in ihm ein Unruhestifter wohnte.

Vor ein paar Monaten hatte eine Galerie den *Fünfhunderteuroschein (mit Hund)* vom Haus des Meeres abtragen lassen. Der Vandalismus war beseitigt und die Galerie um fünfundsechzigtausend Euro reicher – oder etwas weniger, wenn man die Kosten für die aufwendige Abtragung in Rechnung stellte. Der Unbekannte Künstler hatte sich geschworen, nie wieder etwas zu produzieren, das verkauft werden könnte.

»Hörst du mir eigentlich zu?«

»Jonathan, mir ist das Geld egal.«

»Weil du es hast.«

»Manchmal hasse ich es, ja. Sag, Jonathan: Glaubst du an irgendetwas?«

»Ich glaube an meine Künstler. An dich zum Beispiel.«

»Du vertrittst auch einen Haufen Idioten.«

»Ich glaube nicht im gleichen Ausmaß an alle.«

»Was du jedem anderen genauso sagen würdest.«

»Ich glaube nicht an die heilige katholische Kirche, wenn du das meinst, auch nicht an den Propheten Mohammed, gepriesen sei sein Name.«

»Meine ich nicht. Wäre aber ein Anfang. Gibt es etwas, wofür du sterben würdest?«

Jonathan führte den Bissen Steak nicht in den Mund, seine tadellos manikürten Finger stoppten die Gabel auf Kinnhöhe, ehe er sie langsam sinken ließ. Er blickte Kasimir direkt in die Augen. Sein Mund stand leicht offen, er griff nach dem Weinglas, nahm einen Schluck, ließ den Wein im Mund kreisen, stellte das Glas wieder auf den Tisch und tupfte sich mit der Stoffserviette die Mundwinkel.

»Willst du die Galerie wechseln?«

Kasimir schüttelte den Kopf.

»Wir haben eine Geschichte, Kasimir. Wir sind Freunde.«

»Ich will nur wissen, ob es etwas gibt, wofür du sterben würdest.«

»Ich halte es mit dem Spruch, ich weiß jetzt nicht, von wem er ist, demzufolge jene Zeiten gesegnet seien, in denen – «

Er seufzte, verzog das Gesicht und holte sein Mobiltelefon aus der Sakkotasche.

»Vibriert ununterbrochen. Nicht auszuhalten. Oh.« Er hob ab. »Sophie? Wunderbar. Verstehe. Gib ihm was zu trinken. Wir sind in zwanzig Minuten im Atelier. Nein, er soll ihn bei Laune halten. Wir kommen.«

Jonathan steckte das Telefon wieder ein, lächelte und griff nach seinem Glas.

»Für Hans würde ich sterben. Er hat den Flohmarktkäufer ins Atelier gebracht. Sophie bringt ihm gerade das zweite Bier.«

Es war mindestens das dritte Bier, mit dem der Flohmarktkäufer in einem Lehnstuhl saß, als Kasimir und Jonathan ins Atelier traten. Der junge Mann, den Kasimir jung nannte, weil er sich seinen Kopf nicht unnötig zu zermartern schien, sah aus wie damals auf dem Flohmarkt. Er trug dieselbe Jeansjacke, ein weißes T-Shirt und dieselben zerschlissenen Jeans. Der einzige sichtbare Unterschied war eine auf den Kopf geschobene verspiegelte Sonnenbrille, für die es an diesem Tag keinen Grund gab.

»Schön ham Sie's hier«, sagte er, als er Kasimir erblickte. Er stand auf, steckte seine Zigarette von der Rechten in die Linke und schüttelte Kasimirs Hand. Kasimir stellte ihm Jonathan vor, den der Mann wie ein exotisches Tier beäugte.

»Sie ham mich ganz schön hinters Licht g'führt.«

Er lachte und setzte sich wieder hin.

»Ich Sie?«

Kasimir ließ seinen Blick durchs Atelier streifen. Hans saß mit einer Tasse Kaffee auf der Couch, Sophie stand mit einem Glas Wein vor dem Ausgang zum Atrium, der junge Mann trank Bier und wischte mit dem Handrücken den Schaum von seinem Schnauzbart.

»Sie ham g'sagt, das is net von Ihnen.«

Jonathan warf Kasimir einen inquisitorischen Blick zu.

»In dem Moment war ich auch ein anderer.«

Der junge Mann blickte Kasimir an, als wäre er verrückt, Jonathan suchte Hans' Blick, der zerknirscht nickte.

»Sehen Sie, mein Galerist versteht es nicht, mein lieber Hans, der Sie hierher brachte, versteht es nicht, die bezaubernde junge Dame zweifelt an meinem Verstand, aber, so wahr ich hier stehe: Ich wollte jemandem ein Bild schenken, dem es gefällt. Sie haben gehört, was es wert ist. Ich habe es vor einiger Zeit um dreihunderttausend –«

Kasimir hielt inne und blickte dem Mann in die Augen. Weder schluckte er, noch verzog er eine Miene. Er rauchte genüsslich, blies Kringel in die Luft und ließ sich noch tiefer in den Lehnstuhl sinken. Jonathan gesellte sich zu Sophie und verschränkte die Arme vor der Brust. Kasimir sah, wie es in ihm brodelte.

»Üblicherweise kaufen Menschen meine Bilder für viel Geld, um zu zeigen, dass sie es sich leisten können, um es von der Steuer abzuschreiben oder um eine Investition zu tätigen – meistens eine Mischung aus alledem. Ich fand schön, dass Sie es wollten, weil es Sie ansprach.«

Der Mann nickte und schien einem wohltuenden Gedanken nachzuhängen, während alle Augen auf ihn gerichtet waren. Er beugte sich langsam zur Seite und drückte seine Zigarette in einen Aschenbecher.

»Tut mir leid. Ich hätt's nie verkauft, wenn ich nicht so

viel Geld bekommen hätt.« Er schüttelte den Kopf. »Ich mein. Zehntausend Euro.«

»Zehntausend!« Jonathan griff sich an den Kopf. »Zehntausend!! Zehn!!! Tausend!!!«

Der Mann nickte, Jonathan brach in ein Lachen aus, das nicht im Mindesten komisch klang.

»Und Sie meinen noch immer, das wäre viel? Haben Sie nicht gehört, um wie viel das Bild versteigert wurde?«

»Hab ich ja nicht wissen können.«

»Das haben Sie ja nicht wissen können! Aber *jetzt* wissen Sie es! Kommt es Ihnen nicht seltsam vor, trotzdem von viel zu sprechen?«

»Könnt ich noch ein Bier?«

»Ein Bier! Ein Bier! Sie hätten ein Leben lang jeden Tag allen Ihren Freunden und sich selbst ein paar *Fässer* Bier spendieren können!«

Kasimir nickte Sophie zu, die dem jungen Mann das Glas aus der Hand nahm und in die Küche verschwand.

»Ich hab noch nie zehntausend Euro g'habt. Und ich mein, ich hab auch schon Leut übers Ohr g'haut.«

Hans schmunzelte, Sophie kam mit einem Glas Bier zurück, Jonathan schlug die Hände vorm Gesicht zusammen. Er ging zur Couch, setzte sich neben Hans und starrte den Flohmarktkäufer an.

»Wem haben Sie das Bild verkauft?«

»Einer Frau. Hat ang'rufen.«

»Wie heißt sie?«

»Schmaus.«

»Schmaus?«

»Maria Schmaus. Hat's g'sagt.«

»Und woher wusste diese Maria Schmaus, dass Sie das Bild haben?«

»Ein Bekannter hat ihr Fotos vom Flohmarkt zeigt. Dabei hat sie's g'sehn. Sieht wie eine gute Fälschung aus. Hat's g'sagt. Was ihr aber nix macht. Weil's ihr gefällt. Sie wollt mir fünftausend geben. Ich hab Nein g'sagt. Ein paar Tag später ruft's wieder an. Zehntausend. Ich hab Ja g'sagt.«

»Woher wusste sie, dass Sie es haben?«

Der Mann zuckte die Achseln.

»Das soll ich Ihnen glauben?«

»Ja.« Er zündete sich eine Zigarette an. »Oder glauben Sie, dass Zigeuner immer lügen?«

*

Der Unbekannte Künstler fühlte sich leicht, als er Anfang Dezember spätnachts mit einem Rucksack aus dem Haus trat. Sein Kopf war frei, sein Blick gerade, er hatte wieder das Gefühl, unsterblich zu sein.

Seine Schritte federten, etwas ging in ihm. Wie reizend Wien bei Nacht war. Bisweilen hielt er inne, um eine Fassade zu betrachten oder eine kleine Kirche näher anzusehen, vor bestimmten Auslagen hielt er, von Gegensprechanlagen las er Namen und Firmensitze ab. Unlängst hatte er einen Dr. Kotzab und eine Dr. Bös erspäht.

Der Unbekannte Künstler las die Stadt, die Straßen, die Zeichen und Spuren, die die Menschen hinterließen. Er sah Wut und Trauer und Auflehnung. Er sah Witz und Verspieltheit und Hass. Er sah Geltungsdrang und Mitteilungsbedürfnis. Die Wände riefen den Menschen zu, nicht mehr wählen zu gehen, das System zu zerstören, die Grenzen zu öffnen, die Banken zu plündern; sie riefen aber auch, man solle Drogenneger töten, Schwule aufhängen und Ausländer zurückschicken. Der Unbekannte Künstler lächelte, weil er so schnell war, obwohl alles in ihm langsam zu sein schien. *Hört auf zu zahlen* war beim letzten Mal auf der Wand gestanden, an der er eben vorbeischwebte. In der Zwischenzeit hatte jemand zwei Punkte angebracht: *Hört auf zu zählen.*

Man konnte die Botschaften nicht zählen, die Augen wie Wegelagerer überfallen wollten, die Hinweise auf Konzerte und Veranstaltungen, die Sticker, die Fußballfans hinterließen, um ihr Terrain zu markieren, die politischen Losungen und die Antworten darauf, die Schriftzüge und Logos, mit denen Menschen sich in einer bestimmten Szene einen Namen machen wollten, die Aufrufe zu Demonstrationen, die Liebesbeschwörungen und Entschuldigungen.

Der Unbekannte Künstler lebte in einer Welt, die alles andere als sicher und stabil war. Er lebte in einem umkämpften Moment. Er witterte, dass etwas am Umbrechen war. Er lebte in einem unentschiedenen Jetzt, in dem niemand wusste, wie es weitergehe, obwohl die meisten taten, als wüssten sie es. Kasimir Ab mochte den Kopf darüber schütteln, weil seine Bilder weiterhin und mehr denn je zu Irrsinnspreisen gehandelt würden. Der Unbekannte Künstler sah auf seinen Streifzügen etwas anderes. Die letzten Tage Roms.

Die Medien berichteten immer noch über die beiden Bankomatentleerer, über Pia und Julian und Pias Mutter, die sich in Schönbrunn um ein entzückendes Pandababy kümmerte, das mittlerweile den Status eines Rockstars innehatte. Die beiden waren jung, sie waren attraktiv, sie waren nicht zu fassen, sie hatten einen Nerv getroffen. Der Unbekannte Künstler hatte sich unter einem anderen Namen ein Profil auf Facebook angelegt, um Pia folgen zu können. Pia bestand aus Worten und Bildern, die in der

Stadt, durch die der Unbekannte Künstler streifte, etwas aufrüttelten. Sie sprach eine klare Sprache, die bei vielen verfing.

Etliche ihrer Fotos, die Oase, die Stofftiere, die Blutlache aus Genua, waren von einem Tag auf den nächsten wie von Zauberhand auf Stickern an Wänden und Verkehrsschildern, auf Fassaden und Toilettentüren aufgetaucht. Man sah sie überall, vor allem den Zehneuroschein *Limited Edition*. Auf Facebook hatten Menschen ihre Profilbilder gegen eines ihrer Fotos ausgetauscht, in einem Kommentar war festgestellt worden, die Neuigkeit dieses Phänomens liege darin, dass etwas nicht bloß im Netz stattfinde, sondern sich in der konkreten Welt materialisiere. Immerhin müssten Menschen ihre Computer und Sofas verlassen, um die Bilder zu drucken und in der Öffentlichkeit anzubringen. Den Unbekannten Künstler faszinierte mindestens so sehr, dass die Sticker in Farbe, Qualität und Größe höchst unterschiedlich waren. Menschen sagten: Nehmt, was euch gehört. Redet darüber.

Der Unbekannte Künstler selbst war gerade dabei, *viral* zu werden. Kasimir Ab hatte das Wort nicht gekannt. Das Video mit den zurückgegebenen Scheinen zur Bankenrettung hatte sich wie ein Lauffeuer im Netz verbreitet. Es war tatsächlich und auf mysteriös verschlungenen Pfaden ansteckend: Immer mehr Geldscheine tauchten auf, die mit Zeichen, Botschaften oder Wünschen verziert waren. »Was wünscht ihr euch vom Geld?«, hatte Pia auf Facebook gefragt, »teilt es einander mit. Scheinarbeit ist schön.«

Andere versuchten verzweifelt, ihre Scheine ebenfalls zu limitieren, kunstvoll oder besonders auffällig zu verzieren, damit sie auch so wertvoll wie die *Limited Edition* würden. Billige Nachahmung und bloßes Wollen brachten aber nichts. Zu Wochenbeginn hatte das Innenministerium verlauten lassen, der absichtlichen Beschädigung von Banknoten einen Riegel vorschieben zu wollen. Zwar seien Banknoten Eigentum ihrer Besitzer, das diese nach eigenem Gutdünken zerstören dürften. Dann seien sie aber wertlos, weshalb ab sofort Kassiererinnen und Kellner, Verkäuferinnen und Taxifahrer angehalten seien, keine verzierten Scheine anzunehmen. Verzierte Scheine müssten, sobald sie in die Bank gelangten, aus dem Verkehr gezogen und durch neue ersetzt werden, was zu nicht zu rechtfertigenden Zusatzkosten für die Nationalbank führe.

Der Unbekannte Künstler war warm gekleidet, in mehreren Schichten, alte Jeans, eine dicke olivgrüne Jacke, auf dem Kopf eine schwarze Mütze, im Gesicht eine große Brille mit getönten Gläsern, und wann immer er ein Bankfoyer betrat, zog er den Schal bis ans Nasenbein. *Kuckuck, Kuckuck, ruft's aus dem Wald.* Er summte die Melodie, während er einen Bildschirm nach dem nächsten mit seinen Pfandmarken beklebte. *Lasset uns singen, tanzen und springen.* Auf der Straße machte er es im Vorbeigehen. *Frühling, Frühling, wird es nun bald.*

Der schöne, arme, zerzauste Kuckuck – ein gerupfter Vogel, der der Welt sein hageres Gesicht zudrehte, das Maul zur Anklage weit aufgerissen, das Federkleid böse mitgenommen, aber trotzig und schelmisch und faustdick hinter den Ohren! Um den Vogel war ein Kreis gezogen; im oberen Halbkreis stand *kuck.uk*, im unteren *GEPFÄNDET.*

Als der Unbekannte Künstler in ein Taxi stieg und dem Fahrer eine Adresse in Favoriten nannte, summte er immer noch. *Der Kuckuck und der Esel, die hatten einen Streit.* Der Taxifahrer stellte das Radio lauter und blickte immer wieder in den Rückspiegel. *Wer wohl am besten klebe, weher wohl am besten klebe.*

»Keine Sorge. Mir geht's gut. Ich kotze Ihnen nicht den Wagen voll.«

»Wird gut sein.«

»Kann gar nicht kotzen. Selbst wenn ich wollte. Brechzentrum gehemmt.«

Der Taxifahrer blickte wieder in den Rückspiegel, ein junger Schwarzer mit kurzgeschorenem Haar und starkem Wiener Vorstadtakzent.

»Sag, was nimmst du?«

»Scopolamin.«

»Was soll das sein?«

»Wahrheitsserum.« Der Unbekannte Künstler buchstabierte seinen Treibstoff. »Kannst du nachher googeln.«

»Du sagst also immer die Wahrheit?« Der junge Mann lachte. »Hätt ich gern für meine Freundin. Immer die Wahrheit. Geil. Sollte man unseren Politikern geben.«

»Die würden sagen: Wir müssen euch belügen, sonst würdet ihr uns niemals wählen.«

»Sag mal, Wahrheit und so: Wer bist du?«

»Ich bin der Unbekannte Künstler.«

Der Fahrer bremste abrupt vor einer Ampel, obwohl sie eben erst grün zu blinken begonnen hatte.

»Und das ist Preistreiberei.«

»Verarscht du mich? Du musst die Wahrheit sagen!«

»The truth, the whole truth, and nothing but the truth.«

»Geil, Mann, ich fand das mit dem Freak, der in die Bank geht und so verschwurbelt redet, richtig cool.«

Der junge Mann lachte und schlug gegen das Lenkrad. Der Unbekannte Künstler beugte sich nach vorne.

»Wie heißt du?«

»David. Sag jetzt nicht wie Alaba. Der hat Geld wie Heu und macht für die Bank Austria Werbung. Ich würd lieber ihre Bankomaten leeren.«

»Hast du noch zwei, drei Stunden?«

»Auf jeden Fall. Aber, ich würd ja gern, du musst leider zahlen. Der Zentrale sag ich, ich fahr einen verrückten Reichen spazieren, der sich Wien bei Nacht ansehen will.«

»Wunderbar.«

»Hast du Geld? Ich mein, ich dachte, du bist arm und so.«

»Ich habe Unterstützung.«

»Von dieser Pia?«

»Nein. Sagen wir: indirekt.«

»Nicht die Wahrheit. Klingt nach Politiker. Kennst du sie?«

»Ich habe sie einmal gesehen, ohne zu wissen, wer sie ist.«

»Kein Scheiß?«

»Auf der Mariahilfer. Sie war gerade dabei, mit dem Geld abzuhauen. Sie gab mir fünfhundert Euro.«

»Die hat viele Fünfhunderter verteilt. Ist überall erzählt worden. Vor allem Sandlern.«

»Wie spät ist es?«

»Ein Uhr zweiundfünfzig.«

»Halt kurz. Hör zu.«

Der junge Mann kannte Wien wie seine Westentasche, in der Westentasche des Unbekannten Künstlers steckten äußerst stark klebende Sticker mit dem arg gebeutelten Kuckuck. Weil der junge Mann so oft vor Bankomaten halten musste, nachdem Fahrgäste auf einmal herausgefunden hatten, kein Bargeld bei sich zu haben, übernahm er die

Linienführung, blieb knapp vor den Banken stehen, der Unbekannte Künstler betrat Foyers und beklebte die Bildschirme oder verrichtete seine Arbeit vor Automaten auf der Straße.

Kommt ein Kuckuck geflogen, setzt sich nieder auf den Schirm.

Fünf gepfändet.

Sieben gepfändet.

Einen gepfändet.

Hat ein Scheinchen im Schnabel und nur Unsinn im Hirn.

Das Taxameter lief, der Fahrer steuerte durch eine Nacht, in der der Unbekannte Künstler mehr denn je das Gefühl hatte, Neuland zu betreten. Von Favoriten fuhren sie nach Meidling, über Rudolfsheim und Ottakring nach Hernals und Döbling, kurvten durch ihm unbekannte Bezirke, hielten an nie betretenen Straßen, fuhren an nie gesehenen Häusern, Plätzen und Parks vorbei. Der Unbekannte Künstler sah andere Menschen, andere Sorgen, andere Freuden und andere Hoffnungen, während er wie eine fleißige Ameise einen Kuckuck nach dem nächsten auf die Bildschirme der Bankomaten klebte und sich von seinem Chauffeur die Grenzen der ihm unbekannten Welt erklären ließ. Wo die Türken stark seien und wo die Araber, was in den Händen von Afrikanern und was in denen von Chinesen sei, wo die Linie zwischen Serben und Kroaten und wo die zwischen Jugos insgesamt und Türken verlaufe, in welchen Bädern und auf welchen Plätzen sich alles vermische. Der Unbekannte Künstler sah billige Bordelle, fragwürdige Thaimassagestudios mit rot blinkenden Herzchen, türkische Bäckereien, die noch geöffnet hatten, Betrunkene, die nach Hause torkelten – was sie alle verband, waren Bankomaten, von denen sie Geld wollten. *Zur schönen Winterszei-ei-eit, zur schönen Winterszeit.*

Über die Brigittenau und den Alsergrund kamen sie in die Josefstadt. Vor dem Café Hummel bat der Unbekannte Künstler den Taxifahrer, anzuhalten.

»Danke für die Tour.«

»War mir eine Ehre. Und, Mann, tut mir leid, aber –«

Er tippte auf das Taxameter. Der Unbekannte Künstler zählte ihm den Fahrpreis in die Hand, der junge Mann hielt die Scheine unter die Lampe und nickte.

»Alle sauber. Danke.«

Er schrieb etwas auf einen Zettel und reichte ihn nach hinten.

»Meine Nummer. Wenn du wieder mal einen Fahrer brauchst. Ich schweige wie ein Grab. Und nimm nicht zuviel von dem Zeug. Immer die Wahrheit ist auch nicht gesund.«

»Ach ja. Dein Trinkgeld. Danke.«

Der Unbekannte Künstler reichte dem jungen Mann einen Zehneuroschein, der ihn sofort einstecken wollte.

»Halt ihn unters Licht.«

Als der Unbekannte Künstler ausstieg, öffnete der Taxifahrer die Tür, sprang aus dem Wagen und umarmte ihn. Er hatte Tränen in den Augen.

»Verkauf ihn nicht unter fünftausend. Es gibt nur mehr wenige.« Er ging los, drehte sich aber noch einmal um. »Und klebe ein paar Kuckucke, wenn dir danach ist. Ich habe welche auf der Rückbank vergessen.«

WER IST DER UNBEKANNTE KÜNSTLER? stand am übernächsten Tag in Blockbuchstaben auf der Titelseite einer Gratiszeitung, die ein großes Foto und drei kleinere Bilder einer Überwachungskamera abgedruckt hatte. Im Innenteil der Zeitung war eine Grafik mit jenen Orten abgebildet, an denen Bankomaten mit dem Kuckuck beklebt worden waren. Die Stadt war voll davon. Zu Kasimirs Verwunderung waren auch Orte jenseits der Donau sowie im zweiten und ersten Bezirk darunter, an denen der junge Mann nicht vorbeigefahren war.

Auch in anderen Zeitungen, die Sophie mitgebracht hatte, waren Bilder eines vermummten Mannes mit Rucksack zu sehen. Kasimir Ab hätte sich nicht erkannt. Überall waren Screenshots der Seite *kuck.uk* abgedruckt, auf der unter dem Vogel stand: *Es ist unser Geld.* Der Hintergrund war azurblau, der Kuckuck weiß, die Schrift schwarz. Es sah wie das Werbeplakat einer Partei aus. In einer gelben Ellipse, die entfernt an eine Sprechblase erinnerte, stand in Schreibschrift: *Machen wir das Beste daraus.*

Es müsse sich um ein Kollektiv handeln, war zu lesen, einer allein könne schwerlich so viele falsche Pfandmarken anbringen, wobei auf den Überwachungsvideos offenbar nur ein- und dieselbe Person zu sehen sei. Hinweise zu dieser Person und seiner Kleidung wurden erbeten, Strafanzeige gegen Unbekannt wurde erstattet; mittlerweile ging es um zigfachen Vandalismus, Urkundenfälschung, Amtsanmaßung und Störung der öffentlichen Ordnung. Zudem würden einschlägige Milieus unter die Lupe genommen, der Tatbestand der Bildung einer kriminellen Vereinigung sei zum gegebenen Zeitpunkt nicht auszuschließen.

»Weißt du, was mich ärgert?«

Sophie warf die Zeitung auf die Couch.

»Dass man damit, ich meine, du machst Kunst, du bist ein großartiger Künstler, aber du würdest niemals auf der Titelseite einer Tageszeitung landen, nicht einmal mit der

Versteigerung der *Mädchenhände*. Mit so etwas geht das. Das ist keine Kunst.«

»Eh nicht.«

»Ich war vorher in der Bank, auf dem Bankomat draußen pickt der Kuckuck. Anscheinend ist's ein so böser Klebstoff, dass man ihn nicht abkratzen kann. Jenseits der Donau soll's leichter abgehen. Jedenfalls ist seit zwei Tagen ein beachtlicher Teil der Bankomaten dieser Stadt außer Betrieb.«

»Was ärgert dich dann? Dass du Schlange stehen musstest?«

»Nein. Das war lustig. Alle sprachen über den Kuckuck und den Unbekannten Künstler. Mich ärgert halt das Wort *Kunst*.«

»Wollen wir heute Nacht Vögel kleben? Die Vorlage kann man aus dem Netz laden. Ich hab's gesehen.«

Sophie stellte sich neben Kasimir an die Leinwand. Er war gerade dabei, mit Pias Fingern zu spielen, die sie den Überwachungskameras vor über einem Jahr entgegengestreckt hatte. Sie küsste ihn auf die Wangen.

»Du bist so wunderbar verrückt. Ich dachte vorhin auch daran, als sich in der Bank ein junger Schnösel über die weltfremden Kommunisten beschwerte, die nur Sabotage im Kopf haben. In den nächsten Tagen ist es vielleicht nicht so günstig. Danach bin ich dabei. Ich erkundige mich, wo man solche Aufkleber herstellen kann. Wird wahrscheinlich bald überwacht.«

»Sei nicht paranoid.«

»Nur realistisch. Man muss jemanden finden, der das gut findet.«

»Dürfte nicht schwer sein.«

»Alter Anarchist!« Sophie tippte ihm auf die Stirn. »Da klopft wohl auch ein Kuckuck.«

»Spechte klopfen.«

Kasimir begann zu summen. *Kuckuck, Kuckuck, ruft's aus dem Wald.* Sophie zeigte ihm den Vogel.

»Wessen Finger sind das?«

»Die Finger einer jungen Frau namens Pia Swoboda.«

»Hat er dich auch schon angesteckt?«

»Wer?«

»Der Unbekannte Künstler.«

»Hast du eigentlich nichts zu tun?«

»Schon gut, Meister, ich freue mich auf die Lange Nacht des Kuckucks.«

Advent, Advent, ein Bänklein brennt, hieß es im Netz und auf Hauswänden, *erst eins, dann zwei, dann drei, dann vier, dann steht was Neues vor der Tür.*

Der Kuckuck rief laut. Der Vogel des Monats hatte sich tüchtig vermehrt. Er klebte auf Bankomaten und Verkehrsschildern, war auf Fassaden und Wände gesprüht, schrie von U-Bahnschachtwänden und zierte Züge auf den abgelegeneren Geleisen des Westbahnhofs. Überall war er zu sehen, in allerlei Varianten, Eigentum wurde gepfändet, Profilbilder im Internet wurden umgestellt, Videos von Kuckucksuhren hochgeladen, aus denen um fünf vor zwölf der Vogel trat und in die Welt rief, auf Graffiti stand er in der Tür und blickte die Menschen mit roten oder blauen Augen herausfordernd an. Es reicht, rief er, genug ist genug!

Im Scherz sprach man von einer Kuckucksrevolution, ein paar Menschen waren beim Besprühen von Wänden und Bekleben von Bankomaten erwischt worden, vom Unbekannten Künstler fehlte jede Spur. *Viral* war das Wort des Monats, auf Flohmärkten fanden Kuckucksuhren neue Käuferschichten, nachts wurden sie an Fassaden angebracht, in Bankfoyers mit Superkleber auf Automaten befestigt und Vorstandsvorsitzenden in ihre Büros geschickt. Die Website der Industriellenvereinigung war gehackt worden, auf ihrer Startseite begrüßte der zerzauste Vogel mit ausgestreckten Daumen das Ende des Kapitalismus.

Pia Swoboda hatte ihr Profilbild geändert. Es zeigte den Kuckuck des Unbekannten Künstlers.

In den Analysen braver Journalisten, die die beste aller Welten gegen linke Spinner und von der Anonymität des Netzes fehlgeleitete junge Menschen verteidigten, ging es weniger um die Verunstaltung von Wänden oder Fassaden als um die Lahmlegung so vieler Bankomaten, die ein Mehr an geöffneten Schaltern, Sicherheitsvorkehrungen und Wachpersonal zur Folge habe. Beklebte oder besprühte Bildschirme ließen sich nicht bedienen, Touchscreens wurden unberührbar, die Banknoten blieben in ihren Kassetten. Die Mehrkosten müssten über kurz oder lang an die Kunden weitergegeben werden, die Stadtguerrilleros und Aktivisten erwiesen sich mithin einen Bärendienst. Anders ausgedrückt: Sie legten sich ein Kuckucksei.

Das Kuckucksei, das der Chefredakteur der *Presse* voller Verachtung und Herablassung in einem viel beachteten Leitartikel beschworen hatte, materialisierte sich innerhalb weniger Tage nach seiner Veröffentlichung. Gesprenkelte Eier tauchten im Stadtbild auf, manche unberührt, andere mit einem Schnabel, der aus einer bröckelnden Schale drang, an manchen Wänden entschlüpften ihnen Kuckuckskinder mit erhobenen Armen und starken Muskeln.

Das ist die Antwort der Kuckuckskinder, las und hörte man, *wir sind viele, und wir sind überall. Wir schlüpfen. Und schlüpfen. Und pflanzen uns fort.*

Derweil flog und wanderte der muntere Kuckuck. In diesem Winter war er ein europäischer Vogel, der auch und vor allem in den Süden flog, aber diesmal nicht bis Afrika. Über Berlin, Hamburg und Frankfurt ließ er sich in Brüssel und Amsterdam nieder, war in Rom und Florenz und Neapel zu sehen, in Madrid und Barcelona, in Athen und Saloniki, in Lissabon, auf Malta und vielen griechischen Inseln. Linke Parteien beriefen sich auf den Vogel, forderten einen Stopp der Bankenrettung, distanzierten sich aber in den Parlamenten von den Gewaltakten, die in Griechenland, Spanien, Frankreich und Deutschland zu Zerstörung und Plünderung von Bankomaten führten und in Bekennerschreiben im Netz damit gerechtfertigt wurden, das Geld gehöre allen. Manche meinten, wenn die Automaten nicht funktionierten, müsste man eben auf andere Weise an sein Geld kommen, recht eigentlich sei man dazu gezwungen worden. Pia Swoboda hatte das Foto eines italienischen Bankomaten hochgeladen, auf dem *Can't touch the touchscreen* stand. In der Umgebung Wiens waren nachts Automaten aus ihren Verankerungen in Bankfoyers gerissen und abtransportiert worden, die leeren Gehäuse hatte man an Straßenrändern und auf Böschungen gefunden. Friedhof der Geldautomaten. Ein berühmter schwedischer Stürmer hatte nach einem Tor in der Champions League sein Trikot ausgezogen, unter dem ein weißes Shirt mit dem Kuckuck zum Vorschein gekommen war. Dafür hatte er eine gelbe Karte vom Schiedsrichter und eine hohe Geldstrafe vom europäischen Fußballverband wegen ungebührlicher politischer Äußerungen bekommen.

Am Rande eines Treffens der Staats- und Regierungschefs der Europäischen Union trat der Vorsitzende vor die Kameras und rief die Bürger der Union, vor allem die Jugend, zu Demokratie, Toleranz, Gewaltlosigkeit und Achtung des Privateigentums auf. Man arbeite an neuen, transparenteren Bankengesetzen, um die Ereignisse von 2008 in Hinkunft zu verunmöglichen. Zerstörung und Vandalismus hingegen, blinde Wut und Selbstjustiz führten zu nichts, höchstens in den Abgrund.

Am letzten Samstag vor Weihnachten zog es Kasimir Ab aus dem Atelier auf die an diesem Tag autofreie Mariahilfer Straße. Tausende von Menschen hetzten mit Einkaufstaschen und Paketen über die Straße, an den Punschständen wurde gelacht und getrunken, Maroniverkäufer rösteten ihre Ware, Taschendiebe rieben sich die Hände, Bettler sanken noch tiefer auf die Knie, manche Menschen setzten tatsächlich blinkende Santa-Claus-Mützen auf.

Üblicherweise mied Kasimir die Mariahilfer Straße, überquerte sie so schnell wie möglich, aber an diesen Tagen mochte er sie, auch wenn er keine Weihnachtsgeschenke besorgte. Es war angenehm, auf dem engen Gehsteig keinen einkaufswütigen Berserkern ausweichen zu müssen, schön, auf der Straße zu gehen, die üblicherweise von Autos und Zustelldiensten verstopft war. Allerdings stellte er nach einem halben Tag auf der Mariahilfer Straße das allgemeine Wahlrecht gehörig in Frage.

Etliche Bankomaten auf der größten Einkaufsstraße der Stadt waren immer noch gepfändet und außer Betrieb, der größere Teil gab wieder Scheine aus, zumindest an diesem für die Geschäftsleute wichtigsten Tag des Jahres. Manche Banken hatten die Bildschirme, andere die Automaten austauschen lassen, an einigen Orten waren zusätzliche Automaten bereitgestellt worden, nachdem die Banken dem Ansturm verärgerter Bargeldloser nicht länger Herr geworden waren.

Kasimir schlenderte bis zum Westbahnhof und setzte seinen kleinen Spaziergang in die entgegengesetzte Richtung fort. Obwohl er seit Wochen im Atelier nur Musik gehört, in die Luft gestarrt und kleine Feste gefeiert hatte, fühlte er sich merkwürdig angespannt. Vor Banken und Bankomaten standen Männer und Frauen in Uniformen. Sie versahen Schichtdienst; seit Auswechslung der Bildschirme und Automaten auch nachts. Sie trugen dieselben graublauen Uniformen, die Pia und Julian getragen hatten. Die Uniform, in der Pia auf den Unbekannten Künstler zugekommen war, um ihm fünfhundert Euro zuzustecken. Die Männer und Frauen bewachten den Fluss des Geldkreislaufes, der in diesem Dezember gehörig ins Stocken geraten war. Die Kuckucke, Kuckucksuhren und Kuckuckseier an den Fassaden legten davon Zeugnis ab. Sie hatte man nicht einfach austauschen können. Auf die Fassade des Hauses des Meeres war eine riesige Kuckucksuhr gesprüht worden.

»Darf ich Sie was fragen?«, sagte Kasimir zu einem jungen Mann in Uniform, der unweit eines Bankomaten stand. Er hatte einen Knopf im Ohr, rauchte eine Zigarette, trat von einem Bein aufs andere und beobachtete das Treiben auf der Straße. Er nickte gönnerisch.

»Kennen Sie Pia?«

Der Mann blickte ihn wie einen Wahnsinnigen an.

»Die mit ihrem Freund und dem Geld durchgebrannt ist.«

»Ich wurde erst vor ein paar Tagen eingestellt.«

»Dann müssten Sie dem Unbekannten Künstler und den Kuckuckskindern dankbar sein.«

Der Mann zog an seiner Zigarette und schien zu überlegen.

»Wenn man's so sieht.«

»Eine gigantische Arbeitsmarktinitiative. Wie lange läuft Ihr Vertrag?«

»Nach Stunden und Bedarf.«

»Wie lange werden die Automaten noch bewacht?«

»Bis Weihnachten auf jeden Fall.«

»Gut zu wissen. Ich würde gern wieder Kuckucke kleben.«

Der junge Mann lachte.

»Sie haben Humor.«

»Frohe Weihnachten!«

»Ihnen auch.«

Es war dunkel, als Kasimir Ab an einem Stand vor der Barnabitenkirche Glühwein bestellte und sich im selben Moment über sich selbst wunderte. Letzte Weihnachten wäre er nie unter seltsamen Menschen mit seltsamen Vorstellungen von Spaß und Freizeit vor einer abstoßenden Bretterbude gestanden, um billigen Glühwein zu trinken und von vertrottelten Weihnachtsliedern gemartert zu werden.

In seinem Rücken lag die Gruft, eine Schlafstelle für Obdachlose, die wie fünf andere karitative Institutionen am Nikolaustag vom Unbekannten Künstler eine Socke bekommen hatte. In jeder der sechs Socken waren Erdnüsse, Orangen und ein Zehneuroschein *Limited Edition* gesteckt. Der Unbekannte Künstler hatte die Empfänger im Netz genannt und zu einer Versteigerung der Scheine aufgerufen. Gleichzeitig hatte er warmherzige Sammler und Galeristen empfohlen. Friedliche, mitmenschenfreundliche Weihnachtszeit.

Kasimir Ab konnte am 23. zu Freunden nach Bali fliegen. Es war entschieden zu kalt.

*

Wann immer ihm etwas fehlte oder er nicht weiter wusste, suchte Kasimir Ab Museen auf. Wie andere Menschen vom Arzt, erhoffte er sich von ihnen Linderung, sehnte sich nach Mitteln, um seine Schmerzen in den Griff zu bekommen, nach einer Diagnose, die ihn seine Situation verstehen helfen könnte.

Obwohl er so viele Galerien, Museen und Ausstellungen gesehen hatte, dass es für mehrere Leben reichte, verschlug es ihn, wenn er in einer Sackgasse steckte, zumeist ins Kunsthistorische Museum. Bisweilen ging es ihm bloß um ein Bild, in das er sich versenken wollte, dann legte er wieder einen Italienertag ein oder rief den Tag der Holländer aus, manchmal zog es ihn zu Ikonen, um die fragilen Hände Marias oder die nachlässig triumphierenden Finger Jesu zu betrachten. Er erinnerte sich an eine bestimmte Hand oder eine merkwürdige Geste eines Heiligen oder Mächtigen, die er in Ruhe studieren wollte, dann waren es wieder die dicklichen Finger eines Jesukindes, vor denen er stehen wollte. An manchen Tagen entdeckte er Neues – unbekannte Finger, rätselhafte Gesten, gelungene oder missratene Hände.

Es gab Tage, an denen er sie nur streifte und höchstens im Vorbeigehen wahrnahm, weil er sich für Farben interessierte, nach Licht und Schatten umsah oder in einen stillen Dialog mit Gesichtern trat, die ihn aus den Tiefen der Zeit anblickten. Die Gesichter veränderten sich, die Augen blieben ein Leben lang dieselben. Sie waren der Blick in die

Kindheit. Haut, Gesicht, Haar, Größe, Gewicht, Fingernägel – alles war der Veränderung unterworfen. Die Augen blieben gleich. Das hatte sich Kasimir Ab zumindest vor dem Spiegel gesagt, ehe er zu Hans in den Wagen gestiegen war.

An diesem Abend betrat Kasimir Ab das Kunsthistorische Museum anders als sonst. Es pochte unter seinen Schläfen, als er die breite Freitreppe zum steinernen Theseus emporstieg, der auf einen Kentaur einschlug. Lass das arme Zwitterwesen in Ruh, dachte Kasimir, hat dir doch nichts getan. Wie immer war er erschlagen von der Pracht, dem Luxus und der Verschwendung. Hier hatte niemand nach Kosten gefragt, Marmor musste sein, von allem das Protzigste, keine Diskussion.

»Man sollte diesen Tierquäler verhüllen«, sagte Kasimir Ab, »und stattdessen Fi Fo und seine Pflegerin in Stein meißeln.«

Jonathan warf Sophie einen merkwürdigen Blick zu, die Museumsdirektorin nickte, als zöge sie seinen Vorschlag in Erwägung, Hans wich nicht von Kasimirs Seite.

»Franz Joseph hingegen ist ein schöner Mann. Vielleicht ein wenig blass.«

»Den würde ich gern verhüllen lassen«, sagte die Direktorin, »immer nur Männer.«

»Jetzt auch noch ich.«

»So war das nicht gemeint.«

»Ich halt das nicht aus«, flüsterte Kasimir Sophie ins Ohr, die seine Hand nahm und kurz und fest drückte.

Während er die letzten Stufen nahm, versuchte Kasimir, nicht an die Kameras zu denken, die ihm folgten, nicht an die Fotoapparate, mit denen ihm voraus- und hinterhergelaufen wurde, nicht an die Gerüchte, nicht an das Gemurmel, nicht an den Neid der anderen Künstler, die ihm zu dieser Ausstellung von ganzem Herzen gratuliert hatten, obwohl etliche der Meinung waren, sie, wenn irgendjemand, hätten es verdient, in diesem Tempel ausgestellt zu werden. Aber vor dem Tempel wehte eine Fahne, auf der stand:

KA
SI
MIR
AB
HAND
STREICH

Er hörte seine Absätze auf dem Marmor, hörte Hans neben sich keuchen, hörte Jonathan im aufgeräumten Geplauder mit der Direktorin, hörte Sophie flüstern, alles sei gut, sie sei für ihn da, alle seien für ihn da, er solle sich einfach seines Triumphes erfreuen.

Als sie oben ankamen, sah Kasimir Menschen in Abendkleidung, viele, sehr viele, viel zu viele Menschen, die ihn ansahen, als erschiene der Thronfolger. Sie verstummten, als er von der Direktorin an seinen Platz geleitet wurde, raunten einander Worte zu und tauschten Blicke aus. In einem Halbkreis war Stuhl an Stuhl auf ein kleines Podium hin ausgerichtet, über den Menschen wölbte sich eine glitzernde Kuppel, im Hintergrund stand eine schwarze Bar. Es gab viel zu wenige Stühle, Menschen standen seitlich, lehnten an Säulen oder vor der Bar und sahen sich nach Stehmöglichkeiten um. Die ersten beiden Reihen waren für die Prominenz unter der Prominenz freigehalten. Kasimir las seinen Namen auf einem weißen Zettel.

»Ich kann hier nicht sitzen«, flüsterte er Sophie zu, »ich will da drüben auf die Bank. Mit dir. Schau bitte, mit wem wir tauschen können.«

Jonathan legte den Kopf schief, die Direktorin sagte »Wie Sie meinen«, die Kuratorin schien persönlich beleidigt, aber Kasimir fühlte einen Hauch von Erleichterung, als er mit Sophie auf der mit rotem Samt überzogenen Sitzbank Platz nahm, die sich um eine Säule wand. Er schloss kurz die Augen. Als er sie wieder öffnete, sah er, wie alle ihn ansahen.

Er hatte keinen Schluck Alkohol getrunken, keine Droge und keine Medikamente zu sich genommen, stattdessen Mirjam Königs Angebot angenommen, demzufolge sie zur Eröffnung komme, wenn er sich dieser Situation aussetze. Seine Hände schwitzten unter den bordeauxroten Handschuhen. »Nimm meine Hand«, flüsterte er Sophie zu. Die Kameras klickten.

Als die Direktorin zu sprechen anhob, ließ Kasimir seinen Blick zur Kuppel wandern. Gedämpftes Licht, Goldverzierungen, Steinköpfe, hoch oben entdeckte er einen weiteren Franz Joseph, Backenbart der Sonderklasse, Gott erhalte, Gott beschütze. Nach etwa zehn Minuten waren alle Exzellenzen und lieben Freunde und großzügigen Förderer des Hauses begrüßt, Sophie drückte seine Hand fester, »aufstehen«, raunte sie ihm zu, Kasimir erhob sich, verbeugte sich einmal Richtung Podium, einmal geradeaus und einmal nach hinten Richtung Bar, ehe er sich unter tosendem Applaus setzte. Er fühlte alle Blicke auf sich gerichtet. Er wollte ihnen standhalten. Alle lächelten und grinsten, als wäre er ihnen der liebste und verehrungswürdigste Mensch der Welt. Sie hatten keine Ahnung von ihm.

Er sah Lydia vor der Bar stehen, die Arme vor der Brust verschränkt, sie lächelte ihm zu. Er sah Freunde und Bekannte und Feinde und Neider und Menschen, die er kennen sollte, deren Namen ihm aber bei bestem Willen nicht eingefallen wären. Die Direktorin sprach über sein Verhältnis zur Kunstgeschichte, über die Verschränkung von Archaischem und Zeitgenössischem in seinem Werk, von der Schönheit der Malerei, die das naive Auge, und von der Reflexion und Ironisierung der Schönheit der Malerei, die das geschulte Auge bei ihm sehe. Ihm war, als schwirrten die Sätze, die ihr weiß Gott wer geschrieben hatte, um ihn herum.

Nach der Direktorin sprach die Kuratorin, die die Ausstellung *Handstreich* in Kasimir Abs Werk situierte, das Neue darin herausstrich, Entwicklungslinien nachzeichnete, über den Eigensinn, die Hartnäckigkeit und die Frage nach dem Menschlichen phantasierte, ehe sie die Vermutung äußerte, ob der Name Kasimir Ab nicht auch meine, Kunst in der Tradition Malewitschs habe abzutreten, wenn ein anderer Kasimir auf der Höhe der Zeit gegenständlich zu malen verstehe. Wieder war ihm, als rauschte alles an ihm vorbei.

Er dachte an Fi Fo, den kleinen Panda, den tausendmal mehr Menschen kannten als Kasimir Ab und den dergleichen unbeeindruckt ließ. Mit einem Mal fühlte Kasimir eine Ruhe und Klarheit über sich kommen, die ihn ein wenig beängstigten. Immer hatte er auf etwas gehofft. Wenn er eine Einzelausstellung dort hätte, hatte der junge Künstler gedacht, wenn eines seiner Bilder in diesem Museum hinge, wenn dieses Magazin ein huldigendes Portrait druckte, wenn er auf dieser oder jener Messe vertreten wäre, wenn dieser oder jener Sammler etwas von ihm erstünde, dann. All diese Wenns hatten immer ein Dann versprochen: Dann wäre er ruhig, dann wäre er glücklich, dann könnte er durchatmen, dann wäre er der, der er immer hatte sein wollen, dann wäre alles gut.

Dann, dann, dann.

Aber so war es nicht. Nicht als er dort seine erste Einzelausstellung hatte, nicht als in diesem Museum ein Bild von ihm hing, nicht als dort und dort und dort von seinen Händen und seiner Kunst und seinem Genie und seiner Außerordentlichkeit und seiner Unbeugsamkeit und seinem Schweigen und seinem Zeigen gesprochen wurde. Er war reicher geworden, er war gelassener geworden, er war gleichgültiger geworden, er war ein wenig sicherer geworden, vor allem war sein Leben sehr viel angenehmer geworden. Das große Dann, das alle Wenns versprochen hatten, war nie eingetreten. Das Dann gab es nur beim Malen, im Rausch und in den wunderbar leeren Augenblicken nach dem Sex.

Kasimir Ab war der erste lebende Künstler, der jemals im Kunsthistorischen Museum ausgestellt worden war. Trotzdem fühlte er sich fadenscheinig, fehl am Platz, unzuständig.

Nein. Er war ruhig. Er war angekommen. Ihm schien, als hätte er, während die Kuratorin noch immer über sein megalomanes, scheinbar monomanisches Werk sprach, alles verstanden. Es gab dieses Dann nicht. Alles war nie gut. Alles war nie so gut, dass es für immer gut war. Der Panda fraß gerade Bambus oder trottete durch sein Gefängnis, das ihm nicht als solches erschien, schlief oder ließ sich von Süßkartoffeln zu etwas verleiten oder lebte sein sorgenfreies Pandaleben. Kasimir Ab war ein berühmter Künstler. Er musste es endlich glauben. Er musste es annehmen. Er hatte Menschen, die bei ihm waren. Er tat etwas, das andere inspirierte. Er wurde bewundert. Wunde und Wunder waren nur durch einen Buchstaben getrennt.

Kasimir suchte Mirjam Königs Blick. Sie dürfe das eigentlich nicht, hatte sie gemeint, es widerspreche allen Regeln ihrer Zunft. Sie schien seinen Blick zu spüren und wandte ihren Kopf leicht nach links. Er nickte ihr zu, sie legte den Kopf schief und lächelte kurz, als teilten sie ein unerhörtes Geheimnis. Er drehte sich nach rechts, Lydia lehnte an der Bar, die Arme noch immer vor der Brust verschränkt. Hinter ihr glitzerte eine große verchromte Kaffeemaschine. Sie spitzte ihre Lippen zu einem Kussmund. Sie war gekommen, obwohl das nicht ihre Welt war. Er spürte, wie er sie anstrahlte, er sah die Menschen, die sich nach seinem Blick drehten. Er hatte immer nur für Frauen gelebt. Wenn er es genau betrachtete, mochte er Männer nicht besonders.

Als eine Dreiviertelstunde nach Beginn die Direktorin abermals ans Podium trat, um nur mehr eines zu sagen, und zwar, die Ausstellung sei eröffnet, bewegte sich alles in Richtung der Tische, auf denen Wein, Wasser und Orangensaft standen, während junge Menschen in weißen Hemden und schwarzen Hosen nachschenkten und mit Tabletts Runden drehten, um leere Gläser einzusammeln und Prosecco anzubieten. Hinter der kleinen Bar, an der das große Logo einer Brauerei angebracht war, hatte sich die längste Schlange gebildet. Drei junge Frauen hatten mit vielen Gläsern und zwei Zapfhähnen zu tun.

Hinter dem Podium war ein kleiner Bereich unweit des Stiegenaufgangs mit roten Bändern abgezirkelt, um die wichtigen Menschen vom gemeinen Volk zu trennen, was Kasimir amüsierte, wenn er bedachte, wer an diesem Abend zum gemeinen Volk gezählt wurde. Wäre er kein berühmter und wertvoller Künstler gewesen, hätte er mit diesen Menschen nur als Einbrecher oder Gärtner zu tun gehabt. Als hätte er seine Gedanken erraten, umarmte Jonathan Kasimir und drückte ihm ein Glas Wein in die Hand.

»Auf Maria Schmaus«, sagte er, »auf deine Insel – und auf meine Nachbarinsel!«

Die Beglückwünscher scharrten in ihren Löchern, drängten immer näher heran, wollten erkannt und gesehen und hinter die Absperrung gebeten werden, was vor allem jene sehen sollten, die nicht hinter die Absperrung gebeten wurden. Kasimir bat Sophie, in seiner Nähe zu bleiben. Wenn er dreimal hustete, machte sie ein paar Schritte auf ihn zu und zog ihn aus dem Schlamassel, indem sie erklärte, er müsse nun mit ihr kommen, jemand habe etwas äußerst Wichtiges und leider Unaufschiebbares mit ihm zu besprechen.

Kasimir schüttelte Hände und ließ sich auf die Schulter klopfen. Frauen, die kleine Vermögen an ihren Körpern und Füßen trugen, küssten seine Wangen und strahlten ihn an, »wunderbar«, hörte er, »phantastisch«, »ungemein beeindruckend«, »wahnsinnig berührend«. Kasimir, der an seine Großeltern dachte, an einen Maurer und eine Hausfrau, an die enge, kleine Wohnung mit Toilette auf dem Gang, an den Geruch nach Kohl im Stiegenhaus, an die verblichenen Fotos seiner Eltern, die Italien hatten sehen wollen und das Meer und mehr als die Knappheit, aus der sie kamen, ließ sich vom Geld- und Kunstadel der Stadt feiern. Er wehrte keine Komplimente ab, ließ sich loben und schmeicheln und bauchpinseln, meinte, er sehe das genauso – wenn einer es verdient habe, dann er, weil er nie einer Mode oder Strömung oder Schule oder etwas anderem hinterhergelaufen sei als sich selbst. Das Kind in ihm, der Junge, den seine Großeltern nicht verstanden hatten, triumphierte. Ihm wurde gehuldigt, weil man ihn nicht verstand. Es war zum Schreien komisch.

Jonathan kam mit Lydia hinter die Absperrung. Sie trug

ein einfaches schwarzes Kleid zu kniehohen schwarzen Stiefeln, denen man ansah, wie billig sie im Vergleich zu den Schuhen der reichen Damen waren. Gerade deshalb rührten sie Kasimir.

»Die schönste Frau weit und breit«, flüsterte er ihr ins Ohr.

»Elender Schmeichler«, flüsterte sie zurück und rieb kurz ihre Nasenspitze an seinem Ohr. Kasimir küsste sie auf den Mund und drehte sich zu Sophie:

»Wie lange noch?«

»Eine Stunde.«

»Willst du die Ausstellung sehen, Lydia?«

Lydia nickte.

»Ich muss noch kurz«, sagte Sophie, »wegen eines Termins –«

»Schon gut. Trink ein Gläschen. Oder drei. Lydia beschützt mich.«

Sophie blickte ihn erstaunt an, Jonathan redete auf jemanden ein, Hans stand umringt von drei sehr laut lachenden Damen neben dem Treppenaufgang und versicherte ihnen alle Augenblicke, das sei die Wahrheit, doch, doch, so etwas könne er nicht erfinden, großes Chauffeurehrenwort.

Die Wand, auf die der Besucher zuging, war drei Meter hoch und fünf Meter breit. Sie war vier Meter vom Eingang entfernt, an beiden Enden liefen Mauern schräg zurück. Die rötlich, ockerfarben und schmutzigweiß auf sie gedrückten Handflächen schienen um Hilfe zu rufen. Sie waren gerade, halbschräg, übereinanderliegend zu sehen, ein Meer von Händen, das zu schreien und flehen, gegen die Wand zu pochen und um Aufmerksamkeit zu bitten schien.

Es waren viele Hände in unterschiedlichen Größen, plump und zart, regelmäßige und unregelmäßige Fingerabstände.

Fünf Menschen standen vor den Wänden, als Kasimir und Lydia eintraten. Ein Paar flüsterte, die anderen drei blickten sich stumm um, die Stimmung hatte etwas Feierliches, beinahe Religiöses. Kasimir fand es seltsam, seine eigene Stimme zu hören; aus Lautsprechern drang die *Ansprache an die Anderen unter extremen Bedingungen*, die er in der Schwerelosigkeit gehalten hatte. Seine Stimme klang jünger und höher als er gedacht hätte. Vor allem klang sie euphorisch, vielleicht ein wenig manisch, aber immer leicht. Kasimir hörte die Unterschiede zwischen doppelter Gravität und Schwerelosigkeit; mit der Schwerelosigkeit verschwanden die Hintergrundgeräusche, ein dumpfes Vakuum ließ seine Stimme auf sich allein gestellt. Alles, was Flügel hat, fliegt. Der Kasimir fliegt.

»Das und das, das, glaube ich auch«, flüsterte Lydia und wies auf Abdrücke, »sind meine.«

»So zarte Händchen.«

»Und die anderen? Alles Geliebte?«

»Alle, die mit mir in der Höhle sind.«

Sophie, Antoine, Hans, Jonathan, Magda, die einmal die Woche Atelier und Wohnung reinigte, der Flohmarktkäufer und Kasimir selbst hatten ihre Abdrücke auf den Wänden hinterlassen. Sie wurden von einem dunklen orangen Licht beleuchtet, die Decke darüber war azurblau.

»Als könnte man das Mammut hören«, sagte ein Mann zu seiner Frau. Kasimir blickte Lydia mit gerunzelter Stirn und hochgezogenen Brauen an. Sie prustete los.

Die Frau, deren Mann eben einen tiefgründigen Gedanken ausgesprochen zu haben meinte, drehte sich entrüstet nach Lydia um, setzte aber sofort ihr freundlichstes und verbindlichstes Lächeln auf, als sie sah, neben wem die taktlose junge Frau stand, die sie gerade hatte maßregeln wollen.

»Wunderbar«, hauchte sie, »ganz, ganz großartig.«

»Ich weiß«, sagte Kasimir.

In der rechten Seitenwand befand sich ein Spalt, durch den man in einen dunklen Raum gelangte, den Kasimir einem Observatorium hatte nachempfinden lassen. Er war rund, über ihm befand sich eine Kuppel, auf die das Schwerelosigkeitsvideo projiziert wurde. Während man tief zurückgelehnt in hellblau überzogenen Kinostühlen versank und zur Kuppel emporblickte, sah man Kasimir Ab schweben, seine verpixelten Hände sich vom Boden, an einer Wand, an einer Stange abstoßen, ehe seine Handschuhe wie von Geisterhand aufstiegen, zu schweben begannen und unvermittelt zu Boden krachten. Aus den Boxen drangen Regengeräusche, das Plätschern von Tropfen ging in einen stärkeren Schauer über, ehe sich das Zwitschern von Vögeln daruntermischte. Durch die Wölbung der Kuppel wurden die Bilder merkwürdig verzerrt und gedehnt. Er geisterte darüber.

Vom Observatorium gelangte man in den Ausstellungsraum, an dessen Wänden Kasimir Abs Hände hingen. Der Boden war mit Gras bedeckt, das in Ziegeln angeliefert worden war. Menschen saßen oder lagen im Gras, fotografierten sich selbst oder einander vor den Bildern, Kasimir war zufrieden. Eine leichte, fröhliche Stimmung durchwirkte den Raum. Eine junge Frau war gerade dabei, unter dem Gelächter der Herumstehenden einen Kopfstand zu probieren.

Lydia schritt schnurstracks auf ihre Hände zu und kniete sich vor ihnen ins Grün. Eine bloße Linke war gerade dabei, einen langen roten Satinhandschuh, der übers Bild hinauszureichen schien, von den Fingern ihrer Rechten zu ziehen. Neben dem Bild stand auf einer Plakette *Feierabend, 2009–11, Acryl auf Leinwand, Galerie Jonathan Frey*. Der Hintergrund war in einem hellen, unregelmäßigen, zerkratzten Braun mit grünen Schlieren und Linien gehalten, die entblößte Hand zart und mit roten Fingernägeln, von zwei Nägeln war der Lack abgegangen.

Ein Mann mit Kamera auf der Schulter eilte hinter einer Frau in einem golden glänzenden dünnen Mantel auf Kasimir und die kniende Lydia zu.

»Kasimir Ab«, sagte die Frau in ein Mikrofon des Österreichischen Rundfunks, »wollen Sie uns vielleicht etwas über dieses Bild verraten?«

Sie hielt ihm das Mikrofon mit einem gewissen Respektabstand vor den Mund.

»Nein.«

»Können Sie etwas dazu sagen?«

»Wenn ich es sagen könnte, würde ich nicht malen. Oder soll ich sagen: In diesem Bild geht es um den Klimawandel?« Er verdrehte die Augen. »Dann könnte ich ja gleich *Mir geht es um den Klimawandel* auf ein Transparent schreiben.«

»Wollen Sie vielleicht etwas über *Die unsichtbare Hand des Marktes* sagen, ein Bild, das man von Ihnen vielleicht nicht erwartet hätte und das –«

»Ist mir besonders gelungen. Schönen Abend noch.«

Die Frau nickte kurz, wies ihren Kameramann auf Jonathan hin, der mit einem Mann und einer Frau vor der *Unsichtbaren Hand des Marktes* stand und sehr ernsthaft und konzentriert zu sprechen schien. Kurz darauf war Jonathans Gesicht beleuchtet. Er sah gleichermaßen animiert wie seriös aus. Jonathan konnte und wollte viel sagen.

Charge me with smoking?, Sharon Stones Hände während des ersten Verhörs, *Herr Yamamoto hat sich entschieden*, die runzligen, von Altersflecken übersäten Hände auf einem blaugrauen Hintergrund, offen, halbschräg, die auf der Decke über den Oberschenkeln seines Bewunderers gelegen waren, *Still raised*, die erhobene Rechte eines Meistbieters während einer Auktion, die aus warmem glattem Rot in die Höhe ragt, *Wirklich?*, Mirjam Königs gefaltete Hände mit dem Ring auf dem Ringfinger, die zum Sprechen und Loslassen einladen sollten, *Infans*, die zarten Hände eines Kindes, die Linke offen, als hielte sie etwas, worüber die Finger der Rechten wischen, *Papier ist geduldig*, eine Rechte, die aus dem Nichts einen Streifen Klopapier zu ziehen scheint, dazu sieben Gemälde aus privaten Sammlungen, die im letzten Jahrzehnt entstanden waren – sie alle waren in großzügigen Abständen gehängte Hochformate.

Staunend, erschrocken, ehrfürchtig standen die Menschen davor. Kasimir sah in erster Linie jene, die sich darüber mokierten, junge Künstler und Kunststudenten, die in ihm einen Dinosaurier sahen, der gut malen konnte, aber seiner Zeit um mindestens ein Jahrhundert hinterherhinkte.

Im nächsten Raum hingen Querformate an gegenüberliegenden Wänden. *Zum Kuckuck* zeigte zwei geballte, in die Höhe gereckte Fäuste, deren Mittelfinger ausgeklappt waren. Sie kamen aus einem rosaorangen Hintergrund, den Kasimir an den Zehneuroschein angelehnt hatte. Gegenüber hing *Paris*, die Leinwand weiß und unbearbeitet, von ein paar Klecksern und Spritzern übersät, auf der zwei offene Handrücken von den Unterarmen nach unten gezogen zu werden schienen. Im nächsten Raum hing Kasimirs Urbild, neben dem *Wenn es wieder mit ihm vorbei ist, wird sich nichts begeben haben (1980/2010), Öl auf Leinwand mit Rotweinschlieren, im Besitz des Künstlers* stand. In einer Vitrine gegenüber lag ein Datenstick, auf dem sich Kasimirs *Ansprachen an die Anderen (1999–2010)* befanden.

Lydia betrachtete die Hand, die keine war.

»Da ging's dir gar nicht gut.«

»Woher willst du das wissen?«

»Ich sehe das.«

»Welches gefällt dir am besten?«

»Meines natürlich.«

»Und dann?«

Lydia packte Kasimir an der Hand und zog ihn in den großen Raum zurück. So oft sei sie noch nie fotografiert worden, wollte Kasimir sagen, ließ es aber bleiben. Lydia hielt mit ihm vor dem Bild, neben dem *Die unsichtbare Hand des Marktes (2008–10)* stand.

Es war das einzige Bild Kasimir Abs, auf dem keine Hand zu sehen war. Die Leinwand selbst schien zu leuchten und zu strahlen, ein Licht aus ihr zu kommen und ins Freie zu drängen, um alles zu versengen. Kasimir hatte Messen, Choräle und Lobpreisungen in irrer Lautstärke gehört, während er vor der Leinwand gestanden und an ein Licht gedacht hatte, das so gleißend und hell und zart und gewaltig und alles überstrahlend wie je eines sein sollte.

»Vor ein paar Jahren hätte ich gesagt: Was soll der Scheiß? Schöne Farben, so what? Es ist, als ob etwas wunderbar Erschreckendes aus einem Nebel treten wollte. Wie Sonnenstrahlen, die durch die Wolken wollen.«

»Du könntest Kunstkritikerin werden.«

In diesem Moment sah er Mirjam König vor der Hand stehen, die am Klopapier zog.

»Einen Moment.«

Kasimir Ab schritt auf seine Analytikerin zu, die sich etwas verlegen in seine Richtung drehte. Und weil er an diesem Tag so viele Leute so leutselig begrüßt hatte, Bussi links und Bussi rechts, Umarmungen sonderzahl, bemerkte er erst an Mirjam Königs Blick, dass er sie nicht umarmen und auf die Wangen hätte küssen sollen. Aber es war sein Tag. Er war der Thronfolger – und Malewitsch ein schwermütiger Russe, der nach den vielen Quadraten ehrliche Bauern gemalt hatte.

»Das hätte ich jetzt wohl nicht tun sollen.«

Mirjam König zog die Schultern hoch.

»Ich sollte gar nicht hier sein.«

Kasimir wurde gefeiert, wie er noch nie gefeiert worden war, ein Superlativ folgte dem anderen, auch wenn in manchen Blogs und alternativen Publikationen seine beschränkte Sujetwahl, sein Beharren auf der Malerei, sein vorvorgestriges Künstler-Genie-Gehabe und seine Gefälligkeit angeprangert wurden. Das neue Liebkind des Marktes, die fragwürdigen Machinationen rund um die Auktion in London, das ästhetische Höhlenmenschentum, das vor den tatsächlichen und äußerst komplexen ästhetischen Fragen der Gegenwart kapituliere.

Kasimir nickte, Kasimir grinste, Kasimir fasste sich an die Stirn, während Sophie Auszüge der Kritiken vorlas. Bei den Zeilen einer Kritikerin stockte ihm für einen Moment der Atem.

Wer immer nur die Wiederholung der Wiederholung und das Beharren auf der Variation des Themas fokussiere, übersehe bei *Handstreich* geflissentlich einen Sprung ins Politische, eine Kritik des Bestehenden und gleichzeitig eine leise Selbstkritik, die eine Verbindung zu einer Position aufblitzen lasse, die auf den ersten Blick nicht weiter von Kasimir Ab entfernt sein könnte. Stünden ihm die ästhetischen Mittel Kasimir Abs zur Verfügung, könnte *Die unsichtbare Hand des Marktes* durchaus vom Unbekannten Künstler sein.

23.3.

36 *Ausgezeichneter Panda! Giant Panda Zoo Award 2010 an Fi Fo I., Lichtblick von Schönbrunn, Liebling der Massen, Freund des Volkes. Rund um die Welt durften Menschen abstimmen. Sie stimmten für mich. Überwältigende Mehrheit. Die schnuckeligen Zwillinge aus Atlanta nur Silber.*

Was für ein Rummel! Kameras! Geschenke! Reporter! Reden! Applaus! Videos! Ein großer Tag für unseren kleinen Freund! Die Direktorin, Verena, die Pfleger. Die Stadt und der Staat. Der chinesische Botschafter. Die Wiener freuen sich, dass ihr Panda Panda des Jahres ist. Auf einer goldenen Medaille ein sitzender Panda, der eine Bambusstaude über seinem dicken Bauch hält und dämlich in die Gegend schaut. Die kleinen Ohren aufgestellt. Die Medaille an einem gelbroten Band.

Nicht entgegengenommen. Geschlafen. Sie feiern nicht mich. Sie feiern sich. Außerdem gab es zu viele Kategorien. Zu viele ausgezeichnete Pandas. ~~Panda heißt eigentlich gar nichts.~~

Wundert mich nur, dass man mich um kein Interview gebeten hat.

1.4.

Es gibt einen Panda, der berühmter ist als ich. Er heißt Po und ist der Held eines Animationsfilms. Man soll viel über ihn lachen können. Rita hat mir alles erzählt. Er ist äußerst tollpatschig. Aber auch lieb. In erster Linie ein ungeheurer Vielfraß. So weit, so normal. Dann will Po aber zum Drachenkrieger werden. Zum stärksten und besten Kämpfer der Welt. Eine kleine Maus trainiert ihn. In erster Linie muss er Disziplin lernen. Die Maus kämpft mit ihm um eine Teigtasche. Nach langem Hin und Her gewinnt Po. Er frisst sie aber nicht. Hat Verzicht gelernt. Unrealistisch. Wenn man mich fragt.

4.4.

11 Kilogramm, sagte Rita, als sie mich von der Waage nahm. 100 x so schwer wie bei der Geburt. Bei einem Menschenkind wäre das besorgniserregend. Mache mir nichts aus Rechenspielen. Kein Übergewicht in Schwarz-Weiß.

42 Zähne. Krallen scharf. Schwanz noch immer viel zu groß. Seit einigen Tagen Erkundung meines neuen Lieblingsortes. Kleine Aussichtsplattform auf einem Baum. Die Menschen freuen sich, wenn ihr ausgezeichneter Panda auf einen Baum klettert. Dort oben schläft er gern. Das gefällt den Menschen besonders. Ihm gefällt besonders, dass von dort oben alle so klein aussehen. Fu Mao, Rita, die Menschen – alle klein da unten. Wenn er für jedes Foto eine Bambusstaude bekäme, würde er dreißig Kilogramm auf die Waage bringen. Mindestens.

Man sieht ihm beim Klettern zu. Beim Fressen. Beim Schlafen. Sogar beim Kacken. Man applaudiert.

Trotzdem räumt Fu Mao seine Kacke nicht mehr weg. Ausgerechnet der Ausgezeichnete muss das jetzt selber tun. Sie kann ihn nicht mehr im Maul tragen. Wenn er nachts durch das Gehege trottet, zieht er immer weitere Kreise. Noch hat er sich nicht im Freien gezeigt. Rita sagt, er verhält sich wie damals, als er nachts hin und wieder aus der Wurfbox wankte. Er ist nachtaktiv. Nachts sieht ihn niemand. Deshalb hält man ihn für faul. Nachts tut er die erstaunlichsten Dinge.

Gestern fiel der ausgezeichnete Panda vom Baum. Aus dem Schlaf auf den Boden. Frauen kreischten. Männer lachten. Kinder klatschten. Er schüttelte sich kurz und kletterte wieder auf den Baum. War ja nichts geschehen.

Eines nie vergessen: Er ist auch eine ausgezeichnete Katze.

8.4.

Zum ersten Mal im Freien erschienen. Bei Tageslicht. In der Nacht sieht mich ja niemand. Außer die Kameras. Die sehen aber nichts. Sie zeichnen auf. Die Menschen schlafen in der Nacht und arbeiten am Tag. Damit sie zu essen bekommen und ein Dach über dem Kopf haben. (Außer Pia, die musste alles immer anders machen.)

Zum Glück muss ich nicht arbeiten. Man muss für mich arbeiten. Man pflanzt Bambus. Erntet ihn. Fährt ihn über Tausende von Kilometern. Säubert unser Gehege. Dann müssen wir ins Freie. Füttert uns. Dann sind wir beschäftigt. Inspiziert uns. Dann weiß man, ob wir gesund sind.

Ich bin ein Arbeitgeber. Eigentlich umgekehrt. Die Menschen geben mir ihre Arbeit. Dafür bekommen sie Geld. Ich bin ein Arbeitnehmer. Geldbringer.

Wenn es hell ist, sieht alles anders aus. Die Bäume, der Boden, der Bambus. Helligkeit riecht anders. Ich trottete gemächlich nach draußen. Zirkus sondergleichen! Die Menschen johlten. Brüllten meinen Namen. Jubelten. Hielten Händchen. Streckten ihre echten Daumen aus. Morgen steht wieder alles in der Zeitung. Unser kleiner Freund erobert die Welt. Fi Fos erste Schritte. Im Freien ist's doch am schönsten. Ich habe mich an einen Baumstamm gelehnt. Vertilgung des Bambus. Klick. Klack. Juhu.

14. 4.

Vielleicht sollte man alles umdrehen. Und Menschen in einen Menschengarten bringen. Zumindest ausgewählte. Die für verschiedene Regionen stehen. Ein Weltmenschengarten. In Pavillons, nach ~~Arten~~ Sprachen getrennt. Pandas geben ihnen zu fressen und zu trinken. Kümmern sich um angemessene Temperaturen. Sichern ihr Überleben. Die Menschen fressen, trinken, spielen und pflanzen sich fort. Die Babys kann man anderen Menschengärten zur Verfügung stellen. Oder verleihen. Manche kommen in ein Tropenhaus. Andere in Eishöhlen. Man könnte auch ein Schiff bauen. Flüsse anlegen. Spielplätze errichten. Höhlen bauen. Und Tag für Tag kommen Pandas, um den Menschen beim Leben zuzusehen. Wählen den Menschen des Jahres. Das Baby des Jahres. Die Leihgabe des Jahres. Den besten Schwimmer. Die beste Kletterin. Und so weiter.

Vieles davon tun die Menschen ohnehin mit sich selbst. Pandas würden aber nicht freiwillig zur Menschenbeobachtung antanzen. Wir sind nicht sonderlich interessiert an ihnen. Die einen Pandas müssten die anderen in den Menschengarten drängen. Dafür müssten Pandas Men-

schen werden. Eher unwahrscheinlich. Wir sind zwar einmal falsch abgebogen in der Evolution. Falsch ist nicht das richtige Wort. Wir haben es uns schwerer gemacht. Wir stimmt halt auch nicht. Mich hat nämlich niemand gefragt, ob ich Vegetarier sein will. Vielleicht würde ich ja gern ein anderes Tier fressen. Damit ich nicht ein Leben lang den ganzen Tag RUND UM DIE UHR *Bambus fressen* MUSS. *Aber die Pandas vor mir haben sich anders entschieden.* ~~*Vielleicht sollte ich einen Menschen*~~

Etwas angefressen heute. Zugegeben. Allerdings nicht mit Bambus. Fu Mao kümmert sich nicht um mich. Auf einmal streicht sie ständig um Yang Lang herum. Und er um sie. Beide geben seltsame Laute von sich. Kratzen an Bäumen. Fauchen sich an. Die Fotoapparate auf sie gerichtet. Alle warten auf etwas. Ich weiß, worauf.

Babys sind sehr beliebt. Vor allem ein Elefantenbaby. Ich war noch nicht bei den Elefanten. Zu Jahresbeginn bekommen sie die Nadelbäume, die Menschen zur Erinnerung an die Geburt des Wüstensohns in ihre Wohnung stellen. Die Elefanten fressen sie. Feiern Weihnachten im Jänner. Seit gestern ist das Elefantenbaby nicht mehr so beliebt. Hat sich auf eine Tierpflegerin gesetzt. Jetzt weht eine schwarze Fahne vor dem Tiergarten.

23.4.

Heute fiel Wasser vom Himmel. Viel Wasser fiel. Hörte gar nicht mehr auf. Das Gute daran: Ich konnte mich im Freien in einer Pfütze wälzen, ohne Applaus zu ernten. Regen ist wie Nacht. Einmal blieben zwei Menschen knapp vor der Glaswand stehen. In rotes Plastik gehüllt. Japaner, sagte Rita. Woher will sie das wissen? Könnten auch

Chinesen sein. Koreaner. Vietnamesen. So viele Worte für Menschen. Für mich sehen alle gleich aus. Einem Alligator schmecken alle gleich. Du siehst gerade wie ein Inder aus, sagte Rita und lachte.

Die reichen Vietnamesen kaufen Nashörner. Also Nashornhörner. Mischen sie zerstampft in Champagner. Davon erhoffen sich die Männer mehr Männlichkeit. Zum Glück haben wir ein paar Nashörner hier. ~~*Vielleicht sollte man den Männern ihre*~~

1.5.

Ich gähne oft. Sperrangelweite Maulaufreißung. Rita lacht, wenn Speichel raustropft. Soll sie. Sieht selbst lustig aus in den klobigen Schuhen, der hellbraunen Hose und dem grünen Polohemd. Soll wohl zu unseren Bäumen und Gebüschen passen. Sehe trotzdem auf hundert Meter, wenn sie sich anschleicht.

Ich schaukle die Schaukel lieber als mich in sie zu setzen. Manchmal klettere ich doch hinein. Kopf voraus. Kleine Rolle. Manchmal falle ich aus der Schaukel. Weil es Spaß macht! Lasse mich aus der Schaukel fallen. Fallung Gong. Rita soll ja nicht versuchen, mich in die Schaukel zu schubsen. Nur damit die Menschen lachen und gern an ihrer Stelle wären.

Gähnen. Herumkugeln. In die Gegend schauen. Fu Mao sehen. Sie frisst. Trottet herum. Wirkt wie ein Mensch in einem Pandakostüm. Deine Mutter sieht wie ein Maskottchen aus, sagt Rita, und du wie ein Wischmop. Sollte dich einmal mit nach Hause nehmen.

Immer das Klicken, wenn ich durch das kleine Tor ins Freie komme. Wie ein Maschinengewehr. Ein paar Schrit-

te über den Beton, schon bin ich im Gras. Ich klettere auf Bäume und über Baumstämme. Turne. Drehe mich um Äste. Lasse mich von Sprossen hängen. Kopf nach unten. Ganz oben auf dem großen Baumstamm dann großes Durchhängen. Und Schauen. Bis es mir zu blöd wird.

Manchmal schlage ich Purzelbäume. Rolle über den Boden. Klettere geschwind auf einen Stamm. Schwinge mich von einem Ast. Klettere einen Baum hoch. Darüber müsste wirklich niemand erstaunt sein.

Wo sind die Zeiten hin, als mir Rita die Flasche gab, mit der ich mich zum Nuckeln nach hinten fallen ließ? Hast einen Milchbart, sagte sie dann und lachte. Ich ließ sie aber nicht die Tropfen aus meinen Haaren wischen. Wollte auch später noch was haben davon.

Andererseits kenne ich keine Zeit. Es ist immer Jetzt.

5.5.

Keine Milch vorgestern.

Keine Milch gestern.

Keine Milch heute.

Nie wieder Milch.

Das ausgezeichnete Pandababy ist kein Baby mehr.

20.5.

Einmal mit Rita nach Dienstschluss mitkommen!

Dieses eine Mal würde ich ihr folgen. Neben ihr aus dem Tiergarten raus. Große Verblüffung. Offene Münder. Vorbei an Bäumen und Büschen über einen Kiesweg. Nach links und durchs Tor in die Stadt. Ein Blick zur Kirche. Nach rechts zur Straßenbahn. Vorbei an Menschen, die vor Ständen essen und trinken. Kein Bambus weit und breit. An Zeitungsverkäufern vorbei. Vielleicht mich auf einem Cover sehen. Vielleicht meine Schwester. Vielleicht einen Krieg. In die Straßenbahn. Der Schaffner nimmt mich gratis mit. Sollte er mich nicht kennen, müsste Rita für mich bezahlen. Auf einem Holzsitz artig Platz nehmen. Nicht einschlafen. Ich am Fenster. Rita neben mir. Über die Straßen. Vorbei an Häusern und Geschäften. An Menschen und Tieren. Aussteigen. Ja, ja, schon gut, ihr müsst nicht hupen und fotografieren. Die Welt ist für alle da. Außerdem ist euer ausgezeichneter Panda privat unterwegs. Inkognito. Schlecht verkleidet, ich weiß. Rita würde die Eingangstür aufsperren. Ich die Stiegen hochklettern. Kein Problem. Rita würde noch eine Tür aufsperren. Hinter der Tür die Katze.

»Mao!«

»Ja, ich auch, angenehm.«

Ich würde mich neben Rita auf die Couch legen. Sie würde mir die Fotos zeigen, die sie den Journalisten nicht zeigt, auch wenn sie ihr noch so viel Geld bieten. Pia hat lange nichts von sich hören lassen. Geht ihr gut, sagt Rita, jede Wette. Nachts würde ich die Wohnung erkunden. Am nächsten Morgen einkaufen. Kein Elefant im Porzellanladen. Nicht christbaumsüchtig. Mit der Straßenbahn aus der Stadt. In den Wald. Herumstreunen. Auf eine Wiese legen. Neben Rita an einem Baum lehnen. Fressen. Schlafen. Da sein.

25.5.

Einen Schritt vor den nächsten. Man könnte sagen, ich wackle durch das Dickicht. Mein großer Kopf wackelt vo-

ran. Meine Schultern wackeln hinterher. Allgemeine Weltwackelung. Immerhin kreist sie um die Sonne.

2.6.

~~*Eigentlich kann ich nicht einmal »Ich«*~~

27.6.

Ich liebe das Klettergerüst. Dafür danke ich den Menschen. Klettern. Fressen. Auf Bäumen schlafen. Internetheldentum. Rita weiß nicht mehr genau, wie viele Videos es von mir gibt. Auf der ganzen Welt können Menschen den ausgezeichneten Wiener Panda bestaunen. Wie er schaukelt. Wie er gähnt. Wie er niest.

Weil er als Baby geniest und der Tiergarten das Video veröffentlicht hat, wurde er Pandababy des Jahres. Behauptet Rita. Er soll so laut geniest haben, dass Fu Mao einen Schreck bekam. Sie so groß, er so winzig. Sie zuckte zusammen. Wie er bei Gewitter. 37 Millionen Mal gesehen. Bis jetzt. Rita rückt auch erst langsam mit der Wahrheit heraus. Er ist allerdings mehr als ein Niesen.

Alles höchst merkwürdig. Sagen wir, er hat vor neun Monaten geniest. Und sagen wir, jetzt – Rita auf der Seite ihrer Räubertochter, Katze schnurrt neben ihr auf der Couch, Rita sollte längst schlafen – streicht er durchs Dickicht. Oder schläft. Oder frisst. Niemand sieht ihn. Gleichzeitig sehen Menschen, wie er schaukelt, vom Baum fällt, frisst oder eben niest. Sagen wir, vor neun Monaten. Unheimlich irgendwie.

Andererseits ist einer Lichtgestalt nichts unheimlich.

Sehr heiß. Nicht für diese Hitze gemacht. Zum Glück hat man im Gehege drei Klimaanlagen installiert. Danke, liebe Menschen, für euren Erfindungsreichtum. Während es auf der ganzen Welt wegen eurer Autos, Fabriken und Flugzeuge wärmer wird, könnt ihr in euren Häusern das Klima kontrollieren. Jetzt applaudiere ich mal.

Ich zeige mich seltener im Freien. Wenn ich erscheine, zieht es mich sofort in den Schatten. Am meisten begeistert mich die Nebelmaschine. Überall Sonne. Überall heiß. Aber Nebel bei uns. Herrlich kühl. Ich sehe wenig. Man sieht mich nicht. Ich werde unsichtbar. Der ausgezeichnete Panda in einer Wolke.

Gestern hat meine Schwester ein Bild hochgeladen. Gut, sagt Rita, das heißt, sie ist sicher. Auf dem Bild ist Blut auf einer Straße zu sehen. Sehr dunkel. Beinahe schwarz. Ein dünner Blutstrahl fließt in eine Blutlache. Wie ein schwarzer Strohhalm. Das Blut blubbert. Man sieht seine Wärme. Rita wollte es eigentlich nicht sehen. Musste aber hinsehen. Meine Schwester hat »Mehr Feuerlöscher!« dazu geschrieben. Es ist das Blut des jungen Italieners, der am selben Tag wie sie Geburtstag hat. Gestern vor neun Jahren wurde er getötet.

Rita musste sich übergeben, als sie das Original sah. Meine Schwester hat Kopf und Körper aus dem Bild geschnitten und die freie Fläche grün bemalt. Wie mit einem Pinsel. Ein paar Striche. Rita schüttelte den Kopf, als sie mir davon erzählte. Ich drehte meinen Kopf ein paar Mal im Genick und biss in eine Bambusstaude. Sie lachte. Mein Sonnenschein, sagte sie.

Mir scheint die Sonne zu stark. Nachtaktiv wie nie.

Heute hat das neue Jahr begonnen!

Vor einem Jahr rosarot und blind und von feinen Härchen übersät auf die Welt geflutscht. Die hat sich mittlerweile einmal um die Sonne gedreht. Obwohl ich bloß in der Wurfbox, der Innenanlage und später endlich im Freien war, bin ich einmal um die Sonne gereist. Ein ausgezeichneter Panda im Weltall. Laika tot. Fi Fo nicht. Keine Überhitzung. Kein Stress.

An meinem Geburtstag genießen Tausende von Menschen mein Niesen. Bald werde ich ihnen etwas husten. Und mich unter die Meerschweinchen mischen. Oder mich zu den Christbaumfressern absetzen.

Geschenke. Kameras. Maschinengewehrsalven. Ansprachen. Bambus. Süßkartoffeln. Chinesische Zeichen. Riesige Glückwunschbillets, die ich trotz Auszeichnung nicht lesen kann. Man stellte mir eine bunte Kiste mit Paketen ins Gehege. Ich öffnete nicht alle. Rita half mir dabei. Ich kletterte in die Kiste und blieb lange drin. Man klatschte und johlte und rief meinen Namen. Am Nachmittag Pressekonferenz. Wurde wieder nicht befragt. Hätte auch nichts gesagt. Vielleicht doch. Lasst meine Schwester in Ruh. Ihr seid ohnehin versichert.

Ich bin auch versichert. Sicher ist sicher. Lebensversicherung. Sollte mein Leben zu früh enden, ist China eine halbe Million sicher.

Rita streichelte mich, als sie mir einen Stoffpanda gab. Noch ein Geschwisterchen? Sie hatte Tränen in den Augen. Ich trottete davon. Ist ja nicht traurig. Bin nur einmal um die Sonne gekreist. War nicht mal fort.

Rutsche bekommen. Glücklicher Tag. Eine Rutsche ist eine ausgezeichnete Erfindung. Ich muss nur ein paar Stufen erklimmen. Schon geht es rasant runter. So schnell war ich noch nie. So unkontrolliert zuletzt – man weiß das aus ~~Funk und Fernsehen~~ Bildern und Videos. Wusste zuerst nicht, wie mir geschieht. Und was. Und überhaupt.

Ich komme oben an. Drehe meinen Kopf. Schaue runter. Einen Schritt nach vorn. Auf einmal Hilflosigkeit der Krallen. Weil mein Kopf so schwer ist, purzle ich nach vorn. Unten angekommen, habe ich drei Purzelbäume geschlagen. Mindestens. Wer denkt, ich habe genug, irrt. Sofort wieder rauf und sofort wieder runter. Rutschen. Kugeln. Immer wieder. Auf dem Rücken. Auf dem Bauch. Purzelbäume. Eskimorollen. Das ganze Programm.

Yang Lang erspähe ich immer nur von Weitem. Fu Mao passt gut auf mich auf. Mit der Rutsche ist meine Schwester plötzlich wieder da. Gemeinsame Rutschung. Sie ist schneller. Gebe ich zu. Weil schwerer. Korrigiere mich: Wir haben eine Rutsche bekommen.

Meine andere Schwester hat ein neues Foto ins Netz gestellt. Eine Oase. Wasser in der Wüste. Palmen. Luftflirren. Auf Latein hat sie GELD STINKT NICHT in das Bild geschrieben. Den Menschen gefällt das. Warum sagt man dann stinkreich?

37

»Ich hab mir fast in die Hose geschissen«, sagte Julian, als sie vor Da Nennella standen und auf Einlass warteten. Die Schlange war kürzer als beim ersten Mal. Vor ihnen warteten bloß vier Menschen.

Als sie einander gefragt hatten, wie sie heißen sollten, waren sie zum ersten Mal bei Nennella gesessen. Pia hatte sich für Maria Sommer entschieden, weil das ein so unauffälliger Name sei, Julian hätte am liebsten Robert Prosinecki geheißen. Natürlich hatte er Pia erklären müssen, dass Robert Prosinecki ein jugoslawischer Fußballgott war, der am Ende seiner Karriere für Rapid spielte, aber Prosinecki sei zu bekannt, also – Robert Hofmann, ein kleiner Tribut an Steffen Hofmann, den Kapitän des SK Rapid Wien, der überdies Bayer war. Zwei Tage später war er angerufen worden. Es sei natürlich ihre Sache, aber wenn sie schon ein Paar seien, wäre es besser, *einen* Nachnamen zu haben.

Die Tür ging auf, ein Kellner deutete auf einen Tisch, an dem bereits eine Familie saß, Julian und Pia setzten sich. Eng an eng standen die mit blauweißen Plastikdecken überzogenen Tische, auf denen in Papierservietten gewickeltes Besteck lag. Zwar gab es eine handgeschriebene Speisekarte, auf der zwei Drittel aller Speisen durchgestrichen waren, was aber durchaus nicht bedeutete, das restliche Drittel wäre bestellbar. Alle paar Minuten kam ein Kellner mit Tellern aus der Küche und rief die Speisen aus. Wer sich zuerst bemerkbar machte, bekam zu essen.

Es war laut und verrückt, man aß, trank und scherzte mit dem Kellner, bisweilen wurde die Musik auf volle Lautstärke gestellt, und alle sangen mit, Julian bestellte einen Liter roten Hauswein und eine Karaffe Wasser. Sie stießen auf ihre Pässe und die neue Staatsbürgerschaft an und malten sich aus, wie sie dieser ab sofort gerecht werden müssten. Sollten sie jemals wieder in einem Hotel mit Swimmingpool absteigen, müsste einer von ihnen bei Sonnenaufgang aufstehen und zwei Liegen am Pool mit Handtüchern markieren. Sie dürften keine Zweideutigkeiten mehr verstehen und müssten immer ernst, korrekt und frisiert sein. Sie müssten der Welt zeigen, dass sie aus der Geschichte gelernt hatten, gute Menschen geworden waren und das von allen anderen ebenfalls verlangten. Sie mussten Bankomaten Geldautomaten nennen und *laufen* statt *gehen* sagen. Pia hob ihre Hände und winkte, als der Kellner mit frischer Pasta aus der Küche kam. Sie bekamen große, hohle Nudeln mit Tomaten, Fisch und Petersilie. Julian meinte, das sei ihr erster Fehler gewesen. Sie hätte nur die Hand heben und würdevoll blicken dürfen.

Als das Licht kurz zuckte und dann ausfiel, wurde es noch einmal lauter, schallendes Gelächter von allen Seiten, ein langgezogenes Raunen, das von Tisch zu Tisch ging. Pia meinte, von einem Essensstück gestreift worden zu sein, die ersten Zigaretten wurden angezündet.

»So viel zum Rauchverbot«, sagte Julian, griff nach seinen Zigaretten und zündete eine an.

»Müsste man sofort aus der EU ausschließen.«

»Richtig, Maria. Vom Euro sowieso.«

Ringsum wurde gegessen und getrunken, als wäre nichts passiert. Ein Kellner tauchte mit einer Stirnlampe auf, Menschen bezahlten, andere nahmen ihre Plätze ein und gaben Bestellungen auf, hin und wieder flackerte der Lichtkegel über die hohen Wände. Das Licht ging nicht wieder an. Julian nahm Pias Hand und legte sie zwischen seine Beine.

»Ich spüre den Ring.«

»Mann und Frau.« Pia fasste ihm an die Hose. »Das ging aber schnell.«

»Frau Hofmann, beherrschen Sie sich. Wir sind zwar bei den Wilden, behalten aber unsere Kultur.«

Der Kellner nahm ihre Teller vom Tisch. Auf den ersten Blick sah er wie ein Kumpel im Bergwerk, auf den zweiten wie ein Tennisspieler bei Nacht aus. Die Lampe hatte er mit einem weißen Stirnband befestigt; es wirkte nicht, als trüge er sie zum ersten Mal. Julian hatte seine Zigarette auf dem Boden ausgetreten, wie er es von der Dame am Nebentisch gelernt hatte. Ob sie noch etwas Süßes wollten, ansonsten –

»Due caffè«, sagte Pia.

Als der Kellner mit dem Kaffee zurückkam, griff er nach seinem Notizblock, überlegte kurz, steckte ihn wieder ein und sagte:

»Diciotto.«

Pia gab ihm zwanzig Euro. Im Dunklen zwängten sie sich an den Tischen vorbei auf die Straße.

»Gehen wir nach Hause«, sagte Julian.

»Hast du eben nach Hause gesagt?«

»Sì.« Julian zog sie an sich und küsste sie. »Nach Hause, Frau Hofmann, Hochzeitsnacht. Senza peli del pube.«

Am nächsten Vormittag stand Pia am Fenster in Sergios Wohnzimmer und blickte auf die Straße. Sie hatten ihre seriösesten Kleider angezogen, Julian trug dunkle Jeans, ein weißes Hemd und das hellgraue Sakko, in das er kaum noch passte, weil er es gekauft hatte, bevor er ernsthaft zu trainieren begonnen hatte. Pia trug schwarze Hosen und eine rote Bluse, hatte sich geschminkt und die Fingernägel lackiert. Als Julian vor dem Spiegel verschiedene Posen ausprobierte, musste sie lachen.

»Du siehst wie ein halbstarker Kleinkrimineller aus.«

»Was heißt halbstark?«

»Wir sollten dir einen schönen Anzug kaufen. Würde mir gefallen.«

»Ich will einen Pelzmantel wie der Typ unlängst im Café. Der war allerdings kein Kleinkrimineller.«

»Er ist da. Los gehts.«

Sie konnte sich nicht erinnern, wann sie zuletzt in einem Taxi gesessen war. Pia wollte auf keinen Fall mit den Taschen auf die Straßen, nicht mit diesen Taschen, nicht in dieser Stadt. Ein dicklicher älterer Mann stand rauchend vor seinem Wagen und blickte einem kleinen Hund hinterher. Er öffnete den Kofferraum, das sei nicht nötig, sagte Pia, sie behalte ihre Sachen bei sich. Julian nahm auf dem Beifahrersitz Platz, sie setzte sich auf die Rückbank und nannte dem Fahrer die Adresse.

Wie schön war es, dass sie zu einer Bank fuhren, die der Gruppe gehörte, die jene Bank besaß, deren Automaten sie vor anderthalb Monaten nicht ordnungsgemäß befüllt hatten. Alles kam dorthin zurück, wohin es gehörte. Sie bogen in den breiten Corso am Meer, es war sonnig und mild, wenige Tage vor Weihnachten. Der Fahrer hielt direkt vor der Bank.

Man wies sie in ein kleines Büro, in dem eine Dame in schwarzem Rock, weißer Bluse und randloser Brille vor einem Bildschirm saß. Sie bat sie, auf den Stühlen gegenüber Platz zu nehmen.

»Wir sind schon verheiratet«, flüsterte Julian, Pia stieß ihr Bein gegen seines.

In gebrochenem Englisch erzählte ihnen die Dame, was Pia längst wusste – wie sicher ihre Wertsachen seien, abgesehen von ihnen wisse niemand, was sich in den Schließfächern befinde, und wann immer einer der Zutrittsberechtigten das Schließfach öffne, müsse er bloß unter dem Datum unterschreiben, ehe der Schlüssel wieder in ein Kuvert komme und dieses versiegelt werde.

Sie wählten ein großes Schließfach. Pia bezahlte für ein Jahr. Sie war froh, noch den letzten Fünfhunderteuroschein zu besitzen, den sie von ihrem Konto abgehoben hatte. Robert und Maria Hofmann unterschrieben einen Vertrag, den sie nicht einmal halbherzig durchgelesen hatten, kurz darauf standen sie mit einem bewaffneten Bankangestellten vor einem Aufzug, in dem es keine Knöpfe zu drücken gab. Die Tür schloss sich, Pia und Julian nickten einander zu, der Aufzug fuhr nach unten, wo die Tür genauso geräuschlos aufging, wie sie sich oben geschlossen hatte.

Sie traten in einen großen Raum, tief unter Straßenniveau, metallene Schränke glitzerten unter mattem Licht. In der Mitte des Raumes standen drei große schwarze Tische. Julian suchte ihr Fach und sperrte es auf. Sie sprachen kein Wort. Pia holte die wertvollen Jacken aus der wertvollen Tasche, stopfte sie in das Schließfach und hielt inne. Das große Schließfach war nicht groß genug.

»Wir müssen unsere Freunde operieren«, sagte Julian, »führt kein Weg daran vorbei.«

Er holte den Schlüssel aus seiner Tasche und schlitzte Herrn Werner, den Elefanten Elias, die Katze Bank Austria, den Hund UniCredit und Panda Fiat auf. Pia wühlte in ihren Eingeweiden und warf die gerollten Scheine in eine der beiden mit Fünzig- und Hunderteuroscheinen austapezierten Taschen. Als sie voll war, blickte sie ihn an. Julian zuckte die Achseln. Sie befüllten die zweite Tasche. Pia presste sie in das Fach, Julian drückte die Tür dagegen und sperrte ab.

»Wer sagt's denn!«

»Total unverdächtig.«

»Du wartest vor dem Eingang, ich verabschiede mich von der Tante.«

Sie riefen den Aufzug. Als Pia mit aufgeschlitzten Stofftieren unter beiden Armen ausstieg, zog der Bankangestellte die Brauen hoch.

Nachher saßen sie vor einem Imbiss nahe am Hafen, zwischen ihnen stand eine Flasche Weißwein, ihre Füße ruhten ausgestreckt auf weißen Plastikstühlen, unter der Brüstung schaukelten Boote im Wasser. Sie hatten noch Geld im Zimmer, genug für die nächsten Monate. Pia war, als könnte sie sich zum ersten Mal seit Langem entspannen. Auf einem Stuhl neben ihr lagen die verunstalteten Stofftiere, die sie aus Nostalgie aufheben würde. Man wusste nie, wofür man sie einmal noch brauchen konnte. Julian schloss die Augen und lehnte seinen Kopf an die Wand.

»All diese Schließfächer. Ich würd gern wissen, wie viele Stockwerke es gibt. Und in wie vielen Banken – «

»Was machen wir jetzt?«

»Durchatmen und leben.«

»Und dann?«

»Immer der Nase nach.«

Als sie am nächsten Mittag mit prallen Plastiktüten vom Markt kamen, versperrten ihnen zwei lässig gekleidete Männer den Weg. Sie baten sie freundlich, aber bestimmt um ihre Jacken. Sie wollten sie kein zweites Mal bitten müssen. Pia und Julian taten, wie ihnen geheißen wurde, die beiden Männer bedankten sich artig und verschwanden gemäßigten Schrittes um die nächste Ecke. Es hatte keine Minute gedauert.

Pias Mund stand offen, ihre Zähne klapperten, sie weinte leise. Immerhin war es ihre Lieblingsjacke, die sie sich damals nicht hatte leisten können und trotzdem gekauft hatte.

»Ich kauf dir eine neue.«

»Ich will keine neue. Wofür hast du deine Muskeln?«

Julian blieb stehen. Er zitterte immer noch.

»Ist jetzt nicht dein Ernst.«

»Doch.«

Pia schluchzte. Er schloss sie in die Arme, strich ihr übers Haar und über den Kopf. Es war, als streichelte er sich selbst.

»Da geht's nicht um Kraft.«

»Ich hab Angst.«

In Sergios Küche schlichen sie wortlos umeinander herum, schnitten Zwiebeln und Tomaten und Melanzani, setzten Wasser auf, und als die Tür aufging, zuckte Pia zusammen.

»Bellissima«, sagte Sergio und hob die Hände, »non hai paura!«

»Fortunati«, rief Sergio drei Tage später aus, als sie abends müde in seine Wohnung kamen. Er deutete auf den Esstisch. Ihre Jacken lagen darauf.

Ein junger Mann habe sie abgegeben.

Er sei sehr freundlich gewesen und habe sich nach ihrem Befinden erkundigt.

Pia holte ihren Laptop und verschwand wortlos ins nächste Café. Als sie ihn hochfuhr, schluchzte sie. Der Kellner stellte ihr einen nicht bestellten Campari neben den Kaffee und zwinkerte ihr zu.

*

Wann immer sie im neuen Jahr Wetterkarten sahen, beglückwünschten sie einander zu ihrer neuen Umgebung. Woher sie kamen, war es blau, bestenfalls grün; die Gegend, in der sie lebten, war gelb und wurde zusehends oranger. Es regnete selten, und seit ihre Jacken im Schließfach waren, benötigten sie die gelben Regenpelerinen nicht mehr, die sie übergestreift hatten, sobald es stärker zu regnen begonnen hatte.

So durfte der Winter sein. Keine ständigen Nebel, kein Grau in Grau, stattdessen blauer Himmel, Sonne, nur an wenigen Tagen fielen die Temperaturen unter zehn Grad. Kein Schnee, keine klirrende Kälte, keine Handschuhe. Zu Silvester waren sie nach einem üppigen Menü mit Spaghetti vongole, frittiertem Fisch und Linsen, die Geld im neuen Jahr bringen sollten, auf ihrem riesigen Dach gestanden, hatten Wein getrunken, einen Joint geraucht und die Feuerwerke beobachtet. Überall war geschossen worden, eine Rakete nach der nächsten explodiert, nicht nur auf der Piazza Plebiscita, auf der das Feuerwerk der Stadt gezündet worden war – von Balkonen, Straßen und aus Fenstern waren Raketen in die Nacht geschickt worden, ohrenbetäubender Lärm, farbdurchzuckter Himmel. Am nächsten Tag hatten sie sechs abgebrannte Raketen auf ihrem Dach gezählt.

»Das wird unser Jahr«, hatte Julian gesagt.

»Unser Leben«, hatte Pia geantwortet. »Das Jahr der Linse.«

Mittlerweile lebten sie in einer großen hellen Wohnung nahe der Spaccanapoli, im letzten Stockwerk, viele Stiegen, kein Aufzug, im Stiegenhaus hing ein riesiges Plakat von Diego Armando Maradona, vor dem Julian jedes Mal salutierte, weil Deutsche vor großen Männern salutieren mussten. Eine französische Philosophin, die bis in den Herbst in den USA unterrichtete, hatte Zwischenmieter gesucht, sie zahlten achthundert Euro im Monat, was viel für Neapel und annehmbar für sie war. Die Wohnung war geschmackvoll eingerichtet, Drucke und alte Filmplakate, Schauspielerinnen und Schauspieler an den Wänden, Hunderte von Büchern, viele auf Deutsch, in denen Pia bisweilen las, nur um sich zu ärgern, wie wenig sie davon verstand.

Von der Küche führte eine Wendeltreppe auf das Dach des Hauses, zu dem niemand außer ihnen Zutritt hatte. Es war herrlich da oben, mitten in der Stadt über der Stadt sahen sie auf die Galeria Umberto, blickten zum Meer, konnten Menschen auf den Balkonen beim Leben zusehen oder einfach vor sich hinträumen. Die Wäsche, die auf Balkonen und Fenstergittern hing, der Lärm von den Straßen, die Autos und Vespas, die sich vermischenden Gerüche – dort oben, in ihrem Reich, las Pia und wollte verstehen, betrachtete die Fotos, die sie aufnahm, klickte sich durch Bilder, die sie aus dem Netz saugte, und wusste nicht so recht, warum sie das alles tat.

Bei schönem Wetter lag Julian auf einer Sonnenliege, kiffte, hörte Musik und überschlug die Summen, die er gewettet hatte, rechnete seine Verluste gegen seine Gewinne und meinte, allmählich ein Muster zu erkennen. Der SSC, sein neuer Verein, zu dem ihn ein paar Jungs aus der Kraftkammer mitnahmen, hatte das erste Spiel, das Julian jemals im Stadio San Paolo gesehen hatte, 1:0 gegen Sampdoria Genua gewonnen. Mitte Januar war das gewesen, anfangs hatte die Sonne geschienen, ehe es zu regnen begonnen und er sich gefreut hatte, in einer Jacke zu stecken, die nass werden durfte. Zwanzig Minuten vor Schluss war Gérman Denis hochgestiegen und hatte den Ball zum grenzenlosen Jubel der Tifosi ins Tor geköpft. Aus einer Laune heraus hatte Julian vor dem Spiel einhundert Euro auf einen Sieg seines neuen Vereins gesetzt. Er hatte einhundertundneunzig Euro gewonnen.

Die nächsten vier Heimspiele waren allesamt unentschieden ausgegangen, und Julian hatte nach dem ersten Unentschieden begonnen, gegen die großen Clubs einen kleineren Betrag auf einen Sieg und einen größeren auf ein Unentschieden zu setzen. Nicht, dass es im Stadion langweilig gewesen wäre; aber Wetten machte die Spiele noch spannender. Da unten auf dem Platz wurde dann tatsächlich auch für ihn und Pia gespielt, der er lediglich bei Gewinnen davon erzählte.

Er hatte ungefähr fünfhundert Euro gewonnen, eine halbe Monatsmiete, als Fiorentina kam. Im Herbst hatte Neapel in Florenz gewonnen, Julian zweifelte keine Sekunde an einem Heimsieg. Also setzte er zweihundert Euro auf einen Sieg, Fiorentina gewann 3:1, nach dem dritten Tor zerriss er seinen Wettschein und ließ die Papierschnipsel zu Boden rieseln.

Julian hatte noch nie daran gedacht, gegen seinen Verein zu wetten. Er fand es abstoßend, unmoralisch und falsch. Zwei Wochen später kam Juventus Turin, er setzte dreihundert auf einen Sieg seiner Blauen. Sollte er verlieren, wäre er auf Null und würde wie früher einfach zusehen und mitfiebern, nach dem Spiel Bier trinken und Marihuana rauchen und sich über die Frisur des slowakischen Stürmers lustig machen, an dessen Stelle er lieber jemand anderen gesehen hätte.

Nach sieben Minuten war es still im Block. Die Fans aus Turin jubelten, man reckte ihnen Fäuste entgegen. Zur Halbzeit stand es unverändert 1:0 für die Gäste. So sehr Julian sich auch einzureden versuchte, im Endeffekt gerade einmal einhundert Euro verloren zu haben, so sehr schmerzte es ihn, seinen Verein erneut verlieren zu sehen – und es nicht besser gewusst zu haben. Die zweite Halbzeit begann, der erste Pfiff gewährte Neapel einen Elfmeter, Julian hielt den Atem an. Marek Hamšík schoss über das Tor, Julian verfluchte ihn und seine jämmerliche Frisur und sagte jedem, der es hören wollte, und jeder, die es nicht hören wollte, er habe es ja immer gesagt. Fünf Minuten später köpfte der Verfluchte den Ball ins Tor, Julian nahm widerwillig zurück, was er immer schon gesagt hatte, es blieb noch genügend Zeit. Nebel zog auf, in der fünfundsiebzigsten Minute lenkte Fabio Quadriarella den Ball über die Linie, Julian wünschte, das Spiel würde auf der Stelle abgepfiffen. Die Gegner drängten, Julian musste immer öfter wegsehen, aber als kurz vor Schluss das 3:1 für Neapel fiel, tanzte Julian mit fremden Männern und Frauen, sie hüpften singend im Kreis und küssten einander auf die Wangen.

»Bedank dich bei Marek Hamšík, Fabio Quadriarella und Ezequiel Lavezzi.«

»Ich bedank mich beim Wettergott.«

Sie saßen auf ihrem kleinen Balkon im Hotel Luna Amalfi, das direkt in die Felsen gebaut war. Vor ihnen lag das Meer, die Sonne schien, auf dem Strand unter ihnen wurden Liegen aufgestellt, zwei furchtlose Damen schwammen unter dichtgedrängten Wolken zügig Richtung Boje.

Pia und Julian hatten ein Auto gemietet, waren aus der Stadt an die Amalfiküste gefahren, den Vesuv im Rückspiegel. Sie hatten einander immer wieder auf die halsbrecherischen Klippen hingewiesen, an denen sie so knapp vorbeifuhren. Die enge Straße, direkt über dem Abhang zum Meer, hatte Pia die Augen schließen lassen, wenn ihnen ein Bus entgegengekommen war. Julians Verein kam für die verspätete Hochzeitsreise auf. Zum ersten Mal seit Langem hatte er sein eigenes Geld verdient. Es war die schönste Straße, auf der er jemals gefahren war. Er hatte nicht geahnt, wie glücklich er sein konnte.

»Schau dir das an«, hatte Pia geraunt, als sie nach Amalfi gekommen waren und auf das weiße Hotel gewiesen, das auf einem steilen Felsen stand und wie ein Kloster aussah.

»Such den Parkplatz«, hatte Julian gesagt.

Es war ein Kloster aus dem vierzehnten Jahrhundert, in dem allerlei berühmte und wichtige Menschen abgestiegen waren, wie sie auf den Plaketten an der Fassade lesen konnten. Ein Kreuzgang um einen kleinen Garten in der Mitte, alles aus Stein, die Angestellten in Uniformen, an einer Wand hing ein gerahmter Brief Mussolinis, über den Pia erbost war, obwohl sie ihn nicht verstand. Die gewölbte Decke über ihrem Bett war mit Ranken, Blumen und Zweigen verziert, in der Mitte hielt Maria ihren Neugeborenen in den Armen. Neben dem Bett waren Nischen in die Wand gelassen, in denen geschnitzte Heiligenfiguren standen. Julian und Pia waren noch nie in einem Hotel gewesen, in dem man zweihundert Euro pro Nacht bezahlte.

»Hab ich dir erzählt, wie mir der Rezeptionist gestern

Nacht zugezwinkert hat? Als ich mit der Weinflasche kam und um einen Korkenzieher bat?«

Pia schüttelte den Kopf.

»Ich hab gesehen, wie er dich angesehen hat.«

»Sah auch nicht schlecht aus.«

»Ist jetzt nicht dein Ernst.«

»Doch. Hatte was.«

»Ja, eine große Nase.«

Nachher standen sie am Geländer, Julian hielt Pia von hinten umschlungen, sie blickten aufs Meer, die Wolken verzogen sich. Er schmiegte seine Wange an ihre. Er küsste sie in den Nacken. Er fasste sie um die Taille.

»Warum weinst du?«

»Weil ich glücklich bin.«

»Da muss man weinen?«

»Manchmal ja. Das Licht ist so hell.« Sie wischte sich Tränen aus den Augen und versuchte zu lächeln. »Hier, im Gelben, das immer oranger wird.«

»Dort« – Julian deutete aufs Meer – »auf der anderen Seite, ist es mittlerweile rot.«

Herrlich war der Frühling, die riesigen Zitronen an der Amalfiküste, die Gerüche und neuen Ausblicke, das helle Licht, die blauen Himmel, Leben im Freien. Sie trugen die Ringe, die sie zu ihren neuen Pässen bekommen hatten. Sie waren auf einer ausgedehnten Hochzeitsreise. Bisweilen vergaßen sie, was sie getan hatten.

Neapel hatte Catania geschlagen, weshalb Pia und Julian anstatt zurückzufahren eine Nacht im Hotel Luna angehängt hatten. Julian hatte auf Pias Computer auf Sieg gesetzt und sie gleich nach Schlusspfiff in eine Trattoria geführt, in die er vor wenigen Monaten keinen Schritt zu setzen gewagt hätte. Es tat gut, das gewonnene Geld für Ausflüge auszugeben, Pia Schuhe und Kleider zu kaufen, sie zum Essen einzuladen. Das war etwas anderes als ihr gemeinsamer Schatz; es war sein Geld, er gab es gern für sie aus.

Sie setzten mit einer Fähre nach Capri über, lachten über die aufgeplusterten Reichen und mehr oder weniger Schönen, die auf der kleinen Piazza Unsummen für Wein und Champagner und kleine Salate ausgaben. Sie wanderten über die Insel, blickten von einem Hügel auf die berühmte Villa eines berühmten Schriftstellers, ein sandsteinfarbener Klotz, von dem eine lange breite Treppe ins Meer führte. Unter den Filmen der französischen Philosophin hatten sie einen gefunden, in dem Brigitte Bardot im Bikini auf dem Dach dieses Hauses lag, ehrfurchtsvoll blickten sie hinunter, so ein Heim, so eine Villa – allein dazu brauchte man viel mehr Geld, als sie hatten. Vor Anacapri spazierten sie durch die Villa eines schwedischen Arztes und Schriftstellers, der ein Buch über die Insel geschrieben hatte, schwitzend stiegen sie zum Heiligtum des Kaisers Augustus und blickten aufs Meer, aber es waren die emaillierten, luftig verzierten blaugelbweißen Schilder mit den Nummern vor schönen Häusern, an denen sie sich nicht sattsehen konnten und die ein anderes Leben zu versprechen schienen. Sie spazierten über die Insel, sie ließen sich Zeit, und als sie zurück in den Ort kamen und ins Funicolare steigen wollten, legte die letzte Fähre gerade ab.

Sie wollten kein Zimmer mieten, nicht hier, nicht unter diesen Menschen, nicht zu diesen horrenden Preisen. Sie stellten sich auf eine Nacht im Freien ein, kauften Salami und Käse in einer kleinen Fleischerei, Brot und Wein und Wasser. Am nächsten Morgen würden sie die erste Fähre nehmen. Als sie dem Fleischer davon erzählten, bat er sie mitzukommen. Ein kleines Zimmer, drei Minuten von der Piazzetta entfernt, in dem er Siesta hielt, für, er überlegte, zwanzig Euro könnten sie es haben. Sie fielen einander um den Hals, Pia küsste den Fleischhauer auf die Wange. Es gab keine größeren Glückspilze als sie.

Ihre Insel war Procida, einen Steinwurf von Neapel entfernt, auf der vor allem Neapolitaner Ruhe suchten. Es war angenehm entspannt, hier waren normale Menschen, Pia und Julian fühlten sich wohl, wenn sie vor einem Lokal in dem kleinen Hafen saßen, Pasta aßen, Wein tranken und den Sonnenuntergang beobachteten, dem sie als gute Deutsche, wie Julian sagte, applaudieren müssten. Sie überlegten, hier ein Häuschen zu kaufen, sie konnten es sich leisten, sie hatten Papiere, wenn auch gefälschte, was erstens wahrscheinlich niemandem auffallen und zweitens bestimmt niemanden stören würde, solange sie bezahlten. Über die Insel fuhren kleine Busse, die Julian und Pia jedes Mal aufs Neue amüsierten, es gab mehrere Linien, wie in einer richtigen Stadt. An Wien dachten sie selten. Noch nie in ihren Leben waren sie morgens so gern aufgestanden. Noch nie hatten sie einander jeden Morgen fragen können, was sie mit dem angebrochenen Tag anfangen wollten.

Julian hatte Wien bei sich, zumindest ein Stück, zumindest einen Menschen – und der machte ihn unglücklich. Er hatte aufgehört, Pia davon zu erzählen, sie interessierte sich nicht für Fußball, hörte nur mit einem Ohr hin, freute sich allerdings, wenn er für sie gewann, mehr nicht. Er ging gern ins Stadion, er genoss die ausgelassene Stimmung, er fieberte mit dem SSC, aber es schmerzte ihn, Jimmy nicht zu sehen.

Julian hatte es nicht glauben wollen, als es zu Sommerende geheißen hatte, Jimmy Hoffer, sein Lieblingsstürmer, der kleine, schnelle, torgefährliche Bub mit den roten Backen und dem schütteren Haar, verlasse Rapid. Neapel hatte fünf Millionen Euro oder mehr bezahlt, Julian verstand das. Trotzdem schmerzte es ihn für seinen Verein, der ohne Jimmy schlecht in die Saison startete, während dieser in Neapel bis Anfang Oktober gerade vier Mal eingewechselt worden und alles in allem keine fünfundvierzig Minuten auf dem Feld gewesen war.

Julian hatte sich seinem Jimmy im Stadion zujubeln sehen und den Menschen ringsum erklären gehört, der sei von seinem Verein, aus Wien, von den Grünen. Als Julian und Pia nach Neapel gekommen waren, war Jimmy aus dem Kader gestrichen worden, die Neapolitaner hatten sich gefragt, warum man so viel Geld für einen unfähigen Österreicher ausgegeben habe.

Julian hatte begeistert geklatscht, als Jimmy im Januar gegen Palermo zehn Minuten vor Schluss eingewechselt worden war. Er hatte seinen Namen gebrüllt, als Einziger so, wie er in Wien klang, und mit einem Mal hatte er ein Stück Heimat in seinem neuen Leben. Als die Saison zu Ende war, hatte Julian zehn Spiele im Stadio San Paolo gesehen, während seinem Liebling insgesamt eine knappe Viertelstunde auf dem Rasen gewährt worden war.

Julian hatte nicht gewusst, was er tun sollte, als er Jimmy eines Tages vor einem Café sah. Er hätte ihn gern angesprochen und aufgemuntert, sie hätten Freunde werden können. Aber er hatte ihn nicht angesprochen; er hatte ihn bloß aus einiger Entfernung beobachtet. Der Bub in seinem hellblauen Trainingsanzug hatte verloren gewirkt. Gerade deswegen las er wahrscheinlich die Magazine aus Österreich, in denen mittlerweile mehr über Julian und Pia als über ihn berichtet wurde. Also nicht ansprechen, nicht aufmuntern, nicht anfreunden. Unsichtbar bleiben.

»War auch besser so«, sagte Pia.

Sie saßen am Hafen von Procida, Julian ließ seinen Blick über kleine Fischerboote schweifen, Pia tunkte Weißbrot in Olivenöl. Er fand es nicht gerecht, dass er Neapel und die Umgebung so genoss, während sein Liebling verkannt und gedemütigt wurde.

»Er hätte uns bestimmt nicht verraten. Er tut mir leid.«

»Warum tut dir jemand leid, der fünf Millionen verdient?«

»Die hat erstens nicht er verdient. Zweitens verdient er viel. Ist aber drittens egal, wenn man nicht zeigen kann, was man kann.«

»Dann ist er bald nicht mehr so viel wert?«

Julian nickte.

»Du könntest ihn ja kaufen, wenn er dir so leid tut.«

Julian musste lachen, obwohl er es nicht lustig fand.

*

Etwas war mit Pia geschehen. Etwas geschah mit ihr, in ihr. Sie liebte diese Stadt, ihren Irrsinn, ihre Unberechenbarkeit, ihre Gerüche und Geräusche, das Gewirr in der Spaccanapoli, die von den Spaniern wie mit einem Messer durch die Stadt gezogen worden war. Sie liebte ihre neue Freiheit, die sie an ihrem aufrechten Gang, ihren neugierigen Blicken, ihrem offenen Ohr spürte. Sie ging anders, sie sah anders, sie dachte anders. Sie liebte es, sich in den fremden Klängen zu verlieren, die ihr so merkwürdig vertraut erschienen. Und sie liebte es, so wenig zu verstehen, dass sie bisweilen das Gefühl hatte, mehr zu verstehen – mehr als sie jemals verstanden hatte.

Man beharrte darauf, die Pizza Margherita erfunden zu haben, trotzte der Vorgabe der Europäischen Union, Steinöfen nicht zu verwenden, weil sie schädlich für die Gesundheit der Konsumenten seien, schrieb »Vera Pizza« auf die Schilder jener Lokale, in denen es echte Pizza gab, die ein Pulcinella mit schwarzer Maske auf weißem Hintergrund auf einer grünen Schaufel in einen unsichtbaren Ofen schob. Obwohl Pia noch nie länger in einem fremden Land gewesen war, fühlte sie sich bald nicht mehr als Fremde, fand ihren Weg durchs Dickicht der Gassen, fühlte sich wohl und sicher inmitten der großen Unsicherheit, was der nächste Tag bringen werde. Sie hatte sich an den Kopf gegriffen, als ein Pole ihr erklärt hatte, er verstehe das nicht, sie, die Polen, Rumänen, und so weiter, sollten nicht Europa sein, und das hier schon! Dass er nicht lache, das sei Afrika! Gerade deswegen liebte sie Neapel.

Sie sah die Afrikaner, die von Tag zu Tag mehr zu werden schienen, für die Mafia gefälschte Produkte verkaufen. Sie hatten es übers Meer geschafft, um in einem Paradies zu landen, das alles, nur kein Paradies war. Manchmal, wenn sie mit Julian am Meer saß, auf Procida oder irgendwo an der Küste, sah sie das Mittelmeer anders. Dann sah sie einen riesigen Friedhof, in dem Tausende von Afrikanern begraben waren, die von der Aussicht auf ein besseres Leben angelockt worden waren. Sie sah die alten Neapolitaner anders, die Zigaretten aus ihren Bauchläden verkauften. Sie sah arme alte Menschen, die von der Hand in den Mund lebten, selbst wenn sie ein Leben lang gearbeitet hatten. Sie sah die Chinesen, die die Märkte mit Billigprodukten überschwemmten, ihre Geschäftsbereiche immer weiter ausdehnen. Sie sah die harten Jungs, die keine Zeit hatten, die Buben zu sein, die sie in Wirklichkeit noch waren. Es gab keine Arbeit, niemand wartete auf sie, nur die Mafia konnte ihnen etwas bieten. Sie sah die Armut, das Leid, den täglichen Kampf. Und sie sah die Auflehnung dagegen, wenn sie in ihrer Studentenuniform die Stadt durchmaß. Sie hatte Geld; noch hatte sie Geld. Sie wusste nicht, wohin damit, um –

Fortzukommen. Wie überwältigt sie war, als sie nach und nach herausgefunden hatte, wie berühmt Julian und sie waren. Den ersten Meldungen nach ihrer Flucht war bald eine Stille gefolgt, die sie beruhigt hatte. Als sie sich und Julian aber im Februar auf dem Cover eines vielgelesenen Nachrichtenmagazins gesehen hatte – *Pia und Julian. Geld aus dem Automaten* –, hatte sie geschluckt. Fünf Seiten mit Bildern, Interviews, möglichen Fluchtrouten und abstrusen Lebensgeschichten. Das sei ihre Schuld, hatte Julian geflucht, das blöde Facebook, weil sie nicht habe stillhalten können. Sie wollte nicht stillhalten. Andererseits hatte Julian Recht; Rosa hatte ihr dasselbe vorgehalten. Nachdem sie all die Profile gesehen hatte, auf denen irgendjemand in ihrem Namen über oder für sie sprach, hatte sie ein offizielles Profil mit dem Last-Minute-Foto angelegt.

In den Medien wurde sie als *schön* und *attraktiv* bezeichnet. Sie hätte sich nie so gesehen. Wenn sie in ihrem lichtdurchfluteten Badezimmer vor dem Spiegel stand, blickte ihr ein anderes, ein neues Gesicht entgegen. Es war nicht bloß das kurze Haar. Es war nicht der dunklere Teint. Sie war gerader geworden. Wenn ihr die Italiener auf der Straße hinterher pfiffen, bezog sie es trotzdem nicht auf ihre Schönheit. Sie pfiffen allen Frauen im paarungsfähigen Alter hinterher. Sie sah bloß exotischer aus. Im Netz wurde sie gefeiert und verteufelt. Idiotie, Schwachsinn, Geltungsdrang. Sagte Julian. Unwirklich, sinnlos, unecht.

Er hatte Unrecht. Die Nachrichten, die sie bekamen, waren echt. Irgendwo saßen echte Menschen an ihren Computern und verfolgten aufmerksam, was sie getan hatten und was darüber berichtet wurde. Siebenundzwanzigtausend Menschen hatten ihr Profil abonniert. Wie viele Menschen in sein grünes Stadion passten, hatte Pia gefragt. Siebzehntausend, hatte Julian geantwortet, sie hatte bloß genickt. Kein Beweis für irgendetwas, hatte er gesagt. Sie sei eine Fliege im Netz. Sie wolle die Spinne sein, hatte Pia geantwortet.

Pia war, als stünde sie auf einer Bühne vor siebenundzwanzigtausend Menschen, die darauf warteten, was sie sagte. Es war aufregend und angsteinflößend.

sie wissen nichts (über uns)

Das war Pias erster Eintrag gewesen, nachdem die Titelgeschichte erschienen war. 4679 mal war *Gefällt mir* angeklickt, der Eintrag Hunderte Male geteilt worden, unter ihm standen Hunderte von Kommentaren. Erst drei Tage später hatte sie ihr Profil zu öffnen gewagt. Alles rot. Am liebsten hätte sie ihrer Mutter geschrieben, die sie in einer Zeitung verteidigt hatte. Aber sie wusste nicht, wie. Sie hätte ihr eine E-Mail schicken können, aber vielleicht hätte das ihre Mutter in Bedrängnis gebracht. Außerdem hätte sie ihr nicht mehr schreiben können, als dass es ihr gut gehe und sie sicher sei.

An ihrem Geburtstag, während Julian auf dem Markt war, um sie zu überraschen, hatte sie auf dem Dach ein Bild von Carlo Giuliani hochgeladen. Ein Profilfoto, vielleicht aus einem Ausweis, das Haar kurz geschoren, dicke dunkle Brauen über offenen blauen Augen, eine feine Nase, volle

Lippen, eine schwarze Kapuze im Nacken. Ein entschlossener, selbstbewusster Blick. Vor neun Jahren hatte er zum letzten Mal seinen Geburtstag gefeiert.

Am nächsten Tag war in den Medien darüber berichtet worden. Ihr wurde tatsächlich zugehört. Sie konnte etwas sagen. Aber was?

Jetzt, am 20. Juli 2010, unter einem Sonnenschirm auf dem Dach, kam alles auf einmal zurück: das Lokal, die Bar, die Gäste, Mario, der hereingestürzt kam und sie zu dem Computer an der Wand zog, um ihr das grauenhafte Bild zu zeigen. Das dunkelrote Blut. Der tote junge Mann. Sie wollte, sie durfte ihn so nicht zeigen. Pia öffnete das Foto und begann, es zu beschneiden. Die blutige schwarze Maske über dem Kopf und der leblose ausgestreckte rechte Arm mussten weg. Das Kopfsteinpflaster von Genua und die Blutlache blieben. Daneben entdeckte sie Glasscherben, mehrere grüne, eine große blaue. Als sie das Bild hochlud, piepte ihr Telefon.

SIE HABEN IHN VERKAUFT!!!

Pia war übel. Zwar hatte sie den Kopf aus dem Bild geschnitten, aber der Blutstrahl, der sich in die Lache ergoss, war mindestens genauso grauenvoll. Schwarz, geradlinig, lange nicht versiegt. Nie versiegt.

Wen?

JIMMY!!!

*

Die Luft war angenehm kühl, als Pia an der Grenze zum Fürstentum Andorra die Scheibe ihres Mietwagens herunterließ. Die Autos vor ihnen fuhren im Schritttempo, sie hatten sich eine glaubhafte Geschichte zurechtgelegt, aber es genügte, dem Zollbeamten die aufgeklappten Reisepässe zu zeigen. Er nahm sie nicht einmal in die Hand und winkte sie weiter.

Es war mittelmäßig erleichternd. Pia war müde. Nach neun Stunden Fahrt waren sie am Vorabend in Nizza angekommen und direkt in die Garage eines sündteuren Hotels gefahren, um ihr Auto in Sicherheit zu wissen. Auf der Terrasse hatten sie eine Kleinigkeit zu sich genommen, »schön« zum Meer gesagt, »herrlich« zur Aussicht, eine Flasche Wein getrunken, geduscht, miteinander geschlafen, den Wecker gestellt – danach waren sie sofort eingeschlafen. Um sechs Uhr morgens waren sie wieder im Auto gesessen, das Geld nach Scheinen geordnet in drei Taschen im Kofferraum, in Andorra gab es keine Einfuhrbeschränkungen für Kapital. Sie hatten ein Lokal in Süditalien betrieben, den Banken nicht vertraut, das Bargeld in einen Tresor geschlossen, weswegen es etwas zerknüllt war.

Er könne nicht glauben, dass sie täten, was sie taten, hatte Julian ein paar Tage vor der Abfahrt im Wohnzimmer gemurmelt, aber Pia hatte bezweifelt, dass die Bank Sklaven habe, um die Scheine glattstreichen zu lassen. Also hatten sie die Scheine wieder glattgestrichen. Einen nach dem nächsten. Stundenlang. Erntedankfest. Mit dem kalten Bügeleisen und einem Briefbeschwerer.

»Unsere Geschichte ist ziemlich verblödet«, sagte Julian, zündete sich eine Zigarette an und blickte aus dem Autofenster. »Klingt alles irgendwie unecht.«

»Warum?«

»Wir hätten doch Steuern zahlen müssen. Für ein Lokal.«

»Geht auch mit Erlagschein. Oder was weiß ich. Was glaubst du, warum wir in eine Steueroase fahren?«

»Ich bin ein bisschen nervös. Und du siehst ein bisschen sehr scharf aus.«

Sie hatten sich neu eingekleidet. Julian hatte einen dunkelblauen Anzug und feine Lederschuhe gekauft, sein weißes Hemd war frisch gebügelt, Pia trug ein elegantes schwarzes Kleid und dunkelbraune Schuhe mit hohen Absätzen. Sie hatten Geld. Nun sahen sie wie Menschen aus, die Geld hatten. Sie hatten sehr viel Geld ausgegeben, um wie Menschen auszusehen, die Geld hatten. Das sei ja der Witz an der Sache, hatte Pia gesagt, als sie in einer Boutique in der Galeria Umberto bezahlt hatten. Zumindest seien sie nun ein paar Scheine los.

Die Hauptstadt des Fürstentums war ein Dorf. Aber sie waren nicht auf Besuch hier, auch nicht auf Urlaub, schon gar nicht zum Vergnügen. Am frühen Nachmittag hielt Pia auf dem Kundenparkplatz jener Bank, die sie mit Rosa ausgesucht hatte. Pia seufzte, Julian schnallte sich ab.

»Ich würde nicht wagen, dich anzusprechen.«

»Weißt du, was lustig ist?«

»Dass ich wie ein Büroesel aussehe?«

»Zuerst mussten wir wie Verbrecher denken. Jetzt müssen wir wie Millionäre denken. Das eine ist wie das andere.«

»Nur dass sie uns in unseren Verbrecherkleidern nicht durchgewinkt hätten.«

Pia blickte auf den Kilometerzähler.

»1541 Kilometer. Das ist Wahnsinn.«

Der Bankangestellte, ein etwa vierzigjähriger Mann in dunkelblauem Anzug, weißem Hemd und roter Krawatte, hatte schwülstige Lippen, über denen Schweißperlen funkelten. Er nickte und grinste schmierig, als Pia ihm von dem Lokal und den vielen Scheinen erzählte. Ihre Einwände schob er achselzuckend beiseite.

»Pecunia non olet.«

Pia sah ihn fragend an.

»Money doesn't stink.«

»Depends on the kitchen«, sagte Julian.

Sie lachten, aber Pia lachte ein anderes Lachen. Sie lachte mit Julian über den Angestellten, der ihnen mit seinem Lachen zu verstehen gab, wie gleichgültig ihm sei, woher das Geld komme, solange es zu seiner Bank komme. Der gute Mann ahnte nicht, woher das Geld kam. Üblicherweise stahlen es die Reichen den Armen und versteckten es in Banken. Pia und Julian hatten es der einen Bank gestohlen und versteckten es in der anderen. Als sie ein wenig später vor einem Automaten standen, durch den er Bündel um Bündel mühsam glattgestrichener Scheine rattern ließ, fasste Pia Julian an der Hand. Es dauerte, bis alle Scheine durch den Automaten gelaufen waren. Der Angestellte tupfte sich mit einem Stofftaschentuch die Oberlippe und drehte ihnen den Bildschirm seines kleinen Laptops zu.

»491 460 Euro.«

Als er ihre Hände zum Abschied schüttelte, verfügten sie über ein Nummernkonto, das nur ein paar Bankangestellte mit Maria und Robert Hofmann in Verbindung bringen konnten. In einer geräumigen Wohnung in Neapel warteten unterdessen Panda Fiat und Teddy Werner im Schlafzimmer sehnsüchtig auf ihre Besitzer.

Sie waren zu müde, um sich etwas in Andorra La Vella anzusehen, eintausend Meter über dem Meer. Eine leichte Brise wehte, es hatte etwas über zwanzig Grad, sie empfanden es als kühlend. Im Hotel zogen sie weiße Bademäntel an, schlüpften in weiße Hausschuhe und stapften schnurstracks in die Sauna.

Sie erzählten einander noch einmal, was sie eben erlebt hatten, sie machten sich über den Angestellten lustig, sie konnten nicht glauben, wie reibungslos alles gelaufen war. Endlich waren sie die Scheine los. Endlich waren die Scheine in Sicherheit. Endlich waren die Scheine verschwunden und nur noch eine schöne große Zahl auf einem Bildschirm. Wunderbare Verwandlung.

»*Endlich* ist gar kein Ausdruck«, sagte Julian und streckte sich auf der obersten Saunabank aus. Er verschränkte die Hände hinter dem Kopf und schloss die Augen. Pia legte sich auf die andere Seite, ihre Füße berührten einander.

»Haben wir gut gemacht.«

»Dreitausend Kilometer, ungefähr, sind die Scheine gereist. Dreitausend verdammte Kilometer.«

»Und zwischendurch wurden sie geerntet –«

»Und in Tiere gestopft –«

»Und in einen unterirdischen Zoo gesperrt –«

»Und, ich meine, Pia –«

»Maria –«

»Liebe Maria Hofmann, ich meine, nicht wir sind gereist, das Geld ist, ich weiß nicht, wie ich sagen soll, verstehst du, das Geld ist *mit uns* gereist. In Wirklichkeit saßen die Scheine hinterm Steuer. Sie wollten eingerollt werden, sie wollten in die Tiere, sie wollten unter die Erde, sie wollten nach Andorra. Fürstentum, was für Deppen! Die Scheine waren unsere Fürsten. Ich bin nicht erleichtert, ich fühle mich zum ersten Mal frei, ich – Red ich Blödsinn?«

»Ganz und gar nicht.«

In diesem Moment hatte Pia eine Idee. Sie ärgerte sich, sie nicht früher gehabt zu haben.

»Am liebsten würde ich die Scheine auf der Stelle zurückholen.«

»Bist du irre?«

»Weil ich etwas vergessen habe.« Sie seufzte. »Ein paar haben wir ja noch. Erklär ich dir morgen im Auto. Lass uns in den Whirlpool gehen. Das haben wir uns verdient.«

*

Wenige Tage bevor sie die Fähre nach Tunesien nehmen wollten, wachte Pia auf. Sie erwachte im Traum, ohne tatsächlich wach zu sein. Während sie von einem Bild und einem Satz träumte, von einem Satzbild, das auf einmal klar vor ihr stand und das sie ihrem Publikum mitteilen musste, wusste sie bereits im Traum, dass sie träumte und das Wichtigste beim Aufwachen vergessen haben würde.

Sie hielt die Augen geschlossen und spürte, dass sie in einer Zwischenwelt war, der sie das Satzbild vielleicht noch entwinden konnte. Da waren ein Stempel und ein Geldschein, zehn Euro wahrscheinlich, und ein Schriftzug, *Limited Edition*, aber der Stempel, der Stempel, was war bloß auf dem Stempel gewesen? Der Stempel, das wusste sie, war entscheidend.

Pia stand auf, Julian lag in Embryostellung im Bett, sie hörte ihn atmen. Sie wagte kaum, die Augen zu öffnen, die sie sofort wieder schloss, als sie unter der Dusche stand und lauwarmes Wasser auf sich prasseln ließ. Sie versuchte, nicht zu denken, wollte den Traum weiter in sich träumen lassen, da waren Momente, an denen sie sich entlanghangeln konnte, eine euphorische Stimmung, die Gewissheit, das Richtige zu tun, immerhin war sie an einer späteren Stelle deswegen verfolgt worden.

Sie kochte Espresso und stieg mit einer Tasse die Wendeltreppe hoch. Die Sonne blendete sie, der Himmel war dunkelblau und wolkenlos, sie setzte sich auf einen Mauervorsprung. Sie sah die Umrisse dreier riesiger Containerschiffe im blaugrauen Dunst, die gläserne Kuppel der Galeria Umberto reflektierte das Morgenlicht. Sie wusste, was sie zu tun hatte. Sie wusste, was sie den Menschen zeigen wollte.

Eine leise Welle von Glück und Melancholie überkam sie, während sie die Augen geschlossen hielt und den Kopf der Sonne entgegenstreckte. Sie würde diese Stadt verlassen. Sie war mit Julian. Sie liebte ihn. Sie war aber auch allein auf dieser Welt, die sie immer weniger verstand und immer mehr interessierte. Sie schloss die Augen, atmete tief ein und aus, und als sie die Augen wieder öffnete, wusste sie, wo sie leben wollte und leben musste. In einem armen warmen Land.

Es war gut, sie zu sein.

Es war gut, da zu sein.

Es war gut, zu träumen.

Am Nachmittag machte sie sich an die Scheinarbeit.

38

Eine Woche nach Eröffnung der Ausstellung wurde Kasimir Ab entführt.

Während Kulturredaktionen weiterhin mit der Ausstellung beschäftigt waren, den Meister des Handstreichs mit neuen Superlativen bedachten und mit fetten Lettern die mutmaßlichen Kaufpreise über Reproduktionen seiner Gemälde schrieben, tauchte im Netz ein Video auf, in dem der Entführte die *Kronen Zeitung* vom 24. April 2011 in die Kamera hielt.

Das Video begann mit einem schwarzen Bild, auf dem in weißen Blockbuchstaben *DER UNBEKANNTE KÜNSTLER PRÄSENTIERT* zu lesen war, ehe das Bild weiß wurde. Ein Foto Kasimir Abs mit der *Kronen Zeitung* vor der Brust erschien, auf das ein paar Sekunden später der Kuckuck in Form eines Stempels gedruckt wurde. Nach kurzem Flimmern, das an eine Bildstörung erinnerte, begann das Frage- und Antwortspiel, bei dem die Fragen Weiß auf Schwarz eingeblendet wurden, auf die ein würdevoll erschöpft wirkender Kasimir Ab antwortete.

Wie geht es Ihnen?

»Den Umständen entsprechend. Wie man so sagt. Der Unbekannte Künstler behandelt mich mit Respekt. Ich bekomme zu essen und zu trinken. Man tut mir nichts.«

Warum wurden Sie einstweilig aus dem Verkehr gezogen?

»Weil mir der Unbekannte Künstler den Prozess machen will?«

Was wird Ihnen zur Last gelegt?

»Vielleicht, dass ich nicht rede? Keine Petitionen unterschreibe? Keine Fingerabdrücke hinterlasse?«

Kalt.

»Weil ich nicht gegen den Markt schwimme?«

Wärmer.

»Hofnarr?«

Das haben Sie gesagt.

Der Bildausschnitt wurde vergrößert, Kasimir Abs graue Handschuhe hielten ein Blatt Papier, von dem er nach kurzem Räuspern abzulesen begann.

»Um meine Freilassung zu erwirken, fordere ich mit dem Unbekannten Künstler, der mich bislang gut behandelt hat, zweierlei. Erstens: Ich beauftrage meine Assistentin, alle Bilder der Ausstellung *Handstreich* unverzüglich mit Pfandmarken zu bekleben. Zweitens fordere ich die Verteilung von einer Million Euro, die zu gleichen Teilen von jenen, die nunmehr gepfändete Bilder erworben haben, der Galerie Jonathan Frey und mir aufgebracht wird. Die Million wird auf dem Brunnenmarkt in zweitausend Fünfhunderteuroscheinen an Passanten verteilt. Ich bitte meinen Galeristen, während der Verteilung eine Jacke zu tragen, auf deren Vorderseite der Kuckuck und auf deren Rückseite ein Bankomatzeichen zu erkennen ist. Als Beweis erwarten wir ein Video, das mit einem schwarzen Bild beginnt, auf dem in Weiß *Im Auftrag der Unbekannten Künstlers* zu lesen ist, ehe *Bin Laden in Ottakring* eingeblendet wird. Das Video soll auf YouTube hochgeladen und an die Medien des Landes geschickt werden. Nach Erfüllung der Forderungen werde ich unverzüglich freigelassen. Sollten sie nicht binnen der nächsten drei Tage erfüllt werden, werde ich vom Unbekannten Künstler zur Kunstproduktion versklavt.«

Kasimir Ab wurde ausgeblendet, und nachdem dreimal hintereinander der Kuckuck aufgeblitzt war, stand in Weiß auf einem schwarzen Bild:

Es ist 4:37.

Als Kasimir Ab erwachte, dämmerte ihm etwas, das er nur geträumt zu haben wünschte. Er getraute sich nicht, seine Augen zu öffnen. Er wollte seinen Ohren misstrauen, die nichts als das monotone Ticken einer Uhr vernahmen. Er wollte den Geruch der Bettwäsche verscheuchen und die Weichheit der Matratze ignorieren. Zaghaft öffnete er die Augen, nur um sie sofort wieder zu schließen. Etwas raste durch seinen Kopf. Er begann, sich zu erinnern. Er wollte sich nicht erinnern.

»Du Esel«, sagte er laut, »du dummer, dummer Mensch.«

Er öffnete die Augen, setzte sich in dem fremden Bett auf, schob den Vorhang beiseite und blickte aus dem Fenster. Er sah eine Hecke, dahinter die Donau im fahlen Gegenlicht, ein riesiger Schlepper fuhr langsam stromaufwärts. Kasimir blickte ihm hinterher, bis er aus seinem Sichtfeld verschwunden war. Auf dem anderen Ufer, dem letzten Ausläufer der Donauinsel, standen Bäume, er sah Sand und kleine Lichtungen, die er noch nie wahrgenommen hatte, an zwei Plätzen meinte er Angler zu erkennen. Schwalben flogen über die dichte Hecke, ein Hund bellte auf dem Damm, Kasimir stieg über eine schmale Treppe ins Erdgeschoß.

Durch die halbverdunkelten Fenster blickte er ins Freie.

Es hatte sich nichts geändert, man konnte von außen nicht hineinsehen, eine Hecke beschützte die Fenster. Er öffnete den Kühlschrank, in dem zwei Flaschen Weißwein, eine Flasche Wasser, zwei angebrauchte Marmeladegläser, eine abgelaufene Butter sowie ein kleines Glas Oliven standen. Im Schrank daneben fand er zwei Tüten Chips, eine Packung Salzstangen, eine Packung Spaghetti sowie Gemüsebrühe in Pulverform.

Er öffnete die Tür zur Terrasse, trat ins Freie und schloss die Augen. Er roch die Donau, frische Luft, er hörte zwei Menschen auf dem Kiesweg vor dem Haus miteinander reden. Er nahm die Stufen in den Garten und setzte sich in einen Liegestuhl unter einem großen alten Baum. Zu gern wäre er auf die Straße und ein paar Meter weiter zum Damm gegangen, um sich auszuziehen und in dem kleinen Seitenarm des Stroms im kalten Wasser zu schwimmen. Aber das war keine gute Idee. Er wäre gern in ein Lokal auf der anderen Seite gegangen, um zu essen. Auch das war keine gute Idee. Er wäre gern zum nächsten Supermarkt gegangen, um den Kühlschrank aufzufüllen und sich für die nächsten Tage zu rüsten. Ebenfalls keine gute Idee. Er hätte gern sein Telefon wieder eingeschaltet und Hans oder Sophie oder Lydia angerufen. Das war die schlechteste Idee von allen.

Er war entführt.

Ihm waren die Hände gebunden.

Kasimir Ab spürte Angst in sich hochkriechen, die er jetzt am allerwenigsten gebrauchen konnte. Er schloss die Augen und atmete tief ein und aus. Er zählte bis zwanzig, ehe er die Augen öffnete. Er musste denken. Die Hauptsache war: Er war am Leben. Er könnte sich einen Ruck geben, die Karten auf den Tisch legen und alles klären. Hört her, das und das ist passiert, ich kann es nicht hinreichend erklären, nehme die Konsequenzen aber auf mich. Allerdings wären die Konsequenzen eher unangenehm, selbst wenn sich verschiedene einflussreiche Personen für ihn verwendeten. Vielleicht würde er bei bestimmten Gruppen an Ansehen gewinnen, vielleicht auch der Unbekannte Künstler. Am Ende wäre Kasimirs Kunst noch mehr wert.

Der Unbekannte Künstler hatte Gesetze gebrochen, die Kasimir Ab zwar gleichgültig waren, dennoch würde man ihn dafür zur Rechenschaft ziehen. Vermutlich käme er mit dem Argument von der Freiheit der Kunst nicht sonderlich weit. Entmündigt und für unzurechnungsfähig erklärt zu werden, war ebenfalls keine verlockende Aussicht.

Kasimir stockte. Ihm kam der entsetzliche Gedanke, etwas getan zu haben, das sein Leben unwiderruflich in ein Davor und ein Danach teilte, wobei er sich das Danach nicht ausmalen wollte.

Er blickte auf den Einstich in seinem linken Unterarm. Er wollte das nicht mehr. Er wollte das alles nicht mehr. Das Scopolamin musste weg. Der Unbekannte Künstler musste weg. Dieser Irrsinn musste weg.

Wollte er entdeckt werden? Damit das Versteckspiel ein Ende hätte?

Nein. Wollte er nicht. Vor allem nicht jetzt. Ein junger Taxifahrer namens David, der ihn nachts in die Kuchelau gefahren hatte, wusste die Wahrheit. Die Wahrheit, die Wahrheit, die Wahrheit. David würde nicht zur Polizei gehen, davon war Kasimir überzeugt, und Sophie war wahrscheinlich GERADE JETZT sehr besorgt um Kasimir.

Wer war noch besorgt?

Lydia, hoffentlich. Jonathan bestimmt, aus anderen Gründen. Kasimir schämte sich. Er wollte nicht, dass Sophie sich sorgte. Ja, Lydia, ich bin einsam, unter dem Baum habe ich es bemerkt, willst du meine Frau und die Mutter unserer Kinder werden, wollen wir auf einander aufpassen und die Handschuhe ausziehen und ein schönes glückliches Leben führen? Ich halte um deine Hand an.

Kasimir Ab weinte. Er stützte sein Gesicht in die Hände und beugte sich nach vorn. Er sah seine Mutter und seinen Vater vor sich; was er tatsächlich sah, waren vergilbte Fotografien. Er war fünf gewesen, als sie auf der Autobahn zwischen Bologna und Florenz in einen Lastwagen gekracht waren. Sie waren auf der Stelle tot und er auf der Stelle Waise gewesen. Sie hatten nach Apulien fahren wollen, zu ihren Freunden, in das kleine weiße Steinhaus, das er von Fotos kannte und in dem er wahrscheinlich gezeugt worden war. Juhu, Juhu, er hatte kein Über-Ich gehabt, weil da kein großer starker einschüchternder Vater war, der ihn zu formen versucht hätte. Gratulation, Gratulation. Er hatte gegen keine übermächtige Instanz kämpfen, sich niemandem gegenüber beweisen müssen, er war frei gewesen. Applaus, Applaus. So ähnlich hatte es Kasimir Ab in Sartres Autobiographie gelesen. Der hatte immerhin eine Mutter gehabt.

Kasimir war bei seinen Großeltern aufgewachsen, die ihn geliebt, aber nie verstanden hatten. Als er sechzehn war, war sein Großvater eines Morgens nicht mehr aufgewacht, und als er achtzehn war, seine Großmutter ins Heim gekommen. Ein immer dichter werdender Nebel hatte sich in sie zu legen begonnen, bis sie mit allem und allen sich selbst vergessen hatte. Drei Jahre später war sie nicht mehr aufgewacht. Er erinnerte sich an ihre Schnitzel an Sonntagen, an die Ausflüge in den Prater, während derer sein Großvater ihm jedes Mal aufs Neue erzählt hatte, was vor dem Krieg wo gestanden sei. Er solle damit aufhören, hatte seine Großmutter gesagt, das interessiere ein Kind doch nicht. Es waren die Eltern seiner Mutter, und manchmal hatte Kasimir nicht einschlafen können, weil seine Großmutter vor dem Fernseher heulte, sein Großvater stumm danebensaß und sie wortlos hielt. »Mein einziges Kind«, stammelte sie, »warum muss das mir passieren?« Am nächsten Morgen, als sie Kasimir Kakao kochte und ein Butterbrot strich, fiel sie ihm mit Tränen in den Augen um den Hals. »Mein Sonnenschein.«

Einen Sonnenschein hätte Kasimir jetzt benötigt. Er kam sich nicht sonderlich strahlend vor. Er musste denken, nicht grübeln. Er konnte einfach aus dem Garten gehen, wenn ihn niemand sah, den nächsten Menschen um sein Mobiltelefon bitten, im Atelier anrufen und sagen, er sei geflohen. Der Polizei würde er sagen, er könne sich nicht an viel erinnern, nachdem ihm jemand von hinten eine Mütze übers Gesicht gezogen habe, habe man ihn von der Straße in ein Auto gezerrt. Wenn er entkommen war, müsste er angeben können, von wo. Er könnte angeben, man habe ihm eine Substanz injiziert, was sich durchaus nachweisen ließ.

Kasimir blickte in den Himmel. Ein paar Wolken zogen schnell darüber, die Schwalben flogen tief. Sein Entkommen wäre eine Niederlage für den Unbekannten Künstler, und in diesem Moment, während er das Tuten eines Schiffes in der Ferne hörte, gefiel ihm die Vorstellung, dem Unbekannten Künstler eins auszuwischen. Kasimir könnte seine Insel kaufen, Jonathan die Nebeninsel, die neuen Adeligen könnten ihre kuckucksbefreiten Kasimir Abs an die Wände gut gesicherter Häuser, Wohnungen oder Büros hängen. Die letzten Tage konnten lang sein.

Dann wäre alles für die Katz gewesen.

»Danke, Unbekannter Künstler«, murmelte Kasimir, »dass du mich so gut behandelst.«

Für einen Moment fragte er sich, ob er verrückt werde oder es bereits sei. Mirjam König fiel ihm ein. Man könne davon ausgehen, dass niemand eine Psychose habe, der glaube oder befürchte, verrückt zu werden. Psychotiker empfänden sich als normal.

»Sehr beruhigend«, murmelte Kasimir, »mit sich selbst zu reden, ist in einer Situation wie meiner nicht weiter fragwürdig.«

Variante drei: Ausharren. Auf Sieg spielen. Dem Unbekannten Künstler zu seinem letzten Triumph verhelfen. Dafür musste der Entführte stark bleiben. Die Zeit für sich nutzen. Ruhig werden. Die Zukunft planen. In der Zukunft den Unbekannten Künstler und das Scopolamin sein lassen. Nach Apulien fahren und das Haus besuchen. Lydia oder jemand anderen heiraten. Auf die Erfüllung der Forderungen warten. Sein Mobiltelefon vernichten, mit dem er das Video aufgenommen hatte, das er zwar gelöscht hatte, das von Technikern der Polizei aber wahrscheinlich problemlos wiederhergestellt werden könnte. Andererseits: Warum hätte ihn sein Entführer nicht mit seinem Telefon filmen sollen? Kasimir nickte, aber nur kurz. Datum und Ort wären festzustellen. Was hatte der Unbekannte Künstler mit Kasimir Abs Telefon kurz nach Mitternacht in Kasimir Abs Haus verloren?

Seit dem Aufstehen war gerade eine Stunde vergangen.

Es regnete, die Tropfen klatschten auf die Holzdielen der Terrasse und gegen die Fenster, der Himmel war grau. Kasimir Ab saß an einem kleinen Tisch im Erdgeschoß und stocherte in seinen Spaghetti. Auf dem Teller lagen Nudeln, über die er Olivenöl gegossen und viel Salz und Pfeffer gestreut hatte. Dazu trank er Wasser, den Wein hatte er nicht geöffnet, er wollte klaren Kopf bewahren. Er wickelte Spaghetti um die Gabel und zwang sich, so viel wie möglich davon zu essen. Es war ein trauriges Mahl, aber immerhin. Er war kein Königssohn.

»Er behandelt mich gut«, murmelte Kasimir, »ich muss nicht verhungern. Stockholm, ich liebe dich.«

Regina musste seit geraumer Zeit nicht in ihrem Häuschen am Wasser gewesen sein. Zumindest der Schlüssel war immer noch dort versteckt, wo er immer versteckt war. Eine Woche vor der Ausstellungseröffnung hatte sie geschrieben, es tue ihr leid, nicht kommen zu können, sie sei die nächsten Monate in Kalifornien, Umarmung, Kuss. Auch wenn man in Kalifornien ist, dachte Kasimir Ab, während er nackte Nudeln in seinen Mund führte, kann man zumindest Salami im Kühlschrank lassen. Oder etwas Haltbares.

Kasimir sah Regina mit Töpfen und Pfannen auf dem kleinen Herd hantieren, köstliche Kreationen, die sie bei schönem Wetter an einem Tisch im Freien verspeisten, während sie einander aus ihren Leben erzählten. Dann trieben sie es auf der Terrasse, unter der Dusche, auf dem Rasen, am liebsten lag Regina auf dem großen Holztisch im Garten und wollte, dass Kasimir beschreibe, was er gerade mit ihr tue und was ihn dabei errege. Ob ihn das gar nicht störe, flüsterte sie und streckte ihm den Finger mit dem Ehering entgegen, so etwas mit einer respektablen Ehefrau anzustellen. Nachher tranken sie Wein und spazierten an der Donau entlang oder stiegen auf den Kahlenberg, um vor einem Heurigen zu sitzen und wie gute Bekannte auf die Stadt und den Fluss und die Weinhänge zu blicken.

Regina war Ärztin, was Kasimir beruhigte, ihr Mann ein

erfolgreicher Anwalt, der sich gern unter Künstler mischte und einmal in Kasimirs Atelier gekommen war, um ein Bild an der Galerie vorbei zu kaufen. Er hatte gut und bar bezahlt, Regina war Kasimir ein paar Monate später bei einer Vernissage wiederbegegnet, sie hatten Nummern ausgetauscht, der Rest war abgelaufen, wie er oft abgelaufen war, mit einem wesentlichen Unterschied: Kasimir hatte alles liegen und stehen lassen, wenn Regina ihm die Nachricht geschickt hatte, ob er nicht mit ihr die Wasserqualität der Donau überprüfen wolle. Es war immer nur dann möglich gewesen, wenn sie einen Nachmittag oder Abend frei gehabt hatte, Kasimir hatte sich ihren Call- oder Textboy genannt, was beiden Anlass zu vielerlei Phantasien gegeben hatte. Vor anderthalb Jahren hatte sie Kasimir geschrieben, sie müsse eine Pause einlegen, Kasimir hatte »Schade« geantwortet, seitdem war er nicht mehr in dem Häuschen am Wasser gewesen.

»Ich hatte ein gutes Leben«, sagte Kasimir und schob den Teller von sich.

Er wollte sich verbieten, daran zu denken, dass er jetzt in seinem Atelier oder auf der Straße oder in einem der vielen wunderbaren Lokale der Stadt oder mit Hans im Auto oder auf dem Weg zum Flughafen oder ins Südburgenland oder wohin auch immer sein könnte. Er verbot sich, weiterhin daran zu denken, dass er einfach in sein Lieblingsmittagslokal gehen könnte, um zu bestellen, worauf er Lust hätte, ehe er sich von einer reizenden Kellnerin, die seine halbheimliche Geliebte war, einen Espresso und braunen Zucker bringen ließe. Er wollte auch nicht daran denken, dass er ÜBLICHERWEISE sein Telefon nehmen und anrufen könnte, wen er wollte, um sich die Zeit zu vertreiben oder sich bloß zu vergewissern, dass andere Menschen existierten. Vor allem wollte er nicht an den immer gefüllten Kühlschrank im Atelier denken.

Kurz vor siebzehn Uhr stellte Kasimir Ab das Radio an. Als die Nachrichten begannen, legte er sich auf den Boden und stellte sich für einen Moment vor, Regina käme jetzt in ihrem weißen BMW angerauscht. Nach Krise, Arbeitsmarktprognosen und einem Bericht über den unaufhaltsamen Aufstiegs Chinas verlas der Sprecher die Nachricht von der Entführung des Künstlers Kasimir Ab durch ein mutmaßliches Kollektiv, das unter dem Namen *Unbekannter Künstler* berüchtigt geworden sei. Er erwähnte das Video, kurz darauf hörte Kasimir seine eigene Stimme sagen, er sei bislang gut behandelt worden, ehe von den Forderungen der Entführer berichtet wurde. Die Polizei habe eine Nachrichtensperre verhängt, noch sei weder eine Stellungnahme des Museums noch der Galerie zu vermelden, die Polizei und die Angesprochenen nähmen die Situation ernst. Hinweise erbitte die Wiener Polizei unter der kostenlosen Nummer soundso. Der nächste Beitrag handelte von einem wichtigen Fußballspiel. Kasimir Ab stellte das Radio ab.

Seit dem Aufstehen waren gerade fünf Stunden vergangen.

Auch die *Zeit im Bild*, deren Nachrichten von einem neuen Sprecher gelesen wurden, meldete die Entführung eines der größten lebenden österreichischen Künstler. Kasimir sah ein Foto von sich hinter dem Nachrichtensprecher, im Laufe des Beitrags wurde eine Stelle aus dem Video eingespielt, auf dem der Entführte seltsam gleichmütig wirkte. Die Polizei, hieß es, verfolge einige Spuren, tappe bislang aber im Dunklen. Ein paar Bilder der Ausstellung wurden eingeblendet, die Forderungen des Entführers oder der Entführer genannt, wobei die exakte Ortsangabe durch *an einem öffentlichen Ort* ersetzt wurde.

Kasimir schaltete den Fernsehapparat aus. Er sah Tausende von Österreichern vor ihren Bildschirmen sitzen und die Köpfe über die kolportierten Millionen schütteln, die seine Bilder wert sein sollten. Als drängte plötzlich ein Traum der vergangenen Nacht ins Bewusstsein, erinnerte sich Kasimir an die ersten Forderungen des Unbekannten Künstlers, von denen dieser dann doch Abstand hatte nehmen müssen. Er hatte die Bilder nicht nur pfänden, er hatte ihre Käufer zwingen wollen, ihr Eigentum dem Museum zur Verfügung zu stellen. Die Schenkungen wären aber in dem Moment, in dem Kasimir Ab freigekommen wäre, von gewieften Anwälten angefochten worden. So ähnlich musste der Unbekannte Künstler gedacht haben.

Kasimir ging in den Keller, in dem ebenfalls nichts Essbares, aber immerhin drei Flaschen Bier zu finden waren. Er öffnete eine, holte eine Packung Chips aus dem Schrank und stellte sich in den Nieselregen. Eine weitere Möglichkeit war, für immer zu verschwinden. Er erschrak. Er liebte sein Leben. Was war das in ihm, das den Gedanken aufblitzen ließ, verschwinden und etwas ganz Neues beginnen zu wollen?

Er wusste nicht, was er tun sollte. Er verfluchte den Unbekannten Künstler. Er verfluchte das Scopolamin. Er verfluchte die sogenannte Wahrheit. Er verfluchte das Internet und Mobiltelefone mit Kamerafunktion. Irgendwo heckten Polizisten, Einsatzleiter und Psychologen einen Plan aus, irgendwo überlegte Jonathan, was zu tun sei. Jonathan war in erster Linie Geschäftsmann. Ein toter Künstler war der bessere Künstler. Nach dem Irrsinn der letzten Monate und der Entführung würden die Preise weiter nach oben schnellen.

»Jonathan ist dein Freund«, sagte Kasimir, »er lässt dich nicht im Stich.«

Kurz vor Mitternacht hatte Kasimir Ab einen Krimi zu lesen versucht, in einem Gedichtband geblättert und sich durch die Kanäle des Kabelfernsehens geschaltet. Er hatte nicht einmal der seichtesten Talkshow folgen können, die beiden übrigen Bierflaschen geleert, ein bisschen Weißwein getrunken, dreimal heiß geduscht, um sich zu beruhigen und zu klaren Gedanken zu kommen. Er war auf der Terrasse gestanden und hatte so lange in die vermeintliche Stille gelauscht, bis er allmählich Geräusche wahrzunehmen begonnen hatte, Autos weit entfernt auf der Straße der Freiheit, Vögel, Hunde, Strauchgetier, einen Läufer oder eine Läuferin, er hatte seine Gedanken aufzuschreiben und die möglichen Szenarien aufzuzeichnen versucht.

Er war weder ruhig noch amüsiert. Er fürchtete die Nacht. Er fürchtete die Schlaflosigkeit. Er fürchtete die seltsamen Gespräche und Überlegungen in seinem Kopf, die man unter keinen Umständen als gesund oder normal hätte bezeichnen können.

Es war drei Uhr nachts, als Kasimir Ab vorsichtig die Gartentür öffnete und auf den Weg trat, um nicht durchzudrehen. Er zog die Tür geräuschlos hinter sich zu, nach ein paar Schritten stieg er auf den Damm. Zu seiner Linken floss die Donau, zu seiner Rechten stand der angelegte Seitenarm, auf dem tagsüber Kanu gefahren wurde und in dem bei schönem Wetter nackte Menschen badeten, die Regina und er Lederhäute genannt hatten.

Es war dunkel, feucht und nass. Kasimir fragte sich, ob

die Fische schliefen. Wie gern hätte er eine Angel gehabt und angeln können. Sein Magen rumorte, sein Körper forderte Nahrung. Er wollte gehen und sich auslaugen, um vielleicht doch ein wenig schlafen zu können. Die Kirche auf dem Leopoldsberg war genauso beleuchtet wie das Stift Klosterneuburg in seinem Rücken. Er ging in Richtung Stadt, weit entfernt waren Lichter auszumachen, er sah kaum weiter als einen Meter. Er hörte seine Schritte, seinen Atem, hin und wieder flackerten Lichter über die ihm unendlich weit entfernt scheinende Straße. Er sog die frische Luft ein. Es tat gut, zu gehen. Es tat gut, sich fortzubewegen. Es tat gut, sich etwas freier zu fühlen.

Die Häuschen zu seiner Rechten waren unbeleuchtet, wahrscheinlich noch verwaist. Regina hatte eine Alarmanlage, die anderen Bewohner wahrscheinlich auch, selbst wenn sich die Häuschen der anderen im Vergleich zu Reginas Haus wie Baracken ausnahmen. Die Menschen von Lascaux hätten gewusst, wie jetzt an Nahrung zu kommen wäre. Er musste es als Diät sehen. Oder als Askese. Die Heiligen gingen zum Fasten in die Wüste oder kletterten auf Bäume. Der Mensch brauchte in erster Linie Wasser. Wasser hatte er genug.

Auf der Website der Galerie wurde unter *Aktuelles* die Entführung Kasimir Abs bestätigt. Man prüfe derzeit Optionen, um ihn freizubekommen, der Unbekannte Künstler aber solle wissen, dass er sich mit dieser Aktion endgültig ins Abseits gespielt habe. Das Netz war voller Berichte und Mutmaßungen, die Stimmung schien sich gegen den Unbekannten Künstler zu wenden, die Entführung eines Malers, der niemandem etwas getan habe, wurde in erster Linie als abwegig und kontraproduktiv verurteilt. Kasimir war übel von den widerlichen Kommentaren unter dem Entführungsvideo. Hass und Häme von Menschen, die den Unbekannten Künstler zum Kotzen fanden, ihm lebenslange Haft oder Erschießung durch ein Sonderkommando wünschten, aber gleichzeitig die Meinung vertraten, in diesem Fall treffe es den Richtigen, einen dieser abgehobenen Künstler – wobei Künstler in neun von zehn Fällen in Anführungszeichen stand –, die zu nichts zu gebrauchen seien, auf Kosten der Allgemeinheit in Saus und Braus lebten, vom Leben der normalen Menschen keine Ahnung hätten und mit lächerlichen Handschuhen und Schals – er trug bloß im Winter oder bei Erkältung Schals! – durch die Welt gingen und sich verhielten, als wären sie Übermenschen, die näher an den himmlischen Mächten wären als andere. Man sollte ihm die Finger abschneiden, einen nach dem anderen, oder zumindest brechen. Ein Scharlatan weniger. Wien könnte auch ohne diese Schwuchtel existieren. Alles ein einziger PR-Gag, um die Preise weiter in die Höhe zu treiben. Der Ärmste bekomme einmal keinen Kaviar und keinen Champagner. Wie traurig. Mitleid, Mitleid, Mimimi.

Als Kasimir am Spitz der kleinen, vor einem guten Jahrhundert aufgeschütteten Insel ankam, schwindelte ihn vor so viel Niedertracht. Er sah die Lichter eines Schiffes auf ihn zukommen, breit lag es auf der Donau, es kam aus Budapest oder Belgrad oder vom Schwarzen Meer und hatte Nahrung an Bord.

»Er wird mir schon nicht die Finger abschneiden«, murmelte er.

Kasimir drehte sich um und schlug den Kiesweg an der Donau ein. Die Steinchen knirschten unter seinen Schuhen. Er ging so langsam wie möglich, um so spät wie möglich in das Haus zu kommen. Er hielt inne, zog sein ausgeschaltetes Mobiltelefon aus der Tasche und warf es in hohem Bogen in die Donau.

Fünf Kalorien. Kasimir Ab las noch einmal. Fünf Kalorien stand auf dem Etikett der Gemüsebrühe, und auch wenn es fünf Kalorien pro Schüssel waren, war es unzulänglich für einen ausgewachsenen Mann in Gefangenschaft. Ein Panda in Gefangenschaft hatte es tausend Mal besser. In einem Topf kochten die letzten Spaghetti. Kasimir hoffte, Nudelsuppe à la Entführungsopfer schmeckte besser als Spaghetti mit Olivenöl, Salz und Pfeffer.

Wenig später saß er vor einer großen Schüssel und aß so gierig, dass er sich den Gaumen verbrannte. Kasimir versuchte, sich die schönsten Momente seines Lebens zurückzurufen. Er hatte kaum geschlafen, in seinem Kopf war ein Bürgerkrieg ausgebrochen. Obwohl er den Weißwein ausgetrunken hatte, hatte er nicht einschlafen können. Er hatte sich an so viele Frauen wie möglich zu erinnern versucht, mit denen er geschlafen hatte, und sich an einem kleinen Gebet versucht, in dem er den lieben Gott um Schlaf und Ruhe und Bewahrung seines ohnedies flatterhaften Verstandes gebeten hatte – nicht ohne ihm ein ums andere Mal hoch und heilig zu versprechen, sich nie wieder Scopolamin zu spritzen.

All das hatte wenig gefruchtet, allmählich war es heller geworden, Kasimir hatte den Vorhang zur Seite gezogen und auf die Donau gestarrt. Er hatte drei Reiseschiffe und fünf Schlepper gezählt. Er hatte einige kleine Boote gesehen. Er hatte Geräusche im Garten und auf dem Weg vor dem Haus zu hören gemeint und jeden Moment mit dem Eintreten von Türen und schwerbewaffneten Polizisten gerechnet, er hatte Reginas Mann mit einer Geliebten ins

Refugium seiner auf einem anderen Kontinent weilenden Frau kommen und ihn in einem Moment der Erkenntnis verprügeln sehen. Nichts von alledem war eingetreten. Der Himmel war grau wie am Vortag, es regnete stärker, der Wind peitschte die Baumkronen im Garten.

Nachdem er die Schüssel abgewaschen und den Deckel auf den Topf gegeben hatte, setzte er sich mit einem Blatt Papier und einem Kugelschreiber an den Tisch.

»Können Sie Ihren Entführer beschreiben?«, sagte er mit tiefer gestellter Stimme.

Kasimir überlegte. Der Unbekannte Künstler war in etwa so groß wie er, wenngleich fülliger, neunzig Kilogramm brachte er bestimmt auf die Waage. Er trug eine Strumpfmaske im Gesicht, seine Augen waren braun. Er mochte zwischen dreißig und fünfunddreißig sein, was Kasimir nicht so sehr an seiner auffällig hohen Stimme, sondern an den Händen abzulesen meinte. Sie waren groß und fleischig, dunkle Härchen wuchsen darauf. Die Adern traten hervor, die Finger waren wurstig, auf der Linken war eine Narbe auf dem Knöchel des kleinen Fingers, vermutlich war an dieser Stelle eine Warze weggebrannt worden. Die Nägel waren unmanikürt, das Weiß noch nie zurückgeschoben worden, die Nägel ungepflegt und zu lang, Hautabschürfungen um die Betten. Er trug einen ausgewaschenen schwarzen Pullover mit dem Logo von *Champion*, blaue Jeans und eine grüne Schirmmütze, auf der *Minority* stand.

Er sprach einen Wiener Akzent, der angelernt schien, und lachte viel. Sein Lachen klang rau und scheppernd, er rauchte Lucky Strike. Er siezte Kasimir, war zuvorkommend und hoffte für sie beide, seinen Forderungen würde nachgekommen. Er wisse, die Polizei ziehe in solchen Fällen Psychologen zu Rate, die eine Strategie ersönnen, wie über die Medien mit dem Entführer zu kommunizieren sei, damit er zu einer Unachtsamkeit verleitet werde. Deshalb werde es kein weiteres Zeichen seinerseits geben. Würden die Forderungen nicht erfüllt, bekäme Kasimir Ab ein Zimmer mit Leinwänden und Farbe, um Bilder in der Gefangenschaft zu malen, die der Unbekannte Künstler nach und nach auf den Markt werfen würde.

Die wunderbarste Marktlücke von allen: Der Künstler als Sklave. Armut, Drogen, Psychiatrieaufenthalte und sexuelle Perversionen waren nichts dagegen!

Seine Gedanken bogen ab, Kasimir sah all die Möglichkeiten, die es gab, die kleinen Zeichnungen, die er während dieser schrecklichen Tage heimlich anfertigen konnte, um bei Trost zu bleiben, aber auch die Tassen und Gläser mit seinen Fingerabdrücken, nachdem man ihn freundlich, aber bestimmt um seine Handschuhe gebeten hatte – all die Reliquien, die sein Entführer auf den Schwarzmarkt werfen konnte, und all die kleinen Dokumente seiner großen Verzweiflung, die Kasimir nach draußen zu schmuggeln vermochte.

Kasimir stockte. Das war ein Problem. Das musste von Jonathan und seinesgleichen verhindert werden. Ansonsten entstünde ein neues Gesellschaftsspiel: Fang den Künstler.

Er zwängte seine Gedanken zurück in andere Bahnen. Er war gut behandelt worden, wenn man von der beklagenswerten Ernährungssituation absah. Außerdem hatte er eine weitere, tiefere männliche Stimme und eine angenehme weibliche Stimme vernommen.

Kasimir schrieb alles auf.

Am nächsten Tag war der Himmel hellblau, Kasimir beobachtete eine sehr dünne weiße Wolke, die sehr schnell vorüber zog. Er stand mit einer Tasse Tee auf der Terrasse, sein Magen knurrte. Er hatte die beiden Marmeladegläser leergelöffelt, es gab nichts Essbares mehr.

»Er führte lange Gespräche mit mir«, sagte er und nickte, »er war sehr interessiert, auch sehr kritisch. Wahrscheinlich ein gescheiterter Künstler.«

Kasimir ging in den Garten. Das Gras war feucht und nass, er setzte sich in den Liegestuhl unter dem großen Baum und blickte sich um. Gras, Hecken, Himmel, die Gartentür, die er nachts wieder geöffnet hatte, um abermals über den Damm bis ans Ende des schmalen Inselstreifens zu gehen und sehnsüchtig Richtung Stadt zu blicken.

Er wollte sich in Langmut üben. Seit einem halben Tag hatte er seinen Laptop nicht mehr gestartet, er wollte es hinauszögern, bis es nur noch eine gute Nachricht geben konnte. Er konnte es aushalten mit sich, er hatte den größten Teil seines Lebens mit sich verbracht, aber noch nie Hunger gelitten. Bei der nächsten Entführung – Kasimir lachte, als er das dachte, er wollte nie wieder entführt werden. Er träumte von den Schnitzeln seiner Großmutter. Er hätte über ein Butterbrot gejubelt.

Als Kasimir seinen Laptop auf dem kleinen Esstisch im Haus hochfuhr, summte er *Je ne regrette rien*. In Kommentaren und Foren tobte eine heftige Auseinandersetzung ohne klare Trennlinien: Viele, die den Unbekannten Künstler bislang bewundert hatten, wandten sich von ihm ab, andere verteidigten ihn mit der Vermutung, es handle sich um eine weitere symbolische Aktion, Kasimir Ab werde kein Haar gekrümmt.

Kasimir Ab war unbeliebt. Das fand er äußerst merkwürdig. Man war gegen seine Handschuhe, gegen seine Kleidung, gegen seine Bilder, gegen sein Gesicht, gegen seine Sprache, gegen seinen Wohlstand, gegen seine Existenz. Er war abgehoben, selbstverliebt, arrogant, mit den Mächtigen verbandelt, ein Fall für den Psychiater, die Klapsmühle, ein Arbeitslager. Er war eitel, größenwahnsinnig, schwul, tuntenhaft und endlich vom hohen Ross gestürzt. Er war ein *sogenannter* Künstler, eine *unnötige* Berühmtheit, ein *selbsternanntes* Genie. Es wäre besser gewesen, die Kommentare nicht zu lesen. Er musste sie lesen.

»Einmal musste ich ja entführt werden«, murmelte er.

Kasimir frohlockte, als er auf der Seite seiner Galerie las, die Bilder der Ausstellung *Handstreich* seien mit dem Kuckuck versehen worden. Er jubelte nicht mehr, als er weiterlas, der Unbekannte Künstler möge sich noch etwas gedulden, was die zweite Forderung betreffe, man sei dabei, das Geld bereitzustellen. Kasimir schlug die Faust auf den Tisch. Hier ging es um ihn. Er war so hungrig, dass er eine Taube gebraten hätte, wenn er gewusst hätte, wie eine zu fangen wäre. Es ging doch nur um eine Million.

Er sah Fotos aus dem Kunsthistorischen Museum. Er sah ein Video des Österreichischen Rundfunks, auf dem Sophie mit weißen Einweghandschuhen und aufeinandergepressten Lippen Kuckucke auf die linken unteren Ecken seiner Bilder klebte. Sie wirkte so widerwillig, dass Kasimir sie am liebsten durch den Bildschirm hindurch umarmt hätte.

Gut gemacht, UK, hatte Pia Swoboda auf Facebook geschrieben, *ich konnte damals nur fünf Bin Laden verteilen.*

»Gut gemacht«, murmelte Kasimir unter der Dusche, das heiße Wasser prasselte auf ihn nieder, seine Haut war dunkelrot, wunderbare Aktion eines unzurechnungsfähigen DILETTANTEN, der seinem Opfer nicht nur Nahrung verweigert, sondern auch zu blöd ist, die notwendigen Vorkehrungen für eine Entführung zu treffen. Aktion, Scheißaktion, nah an der Perfektion.

Sein Magen tat weh, er hatte Angst, in Ohnmacht zu fallen, so geschwächt fühlte er sich. Das Wasser prasselte auf ihn und aus ihm, um nicht in Ohnmacht zu fallen, hatte er so viel getrunken, dass er sich nicht erinnern konnte, jemals so lang gepinkelt zu haben. Farbloser Urin, natürlich, keine Spuren von irgendetwas, seit über einem Tag hatte er keine Nahrung zu sich genommen, er hatte keine Taube gefangen und keinen Fisch aus der Donau gezogen, war in kein Haus eingebrochen, sein Entführer hatte ihm sein Geld zwar nicht abgenommen, aber wenn man nirgendwohin konnte, um dafür etwas zu kaufen, konnte man Geld tatsächlich nicht essen.

Regina würde sich über den Wasserverbrauch wundern, nein, Menschen wie er und Regina kümmerten sich nicht um Wasser- oder Strom- oder Fernwärmeverbrauch, weil nichts davon ins Gewicht fiel. Unter der Dusche fühlte er sich wohler, ihm wurde warm, er wurde gereinigt, das herabprasselnde Wasser übertönte für Momente die Anklagen in seinem Kopf. Ja, Pia, du hast mich gesehen, einmal als diesen und jetzt als jenen, und ich weiß nicht, ob das gut ist oder etwas zur Sache tut, der Unbekannte Künstler ist nämlich, anders als du denken magst, ein absoluter HORNOCHSE, der zu dumm ist, Vorkehrungen zu treffen, ein einziger IMPULSDURCHBRUCH, ja, verehrte Mirjam König, so bezeichnen *wir* das, ein ahnungsloser NASENBOHRER, der übers Netz und schön anonym seine SOGENANNTEN AKTIONEN kommuniziert, mit einem tollen, OLLEN Laptop, der gegen alles Mögliche gesichert ist – NUR NICHT GEGEN ENERGIELOSIGKEIT. Und wenn ein KOMMUNIKATIONSGENIUS den Netzstecker vergisst und sein Akku nach einer gewissen Zeit LEER ist, nützt alle Sicherheit im Netz nichts, DANN IST NÄMLICH DUNKEL, und der große Entführer mit seinem FURUNKEL sieht nicht, ob diejenigen, die er erpresst, auf seine Forderungen EINGEHEN ODER NICHT.

Kasimir Ab seifte sich zum dritten Mal ein, die Duschcreme sollte laut Beschriftung nach Sanddorn riechen, er wusste nicht, was Sanddorn war, aber es roch nach Regina, was ein wenig beruhigend war. Wahrscheinlich wollte er nur etwas von sich abwaschen. Er ärgerte sich über all die hin- und herschwirrenden Gedanken, die nicht nur zu nichts führten, sondern ihn verwirrten und verunsicherten und in eine Lage der UNBEWEGLICHKEIT versetzten, die er nicht gebrauchen konnte, weil er seine Flucht planen müsste, aber –

Er setzte sich auf den Boden der Duschkabine, zog die Beine an und umklammerte sie.

»Wenn ich aus dieser Patsche rauskomme«, murmelte er, »dann, ich schwöre es, entführe ich dich, Unbekannter Künstler.«

Nein. Stopp. Nicht dahin.

Ja, er war ein Hofnarr, er nahm niemanden ernst, viele Freunde waren nur seine Freunde wegen seiner Partys und weil alles bezahlt war und es alles gab und von allem das Beste, und er wusste das, aber er trug den anderen ihre Charakterschwäche nicht nach, er trug den Menschen ihre Schwächen insgesamt nicht nach, er maß sie an einem anderen Maßstab als sich selbst, *sein Werk strahlte eine sanfte Zärtlichkeit der Welt gegenüber aus*, aber der Unbekannte

Künstler hatte recht, er spielte mit, er spielte nur, und darum war er entführt worden, was durchaus nachvollziehbar war, aber er war verdammt noch mal HUNGRIG, er würde nichts verraten und nicht gegen den Unbekannten Künstler auftreten, er würde –

Nein. Nicht Stockholm. Durchatmen.

Er stand auf, stieg aus der Dusche, trocknete sich ab und hörte beim Anziehen seinen Magen knurren.

»Ich kann nicht mehr«, sagte Kasimir Ab auf dem Liegestuhl unter dem großen Baum, nachdem er versucht hatte, einen Ansprechpartner in seinem Kopf zu finden, dem er die Situation hätte erklären oder zumindest so wahrhaftig wie möglich erzählen können. Lydia hätte vielleicht Angst um ihn bekommen, Sophie sich hintergangen gefühlt, Jonathan ihn für die Plumpheit des Unbekannten Künstlers verachtet, Hans ihn nachsichtig für verrückt erklärt, seine Eltern hatten seinen Weg nicht verfolgen können, seine Großeltern hätten nichts verstanden, außer dass er GRÖBERE Probleme hatte, andererseits hatte jeder Mensch Probleme, er hatte zum Beispiel das Problem, sich nie entscheiden zu können, was er bestellen sollte, weil er am liebsten fünf Speisen gleichzeitig –

Mirjam König hätte er VOR GERAUMER ZEIT davon erzählen SOLLEN. Dann säße er jetzt nicht hungrig in einem Garten an der Donau ohne Aussicht auf irgendetwas. Hunger war etwas anderes als Appetit. Appetit hatte er immer, Hunger noch nie gehabt. »Luxusprobleme«, hörte er den Unbekannten Künstler sagen.

»HALT DIE KLAPPE!«

Kasimir Ab stand auf, ihn schwindelte, er musste sich am Liegestuhl abstützen. Er konnte nicht mehr. Er musste essen. Er wollte nicht verrückt werden. Er wäre beileibe nicht der erste große Künstler, der –

Nichts mehr. Kasimir ging ins Haus, schlüpfte in die alte grüne Regenjacke, die an der Garderobe hing, griff nach einer violetten Strickmütze und blickte in den Spiegel. Er sah sich nicht besonders ähnlich. Niemand kannte ihn. Täglich waren Hunderte von Menschen in den Zeitungen abgebildet, die niemand ansah, solange die Abgebildeten nicht nackt waren. Er hatte einen Dreitagebart, der –

Kasimir hatte seit Tagen nicht in den Spiegel geblickt. Er sah sich ÜBERHAUPT nicht ähnlich. Er schloss die Augen. Es war eine Sinnestäuschung. Mehr nicht. Er zählte bis zehn. Er war nicht er. Er hatte nicht gut geschlafen. In Wirklichkeit hatte er gar nicht geschlafen. In seinem Kopf wurde Achterbahn gefahren. Er atmete tief ein und aus und gab beim Ausatmen tiefe, beruhigende Laute von sich. Er öffnete die Augen.

Sein Haar war weiß.

Er heulte lautlos, als er die Gartentür hinter sich zuzog und den Schlüssel unter den Stein legte, unter dem er immer lag. Tränen liefen ihm über die Wangen, seine Brust war eng, er schnappte nach Luft. Das konnte nur ein Alptraum sein. Er wusste, etwas stimmte nicht. Er hastete den geschotterten Weg entlang, ein alter Mann mit Hund grüßte ihn, er wollte antworten, aber er brachte kein Wort über die Lippen. Er verließ die Kleingartensiedlung, wurde beinahe von einem Auto überfahren, der Fahrer hupte und zeigte ihm den Vogel.

Als er auf dem Parkplatz des Supermarkts ankam, sah er zuerst die vielen Autos, dann den Eingang mit der gläsernen Schiebetür, ehe sein Blick auf einen kleinen Stand gegenüber dem Eingang fiel. *Ergün's Grillhendl & Co* stand auf dem weißen Container, vor dem niemand stand. Kasimir wischte die Tränen aus seinen Augen. Er musste nur essen, dann war ALLES wieder gut.

Eine pummelige Frau mit Kopftuch und weißer Schürze stand vor einem Grill, auf dem sich duftende Hühner drehten. Kasimir bestellte ein halbes Grillhuhn.

»Wie bitte?«

Die Frau blickte ihn wie jemanden an, von dem man nicht annahm, er könnte bezahlen.

»Ein halbes Grillhuhn bitte.«

Seine Stimme war sehr leise. Er merkte der Frau an, dass sie sich nicht anmerken lassen wollte, wie seltsam er ihr vorkam.

»Halbe Grillhuhn.«

Sie drehte sich um, stach mit einer langen Gabel in ein Huhn, zog es vom Spieß, legte es auf einen Teller, nahm eine große Schere, schnitt es in der Hälfte auseinander, legte eine Hälfte –

»Einpacken bitte.«

»Gern.«

Sie schlug das halbe Huhn in ein Stück Papier, legte zwei Servietten auf die Theke und das Paket darauf.

»Und zwei Dosen Cola bitte.«

»Und zwei Dosen Cola bitte«, wiederholte die Frau, öffnete einen gläsernen Kühlschrank, entnahm ihm zwei rote Dosen, steckte sie in eine weiße Plastiktüte, auf der *Ergün's Grillhendl & Co* stand, packte das Huhn und die beiden Servietten dazu.

»7,50.«

Kasimir zog einen Zehneuroschein aus seiner Spange, die sie erstaunt anblickte, und legte ihn auf die Theke.

»Stimmt schon.«

Auf einem Mauervorsprung am Rand des Parkplatzes legte Kasimir sein Paket auf den Schoß und öffnete es. Für einen Moment ließ ihn der Duft des Hühnchens alles vergessen. Er drehte einen Flügel heraus und biss hinein. Wunderbar, die knusprige Haut, das weiche weiße Fleisch, saftig, himmlisch. Er versuchte, langsam zu essen, bewusst zu kauen, öffnete eine Dose Cola, Tränen kullerten ihm über die Wangen, er rülpste zweimal laut, ehe er sich wieder über sein Grillhuhn hermachte. Er öffnete die zweite Dose, der Zucker tat gut, er leckte seine Finger ab, biss in die Brust, und als er fertig war, nagte er noch einmal alle Knochen ab, bis er sicher war, nichts übriggelassen zu haben. Dann griff er nach den Servietten, wischte seine Finger ab, trank den letzten Schluck Cola und packte den Müll in die weiße Plastiktüte. Seine Finger zitterten.

Sie zitterten aus Angst. Sein Haar war bestimmt nicht weiß. Seine Sinne hatten ihm einen Streich gespielt. Er musste rasch einkaufen und nach Hause, NACH HAUSE?, einkaufen und zurück und alles Weitere in Ruhe überlegen. Er würde sehen, dass sein Haar schwarz wie immer war. Bestimmt.

Vor der Eingangstür warf er den Müll in einen Eimer. »Schau, Unbekannter Künstler«, sagte er beim Eintreten leise, »diese wunderbare, gigantische Warenansammlung.« Er stand vor Kisten und Regalen, in denen Obst und Gemüse auf ihn warteten. Es schien, als wären alle Obst- und Gemüsesorten der Welt vertreten. Er griff nach Kiwis und Bananen, packte eine Papaya und drei Avocados in seinen Einkaufskorb, ehe er zur Feinkosttheke eilte, hinter der eine junge Frau stand. Sie blickte ihn freundlich an.

»Zwanzig Deka Prosciutto«, sagte er.

Sie zog Einwegplastikhandschuhe über ihre Hände, griff nach einem großen Stück Schinken und legte es auf die Maschine. Bei jedem Schnitt lief ihm das Wasser im Mund zusammen. Am liebsten hätte er sie angetrieben, schneller zu machen, aber –

»Außerdem?«

»Zwanzig Deka Roastbeef.«

Während die junge Frau nach dem Rindfleisch griff, das zartrosa leuchtete, wanderten seine Augen über all die Fleischstücke, die hinter dem Glas lagen. Er konnte die Schilder nicht lesen, aber –

»Ist das alles?«

»Diese Salami bitte.«

»Wie viel?«

»Die ganze.«

»Gern, bittesehr. Wünschen der Herr noch etwas?«

»Ja, Kalbspariser, die gute alte hundsgemeine Kalbspariser. Zwanzig Deka bitte.«

Die in Plastik gehüllten Finger der jungen Frau griffen nach einer rosaroten Wurst, ehe sie innehielt.

»Berger oder Tann?«

»Wie bitte?«

»Wollen Sie die von Berger oder die von Tann?«

»Was ist der Unterschied?«

»Berger ist im Angebot.«

»Dann Tann.«

Die in Plastik gehüllten Finger der jungen Frau griffen nach einer anderen Wurst, neben Kasimir wollte sich jemand bemerkbar machen, aber jetzt war er an der Reihe, er war hungrig, was wusste der Mensch neben ihm –

»Herr Ab?«

Kasimir drehte sich zur Seite. Neben ihm stand ein großer Mann in schwarzer Lederjacke, der einen Knopf im Ohr hatte. Etwas weiter hinten standen ein Mann und eine Frau, die ihn beobachteten.

»Altmann, Kriminalpolizei.«

»Er hat mir mein Geld nicht weggenommen, er –«

»Ganz ruhig, Herr Ab. Sie sind in Sicherheit.«

Der Mann drehte sich zur Seite und griff nach einem Kabel unter seinem Kragen.

»Er ist es. Ja. Etwas verwirrt. Ging doch schnell. Wann wurde das? Gut. Bis gleich.«

»Darf ich meine Wurst? Ich bin so hungrig.«

»Lassen Sie sich Zeit.« Der Mann lächelte. »Sie sind ja nicht verhaftet. Sie sind frei.«

Die blonde Frau, die im Hintergrund gewartet hatte, kam auf ihn zu und sagte, sie nehme ihm erstmal den Einkaufskorb ab. Sie sah ihn freundlich und etwas bemitleidend an.

»Danke.« Kasimir fiel ihr um den Hals und drückte sie fest an sich. »Ich hab mich noch nie so gefreut, eine Polizistin zu sehen.«

7.9.

39

Wieder Journalisten im Tiergarten. Wollten mit Rita sprechen. Die hatte aber erstens viel zu tun und wollte zweitens in ihrer Pause mir beim Rutschen zusehen. Bekomme nicht genug davon. Wir bekommen nicht genug davon. Manchmal rutschen wir nebeneinander. Im Tiergarten und auf kleinen und großen Bildschirmen.

In den letzten Tagen wächst die Akte meiner Schwester bedeutend an. Verdschungelung des Blätterwaldes. Seit dem Bild von vorgestern ist sie so bekannt wie nie zuvor. Rita weiß nicht, ob sie das gut findet. Die Ermittler müssen ganz schön wütend sein. Die Papierfabrikanten freuen sich jedenfalls. Ritas Drucker im Dauereinsatz.

Auf dem Bild die Rückseite eines 10-Euro-Scheins. Rechts unten dunkelgrün bestempelt. Mit einem kleinen Hund, der den Kopf wie ein heulender Wolf in den Nacken gelegt hat. Der Hund sieht niedlich aus. Aber auch bestimmt und wütend. Links davon ist mit schwarzem Stift ein J auf den Schein gezeichnet, das mit einem P verwachsen ist. Wie eine Axt mit einem Regenschirmgriff. Rechts davon steht 1/100. LIMITED EDITION nennt Pia das Bild.

11.9.

Das Bild des neuen 10-Euro-Scheins ist auf Reisen. Durchs Internet in Zeitungen. Die Menschen verbreiten es weiter. Die einen sprechen von einer gewitzten Kritik am System. Die anderen von Kunst. Die Ermittler erhoffen sich weitere Aufschlüsse. Sind ihnen dicht auf den Fersen. Sagen sie. Rita findet, meine Schwester spielt ein gefährliches Spiel. Ohne Spielen geht aber nix. Darum klatschen und filmen mich die Menschen.

Nach der Sonderausgabe hat Pia jeden Tag ein neues Bild hochgeladen. Mittlerweile hat sie über 300 000 Fans. Ihr 10-Euro-Schein wurde über 40 000 Mal von ihrer Seite geteilt. Die von ihrer Seite geteilten Scheine wurden wieder geteilt. Rita kann das alles nicht mehr nachverfolgen. Schneeball, der zur Lawine wird. Auf den Schnee bin ich gespannt. Musst dich noch etwas gedulden, sagte Rita, deine Schwester hat den Schnee geliebt. Ich sah sie fragend an. Beide, sagte sie.

Am ersten Tag zeigte uns Pia einen extrem dünn gerollten Schein. Liegt auf einem Holzboden. ROLL DIR EINEN, schrieb sie dazu. Am nächsten Tag waren viele gerollte Scheine zu sehen. Mit dünnem Faden einer an den anderen gebunden. SCHÖNE MATTE. Am nächsten Tag ein Teddybär. HERR WERNER. Der hat es ihren Fans besonders angetan. Herr Werner war Pias Chef. Der persönlich enttäuscht war. Muss er nicht mehr. Jetzt ist er berühmt. Jemand antwortete auf Pias Bild mit einer Variante. Herrn Werners wenig vorteilhaftes Gesicht auf Teddybär Werners Körper. Am nächsten Tag lud Pia für <u>uns</u> ein Bild hoch. Das alle anderen auch sahen. Ein Stoffpanda. PANDA FIAT. Einen Tag später blickten fünf

Stofftiere aus einer blauen Einkaufstasche. Darüber stand SCHATZIS.

In einer Zeitung steht, das ist eine unverfrorene Frechheit! Eine Frau, die hinter Schloss und Riegel gehört, gibt der ganzen Welt einen Leitfaden, wie man gestohlenes Geld versteckt! Man muss sich die Frage stellen, was mit unserer Polizei los ist!

Unsere!

Rita hat bei jedem Foto »Gefällt mir« angeklickt. Für mich. Sie selbst soll sich ja raushalten. Hat ihr die Direktorin empfohlen. Nach dem dritten unbekannten Anruf heute hat Rita geantwortet.

Erstens: Woher haben Sie meine Nummer?

Zweitens: Warum ich »Gefällt mir« angeklickt habe? Weil ich schöne Bilder mag. Vor allem von Tieren.

18.9.

Seltsame Spielchen. Verena spielt mit Fu Yao. Das Spiel dreht sich um eine Kiste. Fu Yao soll rein und sich wohlfühlen drin. Meine Schwester kommt in ein Pandareservat in China. Kenne sie kaum. Noch mehr Aufmerksamkeit für mich. Manchmal wäre ich gern ein stinknormaler Panda. Jederpanda.

Eigentlich nicht.

23.9.

Der erste Schein ist aufgetaucht. Ein junger Italiener hat ein Foto ins Netz gestellt. Hält ihn breit grinsend vor die Brust. Wie ein Foto aus einer Verbrecherkartei, sagt Rita. Der junge Mann heißt Giuseppe. Lebt in Rom. Alle wollen wissen, woher er den Schein hat. Nicht aus Rom, schreibt er, und fügt ein augenzwinkerndes gelbes Gesichtchen an. Hätte auch einen Panda anfügen können.

Das Foto verbreitet sich in Windeseile. Viele Menschen wollen den Schein kaufen. Das Höchstgebot steht jetzt – sieben Stunden nach seinem Auftauchen – bei 1500 Euro. Giuseppe hat sich dazu noch nicht geäußert.

In meinem kleinen Pandaeinmaleins sind zehn Euro zehn Euro. Auch für diesen Schein bekommt man den Gegenwert von zehn Euro. Es gibt aber Menschen, die das 150fache ausgeben wollen, um trotzdem nur zehn Euro zu haben. Jemand ist also bereit, Giuseppe 1490 Euro zu schenken. Wenn ich Geld bräuchte, würde ich einen von Pias Scheinen wollen.

25.9.

Gestohlenes Geld ist mehr wert.

9.10.

Während ich auf dem Rücken liege und Staude um Staude in mir verschwindet, sitzt oder liegt oder geht oder steht oder oder oder meine Schwester irgendwo auf dieser Welt. Die ist glücklich, sagt Rita, mach dir keine Sorgen. Ich mach mir keine Sorgen. Obwohl sie gerade stark im Rampenlicht steht.

Überall wird über sie und die Scheine berichtet. Man sieht Pia aber nicht. Im Netz gibt es gerade einmal fünf Fotos von ihr. Auf jedem sieht sie anders aus. Es gibt ein Fahndungsfoto (Passfoto) und drei Schnappschüsse, die eine Freundin einer Zeitung verkauft hat. Dann noch das

Foto, auf dem sie den Überwachungskameras die Mittelfinger zeigt. Zum Glück hat meine Schwester nie ein Foto von sich ins Netz gestellt. Ließ sich nie gern fotografieren, sagt Rita, schon als Kind nicht. Rita nannte sie Indianerin. Mich hat nie jemand gefragt. Möglicherweise Indianerpanda.

Mittlerweile sind 13 Scheine aufgetaucht. Ihre Besitzer prahlen mit ihnen und stellen die Bilder auf Pias Seite. Sollen zu verrückten Preisen gehandelt werden. Auf einmal gilt meine Schwester als Künstlerin. Dass und wie sie die Scheine bedruckt hat, soll Kunst sein. Ein stinkreicher Sammler hat fünf Scheine in eine kugelsichere Vitrine gelegt. Auf einem Foto er mit Lupe davor. Man befürchtet, viele Scheine werden nie auftauchen, weil ihre Besitzer keine Ahnung von ihrem Wert haben und sie einfach zum Zahlen benutzen. Ein französischer Künstler hat ein Bild veröffentlicht, auf dem er in schwarzem Anzug, weißem Hemd und mit Seitenscheitel einen 10-Euro-Schein rechts unten mit einem Streichholz anzündet. Dort, wo Pias Logo ist. Er nennt seine Arbeit »Es gibt bereits zu viele Künstler«.

Ich habe noch nie gearbeitet. Werde nie arbeiten.

24.10.

Vor einem Jahr ist Pia verschwunden. Ich war 75 Tage alt. Ein kleiner rosaroter Namenloser. Der die Welt noch nicht kannte. Der in seiner dunklen Box Milch trank und auf andere angewiesen war. Zum Jahrestag lud sie ein Foto hoch. Darauf ihre und Julians Hand. In jeder ein Glas Rotwein. Stoßen vor einer weißen Wand an. JAHRESTAG steht darüber.

Heute tauchte ein Video auf, das alles in den Schatten stellt. An mein Niesen wird es nicht herankommen, aber für menschliche Maßstäbe erfolgreich sein.

IM AUFTRAG DES UNBEKANNTEN KÜNSTLERS steht weiß auf schwarzem Hintergrund, bevor man einen sehr großen schlaksigen jungen Mann sieht. Zerschlissener brauner Anzug. Zerknittertes weißes Hemd. Braunes Gilet. Kopf kahlgeschoren. Sonnenbrille. Fünftagebart. Jetzt machen wir alles wieder gut, sagt er in die Kamera, lächelt und schwenkt ein Kuvert in seiner Rechten. Er steht vor der Bankfiliale auf der Mariahilfer Straße, wo meine Schwester zuletzt von den Überwachungskameras aufgezeichnet wurde. Betritt das Foyer, geht zu einem freien Schalter und sagt zu einer Angestellten: Das ist kein Banküberfall, Gnädigste, eher das Gegenteil. Ich würde gern mit Ihrem Filialleiter sprechen. Worum geht es?, fragt die Frau und blickt sich hilflos um. Um einen Angriff auf unsere Werte und die Grundfesten unserer Gesellschaft. Blickt direkt in die Kamera und nickt mehrere Male sehr ernsthaft. Die Frau telefoniert flüsternd. Dann sagt sie: Einen Moment, bitte. Könnten Sie die Kamera ausmachen? Leider nicht, Gnädigste, das ist, wie Sie bestens wissen – dabei zeigt er auf die Überwachungskameras –, zu unser aller Sicherheit. Keine Angst: Ich will der Bank helfen. Zwei Männer in Uniform tauchen auf. Die Frau hebt beschwichtigend die Hände. Der Filialleiter kommt. Schwarzer Anzug, weißes Hemd, rote Krawatte. Beinahe wie der chinesische Botschafter. Bleibt vor dem jungen Mann stehen. Um mehr als einen Kopf kleiner. Grüß Gott, wie kann ich Ihnen helfen? Einen wunderschönen guten

Tag, sagt der junge Mann, Sie helfen uns allen Tag für Tag, heute will ich Ihnen helfen. Soso, sagt der Filialleiter und versucht zu lächeln, das ist aber freundlich. Ich will meinen Beitrag zur Rettung der Banken leisten, sagt der junge Mann und öffnet das Kuvert. Diese Scheine – er hält sie in die Kamera, LIMITED EDITION, *das Logo von Pia und Julian – wurden Ihnen heute vor einem Jahr von verabscheuungswürdigen Subjekten in verbrecherischer Absicht entwendet. Hiermit gebe ich Ihnen Ihr Eigentum zurück. Nehmen Sie dies zu meinem und des Unbekannten Künstlers Gedächtnis. Steckt die Scheine ins Kuvert zurück und reicht es dem Filialleiter, der sein Gesicht auf Dauergrinser gestellt hat und nicht so recht weiß, wie er das Kuvert halten soll. Leben Sie und die Bank wohl, sagt der junge Mann und streckt dem Filialleiter die Hand entgegen. Der schüttelt sie kurz. Der junge Mann verlässt die Bank und blickt in die Kamera. Es gibt nichts Gutes, sagt er, außer man tut es. Greift sich an den Kopf. In der Aufregung hab ich glatt was vergessen. Holt einen Knirps aus seiner Sakkotasche, spannt ihn auf und betritt die Bank. Beinahe hätte ich den Rettungsschirm vergessen! Die beiden Uniformierten eilen auf ihn zu. Er stellt den Schirm auf den Boden und verlässt die Bank.* IHR UNBEKANNTER KÜNSTLER MACHT'S MÖGLICH: RETTET DIE RETTER! *Weiß auf schwarz. Ende der Vorstellung.*

Alle plemplem.

11.11.

Fressen. Schlafen. Runden drehen.

Meine zweiten Weihnachten. Weiße Weihnachten. Ich liebe den Schnee. Es ist wie früher. Alle Augenblicke rutsche ich aus. Beine geben nach. Bodenlandung. Zappelfifo. Der Schnee macht mich zum Säugling. Die Kälte macht mir nichts. Heute stehen ~~überall~~ Menschen mit Geschenken ~~und Tränen in den Augen~~ um Christbäume. In einem Monat bekommen sie unsere dickhäutigen grauen Freunde am anderen Ende des Tiergartens zu fressen. Wiederkäuer. Ich habe zum Bambus Süßkartoffel bekommen. Zur Feier des Tages. Bäume fresse ich nicht. Auf Bäume klettere ich.

Heute Morgen hat meine Schwester ein schreckliches Bild hochgeladen. Ein Mann in hellbrauner Hose, weißem T-Shirt mit Sonne in der Mitte und offener blauen Kapuzenweste steht waagrecht auf einem Balkon. Lässt sich gerade nach vorne fallen. Arme seitlich ausgestreckt. Seine braunen Schuhe schon nicht mehr auf dem weißen Geländer, hinter dem Stühle und eine Holzvertäfelung zu sehen sind. Rechts und links weiße Marmorsäulen. Auf dem rechten Bildrand steht VIELE KONNTEN DIE GÜRTEL NICHT MEHR ENGER SCHNALLEN. *Auf das weiße Balkongeländer ist* AUSTERITY *geschrieben. Wie gemeißelt.*

Adrian Sobaru. 32 Jahre alt. Stürzte sich gestern während einer Parlamentssitzung in Bukarest vom Besucherbalkon. Rita fand das Video unter den Kommentaren zu Pias Bild. Der Premierminister spricht. Plötzlich steht der Mann auf dem Balkon und ruft, das ist für dich, ihr habt unseren Kindern das Geld gestohlen. Daraufhin lässt er sich sieben Meter in die Tiefe fallen. Knickt im Fallen wie ein Klappmesser ein. Schlägt auf dem Saalboden auf. Po-

litiker halten sich die Hände vors Gesicht. Andere drehen sich weg. Sie wollten gerade Sparmaßen beschließen, die seinen behinderten Sohn betroffen hätten. Auf seinem T-Shirt steht: »Ihr habt uns niedergemäht. Ihr habt die Zukunft unserer Kinder zerstört. Ihr könnt uns Geld und Leben nehmen, aber nicht die Freiheit.« Er hat überlebt.

Zum Glück haben wir keine Gürtel, die wir enger schnallen müssen.

28. 12.

Rita hat von Verena ein Buch über eine Amerikanerin geschenkt bekommen, die vor achtzig Jahren nach China reiste, um einen Panda zu stehlen. Sie hieß Ruth Harkness. Hatte ihr Leben wohl satt. Was genau konnten meine Vorfahren dafür?

1. 1. 2011

Ein neues neues Jahr. Feuerwerke, Krach, Grölen. Wieder die Stille danach. Zu Mitternacht schlägt die große Glocke des Stephansdoms. Die Menschen trinken Sekt und tanzen Donauwalzer. Ich lebe nur theoretisch an der schönen blauen Donau. Weiß gar nicht, ob sie blau ist. Dabei würde ich gern in ihr schwimmen. Werde ich bald können.

Ich trottete neben Fu Mao durch den Schnee. Wir fraßen. Kackten. Kümmerten uns nicht um das neue Jahr. Wir kümmern uns überhaupt wenig. Gar nicht eigentlich. Kummer ist ein dauerhafter Schmerz im ganzen Körper, sagte Rita, der einen durchzittert. Dabei umarmte sie mich. Die Menschen haben es nicht leicht.

Im vergangenen Jahr ist viel passiert. Der erste Bambus.

Die letzte Milch. Pandababy des Jahres. Internetliebling. Als nächstes Unabhängigkeit von der Mutter. In ein paar Jahren Geschlechtsreife. Dann einmal pro Jahr tageweise Schleichung um eine Große Bärkatze und Erzeugung eines kleinen rosaroten Etwas, mit dem ich wenig bis nichts zu tun haben werde. In etwa dreißig Jahren letzter Atemzug. Betrachtung des Bambus von unten.

Öffentliche Aufbahrung. Aufstellung der Botschafter und Politiker mit ernsten Mienen um meinen ~~Kadaver~~ toten Körper. Würdigung der Dienste, die ich der Welt, der Wirtschaft und dem Internet geleistet habe. Menschen werden sich die feuchten Augen wischen und von mir Abschied nehmen. Im Hintergrund wird »An der schönen blauen Donau« und etwas Chinesisches gespielt werden, ehe ich zu meinem Ehrengrab auf dem Wiener Zentralfriedhof geleitet werde.

Rita will das nicht mehr erleben. Wird sie aber ~~wahrscheinlich~~. Als alte Frau. Die sich an ihren kleinen Spaßmacher erinnert. Beim Begräbnis wird sie nichts sagen dürfen. Weil sie nicht wichtig ist. Menschen, die nicht wichtig sind, dürfen nichts sagen. Mit Maulkorb geboren. Ich beneide die Menschen nicht.

Ob ich vor meinem Tod meine Schwester sehen werde? In der Freiheit werden Pandas etwa 20. Im Zoo um die 30. Die älteste Bärin aller Zeiten starb mit 37. Würde gern meine Schwester kennenlernen. Müsste ihr allerdings sagen, welche Sorgen wir uns um sie gemacht haben.

3.2.

Wieder ein neues neues Jahr. Jahr des Hasen. Wieder nichts. Dafür Spaß im Schnee.

Der dicke Heilige soll einmal alle Tiere zu einem Fest geladen haben. Tauchten aber nur zwölf auf. Jedes bekam nach der Reihenfolge seines Erscheinens ein Jahr.

Zuerst die Ratte. Na gut. Solange es keine Bambusratte ist.

Dann der Büffel.

Der Tiger.

Der Hase.

Der Drache. Drache? Wirklich?

Schlange.

Pferd.

Schaf.

Affe.

Hahn.

Hund.

Schwein.

Wahrscheinlich war der Panda zu müde zum Kommen. Verschlafen. Bambus gefressen. Gerutscht. Ich finde es jedenfalls nicht richtig. Noch einmal: Was geht mich China an? In Österreich sagt man, wenn einem etwas egal ist: Das interessiert mich genauso viel, wie wenn in China ein Fahrrad umfällt. Solange die Tierkreiszeichen nicht geändert werden, sehe ich es genauso.

8. 3.

Heute lief Rita hinter mir her und blies in kleine Rollen. Ehe ich mich's versah, war ich voller bunter Papierschleifen. Sah einem chinesischen Papierdrachen zum Verwechseln ähnlich. Sagen wir ähnlich. Sie setzte mir ein Hütchen auf. Sie hatte einen Schnauzbart und eine dicke Hornbrille im Gesicht. Machte mir Sorgen um sie. Aber auch da-

für gibt es eine Ausrede: Faschingsdienstag. An diesem Tag sind einmal im Jahr alle lustig. Einmal im Jahr wollen alle lustig sein. Lustig.

Ich habe immer Fasching. Oder nie. Wie man will.

20.3.

Ein berühmter Künstler hat den Österreichischen Staatspreis abgelehnt. Weiß nicht, was ein Staat sein soll. Alle Menschen in einem begrenzten Gebiet, das nicht zu begrenzen ist? Alle Menschen mit einem Dokument, das ihre Zugehörigkeit bestätigt? Österreich will ihm einen Preis verleihen. Aber die Österreicher interessiert seine Kunst nicht. 99,9 Prozent. Darum verzichtet er auf viel Geld und empfiehlt, meiner Schwester den Preis zu verleihen. Er heißt Kasimir Ab. Kein Mensch heißt Ab. Sagt Rita.

10.4.

Angeblich bin ich auf einem Plakat. Darauf steht:

Ich bin weiß.

Ich bin schwarz.

Ich bin Asiate.

Gegen Rassismus.

Einspruch, Freunde der ausgezeichneten Großen Bärkatze: Ich bin Wiener.

17.4.

Fu Mao darf wieder schwanger werden. Die Menschen haben gesprochen. Es gibt ein großes Buch, in dem alle Pandas in Gefangenschaft verzeichnet sind. Mit Erbanlagen.

Jemand entscheidet, ob sich Pandamännchen X mit Pandaweibchen Y paaren darf. Damit gesunde Junge zur Welt kommen. Für mich wird man auch einmal ein Weibchen aussuchen. Wir werden den Superpanda zeugen. Der selbst schreiben kann. Er wird das Internet beherrschen und die Menschen befreien. Die Welt umkrempeln.

24.4.

Diplomatische Schwierigkeiten mit China. Botschafter außer sich. Weil ein Heiliger, der mit den Chinesen im Clinch ist, in Wien auf Staatsbesuch war. Der Heilige heißt wie ein südamerikanisches Tier. Jetzt haben schon Lamas Namen. Er hat mich nicht besucht.

1.5.

Pia hat ein rotes Bild hochgeladen, auf dem »Hunde zahlten im öffentlichen Verkehr nur die Hälfte« steht.

4.5.

Blauer Himmel. Sonnenschein. Im Prater blühn wieder die Bäume. Singt Rita, wenn niemand in Hörweite ist. Ich habe einen neuen Lieblingsbaum. Man könnte meinen, aus Eitelkeit. Weil er nicht weit von den Schaulustigen vor der Glaswand ist. Stimmt aber nicht. Diesmal bin ich der Gaffer.

Ich begaffe die grauen Kolosse gegenüber. Nehmen mich nicht wahr. Bin auch zu weit oben. So hoch können sie ihre zentnerschweren Köpfe nicht heben. Wenn sie aus dem Wasserbecken kommen, meint man, die Erde bebt. Sie haben keine Haare. Ihre Haut glänzt vom Wasser. Ihre

Pferdeköpfe mit den unglaublichen Schnauzen hängen hinunter. Ihre kurzen Beine tragen einen massiven Körper. Riesige Ungetüme.

Wenn noch einer sagt, Pandas sind dick, soll er sich umdrehen. Nilpferde ansehen.

22.5.

Blutabnahme. Zahnkontrolle. Wiegen. Temperaturmessung. Manchmal auch Tafeln mit Mustern. Wenn ich bestimmte Muster wiedererkenne, bekomme ich Süßkartoffel. Aufbewahrung des Bambus in Kühlräumen. Dort regnet es in einem fort, damit er feucht und frisch bleibt. Außerdem gibt es Felsenbirnen, Weißdornbeeren und Hagebutten. Ausgewogene Diät. Praktisch Veganer. Ich bewege mich unter Ahorn, Birken und Buchen. Es blühen Flieder, Tamarisken und Heckenrosen. Auch Hundsrosen genannt. Meinetwegen. Wir haben vier Höhlen, in denen wir uns vor den Neugierigen verstecken können. Das ist meine Welt. Ich kenne keine andere.

29.5.

Seit sie Besuch von einer Tierpflegerin aus Berlin hatte, sagt Rita Schina zu China.

2.6.

Ich höre die anderen Tiere. Außer den Nilpferden bekomme ich keine zu sehen. Manchmal höre ich seltsame Laute. Wenn ich die Ohren aufstelle, verrät mir Rita, was ich gehört habe.

Sie lacht, wenn sie mir von den Pinguinen erzählt. Wackeln hintereinander her und lassen sich ins Wasser plumpsen. Ein bisschen tauchen. Dann wieder an Land hüpfen. Sie erzählt mir von Robben und Tigern. Gestern war sie in einer Pause im Tropenhaus. Sie hat Angst vor Fledermäusen. Weil sie die überwinden will, holt sie tief Luft und geht schnell durch die dunkle feuchte Höhle, in der die Fledermäuse flattern. Jedes Mal. Gestern blieb sie stehen. Wollte sich beweisen, dass sie ruhig bleiben kann. Auf einmal ein leises Geräusch. Pffff. Gleichzeitig etwas Glitschiges auf ihrem Kopf. Gestern fand sie es widerlich. Heute meint sie, das bedeutet was. Die Fledermäuse scheißen auf sie. Heißt auch, sie sind nicht weiter an ihr interessiert.

Ich würde gern andere Tiere besuchen. Wir könnten Banknoten verzieren.

5.6.

Seit ein paar Tagen Süßkartoffel. Ich soll in eine Kiste. Die Menschen halten sich für besonders klug. Wenn ich etwas tun soll, von dem sie glauben, ich tue es nicht freiwillig, bekomme ich Gemüse. Wenn ich gewogen werde zum Beispiel. Dabei macht mir das gar nichts aus. Kann nicht nur Bambus fressen.

Die Kiste ist bunt. Viel zu eng. Man trägt mich in ihr herum. Wie den König der Tiere, der nicht weit von mir hausen soll. Habe ihn noch nie gesehen. Glaube nicht, dass es einen König der Tiere gibt. Nach einer Weile darf ich die Kiste verlassen. Muss mich wieder selbst fortbewegen.

Hat nichts zu bedeuten, sagt Rita, Vorbereitung auf den Fall des Falles.

17. 6.

Erdmännchen!

Die Erdmännchen wurden zu den beliebtesten Tieren des Gartens gewählt?!

Weil sie immer auf ihren Hinterbeinchen auf der Erde stehen und durch das Glas die Menschen so belämmert anblicken? Ihre Augen sind schwarz umrandet. Wie Verbrecher mit Masken, sagt Rita. Wie Panzerknacker, aber liebe. Mich nennt sie ihren kleinen Verbrecher. Weil ich mich den Menschen nicht oft zeige. Sie nicht sonderlich wahrnehme. Rücken zum Publikum. Bambusabnagung und fort.

Zum Glück bin ich kein Mensch. Sonst müsste ich mehr tun, um die zahlenden Besucher zufriedenzustellen. Nur fressen, schlafen, kacken und hin und wieder auf eine Plattform klettern oder die Schaukel schaukeln – das wäre entschieden zu wenig. Ich kann nicht anders.

Erdmännchen!

27. 6.

Wenn ich was zu sagen hätte!

Immerhin bin ich das beliebteste Tier im Internet. Aufrufweltmeister. Rita muss sich außerdem um das Rattenhaus, die Großen Pandas, die Giraffen und die Koalas kümmern. Die schlafen die meiste Zeit auf einem Baum und fressen Eukalyptus, als ob es kein Morgen gäbe.

Rita sollte nur für mich da sein. Meinetwegen für uns. Dann müsste ich nicht ständig in diese bunte Kiste. Gestern wurde sie über mir verschlossen. Ich sollte schlafen. Schlief auch. Es ist das Gemüse, Dummköpfe!

7.7.

Die Menschen sagen Affenhitze. Pandahitze wäre angebrachter. Unerträglich heiß! Beschwere mich nicht. Schwer genug. Bewege mich halt noch weniger. Nebelanlage, Klimaanlage, Wassersprenger. Mehr brauche ich nicht. In China, wo meine Schwester seit einem knappen Jahr lebt, soll das Klima besser für uns sein. Wenn ich das schon höre! Das ist mein natürliches Klima.

8.7.

Störrischer Esel. Blödes Schwein. Falsche Schlange. Stolzer Pfau. Dumme Pute. Eitler Gockel. Fleißige Biene. Geiler Bock. Hässliches Entlein. Rabenmutter. Hundsgemein. Schweinigelei. Blind wie Lemminge. Wie Lämmer zur Schlachtbank. Wer schlachtet?

9.7.

Wolfshund. Ameisenbär. Bärkatze.

10.7.

Alles deutet darauf hin, dass Fu Mao nicht schwanger ist. Wie immer weit und breit keine Sichtung meines ~~Vaters~~ Erzeugers. Vor zwei Jahren wich er nicht von Fu Maos Seite. Bis sie in die Wurfbox ging. Nächstes Jahr soll es wieder klappen. Mach dir nichts aus den Kisten, sagt Rita, genieße die Süßkartoffeln. Der Tiergarten braucht ein Pandababy.

Baby?

Ich wiege mehr als ein Supermodel.

12.7.

Fortwährende Erhitzung. Die Nilpferde verlassen kaum ihr Becken. Ich verschwinde im Nebel oder liege im kühlen Gehege. Die Menschen tragen Mützen. Frauen halten Regenschirme über ihre Köpfe.

In einem Monat bin ich zwei Jahre alt. Nach zwei Umrundungen der Sonne brauche ich Fu Mao nicht mehr. ~~Ich brauche auch~~ Ich bin selbständig.

Es gibt Gerüchte. Wir glauben ihnen nicht.

Pia hat ein Bild hochgeladen, auf dem »Jede Schlagzeile erinnerte daran, dass es keine Heimat gab« steht.

27.7.

Rita glaubt, sie kennt mich.

12.8.

Weil ich zweimal um die Sonne gereist bin, werde ich gefeiert. ~~Mir ist nicht nach~~ Natürlich wusste ich nichts davon, weil ich keinen Kalender habe. Brauche auch keinen.

Weil ich nicht bescheuert bin, merkte ich am Morgen, dass was im Busch war. Hinter dem Busch.

Zuerst lockten uns zwei Pfleger mit riesigen Bambusstauden ins Freie. Ich Fu Mao hinterher. Vor dem kleinen Teich bunte Pakete. Dufteten nach Gemüse. Daneben was Großes. Drüber ein weißes Laken. Hinter der Glaswand sehr sehr sehr sehr sehr viele Menschen. Telefone, Fotoapparate, Kameras. Manche hatten Pandamasken aus Papier im Gesicht. Dahinter noch mehr mehr Menschen. Auf Zehenspitzen. Um an denen auf dem Wandvor-

sprung vorbeizuschauen. Jeder wollte mich sehen. Weiter hinten ein armer Student im Pandakostüm. Kinder ließen sich mit ihm fotografieren. Alle paar Minuten nahm er den schwarz-weißen Kopf ab und wischte sich übers Gesicht. Über dreißig Grad.

In meinem Kopf ist es auch heiß. Die blöde Kiste!

Schließlich zog eine Pflegerin das weiße Laken von dem Ding. Alle applaudierten. Alle lachten. Vor dem Teich ein riesiger schwarz-weißer Panda aus Pappmaché. Verhöhnung! Fu Mao und ich sind nicht schwarz-weiß. Es ist so heiß, dass wir uns nach dem Baden auf dem Boden wälzen MÜSSEN. Also schwarz-braun. Meine Mutter öffnete meine Pakete. Holte Süßkartoffeln und Mais heraus. Ich steckte meinen Kopf in die leeren Schachteln. Große Freude. Großes Klickklick. Fu Mao war von der Pandastatue äußerst angetan. Immer wieder fuhr sie ihr mit ihren Pranken ins Gesicht. Biss in ihre Nase. Wollte sie umstoßen. Wurde immer wilder. Zuerst biss sie dem Panda das rechte, dann das linke Ohr ab. Darunter Zeitungspapier und Stroh. Auf einmal biss sie ihm die Nase ab. Wahrscheinlich weil er so sauber war. Waschmaschinenpanda. Sie kämpfte mit ihm. Das gefiel den Menschen. Jeder Schlag von einem O oder U begleitet. Ich unterstützte sie. Der Große Panda stürzte. A. O. U. Jubel. Wie bei einer Revolution, sagte Rita, wenn Herrscherstatuen gestürzt werden.

Wir zogen den Bambus aus dem falschen Panda und machten uns über das Gemüse her. Genauer gesagt machte sich Fu Mao über das Gemüse her. Ich bekam, was sie nicht mehr wollte. Mein Geburtstag! Als sie genug hatte, ließ sie den angebissenen aufgerissenen ausgehöhlten Panda vor dem Teich liegen. Setzte sich mit dem Rücken zum Publikum neben meine Schaukel. Griff sich eine Bambus-

staude. Ich gesellte mich zu ihr. Legte meinen Kopf auf ihre Schulter. Griff auch nach einer Bambusstaude.

Jetzt weiß jeder, wie viel ich wiege. Auf einem Tisch vor dem Gehege lagen Pandapuppen in verschiedenen Größen. Eine Woche, ein Monat, ein halbes Jahr, blabla. Wenn man die letzte Puppe aufhob, war sie so schwer wie ich <u>heute</u>. 55 Kilogramm. Kein Fliegengewicht.

An anderen Ständen bastelten Kinder und Eltern Pandas aus Karton. Bemalten Geburtstagsbillets. Hefteten sie auf einen Pandabaum. Überall Grafiken und Statistiken zum Pandaleben. ~~Hundele~~ Im Tiergarten Schilder, die auf meinen Geburtstag hinwiesen. Ich verschwand bald aus der Sicht der Gratulanten und tauchte im Nebel unter.

~~Als wollten mich alle noch einmal~~

23.8.

Fu Mao hat sich in die Wurfbox zurückgezogen. Sie ist schwanger. Darum hat sie so viel gefressen. Bekomme ein Geschwisterchen. Als wäre meine Familie nicht schwierig genug. ~~Rita glaubt nicht, dass damit meine Übersiedelung~~ Es kann gut für das kleine rosarote Etwas sein, wenn es einen Bruder hat.

27.8.

Ich schlafe immer öfter und immer länger in der Kiste. Gestern verschloss Rita sie über mir. Hat nichts zu bedeuten, sagte sie, muss meine Arbeit tun. Hatte Tränen in den Augen. Sieht aber auch komisch aus, sagte sie, wie in einem bunten Sarg.

29. 8.

Ich muss ~~zurück~~

40

Zwei mit zart verzierten Zehneuroscheinen erstandene Rollkoffer waren alles, was Pia und Julian bei sich hatten, als sie im Hafen von Salerno auf ihre Fähre blickten. Sie hatten zwei einfache Tickets nach Tunis gelöst. Niemand hatte einen Pass oder ein anderes Dokument sehen wollen.

Der Bauch des blauweiß gestrichenen Schiffes hatte sich vor einer Viertelstunde aufgetan, zuerst waren die Lastwagen hineingefahren, jetzt setzte sich die bunte Autoschlange in Bewegung, ein Wagen nach dem nächsten rollte auf die Fähre. Ein paar Männer in Uniformen kontrollierten Tickets, aber Pia war, als könnte man, wenn man wollte und sich geschickt anstellte, auch ohne Ticket an Bord gelangen. Sie zogen ihre Koffer hinter sich her, Pia redete auf sich ein, Ruhe zu bewahren.

Julian trug eine weiße Leinenhose, ein ärmelloses blaues Shirt, blaue Halbschuhe und eine schwarze Sonnenbrille. Er sah wie ein Matrose auf Urlaub aus. Pia musste lachen, als sie ihn genauer betrachtete, und säuselte ihm »Mein Popeye« ins Ohr. Sie trug abgeschnittene enge Jeans, ein safrangelbes T-Shirt, weiße Turnschuhe und eine große braune Sonnenbrille. Ein Mann mit einer albern wirkenden Mütze warf einen nachlässigen Blick auf ihre Tickets, nickte abwesend und kramte in seinen Hosentaschen nach Zigaretten.

Im Bauch des Schiffes roch es nach Benzin und Diesel, jedes Mal, wenn ein Wagen über die Brücke fuhr, schepperte es, Menschen stiegen aus den Autos, knallten die Türen zu, Stimmenwirrwarr ringsum. Als die Motorräder und Mopeds in den Bauch des Schiffes zu rollen begannen, fanden Pia und Julian einen Aufzug, der sie an Deck brachte. Sie hatten lediglich die Überfahrt gebucht, keine Kabine, kein Gemeinschaftsraum mit Stockbetten, sie wollten die Nacht durchmachen oder abwechselnd irgendwo schlafen. Immerhin hatten sie Panda Fiat und Teddy Werner bei sich.

Die *MS Zeus* war riesig, viele Stockwerke über und unter dem Wasser, ein schwimmendes Ungetüm mit weitem Deck, Cafés und einer Diskothek, auf die man in den Achtzigern stolz gewesen wäre. Viele Türen, viele Flure, viele Menschen. Pia und Julian wollten endlich die Europäische Union hinter sich lassen. Noch immer wurden sie nicht von Interpol gesucht, was Pia mittlerweile ein wenig kränkte. Sie seien kleine Fische, hatte Rosa geschrieben, auch wenn man im Netz Haie aus ihnen mache. Oder Delphine, hatte Pia geantwortet. Delphine gefielen ihr besser. Sie sahen vergnügt und verspielt aus, athletisch und künstlerisch.

Als die Fähre mit ohrenbetäubendem Tuten vom Hafen ablegte, drückte Julian Pias Hand, sie küsste ihn in den Nacken, ehe er aufstand, um kurz darauf mit zwei Flaschen Peroni zurückzukommen. Sie nahmen auf einer weißen Plastikbank auf dem Deck Platz und stießen miteinander an. Der Himmel war wolkenlos, die Sonne immer noch stark, ein wütendes Tier schien sich im Inneren des Schiffes an seine Arbeit zu machen.

»Auf eine glückliche Überfahrt!«

»Auf eine spurlose!«

Sie stießen noch einmal miteinander an, bevor Pia ihren Kopf auf Julians Schulter sinken ließ, er seinen Arm um sie legte und ihren Oberarm zu streicheln begann. Er hörte, wie sie tief ausatmete, die Augen geschlossen, bisweilen nahm sie einen Schluck Bier, allmählich begann sie, ruhiger und gleichmäßiger zu atmen. Ihre Namen waren nirgendwo verzeichnet, Maria und Robert Hofmann keine eingetragenen Passagiere der *MS Zeus*. Julian fragte sich, was in all den Autos und Lastwagen versteckt sei, die niemand kontrolliert hatte. Vor zwei Jahren hätte er keine Sekunde darüber nachgedacht.

Er ließ seinen Blick über die Menschen auf dem Deck streichen, die in erster Linie damit beschäftigt waren, einander an der Reling mit alkoholischen Getränken oder zum Victory gespreizten Fingern hoch über dem Meer zu fotografieren. Die meisten schienen Italiener zu sein, hie und da hörte er Englisch, er sah Frauen mit Kopftüchern und mehreren Kindern, Araber in Anzügen und wallenden Gewändern. Er versuchte, genauer hinzusehen und das Spiel zu spielen, das er an der Amalfiküste so gern mit Pia gespielt hatte: das heitere Nationalitätenraten, das sie bald in heiteres Reisepassraten umgetauft hatten. Auf einmal ertappte sich Julian bei dem Gedanken, wie fahrlässig es sei, Menschen einfach so an Bord einer Fähre zu lassen. Ein Terrorist könnte für wenig Geld ein Ticket kaufen und das Schiff – ja, was denn?

Seit er wie ein Verbrecher denken musste, sah er die Welt anders. Gleichzeitig empfand er sich überhaupt nicht als Verbrecher, auch wenn er als ein solcher galt. Julian wunderte sich immer wieder, dass seine Fahrlässigkeiten keine größeren Probleme nach sich gezogen hatten. Er hatte zu oft die Wahrheit gesagt.

Obwohl er mit seinem Bart und dem längeren Haar, das er seit einiger Zeit mit einem Reif auf dem Kopf befestigte, anders aussah als zum Zeitpunkt ihrer Flucht, vermied er, so gut es ging, auf Touristenfotos zu landen. Sein Blick war ruhiger und genauer geworden. Er sah die kleinen Gauner und meinte, sie von den Gefährlichen und Psychopathen unterscheiden zu können. Es waren die Augen, die Menschen preisgaben, es war die Stimme, die sie verriet, es waren die kleinen Gesten und Mienen, die er als Warnungen zu lesen gelernt hatte. Wenn er außerdem etwas gelernt hatte, dann war es, die Harmlosen zu lieben, jene Menschen, die einfach aus sich heraus gut zu sein schienen, die sich nicht verstellten, die nichts verbargen, die nichts zu sein vorgaben. Seltsamerweise rechnete er Pia und sich dieser Kategorie zu.

Sie waren auf dem offenen Meer, die Sonne spiegelte sich im Wasser, glitzernde Punkte auf der Oberfläche, Möwen kreisten über ihnen, wieder klang ihr Kreischen wie höhnisches Gelächter. Über dem Backbord, neben der italienischen Fahne, die im Fahrtwind flatterte, schienen sie still in der Luft zu stehen, das Schiff zu begleiten, sie tauchten ab und wieder auf, die Schwingen ausgebreitet, die äußersten Ränder schwarz, der lange, gekrümmte gelbe Schnabel, die angelegten, eingeklappten Füßchen. Sie schienen sie zu bewachen.

Pia und Julian standen an der Reling und hielten ihre Köpfe in den Fahrtwind, lange, große Wellen gingen von der *MS Zeus* aus, die Koffer standen wie zu beschützende Kinder zwischen ihnen. Julian hatte zwei Männer erspäht, die er für Zivilpolizisten hielt, Pia hatte den Kopf gewiegt und es für das Beste gehalten, die beiden zu ignorieren. Immerhin seien Julian und sie nicht sonderlich auffällig, zumal in die andere Richtung genauer kontrolliert werde.

Sie wollten dorthin, von wo alle weg wollten.

Sie wollten weg von dort, wo alle hin wollten.

Die Weite des Meeres, die Schiffe am Horizont, die schwimmende Festung mit ihren Bars und Zimmern und Duschen, mit all den Autos, Mopeds und Lastwagen im Bauch, in denen sich alles Mögliche befinden konnte. Pia wusste aus ihrem Bildungsfernsehen, dass die *MS Zeus* im Vergleich zu großen Kreuzfahrtschiffen und den neuesten Containerschiffen klein war. Trotzdem versuchte sie sich vorzustellen, was ein vor zweihundert Jahren Geborener zu einem derartigen Ungeheuer gesagt hätte. »Grüß Gott«, sagte Julian lachend, und als sie ihn fragend ansah, sagte er, er hätte »Grüß Gott« gesagt.

Die Große Unbekannte hatte sie auf die Fähre aufmerksam gemacht. Nun waren sie nach Nordafrika unterwegs. Wie aufregend das klang, Nordafrika. Pia konnte es kaum erwarten, auf einem anderen Kontinent von Bord zu gehen. Sie durften keine Fehler begehen. Sie hatten nicht besonders viel Geld bei sich, aber auf jeden Fall viel zu viel für zwei junge Menschen, die aufs Geratewohl und immer der Nase nach auf Abenteuerreise gingen. Es war der letzte große Schritt für längere Zeit. Sie mussten ihn behutsam setzen. Auf Zehenspitzen.

»Ich hab nichts mit«, sagte Julian und hob die freie Hand zum Schwur, als er einen Joint aus seiner Zigarettenschachtel zog. »Das ist der Letzte. Ich such mir jetzt einen ruhigen Ort. Salerno, Palermo. Lustig eigentlich.« Pia schloss die Augen. Sie versuchte, sich das Gesicht ihrer Mutter zurückzurufen.

Es war dunkel, als die Fähre in Palermo einlief. Julian und Pia hatten einen Platz in der Diskothek ergattert, unweit des Ausgangs zum Deck. Während sich glitzernde Diskokugeln drehten und ein paar Unentwegte über die abwechselnd blau, rot, grün beleuchtete Tanzfläche zu Liedern tappten, die schon bei ihrer Veröffentlichung peinlich waren, während ein paar Betrunkene immer wieder grölten und ihre Flaschen wie Trophäen in der Luft schwenkten, lagen sie auf einer vor unvordenklichen Zeiten weiß gewesenen Sitzbank, die sich halbkreisförmig um einen Tisch wand. Sie hatten sich zusammengekauert, ihre Koffer standen zwischen Bank und Tisch, nebenan versuchte eine Araberin, ihre plärrenden Kinder zurück in den Schlaf zu bekommen. Menschen schliefen auf dem Boden, ein paar dicke Männer schnarchten entsetzlich, Pia hatte Stöpsel in den Ohren. Julian wollte abwarten, bis das Schiff ablegte.

Er musste ruhig bleiben, durfte nicht hektisch herumblicken, sein Hiersein hatte selbstverständlich zu sein. Einer der Männer, die er für Zivilpolizisten hielt, schlenderte immer wieder betont arglos durch die Diskothek und stellte sich an die Bar, um Kaffee zu trinken und seinen Blick durch den Raum streifen zu lassen. Er bezahlte nie. »Bitte, lieber Gott«, sagte Julian in sich, »wenn es dich gibt, lass uns nach Tunesien kommen, lass uns auf einen anderen Kontinent, lass uns ausatmen und Glück haben. Wir haben nichts Böses getan. Lass uns leben.« Er schüttelte den Kopf. Mit wem hatte er eben gesprochen?

Um halb zwei Uhr morgens verließ die *MS Zeus* stampfend und schnaufend den Hafen von Palermo. Julian zog Pia enger an sich, allmählich wurde es in der seltsamen Diskothek ruhiger. Seit einem knappen Jahr waren sie auf der Flucht. Hätte ihm vor zwei Jahren jemand gesagt, er würde sich in eine Arbeitskollegin verlieben, mit ihr eine halbe Million Euro stehlen und südwärts bis auf Weiteres aus Europa verschwinden, hätte er ihn für verrückt erklärt. Sie waren auf dem Meer. Sie fuhren in Richtung der tunesischen Küste. Es kam ihm nicht im Mindesten seltsam vor. Er hatte sich gehäutet.

Als Julian aus einem leichten Schlummer erwachte, hörte er aufgeregte Stimmen auf dem Deck. Einer der beiden Männer, die er für Polizisten hielt, eilte mit einem Schiffsoffizier durch die Diskothek, in der sich keine Kugeln mehr drehten und die Musik auf einigermaßen erträgliche Lautstärke gestellt worden war. Die Aufregung machte Julian neugierig, er flüsterte der schlafenden Pia ins Ohr, gleich zurück zu sein.

Eine Handvoll Menschen stand aufgebracht an einer Reling, es wurde getuschelt und in die Ferne gedeutet, ehe auf der Kommandobrücke ein Scheinwerfer angestellt wurde, der langsam übers Meer glitt.

»We have seen them«, sagte der Offizier, »and I ask you to remain quiet. Our captain alarmed the coast guard. There will be help soon. There is nothing we can do. But we go slowly. So the waves are not too big.«

Julian mischte sich unter die Menschentraube um den Offizier, als der das Meer abtastende Suchscheinwerfer anhielt. Neben ihm stand einer der vermeintlichen Polizisten mit einem Feldstecher.

»Fourty. Maybe fifty.«

»On such a small boat?«

»That's average. Below average, I would say.«

»Are they alive?«

»Some must be. They have torches. That's how we saw them.«

Er zog ein kleines Funkgerät aus seiner Tasche, drehte sich zur Seite und gab etwas durch. Kurz darauf erlosch das Suchlicht, und Julian meinte, in der Entfernung, dort, wo mit bloßem Auge lediglich ein kleiner dunkler Punkt zu sehen gewesen war, Lichter zu sehen. Schwache Lichter.

Neugier war nicht auffällig. Er drehte sich zu dem Mann mit dem Funkgerät.

»What happens to them?«

»Will be taken to Lampedusa. They reached their goal. European waters.«

»And then?«

»Not my problem.«

Als die Sonne über einem ruhigen Meer aufging, hatten sie europäische Gewässer hinter sich gelassen. Es war lächerlich, Wasser einzuteilen. Das Meer war für alle da. Pia streckte sich auf dem Deck, Julian stand gähnend neben ihr. Ihr war, als hätte sie keine Sekunde geschlafen.

»Darum hast du auch sofort bemerkt, dass ich wegging.«

»Du hast mich im Schlaf mit den Koffern alleingelassen?«

»War ungefährlich. Die meisten Koffer schliefen. Ich sehe das.«

Während sie der Küste Nordafrikas entgegenfuhren, erzählte Julian Pia, was er nachts auf dem Deck mitbekommen hatte, von den Menschen auf einem kleinen Boot mitten im großen Meer. Pia hörte aufmerksam zu.

Auf einmal schlich sich ein Lied von *Rage Against The Machine* in ihren Kopf. Den Titel hatte sie vergessen. Pia sah die jungen Menschen aus ihrer Clique und viele andere in Kellern und verrauchten Clubs ihre Köpfe zum Takt schütteln, wild über die Tanzfläche hüpfen und aus vollem Hals mitbrüllen: *Fuck you, I won't do what you tell me. They got you under control. Fuck you, I won't do what you tell me. And now you do what they told you. Fuck you, I won't do what you tell me.*

Sie sah die verzerrten Gesichter vor sich, ihre Freundinnen und Freunde von einst, die coolen Jungs aus der Schule, die widerspenstigen Mädchen, alle mit Slogans der Unangepasstheit auf ihren T-Shirts und Kapuzenpullovern, sie sah die Kopfhörer im Schulhof, aus denen laute rebellische Musik kam. Inzwischen machten sie alle mit. Sie arbeiteten für das System, an dem sie niemals hatten teilhaben wollen. Sie drehten an den Rädern, von denen sie mitgedreht wurden. Sie verkündeten die Losungen, mit denen sie ihr Gewissen beruhigten. Sie sagten die Sätze, die sie von ihren Eltern und Lehrern gehört hatten. Wer mit achtzehn kein Kommunist ist, hat kein Herz. Wer mit vierzig noch immer Kommunist ist, hat keinen Verstand.

Fuck you.

I won't do what you tell me.

»Was rattert durch deinen Kopf?«

Julian küsste sie in den Nacken. Am Horizont begann sich Land abzuzeichnen.

»Nichts.«

Am frühen Nachmittag legte die Fähre im Hafen von Tunis an. Matrosen banden sie an Seilen fest, der Bauch des Schiffes wurde geöffnet, zuerst fuhren die Motorräder und Mopeds an Land, ehe die ersten Autos über die Brücke zu rollen begannen. Julian und Pia zogen ihre Koffer hinter sich her, gingen über den Steg an Land, bevor sie sich in einer langen Schlange auf Boxen zubewegten, in denen Polizisten saßen. Als Pia vor einem Schalter zu stehen kam und einem jungen Mann die Pässe reichte, blickte er sie lange an, schlug kurz die Pässe auf, ohne die Fotos anzusehen, und drückte den Stempel hinein.

»Thank you«, sagte Pia leise.

Der junge Mann lächelte sie kurz an, ehe er wieder einen ernsthaften Blick aufsetzte.

Julian nahm ihre Hand und drückte sie fest. Pia musste ihren Schritt bremsen. Es sollte nicht aussehen, als hätten sie es eilig. Sie hatten die Europäische Union verlassen. Sie waren in einem armen, warmen Land. Sie waren Devisenbringer.

Dritter Teil

Eine eigene Währung

41

Langsam zog das Förderband die Holzkiste in den Bauch des weißen Flugzeugs. Es war Anfang November, die Sonne schien, der Himmel war blau und wolkenlos. Ein milder Tag warf scharfe Schatten, Verena legte ihren Arm um Ritas Schulter.

Aus den Luftlöchern der Holzkiste stak Bambus, die Seite mit dem kleinen vergitterten Sichtfenster, durch das sie eben noch ihre Finger gesteckt hatte, war ihnen zugewandt. Die Kiste ruckelte einer aufgeklappten Luke entgegen, das Förderband surrte, hinter dem Flugzeug der Austrian Airlines glitt ein Bus über das Rollfeld.

Als die Kiste am Rand der Luke ankam, erschienen zwei Männer mit gelben Warnwesten, zerrten sie in den Bauch des Flugzeugs, zogen Gürtel von oben herab und begannen, sie mit ein paar schnellen, routinierten Handgriffen festzuzurren. Ein Haken rastete ein, ein zweiter rastete ein, die Männer versuchten, die Fracht zu bewegen – sie bewegte sich nicht mehr. Der Gabelstapler, der die Holzkiste zum Band gefahren hatte, kam unter orange blinkenden Lichtern mit langen weißen Leinensäcken zurück. Einer nach dem nächsten wurde auf das Förderband gehoben und in den Bauch des Flugzeugs gezogen, zwanzig Kilogramm insgesamt.

Als der letzte Sack Bambus verstaut war, trat einer der beiden Männer an den Rand der Luke und streckte seinen rechten Daumen aus. Arbeiter zogen das Förderband weg; langsam, beinahe geräuschlos schloss sich die Luke. Der ausgezeichnete Panda war reisebereit.

Rita rückte ihre Sonnenbrille zurecht. Sie hatte sich vorgenommen, nicht zu weinen. Sie nickte langsam, Verena zog sie näher an sich. Der Anblick war traurig und heiter zugleich – eine Luftarche für einen Panda. Fotoapparate und Kameras wurden geschwenkt; sie richteten sich nun auf sie. Journalisten eilten auf sie zu und riefen ihren Namen. Rita wollte nichts mehr sagen. Sie hatte ihnen fürs Erste nichts mehr zu sagen. Verena und sie gingen los.

»Jetzt ist er fast erwachsen«, sagte Verena, »ein neuer Lebensabschnitt. Er braucht seine Mutter nicht mehr.«

Während sie auf die Kiste und das Förderband gestarrt und das Klicken der Fotoapparate vernommen hatte, hatte Rita an eine Feuerbestattung denken müssen, an jenen Moment, in dem der Sarg in den Ofen gezogen wird. Sie hatte das Bild zu verdrängen versucht; es hatte sich trotzdem in ihren Kopf geschlichen. Aber es war falsch. Was kam, war besser für Fi Fo. Zum ersten Mal in seinem Leben würde er ausreichend Platz für Wanderungen haben, weite Kreise im Freien ziehen können, eines Tages würde man ein Weibchen für ihn finden. Er würde sich fortpflanzen, um seine gefährdete Art zu erhalten, danach seiner Wege gehen. Sie würde ihn nie vergessen.

Rita stieg die Brücke hoch. Sie wandte sich um, blickte auf den weißen Tower, über Rollfelder, Busse und Anhänger voller Gepäckstücke, weiter hinten stieg ein gelbes Flugzeug in den blauen Himmel. Sie fühlte sich merkwürdig erhoben. Zum ersten Mal in ihrem Leben fühlte sie sich bedeutend. Mit Fi Fo sollte etwas wieder gut gemacht, zumindest zurechtgerückt werden. Sie, Rita Swoboda, hatte einen nicht unbeträchtlichen Anteil daran. *Die Frau, der die Bärenmutter vertraut.* Sensationsjournalismus, natürlich. Trotzdem richtig.

Knapp hinter dem Eingang lächelte eine Stewardess den Einsteigenden zu. Rita wusste nicht, wohin, die junge Frau fragte nach ihrem Ticket, Rita zog es hervor und wurde an einen Platz am Fenster gewiesen. Die Menschen ringsum lasen Zeitungen, tippten in Mobiltelefone oder schmökerten in Magazinen. Manche blickten sie an und nickten ihr zu.

Rita schloss die Augen. Vielleicht schlief Fi Fo bereits. Sie hörte ihn.

Die Menschen müssen durch Metalldetektoren. Durchleuchtung der Menschen. Durchleuchtung ihrer Koffer. Durchleuchtung ihres Handgepäcks. Sie könnten gefährlich sein. Ich komme in Frieden. Meine Mission lautet Fortpflanzung. Ich bin ein Botschafter. Ohne Anzug. Ohne Reisepass. Immer nackt. Niemanden stört das. Sie sagen, ich fliege nach Hause. Ich weiß nicht, wo zu Hause ist.

»Warum grinst du?«

Rita hatte nicht bemerkt, dass Verena sich neben sie gesetzt hatte.

»Die VIP-Klasse ist nicht besonders komfortabel.«

»Ich wäre gern dort.«

»Ich meine die echte.«

Verena sah sie fragend an.

»Very important Panda.«

Verena lachte laut auf und legte ihren Kopf auf Ritas Schulter. Sie lachte wie ein junges Mädchen. Pia hatte ähnlich gelacht, bis sie eines Tages damit aufgehört hatte, weil es auf einmal uncool war.

Rita wurde eng um die Brust. Eine wohltuende Enge, wie vorhin, als die Kiste in den Bauch des Flugzeugs gezogen worden war. Gestern Nacht, als sie mit ihrem Laptop neben Rosanna auf der Couch gelegen war, hatte sich Pia gemeldet. Zum ersten Mal seit Weihnachten vor drei Jahren. Rita hatte der Atem gestockt, als sie gesehen hatte, von wem die Nachricht kam, die ihr auf Facebook angezeigt wurde. Sie hatte gezögert, ehe sie Rosanna fest an sich gedrückt und die Nachricht geöffnet hatte.

Ich war immer gern mit dir im Zoo, Mama. Schau an, was ich dir schicke. Mir geht's gut. Schönen Flug, dickes Bussi, Pia

Pia hatte ihr ein Video geschickt, in dem sich ein junger Mann auf Englisch über das Tauziehen um die Schönbrunner Pandas ereiferte. Der zweite Anhang war ein wissenschaftlicher Artikel über Chinas neue Stufe der Pandadiplomatie, der kaum zu verstehen war. *Der Wert des Panda in internationalen Beziehungen ist das Produkt eines wechselhaften Zusammenspiels seiner einzigartigen phänotypischen und ökologischen Züge, seiner emblematischen Rolle, der wissenschaftlichen und praktischen Herausforderungen seiner Konservierung sowie der Innen- und Außenpolitik Chinas.* »Phänotypisch« und »emblematisch« hatte sie noch in die Suchmaschine eingegeben, für den Rest war sie zu müde gewesen. Sie hatte den Ausdruck in ihrer Handtasche. Sie wollte verstehen, was Pia ihr empfahl.

Ihre Tochter dachte an sie. Offenbar verfolgte sie ihr Leben. Sie musste die Artikel gesehen haben, in denen Rita über Fi Fos Abschied sprach, wie schade sie finde, dass Tiere zu Spielbällen der Politik würden. Man hatte ihr zu verstehen gegeben, dergleichen in Hinkunft zu unterlassen.

Rita hatte Pia sofort antworten wollen. Aber alles, was sie tippte, hatte falsch oder unzulänglich geklungen. Sie hatte jeden begonnenen Satz gelöscht und am Ende doch nichts zurückgeschrieben. Sie hatte ihrer Tochter bloß ein großes rotes Herz geschickt.

Der Bildschirm vor Rita ging an. In einem Video erklärten strahlende Stewardessen mit weißen Zähnen und roten Seidenschals, wie man sich während des Fluges und im Notfall zu verhalten habe. Rita sah Fi Fo neben sich mit einer Bambusstaude sitzen und auf dem Bildschirm herumtappen. Sie waren beide noch nie geflogen.

»Guten Morgen, meine sehr geehrten Damen und Herren, hier spricht Ihr Kapitän. Ich habe heute die große Ehre, Sie auf einen ganz besonderen Gast hinweisen zu dürfen. Unter Ihnen fliegt Fi Fo, der Pandabub aus Schönbrunn, den Sie vielleicht schon niesen gesehen haben.«

Menschen klatschten und quittierten die Ansage mit Ohs und Ahs, Rita war, als wären alle Blicke auf sie gerichtet. Sie war auf der Titelseite der *Kronen Zeitung*. Sie hatte es nicht glauben können, als sie am frühen Morgen die Zeitung gesehen hatte, die auch vor dem Eingang ins Flugzeug auflag. Die Menschen ringsum lasen darin. Rita hatte bislang nicht gewagt, den Artikel aufzuschlagen. Bald würde sie eine dritte Pressemappe anlegen müssen.

Auf dem Bildschirm folgte sie einem kleinen Flugzeug, das auf einer bunten Weltkarte von Wien nach Amsterdam flog. Verena hörte Musik, der Tierarzt las in einem Buch über mordende Psychopathen, die Medienleute saßen auf der anderen Seite des Ganges. Wie ruhig das Flugzeug flog. Sie hatte keine Angst. Fi Fo hatte auch keine Angst. Sie fragte sich, wer von ihnen privilegierter sei.

Vor zwei Monaten hatte sie Fi Fos Tagebuch zurück in die Kiste gelegt. Von einem Tag auf den nächsten hatte ihre Hand gestreikt. Seither hörte sie ihn in sich. Seine Stimme hatte sie verändert. Es war, als hätte sie eine neue Sprache erlernt.

»Also, Fi Fo«, sagte sie leise, als sie die Augen schloss, »erzähl.«

Ich schaukelte in der Schaukel, als Rita kam. Natürlich fraß ich. Sie streichelte mir über den Kopf. Na, Sonnenschein, gut geschlafen? Wie jeden Tag lockte sie mich mit Süßkartoffeln in die Kiste. Diesmal wurde sie verschlossen. Über die vergitterte Seite kam eine Holzplatte mit kleinem Ausschnitt. Vergitterung der Welt. Auf einmal wurde die Kiste in die Luft gehoben. Ich schwebte. 59 Kilo, hatte Rita am Vortag gesagt, als sie mich von der Waage nahm, neues Kampfgewicht. Bislang musste ich nicht kämpfen. Außer gegen Erdmännchen.

»Rita?«

Sie öffnete die Augen, Verena hatte ihr den Kopf zugedreht.

»Hast du Kontakt zu Pia?«

»Nicht wirklich.«

»Ich sag niemandem was. Ich mag sie.«

»Was heißt, du magst sie?«

»Was sie tut. Wie frei sie ist. Ist ja nichts passiert. Außer dass zwei junge Menschen ein besseres Leben haben.«

»Hoffentlich.«

»Telefoniert ihr? Schreibt ihr euch?«

Rita schluckte. Auf einmal hatte sie das Gefühl, zu viel gesagt, etwas verraten zu haben. Verena blickte sie neugierig an. Immerhin war sie die Assistentin des Botschafters und die Mutter einer berühmten Ganovin.

Der Panda war, wie sie in der Einleitung des Artikels gelesen hatte, eine *flagship species*. Sie kannte *flagship* nur von *flagship stores*, und das waren die beeindruckendsten Filialen einer Kette. Das größte und pompöseste Schiff, das allen anderen voranfuhr. Die Flaggschiffe waren jene Tiere, die dem Menschen am ähnlichsten waren. Es waren gleichzeitig die bedrohtesten. Jetzt fiel ihr ein, was sie in der Nacht geträumt hatte. Man hatte sie fürs Fernsehen interviewt. Sie hatte gesagt, der Mensch habe gerade jene Tiere beinahe ausgerottet, die ihm am ähnlichsten seien. Die Verwandten, derer man sich schäme. Rita schämte sich ihrer Verwandten nicht. Die Pandas waren vor dem Menschen auf der Welt gewesen.

»Was sagst du zu ihrem neuesten Titel?«

»Ihrem was? Tut mir leid, ich war gerade –«

»Wie findest du ihr heutiges Posting?«

»Hab nichts gesehen.«

Verena holte ihr Mobiltelefon aus der Tasche, öffnete die Galerie, klickte ein Foto an und hielt es Rita vors Gesicht. Der Hintergrund war grün gemasert, darüber stand in dünnen grauen Blockbuchstaben: *DER PANDA WAR EINE EIGENE WÄHRUNG.*

Der Botschafter war der Erste, der aus dem Bauch des Flugzeugs geholt wurde, als es auf dem Flughafen von Amsterdam zu stehen kam. Ein Gabelstapler fuhr an die Luke heran und hob die Box heraus, ehe sie in den Anhänger eines kleinen blauen Gefährts verfrachtet wurde. Verena ließ Rita den Vortritt, mit den Männern in Leuchtwesten mitzufahren und nach Fi Fo zu sehen. Rita ließ sich nicht zweimal bitten.

Sie saß neben einem hübschen jungen Mann, wenn sie

aus dem Fenster des Gefährts blickte, sah sie Flugzeuge, Lagerhallen und Busse. Holländisch klang ein wenig wie Deutsch, vermischt mit ein paar Brocken Englisch konnten sie sich verständigen. Wie der Flug gewesen sei, wollte er wissen, gut, antwortete sie, sehr ruhig, auch für die Währung Panda. Er zog die Stirn in Falten. Sie versuchte, ihm zu erklären, ein Zoo müsste den Chinesen eine halbe Million Dollar zahlen, wenn ein Panda vor seiner Zeit stürbe.

Eine halbe Million? Er pfiff und schüttelte den Kopf. Rita versuchte zu sagen, man könne nicht sagen, ob in diesem Fall eine halbe Million viel oder wenig sei. Der junge Mann schien sie nur teilweise zu verstehen, er lächelte verständnisvoll. »Flagship«, sagte sie und tippte sich an die Stirn, der junge Mann nickte. Rita hätte ihm gern das Bild beschrieben, das in ihrem Kopf aufgetaucht war. Sie, die Assistentin, neben einem jungen schwarzen Mann in einem Wagen, dessen Anhänger ein Flaggschiff hinter sich über das Rollfeld eines Flughafens zog – mit riesigen bunten Masten, auf die Pandaköpfe gestickt waren.

Über dem Eingang zu einem Gebäude stand *Animal Hotel*, darüber war *Vrachtstation* zu lesen. Ein Rollladen ging auf, sie fuhren in eine geräumige Lagerhalle, von dort weiter in einen kleinen Raum. Zwei Männer hievten die Kiste behutsam aus dem Anhänger und stellten sie auf den Boden. Sie stiegen aus, Rita blickte durch das Sichtfenster.

Fi Fo saß mit dem Rücken an die Wand gelehnt und drehte ihr langsam den Kopf zu. Er sah mittelmäßig neugierig aus. In seinen Pfoten hielt er eine Staude Bambus, von der er die Blätter abbiss, ehe er die dürre braune Schicht mit seinen scharfen Zähnen abzog, um an das frische Grün zu kommen. Rita öffnete die Essenslade, entnahm ihr eine

Süßkartoffel und steckte sie durchs Gitter. Er streckte seine Pfote aus.

»Wer wird Danke sagen? Hättest auch nicht gedacht, dass du einmal in Amsterdam in ein Tierhotel kommst. Und mich im Fernsehen siehst.«

Sie müssten sich beeilen, sagte der junge Mann, der neben ihr durch das Sichtfenster sah, wenn sie noch einen Blick aufs Hotel werfen wolle. Mit seinem Mobiltelefon fotografierte er den neuen Gast. Seine Tochter, meinte er, würde sich darüber freuen. Er strahlte. Fi Fos Anblick ließ Menschen strahlen. Psychologen meinten, es rühre daher, weil Pandas die Züge von Kindern hätten, nur überzeichnet. Das Runde, die Augen, die wegen der schwarzen Flecken ringsum so groß erschienen, die scheinbare Tapsigkeit.

»Liebe Grüße von deiner Schwester. Sie wünscht uns einen guten Flug.«

Es war ein kleiner Zoo, durch den Rita geführt wurde. Hunde und Katzen in Körben, Menschen, die mit Hunden und Katzen an der Leine spazieren gingen, Gebell, Gequake, Gejaule. In einem Stall warteten drei wunderschöne Pferde auf den Weiterflug, sie sah ein wollenes Alpaka seinen langen Hals nach ihr recken, unzählige Fische und Rochen in Aquarien, sie sah ein Nashorn und mehrere Chamäleons, Schweine, Schafe, Terrarien voller seltsamer Kreaturen. Sie traute ihren Augen nicht.

Was für Pferde waren das?

Sie gehörten einem Scheich, für den sie rund um die Welt Rennen gewannen.

Und das Alpaka?

Kam in einen Zoo.

Und das Chamäleon?

Hatte jemand gekauft.

Sie alle warteten auf den Weiterflug, und als Rita wenig später zu ihrer kleinen Menschengruppe stieß, erzählte sie Verena aufgeregt von ihren Beobachtungen auf der *Vrachtstation*. Sie habe gedacht, Fi Fo wäre der Einzige, aber es flögen so viele Tiere an so viele Orte, dass –

»Es ein gutes Geschäft ist«, sagte Verena. »Wie geht's unserer Währung?«

»Die Ruhe selbst.«

»Sie fliegen gern. Autofahren mögen sie weniger. Auch schon untersucht worden.«

Das zweite Flugzeug, in dem der Botschafter und seine Assistentin saßen, unterschied sich grundlegend vom ersten. Eine Wand in der Mitte trennte es in zwei Teile. Davor saßen Menschen auf ihren Plätzen, dahinter saß oder lag der Botschafter in seiner Holzkiste, umgeben von anderen Waren und Gütern, die nach China geflogen wurden. Wie die anderen Waren und Güter hatte man auch für ihn Formulare ausfüllen, Stempel und Bewilligungen einholen müssen – Verena blähte die Backen und verdrehte die Augen, wenn sie danach gefragt wurde. Fi Fo war als Fracht deklariert worden. Die einzige Datenbank, in der er verzeichnet war, war das Große Zuchtbuch, in dem alle jemals in Tiergärten geborenen Pandas erfasst waren. Es war das Einzige seiner Art, das man im Netz nicht einsehen konnte.

Die Holzkiste stand knapp hinter der Trennwand, durch die sechs Menschen jederzeit Zutritt zu ihrem ausgezeichneten Panda hatten. Der Tierarzt sah im Halbstundentakt nach ihm und streckte im Halbstundentakt beide Daumen aus, wenn er wieder Platz nahm und sein Buch aufschlug, Verena besuchte ihn, wenn sie nicht mehr lesen wollte, Rita hatte ihn zweimal durch das Sichtfenster beobachtet und ihm von dem Artikel erzählt, den Pia ihr geschickt hatte.

Er war ruhig. Er fraß. Er schlief. Er erleichterte sich. Zum Glück waren die Exkremente des Großen Panda beinahe geruchsneutral, zumindest für Menschen. Rita wollte sich nicht vorstellen, mit den Rennpferden des Scheichs in einem Flugzeug zu sein.

Abschied von Fi Fo stand in den österreichischen, *Fi Fo kehrt heim* in den chinesischen Zeitungen. Nachts hatte sie seinen Namen in eine Suchmaschine eingegeben und unter *Neuigkeiten* über hundert Nachrichten gefunden. In den letzten Tagen waren noch mehr Menschen als gewöhnlich zum Gehege gekommen, um der niesenden Bärkatze Lebewohl zu sagen. Fotografen hatten letzte Fotos geschossen, Kamerateams Abschiedsbeiträge gedreht, Rita hatte ein ums andere Mal gesagt, sie wolle lieber nichts mehr sagen. Also sei sie dagegen, hatte man ihr unterstellt, Verträge seien Verträge und die Querelen um den Dalai Lama nicht ihre Sache. Trotzdem waren Fi Fo und sie der Meinung, es sei absurd, dass Fi Fo Eigentum der Volksrepublik China sei. Eigentum. Seltsame Kommunisten.

Als sie die Augen schloss, sah sie sich frühmorgens mit ihrem schweren Koffer an der Straßenbahnhaltestelle auf die nackte Fassade gegenüber starren. Früher waren riesige Werbungen auf ihr angebracht gewesen. Offenbar hatten die Menschen in ihrer Gegend nicht mehr genug Geld, um umworben zu werden. Geschäfte standen leer, Lokale waren zu vermieten. Dann sah sie einen Kran die vergitterte Kiste über die Glaswand heben, vor der am Vortag noch so viele Menschen gestanden waren. Rita hatte kaum hinsehen können, wie sie an dem Seil gebaumelt war.

Chi-Chi war die erste Große Bärkatze, die offiziell geflogen war, in den 50er-Jahren über Moskau nach Europa, wo man sie von Zoo zu Zoo schickte. Überall Menschenmassen. Überall Blitzlichtgewitter. Überall Schlagzeilen, Nachrichten, Besucherrekorde. Chi-Chi fand im Londoner Zoo Unterschlupf, die Menschen liebten sie, sie erhielt einen eigenen Pfleger und das falsche Futter. In Westeuropa gab es keinen zweiten Panda, dafür einen in Moskau. Trotz des Kalten Krieges wollte man die beiden zur Fortpflanzung animieren, Chi-Chi kam wieder in ein Flugzeug, von London nach Moskau über die Grenze der verfeindeten Systeme. Aber Chi-Chi und An-An konnten einander nicht riechen. Die Zeitungen machten sich darüber lustig, keine Liebesgrüße aus Moskau, Pandas als Sexmuffel. Dabei wusste man noch gar nicht, wann sie sich überhaupt paaren konnten. Chi-Chi wurde zurück nach London geflogen, man wollte nicht aufgeben, also wurde An-An eingeflogen. Die Zeitungen hatten wieder etwas zu berichten, und wieder geschah – nichts. Als Chi-Chi viel zu jung starb, wurde sie seziert, ehe sie ausgestopft in ein schauriges Panorama gesetzt wurde.

Seitdem hatte sich vieles geändert. Zum Guten, zumindest für die Pandas. Rita hatte nicht viel von dem Artikel verstanden, den Pia ihr geschickt hatte, aber sie hatte es versucht. Zuerst hatten die Chinesen Pandas an Staaten verschenkt, mit denen sie langfristig gute Beziehungen knüpfen wollten. Die Sowjetunion hatte den ersten nach der Revolution bekommen, ein besonderes Geschenk, das Fingerspitzengefühl und viel Aufwand erforderte. Dann hatten sie Pandas kurzfristig vermietet, um die Staatskassen zu füllen und China in Form seiner schwarzweißen Repräsentanten greifbarer zu machen. Jetzt besiegelten sie Geschäfte, bei denen es um Rohstoffe und Technologie ging, während die Zoos weiterhin hohe Leihgebühren überwiesen.

Rita blickte aus dem Fenster. Sie war über einer Welt, in der Pandas gegen Uran oder Lachs getauscht wurden. Über einer Welt, in der das schottische Parlament darüber debattierte, ob die ökologischen Schäden, die von der Überfischung ausgingen, weil viele Chinesen Lachs wollten, durch die Anwesenheit eines Pandapärchens in Edinburgh wettgemacht würden.

Je näher das Flugzeug Chengdu kam, desto intensiver dachte Rita an Ruth Harkness, die attraktive, mondäne Amerikanerin, die in den 30er-Jahren allein nach Sichuan gereist war. Pandagräberstimmung. Zwei Amerikaner, Söhne eines Präsidenten, hatten einen Panda erschossen und in die Vereinigten Staaten geschickt. Der eine hatte tatsächlich Kermit geheißen. Juhu. Tata. Gut gemacht. Sie behaupteten, beide gleichzeitig geschossen zu haben, um beide die Ersten zu sein. Wer würde zuerst einen lebenden Panda aus China holen? Doch wohl nicht Ruth, die Modedesignerin, die Cocktails und Partys liebte und Zigaretten auf Spitzen rauchte. Ihr Mann hatte es versucht und war in Shanghai elendiglich zugrunde gegangen. Was den Männern nicht gelungen war, sie wollte es schaffen. Reiste in die Berge, verliebte sich in einen jungen Chinesen, war nur mit Chinesen unterwegs, die sie nicht wie die Männer aus dem Westen verachtete, im Gegenteil. Lange Fußmärsche, unbekanntes Territorium, Zeltlager, die Suche nach dem schier unfassbaren Tier, das sich in den Bergen und Wäldern versteckte und so gut wie nie zu sehen war. Sie fand ein Pandababy. Am 9. November 1936 zog ihr chinesischer Partner ein quiekendes Etwas aus einer Baumhöhle und reichte es ihr. Ruth hatte kein Gewehr. Aber ein Fläschchen mit Milch. Sie trug das Kleine bei sich, gab ihm zu trinken, nachts bewachten sie es gemeinsam und legten es auf Wolldecken, Ruth brachte es heil nach Chengdu zurück. Ein amerikanischer Pilot nahm sie in einem kleinen Flugzeug mit, der Panda neben ihm in einem Körbchen im Cockpit, der erste, der jemals geflogen war. Sie brachte ihn nach Shanghai. Päppelte ihn auf. Auch wenn man nach seinem Tod feststellen sollte, dass es ein Männchen war, nannte sie das Kleine nach der Schwester der Frau ihres Geliebten Su-Lin. *Ein kleines Bisschen von etwas sehr Süßem.* Beim Zoll gab es Probleme, die Medien hatten von dem Coup Wind bekommen, wider Willen dominierten Ruth und Su-Lin Tag für Tag die Schlagzeilen, die Männer aus dem Westen, die seit Langem auf Pandasuche waren, intrigierten gegen Ruth. Nach Interventionen und Bestechungen wurde Su-Lin als Hund deklariert und durfte für zwanzig Dollar auf einen Ozeandampfer, der in Shanghai ablegte, um über Japan nach San Francisco zu gelangen.

Das war Fi Fos Vorfahrin. Die erste Bärkatze, die China verlassen hatte. Auf dem Schiff, wochenlang unterwegs. Ruth Harkness war Ritas Vorfahrin. Wie oft hatte sie sich diese Überfahrt vorgestellt. Das Kleine mochte etwas über drei Monate alt gewesen sein. Schon gesprenkelt, die Augen bereits geöffnet, aber noch lange nicht auf den Beinen. In den Vereinigten Staaten hatte Su-Lin anfangs in Ruths Wohnung in Manhattan gelebt, in der die Fenster geöffnet blieben, damit das Baby es kühl wie in den Bergen an der Grenze zu Tibet habe. Pressekonferenzen, Auftritte, Artikelserien, bald kam das Mädchen, das ein Bub war, nach Chicago in den Zoo. Am ersten Tag lösten dreiundfünfzigtausend Besucher Eintrittskarten. Rita sah die elegante Dame vor sich, die nach China gereist war, um die Expedition ihres verstorbenen Mannes zu Ende zu führen. An dem Tag, an dem Su-Lin aus der Baumhöhle geholt worden war, hatte sie seine Asche in den Bergen verstreut. Mit einem Baby kehrte sie zurück.

Was Rita wirklich sah, wenn sie an ihre Vorfahrin dachte, was sie spürte und fühlte, war das kleine Geschöpf, eng an Ruth gedrückt, das sie manchmal kratzte und von dem sie nicht wusste, wie es zu behandeln sei. Vor der Abfahrt war es in Shanghai oft auf dem Schoß eines Freundes gesessen und hatte auf dessen Hose gepinkelt. Er hatte einen Ausschlag bekommen, ein Doktor hatte gefolgert, da sei zu viel Säure, also hatte das Baby neben Milch, Maissirup und Lebertran auch Wasser bekommen.

Rita hätte gern mit Pia darüber gesprochen. Ruth Harkness war, vor allem nach Su-Lins Tod zwei Jahre später, immer wieder von Gewissensbissen gequält worden. War das Diebstahl? Vielleicht. An wem? Bestimmt an keinem Staat.

Sie sah Grün und Berge und Nebel, als das Flugzeug zum Landeanflug ansetzte. Die Wolkentürme und Wolkenbetten, über die sie geflogen war, hatten sie an eine Schneelandschaft erinnert, über der ein ewig blauer Himmel strahlte. Sie tauchten durch die Wolken und durch den Nebel, und als sie wieder etwas sehen konnte, sah sie Türme und Hochhäuser und Straßen. Die Maschine setzte sanft auf, Rita schloss die Augen. Sie war in China. Das Flugzeug mit dem Botschafter war gelandet.

Sie sahen noch einmal nach Fi Fo, der in seiner Box saß, als wäre nichts geschehen, ehe sie das Flugzeug verließen, in einen Bus stiegen und zum Flughafengebäude gefahren wurden. Überall fremde Zeichen und fremde Klänge, Rita wusste nicht, wohin sie blicken sollte, es schwindelte sie.

Alles sah moderner als in Wien und Amsterdam aus. Sie folgte Verena, die vor Jahren mit Fu Mao und Yang Lang von hier nach Wien aufgebrochen war. Sie wollte sich nicht anmerken lassen, wie irritiert sie war. Nun war Fi Fo in neuen Händen. Vier Männer in blauen Overalls und mit blauen Mützen hatten die Kiste aus dem Flugzeug getragen.

Eine Polizistin oder Soldatin in grüner Uniform hielt Ritas Pass über einen Scanner, bevor die Assistentin des Botschafters ihn zurückbekam und weiter durfte. Auf einer Armatur waren fünf Knöpfe mit fünf Gesichtern von verärgert bis strahlend zu sehen. Rita drückte strahlend. Als sie mit den Koffern in die Ankunftshalle kamen, wartete bereits eine Delegation aus Männern und Frauen, neben der Kinder ein Transparent hochhielten, auf dem Fi Fo abgebildet war. *Welcome home, Fi Fo* stand darauf, daneben waren chinesische Zeichen zu sehen.

Sie wurden freundlich begrüßt, Fotografen wuselten um sie herum, Kameramänner filmten, man nahm ihr den Koffer ab, schon saß Rita mit den anderen in einem kleinen Bus, der sie ins Pandareservat bringen sollte. Es war ein trüber, nasser Tag. Sie folgten einem LKW, in dem zehn Pandas hätten transportiert werden können und auf dessen Seitenwand ein riesiges Foto des Heimkehrers zu sehen war.

Es war ein großes Hallo. Oder Ni-hau, das zweite Wort, das Rita nach Xie-xie gelernt hatte. Auf einer Bühne vor dem Eingang zum Reservat wurden Reden auf Chinesisch und Deutsch gehalten, überall hingen bunte Girlanden und Lampions, Mädchen in Schuluniformen sangen Lieder, auf Plakaten, Leinwänden und Säulen war Fi Fo in verschiedenen Lebensphasen abgebildet. Er wurde wie der Verlorene

Sohn gefeiert und begrüßt, Männer in Anzügen und Frauen in Kostümen sprachen von der Freundschaft zwischen China und Österreich, die nicht zuletzt an Fi Fo zu erkennen sei, der zurückgekehrt sei, um in der Heimat des Großen Panda –

Rita klatschte und lachte. Sie hatte Tränen in den Augen. Es war schön und rührend und unglaublich bizarr. Der Eingang zum Reservat war einem riesigen Pandakopf nachempfunden, die Luft roch frisch, von den Blättern der Bäume tropfte es. Es war die Jahreszeit, zu der Ruth Harkness gekommen war, beinahe achtzig Jahre zuvor. Die Zeremonie anlässlich Fi Fos erster hundert Erdentage war eine vergleichsweise stille Angelegenheit gewesen. Die hohen schnellen Töne, die Kameras und Fotoapparate, die vielen, vielen Menschen – Rita wusste nicht, wohin sie ihren Kopf drehen sollte.

Sie hatten eine Übersetzerin, eine junge Studentin mit Pickeln im Gesicht, die manchmal aus für Rita unerfindlichen Gründen kicherte und nicht von ihrer Seite wich. Sie war sehr höflich und sprach gut Deutsch. Nach zwei, drei Sätzen entschuldigte sie sich jedes Mal aufs Neue für ihr schlechtes Deutsch, woraufhin Rita ihr jedes Mal aufs Neue versicherte, ausgezeichnet Deutsch zu sprechen, während sie gerade einmal »Guten Tag«, »Danke« und »Panda« auf Chinesisch konnte.

Sie stand da. Sie war in China. Sie wollte sich alles merken.

42

Wenige Wochen vor Weihnachten verließ Pia ihre Wohnung. Innen war es angenehm kühl, die Klimaanlage lief ohne Unterbrechung, aber schon wenn sie die Tür zum Gang öffnete, musste sie sich Luft zufächern. Es war die hohe Luftfeuchtigkeit, nicht die Hitze, die sie in den ersten Wochen kaum ausgehalten hatte, vermengt mit all den fremden Gerüchen und Geräuschen, an die sie sich erst langsam zu gewöhnen begonnen hatte.

Die Wohnungstür gegenüber stand wie üblich offen, das Innere war ganz anders eingerichtet als ihres, die Menschen schienen mehr Zeit auf dem Boden zu verbringen, die Möbel waren dunkler und aus massivem Holz, an den Wänden hingen bunte Bilder, es roch nach Essen und Rauchwerk. Zwei dürre, drahtige Männer schleppten einen riesigen Flachbildschirm durchs Stiegenhaus und wandten ihre Blicke ab, als sie ihnen entgegenkam. Obwohl sie in einer der besten Gegenden der Stadt lebten, waren Stromkästen und Leitungen ungesichert.

Im Erdgeschoß hing ein Flachbildschirm über dem Eingang zum Aufzug, der Tag und Nacht tonlos lief, vorm Ausgang in den Hof stand eine Tischtennisplatte in einem kleinen feuchten Raum, daneben befand sich eine Garage voller Motorroller und Fahrräder. Als sie in den immergrünen Hof trat, wurde sie von feuchter Wärme umfangen, sie streckte sich, schloss kurz die Augen, und als sie sie wieder öffnete, war der Hof mit den Palmen, den blühenden Sträuchern, den kleinen Holztischen und den Bänken immer noch da. Die Pinguine aus Plastik mit ihren weitaufgerissenen und in die Luft gereckten Schnäbeln, in die man Müll warf, waren immer noch da, die kleinen Tiere auf Federn, auf denen Kinder schaukelten, waren immer noch da, die bunten Blumen waren immer noch da. Sie war immer noch da.

Es war zu ihrem Ritual geworden, die Augen zu schließen, wenn sie ins Freie trat. Beim ersten Mal hatte sie befürchtet, dass sie bloß träumte, dass sie in Wirklichkeit in einem Gefängnis wäre und sich all das bloß in sie geschmuggelt hätte, um ihrem Gehirn etwas gegen die Verzweiflung vorzugaukeln.

Ein paar Arbeiter hatten sich in den Schatten geflüchtet, zogen mit Stäbchen Nudeln aus Plastikboxen und tranken Eistee. Eine Großmutter lief ihrem Enkel hinterher, vor ein paar dicht aneinander stehenden Palmen unweit des Eingangs zur Wohnanlage hatte ein Kastenwagen gehalten, aus dem junge Männer große Autoreifen hoben. Sie legten die Reifen auf den Boden und begannen, sie mit weißer Farbe zu bemalen. In den letzten Wochen waren die Stämme sämtlicher Palmen in ihrem Hof weiß gestrichen worden, einer nach dem anderen. Es hatte ein paar Tage gedauert, bis Pia verstanden hatte, was vor sich ging. Weihnachten rückte näher, auch in Vietnam.

Sie schlenderte eine Runde durch den Hof, der Himmel war bedeckt, sie schwitzte bereits ein wenig, als sie zurückkam, passte einer der jungen Männer den letzten Reifen zwischen die Stämme der Palmen. Drei weiße Reifen über zwei weißen Reifen. Wahrscheinlich die olympischen Ringe. Südöstliche Kreativität.

Vor einem kleinen Wachhaus neben der Eingangsschranke saßen drei Männer in Uniformen an einem Tisch und blickten sie an. Sie grüßte, die Männer nickten, ohne die Zigaretten aus den Mundwinkeln zu nehmen. An der nächsten Kreuzung bestellte sie Fruchtsaft an einem Kiosk, auf dessen Theke eine riesige Mango auf grünen Limetten in einem Bastkorb thronte. Allein dieser Säfte wegen hätte es sich gelohnt, alles hinter sich zu lassen; Pia hatte nicht geahnt, wie frisch frische Früchte schmecken konnten. Ein Junge, vielleicht zwölf, nahm Bananen, Kiwis und Mangostücke, pürierte sie in einem Mixer, »Ice?«, fragte er, »No«, antwortete sie, »Sugar?«, fragte er, »No«, antwortete sie, »thank you«. Als sie ihm zehntausend Dong Trinkgeld gab, strahlte er sie an. Zehntausend Dong waren etwa vierzig Cent.

Sie setzte sich mit ihrem Saft an einen kleinen Tisch an der Straße und beobachtete die uniformierten Männer vor dem Eingang zu ihrer Wohnanlage. Ein einziges Mal hatten sie Pia nach ihrem Ausweis gefragt, seitdem nickten sie ihr höchstens beiläufig zu. Neben Julian und ihr lebten noch andere Langnasen in der Anlage; sie hatte noch nie mit ihnen gesprochen, verspürte auch kein Bedürfnis danach. Allein an der kleinen Straße, an der sie unter einem bunten Sonnenschirm saß, befanden sich vier Massagesalons, zwei Frisiersalons, in denen man sich während des Haareschneidens die Füße massieren lassen konnte, und ein Salon für Maniküre und Pediküre. In ihnen arbeiteten Frauen in engen seidenen Kleidern, die hinter Fenstern und Glastüren und manchmal auf Stühlen davor potentiellen Kunden zuwinkten. Während weltweit Millionen von Frauen Menschen massierten, ihnen Haare und Nägel schnitten, bewachten Millionen von Männern in Phantasieuniformen Gebäude. Die Frauen mussten arbeiten, den Männern wurde eine Beschäftigungstherapie verordnet. In Tunesien war es nicht anders gewesen.

Pia war Milliardärin. Seit Längerem hatte sie keinen Blick auf ihr Konto geworfen; in Vietnam war es nicht einfach, Geld auszugeben. In den ersten Wochen hatten Julian und sie immer wieder ungläubig nachgerechnet, wenn sie ein Abendessen bezahlt hatten. Vorspeisen, Hauptspeisen, Getränke – selbst wenn sie viel bestellten, war es selten mehr als zehn Euro für beide. Mittags aß sie meist Phở, eine Rindersuppe, die warme Brühe tat ihrem Magen gut, und wenn sie dreißigtausend Dong bezahlte, war das umgerechnet ein Euro. Sie war, wie immer man es drehte und wendete, Milliardärin.

Nach Neapel hatten sie gedacht, auf alles vorbereitet zu sein. Afrika. Sie musste lachen, wenn sie an den Polen dachte. Der irre Verkehr auf dem Corso oder in den Gassen der Spanischen Viertel war ein Kaffeekränzchen für Pensionistinnen im Vergleich zu Ho Chi Minh City, ein Kindergeburtstag gegen den Moloch, in dem sie jetzt lebten.

In den ersten Tagen hatte sie kaum geschlafen, immer wieder waren Bilder in ihr aufgeblitzt, Augenblicke, die sie im Moment nur unterbewusst wahrgenommen zu haben schien und nicht einordnen konnte. Die Menschen, die auf der Straße oder auf den Sitzen geparkter Mopeds schliefen, die an jeder Ecke Essen aus Töpfen und Pfannen auf Bunsenbrennern feilboten, Lotterielose, Santa-Claus-Mützen und Weihnachtsmannkostüme verkauften. Abertausende Mopeds und Motorräder, Autos, undefinierbare Fahrzeuge, Menschen mit Atemschutzmasken, die Möbel,

Matratzen und Hausrat transportierten, Schubkarren und Rikschas, die Menschen auf den seltsamen Rollern, die wie selbstgebastelte Fahrräder aussahen und mit den Händen bewegt wurden, weil ihre Fahrer wegen der Chemikalien, die über dem Land abgeworfen worden waren, keine Beine hatten. Die Straßen, Brücken, Gassen, der bräunliche Fluss mit den Schiffen, die riesigen roten Plakate, auf denen der Fortschritt, der Sozialismus, die Einheit des Volkes und die Macht der Armee gepriesen wurden, neben den riesigen Plakaten, auf denen für die Produkte der Konzerngiganten geworben wurde. Die kleinen Häuschen, die jeden Moment in sich zusammenzubrechen drohten, die riesigen Wolkenkratzer im Zentrum. Es war zu viel gewesen, zu viel von allem.

Pia hatte sich verloren gefühlt. Sie hatte nichts zu verstehen gemeint, gar nichts. In dieser Stadt wohnten mehr Menschen als in Österreich. Sie rauchten und spuckten, verkauften und handelten, rackerten, boten sich selbst feil und waren dennoch arm. Sie nannten sie *Miss* und Julian *Mister*, und auch wenn Pia es nicht wollte, war sie etwas wie eine weiße Göttin. Das Lustigste sei, hatte Julian einmal gesagt, sie glaubten, dass sie reich seien, hätten aber nicht die geringste Ahnung, wie reich sie tatsächlich waren. Damit meinte er nicht das Geld, das auf ihrem Konto in Andorra lag, auch nicht den Betrag, der monatlich auf ihr vietnamesisches Konto überwiesen wurde, sondern die Art und Weise, wie und wo sie lebten. Wenn sie auf die Frage, wo sie wohne, D7 antwortete, sah sie eine Mischung aus Bewunderung und Achtung in den Blicken der Menschen, die sie beschämte und wütend machte.

District Seven. Phu Mhi Hang. Innerhalb weniger Jahre war auf einem ehemaligen Sumpfgebiet eine kleine Stadt entstanden, ein neuer Bezirk, der nach dem Konsortium benannt war, das ihn hatte erbauen lassen. In den Parks am Wasser war laut unübersehbarer Schilder beinahe alles untersagt, was mit Leben zu tun hatte. Die Verbote waren von dem Konsortium erlassen worden. Riesige Siedlungen wuchsen in die Höhe, reiche Vietnamesen, Koreaner, Japaner, Europäer und Amerikaner lebten hier, und die Menschen, die sie massierten, ihre Haare schnitten, ihnen Säfte verkauften, die Lokale bewachten und in ihnen bedienten, fuhren spätnachts bis zu anderthalb Stunden lang in ihre Viertel zurück.

Frauen mussten ihre Körper verkaufen, in den Massagesalons, auf der Straße, in den Lokalen, in denen sie Langnasen schöne Augen machten, obwohl Prostitution offiziell verboten war. Es war widerlich, schmerbäuchige ältere weiße Männer mit hübschen jungen Asiatinnen zu sehen und zu wissen, warum sie zusammen waren, wenn man es überhaupt so nennen konnte. Die jungen Kellnerinnen in den Pubs trugen geschmacklose enge Kleider, auf denen die Logos der Brauereien prangten, deren Biere sie an den Mann bringen sollten. Die Kosmetikabteilungen für Frauen waren voller Produkte, die neben der Reinigung der Haut zugleich ihre Aufhellung versprachen.

»Du kannst nichts dafür«, sagte Julian, »du wirst es nicht ändern.«

Sie konnte nichts dafür, sie würde es nicht ändern, aber sie konnte nicht tun, als sähe und hörte und spürte sie nichts. Sie war auch in den Rooftopbars gesessen, hatte billige Cocktails geschlürft und auf die Menschenmassen auf den Straßen geblickt, auf die Lichter, die kleinen Häuser, deren bunte Anstriche längst verblichen waren, auf die unentwirrbaren Knäuel aus Telefon- und Stromleitungen, die tief über den Straßen hingen. Horden junger Menschen aus dem Westen saßen neben Einheimischen an niedrigen Plastiktischen, tranken, rauchten, genossen ihre Freiheit, während ausgemergelte Gestalten mit toten Augen Karren mit getrocknetem Fisch und Snacks an ihnen vorbeizogen. Sie hörte die jungen Langnasen reden, wie herrlich das einfache Leben sei, wie wenig man all den Luxus in ihren Metropolen brauche, wie freundlich und gut gelaunt die Vietnamesen trotz ihrer Armut seien.

Pia hätte kotzen können. Die alternativen Rucksacktouristen aus dem Westen waren die Nachfahren der Kolonisatoren. Sie unterwarfen nicht mit Waffen. Sie unterwarfen mit Devisen.

Sie packte ihre Kamera und stand auf. In Tunesien hatte sie zu fotografieren begonnen, und hier, in der größten Stadt der Sozialistischen Republik Vietnam, spazierte sie bisweilen los, ohne Ziel, einfach so, nur sie mit ihrer Kamera.

Die Kamera schien sie zu führen, aufmerksamer zu machen, sie genauer hinsehen zu lassen, auch wenn sie manches erst später wahrnahm, wenn sie die Bilder in voller Auflösung auf ihrem Laptop hatte. Sie hatte das Gefühl, durch die Bilder mehr zu verstehen. Mit ihren Fotos, die sie außer Julian niemandem zeigen konnte, meinte sie, tiefer zu schürfen. Vielleicht wollte sie sich auch bloß vergewissern, das alles tatsächlich zu erleben.

Sie hatte sich an die Wirklichkeit der Farben gewöhnen müssen, an die Buntheit der Märkte und Straßen, die Sattheit des Grün, die Bizarrerien des Alltags. Vor wenigen Tagen hatte sie einen Barbier gesehen, wobei Barbier ein durchaus zu großes Wort war, einen Mann, der einen anderen auf der Straße vor einem Stück Spiegel rasierte, das an eine Wand gehängt war. Nachher, auf dem kleinen Balkon über der Straße oder im Bett, wenn sie die Fotos auf ihrem Laptop ansah, hatte sie das Gefühl, tatsächlich zu sehen und zu spüren, wo sie war. Nachher hatte sie gesehen, dass der Rasierte auf einem Kinosessel saß. Nachher sah sie die Furchen in den Gesichtern der Menschen stärker.

Sie überquerte zwei große Straßen, die Ampeln wurden nicht einmal als Vorschlag in Erwägung gezogen, Hunderte von Mopeds, Autos und Transportern rasten gleichzeitig auf sie zu. Sie hatte es anfangs nicht glauben wollen, als man ihr erklärt hatte, niemand bleibe stehen, sie solle einfach los- und stur geradeaus gehen, ihr werde nichts geschehen. Ein andauerndes, ununterbrochenes Fließen – so kam ihr nicht nur der Verkehr, so kam ihr die ganze Stadt vor. Sie ging über die Straße, stur geradeaus, die Mopeds fuhren um sie herum, es war feucht und heiß und stank nach Abgasen. Sie kam an Lokalen und Minimärkten vorbei, an Geschäften und einer großen internationalen Schule, vor der in schwarzen SUVs Fahrer auf die Kinder der Reichen warteten.

Julian war nicht nach Hause gekommen. Er hatte ihr keine Nachricht geschickt. Er war mit seinen neuen Freunden, Engländern und Holländern, unterwegs gewesen, zumindest hatte er das behauptet. Sie wollten Fußball schauen; wenn die Champions League kurz vor neun Uhr abends in Europa angepfiffen wurde, war es in Vietnam kurz vor fünf Uhr morgens. Bis fünf Uhr morgens konnte man einiges tun.

Pia mochte Julians neue Freunde nicht. Allein wie sie die Vietnamesinnen ansahen und einander dabei Blicke zuwarfen, widerte sie an. Sie zeigten einander Fotos auf ihren Mobiltelefonen, wen sie jetzt wieder kennengelernt und demnächst treffen würden, sie jagten im Netz. Für Pia waren sie nicht viel besser als die Sextouristen, über die Julian und sie sich lustig machten. Julian schien sich als Objekt der Begierde zu gefallen. Er war ein gut aussehender Mann, aber hier war er mehr. Er war weiß, er hatte Geld, er war die Möglichkeit eines besseren Lebens, wenn auch nur für ein paar Stunden. Wie oft hatte sie erlebt, wie Vietnamesen, Taxifahrer, Kellner, Wildfremde an Nebentischen Julian Komplimente machten, er so groß und stark – und sie so klein. Sie war nicht darum herumgekommen, in der scheinbaren Unterwürfigkeit Aggression zu spüren. Sie wollte nicht genau wissen, was Julian und seine Freunde an diesen Abenden und in diesen Nächten taten. Sein Telefon piepte oft, er bekam ständig Nachrichten. Seit er ins Netz konnte, schien er wieder gern mit anderen zu kommunizieren.

Sie kommunizierten immer weniger. Pia wusste nicht, ob sie darüber traurig sein sollte oder ob es gut sei, einmal ein wenig Zeit für sich selbst zu haben, nachdem sie zwei Jahre lang Tag und Nacht beisammen gewesen waren. Seit einiger Zeit aber hatte sie das Gefühl, sich nicht mehr so gut in ihm auszukennen. Sie wusste nicht mehr, was er dachte – und was er bloß sagte.

»Du bist ja jetzt die Künstlerin«, hatte Julian unlängst gesagt, als sie sich wieder nicht hatten einigen können, was sie unternehmen wollten, »ich bin ja nur ein Proll, der das alles nicht versteht. Pia, die Titelkünstlerin.« Er hatte geklatscht. »Ich hab einen neuen für dich: Leider entpuppte sich ihr Freund als Schwachkopf.«

Er war kein Schwachkopf. Sie mochte bloß seine Freunde nicht, die sich wie Könige aufspielten, auch wenn sie meinten, beinahe Einheimische zu sein. Sie brachten das

Dumpfe in ihm zum Vorschein. Sie tranken zu viel. Sie interessierten sich einzig für das, was sie für Spaß hielten. Sie nahmen die Welt hin, wie sie war. Sie wollten sie nicht begreifen. Sie waren Parasiten des zweifelhaften Glücks, mit dem richtigen Pass geboren zu sein.

»Du bist ja jetzt die Frau Professor.«

»Zum Glück hast du die Weisheit mit Stäbchen gefressen.«

Pia stand am Fluss, dicke grauweiße Wolken ballten sich am Himmel und spiegelten sich mit den hohen Wohnblocks am anderen Ufer im Wasser. Sie zogen schnell über den Himmel, gaben bisweilen hellblaue Flecken frei, die alsbald wieder geschlossen wurden. Nahe am anderen Ufer war ein Holzkahn vertaut, etwas weiter schaukelten Motorboote sanft auf dem Wasser, im Hintergrund ragten Kräne in die Luft. Sie hatte Kräne zu fotografieren begonnen, überall wurde gebaut, gebohrt, asphaltiert, alles wurde größer, moderner, ein Hochhaus nach dem nächsten hochgezogen. Ein paar Meter von ihr entfernt stand ein junger Mann mit Schlapphut und schnitt mit einer langen Stange, auf der eine Art Sense befestigt war, große Zweige von Palmen. Bevor sie weiterging, las sie das Schild mit den Parkregeln, die sie jedes Mal aufs Neue belustigten:

2. *Do not bring weapon, murder weapon, noxious matter, forbidden goods in the park.*

3. *Do not use drugs (cocaine, heroin), beer, wine and doping (stimulant), do not organized gambling, cockfighting, prostitution, divination, illegal actions and social evils in the park.*

Früher – und früher war nicht lange her – hätte sie Julian davon erzählt, auch wenn er *social evil* oder die großzügige

Definition von Drogen nicht so absurd gefunden hätte wie sie. Jetzt, da sie die Weisheit mit Stäbchen gefressen hatte, ließ sie es bleiben. Sie war nicht wehleidig. Dafür hatte sie zu viel erlebt. Sie fühlte sich bloß immer öfter unverstanden von dem Menschen, der ihr am nächsten war – oder sein sollte. Sie hatte all das getan, um frei zu sein. Jetzt war sie Milliardärin. Noch konnten sie tun und lassen, was sie wollten. Frei war sie nicht. Sie war nicht frei, solange die Menschen ringsum unfrei waren.

»Blödsinn. Du bist ja nicht der Papst.«

Was hatte das mit dem Papst zu tun? Sie ging, sie schwitzte, sie trank Wasser, sie überquerte Brücken und schlich sich an einen streunenden Hund an, um ihn zu fotografieren. Sein Kopf war schwarz, um die Schnauze war er braun, sein Körper weiß. Sie sang leise ihr Lied, *I will dazzle them with my wit*. Sie kam an einem aufgelassenen Lunapark vorbei, eine Hochschaubahn verrostete, Schwäne und Pinguine drehten sich nicht mehr im Karussell, ein Oktopus stand still, seine Tentakel hingen schlaff nach unten, Mopeds fuhren an ihr vorüber, auf einem Feld spielten Männer in gelben gegen Männer in blauen Dressen Fußball, in Gewächshäusern ringsum blühten Blumen.

Auf einer Brücke blieb sie stehen. Sie fotografierte einen bunten Kahn, der auf dem Wasser lag. Weit im Hintergrund erspähte sie riesige Werbungen, zwei grüne Flächen auf hohen Ständern. Sie zoomte in die Flächen hinein. Auf beiden war ein roter Stern zu sehen. Links ging es um die Revolution, rechts um Heineken.

Sie vermisste Julian. Sie vermisste die Tage ihrer Flucht, die starke Verbindung, das Gefühl, ihm alles sagen zu können, einfach so, ohne lange überlegen zu müssen. Sie stand auf einer Brücke in Ho Chi Minh City, die Wolken verzogen sich, darunter kam ein hellblauer Himmel zum Vorschein. Wohin sie blickte, wurde gebaut. Sie fotografierte rosarote Blumen im Staub. Sie fotografierte einen Jungen in einem gelben T-Shirt, der auf dem Fahrrad über eine kleine Brücke fuhr, vor der eine grüne Böschung und über der ein hellblauer, von weißen Wolken und Kabeln durchzogener Himmel zu sehen war. Die Unterseite der grauen Brücke war dunkelrot gestrichen, das Dunkelrot ging in das Grün der Böschung über. Sie war so glücklich und so traurig, wie sie es keinem Menschen sagen konnte.

Als sie umkehrte, verfestigte sich ein neuer Titel in ihr.

»Vielleicht verwechselst du Liebe mit Verliebtheit«, hatte Sebastian gesagt, als sie den Gedanken zum ersten Mal zu formulieren versucht hatte. Sebastian, ein Gesicht aus Wien auf einem Bildschirm in Ho Chi Minh City. Abgesehen von der Großen Unbekannten, mit der Pia in regelmäßigen Abständen chattete, war er der Einzige, der wusste, wo sie waren. Er hatte hoch und heilig versprochen, kein Sterbenswörtchen darüber zu verlieren. Sie glaubte ihm. Und sie sprach gern mit ihm, bisweilen flog sie ein Hauch von Heimweh an, wenn er von Wien erzählte, woher er gerade komme, wohin er in ein paar Minuten gehe.

»Der Kasperl wird uns noch verraten«, sagte Julian, »weil er seinen Mund nicht halten kann, weil er es so toll findet, die berühmte Pia Swoboda zu kennen und Dinge zu wissen, die nur er weiß. Außerdem steht er auf dich.«

Wahrscheinlich war Julian eifersüchtig. Er schien zu spüren, dass sie mit Sebastian über Dinge sprechen konnte, über die sie mit ihm nicht sprechen konnte. Sebastian hatte ihr alles über Mario erzählt, der sich mittlerweile über seine linksradikale Vergangenheit lustig machte und als Wirtschaftsberater Karriere machen wollte. Sie hatte es nicht glauben wollen. Seminare für Führungskräfte in der Wirtschaft. Top Performer. Team Building. Bullshit. Sebastian hatte ihr die dazugehörigen Links geschickt.

Sie war noch nie von einem Menschen dermaßen enttäuscht gewesen. Es war, als hätte er sich selbst verlassen, während sie in sich jahrelang einem Gespenst nachgelaufen war. Trotzdem hatte sie die Briefe nicht wegwerfen können, die sie über alle Stationen ihrer Flucht gerettet hatte. Sie konnte nicht glauben, dass er alles, was er damals so leidenschaftlich getan und gesagt hatte, nunmehr als naiven Kinderkram abtat.

Er sei immer ein Schauspieler gewesen, hatte Sebastian gesagt. Immerhin sei er nicht für die Staatspolizei unter ihnen gewesen. Habe es auch gegeben.

Seit sie in Ho Chi Minh City war, hatte Pia das Gefühl, in Sicherheit zu sein. All die Ängste während der Flucht durch Südeuropa, die ständige Vorsicht, die Verkleidungen, die Geschichten, die sie erfinden und beibehalten und gegebenenfalls adaptieren mussten – all das war vorbei. Das Klima machte ihr nicht mehr so zu schaffen wie anfangs, als sie gedacht hatte, auf absehbare Zeit nicht mehr im Freien laufen gehen zu können. Sie erinnerte sich an den Tag, an dem sie es erstmals versucht hatte. Sie hatte die Umgebung im Netz erforscht, eine Route durch einen Park und kaum befahrene Gassen gefunden, aber als sie im Hof ins Freie getreten war, hatte sie bereits beim Schnüren der Schuhbänder zu schwitzen begonnen.

Wie an alles, hatte sie sich auch daran gewöhnt. Ihre Gegend war so ruhig im Vergleich zum Zentrum, zum chinesischen Viertel oder zu einem der dicht besiedelten Bezirke ringsum, dass sie nur noch sehr selten, etwa wenn sie mit Sebastian sprach, daran dachte, wie laut und belebt ihr ruhiger Bezirk im Vergleich zu Wien war. Sie hatte ein paar Brocken Vietnamesisch aufgeschnappt, über die sich die Menschen freuten, sobald sie sie anbrachte. Sie hatte sich an die kurzen heftigen Regengüsse gewöhnt, wenn von einem Moment auf den nächsten alle ihre Regenjacken und Plastikpelerinen übergestreift hatten, Schauer, die ihr gut taten, die frische, dampfende Luft, wenn sich die Wolken wieder schlossen. Sie liebte die üppige Vegetation an den Rändern, das einfache Essen, das frische Obst und Gemüse.

Einmal hatte sie auf einer Food Tour, die sie mit Julian auf den Hintersitzen von Mopeds unternommen hatte, Frosch gegessen. Studentinnen in langen weißen, hochgeschlossenen Seidenkleidern waren mit ihnen durch die Stadt gebraust, bisweilen hatten sie gehalten, um typische Spezialitäten zu probieren, und weil sie sich nicht länger hatte necken lassen wollen, hatte sie den Frosch gekostet. Er schmecke wie Hühnerfleisch, hatte man ihr gesagt, was gestimmt hatte, allerdings war er als Ganzes gegrillt worden. Den Entenfötus hatte sie abgelehnt. Wenn man ein angebrütetes Ei köpfte, sah man den Fötus ins Eiweiß eingeschlossen, sehr gut, viele Proteine, hatte man ihnen erklärt, und Julian hatte ein Stück gekostet, um die kichernden Mädchen zu beeindrucken. Pia hatte ihre Fahrerin gefragt, ob sie das esse, natürlich nicht, hatte diese geantwortet, ihre Großeltern auf dem Land äßen das manchmal. Dann hatte die junge Frau das Ei umgestülpt und den Teller zur Seite geschoben. »Poor baby. Rest in peace.«

Sie hatte eine Regenzeit hinter sich, in der die Himmelsschleusen Tag für Tag geöffnet waren, die Straßen unter Wasser standen, die Menschen von Plastik umhüllt waren – wie sie, damals in Neapel, als ihre wertvollen billigen Jacken nicht nass werden durften. Sie lebte im ewigen Sommer, die Temperaturen waren immer in etwa gleich hoch, ihre Garderobe war äußerst beschränkt, sie besaß keine einzige dickere Jacke. In den ersten Monaten hatten sie einen Großteil der Touristenattraktionen besucht, das Revolutionsmuseum, den Wiedervereinigungspalast, das Kriegsüberbleibselmuseum, das Hauptpostamt im französischen Kolonialstil, über dessen Uhr das Portrait Hồ Chí Minhs hing. Sie waren durch die Tunnel gekrochen, die der Vietcong gegraben hatte, hatten aber nicht wie die anderen Touristen schießen und Krieg spielen wollen. Sie waren in überfüllten Bussen ans Meer gefahren, über weiße Sandstrände spaziert, hatten sich in die Wellen geworfen und in kleinen Hotels übernachtet.

Pia wusste nicht so recht, wann und wie sich die ersten Risse eingeschlichen hatten. Sie wusste, dass es ungerecht war, alles auf Julians neue Freunde zu schieben, mit denen er Fußball spielte, ins Fitnessstudio ging oder durch die Stadt zog. Pia und Julian waren von jenem Tag im Wiener Oktober bis zu ihrem Abflug aus Monastir ständig in Bewegung gewesen, nur manchmal hatten sie zwischendurch ein wenig durchatmen können. Jetzt waren sie angekommen. Sie wollte nicht denken, dass sie feststeckten. Die Bewegung war weg. Sie hatten eine Wohnung, sie hatten Pässe, sie hatten ein Konto in Andorra und eines in Vietnam, sie hatten angemeldete Mobiltelefone, über die sie einander Bilder schickten. Sie hatten nicht die Absicht, Ho Chi Minh City zu verlassen, sie wollten sich in keine unnötigen Schwierigkeiten begeben, zumal sie viel Geld für kleinere und größere Bestechungen ausgegeben hatten, um an die Papiere, Nachweise und Bestätigungen zu kommen, die sie unbehelligt im Land sein ließen.

»Du denkst zu viel«, sagte Julian.

Sie ärgerte sich noch immer, wenn sie an diesen Satz dachte. Und doch sah sie, wenn sie morgens aus der Dusche trat und in den Spiegel blickte, wie sehr sie sich verändert hatte. Es lag nicht am kurzen Haar. Sie wollte nicht nur etwas erleben. Sie wollte das Erlebte verstehen und begreifen. Sie war ein Mensch unter acht Milliarden. Sie lebte in einer Zeit, in der alles im Umbruch war. Sie wollte wissen, was vor sich ging. Sie wollte etwas ändern – und wenn es nur der Blick einiger Menschen war, die sich für eine Geldräuberin interessierten.

»Du nimmst dich zu ernst«, sagte Julian.

Sie nahm sich nicht zu ernst. Sie hatte sich nie als Künstlerin bezeichnet. Sie war dazu ausgerufen worden. Gerade weil sie sich nicht so ernst nahm, war sie an anderen interessiert. Vielleicht hatten sie auch die historischen Dokumentationen auf die Idee mit den Titeln gebracht; immerhin wurde in ihnen in scheinbar unumstößlichen Sätzen beschrieben, was zu einer gewissen Zeit geschehen sei, wie die Menschen in ihr gelebt und warum dieser und jene dieses und jenes getan oder unterlassen hätten. *Das Mittelmeer war ein riesiger afrikanischer Friedhof*, Abertausende Male geteilt, kommentiert und in andere Sprachen übersetzt, hatte sie kurz vor dem Abflug aus Tunesien in das Blau des Meeres geschrieben, das sie an Bord der *MS Zeus* fotografiert hatte. Die Wellen, die vom Schiff ausgingen, das Licht, das sich auf dem Wasser reflektierte – eine Ansicht von Ruhe und Verträumtheit.

Aus der Not hatte sie eine Tugend gemacht. Während andere Fotos von Urlauben, Stränden, Städten, Kindern, Haustieren oder Speisen hochluden, konnte sie ihre Fotos mit niemandem teilen. »Wow«, sagte Julian, »geile Farben.« *Grüße von den Straßen Neapels, Unterwegs nach Andorra, Am besten schmeckt's bei Nennella, Vor der Abfahrt von Salerno nach Tunis, Wunderbare Tage im Garden Beach Hotel Skanès* konnte sie nicht in die Welt posaunen. Also fotografierte sie farbige Flächen, Steine, Wände, Baumstämme, Blütenblätter, Asphalt – Hintergründe, auf die sie ihre Titel setzte. Sie zeige keine Gesichter, keine Architektur, keine konkreten Plätze, sondern Farben, Himmel, Wolken, Maserungen, Holz, Wasser, hatte eine Philosophin in einer Zeitschrift geschrieben, mithin das, was überall gleich sei und alle verbinde. Pia Swoboda sei die wahrhaft globale Künstlerin.

»Toll«, sagte Julian, »ich freu mich für dich.«

Sebastian hatte eine halbe Stunde über den Aufsatz gesprochen. Sie ärgerte sich, dass sie sich fragte, was Mario von dem Text hielte. Mario, der nach Chiapas hatte gehen wollen, um den Aufstand der Zapatisten zu unterstützen. »Die Maske«, sie hörte ihn, »das sind wir. Wir sind überall. Wir wollen diese Welt nicht.«

Ihr erstes Titel-Bild stammte vom Ausbruch der Kuckucksrevolution. In Neapel hatte sie die Tasten eines Bancomaten fotografiert, in Tunesien *Can't touch the touchscreen* in das Bild geschrieben und es hochgeladen. Es hatte etwas getroffen und zu kreisen begonnen, obwohl sie es heute weder für besonders gelungen noch für besonders originell hielt. Ihr bislang beliebtester und am meisten kommentierter Titel stand auf einem blaugrauen Hintergrund, auf dem, wenn man genau hinsah, Rostschlieren, Moos und Schimmel zu sehen waren. Sie hatte ein Stück Wand eines Innenhofes im Zentrum der Stadt fotografiert, im Schatten des zweihundertsechzig Meter hohen Bitexco Financial Tower. Mit schwarzem Fineliner hatte sie *Die*

Menschen waren nicht für den Kapitalismus geschaffen darauf geschrieben.

Pia saß mit ihrem Laptop auf einem schwarzen Polster vor einem kleinen Lokal und blickte auf ihren Balkon auf der gegenüberliegenden Straßenseite. Auf dem Gitter vor dem Ventilator, aus dem die heiße Luft der Klimaanlage strömte, die es meist verunmöglichte, auf diesem Teil des Balkons zu verweilen, hing keine frische Wäsche. Sie trank vietnamesischen Eiskaffee, vor ihr waren Männer mit einem Brettspiel beschäftigt, ein Moped nach dem nächsten brauste vorbei, von links kam Fleischgeruch, vom Eckgrill rechts Fischgeruch. Sie öffnete das Kuvert mit den frisch ausgearbeiteten Fotos.

Pia entschied sich für die Oberfläche eines gesalzenen Dörrfisches, hellgrau, leicht gemasert, beinahe durchsichtig. Sie öffnete ihr Notizbuch und begann, die angemessene Schrift zu suchen, ehe sie mit ruhiger Hand in Grün *Es war mit der Liebe wie mit der Revolution* auf das Bild schrieb. Sie fotografierte es, bis sie mit dem Ergebnis zufrieden war. Dann lud sie es hoch. Eine Minute später hatten 103 Menschen *Gefällt mir* angeklickt.

»Du lebst im Internet«, sagte Julian.

Anders als Julian ihr bisweilen vorhielt, hielt sich Pia für nichts Besseres. Auch wenn ihre Finger, die sie am 23. Oktober 2009 den Überwachungskameras einer Wiener Bankfiliale entgegengestreckt hatte, Gerüchten zufolge mehr als eine Million Euro wert waren. Das Gemälde wurde als *ikonisch* beschrieben und in einem Atemzug mit Sharon Stone alias Catherine Tramell genannt. In einer Ausstellungsbesprechung war zu lesen, Kasimir Ab identifiziere sich mit Pia Swoboda, deren Gestus er sich aneigne: Wie sie den

Kameras zeige er den Sammlern die Finger, deren Geld er nehme, als wären sie Bankomaten.

Dieses Bild war das schönste Geschenk, das ihr jemals gemacht worden war. Ein gefeierter Künstler hatte ihre Hände in jenem Moment gemalt, der ihr Leben für immer verändert und es, ja, erst richtig hatte beginnen lassen. Pia hatte Bilder des Bildes aus dem Netz geladen. Sie hätte alles dafür gegeben, es zu besitzen. Trotz tagelanger Recherche hatte sie keinen Hinweis auf den Käufer gefunden. Nicht einmal die Große Unbekannte hatte ihr helfen können. Er füge der Welt etwas hinzu, hieß es über Kasimir Ab. Das stimmte nicht. Im Handumdrehen wurde es wieder weggenommen. Ihre Stinkefinger hatte man ein paar Wochen lang im Kunsthistorischen Museum sehen können, in dem sie nie war und wahrscheinlich nie sein würde, ehe sie aus der Öffentlichkeit verschwunden waren. Ein paar Tage lang war ein zerzauster Kuckuck auf ihnen geklebt.

Bisweilen versuchte sich Pia vorzustellen, wo sie jetzt hingen, wer jetzt ihre Finger betrachte. Es waren ihre Hände – und natürlich auch nicht. Es waren genauso die Hände des Künstlers, die man nie zu sehen bekam. Er war in ihr, eine Spiegelung, ein Selbstportrait, eine seltsame Magie, der sie manchmal auf die Schliche zu kommen meinte, ehe sie im nächsten Moment ratlos war wie zuvor. Sharon Stone, Diego Armando Maradona, Pia Swoboda. Sie konnte es immer noch nicht glauben.

Sie konnte auch nicht glauben, wie ernst man sie nahm. Kurz nachdem sie von dem Bild erfahren hatte, hatte sie ihre Linke mit ausgestrecktem Mittelfinger fotografiert. *Tonight I claim what's mine* hatte sie als Kommentar hinzugefügt, um ein paar Tage später zu sehen, wie leidenschaftlich und verbissen darüber diskutiert wurde, ob sie

Kasimir Ab den Finger zeige, weil er ihre Haut zu Markte trage. Das Erstaunlichste war allerdings, dass sie ihre Finger auf dem Gemälde nicht erkannt hätte. Kasimir Ab zeige den Menschen im historischen Moment ihres Verschwindens ein letztes Mal die Hand, mit der einst gearbeitet worden sei, hatte jemand über die Ausstellung geschrieben, während heute Finger dominierten, die in Tastaturen tippten, auf Mäuse klickten und über Displays wischten. »Komm mal nach Vietnam«, hatte Pia beim Lesen gemurmelt, »oder nach Tunesien, du Pappnase.«

Den Tag, an dem sie von der Entführung Kasimir Abs gehört hatte, würde Pia nie vergessen. Sie war mit ihrem Laptop und einem Cappuccino auf dem Gang von L'Usine gesessen, mit Blick auf den abgehalfterten Hinterhof einer ehemaligen Fabrik, über löchrige Dächer und halbverfallene Gebäude, einen Steinwurf von der Oper und der U-Bahn-Baustelle entfernt, an der seit Jahr und Tag gearbeitet wurde, wenngleich noch immer keine einzige U-Bahn gefahren war. Sie hatte das Video angeklickt und den Unbekannten Künstler gesehen.

So viel sie auch überlegt und gegrübelt hatte, sie hatte keine Erklärung dafür, warum er sich selbst entführt hatte. Sie konnte keine Verbindung herstellen zwischen Kasimir Ab und dem Unbekannten Künstler. Sie mochte Kasimir Abs Bilder, oft saß sie stundenlang vor ihrem Laptop und versenkte sich in jene Gemälde, die nicht in den Bildbänden und Ausstellungskatalogen waren, die sie bestellt hatte. Sie hatte die Aktionen des Unbekannten Künstlers verfolgt, das Video zur Bankenrettung und die Rückgabe einiger ihrer Scheine bejubelt. Julian und sie hatten Tränen gelacht, auch noch beim einundzwanzigsten Mal Ansehen, Julian hatte tagelang die Sprechweise des schlaksigen jungen Mannes nachzuahmen versucht, während sie ein ums andere Mal die Bankangestellte und den Direktor hatte spielen müssen. Jedes Mal, wenn sie ihre Wohnung verließen und es nach Regen aussah, fragten sie einander, ob sie den Rettungsschirm dabei hätten. Oder den Rettungsknirps. Nach der Entführung hatte der Unbekannte Künstler ein paar Devotionalien aus der Gefangenschaft (eine Tasse, einen Löffel, eine Zeichnung, zwei Handschuhe Kasimir Abs) einer radikalen griechischen Gewerkschaft geschenkt. Seitdem war er nicht mehr in Erscheinung getreten. Er habe es mit der Angst zu tun bekommen, war zu lesen. Er habe seine Scherze zu weit getrieben. Er plane eine ganz große Aktion. Das Kollektiv habe sich zerstritten.

Ob er das nicht ein paar Jahre früher hätte veranstalten können, hatte Julian gemeint, als sie im Bett das Video angesehen hatten, in dem ein feiner Herr in feinem Anzug eine gelbe Weste trug, auf deren Vorderseite der Kuckuck und auf deren Rückseite das Bankomatensymbol zu sehen war. Von Polizisten geschützt, ging er wie ein Rockstar oder Wahlkämpfer den Brunnenmarkt auf und ab und gab jeder sich ihm entgegenstreckenden Hand einen Fünfhunderteuroschein. Die meisten bogen daraufhin ab oder liefen davon, wahrscheinlich befürchteten sie, jemand könnte ihnen den Schein sofort wieder wegnehmen. Er reichte den türkischen, arabischen und afrikanischen Verkäufern Scheine über die Tresen ihrer Marktstände, manche wollten ihm dafür Obst, Gemüse, Käse oder Fleisch geben, ein junger Afrikaner setzte ihm eine Baseballmütze mit Anarchiezeichen auf den Kopf. Der Galerist blickte verdattert, wiegte kurz den Kopf, nahm die Mütze aber nicht ab, weil er von allen Seiten bedrängt wurde – diese Szene hatten sie wieder und wieder angesehen. Sie hatte das Video auf ihrer Seite geteilt, in den Kommentaren hatte man sie gebeten, dem Unbekannten Künstler vorzuschlagen, diesen oder jene zu entführen – die Liste war lang. Warum tat er das?

Sie hatte zwei mögliche Erklärungen gefunden. Entweder wollte Kasimir Ab auffliegen, weil er das Versteckspiel satt hatte und die Lorbeeren ernten wollte – oder er hatte *ihr* eine Botschaft schicken wollen. Sie hatte ihm einen Fünfhunderteuroschein zugesteckt. Er hatte die Finger gemalt, die ihm diesen Schein zugesteckt hatten. Er hatte aus einem Schein zweitausend Scheine gemacht, um sie verteilen zu lassen.

»Stimmt«, sagte Julian, »du nimmst dich gar nicht besonders ernst.«

43

»Sind Sie von allen guten Geistern verlassen?« Kasimir brachte kaum die Worte aus seinem Mund, so sehr pochte es in ihm. Mirjam König stand noch immer in der Position, in der sie sich aus ihrem Stuhl erhoben hatte, um ihm die Hand zu schütteln, die sie langsam wieder zurückgezogen hatte. Sie trug eine enge schwarze Hose, eine weiße Bluse und ein feines schwarzes Jackett. Sie sah hinreißend aus. Sie konnte aussehen, wie sie wollte. Sie würde ihn erstens nie wieder sehen und müsste zweitens widerrufen oder irgendetwas in der Art tun. Kasimir war noch nie von jemandem derart enttäuscht worden wie von dieser – Frau. Er wollte trotzdem zivilisiert bleiben. Dass sie ihn ansah, als wäre er übergeschnappt, die Augen zusammenkniff und die Arme vor der Brust verschränkte, trieb ihn zur Weißglut.

»Schlecht geschlafen, Herr Ab?«

»Schlecht geschlafen? Gar nicht geschlafen! Seit Tagen! Aber nicht wegen des weißen Haars, nicht wegen meiner Flugangst, nicht wegen meiner armen, viel zu früh verstorbenen Eltern, nicht wegen meiner neurotisch-erotischen Handfixierung, sondern – Wollen Sie mich verarschen?«

»Wollen Sie sich nicht setzen?«

»Ich bin kein Schüler, der sich setzt, wenn die Lehrerin Setzen sagt.«

»Hat niemand behauptet. Ich setze mich jedenfalls.«

Sie nahm hinter ihrem Tisch Platz, setzte die Brille auf, stützte die Ellenbogen auf der Tischplatte ab, faltete die Hände und blickte ihn an.

»Und ich war einmal in Sie verliebt.«

»Wir nennen das Gegenübertragung.«

»Wie Sie das nennen, ist mir sowas von – Sie haben mich hintergangen. Ich treffe heute Abend meinen Anwalt.«

»Herr Ab, sagen Sie mir jetzt bitte vielleicht doch, worum es geht? Ich bin Analytikerin, keine Hellseherin. Gedankenlesen kann ich auch nicht.«

Hielt sie ihn für bescheuert? Kasimir konnte es nicht glauben. Entweder war sie eine gute Schauspielerin oder ein äußerst schlechter Mensch. Sie blickte ihn freundlich, beinahe vergebend an, als beginge er gerade eine Dummheit, die man jemandem wie ihm allerdings nachsehen müsste.

»Woher haben Sie eigentlich den Franz Kline?«

Sie lächelte leise. Er glaubte es nicht. Mirjam König lächelte, als –

»Sind Sie deswegen böse? Sie kann ich mir nicht leisten.«

»Wollte ich immer schon wissen.«

»Den hat mir jemand geschenkt, der offenbar nicht wusste, was er mir schenkte. Wusste ich anfangs auch nicht. Und dann wollte ich es nicht genauer wissen. Wollen Sie tauschen? Ich hätte gern eines mit Kuckuck.«

Kasimir schritt auf sie zu, drehte aber kurz vor dem Tisch um und blieb vor der Couch stehen. Sie hatte ihm gut getan über die Jahre. Sie hatte ihn zum Parabelflug gebracht. Sie hatte ihn Kontakt zu sich aufnehmen lassen, wenn er dachte, sein Vogel flöge so weit aus, dass er nicht mehr zurückkehrte. Sie hatte ihn sich besser verstehen lassen. Sie war die Freude seiner Freitage und die intime Wonne seines Kopftheaters gewesen. Er hatte ihren Mann beneidet, ihn sich vorzustellen versucht. Er hatte Antoine beauftragt, alles über sie in Erfahrung zu bringen. Lydia war bei der Vernissage eifersüchtig gewesen. Wer die Tante sei, die er so anstarre, und die ihn wie ein scheues Rehlein ansehe.

»Scheues Rehlein.«

»Wie bitte?«

»Mir fiel nur was ein. Hat nichts damit zu tun. Manchmal weiß ich nicht, ob ich etwas nur denke oder auch sage.«

»Sind Sie deshalb wütend?«

Kasimir drehte sich um und blickte sie an.

»Sie haben mich verraten. Sie haben mich verkauft.«

Mirjam König nahm ihre Brille ab und drehte sie zwischen den Fingern.

»Ich fürchte, ich verstehe Sie noch immer nicht.«

Kasimir bemerkte, dass er seine Handschuhe nicht ausgezogen hatte. Er streifte sie langsam ab und hielt sie in die Luft, ehe er sie zu Boden fallen ließ. Mirjam Königs Blick folgte ihrer Fallbahn. Sie lehnte sich zurück.

»Glauben Sie, ich mache das zum Spaß? Glauben Sie, das ist alles Inszenierung meiner schillernden Künstlerpersönlichkeit? Ich will nicht, dass die Menschen etwas über mich wissen. Ich lebe gern im Verborgenen, auch und gerade in der Öffentlichkeit. Ich habe mich ein Leben lang gehütet, mich preiszugeben. Können Sie sich auch nur im Entferntesten vorstellen, wie viele Anfragen wir für Biographien und Portraits bekommen? Glauben Sie, ich lehne aus Jux und Tollerei ab?«

»Nein.«

»Na also!«

»Also was?«

Mirjam König blickte auf die Uhr. Es war nicht zu fassen. Sie blickte tatsächlich auf die Uhr. Sie blickte gelangweilt auf die Uhr.

»Und Sie veröffentlichen diese beschissene Studie! Jetzt kann jeder dahergelaufene Schwachkopf Ihre Deutung meines Falles lesen! Berufsgeheimnis? Schweigepflicht? Ich komme doch nicht zu Ihnen, damit Sie jedem Affen erzählen, wie mich meine Traumata – Das lasse ich mir nicht bieten!«

»Das ist zwei Jahre her. Oder länger.«

»Ist doch scheißegal! *Jetzt* hat es ein Journalistenheini ausgegraben, den ich bei einer Party beleidigt habe! Wissen Sie, was das bedeutet? Jackpot! Trallala! Jetzt drehen wir ihn durch den Biographiefleischwolf!«

»Herr Ab, das war eine anonymisierte Fallstudie in einer Fachzeitschrift, und keiner meiner Kollegen weiß, dass Sie mein Pa–«

Er sah sie böse an.

»Mein Klient sind. Das ist Usus. Man muss publizieren.«

»Aber doch nicht über mich! Von mir aus über Herrn Mayer und Frau Kuckuck und ihre sexuellen Verirrungen, aber –«

»Es ist mir schleierhaft, wie. Ich meine, die Zeitschrift kennt niemand.«

»Niemand, niemand. Mein Name ist Niemand. Herrgott, wissen Sie eigentlich, mit wem Sie es zu tun haben?«

»Rumpelstilzchen?«

»Ich bin der Unbekannte Künstler!«

»Du?«

Mirjam König sah ihn mit einem Blick an, den er noch nie an ihr wahrgenommen hatte. Er war ein Idiot. Und das ein Impulsdurchbruch, wie sie gesagt hätte. Am liebsten hätte er sich in Luft aufgelöst, während sie auf einmal sehr aufrecht dasaß und ihn betrachtete.

»Haben Sie mich eben geduzt?«

»Nein.«

»Sie haben eben Du gesagt.«

»Nein.«

»Ich bin vielleicht manches von dem, was Sie über mich geschrieben haben, aber dumm bin ich nicht. Schwerhörig auch nicht.«

»Wollen Sie nicht doch Platz nehmen?«

Mirjam König deutete auf den Stuhl vor ihrem Tisch, auf dem er bei seinem ersten Besuch gesessen war. Symbolisch korrekt, aber ihm war weder nach korrekt noch nach Ende eines Zyklus. Er legte sich auf die Couch, in die andere Richtung als gewöhnlich, verschränkte die Hände hinter dem Kopf und blickte in ihre Richtung.

»Sie sind der Unbekannte Künstler?«

Kasimir nickte langsam. Obwohl er sich ärgerte, fühlte er sich seltsam erleichtert, zumal er bemerkte, dass er dabei war, Oberhand zu gewinnen. Interessant, wie sie ihre Neugierde zu verbergen suchte.

»Jetzt geht's aber nicht um mich.«

»Für den Artikel habe ich keinen Cent bekommen. Schon gar keinen Bin Laden.«

Sie lächelte versöhnlich. Er wollte ihr nicht auf den Leim gehen. Er schwieg.

»Ich wollte das nicht, Herr Ab, Sie müssen mir glauben. Was soll ich sagen?«

»Entschuldigung, zum Beispiel.«

»Da ist keine Schuld. Das ist Teil meiner Arbeit. Aber es tut mir leid. Die Frage ist natürlich, wie –«

Sie stockte. Kasimir klatschte in die Hände.

»Brava! Sie haben es selbst gesagt: *Ich sollte gar nicht hier sein.*«

»Sie haben mich eingeladen. Sie haben sich gefreut.«

»Weil ich nicht wusste, dass Sie eine Studie über mich verfasst haben.«

»*Über Sie* ist ein wenig eng gesehen.«

»Keine Spitzfindigkeiten, Frau König, ich bitte Sie. Es ist schon schlimm genug, als psychologisch interessanter Fall beschrieben zu werden. Aber es ist die Hölle, wenn dieser Fall ins Rampenlicht gezerrt wird.«

»Es ist keine Schande, eine Analyse zu machen.«

»Es ist auch keine Schande, AIDS zu haben. Sehen halt nicht alle so.«

»Seit wann interessiert Sie, wie andere etwas sehen?«

»Es ist mir egal, was andere über mich denken. Ich will nicht, dass andere etwas über mich wissen.«

»So wie ich?«

Kasimir schwieg. Er hätte sich das weiße Haar erspart, wenn er ihr davon erzählt hätte. Er war noch einmal glimpflich davongekommen. Zumindest redete er sich das ein. Kurz bevor er in den Supermarkt gegangen war, hatte die Möwe Jonathan mit einem Kuckuck auf der Brust eine Million Euro verteilt. Alle waren so glücklich gewesen, ihn wiederzusehen. Große Freude, In-die-Arme-Schließen, Küsse, Tränen, als wäre er von den Toten auferstanden. Man hatte wenig Fragen gestellt, war mit ihm wie mit einem Kranken umgegangen, den man nicht zu sehr belasten durfte, vor allem nachdem sein Haar von einem Tag auf den nächsten die Farbe verloren hatte, Hauptsache zurück und wohlauf. Der Polizei hatte er erzählt, was er an dem Entführer wahrgenommen und dass man ihn mit verbundenen Augen im Industriegebiet von Klosterneuburg ausgesetzt habe. Jonathan war mit seinem Anwalt dabei gewesen, dieser hatte auf Schonung des Befreiten plädiert. Weder DNA-Spuren noch Fingerabdrücke waren zu finden gewesen, die weitergeführt hätten. Das Zimmer, in dem er festgehalten worden war, war nicht entdeckt worden, der Unbekannte Künstler war untergetaucht, der Kuckuck zurück im Stadtbild und auf Touchscreens, drei der kurzfristig gepfändeten Gemälde hatten Besitzer gewechselt.

Sie sollten dem Unbekannten Künstler dankbar sein, hatte Jonathan gemeint, immerhin sei Kasimir kein Finger gekrümmt worden, während sein Marktwert noch einmal ordentlich gestiegen sei. Sein Mobiltelefon war verschwunden, das Video hätte überall aufgenommen worden sein können, weiße Wände gab es zuhauf. Kasimir war nicht einmal befragt worden. Das hatte ihn befremdet. Wirkte er so harmlos? Er war kurz davor gewesen, sich Lydia anzuvertrauen, aber weil sie so interessiert am Unbekannten Künstler war, hatte er es sein lassen. Er war mit allen zehn Fingern davongekommen. Der Unbekannte Künstler war Geschichte.

»Damit Sie eine Fortsetzungsgeschichte schreiben können?«

»Ich verstehe Ihre Enttäuschung. Abgesehen davon: Was erwarten Sie von einer Analyse, wenn Sie das Wichtigste aussparen? Das ist, als hätten Sie einen Mord begangen und beichteten unkeusche Gedanken.«

»Ich erwarte nichts mehr. Sie sehen mich nie wieder.«

»Das ist schade.«

»Sie werden nicht verhungern.«

»Weil wir jetzt mit der Analyse beginnen könnten.«

»Ich habe mir einen Spiegel vorgehalten. Ich bin stärker als je zuvor.«

»Das wäre ein Beginn.«

»Das ist das Ende.«

»Können wir etwas tun, um den Schaden zu begrenzen?«

»Ich kann mich outen und Sie fertigen ein psychologisches Gutachten an, aus dem ersichtlich wird, dass Kasimir Ab nichts für die Taten des Unbekannten Künstlers kann. Die Entführung war übrigens weniger lustig, als Sie sich vielleicht vorstellen.«

Mirjam König lachte.

»Dann wären Sie tatsächlich ein Fall, der Sie nicht sein wollen.«

Kasimir schluckte. Etwas verdüsterte sich in ihm. Mit einem Mal war ihm, als wäre etwas Schreckliches geschehen. Er spürte die Angst, die ihn in Reginas Garten überkommen war.

Mirjam König erhob sich und ging ein paar Schritte auf und ab, ehe sie, mit dem Rücken zu ihm, vor dem Kline stehenblieb. Die eingerissene Leinwand war notdürftig genäht worden, schwarz, weiß, Kasimir meinte, einen Tisch mit einem umkippenden Stuhl zu erkennen. Das Tischtuch zwischen ihnen war zerschnitten. Andererseits war er ein Klient von vielen. Sie war für ihn wichtiger als er für sie. Eine Zeit lang war es sehr still, ehe sich Mirjam König umdrehte.

»Vergessen Sie kurz diese Situation.« Sie deutete vage auf sich, auf Kasimir, auf das Zimmer. »Kann ich etwas für Sie tun?«

»Woran denken Sie?«

»Herr Ab, darum –«

»Geht es. Vergessen Sie kurz diese Situation.«

»Ich könnte dem Unbekannten Künstler helfen.«

»Ist auf Urlaub.«

Sie sah ihn fragend an.

»Haben Sie einen Führerschein?«

Sie nickte.

»Fahren Sie mit mir nach Apulien. Ich will das Haus sehen.«

»Das widerspricht allen Regeln meiner Zunft. Dafür würde ich gleichsam exkommuniziert.«

»Nur wenn Sie mit mir schlafen, oder?«

Sie schüttelte den Kopf. Kasimir erhob sich und schritt auf sie zu, wobei er seine Handschuhe vom Boden auflas. Er war ruhig geworden. Draußen wurden Artikel über seinen Seelenzustand geschrieben. Sophie meinte, das Weiß stehe ihm ausgezeichnet. Er streckte seine Hand aus.

»Auf Wiedersehen.«

Sie schüttelte sie. Ihre Handfläche war warm.

»Ein paar Tage. Sie können mit dem Unbekannten Künstler verreisen. Ist nicht Ihr Patient.«

»Auf Wiedersehen, Herr Ab.«

Kasimir griff in seine Hosentasche und holte einen Schein hervor.

»Vergessen Sie die Situation. Heute zahle ich nicht voll.«

Er legte einen Zehneuroschein *Limited Edition* auf die Mitte des Tisches, zog seine Handschuhe an und verließ das Zimmer.

Samstag, 17. 6. 2011, 21:19

Danke für die LE. Ich wollte das nicht. Glauben Sie mir. MK

21:32

Fahren Sie mit mir?

23:07

Wie stellen Sie sich das vor? Ich habe von Montag bis Freitag Klienten.

23:11

Schön stelle ich es mir vor. Warm. Sandig. Heiter. Und ein wenig aufwühlend für mich.

23:15

Waren Sie noch nie krank?

23:17

Als Kind wurde mir der Blinddarm entfernt. Masern hatte ich auch.

23:27

Geht es um den Verdienstentgang?

23:28

Wollen Sie mich beleidigen?

23:28

Auf keinen Fall.

23:57

Ich kann das nicht allein. Seien Sie mein Gast. Dafür vergesse ich meinen Heiligen Zorn.

00:07

Ich überleg's mir. Gute Nacht.

Sonntag, 18. 6. 2011, 16:51

Schon gepackt?

18:09

Noch nicht.

18:11

Ich würde gern um 4 Uhr aufbrechen. Wir fahren bis Rom. Wohin soll ich kommen?

19:34

Warten Sie vor Ihrem Haus.

19:35

Ich bin Ihnen beinahe nicht mehr böse.

Mit einem kleinen Trolley stand Kasimir Ab im Dunklen vor seinem Haus. Es roch nach Frühsommer, die Luft war frisch, eine leise Brise wehte aus dem Wienerwald. Er überflog noch einmal den Nachrichtenverlauf, kurz vor zehn hatte er geschrieben, er freue sich, Danke, aber keine Antwort erhalten. Er hatte wenig geschlafen, immer wieder an das Haus gedacht, das er von Bildern kannte, er war sich längst nicht mehr sicher, ob die Nachrichten ernst oder reinster Klamauk waren. Sie hatte *Noch nicht* und *Warten Sie vor Ihrem Haus* geschrieben, was man auch einem Irren schreiben konnte, mit dem man ein surreales Gespräch führte. Entweder saß Mirjam König gerade in ihrem Wagen oder schlief dem Läuten des Weckers entgegen, um nach einem Frühstück in ihre Praxis zu fahren.

Er blickte auf sein Telefon. 4:07. Er überlegte, was er ihr schreiben könnte. Er hatte die Freunde seiner Eltern erreicht, die immer noch in Rom lebten. Er könne gern ein paar Tage in Apulien verbringen, solle sich unter dem alten Bauernhaus allerdings nichts Großartiges vorstellen. Ein dunkelhäutiger junger Mann schob sein Fahrrad an Kasimir vorbei, auf dem Gepäckträger war ein Korb voller Zeitungen. Ein weißer Kastenwagen glitt durch die Gasse, über die Siebensternstraße fuhr eine Straßenbahn, ein Auto bog in die Mondscheingasse, seine Lichter blinkten mehrmals, ehe es vor ihm hielt.

Es war 5:12, Kasimir Ab steckte sein Telefon ein, der Kofferraum sprang auf. Er erkannte die Umrisse von Mirjam Königs Gesicht, das weißlich schimmerte. Er legte seinen kleinen Trolley neben eine große blaue Sporttasche und schloss behutsam den Kofferraum.

»Ich begebe mich in Ihre Hände.«

»Sie haben es nicht anders gewollt.«

Im Wageninneren roch es gut, nach ihr, sie wischte sich übers Gesicht, ehe sie den Schlüssel in der Zündung drehte.

»Ziehen Sie bitte die Handschuhe aus. Die befremden mich. Es ist Sommer.«

Kasimir zog seine Handschuhe aus und warf sie auf die Rückbank. Über die Mariahilfer Straße fuhren sie zum Westbahnhof, aus den Boxen kam leise Musik, Mirjam König gähnte.

»Das war mein letztes Wort als Analytikerin.«

»Ich war mir bis 4:12 nicht sicher, ob Sie kommen würden.«

»Ich bin mir bis jetzt nicht sicher. Der frühe Vogel kann mich mal. Ich weiß nicht, wer hier gerade hinterm Steuer sitzt.«

»Eine Frau, die alle Regeln ihrer Zunft bricht. Exkommuniziert zu werden ist nicht das Schlimmste. Ein paar Jahrhunderte später wird man rehabilitiert.«

»Ich hoffe auf einen schönen Strand.«

»Wenn ich Sie wäre, wäre ich auch mitgekommen. Wenn ich ein anderer und Sie wäre, wäre ich wahrscheinlich –«

»Was heißt mitgekommen? Ich fahre. Sie kommen mit mir mit.«

Kasimir lachte, die Sonne ging auf, ein zartes Rosarot leuchtete am Horizont, als sie auf die Autobahn fuhren. Auf ihrer Spur herrschte wenig Verkehr, auf der anderen Seite fuhren Menschen in Autos und Bussen Richtung Hauptstadt, Richtung Arbeit, Richtung Büro. Kasimir stellte seinen Sitz nach hinten und verschränkte die Hände über dem Bauch. Er war froh, wegzukommen. In letzter Zeit war er mit seiner letzten Hand beschäftigt, *Mein Entführer* würde das Bild heißen, das ihm so viel Widerstand leistete, vielleicht auch *Der Unbekannte Künstler*. Er würde es versteigern lassen, Jonathan hin oder her. Mit den Händen wäre es dann vorbei. Sie hatten weitere äußerst lukrative Anfragen für Handportraits bekommen, zu deren Annahme ihn Jonathan hatte bewegen wollen, immerhin, hatte er angedeutet, habe er zwei Drittel einer Million berappt, um den Meister des Handstreichs aus den Klauen eines wild gewordenen Anarchisten zu befreien.

Kasimir war noch nie so wütend auf ihn gewesen. Hielt er ihn für einen Auftragskünstler? Ich brauch was Schönes für die Küche meiner Frau. Am besten in Grün. Und dann der erste Artikel und die Anfragen zu dem Artikel und die Ablehnungen und die nächsten Artikel – und alles wegen der Frau, die Kaugummi kaute, beide Hände auf dem Lenkrad eines schwarzen Saab hatte und für seinen Geschmack viel zu schnell fuhr. Er holte sein Mobiltelefon aus der Sakkotasche, startete die Kamera und fotografierte seine Fahrerin.

»Lassen Sie das. Ich bin noch ganz verschlafen.«

Kasimir stellte sein Mobiltelefon lautlos und warf es nach hinten zu den Handschuhen. In letzter Zeit hatte er ohnehin zu viel darauf gestarrt. Ob Lydia sich melde. Ob sie es sich anders überlegt habe. Aber nichts. *Ich kann dich nicht mehr sehen, Kasimir, ich bin gern mit dir, aber wir haben keine Zukunft.* Er hatte immer etwas Ähnliches erwartet, aber als das Erwartete eingetreten war, war er auf seiner Couch im Atelier gelegen und hatte »Lydia« gemurmelt, »Lydia, Lydia, Lydia«, als könnte er sie durch die Beschwörung ihres Namens zurückrufen. *Ich kann mir sehr viel mit dir vorstellen, Lydia*, hatte er geantwortet und ein Kind gemeint und eine Hochzeit, wenn sie darauf bestand, Reisen und ein gemeinsames Bett und ein geteiltes Leben. *Das ist schön. Aber es kommt zu spät.*

»Haben Sie ihr geantwortet?«

»Ich wusste nicht, was. Ich kenne sie. Glück im Spiel.«

»Geht's noch pathetischer?«

»Machen Sie einen Vorschlag.«

»Man kann nicht alles haben?«

Mirjam König imitierte seinen Tonfall, was Kasimir zum Lachen brachte. Ihre Hände ruhten auf dem Lenkrad, sie blickte immer wieder in den Rückspiegel und betätigte beim Spurwechsel mit jenen Fingern den Blinker, die er aus dem Gedächtnis gemalt hatte. Sie hatte schöne Hände und noch nie mit ihnen gearbeitet. Etwas irritierte ihn.

Während sie an Wiesen, Bergen und Almen vorbeifuhren und Kasimir sich an seine sportliche Fahrerin zu gewöhnen versuchte, war Mirjam König einzig und allein am Unbekannten Künstler interessiert. Auf einmal war sie nicht mehr müde. Auf einmal war sie putzmunter. Wie sie mit dem Unbekannten Künstler mitgefiebert und sich gefreut habe, dass ausgerechnet in Wien Spuren von Auflehnung sichtbar geworden seien. *Sie helfen uns allen Tag für Tag, heute will ich Ihnen helfen* sei ein geflügeltes Wort in ihrem Freundeskreis geworden.

Als sie sich der Grenze näherten, kam sie auf die Entführung zu sprechen, auf jenen Tag, an dem sie das Video gesehen und sich habe entscheiden müssen. Während die meisten enttäuscht gewesen seien, dass der Unbekannte Künstler keinen wirklich Bösen entführt habe, habe sie die Partei des Entführers ergriffen. Natürlich hätte sie sich gefreut, wenn der Präsident der Wirtschaftskammer oder irgendein blauer Vollidiot entführt worden wäre – mit dieser Wahl aber habe sich jeder Sympathisant fragen müssen, wo er mitmache und welche faulen Kompromisse er schließe.

Kasimir lauschte. Mirjam König sprach ohne Punkt und

Komma. Bisweilen war ihm, als hätte sie vergessen, wer neben ihr saß. Er wusste nicht, ob er sich freuen sollte. Wieder einmal ging es um den Unbekannten Künstler; noch immer klang es, als hätte er nichts mit ihm zu schaffen. Sie habe sich oft auszumalen versucht, wer er sei, wobei sie auf eine Frau getippt habe, die sich eine männliche Maske aufsetze, um ernster genommen zu werden, worauf sie beim Abnehmen der Maske genüsslich hätte hinweisen können.

»Sie waren also überrascht?«

»Ich war, ehrlich gesagt, enttäuscht.«

»Enttäuscht?«

Um die Heftigkeit – er hatte beinahe geschrien – zurückzunehmen, fügte Kasimir ein langgezogenes »Oje« an, als spräche er zu einem Kind, das sich leicht wehgetan hatte, aber laut weinte.

»Warum?«

»Spaßrebell, Freizeitaufrührer, Sonntagsanarchist.«

»Es gefällt mir, dass Sie ehrlich sind. Es missfällt mir, was diese Ehrlichkeit in Bezug auf mich bedeutet.«

»Man kann nicht alles haben.«

Sie habe sich oft gefragt, sagte Mirjam König, als sie über die Grenze fuhren, die nur mehr aus Schildern bestand, auf denen zu lesen war, Österreich sei vorbei und Italien habe begonnen, wie Pia und Julian sich gefühlt hätten, damals, im Auto, als sie ihrer bisherigen Existenz davongefahren seien. Beinahe alle, die sie kannte, hätten für so wenig Geld nie ein derartiges Risiko auf sich genommen, weil eine halbe Million auf der Flucht und ohne Rückkehrmöglichkeit schnell aufgebraucht sei.

»Diese elenden Spießer. Ich wäre dabei gewesen.«

Kasimir wiegte seinen Kopf.

»Zumindest theoretisch.«

Sie fuhren durch Tunnels, neben und unter ihnen flossen die kalten grünen Wasser Friauls, sie kamen an mächtigen Bergen vorbei, sahen Kirchen und Dörfer, verfallene Bahnhöfe und bröckelnde Zollhäuser. Mirjam König wollte alles über Pia Swoboda wissen. Kasimir lehnte sich zurück. Es ging nicht immer um ihn. Das war gut. Pia Swoboda war auch gut. Sebastian sprach hin und wieder mit ihr, Kasimir hatte sich nicht sonderlich neugierig gegeben, er brauchte keinen weiteren Mitwisser.

»Sie war die erste Frau, die wusste, wer der Unbekannte Künstler ist.«

»Und ich bin?«

»Die zweite.«

Mirjam König beschleunigte, als er von der seltsamen Vorstellung während der Entführung sprach, Pia würde sich melden und ihm sagen, sie wisse alles und vor allem auch, wie er aus dieser Situation wieder herauskomme. Aber nichts da. Hungrig gefangen an der Donau. Mirjam König fragte, ob sie bei der nächsten Raststation halten solle. Kasimir bejahte, er musste auf die Toilette. Seine Fahrerin hielt das Lenkrad in der Linken, die Rechte ruhte auf ihrem Oberschenkel, er hatte ihre Hände gut getroffen. Mit einem Mal wusste er, was ihn irritiert hatte. Dass es ihm erst jetzt auffiel, war ein gutes Zeichen. Er war dabei, sich von den Händen zu emanzipieren.

»Wo ist Ihr Ring?«

»Den trage ich nur in der Arbeit.« Sie lachte. »Aus Seriositätsgründen.«

Irgendwo hier musste es geschehen sein.

Als sie an Venedig vorbeigefahren waren, hatte Mirjam König gefragt, ob es für den Unbekannten Künstler nicht an der Zeit wäre, seinen Beitrag zur Biennale zu leisten, vielleicht in Form eines kleinen Eingriffs am österreichischen Pavillon. Sie hatten gescherzt, wie dieser Beitrag aussehen könnte, Kasimir hatte für ein neues Staatswappen plädiert, anstelle des Adlers ein zerzauster Kuckuck, Hammer und Sichel in den Klauen, wie gehabt, dazwischen die zerrissene Kette. Die Kette, hatte Mirjam König gesagt, müsste aber die Perlenkette einer reichen Kunstliebhaberin oder Mäzenin sein. Man könnte auch, hatte Kasimir weiterfabuliert, einen Bankomaten an der Fassade des Pavillons installieren, an dem man hundert Euro einzahle, um einen verzierten Fünfeuroschein zu bekommen.

Während der nächsten Kilometer hatten sie die passende Verzierung zu finden gesucht, ehe Mirjam König ein kürzlich gelesener Artikel eingefallen war. An einer New Yorker Universität waren Banknoten einer DNA-Analyse unterzogen worden, bei der man dreitausend unterschiedliche Bakterientypen gefunden hatte. Während anhand der menschlichen Spuren etwas wie ein globaler Genpool zu erkennen war, konnten achtzig Prozent der nichtmenschlichen DNA nicht identifiziert werden. Über eine Milliarde DNA-Sequenzen waren entdeckt worden, darunter Spuren eines Nashorns.

»Wie kommt ein Nashorn in Berührung mit einem Geldschein?«

»Reiche Vietnamesen wahrscheinlich. Die trinken zerriebene Nashornhörner im Champagner, weil sich Viagra jeder leisten kann. Nachher werfen sie mit Geldscheinen um sich.«

Mirjam König erinnerte sich, dass es vor allem um Akne, Magengeschwüre und Lungenentzündungen gegangen sei, und weil die Scheine von Hand zu Hand wanderten, bilde sich auf ihnen eine immer dichtere Schicht an Haut- und Ölrückständen, die den idealen Nährboden für Bakterien darstellten. Abgesehen davon, dass auf manchen Scheinen mehr Ecoli-Bakterien als auf Klobrillen gefunden worden seien, gedeihe eine große Menge unbekannter Bakterien nur auf Geldscheinen.

Geld stank nicht, war aber äußerst schmutzig. Bald war klar, dass auf dem Schein mit dem neuen Wappentier ein Warnhinweis angebracht werden müsse. *Bezahlen kann Ihre Gesundheit gefährden. Lassen Sie Ihre Kinder nicht mit Geld in Berührung kommen. Aknegefahr. Achtung Magengeschwür. Das Berühren von Banknoten kann zu Lungenentzündungen führen.*

»Irgendwo hier.«

»Sind Sie deshalb so still?«

Kasimir nickte. Er war älter, als seine Eltern geworden waren. Viel älter. Eltern sollten älter sein. Er blickte aus dem Fenster, sah einen blauen Himmel, eine kräftige Sonne, die Software des Autos seiner Fahrerin zeigte 27 Grad Celsius an. Die Straße war eng, auf Anzeigetafeln über der Autobahn wurde zur Vorsicht gemahnt, die Lastwagen sahen gefährlich aus, die Tunnel waren dunkel, er fühlte einen Kloß im Hals.

Hier, irgendwo, war ein LKW ausgeschert und hatte den kleinen Wagen seiner Eltern gerammt und zerdrückt. Sie waren, wie es hieß, wie man ihm zumindest später gesagt hatte, auf der Stelle tot gewesen – und er so klein, dass er sich an nichts erinnern konnte. Nicht an die Nachricht, nicht an die Reaktion seiner Großeltern, nicht an das Begräbnis. Er hatte noch keine Worte gehabt. Er hatte noch keine Worte verstanden.

»Die Letalität der Leitplanke. Eigentlich ein Wahnsinn, in einem Auto zu sitzen und unter diesen Zeitgenossen mit 130 auf einer Straße zu fahren. Ein kleiner Weltkrieg.«

»160. Man unterstellt den anderen, dass sie genauso wenig wie man selbst sterben wollen.«

»Ja, eben, eine Unterstellung.«

Wie oft hatte er sich vorzustellen versucht, wie sein Leben verlaufen wäre, hätte er Eltern gehabt, hätte er seine Eltern gekannt, sich mit ihnen auseinandersetzen müssen, sie enttäuschen, erfreuen, mit ihnen all die Dinge tun können, von denen ihm andere Menschen erzählten. Peter Ost fiel ihm ein, der gesagt hatte, üblicherweise redeten Männer, um Frauen ins Bett zu bringen, während Kasimir Frauen ins Bett bringe, um mit ihnen zu reden.

Mit einem Mal sah sich Kasimir mit dieser und jener im Bett liegen und ihr Fragen nach Kindheit und Jugend stellen. Das alles hatte er nie gehabt. Trotzdem hatte er sich immer geborgen gefühlt. Er hatte immer das Gefühl gehabt, ihm könne nichts passieren. Bis Martha auf dem Weg ins Theater überfahren worden war. Da hatte er Worte gehabt und Worte verstanden, da hatte er die Nachricht entgegengenommen und an einem offenen Grab gestanden und bloß die Hände des Priesters gesehen, die mit einem kleinen Stab Weihwasser auf den Sarg gesprenkelt hatten, ehe die großen schwieligen Hände der Totengräber den Sarg an Seilen ins Grab gelassen hatten, ehe die Hände des Priesters mit einer kleinen Schaufel Erde auf den Sarg in der Grube geworfen hatten, ehe die mädchenhaften Hände des Ministranten eine weiße Schleife von dem einfachen Fichtenkreuz genommen hatten, auf dem Marthas Name, Geburts- und Sterbejahr gestanden waren, ehe sie die weiße Schleife auf den Sarg geworfen hatten. Er mit seinen

Händen, hatte Martha gesagt, solle lieber sie auf Händen tragen. Auch das hatte er nicht mehr tun können.

»Eigentlich bin ich, alles in allem, erschreckend normal.«

»Betonung auf erschreckend.«

Mirjam König lächelte, als hätte sie seine Gedanken gelesen, mittlerweile waren sie an der Stelle vorüber.

Es hatte nichts zu sehen gegeben. Wie oft hatte er sich den LKW-Fahrer auszumalen versucht. Manche Menschen begaben sich auf die Suche nach ihren abwesenden Eltern. Er hatte mit dem Gedanken gespielt, den Mörder seiner Eltern zu finden. Vielleicht hatte es ihn gebrochen. Vielleicht hatte er nicht mehr LKW fahren können. Vielleicht, vielleicht, vielleicht. Vielleicht lebte er noch.

»Was vielleicht?«

Kasimir blickte sie an.

»Vielleicht lebt der LKW-Fahrer noch.«

»Herr Ab, Sie mögen doch Rollenspiele.«

Kasimir nickte.

»Und Sie haben einen gewissen Informationsvorsprung.«

»Stellen wir uns vor, wir wären Pia Swoboda und Julian Fuchs und gerade mit einer halben Million Euro auf der Flucht.«

»Ich bin Pia.«

»Sie die Schöne, ich der Starke. Warum nicht? Also, Pia: Bist du müde? Sollen wir eine Kaffeepause einlegen?«

»Julian«, sagte Kasimir Ab mit strengem Unterton, als Mirjam König eine Packung Colafläschchen unter ihrem Pullover hervorzog, sie aufriss und sich drei auf einmal in den Mund schob, »hast du die bezahlt?«

»Tut mir leid, Pia, muss ich vergessen haben.«

Mirjam König drehte den Schlüssel in der Zündung, legte die Packung auf die Konsole zwischen sich und Kasimir und bedeutete ihm gönnerhaft, sich ruhig zu bedienen, während sie zurück auf die Autobahn fuhr. Kasimir steckte ein Colafläschchen in den Mund.

Sie hatten an einer Bar Espresso getrunken und dabei ihr Auto nicht aus den Augen gelassen. Immerhin war eine halbe Million Euro darin versteckt. Kasimir-Pia hatte von dem seltsamen Kauz erzählt, der vor dem Generali-Center mit einer Spitzhacke zugange gewesen sei und dem sie fünfhundert Euro zugesteckt habe, weil ihr abgehalfterte Penner leid taten, Mirjam-Julian hatte von den Strapazen der Fahrt und vom Bemühen gesprochen, kein weiteres Gesetz zu übertreten, vom Gefühl, dass 130 Kilometer pro Stunde äußerst langsam sein könnten.

»Wenn sie dich erwischen, sind wir geliefert. Wegen einer Packung Colafläschchen ins Gefängnis. Pia und Julian. Dümmer als die Polizei erlaubt.«

»Ich kann nicht anders. Ist zwanghaft. Seit der Pubertät.«

»Ich verstehe, wenn du eine halbe Million stiehlst. Aber Colafläschchen? Und warum seit der Pubertät?«

»Um es plump auszudrücken: Ich mochte dieses System nie.«

Mirjam König hatte wieder beide Hände auf dem Lenkrad, Kasimir hatte nicht eigentlich Angst, aber mit Hans fühlte er sich entschieden sicherer. Sie naschte, stellte am Radio herum, griff nach ihrem Mobiltelefon, um die Route zu verfolgen, putzte ihre Sonnenbrille, blickte aus dem Seitenfenster und fuhr zu schnell. Er wusste, er war ein schlechter Beifahrer, sie hatte ihm bereits einmal angeboten, auszusteigen oder sich selbst hinter das Lenkrad zu setzen. Also hielt er lieber den Mund. Er müsse nicht unbedingt die Geschichte seiner Eltern wiederholen, hatte er gemeint, kleines Therapie-Einmaleins. Wenn das sein heimlicher Wunsch sei, hatte sie geantwortet, fahre er mit der Falschen, sie hänge am Leben und habe noch nie einen Unfall verursacht.

»Außerdem phantasierst du. Deine Mutter pflegt Pandas, dein Vater ist ein saufender Kleinkrimineller. Mit beiden willst du nichts zu tun haben.«

Autostrada del Sole. Weiß auf Grün. Seit acht Stunden saßen sie im Auto, die Klimaanlage schützte sie vor der Mittagshitze, Kasimir-Pia erzählte Mirjam-Julian, sie habe auf dem Weg aus der Stadt mehreren Menschen Bin Ladens zugesteckt. Man solle Almosen verteilen, wenn man selbst viel habe. Wegen des Karmas. Frauen und Esoterik, hatte Mirjam König gesagt und geseufzt.

»Wir hätten auch ein Gemälde von Kasimir Ab stehlen können.«

»Wer ist das?«, fragte Kasimir.

»Ein verrückter Künstler, der immer Handschuhe trägt und nichts als Hände malt. Es gibt jetzt eine äußerst interessante psychologische Studie über ihn. Seit sein Haar weiß ist, ist der Fall noch interessanter.«

Sie kamen aus dem Norden nach Rom. Die Einfahrt in die Ewige Stadt war ein Triumph für den Unbekannten Künstler. Mirjam König wies Kasimir auf vier Kuckucke an Wänden hin, er selbst entdeckte zwei weitere. Ein Kuckuck war neben Anarchiezeichen und Hammer und Sichel auf einer Brücke gelandet.

»Das war nach unserer Zeit, Pia«, sagte Mirjam-Julian. »Wir sehen gerade die Zukunft.«

»In Zukunft wird gepfändet«, sagte Kasimir-Pia, »gar nicht so einfach, dieses Rollenspiel. Der eine ist auf Hammer und Sichel gelandet. Man kann nichts mehr erfinden.«

Sie fuhren an dem Park der Villa Ada vorbei, die Straßen hatten exotische Namen, Via Lima, Via Paraguay, Via Montevideo, Piazza Buenos Aires. Sie kamen in die Via Panama, fuhren an der Parkwand entlang, wenige Meter vor dem Ziel wies Mirjam König auf einen weiteren Kuckuck. Beim Aussteigen streckten sie sich. Die Luft war warm, es war noch hell.

»Was machen wir mit dem Geld, Julian?«

»Kommt darauf an, ob unsere Quartiergeber wissen, was wir getan haben.«

»Wir sollten das jetzt bleiben lassen und uns wie vernünftige Menschen verhalten.«

»Gut. Verwenden wir Pseudonyme. Du nennst dich Kasimir Ab, ich nenne mich Mirjam König.«

Kasimir zeigte ihr den Vogel, Mirjam König nickte. Sie standen vor einem Haus, klingelten an der Gegensprechanlage, die Tür ging auf. Das Treppenhaus war aus Marmor, nach wenigen Stufen standen sie im Mezzanin, rechter Hand lag eine Portierloge und vor ihnen eine geschwungene Wendeltreppe, die spindelförmig auf eine runde Kuppel zulief.

»Die italienischen Faschisten hatten zumindest Stil.«

»Sagte der Unbekannte Künstler.«

»Sagte Kasimir Ab, der nichts sagte, bis seine Therapeutin seinen Fall veröffentlichte.« Er drehte sich zu Mirjam König, die das Stiegenhaus bestaunte. »Jetzt mal im Ernst: Warum sind Sie hier?«

»Ich wollte einmal im Leben nicht nur in der Theorie kühn sein.«

Eidechsen wimmelten über den Kies vor dem Brunnen, flitzten über Steine, liefen weiße Mauern hoch. Alte knorrige Olivenbäume standen vor dem Haus, an dessen Hinterseite ein buntes Gemüsebeet grenzte. Sie hatten den Wagen im Sand vor dem Haus geparkt, Kasimir atmete die warme Luft ein, sie waren auf dem Absatz des italienischen Stiefels.

Der weiße Verputz des Bauernhauses bröckelte, die Zimmerdecken waren gewölbt, anstatt durch Türen schritt man durch leichte Vorhänge von einem Raum in den nächsten. Es gab drei große Zimmer, ein kleines Bad und eine Küche, aus der man auf eine betonierte Terrasse kam, hinter der das Gemüsebeet lag. Das Haus war karg, aber stilvoll möbliert, ein paar alte Filmplakate, ein paar vergilbte Fotografien, ansonsten waren die Wände kahl.

Kasimir stand vor dem Bett, das er so oft auf Fotografien betrachtet hatte; es befand sich im mittleren der drei Zimmer. Er öffnete die Fensterläden, blickte auf den Brunnen davor, über dem zwischen zwei Ästen eine Wäscheleine gespannt war. Er schlüpfte aus seinen Schuhen und legte sich auf das Bett, lehnte die Kissen gegen die Wand und sich gegen die Kissen. Er atmete tief durch. Ein roter Vorhang links, ein blauer Vorhang rechts, eine leichte Brise zog durch die Zimmer, die Vorhänge bewegten sich geräuschlos, Mirjam König ging mit ihrer Sporttasche am Fenster vorbei. »Wunderbar«, hörte er sie ins Telefon sprechen, »so ruhig, kann ich jetzt echt brauchen.« Dann dämpfte sie ihre Stimme.

Während es draußen heiß und trocken war, war es im Inneren angenehm kühl. Die Böden waren aus Stein, die dicken Wände isolierten gut. Sie sollten sich wie zu Hause fühlen, hatten Antonella und Gianluca gesagt, bei Fragen einfach anrufen.

Kasimir hatte seit Langem keine so schöne Wohnung wie

die in der Via Panama gesehen. Sie waren im Wohnzimmer auf Sofas gesessen, Antonella hatte gekocht und Kasimir sich vorgestellt, dass diese Menschen, Ende siebzig und immer noch hellwach, seine Eltern hätten sein können. Sie hatten ihm Fotos von den beiden Paaren gezeigt, die er nicht gekannt hatte. Sie hatten erzählt, wie sie seine Eltern in einem Wiener Café kennengelernt hatten, an dessen Namen sie sich nicht mehr erinnerten. Sie waren Tisch an Tisch gesessen und ins Gespräch gekommen, die restlichen Tage ihres Aufenthalts hatten sie gemeinsam verbracht. So offen und herzlich, hatten sie ein ums andere Mal wiederholt, und so eine schreckliche Tragödie. Als sich Antonella zu erinnern begonnen hatte, wann und wie sie von dem Unfall erfahren hatten, hatte ihr Kasimir Einhalt geboten.

Kurz nach Mitternacht, als Kasimir und Mirjam König die letzten Schlucke Wein getrunken hatten, war Gianluca, ein nicht besonders großer und nicht gerade schlanker Mann mit einer Perücke auf dem Kopf im Wohnzimmer aufgetaucht. Die langen weißen Locken waren über die Schultern des ehemaligen Richters am Obersten Gerichtshof gefallen, wortlos hatte er sich zweimal im Kreis gedreht und »Isn't it ridiculous« gesagt. Kasimir und Mirjam hatten so laut gelacht, dass Antonella im Schlafanzug zurückgekommen war. »Oh, Gianluca, not again.«

»Sie haben Ihr Zimmer bereits gefunden?«

Mirjam König trat durch den roten Vorhang. Sie trug ein schwarzes Top, das ihre Arme besonders weiß aussehen ließ, und stellte ihre Tasche ab. Kasimir schüttelte den Kopf.

»Ich nehme die kleine Kammer neben dem Bad. Sie können sich Ihr Zimmer aussuchen.«

Kasimir stieg aus dem Bett, öffnete die Tür neben dem

Fenster, das grelle Licht schlug eine Schneise ins Zimmer. Unter dem Türrahmen blieb er stehen und sah den Eidechsen hinterher, die sich um den Brunnen tummelten.

»Nicht der schlechteste Ort für eine Empfängnis. Unter der Sonne gezeugt, im Schatten der Olivenbäume, bei wehenden Vorhängen.«

Vor der Küchentür tauchte die Abendsonne das Gemüsebeet in ein leuchtendes Orange, an der Mauer hing ein Duschschlauch auf einer Halterung. Mirjam König war im Badezimmer verschwunden, Kasimir zog sich aus und stellte sich unter die Dusche. Das Wasser tröpfelte auf seinen Kopf und seinen Körper, Wasser rann aus seinen Augen. Er stellte sich seinen Vater unter der Dusche vor. Er stellte sich seine Mutter im Gemüsebeet vor. Er versuchte, sie sich vorzustellen. Sie waren Geister. Sie waren Gespenster. Sie waren jünger gewesen als Pia Swoboda und Julian Fuchs. Er reckte seinen Kopf den Sonnenstrahlen entgegen und sang leise. *I've been chasing ghosts, but I don't like it, I wish someone could show me where to draw the line.*

Nachdem er sich abgetrocknet und eine Flasche Rotwein gefunden hatte, saß er in einer blauen Leinenhose und einem weißen Leinenhemd neben dem Kücheneingang auf einem klapprigen Holzstuhl, zwei Gläser und die Flasche neben sich, die Beine auf dem Mauervorsprung, hinter dem das Beet begann. Er lehnte seinen Rücken gegen die Wand, trank einen Schluck und schloss die Augen.

»Träumst du von all den schönen Dingen, die du mit dem vielen Geld kaufen wirst?«

Mirjam Königs nasses Haar wellte sich leicht, sie trug hellblaue Jeans und ein ausgewaschenes grünes Shirt. Sie sah viel jünger aus als in ihrem Zimmer im Herzen der Stadt.

»Vielleicht sollten wir mit Fremdwährungen spekulieren.«

Sie setzte sich neben ihn, Kasimir schenkte ihr Wein ein. Sie stießen auf die Flucht an, Mirjam König stand auf und verschwand im Haus. Als sie zurückkam, hatte sie einen Joint im Mund, den sie mit einem Streichholz anzündete.

»Sie kiffen?«

»Darauf freue ich mich seit der Abfahrt aus Wien.«

Sie inhalierte tief, eine süßliche Rauchschwade zog an Kasimir vorbei, sie lehnte sich zurück und hielt Kasimir den Joint hin. Er zögerte.

»Ich weiß, dass das seltsam ist. Ich weiß so viel von Ihnen, und Sie wissen nichts von mir. Das ist Teil der Idee. Aber da ich nun einen Klienten –«

»Patienten!«

»Patienten weniger habe, ist das auch egal.«

Kasimir nahm den Joint, Mirjam König lächelte.

»Sie müssen keine Angst vor mir haben.«

»Hab ich nicht.«

»Ein wenig schon. Schadet nicht.«

»Immerhin war es schön, sich vorzustellen, dass es zumindest einen Menschen gibt, der –«

Sie sah ihn fragend an, er winkte ab. Sein Blick schweifte über das Gemüsebeet, er sprang auf, nahm den Schlauch, stellte das Wasser an und begann die Tomaten und Melanzani und alles, was vor ihm lag, gleichmäßig zu gießen. Er sah seine Mutter die Kräuter gießen, er hörte seinen Vater aus der Küche rufen, er sah sie lachen und einander mit Wasser bespritzen. Sie waren glücklich gewesen. Jung und schön und verliebt. Sie hatten ihn nicht geplant. Er war geschehen.

»Wollen Sie Gärtner werden?«

»Wollen wir einander nicht duzen?«

»Mir gefällt das neckische Sie. Außerdem stehen Sie mit dem Rücken zu mir.« Sie lachte. »Außerdem bist du mit Julian per du.«

Nachdem sie entschieden hatten, nach einer Flasche Wein und einem Joint nicht ins Auto zu steigen, um die halbe Million nicht nach anderthalb Tagen Freiheit wieder zu verlieren und die nächsten Jahre im Gefängnis zu verbringen, machten sie sich mit dem Plan, den Gianluca ihnen gezeichnet hatte, auf den Weg zu einer kleinen Pizzeria. Niemand würde sie kennen, niemand etwas von ihrem Raub gehört haben. Sie entschieden sich, einhunderttausend Euro in eine Kasse zu legen, mit der sie ihre Ausgaben beglichen, und den Rest aufzuteilen. Es war schön, einen Schatz zu haben.

Am übernächsten Abend saß Kasimir Ab nach dem Duschen im Freien vor der Küche. Er trug eine Hose, sein Oberkörper war noch nass, er hatte das Beet gegossen. Er goss es morgens, er goss es abends, er fühlte sich für das Gemüse und die Kräuter verantwortlich, Antonella hatte ihn darum gebeten. Seit fünf Jahren waren sie nicht mehr in Apulien gewesen, ihre Kinder benutzten das Haus, ihre Enkelkinder liebten es, eine Frau aus Matino kümmerte sich während ihrer Abwesenheit darum.

Morgens waren sie durch Gallipoli geschlendert. Sie waren in einen Keller gestiegen, in dem einmal Oliven gepresst worden waren, das Öl hatte man in großen Mengen nach London verschifft, um die Laternen leuchten zu lassen. Über einem kleinen Platz war eine aus Flicken zusammengenähte Hexe gehängt, in einem kleinen Gässchen hatte sie ein Kuckuck von der Wand aus angeblickt. Kasimir hatte eine Passantin gebeten, ein Foto von ihm und seiner reizenden Begleitung vor dem Graffito zu machen, wobei er seine Arme wie Schwingen ausgebreitet und die Augen weit aufgerissen hatte. »Weißhaarkuckuck«, hatte Mirjam König gesagt. Dann waren sie an den Lido Pizzo gefahren, blaue Sonnenschirme, ein paar Liegen auf einem kleinen ruhigen Sandstrand, Bademeister in roten Badehosen; abgesehen von den Afrikanern, die Ketten und Sonnenbrillen verkaufen wollten, waren sie die einzigen Nicht-Italiener gewesen. Mirjam König war in einem Strandkorb eingeschlafen, er weit hinaus geschwommen und danach einen kleinen Trampelpfad entlangspaziert.

Er war Pia gewesen und hatte sich gefragt, wo man am besten untertauchen könnte. Er war seine Eltern gewesen und hatte sich den Strand und die Badebekleidung von vor fünfzig Jahren vorzustellen versucht. Er war er gewesen und hatte gespürt, dass es mit den Händen vorbei war, ein für allemal, wahrscheinlich auch mit den großen Leinwänden. Mitten im Gehen war er stehengeblieben und hatte gesagt:

»Da ist nichts.«

Hier, in diesem Haus, war nichts. Es war gut, hier zu sein. Er hatte etwas gesucht, es gab nichts zu finden. Er war auf dem Dach gestanden und hatte in die Landschaft gestarrt. Er war unter den Olivenbäumen spaziert und hatte den Zikaden gelauscht. Er hatte seine und Mirjams Wäsche auf das Seil über den Brunnen gehängt. Er hatte sich auf das Bett gelegt und gedöst. Er hatte Details fotografiert und sich jeden Winkel einzuprägen versucht. Er hatte das Gemüse gegossen und streunende Katzen gefüttert. Er hatte Salami aufgeschnitten, Kaffee gekocht und Weinflaschen entkorkt.

Er war von hier.

Das war alles.

Mirjam König war in ein weißes Handtuch gehüllt, als sie aus der Küche kam. Ihr Haar war nass, ihr Gesicht voller Wassertropfen, sie blieb in der Tür stehen und sah ihn wortlos an. Ihre Haut war brauner geworden, sie sah frisch und gesund aus, auf dem Lido Pizzo hatte sie ein Eis aus einer Truhe gestohlen. Sie lächelte ihm zu, kam näher und berührte seinen Oberarm im Vorbeigehen, ehe sie sich auf seinen Schoß setzte und ihre Arme um seinen Nacken schlang. Ihr Gesicht war nah an seinem, Wasser tropfte von ihrem Haar auf seine Brust, sie lachte und schüttelte ihren Kopf, er versuchte, sie davon abzubringen. Auf einmal küsste sie seinen Hals, langsam und zärtlich, küsste sein Kinn, er schloss die Augen und spürte ihre Lippen auf den seinen.

»Schlaf mit mir.«

»Wer?«

Er öffnete die Augen. Am Strand hatte er die Blicke der anderen Männer gesehen. Er hatte gehofft, sie hielten sie für seine Freundin. Er blickte in ihre grünen Augen, die unter der Sonne heller geworden waren. Über Nacht schien sie Sommersprossen bekommen zu haben. Er hoffte, es möge nicht ihr schlechtes Gewissen sein, das sie dazu trieb.

»Du.«

Er wollte sie küssen, sie lehnte sich nach hinten und ließ ihr Handtuch fallen. Sie hielt ihre weißen Brüste in den gebräunten Händen, beugte sich nach vorn und hielt sie ihm vor den Mund. Kasimir küsste sie und zog Mirjam näher an sich. Sie packte seinen Hals, drückte seinen Kopf sanft gegen die Mauer und blickte ihn an.

»Ich hab Eisprung.«

»Geben Sie mir alles«, flüsterte Mirjam König im Bett zwischen dem roten und dem blauen Vorhang. Sie trieben es im Bett, in den anderen Betten, auf den Stühlen vorm Gemüsebeet, auf dem Dach, in der Küche, in jedem Raum des Hauses. Mirjam König schien unersättlich, Kasimir fühlte sich jung und stark, als wäre er wieder dreißig und mit – nein, er wollte nicht an Martha denken. Sie siezten einander weiterhin, »Wollen Sie noch ein Glas Wein, Mirjam?«, »Ich will Ihr Sperma, Kasimir«, er nannte sich ihren Samenspender, einmal versuchte sie sich an einem Handstand gegen die Wand, »Was tun Sie?«, »Es muss ganz hinein«, sie lachten und alberten herum, »Nicht schon wieder, Mirjam, das können Sie nicht von mir verlangen, ich bin kurz vor dem Ruhestand«, aber schon griff sie wieder nach ihm. Sie wusste, wie sie ihn anzufassen hatte, sie schliefen weiterhin in getrennten Betten, er wisse nicht, ob das gut sei, sagte Kasimir, wenn Julian auf der Flucht schwanger würde, sie werde unter einer Palme niederkommen, antwortete Mirjam, wie Maria mit Jesus im Koran, danach stehe die Flucht nach Ägypten an, weg von Herodes, der alle Neugeborenen töten wolle. Kasimir schämte sich kurz, beim Kauf der *Flucht* so gelacht zu haben, aber er war kein Bibelforscher, Hans auch nicht, alles halb so schlimm.

Es war heiß, sie schwitzen, manchmal flüsterte sie, er solle zärtlich sein, dann wollte sie wieder hart genommen werden, er tat, was sie verlangte. Sie fiel über ihn her, wenn sie vom Strand kamen, sie fuhren morgens nicht los, ehe er nicht in ihr gekommen war, der Samenspender sei leer, sagte Kasimir, »Qualität«, sagte Mirjam König und reckte sich ihm entgegen, er konnte, er wollte nicht Nein sagen, er hatte so oft nicht aufgepasst, nie war etwas geschehen, vielleicht war er unfruchtbar, »Papperlapapp«, sagte Mirjam

König, sie könnten sich ein Kind leisten, den Bankomaten sei Dank, sie streckte ihre Hand nach ihm aus, er fragte, ob er das überhaupt verdient habe, »Hören Sie auf mit diesem Psychogewäsch.«

Wenn Kasimir auf dem Bett lag, in dem er meinte, gezeugt worden zu sein, und seine ehemalige Analytikerin auf ihm sitzen sah, wenn er ihre Brüste liebkoste oder an ihr vorbei aus dem Fenster auf den Brunnen und die Wäsche auf der Leine blickte, fragte er sich, ob sie oder er verrückter sei.

Sie tanzten ausgelassen auf einer Party, zu der sie eingeladen worden waren, weil man gehört hatte, Gianluca und Antonella hätten Gäste in ihrem Haus. In einem großen gepflegten Garten steckten Fackeln im Boden, ein weißgekleideter DJ stand vor seinem Plattenspieler auf dem Dach eines von Scheinwerfern beleuchteten Trullo, in dem erbärmliche Kunst ausgestellt war, was Kasimir nicht weiter kümmerte. Es gab Wein und ein reichhaltiges Buffet, die Menschen waren elegant und leger gekleidet, Mirjam König strahlte ihn an, er zog sie näher an sich, im Hintergrund lauerten jüngere Männer, die sie umtanzten, sobald Kasimir sich mit einem Glas Wein auf den Rasen gesetzt hatte.

Er konnte nur den Kopf schütteln. Er hatte seine Entführung überlebt. Er würde seinen Fall überleben. Er würde etwas Neues schaffen. Die Männer strahlten Mirjam König an und flüsterten ihr ins Ohr, bisweilen suchte sie seinen Blick, verdrehte die Augen oder lächelte ihm zu. Niemand wusste, wer er war. Niemand beglückwünschte ihn zu seiner Arbeit. Niemand gab sich einen Ruck, um ihn anzusprechen. Er war der Begleiter einer attraktiven Dame, die etwas unbeholfen, aber umso beherzter tanzte. Er wunderte sich, dass eine Frau wie sie keinen Mann hatte. Dann fiel ihm ein, dass er keine Frau hatte. Er hatte, wieder einmal, nur Telefonnummern.

»Wunder geschehen«, sagte Mirjam König, als sie sich neben ihn ins Gras setzte. »Ihre alte Haarfarbe kommt wieder zum Vorschein.«

»Hätte sie doch nicht in Ungarn färben lassen sollen.«

Sie blickte ihn kurz an, ehe sie ihn auf die Stirn küsste.

»Dann sollten Sie rasch nachfärben.«

Im Handumdrehen war Samstag, sie packten ihre Koffer, Kasimir goss noch einmal das Gemüsebeet. Diesmal fuhren sie nicht an den Lido Pizzo, nicht nach Matino, auch nicht zu den Monstern am Lido delle Sirene, in das Lokal, das Gianluca ihnen empfohlen hatte – nicht zu den Haufen an Seeigeln, die ein Einarmiger auf einem Holztisch vorm Eingang entzwei hackte, ehe sie auf Teller kamen, die ein junger Mann mit enorm angeschwollenem Unterarm servierte. Vielleicht sollte er sich das mit den Händen noch einmal überlegen, hatte Mirjam König geraunt, woraufhin sie sich ein wenig geschämt hatten, das Lokal *Die Monster* zu nennen. Aber es war zu bizarr.

Im Auto waren sie wieder das junge Paar, sie fuhren in die falsche Richtung, aber das machte nichts, sie hatten vergessen, sich von Pias Mutter zu verabschieden, die nur noch ihren Panda und einen heimlichen Verehrer namens Hans hatte, der einmal Leichen und Urnen durch Europa gefahren hatte. In der Via Panama hatte sich Mirjam König zu Kasimir auf die Couch im Wohnzimmer geschlichen, nachdem ihre Gastgeber zu Bett gegangen waren. Gianluca hatte auf die Plastikringe an ihren Fingern gedeutet und gemeint, das mit den alten Bekannten habe sich anscheinend rasch anders entwickelt, Kasimir hatte von dem Kaugummiautomaten in Gallipoli erzählt, wie lustig sie es gefunden hätten, Plastikringe aus ihm zu ziehen, weil man im Süden vielleicht scheel angesehen werde, wenn man gemeinsam unterwegs und nicht verheiratet sei. Mirjam König hatte ihren Ring abgenommen und eingesteckt, was ihn mehr gestört hatte, als er sich eingestehen wollte. »Ehebrecherin«, hatte er ihr ins Ohr geflüstert. Nachdem er gekommen war, war sie von ihm gestiegen und in das Zimmer verschwunden, in dem Gianlucas und Antonellas Sohn aufgewachsen war.

»Ich weiß nicht, wie ich's sagen soll«, sagte Kasimir, als Mirjam König am Sonntagabend mit laufendem Motor vor seinem Haus hielt. Er küsste sie auf die Wangen, es fühlte sich seltsam an, sie tippte ihm auf die Nasenspitze.

»Sag's.«

»Ich glaub, ich hab mich verliebt.«

»In wen?«

»In dich.«

»Sie sind ein noch viel größerer Narr, als ich dachte. Schön war's, Herr Ab. Auf Wiedersehen.«

Kasimir sagte »Danke«, als er ausstieg, die Tür schloss und seinen Koffer aus dem Kofferraum holte. Danke, dachte er, warum sage ich Danke, das ist doch. Mirjam König fuhr los, er winkte ihr, ohne zu wissen, ob sie in den Rückspiegel blickte. Im Aufzug, beim Drücken des Knopfes, fiel ihm ein, dass er seine hellblauen Handschuhe auf der Rückbank vergessen hatte.

7.11.2011

44

Liebe Pia!

Ich weiß nicht, ob ich das jemals abschicken werde. Ein seltsamer Satz. Ich weiß. Den ersten ersten Satz habe ich gelöscht. Die folgenden auch. Aber ich will nichts mehr löschen. Ich hatte geschrieben: »Ich habe mich wahnsinnig über deine Nachricht gefreut. Aber nicht, weil du auf einmal so berühmt bist. Ich habe es ja nur noch mit Berühmtheiten zu tun.« Das sind die gelöschten Sätze. Du siehst, ich tue mir schwer. Außer »Frohe Weihnachten« und »Alles Gute zum Geburtstag« habe ich dir noch nie etwas geschrieben. Wahrscheinlich ist das gerade wie Räuspern.

Ich kann auch nicht bei Adam und Eva beginnen.

Ich beginne hier in meinem kleinen Hotelzimmer in Chengdu. Eine Autostunde von der Pandastation entfernt. Seit drei Tagen bin ich in China. Vielleicht findest du es auch lustig, dass in meinem Badezimmer ein Kondom neben Shampoo und Seife liegt. Es sieht nicht besonders vertrauenswürdig aus. Vielleicht ist es nur die billige Verpackung. Diese drei Tage sind die ersten seit Langem, in denen ich nicht sehen kann, was du tust. Facebook gibt es hier nicht. Die Chinesen haben ihr eigenes.

Ich räuspere mich noch immer.

Jetzt habe ich 20 Minuten lang ins Narrenkastl gestarrt und überlegt, was ich schreiben soll. Ich überlege nicht mehr. Ich schreibe einfach. Das ist meine erste große Reise. Wem soll ich davon erzählen? Fi Fo ist auf der Quarantänestation. Zum Glück gibt es dieses Rechtschreibprogramm. Andererseits war Deutsch auch nie deine Stärke. In der Schule, meine ich. Narrenkastl ist rot unterwellt. Dir würde es hier gefallen. Glaube ich.

Es waren schöne, schnelle, helle Tage, auch wenn für gewöhnlich ein Nebelfilm über den Bergen Sichuans lag. Morgens wurde sie früh vom Hotel abgeholt, man fuhr sie zu den Stationen des Großen Panda. Im Besucherzentrum drängten sich ausgelassene, bunt gekleidete Menschen mit Fotoapparaten, Kameras und Teleskopstangen, auf die Mobiltelefone gespießt waren, um die Tiere beim Spielen, Fressen und Klettern zu fotografieren.

Sie klatschten und johlten, wenn sich wieder eine Bärkatze in einem Baum verloren hatte und sich hoch oben an einer Astgabel festklammerte, nur um sich herumzurollen und zu verheddern oder mitsamt dem Ast zu Boden zu krachen. Rita hielt ein Fernglas in ihren Händen, die Übersetzerin wich keinen Schritt von ihrer Seite, in der Entfernung sah sie acht junge Pandas auf einer Bretterbank liegen und einträchtig nebeneinander Bambus fressen. Sie sah Pandas Bäume hochklettern, rutschen und Purzelbäume schlagen. Sie sah Pandas hoch oben in Baumkronen sitzen, umgeben von Blättern und Ästen gerieten flauschige große weiße Bälle mit kleinen schwarzen Sprenkeln in ihr Blickfeld. Sie sah Pandas durchs Unterholz streifen, in Tümpeln schwimmen, an Bäume gelehnt Bambusstauden aufbeißen.

»Das ist sehr lustig«, sagte die Übersetzerin, wenn sie sah, wohin Rita blickte, und Rita wollte noch dorthin und um jene Ecke und in diese Richtung schauen.

Ehe sie sich's versah, stand eine Chinesin oder ein Chinese neben ihr, legte ihr einen Arm um die Schulter und spreizte die Finger zum Victory, während ein paar Schritte weiter jemand fotografierte. Anfangs war Rita erschrocken, aber bald legte auch sie ihre Arme um fremde Schultern, wenn man sich mit ihr fotografieren lassen wollte. Eine sehr kleine alte Frau griff ihr ins Haar und ließ es durch ihre Finger laufen. Dabei redete sie auf sie ein, als verstünde Rita sie. Kleine Kinder deuteten lachend auf sie. Männer blickten ihr unverwandt in die Augen. Frauen zeigten, wie groß sie im Vergleich zu ihnen sei.

Rita gab es auf, sich zu wundern. Ruth Harkness war damals eine noch viel größere Kuriosität gewesen. Sie gab es auf, mitzuzählen, auf wie vielen Fotos sie, die Trophäe aus dem Westen, Tag für Tag landete.

»Ich weiß nicht, was die alle haben«, sagte Rita, »ich bin doch auch nur ein Mensch.«

»Das ist sehr lustig.«

»Ja, für dich.«

»Für Sie nicht?«

»Für dich.«

»Ich verstehe nicht.«

»Für dich heißt das. Ich bin Du für dich.«

Die Übersetzerin sah sie fragend an.

»Ich sage *Wie geht es dir* zu dir, ja?«

Die Übersetzerin nickte.

»Du sagst *Wie geht es Ihnen* zu mir, ja?«

Die Übersetzerin nickte.

»Das ist falsch. Du musst auch *Wie geht es dir* zu mir sagen. Wir sind Freundinnen. Auch wenn ich deine Mutter sein könnte.«

»Wie geht es dir?«

»Gut. Und dir?«
»Auch.«

Es ging ihr gut. Es ging ihr sehr gut. Das Leben bestand aus Pandas, Vorträgen und Essen. Wenn sie abends in kleinen Extrazimmern in Restaurants um runde Tische saßen, verstand Rita, warum man sagte, ein Tisch biege sich. Ein Topf nach dem nächsten, eine Platte nach der anderen wurde aufgetragen, man musste nur an der runden Glasplatte drehen, um mit den Stäbchen, die sie von Tag zu Tag sicherer führte, nach dem zu schnappen, worauf man Lust hatte. Alle aßen von allem, bis auf die Medienfrau, und Rita hielt sich an Verenas Bemerkung, Angebotenes zu verschmähen, gelte als unhöflich.

Also hatte sie Hühnerfüße und Quallen gegessen, Schweinsohren und Aal, und als sie einmal in einem großen lauten Lokal in Chengdu, in dem die Menschen Essensreste und Zigaretten einfach auf den Boden warfen, zu Abend gegessen hatten, hatte Rita Ente bestellt. Sie hatte auf das Bild einer Ente gedeutet, und obwohl sie gewusst hatte, das Gericht würde anders aussehen als die Knusprige Ente beim Chinesen ums Eck, dürfte sie merkwürdig geschaut haben, als der Teller auf die Glasplatte vor ihr gestellt wurde. Die Übersetzerin hatte den Kopf geschüttelt und gekichert.

»Sie haben Kopf von Ente bestellt.«

»Nein. Ich habe Ente bestellt.«

»Sie haben Kopf von Ente bestellt.«

»Nein. Du!«

Kopf von Ente hatte nicht so gut geschmeckt, vor allem hatte Rita kaum Fleisch darauf gefunden, die bitterscharfen Gewürze dafür bis zum nächsten Morgen im Mund gehabt. Sie schrieb es für Pia auf. Es klang lustiger als es geschmeckt hatte.

Alles, was kreucht und fleucht, wurde gegessen, wie Verena ihr zugeraunt hatte. Es war lustig und ausgelassen, mit den Forschern und Leitern der Pandastation in Extrazimmern zu sitzen und zu essen, als könnte es am nächsten Tag nichts mehr zu essen geben. Man durfte mit vollem Mund sprechen, sogar die Doktoren, Ärzte und Forscher taten das, man redete kreuz und quer durcheinander, wenn jemand rülpste, sah ihn niemand seltsam an. Rita gefiel das.

Die Männer tranken viel Bier aus großen grünen Flaschen, und als Rita wissen wollte, warum auf einer Bierflasche in Blockbuchstaben *HANS* zu lesen sei, erklärte ein Professor, weil die Deutschen das Bier nach Shanghai gebracht hätten.

Er solle nicht Marlboro rauchen, riet der Professor dem Tierarzt nach dem Essen. Eine Stange Marlboro koste 90 Yuan, eine Schachtel China – er reichte dem Tierarzt eine rote Packung mit goldenem Prägedruck – 180 Yuan. Er solle probieren.

»Sehr gut«, sagte der Tierarzt, nachdem er den Rauch tief eingesogen, aus seiner Nase strömen und die Zunge den Gaumen hatte abtasten lassen, »sehr, sehr gut.«

»Die sind nur für die Bonzen«, flüsterte ihr Verena ins Ohr. »Schau, wie die anderen schauen.«

Die anderen bedankten sich überschwänglich, als der Professor den Tierarzt bat, auch ihnen die exklusivsten Zigaretten Chinas anzubieten.

Danach wurde Schnaps aufgetragen. Wann immer der Professor jemanden aufforderte, mit ihm ein Glas zu trinken, hob er seines in Richtung des Auserkorenen, woraufhin beide aufstanden, »Gan be« sagten und ihre Gläser in einem Zug leerten. Rita hatte seit Ewigkeiten keinen Alkohol getrunken, aber sie wollte nicht unhöflich sein und hatte drei Einladungen akzeptiert, war aufgestanden, hatte »Gan be« gesagt und ihr Glas geleert. Ihr Hals und ihre Brust brannten, aber ihr Kopf war leichter geworden. Sie sah Ruth Harkness mit einem Cocktailglas durch Hotelbars schlendern, und sie sah etwas in Verenas Blick, als sie aufstand, ihr Glas erhob und sagte:

»Jetzt fordere ich Sie, Herr Professor!«

»Du rettest unsere Ehre«, flüsterte ihr Verena zu und deutete auf den Tierarzt, der am Tisch eingeschlafen war.

Im Hotel gingen sie hinterher in einen kleinen Raum, in dem man Karaoke singen konnte. Sie saßen auf einer sandfarbenen Couch mit zwei Karaffen Bier und sangen abwechselnd englische Lieder zu chinesischen Videos. Der Tierarzt war bereits im Bett, die Medienmenschen tranken munter weiter.

Verena erzählte mit leuchtenden Augen von ihrem ersten Besuch in Wolong und was sie über Pandas gelernt und gehört habe, ehe sie eines Tages mit Yang Lang und Fu Mao nach Wien geflogen sei. Wie sie gebangt hätten, ob Fu Mao schwanger sei, damals, als alles begonnen habe, wie sie bei jeder Ultraschalluntersuchung, die die Bärin nur mit Süßkartoffeln über sich habe ergehen lassen, auf den kleinen Fleck gestarrt hätten, der ein Fötus hätte sein können. Aber kein Herzschlag, kein Herzschlag, bis eines Tages einer zu sehen gewesen sei, und dann, ausgerechnet als sich Fu Mao in die Wurfbox zurückgezogen habe, sei die Kamera ausgefallen. An einem Morgen sei sie mit einer Tierärztin zum Guckloch gegangen – auf einmal habe sie ein Quieken gehört, laut und schrill und markdurchdringend.

Rita blickte Verena in die Augen. Verena wischte sich eine Träne von der Wange und schüttelte schnell den Kopf.

Sie hätten sich angeschlichen, wenn Fu Mao für kurze Zeit ihre Box verlassen habe, um zu fressen und sich zu erleichtern. Dann der Tag, an dem sie das noch namenlose Kleine zum ersten Mal angefasst und aus der Box gehoben habe. Es sei ein Wunder gewesen, man könne es nicht anders sagen, so ein kleines zartes stacheliges Geschöpf. Anfangs, wenn sie es zum Wiegen herausgezogen hätten, hätten sie einen Mülleimer als Waage benutzt, in den sie das Baby gesetzt hätten, ehe es dafür zu schwer geworden und auf eine Standwaage gekommen sei.

Das Bier schmeckte wie Wasser, Rita hatte *Dancing Queen*, Verena *The Miracle* gesungen, auf dem Sofa erzählte ihr Verena, wie sie die Anlage für die Pandas entworfen und errichtet hätten, wie Hunderte von Kamerateams aus der ganzen Welt gekommen seien, um den ersten in einem Zoo auf natürliche Weise gezeugten Panda zu filmen, wie sie im März vor den Aufnahmen der Überwachungskameras gesessen seien und gesehen hätten, wie sich Yang Lang und Fu Mao nach Kämpfen und Balgen endlich vereinigt hätten, vierzig Minuten lang, an unterschiedlichen Orten, in unterschiedlichen Stellungen, so viel zum Sexmuffeltum.

Rita sah Verena an. Mit einem Mal dämmerte ihr, dass diese Frau, die etwas älter als Pia war, der Diva und ihrem Einmal-im-Jahr-Mann eine Umgebung geschaffen hatte, in der sie sich so wohl fühlten, dass sie sich verhielten, wie es ihnen ihre Natur vorschrieb.

»Du weißt wirklich nicht, wo deine Tochter ist?«

Rita schüttelte den Kopf.

»Sie muss in Italien gewesen sein, weil dort die Scheine auftauchten.«

Rita nickte.

»Hier wird die Währung geprägt. Wirst du morgen sehen.«

»Mich dreht's ganz schön. Flugzeug im Kopf. Loopings. Turbulente Turbulenzen.«

»Wir singen noch eines gemeinsam, ja?«

Rita stand auf und griff nach einem Mikrofon, während Verena in einem Buch blätterte, bis sie murmelte, das sei genau richtig, haargenau, eine Nummer auf der Fernbedienung wählte und ein Mikrofon in die Hand nahm. Als die ersten Takte einsetzten, war eine hübsche Chinesin in einem Schwarzweißfilm vor einem See zu sehen, der sich ein gutaussehender Chinese in schwarzem Anzug mit einem Blumenstrauß näherte, während unten der Text eingeblendet wurde.

Each day I live, I try to give.

Als es zum Refrain kam, blickten sie einander an, rissen die Münder auf und sangen voller Inbrunst:

Give me one moment in time.

10.11.

Seit heute bin ich allein. Gestern waren wir zum Abschied essen. Im Hotel gibt es dieses Restaurant. Bevor man zu den Tischen kommt, muss man an riesigen Aquarien vorbei, in denen Fische, Krebse, Muscheln und allerlei seltsame Wesen sind. Man sucht aus, was man essen will. In einem Aquarium war etwas, das sie Elefantenrüssel nennen. Dickes weißes Fleisch, eingeschlossen in eine große fahle längliche Muschel. Widerlicher Anblick. Nebenan waren längliche rosafarbene – sie schauen wie Penisse aus. Oder dünne Schlangen. Man weiß nicht einmal, wo vorne und wo hinten ist. Na, Ladies, sagte der Tierarzt zu Verena und mir, sollen wir das bestellen? Sehr lustig. Während des Essens stupste mich Verena an. Lass uns die Toilette suchen. Wir suchten aber den Kellner, mit dem wir zu den Aquarien gingen. Wir deuteten auf die Penisse. Wenig später kam ein dampfender Topf. Dünnes, weißliches Fleisch. Das ist der Fisch, sagte Verena, ich kann nicht mehr. Ich auch nicht, sagte ich. Willst du kosten?, fragte Verena den Tierarzt. Er griff in den Topf und aß zwei Stücke. Ausgezeichnet, sagte er, sehr zart. Deshalb haben wir dir die Penisse bestellt, sagte Verena. Wir lachten sehr laut. Du hättest sein Gesicht sehen sollen.

Wenn Rita morgens von ihrem Wecker aus dem Bett gerufen wurde, hatte sie tief und fest geschlafen. Meist träumte sie von Pandas und nebelumhüllten Wäldern, von Geburten und neuen Erfolgen, von Ruth Harkness, die manchmal sie, meistens aber Pia war. Einmal waren Pinguine Kellner, Rezeptionisten und Tierpfleger, ein andermal träumte sie von sprechenden Pandas. »Wir wollen nicht zurück in die Natur«, erklärte ihr einer an einem Tisch, »mit den Menschen ist es viel angenehmer.« »Ihr kennt nur uns«, erwiderte Pia, die auch Rita war, »es sind nicht alle so.« Dann war sie eine chinesische Tierärztin, die sich nicht für Pandas interessierte, aber in einer Pandastation arbeiten musste, um den zu frühen Tod eines Kleinen zu sühnen.

Wann immer sie in die Augen der Pflegerinnen, Ärzte und Zdespoginnen blickte, sah sie dieselbe Liebe und Zärtlichkeit, die sie angesichts Fi Fos überkommen war. Sie saßen stundenlang vor den Behausungen der Bärkatzen und zeichneten noch deren kleinste Regungen auf. Sie redeten aufgeregt durcheinander, wenn dieser oder jener Probleme mit den Augen oder der Verdauung zu haben schien. Sie spielten mit den Kleinen, von denen jeder einen eigenen Pfleger hatte. Manche waren regelrecht zahm geworden. Zeigte man ihnen, sie sollten aufstehen, stellten sie sich auf die Hinterbeine. Gab man ihnen das entsprechende Zeichen, setzten sie sich. Andere wollten davon nichts wissen. Jeder war anders. Ein Pfleger zeigte ihr den *Schlimmsten*. Seine Augen funkelten, wann immer er sagte, dieser sei sehr, sehr schlimm.

Rita hatte eine grüne Uniform und schwarze Stiefel bekommen. Sie war keine Besucherin, sie war Teil des Teams. Sie saß vor den Bildschirmen der Überwachungskameras. Hier gab es nicht drei Pandas. Hier waren an die siebzig. Manche der Jungen würden an Zoos außerhalb Chinas vergeben. Andere durften bis zur Geschlechtsreife bleiben. Wieder andere kamen in ein großes Reservat, das Wildnis simulieren sollte.

Alles war um so vieles größer. Ständig wurde Bambus in rauen Mengen herangefahren. Auf Anhängern, mit Traktoren, auf Schubkarren und Motorrikschas. Motoren ratterten, Angestellte, Studenten, Soldaten, Freiwillige schafften die Nahrung heran. Rita verstand die Menschen, die bezahlten, um mithelfen zu dürfen. Sie hatte sich mit einer Australierin unterhalten, die lange gespart hatte, um hier für ein paar Wochen die Gehege der Pandas reinigen zu dürfen. Mit einem Schlauch spritzte sie die Wände ab, entfernte Exkremente, schaffte alte Bambusstauden fort, fegte den Boden, ehe einer der Botschafter wieder seine frische Zelle beziehen konnte. Sie war nicht die Einzige. Immer wieder sah Rita Ausländer Gehege säubern, Bambus herankarren und Botendienste erledigen. Sie alle hatten ein seliges Lächeln um den Mund. Sie alle sahen frisch verliebt aus.

Rita hatte sich vorgenommen, gefasst zu bleiben. Es gelang ihr nicht. Als sie die Säuglingsstation betrat, kam alles auf einmal zurück. Fi Fos Geburt, das kleine quiekende rosafarbene Etwas im Maul seiner Mutter, der Jubel im Besprechungszimmer. »Die kleinen Fi Fos«, stammelte sie, der Abteilungsleiter lächelte ihr zu, »die kleinen, kleinen Fi Fos.« Manchmal nannte sie alle Fi Fo. Manchmal sagte sie laut »Fi Fo«, wenn sie allein in einem Zimmer oder im Freien war, nur weil das Wort sie so erfreute. Sie sprach es hoch und schnell aus. Es beruhigte sie.

In diesem Jahr waren zwölf Fi Fos geboren worden. Als sie mit dem Abteilungsleiter vor den leeren Brutkästen stand, legten sich die Bilder darüber, die man ihr gezeigt hatte, sah sie drei, vier, fünf, sechs, sieben nackte rosafarbene Etwasse in den Glaskästen liegen, die Augen geschlossen, von spärlichen weißen Härchen überzogen. Sie hörte sie quieken, sah Menschen in blauen Kitteln und mit Mundschutz Kleine in der einen Hand und ihnen mit viel Fingerspitzengefühl das Fläschchen mit der anderen an den Mund halten. Sie sah sie zappeln und strampeln und hilflos sein.

Sie sah, wie die Pfleger sich kurz nach der Geburt den Müttern näherten und nach dem schwächeren Zwilling griffen. Die Mutter nahm das stärkere Baby an sich. Hier musste das andere nicht verenden. Die Pfleger fassten es behutsam an, wickelten es in eine kleine vorgewärmte Decke, legten es eingewickelt in eine verschließbare Wärmebox und liefen damit zu den Brutkästen, in denen sie von Hand aufgezogen wurden. Rita bewunderte die Pflegerinnen und Pfleger. Sie beneidete sie auch. Nach ein paar Wochen wurden die Babys getauscht. Dabei näherte sich die Pflegerin vorsichtig der Mutter, die ihr Kleines eng am

Körper hielt und keinen Moment aus den Augen ließ. Die Pflegerin reichte ihr Kekse oder Proteinbällchen, damit sie etwas in beiden Händen halte, langte nach dem Kleinen, wickelte es in eine vorgewärmte Decke, legte es eingewickelt in die Wärmebox, lief zur Station, legte es in den Brutkasten, packte das Geschwisterchen, besprühte es mit dem Duft der Mutter, wickelte es in eine Decke, legte es in die Box, lief zum Gehege zurück und hoffte, die Mutter möge es annehmen. Rita konnte die Handbewegungen spüren, ganz vorsichtig, äußerst behutsam, eine eigene Währung, frisch aus der Notenpresse.

Die Mutter nahm es an. Die Bärin, tausendmal so schwer wie ihr Kleines, nahm das quiekende Wesen an sich, säugte es, wärmte es, ließ es nicht mehr los. Sie zog es auf, zog jenes Wesen mit auf, das in der Natur längst tot wäre. Nach ein paar Wochen wurde erneut getauscht.

Rita fand das gut. Rita fand das richtig. Nicht nur, weil es nur mehr wenige Pandas gab. Alle hatten eine Chance verdient. Wenn sie leben konnten, sollten sie leben. Die Natur hatte nicht immer recht. Die Natur war, wie sie war. In diesem Fall brutal. Warum sollten die Menschen nicht einmal im Guten eingreifen?

Unweit der leeren Brutkästen standen gezimmerte Kisten an den Wänden. Vor einer blieb der Abteilungsleiter mit ihr stehen.

Es sah wie ein Kinderbett aus. Auf einer Matratze lagen bunte Decken. Auf den Decken lag ein kleiner, zweieinhalb Monate alter Fi Fo und versuchte, zu kriechen. Er war erst Mitte September geboren. Der Letzte seines Jahrgangs. Er war noch keine hundert Tage alt.

Rita blickte den Abteilungsleiter an. Shisheng richtete seine Brille.

»May I?«

»Go ahead.«

Rita griff in das Kinderbett. Das Wesen zuckte in ihren Händen, sie spürte seinen Herzschlag, alle viere strampelten in der Luft. Es quiekte, als sie es hochhob und knapp vor ihr Gesicht hielt. Es schnupperte, es zuckte, es bewegte seine Öhrchen. Sein Fell war flauschig, die schwarzen Streifen und Flecken um die Augen traten hervor, sein Schwanz war unverhältnismäßig lang. Sie strich ihm über den Kopf. Sie schmiegte ihn an ihren Hals.

»Na, kleiner Scheißer? Ganz ruhig. Will dich nur ansehen. Darfst bald wieder zu deiner Mama.«

Während sie den Kleinen streichelte und ein paar Schritte mit ihm auf- und abging, fiel ihr ein, wie zufällig Ruth Harkness Su-Lin gefunden hatte. Sie war im November nach Sichuan gekommen. Zur rechten Zeit. Das Kleine war kurz von seiner Mutter verlassen worden, die Nahrung zu sich nehmen musste. Wahrscheinlich hatte es deshalb gequiekt.

Der Kleine, erklärte Shisheng, habe ihnen große Sorgen bereitet. Er sei mit dem Schwanz voraus aus seiner Mutter gekommen, fahlweiß, und habe keinen Laut von sich gegeben. Sie hätten befürchtet, er habe sich mit der Nabelschnur umwickelt oder aus einem anderen Grund keinen Sauerstoff bekommen. Kein Kleiner habe jemals nicht gequiekt oder geschrien. Keiner sei jemals nicht rosarot gewesen. Aber die Mutter habe ihn an sich genommen und abzulecken begonnen, während sie stumm und starr vor den Bildschirmen gesessen seien, weil es durchaus vorkomme, dass Mütter Totgeburten ableckten. Der Pfleger der Mutter sei losgeschickt worden, habe sich ihr nähern dürfen, aber sie habe den Kleinen an sich gepresst und dem Pfleger keine Möglichkeit gegeben, ihn zu fassen. Noch immer kein Laut. Noch immer weiß. Noch immer ganz anders als alle anderen.

Rita strich ihm übers Fell. Er quiekte.

Dann habe der Pfleger um einen Apfel gebeten, während sie fieberhaft auf die Uhr geblickt hätten. Mao Mao, die Mutter, habe dann doch nach dem Apfel und der Pfleger nach dem Kleinen gegriffen. Im Brutkasten habe es zu quieken begonnen. Ein paar Tage später sei es rosarot gewesen.

Als Rita den Kleinen zurück in sein Bettchen legte, wünschte sie sich, einmal im August in Wolong zu sein. Einmal die vielen Geburten mitzuerleben, die vielen Babys zu sehen, eines in eine vorgewärmte Decke zu wickeln, zum Brutkasten zu bringen und zu wissen, dass sie ein Leben gerettet hatte.

Es war der Tag der Kleinen. Sie sah die einen auf ihren Müttern herumturnen, die anderen in Bettchen liegen, krabbeln oder untersucht werden. Jedes Jahr kamen mehr Fi Fos auf die Welt. Der ausgezeichnete Panda war noch auf der Quarantänestation, um Infektionen auszuschließen und sich an den neuen Pfleger zu gewöhnen, einen stämmigen jungen Mann mit hervortretenden Backenknochen, der viel lachte und ihr Tee aus einer Thermoskanne anbot. Fi Fo erkannte sie. Sie sah es. Sie spürte es. Er schlich durch sein kleines Gehege, kletterte auf einen Baumstamm, fraß und schlief. Er war in guten Händen.

Sie sah Pandas in seinem Alter spielen und balgen. Sie waren viele, an einem Ort. In der Natur waren sie allein und mussten sich um ihr Überleben kümmern. Hier war das Überleben weniger anstrengend.

Die Menschen hatten den Panda in diese Situation gebracht. Die Menschen hatten die Wälder gerodet, den Bambus geschnitten, sein Fell verkauft. Sein Habitat war immer kleiner und zerklüfteter geworden, immer weniger Bambus für viele Pandas. Daraufhin waren sie gefangen worden. Man hatte sie untersucht. Man hatte sie studiert. Man züchtete neue. Auf einmal gab es eine frische Population von Pandas. Sie lebten mit Menschen. Menschen zogen sie mit auf. Sie veränderten sich. Sie spielten, sie turnten, sie bekamen zu fressen. Sie mussten nicht den ganzen Tag durch Wälder streifen, um rund um die Uhr zu fressen, damit sie überlebten. Um sie freizulassen, müsste man neue Wälder pflanzen und Verbindungskorridore zwischen ihnen schaffen. In den bestehenden lebten genug Pandas. Viel mehr würde der Bambus nicht ernähren.

Rita hatte sich noch nie in ihrem Leben vorgestellt, dass etwas, ja alles ganz anders sein könnte. Gut, sie hatte sich vorgestellt, sich mit Pia zu versöhnen. Aber nun, in der Heimat des Großen Panda, liefen ihre Gedanken in andere Bahnen. Die Neuen Pandas bräuchten eine Neue Heimat. Sie kannten ein anderes Leben. Sie waren nicht im Wald, nicht in den Bergen aufgewachsen. Manche kamen aus Wien, andere aus Madrid oder Washington. Ihre Mütter hatten sie nicht vor wilden Hunden verstecken müssen. Sie mussten den Bambus nicht mit Roten Pandas, Bambusratten, Insekten und Menschen teilen. Sie hatten Süßkartoffeln und nahrhafte Kekse bekommen, die für eine Zeit lang ihren Hunger stillten, und die sie genauso gut wie Bambus verdauen konnten. Ihre Exkremente wurden untersucht. Je fester, desto besser.

Die Menschen mussten auch nicht mehr jeden Tag jagen oder sammeln, um zu überleben. Eine Begegnungszone müsste her. Ein Gebiet, in dem man einander näher käme und voneinander lernte. Hin und wieder könnten die Pandas aus den Wäldern kommen. Sie wüssten, es gab nahrhafteres Fressen. Sie sah sich mit Pandas um einen Tisch sitzen. Sie sah sich mit Pandas an Baumstämmen lehnen und sich gemeinsam stärken. Sie müssten nicht Tag für Tag acht Stunden wach sein, also fressen, dann vier Stunden schlafen und hungrig aufwachen, um sofort wieder acht Stunden wach zu sein, also zu fressen. Dem Panda konnte nichts geschehen. Manchmal war ihr ohnehin, er wäre ein Mensch, gefangen in einem bizarren Kostüm. Wie sie stöhnten und heftig atmeten, wenn sie erschöpft waren. Wie sie sich um ihre Babys kümmerten. Wie sie ihre Gliedmaßen bewegten. Des Pandas einziger natürlicher Feind war der Mensch. Der sah aber endlich ein, dass er einen Fehler gemacht hatte. Er wollte ihn ausbügeln. Er wollte ihn ungeschehen machen. Aber das ging nicht.

Weil der Mensch, dachte Rita, dem Panda nichts mehr tue, könnte er ihm zur Seite stehen und das Leben erleichtern. Ihm auf einen kleinen Evolutionssprung helfen. Er musste ja nicht mit Messer und Gabel essen. Auch nicht mit Stäbchen. Er konnte bloß mehr Freizeit haben. Mehr Muße. Man sah es an den Kleinen. Sie spielten gern. Sie waren gern mit anderen. Sie hatten nichts gegen Menschen. Die einen waren interessiert, die anderen unbeteiligt. Sie waren friedlich. Sie waren lange vor dem Menschen hier gewesen. Sie waren konserviert und beim Konservieren verändert worden.

Sie waren Reservepandas.

Am nächsten Morgen ging es höher hinauf und weiter in den Norden. Auf dem Weg aus der Stadt wunderte sich Rita abermals über die vielen glänzenden schwarzen Limousinen mit den getönten Scheiben. So viele teure Autos hatte sie in dieser Dichte in Wien nicht einmal in Hietzing gesehen. Dazwischen und daneben fuhren Fahrräder mit Anhängern, auf denen von Möbeln bis Brennholz so gut wie alles, was Menschen herstellten, transportiert wurde, klapprige Motorräder, stinkende Tuk-Tuks – eine kleine Weltausstellung der motorisierten Fortbewegung.

Sie sah die glänzenden Türme, die riesigen Wolkenkratzer, die vielen Menschen auf den Straßen, die blauen Schilder, auf denen lustig und freundlich gemalte Polizisten mit erhobenen Zeigefingern Regeln erläuterten. Je weiter sie aus der Stadt kamen, desto mehr Baustellen, Kräne, Abrissbirnen und Arbeiter sah sie.

Chengdu hatte zehn bis fünfzehn Millionen Einwohner; so genau schien das niemand zu wissen. Bis kurz vor dem Abflug hatte Rita nicht einmal gewusst, dass es auf dieser Welt eine Stadt namens Chengdu gab, in der fast doppelt so viele Menschen wie in Österreich lebten. Wenn sie vor dem Schlafengehen auf ihrem Laptop Karten von China betrachtete, fand sie viele Städte wie Chengdu und noch viele mehr, die etwas kleiner waren und nur an die fünf Millionen Einwohner zählten. Anderswo mochte *Marlboro* der Inbegriff begehrenswerter Zigaretten sein. Hier verschmähte man die amerikanische Marke, wenn es *China* gab.

Manchmal war ihr alles zu viel, auf den Straßen, in den überfüllten Supermärkten, in den lauten Garküchen. Sie konnte die vielen Eindrücke nur verarbeiten, wenn sie sie für Pia aufschrieb. Wenn sie sich dann ins Bett legte und die Augen schloss, ließ sie die Bilder des Tages an sich vorbeiziehen, bis sie wieder im Wald und in den Bergen und im Nebel war. Bei den Pandas war Ruhe.

Sie waren unterwegs zu dem Reservat, in dem Bärkatzen auf eine mögliche Auswilderung vorbereitet wurden. Dort lebten sie in einer ihnen angemessenen Umgebung, zu der Menschen keinen Zutritt hatten. Ein junger Tierarzt, ein Mann mit glattem, bubenhaftem Gesicht und einem zarten Flaum über der Oberlippe, sprach, die Übersetzerin übersetzte, wenn Rita nachfragte oder das Englische nicht verstand.

Es sei falsch, sagte er, sehr, sehr, sehr falsch, die Pandas als Tiere darzustellen, die aufgrund ihres Wesens aussterben würden. Hätte man sie in Ruhe gelassen, gäbe es genug von ihnen. Er wurde immer lauter. Alle Studien, alle Untersuchungen zeigten, dass sie extrem anpassungsfähig seien, sich fortpflanzten, ihre Populationen erhielten, selbst wenn es zur Bambusblüte komme.

»Bambusblüte«, wiederholte Rita, »klingt schön.«

»Nicht schön«, sagte die Übersetzerin, »nicht schön für Pandas.«

Wenn der Bambus blühte, blühten beinahe alle Stauden gleichzeitig und würden für die Bärkatze giftig. Es komme nicht oft vor, sie zögen einfach weiter, dorthin, wo der Bambus nicht blühe, zumeist höher hinauf in die Berge, fast zweitausend Meter über dem Meer, manchmal auch hinunter in die Täler; aber in den Tälern gebe es längst keinen Bambus und keine Wälder mehr, sondern Reisterrassen, die aufgrund neuer Regierungsprogramme allmählich wieder verschwänden und mit Bäumen bepflanzt würden. Woraus folge, dass viel Holz importiert werden müsse, was wiederum bedeute, dass man in anderen Ländern Wälder und Habitate zerstöre.

Der Tierarzt erzählte, wie schwer es gewesen sei, den ersten Pandas auf freier Wildbahn Sender umzuhängen, damit man ihre Bewegungen nachvollziehen und etwas über ihr Verhalten in Erfahrung habe bringen können. So habe man herausgefunden, wie groß ihre Gebiete seien, wie und wo und wann sie ihre Duftmarken an Bäumen hinterließen und an den Rinden kratzten.

Sie hatten eine Mission. Eine Bärin schien verletzt oder krank zu sein. In den letzten Tagen hatte sie sich kaum bewegt.

»Panda Red Cross«, sagte der Tierarzt, als sie neben einem anderen Kleinbus parkten. Vier Pandas standen neben dem Fahrzeug und winkten ihnen zu. Sie standen aufrecht. Auf den Hinterbeinen. Einer nahm seinen Kopf ab und zündete sich eine Zigarette an. Die anderen riefen ihnen etwas zu. Einer ging auf den Tierarzt zu und klopfte ihm auf die Schulter.

Der Fahrer öffnete die Hintertür und reichte dem Tierarzt und Rita jeweils ein Kostüm. Es war weiß, um die Schultern schwarz, der Kopf hatte Löcher für Augen und Nase.

»Heute bist du Panda«, sagte die Übersetzerin und kicherte, während Rita den Tierarzt beobachtete, der mit großem Ernst in den seltsamen Overall schlüpfte und den Reißverschluss vom Bauch zum Hals zog. Hinter ihm waren Berge zu sehen, auf denen Schnee lag, Bäume, eine kleine Schlucht, viel Grün und Braun. Die Luft roch nass und frisch, Nebelschwaden zogen vorüber. Rita hielt ihr Kostüm in den Händen. Der Tierarzt streckte seinen Daumen aus, die vier Pandas blickten in ihre Richtung, die Übersetzerin fotografierte sie. Der Tierarzt sagte etwas, worüber der rauchende Panda so herzlich lachte, dass er zu husten begann.

»Er hat leider keinen Roten Panda für dich. Es soll realistisch sein.«

»Die Pandas sind doch nicht blöd.«

Die Übersetzerin sagte etwas zum Tierarzt, der gerade den Kopf über den Kopf gezogen hatte, aus dem dumpfe Laute kamen.

»Es geht um den Geruch. Auf der Uniform sind Gerüche. Duft von Panda.« Sie kicherte. »Auch. Entschuldige mein Deutsch. Scheiße? Kann man sagen?«

»Kann man.«

Die Problembärin war nicht weit von ihnen. Sie hatten ihre Koordinaten auf GPS, Rita schlüpfte in ihr Kostüm. Sie konnte sich nicht erinnern, wann sie sich zum letzten Mal verkleidet hatte, wahrscheinlich an einem lang vergangenen Faschingsdienstag, um mit ihrer Prinzessinnen- oder Räubermädchentochter auf einen Ball der Bezirkspartei zu gehen. Sie roch den Großen Panda, als sie die Kapuze über den Kopf und den Reißverschluss nach oben zog. Die anderen Pandas klatschten. Der Tierarzt bedeutete ihr, ihm stumm zu folgen. Die anderen vier trugen eine Bambusbox auf Stangen, die wie die Sänfte eines Armenkönigs aussah. Ihr fielen die opiumrauchenden Kulis ein, die Ruth Harkness' Expeditionsausrüstung geschleppt hatten und oft von einem Tag auf den nächsten entweder völlig weggetreten oder einfach verschwunden waren.

Zweige knackten unter ihren Schritten, Rita ging knapp hinter dem Tierarzt, den sie bei sich Dr. Panda nannte, die Pandakulis folgten ihnen. Sie schritten durch ein Waldstück, in dem hohe Nadelbäume standen, unter denen Bambus wuchs. An manchen Tagen, hatte sie bei einem der Vorträge gehört, wachse er bis zu achtzehn Zentimeter.

Dr. Panda hielt vor einem Tannenbaum und deutete auf Kratzspuren. Die Pandakulis stellten die Sänfte nieder, einer holte eine Digitalkamera hervor und fotografierte die

Rinde und den Boden, auf dem Abdrücke von Tatzen zu sehen waren. Dann legte er ein Lineal in die klarste Spur und fotografierte noch einmal. Die Spur sah frisch aus. Rita blickte nach oben, in die Bäume. Sie wusste nicht, ob es hier Goldene Affen gab. Sie wusste bloß, dass sie in der Natur dasselbe Gebiet wie der Große Panda bewohnten. Zumindest einen hätte sie gern gesehen.

»Es gibt keine Natur.«

Ganz leise, beinahe flüsternd hatte sie das gesagt. Sie sah sich von außen, von oben, mit fünf weiteren als Pandas verkleideten Menschen durch einen Wald in Sichuan schleichen, zu dem Menschen keinen Zutritt hatten.

»Es gibt keine Natur«, wiederholte sie, und obwohl es sich merkwürdig anhörte, musste sie sich recht geben.

Als sie an eine Lichtung kamen, blieb Dr. Panda stehen. Er musste seine Ohren nicht spitzen; sie standen von selbst vom Kopf ab. Ritas Halsschlagader pochte. Sie verlangsamte ihren Schritt, trat sanft auf und erreichte den Arzt, der sich auf die Zehenspitzen gestellt hatte.

Vor ihr öffnete sich eine kleine, sanft abfallende Schlucht. Vielleicht zweihundert Meter entfernt saß ein Panda auf dem Boden und hielt sich an einem Baumstamm fest. Die Problembärin war dreizehn, sie saß mit dem breiten Rücken zu ihnen, darauf der runde Kopf, von dem zwei schwarze Ohren abstanden. Näher war Rita im Freien nie an einem Panda gewesen. Näher würde sie einem wahrscheinlich niemals kommen. Wilde Pandas waren perfekte Versteckspieler. Es war beinahe unmöglich, sie auf freier Wildbahn zu sehen, weshalb man nicht wusste, wie viele von ihnen es tatsächlich gab. Obwohl sie seit den 70er-Jahren dreimal und immer genauer gezählt worden waren,

waren Zahlen und Methoden umstritten. Beim ersten Mal waren Tausende von Menschen in die Berge und Wälder geschickt worden, um Tiere zu zählen und Einheimische zu befragen. Mittlerweile zoomte man in Luftaufnahmen hinein und unterschied Individuen anhand der Analyse ihrer Exkremente.

Diese Bärin, das Wesen vor ihr, dem sie sich mit dem Tierarzt näherte, während die anderen auf der Lichtung warteten, war bekannt. Sie hatte einen Namen, ein Geburtsdatum, ihre Eltern waren in dem Großen Zuchtbuch verzeichnet. Sie war untersucht, studiert und beobachtet worden. Zweimal hatte man bislang versucht, Reservepandas auszuwildern. Vom ersten Tier war jede Spur verloren gegangen, das zweite nach einigen Monaten tot aufgefunden worden. Es war von wilden Pandas getötet worden.

Man wusste nicht, was mit den Reservepandas geschehen sollte. Sie reproduzierten sich, waren außer Gefahr, wurden immer mehr, weil die Zwillinge überlebten. Hier wollte man sehen, wie sie sich verhielten, wenn keine Menschen zugegen waren. Vielleicht würde man das Auswildern eines Tages wieder wagen; allerdings eher mit einem Weibchen, das vermutlich nicht so aggressiv angegriffen würde wie ein Männchen. Rita kam, wie immer sie es drehte und wendete, nicht darum herum: Die Reservepandas waren neue Wesen. Für sie musste es neue Zonen geben. An der Sorgfalt, an dem Respekt und an der Liebe, die Menschen ihnen angedeihen ließen, konnten andere Menschen lernen, wie man auf dieser Welt zusammenleben könnte. Vielleicht war das mit dem Lamm neben dem Löwen gemeint.

Rita stockte der Atem, als ihr Dr. Panda zurückzubleiben bedeutete. Er näherte sich der Bärin, die sich langsam in seine Richtung drehte. Sie atmete schwer, ihre Bewegungen waren somnambul, wie in Zeitlupe. Dr. Panda gab Rita ein Zeichen, sie ging los. Die Problembärin war etwas größer als Fu Mao, ihr Fell schmutzig, und obwohl Rita wusste, man sollte Tieren keine menschlichen Gefühle andichten, sah sie, wie sie litt.

Dr. Panda inspizierte ihr Fell, ihren Bauch, ihre Körperöffnungen. Sie stöhnte, bewegte den Kopf, ließ ihn aber gewähren. Er gab den Pandakulis ein Zeichen, sie stellten die Sänfte ein paar Meter von der Bärin entfernt ab und öffneten das Gitter, ehe sie sich entfernten.

Auf einmal war es still. Rita hörte in der Entfernung Wasser fließen, ruhig und sanft. Sie hörte Vögel zwitschern. Sie sah Fi Fo vor sich, in ein paar Jahren, den YouTube-König und Schlagzeilenhelden in der Ruhe einer nebelverhüllten Schlucht. Fern von Fu Mao, fern von Rita, fern von den Flusspferden. Fern von seinem Nachwuchs, fern von den Pandas, mit denen er in seiner Kindheit gespielt hatte.

Langsam hob die Bärin den Kopf, drehte ihn in Richtung Sänfte und kniff die Augen zusammen. Sie roch den nahrhaften Keks. Sie konnte die Markierungen an den Bäumen unterscheiden. Sie wusste, ob sie von einem Männchen oder einem Weibchen stammten. Sie wusste, ob sie das Männchen oder Weibchen kannte. Sie wusste, ob es in paarungsfähigem Alter war. Mühsam erhob sie sich. Das Trotten fiel ihr schwer. Rita konnte kaum hinsehen. Die wenigen Schritte zum Keks kamen ihr unendlich lang vor.

Als die Problembärin in der vergitterten Bambusbox verschwunden war, eilte einer der Pandakulis zu ihr, verschloss das Gitter, schon hoben sie die Sänfte zu viert hoch, zwei vorne, zwei hinten, und gingen los. Sie gingen schnell, liefen beinahe, Rita begann zu schwitzen, die Schlucht bergan, sie geriet außer Atem. Eine Pandafamilie eilte durch den Wald. Vier Pandas trugen ihre verletzte Genossin. Rita konnte ihren Blick nicht von der Sänfte nehmen, in der die Bärin auf dem Rücken lag. Sie stöhnte. Sie klagte. Aber sie war in guten Händen. Sie lebte nicht in der Wildnis.

Durch den Wald ging es zurück zum Kleinbus. Die Stimmung hatte umgeschlagen. Der Tierarzt war beunruhigt. Rita spürte es an seinen Bewegungen, an seiner Stille, an der Geschwindigkeit, die er vorgab und die seine Ohren wackeln ließ. Als sie zum Wagen kamen, waren die Übersetzerin und der Fahrer verschwunden. Die Sänfte kam nach hinten, der Tierarzt setzte sich daneben, nahm seinen Pandakopf ab und setzte Mundschutz und Stethoskop auf.

Sie fuhren schnell, sehr schnell, in den Kurven musste Rita bisweilen die Augen schließen. Die vier Männer saßen in ihren Kostümen, die Kapuzen mit den Ohren im Nacken, sie diskutierten heftig. Zumindest klang es danach. Rita drehte sich zum Tierarzt. Er wiegte den Kopf. Das Lächeln war aus seinem Gesicht verschwunden.

Vor der Krankenstation warteten Männer und Frauen in blauen Kitteln. Sie trugen Mundschutz, übernahmen die Sänfte, liefen mit ihr ins Gebäude. Rita bekam auch einen Mundschutz und folgte dem Tierarzt. Er hatte der Bärin eine Spritze gegeben, sie stöhnte nicht mehr, und als man sie in einem Raum aus der Sänfte holte und auf einen Tisch legte, presste man zuallererst eine gelbe Sauerstoffmaske auf ihre Schnauze. Eine Frau befestigte sie auf dem Kopf, die Bärin lag auf dem Rücken, der Arzt beugte sich über sie.

Als Rita ihren Blick durch den Raum streifen ließ, bemerkte sie, dass sie ihren Pandakopf nicht abgenommen hatte.

Als sie ins Gehege kam und Fi Fo begrüßte, musste Rita lachen. Er lag in einer Astgabel und rührte sich nicht. Aber nicht, weil er kein Chinesisch verstand. Ihre Begrüßung bedurfte keiner Antwort. »Wie geht es dir?« hieß auf Chinesisch »Hast du gegessen?« Das gefiel Rita. In einer Zeitung hatte sie beim Frühstück gelesen, wegen des Fast Food gebe es immer mehr übergewichtige Chinesen. Wolle man das vom Westen lernen?

Es ging ihm gut. Sagte und bedeutete ihr Fi Fos neuer Pfleger. Morgen, wenn man sie zum Flughafen brächte, durfte Fi Fo nach draußen, ins Freie, zu den anderen jungen Pandas der Zuchtstation. Er war gesund, würde niemanden anstecken und von niemandem angesteckt werden. Su-Lin war an einer Infektion gestorben. Der zweite Panda, den Ruth Harkness aus Sichuan geholt hatte, hatte sie angesteckt. Bis Fi Fo zur Fortpflanzung bereit war, würden noch viele Tonnen Bambus in seinem Magen landen.

»Fi Fo!«

Sie drehte sich zum Eingang, der junge Pfleger verschwand lächelnd. Sie setzte sich auf den Boden. Er bewegte sich kaum. Die Mitte seines Körpers lag auf der Astgabel. Auf der einen Seite hing der Kopf hinunter, auf der anderen der untere Rücken und die Hinterläufe. Ein um einen Baum gewickeltes Wollknäuel.

»Das ist lustig«, sagte sie mit der Stimme der Übersetzerin.

Da war er nun. Der ausgezeichnete Panda. Fi Fo der Erste. Ihr Sonnenschein, der die Menschen in Scharen Eintrittskarten lösen und Souvenirs hatte kaufen lassen. Nun war er einer von vielen. Ein Botschafter unter anderen. Ein Zeichen für China. Ein Zeichen für die Bedrohung des Planeten. Ein Zeichen für Urandeals. Ein Zeichen für Lachsimport. Ein

Zeichen für Wissenschaft und Austausch und internationale Zusammenarbeit. Ein Zeichen für Geheimniskrämerei. Ein Zeichen für den Reservepanda. Ein Zeichen für die Möglichkeiten dieser Welt. Ein Zeichen für sich selbst.

»Komm schon, Fi Fo, ich kann nicht lange bleiben. Ich will nicht traurig sein. Es wird dir gut gehen. Du bist erwachsen, verdammt noch mal. Na ja, fast. Ein bisschen halt. Stur bist du auch. Und wie. Immerhin habe ich dir lange genug Futter gebracht. Viermal täglich. Deine Mutter ist in Wien. Ich fliege morgen. In einem stinknormalen Flugzeug. Trotzdem aufregend. Vielleicht wirst du nie wieder fliegen. Außer von Bäumen. Du Plumpstier. Machst jetzt einen auf groß und pubertär und Was-gehen-mich-die-anderen-an. Du hättest sehen sollen, wie du gestrampelt hast. Wie dir deine Beine nicht gehorchten. Wisch-Mop solltest du heißen. Wie mich deine Härchen piekten. Du Stachelkatze. Du Unsinnstier. Ich sage jetzt alles, was ich will. Weil du dich nicht herunterbequemst. Du Lieblingstier. Du kleine Große Bärkatze mit dem falschen Daumen. Der Rote Panda mag ja kleiner sein. Gehört halt zu den Waschbären. Du wäschst dich zum Beispiel nicht so oft. Im Sommer habe ich dich heimlich mit einem Schlauch abgespritzt. Wie dir das gefallen hat. Zum Glück hat mich niemand dabei gesehen. In Wien soll ja alles so nah wie möglich an der Natur sein. Aber wenn es zu deiner Natur gehört, dich zu freuen und Spaß zu haben, sollst du dich freuen und Spaß haben. Wie ich darauf komme? Ach ja. Der Rote Panda hat einen echten Daumen. Er ist geschickter. Du Tollpatsch. Aber das kann man nicht sagen. Du Zivilisationstier. Komm runter. Sonst komm ich rauf. Mensch. Ich rüttle am Baum. Weil du am Watschenbaum rüttelst. Du Reservepanda. Du Internettier. Du Symboltier.«

Rita stand auf und ging zu dem kahlen Baumstamm. Es war nicht zu glauben. Sie konnte sich nicht erinnern, wann Fi Fo zum letzten Mal so lange stillgehalten hatte. Sie hatte nicht viel Zeit. Sie musste weiter. Verabschiedungstour. Sie war ein Verabschiedungstier. Sie wusste, sie durfte es nicht persönlich nehmen. Verena hatte sie vorgewarnt. Trotzdem rüttelte sie an dem Baum. Fi Fo fauchte. Sie rüttelte stärker. Er fauchte lauter. Aber er ließ sich nach hinten rollen, drehte sich zwei, drei Mal um die Gabel, seine Krallen fuhren in den Stamm, er kletterte hinunter. Als sie ihn packen wollte, plumpste er zu Boden.

»Du Aufmerksamkeitstier. Du Schmierenkomödiant.«

Rita umarmte Fi Fo, schlang ihre Arme um seinen Nacken, sein Kopf war weich und ein wenig nass von den Tränen, die ihr nun doch aus den Augen rannen.

»Leb wohl, Sonnenschein. Ich komme wieder. Bestimmt.«

Fi Fo befreite sich aus ihrer Umarmung, Rita spürte seine Kraft, zum Glück war er kein wilder Panda. Er stand auf allen vieren, reckte den Kopf hoch, blickte sie an, drehte sich um und kletterte auf den Baum zurück.

Jemand räusperte sich. Rita drehte sich um. Der neue Pfleger stand in der Tür. Als er sie hinter ihr abschloss, drehte sie sich noch einmal um. Fi Fo lag in der Astgabel. Sein Kopf schaute in die andere Richtung.

45

Der Mond war eine Sichel. Es wurde langsam hell. Ein dämmerndes Rot am Horizont ließ die Palmen aus dem Dunkel treten und die kleinen Appartements allmählich wieder weiß werden. Die Lichter der Stadt waren noch auszumachen, gelb, orange, grün. Julian saß mit Yamen auf den Betonstufen der kleinen Tribüne, die zum Schwimmbad führte. Gott ist groß, begann der Muezzin zu rufen, Gott ist groß, setzte ein zweiter ein, als ein dritter seine Stimme erhob, war der zweite schon dabei, es gebe keinen Gott außer Gott zu rufen, während der erste verkündete, Beten sei besser als Schlafen. Sie tranken Bier, rauchten Mars, er schäme sich, sagte Yamen, er begehe eine Sünde nach der nächsten, es sei nicht gut, wie er lebe. Julian winkte ab und stieß mit ihm an.

Julian und Pia waren glücklich gewesen in Tunesien. Sie hatten ein bescheidenes Zimmer in einem günstigen Hotel, die gut gefüllten Stofftiere standen auf der Kommode vor einem Spiegel, in dem sie ihre schwitzenden Körper sahen, wenn sie miteinander schliefen. Sie hätten einmal weggehen müssen, erzählten sie den Menschen, die sie kannten, den Angestellten, mit denen sie sich anfreundeten und die sie wie Freunde im Hotel aufnahmen. Sie bräuchten Ruhe, um zu überlegen, wie es mit ihnen weitergehe.

Die meisten Gäste stammten aus England, Frankreich oder dem Hohen Norden, Pia und Julian sahen sie kommen und gehen, Pia und Julian waren keine Touristen. Sie aßen mit den Angestellten, wenn die offiziellen Essenszeiten vorbei waren, sie fuhren mit Zügen und Bussen durchs Land, schlenderten über Basare, die Händler hatten nur für Pia Augen, was sie beim Handeln und Feilschen zu ihren Gunsten auszunutzen wussten.

Es war ein seltsames Schweben in einer fremden Welt, in der alles langsamer und gemächlicher zuzugehen schien, außer beim Fußball, wenn der Club Africain gegen die Stadtrivalen von Espérance Sportive de Tunis antrat und Schiedsrichter aus anderen Ländern eingeflogen werden mussten, damit sie nach dem Spiel das Land wieder verlassen konnten. Die jungen Menschen, mit denen sie im Café saßen, nachdem es für die Hotelgäste geschlossen hatte, mit denen sie in Diskotheken gingen oder am Strand Volleyball spielten, sehnten sich nach Europa. Europa kannten sie aus dem Fernsehen, aus Filmen und von den Menschen, die in ihrem Land Urlaub machten. Sable, sex, soleil. Strand, Sex, Sonne. Sie sprachen von Schweden oder Deutschland, wo sie etwas wie ein Paradies vermuteten. Ahmed, ein Animateur, der stark war und gut aussah, war mit einer zwanzig Jahre älteren Deutschen verheiratet und durfte trotzdem nicht ins Land seiner Frau. Man stellte ihm kein Visum aus, man glaubte ihnen ihre Ehe nicht, er habe sich noch nie in seinem Leben so gedemütigt gefühlt wie auf der deutschen Botschaft in Tunis, sagte er Julian, also Robert Hofmann aus München, an dem Abend, an dem seine Frau wieder einmal allein zurückgeflogen war.

»You sleep?«

Julian seufzte. Er lag auf einer Matratze auf dem Boden, aus den Boxen kam leise asiatische Musik, er musste sich kurz orientieren. Die Stimme gehörte der Frau, die ihn massierte, Nordafrika war weit weg. Er hatte wie ein Besessener trainiert, alles spannte, sein Körper war voller Öl. Sie hatte seine Beine massiert, seinen Rücken, seine Schultern. Sie hatte ihre Hände, Ellenbogen und Knie benutzt, einmal war ihm gewesen, als ginge sie über seinen Rücken. Bald darauf musste er eingenickt sein.

»Phantastic.«

Er atmete tief durch, fühlte sich bedeutend besser, die letzten Tage waren anstrengend gewesen. Die Frau war etwa vierzig, sehr zierlich und hatte einen großen Busen, der vielleicht nicht echt war; bisweilen hatte er ihn gespürt, wenn sie sich über ihn gebeugt hatte, um seinen Hintern und seinen Rücken zu massieren.

»Turn around. Please.«

Julian öffnete die Augen, die Ventilatoren drehten sich schnell, die Jalousien waren heruntergezogen, der Raum lag in einem fahlen Licht. Er drehte sich um, hielt das dünne blaue Handtuch um seine Lenden fest, sie legte das linke Bein frei, massierte den Innenschenkel, kam immer höher, Julian spürte, wie sich sein Penis bewegte, als sie an ihm anstrich.

»Sorry.«

»It's okay.«

Sie berührte seinen Penis mit dem Handtuch, platzierte ihn behutsam in der Mitte, Julian spürte, wie sehr ihn die scheinbar technische Berührung erregte. Sie massierte weiter, das andere Bein, den anderen Innenschenkel, sie kam immer höher. Er schloss die Augen, sie stemmte sich mit beiden Händen auf sein Schambein, etwas lief durch ihn.

Er stöhnte und atmete tief, sie berührte seinen Penis mit dem Handtuch.

»Massage?«

Sie blickte ihn an, hielt den Zeigefinger vor den Mund, deutete auf die Wände und zeigte auf sich.

»Fifty«, flüsterte sie, »for me?«

Julian nickte. Sie kniete sich neben ihn, nahm das Handtuch von seinen Lenden, griff nach dem Öl neben der Matratze und verrieb es in ihren Händen. Sie nahm seinen Penis, rieb ihn und die Hoden langsam mit Öl ein, ehe sie ihn zu massieren begann. Julian blickte sie an. Sie hatte ein junges Gesicht, aber sie war nicht mehr jung.

»So big.« Sie lächelte. »Very strong.«

Julian spürte, wie erregt er war, ihre kleine zarte Hand fuhr seinen glitschigen Penis auf und ab, langsam, gleichmäßig, während sie mit der anderen seine Hoden massierte oder aufs Steißbein drückte. Er stöhnte.

»Pssst.«

Sie riss die Augen auf und deutete auf die Wände. Er wollte sie bitten, innezuhalten, kurz, das war zu gut, er wollte es länger genießen, er wollte –

Er kam ganz leise, atmete tief, sie lächelte ihm zu, griff nach einem Taschentuch, wischte über seinen Penis, tupfte das Sperma vom Bauch und von der Brust. Dann säuberte sie ihre Hände, zerknüllte die Taschentücher und steckte sie ein.

»I go wash hands.«

Als sie aus dem Zimmer verschwand, hörte er die Musik aus den Boxen, die Motorengeräusche von der Straße mischten sich darunter, Hupen, Autos, Kickstarter. Sie hatte das blaue Handtuch wieder über seine Lenden gelegt. Er war braun. Früher war er im Sommer braun gewesen, wenn er im Freien Fußball gespielt oder im Schwimmbad gelegen hatte. Seine Haut hatte sich verändert. Das Braun war natürlicher geworden. Er wusste nicht mehr, was es hieß, weiß zu sein – so weiß, wie er sein konnte, so weiß wie in einem Wiener Winter.

Als sie zurückkam, schlug sie seine Füße in kleine feuchte Tücher. Julian merkte, wie zufrieden, vielleicht dämlich er lächelte. Sie massierte seine Sohlen, zog an den Zehen, ließ sie knacken. Wenn eine nicht auf Anhieb knackte, kicherte sie.

Dann saß sie hinter ihm und massierte seine Schultern, er ließ sich zurücksinken und wünschte, es möge nie aufhören. Als sie mit der Kopfmassage begann, wusste er, es war vorbei.

Sie reichte ihm ein großes frisches Handtuch und wies ihm den Weg zur Dusche, er gab ihr 100 000 Dong, die sie in ihren Hosenbund steckte, und während er Wasser auf sich prasseln ließ und das Öl von seinem Körper wusch, summte er leise. So war er noch nie massiert worden. Ihm fielen die älteren Frauen aus Europa ein, die Pia und er in Tunesien beobachtet hatten. Sie waren das Pendant der ekelhaften europäischen Männer in Vietnam. Jede wollte ihren Riad oder Mourad, einen dunklen Mann, der ihnen schöne Augen machte und so lange Gentleman war, bis er allein mit ihnen war. Die Nacht vor der Hoteldisko fiel ihm ein, in der er eine ältere, hässliche Schottin vor dem Eingang mit Mourad streiten gesehen hatte. Er solle sich nicht zieren, hatte sie gerufen, er solle auf der Stelle mitkommen, immerhin gebe sie ihm mehr, als er üblicherweise in einem halben Jahr verdiene.

Er hatte der Masseuse 100 000 Dong gegeben, etwas mehr als drei Euro. Das war etwas anderes.

Als er an der Rezeption bezahlte, deutete die Chefin auf ein kleines Sparschwein mit dem Namen Mai. Mai stand neben dem Eingang. Er steckte 50 000 hinein.

»Thank you very much«, sagte er und lächelte ihr zu.

Sie lächelte zurück.

Er fühlte sich leicht, als er auf die Straße trat, leichter als in den Wochen zuvor. Hände, die einen massierten, waren etwas Wunderbares. Vielleicht war der von Pia so bewunderte Kasimir Ab dadurch auf seine Bilder gekommen. Julian und Pia gingen gern gemeinsam zur Massage, lagen nebeneinander auf Tischen und steckten ihre Köpfe in Löcher, unter denen duftende Blütenblätter in Schüsseln lagen. Sie lebten gut hier. Ihnen fehlte nichts. Er liebte es, auf seinem Moped durch die sich täglich verändernde Stadt zu fahren, oft einfach der Nase nach, wohin es ihn zog, um irgendwo anzuhalten, sein Mobiltelefon aus der Tasche zu ziehen und auf der Karte nachzusehen, wo genau er sich gerade befand.

Noch nie in seinem Leben hatte er tun und lassen können, was er wollte. Immer hatte er arbeiten müssen, Geld verdienen, zu festen Zeiten aufstehen, zu festen Zeiten zum Dienst antreten, nach irgendjemandes Pfeife tanzen. Noch nie war er so frei gewesen. Er hatte Freunde, mit denen er kickte, er sprach mit anderen Ausländern im Fitnessstudio, er war besser in Form als jemals zuvor, und wann immer jemand wissen wollte, was er tue, sagte er, er sei Fitnesstrainer, *personal coach*. Auf den Partys, zu denen Pia und er eingeladen waren, kam zu vorgerückter Stunde immer einer auf ihn zu, ob er mit ihm trainieren oder zumindest einen Plan erstellen könne. Meistens lehnte er ab, manchmal nahm er an, um ein paar Hundert Dollar zu verdienen, die er in den langen Champions-League-Nächten oft wieder verlor.

Er war Fitnesstrainer, man sah es ihm an, betrunkene Frauen und enthemmte Homosexuelle betasteten zu später Stunde seine Muskeln, meistens den Bizeps, besonders Freche die Brust. Dann lächelte er milde, an den Abenden, an denen Pia und er auf Terrassen standen, in Hängematten Cocktails schlürften, grillten oder tanzten.

Aber er stand in Pias Schatten. Pia war die Künstlerin, Pia war die nicht zu greifende, leicht mysteriöse Gestalt, mit der alle sprechen wollten, weil sie unkonventionelle Ansichten hegte und mit ihren harschen Meinungen nicht hinterm Berg hielt. Ihre Bilder und Titel aber konnte sie niemandem zeigen. Sie hieß Maria Hofmann. Unter Maria Hofmann war keine bemerkenswerte Künstlerin zu finden. Wissbegierigen erzählte sie, sie arbeite unter einem Pseudonym. Allerdings war das Pseudonym ihr wirklicher Name. Sie fühle sich, sagte sie oft, wie ein Scharlatan.

In Neapel hatte sie sich als Kunststudentin verkleidet, zwei Jahre später war sie Künstlerin. In Zeitungen und Magazinen erschienen Essays über ihre Titel, über die Art und Weise, wie sie die Welt gleichsam aus einer besseren Zukunft beschreibe. Wann immer Julian ihren Namen in eine Suchmaschine eingab, fand er neue Nachrichten und Artikel über Pia Swoboda. Ihre Bilder reisten durchs Netz, es gab mehrere Fanseiten, manchmal sah er auf dem Computer oder Mobiltelefon eines Freundes ihre Seite auf Facebook an, die Pias Seite geworden war.

Sie war beliebt.

Sie war berühmt.

Sie wurde gefeiert.

Wenn er die Kommentare unter ihren Einträgen und Bildern las, wurde er manchmal wütend. So viele Männer, die ihr mit Rufzeichen, Rosen, Kussmündern und dämlichen Smileys zuriefen, wie toll und mutig und schön und wusste der Teufel was noch sie sei. Die Bilder von Menschen, die stolz und grinsend den Zehneuroschein *Limited Edition* in die Kameras hielten, als hätten sie gerade in der Lotterie gewonnen. Die Scheine, die kreisten, woraufhin der zerfledderte Kuckuck zu fliegen begonnen hatte. Ein Jahr nachdem sie nach Tunesien verschwunden waren, war der Kuckuck in Neapel auf Bankomaten geklebt und auf Wände gesprüht worden. Sie hatten es ins Werk gesetzt. Aber sie, das war auf einmal Pia. Er war der starke Mann, der hinter einer bewunderten Frau stand, die der herrschenden Ordnung die Finger zeigte.

Das hatte er gelesen.

Der herrschenden Ordnung die Finger zeigen.

Bravo.

Er band sich die Atemschutzmaske um den Mund, stieg auf sein Moped und fuhr los. Er war einer von vielen, klein, irgendwer, eine Ameise auf einer Ameisenstraße. Er liebte es, sich im Verkehr zu verlieren, neben ihm saßen Kinder mit ihren Eltern auf Mopeds, Studentinnen und Arbeiter, Junge und Alte, es war, als hätte jeder Bewohner Ho Chi Minh Citys zumindest einen Roller. Er mochte das Gewirr. Es war schön, klein zu sein. Es war alles nicht so wichtig, solange er frei war, solange sie zusammen waren. Das war die Hauptsache.

Er liebte Pia. Er wusste, wie sie war. Er wusste, wer sie war. Er verstand sie. Er verstand ihre Wut. Er verstand ihren Blick. Er verstand, worum es ihr ging. Er verehrte sie. Ihren Mut, ihren Kampfgeist, ihre Empörung. Er verstand ihre Titel und Bilder. Sie sprach mit ihm nicht mehr darüber.

»Ich weiß«, sagte sie, »ich lebe im Internet. Und du lebst in der wirklichen Welt.«

Er wusste nicht, woher das kam. Er hatte das Gefühl, ausgeschlossen zu sein, zu einem Teil von ihr keinen Zutritt mehr zu haben. Auf einmal schien es, als verstünde er sie nicht, als interessierte ihn nicht, was sie tue. Das stimmte nicht. Das stimmte überhaupt nicht. Unlängst, als er lange eines ihrer Bilder betrachtet hatte, eine grüne Fläche, wahrscheinlich das Blatt einer Palme, auf der kleine Tautropfen zerflossen, hatte er geschluckt.

Tausende von Menschen hatten *Gefällt mir* angeklickt, die Krankheit dieser Tage, *Gefällt mir nicht* konnte man nicht anklicken, bei *Gefällt mir nicht* wäre auch er dabei gewesen. Auf dem Bild stand *Bevor der Himmel verschwindet*. Tausende hatten es weiterverbreitet, in andere Sprachen übersetzt, wie poetisch, wie schön, wie ermutigend, blablabla. Daumen, Daumen, Daumen. Julian nannte Pia *Daumensammlerin*, was sie nicht sonderlich lustig zu finden schien. Sie lachte nicht mehr über seine Scherze. Seine Scherze waren nicht mehr witzig. Wahrscheinlich waren seine Scherze zu plump.

Welcher Himmel drohte zu verschwinden? Julian kam nicht darum herum, eine Anspielung auf ihre Situation zu finden. Es war pervers: Er suchte in den Bildern seiner Freundin nach Hinweisen auf den Stand ihrer Beziehung. Er fühlte sich unverstanden. Er war nicht der Dumme. Julian fuhr über eine breite Brücke, er wollte in den District 2, um Dale zu treffen. Er war um einiges weniger erleichtert, als er eben gedacht hatte.

Er sehnte sich nach Pia, nach der starken Verbindung zwischen ihnen, nach dem Lachen und Scherzen und Der-Welt-eine-Nase-drehen. Als sie unlängst im Zentrum in einem Café waren, in dem alle Angestellten blinkende Santa-Claus-Mützen trugen, hatte Pia gesagt, wie absurd, dass sie von der Kultur ihres ehemals schlimmsten Feindes gerade das Abgeschmackteste und Dümmste übernähmen. Julian wusste zwar nicht, woher sie auf einmal solche Formulierungen nahm, aber er wusste, was sie meinte. Er hatte auch ein Gehirn. Er konnte auch denken. Aber er wollte in erster Linie das Leben genießen. Dieses eine, kleine Leben, das so schnell vorüber sein konnte. Er wollte Pia zurück. Er wollte ihre Verschworenheit zurück.

Vor allem wollte er ihr zeigen, dass er auch etwas drauf hatte. Seine Kunst war eine andere. Während ihre Kunst ausgestreckte Daumen und virtuellen Applaus erntete, war seine Kunst konkret. Er hatte eine wunderbare Wohnung gefunden, im Sky Garden, hoch über der Stadt, dreiundzwanzigster Stock, zwei Etagen, eine riesige Terrasse, auf der sie liegen und träumen, tanzen und feiern könnten. Wie damals, in Neapel, aber anders. Sie mussten sich nicht mehr verstecken. Aber allmählich wurde das Geld weniger. Während sich Pia dem Kampf für Gerechtigkeit verschrieben hatte, wollte er sicherstellen, dass sie weiterhin auf Fotosafari gehen und ihre Titel der Welt verkünden könnte. Sie war das Beste, was ihm je passiert war. Ohne sie würde er immer noch Bankomaten mit Geld befüllen oder Pakete austragen. Er hatte keine Angst. Aber er hatte Angst, sie zu verlieren. Auch wenn er in dieser Stadt jeden Tag eine andere schöne Frau hätte haben können.

Er hielt in einer engen Gasse. Ein paar abgemagerte Katzen streunten herum, ein auf beiden Seiten mit Bambus bepflanzter Kiesweg führte zu *The Dock*. Als er vom Moped steigen wollte, nahte ein Uniformierter, hielt die Lenkstange fest, Julian stieg ab, der Mann stieg auf und parkte.

Sie saßen am Saigon River, über den Tisch war ein weißes Leintuch gebreitet, das Besteck glänzte, die Kellner trugen Anzüge, die Kellnerinnen in ihren engen weißen Kleidern sahen aus, als wäre jede zumindest einmal Miss Vietnam gewesen. Der Fluss lag breit und ruhig da, in der Ferne waren Schiffe, Kräne und Hochhäuser zu sehen. Die Musik plätscherte dahin, ein leichtes elektronisches Wohlgefühl, ein Cocktail kostete so viel wie anderswo ein Abendessen für eine Kleinfamilie. Bisweilen brachen Sonnenstrahlen durch die hellgraue Wolkendecke und ließen die Wasseroberfläche funkeln. An den Nebentischen saßen gut gekleidete Menschen, Langnasen und Asiaten, Geld schien keine Rolle zu spielen. Die Kellner waren pausenlos mit Champagner, Wein und Cocktails unterwegs.

Wahrscheinlich hatte Julian noch nie so viele schöne und elegante Menschen an einem Ort gesehen. Dale folgte lächelnd seinem Blick. Wann immer er länger bei einer Frau verweilte, nickte Dale, als hieße er Julians Geschmack gut. Dale trug einen weißen Leinenanzug und ein hellblaues Hemd, wenn er seine Sonnenbrille abnahm, sah man die blauen und braunen Flecken um die Augen und die Abschürfungen ringsum. Eine große schlanke Kellnerin mit sehr langen Beinen stellte kleine Schüsseln mit Vorspeisen auf den Tisch, während ein Kellner zwei frische Cocktails servierte. Hätte man Julian gefragt, wo er sich gerade befinde, er wäre nicht auf Ho Chi Minh City gekommen.

»I owe you, man.«

Julian winkte ab.

»Ohne dich wäre ich jetzt, wie sagt man, ein blindes Huhn. Oder totes Huhn.«

Dale lachte. Er war aus Detroit, hatte in Europa gelebt, in London und Frankfurt, sprach Deutsch, Französisch,

Chinesisch und Vietnamesisch. Julian kannte ihn nicht gut. Sie waren einander zwei Mal vorgestellt worden, einmal auf einer Party, ein andermal frühmorgens, als sie die europäische Champions League verfolgt hatten.

Vor ein paar Tagen war Julian mit einem Freund und zwei Vietnamesinnen, die sie beim Tanzen kennengelernt hatten, von einem Club in eine After-Hour-Bar gegangen, als er in einer Seitengasse vor der Bar drei Asiaten gesehen hatte, die auf einen auf dem Boden Liegenden eintraten. Sein Freund hatte weitergehen, die beiden Frauen nicht einmal hinsehen wollen, Julian war auf die Männer losgestürmt, hatte ihnen ein paar Schläge versetzt, woraufhin sie fluchend geflüchtet waren – vielleicht auch, weil Julians Freund ihm nachgelaufen, sein Mobiltelefon gezückt und fotografiert hatte. Dale hatte aus der Nase und aus dem Mund geblutet, aber keine Polizei rufen wollen. Alle korrupt, hatte er gesagt, außerdem wisse er nicht, warum es die drei Arschgesichter auf ihn abgesehen hätten.

»Wrong time, wrong place, I guess.«

Er hatte sich das Blut aus dem Gesicht gewischt, eine Zigarette angezündet und ein Taxi bestellt. Er hatte sich bei Julian bedankt und seinem Freund eine Karte mit der Bitte gereicht, er möge ihm die Bilder schicken. Beim Einsteigen ins Taxi hatte er zu lächeln versucht.

»Enjoy the night, boys.«

Er hatte die Nacht wohl weniger genossen. Er musste furchtbare Schmerzen gehabt haben. Es tat weh, ihm ins Gesicht zu sehen. Julian lehnte sich zurück, rückte den Stuhl zur Seite, überschlug die Beine und streckte sie aus.

Er wollte nicht daran denken, dass Sebastian kam und bei ihnen wohnen würde. In der kleinen Pizzeria in Paliano und später, in dem Atelier, in dem Sebastian einen Monat verbracht hatte, hatte er sich aufgeführt, als kennte er Pia viel besser als Julian. Sie hatte beteuert, nie etwas mit ihm gehabt zu haben, aber da war eine Vertrautheit gewesen, die Julian hatte aufhorchen lassen. Vielleicht war er tatsächlich ungerecht, immerhin hatte Sebastian mit Guido gesprochen, und Guido hatte ihnen sein Liebesnest überlassen, in dem sie wie fleißige Vietnamesen ihre Ernte hatten einbringen können. Sie waren nicht geschnappt worden, also hatte Sebastian geschwiegen. Julian seufzte. Wie lange das alles her war. Alles würde wieder gut, nein – besser. Er hatte einen Plan. Für Pia und sich. Für sie beide. Für ihr gemeinsames Leben.

»Willst du auch so eine?«

Julian blickte Dale fragend an.

»So eine vietnamesische Schönheit. Oder eine aus Kambodscha? Die sehen mongolischer aus und haben größere Titten.«

»Nein. Danke.«

»Deine Frau wird es nie –«

»Lass meine Frau aus dem Spiel.«

»Hey.« Dale hob die Arme und lachte. »Take it easy, man. Ich weiß, dass sie dir gefallen. Ich will mich bloß bedanken.«

»Dann bestell mir Gin Tonic.«

Dale rief den Kellner und flüsterte ihm etwas ins Ohr.

»The trainer in the gym. She's nice. But if you want someone really, and I mean really hot –«

Julian sah ihn böse an. Woher wusste er das?

»You're only flirting. I know.«

Dale lächelte, als die Kellnerin mit zwei Gin Tonic kam und knapp neben Julian stehenblieb. Sie roch gut. Sie lächelte ihn an.

»So etwas?« Dale blickte ihr hinterher. »Ich schweige wie ein Grab. Mann, ohne dich könnte ich tot sein. Ende der Vorstellung.«

»Was machst du eigentlich?«

»Dies und das. Hab in China gut verdient. Jetzt lasse ich es mir schmecken. Nein. Wie sagt man? Gut gehen. Hey, let's look at the river and forget the girls. It's probably me. I'm fucking horny.«

Julian drehte seinen Stuhl in die andere Richtung, Dale tat dasselbe, er spürte, wie weich ihn die Massage gemacht hatte. Er hatte viel trainiert in den letzten Tagen, obwohl das Studio klimatisiert war, schwitzte er nach fünf Minuten Aufwärmen wie ein Verrückter, es kostete Überwindung. Und ja, manchmal schwitzte er mit Tam im Studio. Aber das hatte nichts zu bedeuten, sie war mit einem französischen Banker verheiratet. Sie spornten einander an. Wenn er Tam beim Trainieren beobachtete, hatte er das Gefühl, sich von ihr noch ein Scheibchen abschneiden zu können. Er hatte kein Recht, auf Sebastian eifersüchtig zu sein. Er war es trotzdem. Ihn störte, dass er kam. Sebastian wollte eine Geschichte schreiben, die an ihre angelehnt sein sollte. Er wollte sie *Was ich immer schon tun wollte* nennen. Tu's doch, du Depp.

Dale erzählte von seinen Reisen, vom Norden des Landes, von Stränden und Inseln nahe Thailand, von Ressorts und Hotels, in denen man all seine Probleme vergessen könne, von seinen Lieblingslokalen in Saigon – er sagte immer »Saigon« –, von seinem Schwur, nie mehr in den USA oder im Westen generell zu leben. Er erzählte vom Niedergang Detroits, von der einmal stolzen Autostadt, die verfalle und in der niemand mehr leben wolle, und auf einmal klang er beinahe zart und sensibel, ehe er wieder lachte, als wollte er sich beweisen, das Lachen nicht verlernt zu haben. Julian schwor sich, alles zu unternehmen, um niemals so einsam zu werden.

»Alright, let's cut the crap. You need money and you like to bet. Listen.«

Julian wusste nicht, ob Dale etwas wusste. Ja, er brauchte Geld. Andererseits konnte man das neunundneunzig Prozent der Menschheit auf die Nase zusagen. Julian hatte die perfekte Wohnung gefunden, Pia würde sie lieben, so wie sie die Wohnung der Französin in Neapel geliebt hatte. Er mochte ihre jetzige Wohnung, aber sie brauchten mehr Platz, wenn sie Kinder wollten. Sie wollten Kinder. Er wollte Kinder. Er wollte mit niemand anderem als mit Pia Kinder. Zwei, drei, vier, warum nicht. Das hatten sie in Tunesien beschlossen. Wenn sie einmal in Sicherheit wären. Sie waren in Sicherheit. Sie passten nicht mehr auf, wenn sie miteinander schliefen. Sie schliefen nur nicht mehr so oft miteinander.

Im April wurde die Wohnung frei, er hatte einen Vorvertrag unterzeichnet und konnte kaum den Tag erwarten, an dem er Pia unter einem Vorwand dorthin locken würde. Sky Garden. Allein der Name. Sie würden eine Hängematte anschaffen, Töpfe, Blumen und kleine Palmen auf die Terrasse stellen, sie hätten genügend Platz, um Gäste zu beherbergen, Pia könnte sich hoch über der Stadt neue Titel ausdenken. Sie könnten Feste feiern und Bekannte einladen, sie wären endlich angekommen.

Er hatte den Vertrag. Er hatte viel anzahlen müssen, ein Teil war für den Makler, der Rest die Miete für die ersten beiden Jahre. Waschmaschine, Küche, Bad, Bett, alles war da. Auch dafür hatte er Geld ausgeben müssen.

Pia würde jubeln. Dann wären sie wieder nur er und sie

gegen den Rest der Welt. Wobei sie nicht mehr gegen den Rest der Welt war. Sie war gegen die *Verwaltung* der Welt. Er doch auch.

Er griff nach seinem Telefon.

Ich liebe dich, Pia. Lass uns morgen eine Aufklärung machen.

In Neapel, an der Amalfiküste, auf den kleinen Inseln, später in Tunesien, hatten sie von Aufklärung gesprochen, wenn sie eine unbekannte Gegend erkundet hatten. Er war abgedriftet. Dale hatte gemeint, Julian kenne diese Menschen nicht, sie seien Tiere, die einem den Bauch aufschlitzten und auf der Straße liegen ließen, weil sie nichts zu verlieren hätten und genau so enden würden – mit aufgeschlitztem Bauch in einer dreckigen Seitenstraße.

»I give you one shot, okay?«

Julian wollte etwas fragen, Dale hob den Zeigefinger.

»You don't trust me.«

Julian wollte etwas sagen, Dale hob die Hand.

»Musst du nicht. Ich wäre auch vorsichtig after this – Zwischenfall on the street. You like to bet and you lost some money, right?«

Julian nickte. Dale holte sein Mobiltelefon aus der Sakkotasche und wischte mehrere Male darüber.

»There's a game tonight in Malaysia. You probably couldn't care less. Geht dir am Arsch vorbei, was? You watch Bayern Munchen and Barcelona und Manchester United.«

»Rapid Wien.«

»Forget it. Give me one hundred Dollar. Die Quote, sagt man so?«

Julian nickte.

»1:19. You will win. If not, it's only a hundred bucks.«

»Wie kannst du das wissen?«

»Ich weiß es.«

»Worauf setzen wir?«

»Auf – it's hard to. Alle Nummern der Spieler, die im starting line up stehen, addiert. Understand?«

»That's insane.«

»Believe me. And if you do, you'll get your shot.«

Julian schüttelte den Kopf, nahm einhundert Dollar aus seiner Brieftasche und legte sie auf den Tisch. Er hatte einen Irren gerettet. Er würde ihn nie wieder treffen. Auf diese hundert Dollar konnte er auch noch verzichten, zumal Dale den Kellner mit der Rechnung und seiner Kreditkarte losgeschickt hatte. Dale schrieb etwas auf einen Zettel, bevor er ihn über den Tisch schob.

1

2–4–6–23

7–10–15–11

9–20

»Wie viel ist das?«

Julian nahm sein Telefon. Pia hatte noch nicht geantwortet, die Nachricht aber gesehen. Er startete den Rechner.

»108.«

»Right. Your bet is placed. Let's move.«

Wenig später saßen sie auf einer begrünten Terrasse im Zentrum, die von bunten Lampions beleuchtet war. Sah man nur das Stiegenhaus des dreckigen Hinterhofes, durch das man sie erreichte, und die ausgelatschten Schuhe vor den Wohnungstüren, wäre man nie auf die Idee gekommen, hier gut essen zu können.

Mit »man« meine er Menschen aus dem Westen, die zum ersten Mal hier seien, sagte Julian. Dale hörte nicht richtig zu. Er begann wieder mit den 20ern und 30ern des vergangenen Jahrhunderts, wie schön Saigon damals habe sein müssen, lange bevor seine Landsleute Millionen von Vietnamesen gemeuchelt hätten, die prunkvollen Kolonialbauten, die herrlichen Hotels und luxuriösen Bars, die heute unter der Skyline, dem Glas und all den hässlichen Türmen begraben seien. Ohne den Lärm, ohne den Schmutz, ohne die Abgase und den Smog, die morgens beim Duschen als braune Klumpen aus der Nase kämen.

»I don't fucking believe it.«

Dale winkte dem Kellner, Julian tat, als wollte er seine Brieftasche zücken, Dale schüttelte den Kopf und gab dem jungen Mann ein stattliches Trinkgeld.

»What?«

»That they don't hate us. They call me Sir This and Sir That and my father killed their people.« Er schüttelte den Kopf. »I don't get it.«

Auf der Toilette sah sich Julian um. Bisweilen suchte er nach dem Blick, den er auf der Flucht aus Wien gehabt hatte. Den Blick, mit dem er Neapel zum ersten Mal gesehen hatte. Den Blick, mit dem er die kleinen und großen Gauner beobachtet hatte. Mit diesem Blick hätte er sich über die Zahnbürsten gewundert, die neben halbausgedrückten Zahnpastatuben, Haargels, Kämmen und Parfums auf dem Mauervorsprung vor dem Toilettenfenster lagen. Mit diesem Blick hätte er hier niemals gekackt, wahrscheinlich nicht einmal gepisst. Mit so einer Toilette hätte die schlimmste Wiener Schluckbude keine Konzession bekommen. Das hier war ein gutes, nicht einmal besonders günstiges Lokal. Aber malaysischer Fußball!

Draußen nannte ihm Dale ein Lokal in D7, in dem sie das Spiel ansehen würden. Er nahm ein Taxi, Julian fuhr los. Es wurde gehupt, geblinkt, geschrien, rechts wie links überholt; hätte er nicht gerade über seinen alten Blick nachgedacht, all das wäre ihm nicht weiter aufgefallen. Die Bar war zwanzig Gehminuten von ihrer Wohnung entfernt, wahrscheinlich wohnte auch Dale in D7, so genau wollte es Julian nicht wissen. Er fragte sich, ob er nicht einfach nach Hause fahren und ihm schreiben sollte, er habe vergessen, seine Frau und er seien zu einer Geburtstagsfeier eingeladen, aber als er über die Brücke nach D7 und an dem Club vorbeifuhr, aus dem er losgegangen war, um Dale zufällig zu retten, hatte er nur noch eine Frage im Kopf: Was, wenn der Verrückte gar nicht so verrückt war? Warum sollte er ihm, wenn er ihm dankbar war, aus Jux und Tollerei hundert Dollar abknöpfen wollen? Dale sah nicht wie jemand aus, der auf hundert Dollar angewiesen war.

Die Bar befand sich am Ende des Bezirks, kurz vor den hohen Mauern, die die Häuser der wirklich Reichen von denen der Wohlhabenden trennten. Ein junger Mann übernahm seinen Scooter, an der Bar saßen betrunkene Engländer mit roten Gesichtern, an den Stehtischen hatten sich kleine Grüppchen versammelt, er stellte sich an einen Tisch, von dem aus er einen guten Blick auf einen der Bildschirme hatte. Eine junge Kellnerin in blauem Kleid, auf dem *San Miguel* stand, nahm die Bestellung auf, er bestellte Corona. Die Ventilatoren drehten sich, es war warm und feucht, eine Dusche hätte ihm gut getan.

Als ihm Dale auf die Schulter klopfte, brachte die Kellnerin sein zweites Corona. Heute war sein *cheat day* – er gönnte sich einen pro Woche, manchmal einen zweiten. Er wollte nicht umsonst trainieren, obwohl es in der Hitze und bei dem gesunden Essen nicht einfach war, zuzunehmen. Es sei denn, man trank täglich Bier.

»One more thing. There will be a penalty for the yellow team. Oh, thank you.« Die Kellnerin im roten Kleid, auf dem *Warsteiner* stand, hatte Dales Bier gebracht. »You are very pretty.«

Als die Aufstellungen eingeblendet wurden, trat Dale nah an den Bildschirm heran und fotografierte ihn. Er legte das Telefon auf den Tisch und bat Julian, die Rückennummern der roten Startelf zusammenzuzählen. Julian tippte die Nummern in den Rechner seines Telefons. Nach dem zweiten Stürmer, der die 20 trug, drückte er Ist-gleich.

Er blickte noch einmal auf die Anzeige.

»108.«

Dale lachte und legte seine Hand auf Julians Rücken.

»I told you. You fucking saved my life. And here come the ladies.«

Dale breitete seine Arme aus, Julian drehte sich um, zwei äußerst attraktive Asiatinnen kamen zur Tür herein, groß und schlank, die eine trug ein enges schwarzes, die andere ein enges rotes Kleid. Die betrunkenen Engländer starrten sie mit offenen Mündern an, die Kellnerinnen warfen einander fragende Blicke zu, Dale küsste beide auf die Wangen, ehe er sich ihm zuwandte.

»That's Julian. The man who saved my life. This is Linh.«

Die Frau im schwarzen Kleid, der Dale den Arm um die Taille gelegt hatte, reichte ihm ihre Hand.

»And that beauty is –«

»Cathy«, sagte die Frau im roten Kleid und reichte ihm ihre Hand, »nice to meet you.«

»Our friend just made some money. What do you want? White, red, champagne?«

»White«, sagte Cathy.

»Willst du lieber Linh?«

Sie standen am Rand seiner Dachterrasse, Dale hatte seine Linke um Julians Schulter gelegt, in der Rechten hielt er eine Zigarre. Aus Kuba, man gönne sich ja sonst nichts. Julian blickte auf den dunklen Fluss, in dem sich die Lichter der Stadt spiegelten. Wie klein alles von hier oben schien. Linh und Cathy standen etwas abseits, die Musik aus dem Wohnzimmer übertönte ihre Stimmen.

Dales Wohnung war groß und kostspielig eingerichtet. Sie sah aus, als würde sie jeden Tag geputzt. Im Wohnzimmer stand der größte Flachbildschirm, den Julian jemals außerhalb eines Elektrogeschäftes gesehen hatte. An den Wänden hingen alte Ansichten von Saigon und zu viele Fotos von Dale.

Kurz nachdem die Gelben einen Elfmeter zugesprochen bekommen hatten, den der Kapitän stümperhaft vergeigte, hatte Dale ein Taxi gerufen. Im Fonds hatte sich Cathy an Julian gelehnt, ihr nacktes Bein sein Knie berührt. Er hatte geradeaus geblickt, um ihr nicht in den Ausschnitt zu starren. Sie schien keinen BH zu tragen, das rote Kleid war nicht mehr als ein dünnes Stück Stoff. »You work out a lot«, hatte sie gesagt und lächelnd über seine Brust gestrichen. Er hatte sich zu ihr gedreht und ihr in die Augen geblickt. In den letzten Monaten hatte er viele schöne Frauen gesehen. Sie war die schönste.

»Sag's mir. Üblicherweise bin ich extrem eifersüchtig. Bei dir würde ich eine Ausnahme machen.«

Julian schüttelte den Kopf.

»Was ist los mit dir? Mach dich locker. Willst du beide? Dein Abend. Just tell me.«

»Woher wusstest du das?«

»Mann, hast du auch was anderes als Fußball im Kopf?«

»Ja.« Julian lachte. »Wetten.«

»Sagen wir so: Manchmal tut man jemandem einen Gefallen. Womit tut man Männern einen Gefallen? Sagen wir: Schiedsrichtern oder Trainern?«

»Mit Geld?«

»Mit schönen Frauen. Und manchmal schuldet einem jemand einen Gefallen.«

»Dann schickt einem ein Verteidiger eine schöne Frau?«

»Wenn jemand Schulden hat, geht's um Geld. Da kennen Gläubiger keinen Spaß. Das Problem unserer asiatischen Freunde ist, dass sie zu viel spielen.«

»Und wie –«

»Das ist alles. You got one shot. I told you. Dein Geld bekommst du in den nächsten Tagen. Keine Sorge. Ich will keine Schulden bei dir.« Dale lachte. »Du bist stärker als ich. Und ich stehe in deiner Schuld.«

Julian blickte über die Schulter. Cathy schenkte Linh Wein ein. Sie schienen sehr entspannt zu sein. Sie schienen sich wohlzufühlen. Sie fotografierten einander.

»Zahlst du sie?«

Dale zog an seiner Zigarre und schüttelte den Kopf.

»Was heißt zahlen? Was macht man bei uns zu Hause? Du lädst eine Frau zum Essen ein, ins Kino, ins Theater. Jedes Mal zahlst du. Und dann darfst du sie irgendwann ficken.« Er zuckte die Achseln. »You're hard to crack, man.«

Er drehte sich um.

»Ladies, Christmas is coming. Let it snow. And turn up the volume.«

Sie tanzten, große bunte Lampions leuchteten über ihnen, das Licht aus der offenen Wohnzimmertür schlug eine Schneise auf die Terrasse. Dale hatte Julian wie einen

Außerirdischen angesehen, als er kein Kokain durch den eingerollten Hundertdollarschein hatte ziehen wollen, mit dem er eintausendneunhundert Dollar gewonnen hatte. Linh hatte zuerst gezogen, dann Cathy, Dale zuletzt. Er hatte den Kopf in den Nacken gelegt, noch einmal tief durch die Nase geatmet, ehe er Cathy den eingerollten Schein hinters Ohr gesteckt hatte. Aus einer Schatulle hatte er Julian einen Joint geholt. Julian hatte lange nicht mehr gekifft. Er rauchte nicht mehr. Die Luft in der Stadt war schlecht genug.

Wenn ihr wüsstet, dachte er, als etwas in ihm aufging, seine Gedanken wärmer wurden, auf einer Terrasse hoch über Ho Chi Minh City, hoch über dem ehemaligen Saigon, ausgelassen mit zwei wunderschönen Frauen, die miteinander tanzten, die ihn antanzten, neben Dale, der verrückt war, aber wer war das nicht, in der warmen Luft, in einem engen Polo-Shirt, wenige Wochen vor Weihnachten, während in Wien vielleicht Schnee auf den Straßen lag, man so schnell wie möglich von A nach B kommen wollte, man sich in dicke Mäntel und Schals hüllte, während seine ehemaligen Kollegen für einen Hungerlohn von Bank zu Bank fuhren, um Automaten mit Geld zu befüllen, während die Menschen grimmig und depressiv in der U-Bahn saßen, bei Rot nicht über die Straße gingen, beim Essen ruhig waren oder nur sehr leise sprachen, und Cathy legte ihm ganz zart eine Hand auf die Schulter, er fasste sie um die Taille, drehte sie unter seinem Arm, sie lachten, sie bewegten sich, der Bass hämmerte, Dale flüsterte Linh etwas ins Ohr, Linh tippte ihm auf die Stirn, vielleicht hatte ihm Julian tatsächlich das Leben gerettet, Dale war nicht aufgeschlitzt worden, konnte tanzen, die Arme in die Höhe werfen und in die Hände klatschen, Julian spürte, wie er strahlte, wie er sich freute, das Leben meinte es gut mit ihm, er hätte mit niemandem tauschen wollen.

Wenn ihr wüsstet, dachte er, murmelte er, und Linh stand ganz nah hinter Cathy, fuhr langsam die Konturen ihres Körpers ab, von den Schultern über die Arme zur Taille, ehe sie ihr auf den Hintern klapste und Cathy sich umdrehte, ihr langes glattes schwarzes Haar schimmerte bläulich, sie legte die eine Hand auf Linhs eine, die andere auf Linhs andere Schulter und ging langsam in die Hocke, ehe sie sich wieder aufrichtete. Dale prostete ihm zu, sie hatten auf die Quersumme der Rückennummern der Startelf einer malaysischen Mannschaft gewettet, es war unglaublich, aber nichts war mehr unglaublich, in Tunesien war er in einem Taxi gesessen, der Taxifahrer hatte ihm von einem Ton erzählt, den Menschen kaum wahrnähmen, der aber Moskitos vertreibe, weshalb er ständig auf seinem Telefon laufe, Julian hatte ihm von einem Pferd mit buntem Überwurf erzählt, das er auf dem Anhänger eines Kastenwagens gesehen hatte, der Taxifahrer hatte »Wedding Horse« gesagt, ihm sein Telefon mit einem Video gereicht, auf dem ein ähnliches Pferd durch eine Manege lief, über einen Kastenwagen sprang, eine Runde lief und wieder über ihn sprang, Julian sah die Suqs und Verkäufer und Kamele am Strand und den Mann, der, nachdem er gehört hatte, woher Julian kam, auf einmal die Arme zum Himmel gestreckt und »Hans Krankl« geschrien hatte.

Wenn ihr wüsstet, dachte er, woran ich denke, wenn ich einen eingerollten Schein sehe.

Er nahm eine Flasche Wasser, in diesem Land musste man ständig trinken, holte eine Zigarette aus der Schatulle und setzte sich auf eine Bank am Rand der Terrasse. Er trank gierig, ehe er die Zigarette anzündete und tief anzog.

Eine war erlaubt, eine hatte er sich verdient. Er blickte über die Dächer, sah die Lichter auf der Brücke, der motorisierte Strom versiegte nie. Er schloss die Augen, als er sie wieder öffnete, saß Cathy mit einer dünnen Zigarette neben ihm. Er gab ihr Feuer, sie drehte sich zu ihm und setzte sich auf seinen Schoß. Sie trug keinen BH.

»You're not like the others.«

»Of course not.«

»Why don't you like me?«

»Who said that? I don't know you.«

»You don't find me attractive.«

Sie roch gut, sie legte ihre freie Hand auf seine Schulter, er drehte sich zu ihr. Er sah ihre kleinen festen Brüste, die Nippel zeichneten sich im roten Stoff ab.

»You are beautiful. You know that. Don't fish for compliments.«

»But I don't turn you on.«

Sie strich ihm über die Oberschenkel und fuhr ihm über die Hose.

»You should relax. You should enjoy. Come on, let's dance.«

»Are you kidding me?« Julian blickte auf seine Hose. »I can't dance like this. I need to relax.«

»Relax quickly.« Sie stand auf und richtete ihr Kleid. »I'll put on some music for you.«

Sie tanzten, Dale erhielt einen Anruf, entfernte sich, als er zurückkam, flüsterte er Julian ins Ohr, er müsse noch weg, er solle einfach bleiben und gehen, wann er wolle, Linh habe den Schlüssel, er melde sich wegen des Gewinns und überhaupt. Dale schloss ihn in die Arme, küsste ihn auf die Wangen, küsste Cathy auf die Wangen, Linh begleitete ihn zur Tür. Dale umarmte sie, dann war er verschwunden.

Sie tanzten immer enger an ihn heran, Julian dachte, er sollte gehen, und zwar sofort, aber da war die Musik, da waren die beiden Schönen, er wollte nicht spießig sein, Cathy berührte wieder seine Brust, wieder fuhr etwas durch ihn hindurch, Linh küsste Cathy auf die Lippen, sie fächerten einander Luft zu, dann wollten sie hinein, ins Kühle, auf einmal saß Julian auf einem großen weißen Sofa, Linh hatte das Licht gedimmt, Cathy saß neben ihm, ihr rotes Kleid war hochgerutscht, Linh setzte sich auf die andere Seite und legte ihre Hand auf seinen Oberschenkel.

»Hot, isn't it?«

»Yes.«

Sie nahm seinen Kopf in ihre Hände und drehte ihn sanft zur Seite, da saß Cathy, nach hinten gelehnt und lächelte ihn an.

»Isn't she gorgeous?«

Julian nickte, Linhs Hände strichen über seine Brust, bewegten sich hinunter, sie fuhr ihm kurz über die Hose.

»Oh. I'm almost jealous. Do you want to touch her?«

Julian seufzte. Es hatte nichts mit Wollen zu tun. Es hatte –

»Such a strong man. And so shy.«

»It's not –«

»You want me to touch her?«

Er spürte Linhs Brüste an seinem Rücken, ihren Atem in seinem Nacken, sie stand auf, setzte sich neben Cathy und streichelte ihr Gesicht, ihre nackten Arme. Sie küsste sie auf den Hals, auf die Schultern, ohne Julian dabei aus den Augen zu lassen. Ihre Hand fuhr Cathys Oberschenkel hinauf, dann stand sie auf, reichte ihr die Hand und führte sie ein paar Schritte vom Sofa weg. Linh stellte sich hinter Cathy, Julian sah ihre Ellenbogen und hörte den Reißverschluss, Linh zog die Träger über Cathys Schultern, bevor sie ihr Kleid abstreifte. Cathy stand in einem schmalen weißen Slip und schwarzen High Heels vor ihm und lächelte ihn an, während Linh ihre Brüste streichelte und ihre Brustwarzen liebkoste. Julian griff nach Cathys dünnen Zigaretten und zündete sich eine an, Linh drehte Cathy, packte sie mit beiden Händen am Hintern und küsste sie.

Dann kam sie langsam auf ihn zu, kniete sich neben ihm auf das Sofa, nahm seine Zigarette, sog daran, steckte sie in seinen Mund zurück, öffnete seinen Gürtel, zog Hose und Unterhose mit einem Ruck bis an die Knöchel, nahm seinen steifen Schwanz in die Hand und richtete ihn Cathy entgegen.

»I think he likes you. Come here. You may go first.«

Die Wärme der Nacht umfing ihn, als Julian auf die Straße trat. Sein Haar war nass, seine Haut roch frisch, sein Mobiltelefon zeigte ihm den Heimweg und berechnete ihn auf fünfundzwanzig Minuten. Er schüttelte den Kopf, manchmal blieb er stehen und blickte in den dunklen Himmel. Frösche quakten, wenige Laternen waren erleuchtet, hier und da sah er blinkende Sterne und Weihnachtsmänner Fassaden hochklettern. Ein Taxi drosselte seine Geschwindigkeit. Er bedeutete ihm, weiterzufahren.

Julian sah die Couch, das Wohnzimmer, das Badezimmer mit dem Whirlpool. Er sah Linh, Cathy und sich. Es war nicht schlecht, ein Lebensretter zu sein. Als er nach dem Duschen aus dem Bad gekommen war, waren Linh und Cathy in weißen Bademänteln und mit Frotteehandtüchern auf den Köpfen vor dem riesigen Flachbildschirm gestanden und hatten aus vollen Kehlen und sehr falsch *Hit me baby one more time* gesungen.

Er wusste nicht, was es war, aber er bekam dieses Bild nicht aus dem Kopf. Es hatte etwas Zartes, Friedliches, Beruhigendes. Sie hatten ihn gedrängt, ebenfalls ein Lied zu singen, er hatte sich verabschiedet, Cathy ihre Nummer in sein Telefon getippt. Er holte es hervor und suchte den Eintrag. Anstelle eines Nachnamens hatte sie die Symbole für Lippenstift, Champagner und Musiknoten eingetippt. Er überlegte, was er ihr schreiben solle. Er löschte den Eintrag.

»You're a naughty boy«, hatte ihm Linh zum Abschied ins Ohr geflüstert. Er hatte nie etwas anderes behauptet. Das war der Tag, von dem er seinen Kindern einmal nicht erzählen könnte. »One shot«, hatte Dale gesagt. Julian wollte nicht mehr wissen. Er glaubte ihm. Mit einem Schlag würde er die Wohnung und das Konto auf Höchststand haben. Er hörte Eminem. Eminem kam ebenfalls aus Detroit. *You only get one shot, do not miss your chance to blow, opportunity comes once in a lifetime. Go.*

»Wie konntest du das machen?«, hörte er Pia sagen, »dein geliebter Fußball wird manipuliert, und du machst mit?« Es wäre nur einmal. Ein unbedeutendes Spiel. Die Aufstellung einer Mannschaft zu wissen, war keine Manipulation. Dale war ihm tatsächlich dankbar. Danach würden sich ihre Wege trennen. Julian hatte den einen Teil seines Geschenks angenommen. Vielleicht war Dale pervers. Vielleicht freute er sich bloß, ihm eine Freude bereiten zu können. Julian wusste es nicht. Er kannte solche Männer nicht. Er hatte das Geschenk angenommen, um seinen *shot* zu bekommen. So wollte er es sehen. Er sah die Dachterrasse im Sky Garden. Er sah Pia in der Hängematte. Er sah sich mit einem Baby im Arm die Treppe hochsteigen.

Eine Dreiviertelstunde später kroch er zu Pia ins Bett und schmiegte sich an sie. Er flüsterte ihr »Ich liebe dich« ins Ohr, schloss die Augen und kuschelte seinen Kopf an ihre Schulter. Ihr Körper war warm, er liebte ihren Geruch. Er hörte sie leise weinen.

»Aip, was ist?«

»Meine Mutter. Steigert sich in einen kleinen Panda rein.« Sie wollte etwas sagen; etwas anderes war stärker und schüttelte sie. »Weil. Weil. Weil ich fort bin.«

Er streichelte ihren Kopf und küsste sie in den Nacken.

»Wir werden sie einladen. Ja?«

Pia nickte.

»Und morgen gehen wir auf Aufklärung.«

»Sebastian kommt morgen.«

»Wenn du willst, hol ich ihn mit dir vom Flughafen ab.«

»Schon gut. Ich mach eine kleine Tour mit ihm. Wir treffen uns zum Abendessen.«

46

»Ist das eine tolle Frau oder nicht?« Hans deutete auf das Foto, das auf der Titelseite der *Kronen Zeitung* abgedruckt war. *Schwerer Abschied von Fi Fo* stand darüber, im Kästchen daneben war zu lesen: *Seine Eltern dürfen bleiben, Fi Fo muss leider nach China. Um ihm die Ankunft in der Fremde zu erleichtern, wird Pflegerin Rita Swoboda (51) zwei Wochen mit ihm im Pandareservat verbringen. Mehr auf S. 17.*

»Nicht unbedingt mein Typ.«

»Ihr Typ sind ja eher die schwierigen Frauen.«

Kasimir hob sein Glas und stieß mit Hans an. Sie saßen bei einem Buschenschank auf dem Eisenberg, es war kurz nach vier Uhr nachmittags und schon dunkel, der Ort unter ihnen spärlich beleuchtet. Am Vortag war Kasimir nach Ungarn gefahren, um sein Haar nachbleichen und wieder weiß färben zu lassen. Er blickte aus dem Fenster, an Hans vorbei. Hans hatte es schärfer gesagt, als er es beabsichtigt hatte, Kasimir meinte es an seinem Schulterzucken zu erkennen.

»Punkt für Sie.«

»Zuerst wollen Sie sie umbringen, jetzt bekommt sie ein Kind von Ihnen.«

Kasimir nahm einen Schluck Wein. Hans hatte Recht.

Hans, der Vernünftige. Hans, der Normale. Kasimir wollte doch auch ein normales Leben. Offensichtlich wollte etwas in ihm das Gegenteil. Mirjam König hatte gemeint, er könne sich das überlegen. Wenn er nicht wolle, müsse er nicht Vater spielen. Sie wolle, dass er frei sei. Sie wolle auch frei sein. Und in ihrer Wohnung bleiben, zum Beispiel. Manchmal kam sie zu ihm, dann wieder nicht. Manchmal hörte er tagelang nichts von ihr, dann rief sie in den Pausen zwischen zwei Klienten an und erzählte, etwas klopfe von Innen gegen ihre Bauchdecke.

Er wollte Vater sein. Immerhin war es auch sein Kind. Einmal hatte sie etwas von einem Vertrag gesagt. Er hatte nichts davon hören wollen. Hans war in eine Pandapflegerin verliebt, deren Tochter mit einer halben Million Euro geflohen war, die Kasimir wiederum gespielt hatte, als er sein Kind in jenem Bett gezeugt hatte, in dem er selbst gezeugt worden war. In Wirklichkeit konnte man das keinem Menschen erzählen. Nicht einmal einem verständnisvollen Hans, der für einen Billigbestatter gearbeitet hatte, der seiner Frau einen Vertrag unter die Nase hielt, demzufolge sie ihn zum Diamanten pressen lassen sollte, wenn er vor ihr stürbe.

Darum war er Künstler. Natürlich. Auch wenn er derzeit nicht malte und keine Lust auf Malen hatte. Er beobachtete lieber die Sterne im Südburgenland oder Pias beschriftete Fotos, die er in kleinen Abständen neben- und übereinander an eine Wand seines Häuschens gehängt hatte. Manchmal stand er vor ihnen und dachte an Sebastian, der ein Buch schreiben wollte, *Was ich immer schon machen wollte*, oder so. *Tu's doch*, schrieb er ihm dann. Ansonsten streifte Kasimir immer öfter durch Wien. Er erging sich die Stadt, in der er jahrelang gespielt hatte. Er ging ziellos hin und her, setzte sich in Lokale, hörte den Menschen zu, bisweilen wagte er sich sogar in die U-Bahn. Der Unbekannte Künstler habe Kasimir Ab gebrochen, sagten die Leute, seit der Entführung male er nicht mehr, *Mein Entführer* sei eines der weniger gelungenen Werke des überschätzten, zumindest heillos überteuerten Malers. Der Unbekannte Künstler habe ihn besiegt, sagten die Leute, in die Knie gezwungen, vom hohen Ross gestürzt. Er sei ja auch bedauernswert, sagten die Leute, wenn man gewusst hätte, welche Probleme er habe. Gegen kein Geld der Welt wolle man mit ihm tauschen, wer so labil sei, habe wenig zu lachen, auch wenn er sich mit rauschenden Festen und bestem Kokain etwas vormachen wolle. Und jetzt noch die weißen Haare!

Kasimir hatte keine Analytikerin mehr, mit der er darüber hätte sprechen können, zumal die, über die er hätte sprechen wollen, die war, mit der er gern darüber gesprochen hätte. Sie sei nicht mehr seine Therapeutin, sagte Mirjam König, wenn ihn etwas umtrieb, da sollten sie professioneller sein. Er wollte nicht professionell sein.

»Die Frau Doktor hat Sie ganz schön an den Eiern.«

»Ich krieg sie nicht zu fassen, Hans, verstehen Sie? Ich weiß nie, was sie als nächstes tut. Ich hab ständig das Gefühl, taktisch vorgehen zu müssen. Sie ist so – ungreifbar irgendwie.«

»Genau das wollen Sie.«

»Sind Sie jetzt mein Therapeut?«

»Sie sind verliebt wie ein kleiner Bub.«

»Da redet der Richtige.«

»Ich bin bloß interessiert. Ein Fan, wenn Sie so wollen. Ich meine: In meinem Alter.«

Hans lehnte sich zurück und verschränkte die Hände im Nacken.

»Sie gehen zu einem Pandageburtstag, Hans. Sie haben eine Jahreskarte für den Zoo. Sie sind mittlerweile ein kleiner Pandaloge. Sie zeigen mir im Südburgenland die Plantage, die der Zoo unterhält, um etwaige Bambusengpässe ausgleichen zu können. Sie deuten mit leuchtenden Augen auf die Stauden, als steckte Rita Swoboda darin.«

»Die einen nennen es Stalking, ich nenne es Recherche.«

»Sprechen Sie sie an. Schenken Sie ihr Blumen. Schreiben Sie ihr einen Brief. Aber tun Sie etwas!«

Hans erhob sich. Zufällig musste er gerade jetzt auf die Toilette. Kasimir zog die Zeitung an sich. Er sah ja süß aus, der kleine Dicke in seiner Holzkiste. Pandas. Waren alle verrückt geworden? Wenn er durch die Stadt streifte, war ihm bisweilen, als gäbe es nur noch Pandas. Auf Stickern, auf Plakaten, als Werbeträger, als Maskottchen. Kinder mit Pandamützen, junge Menschen in Pandashirts, er konnte nicht zählen, in wie vielen Wohnungen und auf wie vielen Fenstersimsen er Stoffpandas gesehen hatte. Da tat es beinahe gut, immer wieder auf das Graffito zu stoßen, das einen Vertreter dieser plötzlich so beliebten Gattung zeigte, über dem *Kill your Panda* stand. In einem vietnamesischen Lokal hatte ihn unlängst ein Kellner bedient, der ein Pandagesicht auf den Unterarm tätowiert hatte. Banksy hatte ein Pferd bemalt. Der Unbekannte Künstler sollte einen Panda pfänden. Weiß auf Schwarz. Oder Schwarz auf Weiß. Auf jeden Fall müsste der Kuckuck drauf. Aber der Unbekannte Künstler war im Ruhestand.

»Die blöden Chinesen«, sagte Hans, als er sich wieder an den Tisch setzte und mit seinen Fingerknöcheln auf die Platte klopfte. Er roch nach Zigarre, Kasimir bemerkte, dass er alles andere als nüchtern war. »Und der blöde Dalai Lama. Wer will schon Lama heißen? Spucken ja überall hin.«

Hans deutete auf die Zeitung, griff nach der Weinflasche und schenkte nach. Draußen war es mittlerweile dunkel, die Gaststube in ein schummriges Licht getaucht. Hans drehte das Glas zwischen seinen Fingern.

Weil der bescheuerte Bundeskanzler den bescheuerten Dalai Lama mit allen bescheuerten Ehren empfangen habe, seien die bescheuerten Chinesen sauer gewesen. Mit einem Mal sei nicht mehr sicher gewesen, ob der Leihvertrag für die Pandas, für die Schönbrunn angeblich eine Million pro Jahr bezahle, verlängert werde. Der chinesische Botschafter habe eine Protestnote überreicht. Große Aufregung. Nicht hinzunehmen. Vor den Kopf gestoßen.

Hans schüttelte den Kopf.

Fi Fo hätte auch nächstes oder übernächstes Jahr nach China überstellt werden können. Die Chinesen hätten ein Zeichen setzen wollen. Ein österreichischer Sprecher habe daher die negativen Auswirkungen des Treffens mit dem Dalai Lama offiziell bedauert und gleichzeitig den Österreichern erklärt, nicht das Treffen als solches bedauert zu haben. Eine chinesische Nachrichtenagentur habe daraufhin berichtet, Österreich sei ein Freund Chinas und gegen separatistische Bestrebungen. Alle hätten ihr Gesicht gewahrt, die Leihverträge seien verlängert worden.

Aber, sagte Hans, und Kasimir kam nicht darum herum, amüsiert über seinen Chauffeur zu sein, aber der Rückruf Fi Fos stehe in Zusammenhang mit dieser Geschichte, da mache ihm niemand etwas vor. Dem Kleinen sei das wahrscheinlich egal, aber für die Pflegerin –

»Ja?«

»Die tut mir leid. Zuerst haut die Tochter ab, jetzt muss der Kleine weg. Aber sie ist tapfer. Hier.« Er deutete auf die Zeitung. »Wissen Sie, was ich mir heute vorstellte?«

Kasimir schüttelte den Kopf.

»Wie sie zur Haltestelle geht, in die Straßenbahn steigt und weiß, dass sie beim nächsten Aussteigen Fi Fo nicht im Zoo antreffen wird.«

»Sie wissen, wo sie wohnt?«

Hans nickte ertappt.

»Müssten jetzt bald in China landen.«

»Wissen Sie was? Wir gehen jetzt spazieren, bevor ich Sie in die Sternenkunde einführe. Vielleicht entdecken wir den Großen Panda.«

Kasimir rief die Kellnerin. Als er in seinen Mantel schlüpfte, holte er sein Mobiltelefon aus der Tasche. Die zukünftige Mutter hatte sich nicht gemeldet.

Wenige Tage später stieg Kasimir vor Peter Osts potemkinschem Dorf aus. »Richten Sie sich heute nicht so zu«, sagte Hans, als Kasimir die Autotür zuschlagen wollte, »oder hin, ich bitte Sie. Das letzte Mal musste ich den Wagen einen halben Tag lang säubern.«

Peter Ost war nicht mehr nüchtern, ein Blick auf seinen alten Freund genügte, um Kasimir zu zeigen, wie es um ihn stand. Darum war er gekommen. Er wollte nicht länger mit ansehen, wie Peter sich zugrunde richtete. Er hatte wenige echte Freunde.

»Der Meister mit Handschlagqualität.«

Peter Ost lachte, umarmte Kasimir und klopfte ihm viel zu fest auf die Schultern. Er stank nach Alkohol, in heruntergekommenen Spelunken geselchten Kleidern und einer tiefsitzenden Abscheu vor Dusche und Kosmetikprodukten.

»Er bemalte Wände, bemalte sie behände.«

Peter entließ Kasimir aus der Umarmung, trippelte tänzelnd in Richtung einer verstaubten Kommode, von der er eine angebrochene Flasche Rotwein nahm.

»Behände, weißt du, Kasi, da hab ich unlängst nachgedacht, neue Rechtschreibung und so, grauenhaft eigentlich, die Gämse mit ä, eingebläut, aufwändig renoviert, aber behände und du, verstehste, spricht Bände.«

»Du könntest mein missratener Zwilling sein.«

»Zwilling ohne Schilling, Abmann.« Peter schenkte zwei Gläser voll. »Darum gibt's auch nur Blauen Portugieser. Hast mir gar nichts mitgebracht?«

»Ich hab dir was mitgebracht, Peter, setz dich.«

Es war nicht leicht, eine Sitzgelegenheit zu finden, die wenigen Stühle waren von ungeöffneten Briefen, Verpackungen und Büchern übersät, auf der Couch kratzten zwei halbverwilderte Katzen inmitten schmutziger Teller und halbvoller Gläser am Überzug – weit und breit nichts als Jämmerlichkeit, die Kasimir jede Hoffnung raubte, Peter unternehme auch nur die geringste Anstrengung, etwas anderes als Chaos und Müll zu produzieren. Peter setzte sich auf den Boden, zwinkerte ihm zu, Kasimir nahm gegenüber Platz.

»Was Weißes? Leise rieselt der Schnee?«

»Nee, Peter, wirklich nicht. Hör zu: Ich kann mir das nicht länger ansehen.«

»Den frühen Ab?«

»Das.« Kasimir deutete in den Raum. Dann zeigte er auf Peter. »Und das. Du warst der Talentierteste der ganzen Meute.«

»Ansichtssache.«

»Du hast geile Sachen gemacht. Alle haben sich gefragt, was wird Ost als nächstes zeigen.«

»Warte nur, bis ich –«

»Ich warte gar nicht mehr. Ich hab deine Vertröstungen satt. Ich hab deinen Selbstbetrug satt. Ich hab deine Weinerlichkeit und dein Selbstmitleid sowas von – Wenn du mir noch einmal mit deinem Vater kommst –«

»Was dann?«

»Scheiß drauf! Get over it! Die Ostfront gibt's nicht mehr! Mann!«

Peter leerte sein Glas in einem Zug, schenkte nach und blickte an Kasimir vorbei. Sein Blick fiel auf einen alten Ab, den Kasimir nicht hatte vernichten können. Er fand ihn durchaus gelungen. Handlos.

»Ich bin am Ende.«

»Bingo. Genau darum bin ich hier.«

»Ich will dein Geld nicht.«

»*Mein* Geld bekommst du auch nicht.«

Kasimir griff in seine Sakkotasche, zog ein rotes Kuvert hervor und drehte es langsam zwischen seinen grünen Handschuhen, ehe er es Peter zuschob. Peter griff danach, öffnete die Lasche, dehnte das Kuvert, blickte kurz hinein und warf es von sich.

»Willst du mich beleidigen? Was ist das? Siebzig, achtzig Eier? Du bist schlimmer als alle anderen!«

Er drehte sich zur Seite, schüttelte den Kopf und wischte sich eine Träne aus dem Auge. Er fluchte leise. Am liebsten hätte Kasimir ihm einen Arschtritt versetzt.

»Ja, weil ich noch immer an dich glaube. Schau genau, du Heulsuse!«

Peter funkelte ihn an, zog das Kuvert wieder an sich und holte die Geldscheine heraus. Er ließ einen Zehner nach dem anderen durch die Finger gleiten.

»Siebzig. Zählen kann ich noch. Soll ich mir in einem deiner Lokale eine Suppe bestellen?«

»Umdrehen.«

Peter Ost drehte den ersten Schein um. Mit einem Mal lächelte er, schlug die Augen auf und blickte Kasimir lange an. Sein Mund stand offen. Sein Gesicht schien aufzugehen.

Kasimir nickte.

»Kann ich nicht annehmen.«

»Kannst du. Mit den siebzig Eiern hast du mehr als eine Zeit lang Ruh. Unter einer Bedingung: Hör zu saufen auf, krieg dein Leben in den Griff, wasch dich – und *arbeite*. Mann!«

Peter Ost setzte sich auf, breitete die Arme aus, packte Kasimir an den Schultern und drückte ihn nach hinten. Er warf sich auf ihn, atmete schwer, war schwer, boxte ihn in die Rippen und presste seine Stirn auf Kasimirs. »Arschloch, verdammtes Arschloch«, er bekam kaum Luft, richtete sich auf, holte weit aus – aber seine Hand sank, er sackte auf Kasimir, Kasimir strich ihm über den Kopf. Peters Körper bebte, Tränen rannen auf Kasimirs Hals, er stank erbärmlich. Kasimir schlang seine Arme um ihn, streichelte seinen Rücken, Peter schüttelte den Kopf und küsste Kasimirs Hals, »du musst aufstehen«, sagte Kasimir und fuhr ihm durchs Haar, »aufstehen, Peter, verstehst du?«

Peter Ost stand auf, verschwand ins Nebenzimmer, nach einer Weile kam er mit einer Flasche Whiskey zurück. Kasimir lag noch immer auf dem Boden.

»Die eine noch, Kasi, das bist du mir schuldig. Wir haben uns so lange nicht gesehen. Ich sag auch nichts über meinen Vater. Kein Wort. Er wusste es halt nicht besser.«

Peter Ost ging zur Spüle, stellte das Wasser an, bespritzte sein Gesicht, wusch zwei Gläser ab, trocknete sie, fegte die Briefe, »Rechnung, Rechnung, leckt mich«, von den

Stühlen, wischte mit beiden Händen über den Tisch, Magazine und Bücher rieselten zu Boden, ein Glas zersprang, aus einer Flasche rann Flüssigkeit, die Katzen fauchten und stellten die Schwänze auf. Peter platzierte den Whiskey und die beiden Gläser auf dem Tisch und wies Kasimir auf einen der freigewordenen Stühle.

»Dass er's nicht besser wusste, stimmt nicht. Also, Mondfahrer, worauf trinken wir?«

»Ich will wieder zurück, Kasi.« Er warf ihm einen Kussmund zu. »Ich komme wieder zurück.«

47

Als sie abends in Da Nang landeten, schienen sie in einem anderen Land angekommen zu sein. Sebastian saß neben Pia im Taxi, das über einen breiten Boulevard durchs Dunkel glitt, an einem rotgrün beleuchteten Riesenrad vorbei, bald waren sie aus der Stadt heraus. Wenig Verkehr, zumindest im Vergleich zu Ho Chi Minh City, die Straßen schienen frisch asphaltiert, keine Schlaglöcher, Sebastian wies auf die Autos hin, die Fahrspuren einhielten, links überholten und vor dem Überholen blinkten. Er konnte nicht glauben, dass sich selbst die Fahrer von Motorrollern an Verkehrsregeln hielten. Der Taxifahrer hatte leise, kitschige Musik angestellt, »romantic music, very nice«, sie hatten einander angesehen und die Augen verdreht.

Sebastian blickte aus dem Fenster. Er schien das Dunkel, die spärlichen Beleuchtungen, die riesigen Hotels vor einem unsichtbaren Strand, die kleinen Geschäfte und Lokale am Straßenrand gierig aufzusaugen. Er lächelte. Er sah glücklich und erleichtert aus.

In der vergangenen Woche hatte Pia an Sebastian ihre eigene Ankunft, ihre eigenen Irritationen, ihre eigene Überforderung im Schnelldurchlauf erlebt. Aufgeregt war er vor dem Flughafenausgang gestanden, als sie aus dem Taxi gestiegen war, zur Begrüßung hatten sie Dosenbier getrunken, er hatte von der Sonderkontrolle gesprochen, bei der er vor drei Uniformierten, die etwas von »brown bananas« gesagt hätten, seine Koffer habe öffnen müssen, den sie so hemmungslos durchwühlt hätten, dass er ihn beinahe nicht mehr habe schließen können. Als ob er braune Bananen schmuggelte! An dem Kiosk, an dem sie das Bier gekauft hatten, hatte Pia Biskuits in einer rosaroten Rolle gesehen, auf der Pandas abgebildet waren. Seit einiger Zeit sah sie überall Pandas. Nicht nur im Netz.

»Es ist eine andere Dunkelheit«, sagte er. »Sie kommt so plötzlich. Eine dunklere Dunkelheit.«

Pia hörte Julian »eine dunklere Dunkelheit« wiederholen, lachend, kopfschüttelnd, später, wenn sie im Bett lagen. Aber seine Feindseligkeit war verschwunden. Er schien Sebastian zu mögen, hatte ihn zwei Mal zum Sport mitgenommen. Das sei kein Mensch, hatte Sebastian nach dem ersten Mal bei einem Korean Barbecue gesagt, das sei eine Maschine. Pia hatte gesehen, wie Julian sich darüber gefreut hatte.

Der Besuch tat ihnen gut, Julian beantwortete Sebastians Fragen und stellte ihm Fragen, Pia war, als mochte er ihn tatsächlich und täte nicht bloß ihr zuliebe so. Sie hatten viel gemeinsam unternommen, Sebastian hatte den Wiedervereinigungspalast sehen wollen, sie waren vor dem sowjetischen und dem chinesischen Panzer gestanden, die zuerst auf das Gelände der nationalistischen Regierung gefahren waren. Sie waren durch den bedrückenden Bunker geschlichen, in den sich der Präsident hatte zurückziehen können, über belebte Einkaufsstraßen und durch abgelegene Viertel spaziert. Als sie eines Abends ausgelaugt auf dem Betonungeheuer gesessen waren, das die Vietnamesen *Schildkröte* nannten, einer Betonkonstruktion um einen

Brunnen, um die mehrspuriger Verkehr tobte, waren zwei Mädchen auf sie zugekommen und hatten ihnen Popcorn verkaufen wollen. Es handle sich um eine Aufgabe. Wer am meisten einnehme, bekomme eine neue gestellt. »We are practicing business.« Sie hatten es stolz gesagt, Julian hatte ihnen drei Packungen abgekauft, die sie hinterher einer Gruppe Jugendlicher geschenkt hatten.

»So viel zum Kommunismus«, hatte Sebastian gesagt.

»Kommunismus.« Julian hatte ihm den Vogel gezeigt. »Das ist der Kommunismus der Reichen.«

Pia hatte den Beton fotografiert und das Bild am übernächsten Tag in einem Digitallabor ausarbeiten lassen, ehe sie sich an einen Tisch im Innenhof ihrer Wohnanlage gesetzt hatte, um inmitten der alten Frauen, Arbeiter und Kindermädchen, umgeben von weiß gestrichenen Palmen, *Der Kommunismus der Reichen war auf Sand gebaut* darauf zu schreiben.

Vor ein paar Monaten hatte sie damit begonnen. Sie wollte die Bilder vor sich. Sie wollte mit der Hand darauf schreiben. Sie wollte einen passenden Stift, eine passende Farbe, passende Buchstaben. Außerdem enthielt ein ausgearbeitetes Foto keine Hinweise auf Ort und Zeit der Aufnahme. Julian hatte nichts gesagt. An seinem Blick hatte sie gesehen, dass er das Bild gesehen hatte. Sie hatte gesehen, dass er sich freute.

»Du Raubkopiererin«, hatte er geflüstert, nachts, im Bett, als er sich an sie geschmiegt hatte.

Nachdem sie ihn vom Flughafen abgeholt hatte, war Pia mit Sebastian durch die Stadt gefahren. Er hatte mit großen Augen aus dem Fenster geblickt, dann war sie aus einer Laune heraus mit ihm in einen Supermarkt gegangen, um ihm den größtmöglichen Kontrast zu den Straßenhändlern zu zeigen. An der Kassa war ihr Einkauf verpackt worden; kurz nachdem sie in der Wohnung angekommen waren und Sebastian seinen Koffer ausgepackt hatte, hatte es an der Tür geklingelt, vor der zwei junge Vietnamesen mit den Einkaufstüten gestanden waren. In den letzten Tagen war ihm die Überforderung ins Gesicht geschrieben, er war bisweilen verstummt, sein Blick trüb gewesen, bis er eines Tages gesagt hatte: »Hut ab. Ich könnte hier nicht leben.«

»Tja«, hatte Pia geantwortet, »ist nicht Florenz.«

Als sie vor dem Hotel standen, bat sie ihn, kurz innezuhalten. Kaum hatte der Taxifahrer die kleinen Koffer aus dem Wagen geholt, waren sie schon von Bediensteten in das bunt beleuchtete Hotel getragen worden. Es lag direkt am Fluss, über den Brücken in die Altstadt führten. Sie streckte sich.

»Die Luft«, sagte sie.

»Wie still es ist.«

»Weißt du, was Julian sagte?«

»Rettet die Welt, und wenn ihr kämpfen müsst, ruft mich?«

Pia lachte.

»Ihr nehmt aber kein Doppelzimmer.«

»Der Terror der Monogamie.« Sebastian hielt sich die Hand vor den Mund, als gähnte er. »War dabei, die letzten Enklaven zu unterwerfen. Nicht schlecht, was? Ich schenk dir den Titel.«

Sebastian wartete in einer dünnen grauen Leinenhose und einem dunkelblauen Polo-Shirt vor dem Hotel, sein Haar war nass vom Duschen, er blickte auf den Fluss. Pia hatte Jeans und Turnschuhe, ein Shirt und einen Kapuzenpullover angezogen.

»Ist jetzt nicht dein Ernst.«

»Was denn?«

Er deutete auf den Pullover.

»Es ist kühl.«

»Zwanzig Grad. Du bist Vietnamesin geworden.«

Sie gingen am Fluss entlang, auf dem einmal rege Handel getrieben worden war. Alte Frauen mit zerfurchten Gesichtern kamen ihnen entgegen, sie steckten in gelben Regenpelerinen und verkauften bunte, aus Papier gefaltete Schiffchen mit Kerzen darin, von denen Hunderte auf dem Wasser schaukelten und die dunklere Dunkelheit mit roten, blauen, grünen und gelben Pünktchen durchlöcherten. Sebastian kaufte ein rotes, die Schiffe sollten Glück bringen, »für den Kommunismus«, sagte er, als er es ins Wasser setzte, »hier hat er's nötig.« Menschen drängten sich auf der alten Brücke Richtung Altstadt, die das japanische vom chinesischen Viertel getrennt hatte, alle paar Schritte wollte ihnen jemand etwas verkaufen. Der Vollmond stand am Himmel, sie kamen zu einem Markt, auf dem Laternen und Lampions aus Papier in allen Größen und Farben verkauft wurden. Pia drückte jemandem ihr Telefon in die Hand, damit er sie beide vor dem warm leuchtenden Hintergrund fotografiere. Es war albern und schön.

Pia spürte, wie gut es auch ihr tat, den Moloch für ein paar Tage zu verlassen. Die Ruhe, die frische Luft, sie sah sogar Sterne. Sie konnte sich nicht erinnern, wann sie zum letzten Mal den Großen Wagen gesehen hatte. In Ho Chi Minh City bestimmt nicht. Vor wenigen Tagen hatte sie das Buch über die tausend Orte wiedergefunden, die man vor seinem Tod gesehen haben musste. Hoi An war einer davon. Sie spürte, wie gut es ihr tat, mit einem anderen Menschen zu sein. Sie hakte sich bei Sebastian unter, zum ersten Mal seit der Flucht war sie ohne Julian an einem anderen Ort. Pia sog die frische Luft ein, sie verließen die Straße am Fluss, um ein kleines Lokal abseits der betretenen Pfade zu finden.

Es hieß *Red Gecko*, vier Tische im Freien, zwei davon waren besetzt. Eine alte Frau stand vor ihrem Lokal, während sie bei ihrem Sohn die Bestellung aufgaben, erzählte sie, früher habe sie auf den Feldern Reis geerntet, was nichts mehr einbringe, alles habe sich verändert, alle lebten vom Tourismus, also probiere auch sie es. Alles verändert, wiederholte Sebastian, zum Guten oder zum Schlechten? Was solle sie sagen, sagte sie, so sei die Zeit. Sie führte sie in die enge Küche, in der ein anderer Sohn Fisch filetierte, hob Deckel von Töpfen, ließ sie in Pfannen blicken. Bevor sie nach draußen durften, zeigte ihnen die Alte, wie man Sommerrollen mache. Sebastian stellte sich geschickter an.

»Bist halt ein Handarbeiter. Zarte Händchen.«

»So zart auch wieder nicht.«

Sie wollte hören, wie er das gemacht habe, mit dem Streicheln, aber Sebastian wollte nicht darüber reden. Er sprach vom Kriegsmuseum, das er schnell wieder verlassen habe, weil es ihm nach dem zwanzigsten Foto furchtbar verstümmelter Agent-Orange-Opfer zu viel gewesen sei. Als er vor dem Museum zwischen erbeuteten Panzern und Flugzeugen der US-Army herumgeschlendert sei, sei ihm ein Mann ohne Arme entgegengekommen, ein Bettler mit zwei kurzen Stümpfen, die aus den Achseln kamen. »Please, Agent Orange«, habe er gesagt und ihm die Stümpfe zugedreht, damit er sie anfasse.

»Ich ging so schnell ich konnte. Muss auch nicht sein. Wäre etwas für unseren Freund.«

»Ist doch nicht mehr unser Freund.«

Sebastian blickte sie irritiert an, eine Kellnerin, wahrscheinlich die Enkelin, brachte die Vorspeisen.

»Wen meinst du?«

»Kasimir Ab?«

»Ach so. Ich dachte –«

»Denkst du noch immer an Mario? Der hat im Sommer eine Tochter aus bestem Hause geheiratet und ist endlich dort, wo er immer sein wollte. Vorne mit dabei.«

»Der Stumpf als Deckerinnerung für die Hände, die das Lenkrad des LKW hielten, der seine Eltern tötete. Hab ich's hinbekommen?«

»Schreibt die Analytikerin. Du kannst dir nicht vorstellen, wie wütend er war. Und jetzt.« Er hielt inne. »Da fällt mir ein, dass ich eine Überraschung für dich habe.«

»Zeig.«

»Nachher. Ist in meinem Zimmer. Der große Künstler ist ein großer Fan von dir. Ich hätte mir ja auch nie gedacht, dass du –«

»Dass ich was?«

»So einen Weg gehen würdest. Ich finde dich wunderbar. Deine Titel sowieso.«

»Danke.« Pia nahm einen Schluck Bier. »Ich weiß.«

Während des Essens und Trinkens erfanden sie neue Kasimir Abs, lachend, klatschend, unterbrochen nur von der Großmutter, die wissen wollte, ob das ihr *Honeymoon* sei, und erstaunt war, dass sie nicht verheiratet waren, woraufhin sie Sebastian von einer hübschen Enkelin erzählte. Aber sie waren bei den Händen, die Kasimir malen könnte, sie hatten Ideen für ihn, wunderbare Ideen, er würde Euro-Milliardär und ihnen saftige Provisionen zahlen. Ein paar Stunden später hatten sie eine neue Werkphase erfunden.

Die nächste Ausstellung würde *Handjob* oder *Handlanger* heißen. Oder ganz bescheiden *Mein glückliches Händchen.*

Es klopfte an der Tür, Pia band sich ein Handtuch um, gerade war sie aus der Dusche gestiegen.

»Das hab ich vergessen.«

Sebastian hielt ein gepolstertes Kuvert in seinen Händen.

»Vom Meister persönlich. Gute Nacht.«

Es waren ihre Finger. Ihre Mittelfinger, die sie den Kameras entgegengestreckt hatte.

Pia lag auf dem Bett, über den stumm gestellten Fernsehschirm liefen Bilder eines Selbstmordanschlags, Reporter blickten mit ernsten Mienen in Kameras, in einer Einblendung war zu lesen, die Opferzahl von siebenundsechzig werde aufgrund der vielen schweren Verletzungen vermutlich steigen. Dann wurden die Börsenkurse eingeblendet. *Der freche Dax verstand keinen Spaß* hieß einer ihrer Titel.

So etwas hatte sie von Kasimir Ab noch nie gesehen. Ihre Finger und Hände waren mit schwarzem Stift gezeichnet. Feine, fragile Linien. Das Bild war vielleicht A5, die Hände begannen im unteren Drittel. Auf die linke und rechte obere Ecke war jeweils eine viel kleinere Hand in Seitenansicht gemalt. Über die kleinen Hände waren Handschuhe gezogen, die ausgestreckten Daumen einander zugewandt. Pia fragte sich kurz, ob er sich über sie lustig machen wolle. Dann spürte sie etwas Warmes in sich hochsteigen.

»Das bist du«, flüsterte sie, »das bist du.«

Die Zeichnung steckte in einem alten Holzrahmen. Auf der Rückseite stand:

Für Pia,
ihren Mut, ihren Blick, ihr Geheimnis.
Du bist
ein Geschenk!
Kasimir Ab.

Sie fotografierte die Zeichnung, schickte das Bild Julian und schaltete das Licht aus. Es war kurz nach ein Uhr morgens, die Klimaanlage surrte leise. In Wien war es kurz nach sieben Uhr morgens. Sie sah nach, ob sie etwas Neues über Fi Fo fände, das sie ihrer Mutter schicken könnte, die gerade im Flugzeug saß. In ein paar Stunden würde sie in Schwechat landen. Schwechat klang seltsam. Schwechat war unendlich weit entfernt.

Die japanische Brücke mit den steinernen Hunden und Affen, denen man in ihren Nischen am Ein- und Ausgang weinrote Tücher über die Köpfe gelegt hatte, manche hielten Mangos in den Händen, vor anderen lagen Orangen, Räucherstäbchen und Spendenboxen voller Geldscheine. Die Altstadt ohne Autos, die alten hölzernen Handelscomptoirs, in denen nunmehr Geschäfte und Bars untergebracht waren, die Männer und Frauen mit ihren Strohhüten und Regenjacken, die lange Stangen mit schweren Körben auf ihren Schultern trugen. Die Markthalle mit ihren Düften und Gerüchen, die Verkäuferinnen im Freien, vor denen Bananen, Mangos und Drachenfrüchte ausgebreitet waren. Die Tempel mit ihren Göttern und Tieren, die bunten Drachen und aus den Nüstern rauchenden Pferdestatuen, Obst und Geld, den Göttern dargebracht. Die Häuser verstorbener Revolutionäre mit ihren Betten, Briefen, Bildern, Schuhen, Brillen und Orden. Die asiatischen Touristen, die sich in Rikschas von einer Sehenswürdigkeit zur nächsten treten ließen, die jungen Langnasen mit ihren Rucksäcken und ausgelatschten Turnschuhen. Der bunt bemalte Wagen mit dem Swastika, die blau gekleideten Männer mit weißen Hüten, das Trommeln und Singen, die Mönche in gelben und orangen Kleidern mit ihren kahlen Köpfen, die Männer in den bunten Kleidern, mit den seltsamen Hüten, gezwirbelten Bärten und grell bemalten Gesichtern, die sie Zauberer nannten – der Begräbniszug für einen offenbar wichtigen Menschen, der ihnen außerhalb der Altstadt mit Autos und Kastenwagen wieder begegnete. Sie hatten zu verstehen versucht, was vor sich ging. Die roten Banner mit den revolutionären Sprüchen, die Bilder Hồ Chí Minhs, Kindergärten und Schulen. Keine Fotos von ihr, hatte Pia gesagt, nicht mit seinem Telefon.

Sie fuhren abwechselnd neben- und hintereinander auf einer Landstraße, inmitten sumpfiger Reisfelder standen schwarze Wasserbüffel, auf deren Rücken sich Reiher niedergelassen hatten. Der Himmel war bedeckt, es regnete nicht mehr, allmählich riss er auf. Bisweilen wurden sie von Motorrollern überholt, manchmal trat jemand das Fahrrad schneller als sie, nur selten kamen ihnen Autos entgegen. Sie fuhren an kleinen Häusern und Baracken vorbei, an ausgemergelten Hunden, dünnen Hühnern und weiten Gemüsefeldern.

»Fällt dir bei den Hunden was auf?«

»Dass sie sehr dünn sind?«

»Bellen nicht. Auch wenn wir an den Tieren vorbeifahren, die sie bewachen.«

Es war wunderbar. Pia wusste nicht, wann sie zum letzten Mal Rad gefahren war. In Wien. Irgendwann. In einem anderen, fernen Leben. Es tat gut, hier, in Mittelvietnam, dem Strand entgegenzustrampeln, die Hände von der Stange zu nehmen und wie damals, als Jugendliche, freihändig zu fahren. Es war so still und friedlich; vielleicht war bloß sie so still und friedlich. Es tat gut, nicht Acht geben zu müssen.

Während sie nebeneinander fuhren, wollte Sebastian alles über Tunesien und den Arabischen Frühling wissen, ob sie etwas bemerkt, was sie gespürt, wann sie abzuhauen beschlossen hätten. Inmitten der Reisfelder war es merkwürdig, von Nordafrika zu sprechen; ein paar Mal hatte sie mit Julian die Fotos aus Tunesien betrachtet, aber das war anders gewesen, Julian hatte bei jedem Foto mehr gesehen, sich, sie, das Davor, das Danach. Die kurze Zwischenzeit, von der sie nicht hatten wissen können, wie kurz sie wäre, schien mittlerweile beinahe irreal.

Sie erzählte von der Hotelanlage, von den Rezeptionisten, Animateuren und Kellnern, von den jungen Menschen, die so viel arbeiteten und so wenig verdienten, beinahe alle lebten noch bei ihren Eltern. Sie erzählte von der kleinen Geste, den Fingern, die taten, als steckten sie etwas in eine Hemdentasche, da hat er uns, der Präsident – wieder etwas für den plötzlich politisierten Künstler des Handstreichs. Sie erzählte vom Mausoleum Habib Bourguibas in Monastir, dem ein Friedhof hatte weichen müssen, von dem größten Luster, den sie in ihrem Leben gesehen hatte, funkelnde Diamanten über dem steinernen Sarkophag, vor dem ein junger Mann gesagt hatte, der Vater des Vaterlandes habe sich immer um sein Volk gekümmert. Sie erzählte von den Vorstellungen der jungen Menschen von Europa, von den Kurznachrichten der Frauen aus Deutschland, Schweden oder Frankreich, die Kellner und Animateure ihnen zu vorgerückter Stunde zeigten, ohne sich genau zu erinnern, welche da schrieb, sie vermisse ihn unendlich und werde ihn nie vergessen und so bald wie möglich wiederkommen, die aus Dortmund, die aus Manchester oder die aus Uppsala. Als die ersten Demonstrationen begonnen hatten, war im Staatsfernsehen nichts zu sehen gewesen; ihre Bekannten hatten ihnen Videos gezeigt und erzählt, was sie hörten. Etwas lag in der Luft, von dem Touristen unbehelligt bleiben sollten.

Sie kamen an einen breiten staubigen Parkplatz, eine alte Frau rief ihnen etwas zu, schon hatte sie ihre Räder unter ein Dach geschoben, mit Nummern behängt und eine Unterstellgebühr verlangt. Links und rechts standen Lokale mit vielen Tischen im Freien, an denen wenig Menschen saßen, auf einem Schild wurde vor HIV gewarnt und für Kondome geworben. Sie stiegen hölzerne Treppen zu einer Böschung hoch, vor und unter ihnen lag das tosende, grünlichgraue Meer. Riesige Wellen schlugen zusammen und liefen auf den Strand zu, auf dem runde Fischerboote aus Holz lagen, die wie umgedrehte Strohhüte aussahen. Sie zogen die Schuhe aus, der Sand war warm, Sonnenliegen und Hütten waren verwaist. In der Ferne erkannte man die Silhouetten der Wolkenkratzer Da Nangs. Dahinter, nicht zu sehen, war China.

Sie legten sich unter Schirme aus Stroh, vor ihnen das südchinesische Meer, Sebastian schlüpfte aus Hose und Shirt, darunter hatte er eine Badehose an. »Komm mit«, sagte er, »zu kalt«, antwortete sie, »Luxusgeschöpf«, sagte er und lief auf das Wasser zu, breitete die Arme aus, sprang hinein, warf sich in die Wellen, hundert Meter weiter sah Pia noch jemanden im Wasser, die Wellen schlugen über Sebastian zusammen, zehn Meter weiter wurde er wieder hochgespült, »gib Acht«, rief sie, »wenn du ertrinkst, krieg ich ein Problem.« Sie hatte noch nie so hohe Wellen gesehen.

»Für einen Intellektuellen siehst du nicht schlecht aus«, sagte Pia, als Sebastian aus dem Wasser kam. Er hatte kein Handtuch dabei und versuchte vergeblich, nicht zu zittern.

»Soll das jetzt ein Kompliment sein?«

»Wenn ich an Mario denke.«

Sebastian stapfte in Richtung einer Bar und kam mit Handtuch und Cocktails in Kokosnüssen zurück. Sie lagen nebeneinander, sogen an Strohhalmen und blickten aufs Meer.

»Wie konntet ihr fliegen?«

»Wenn du unsere Geschichte verkaufst, kriegst du ein Problem.«

»Werde ich dann entführt?«

»Aber nicht freigelassen. Wer soll für dich eine Million aufstellen? Die Wiener Linke?«

»Du meinst das ernst, oder?«

Pia nickte.

»Was glaubst du von mir?«

Pia schloss die Augen. Sie hörte das Tosen der Wellen, in der Ferne schrien Männer, die ins Wasser liefen – sie lag auf einer Sonnenliege an einem Pool nahe Skanès, die Wassersprenger drehten sich, die Gärtner tranken im Schatten Tee.

»Er hieß Mohamed. Der Hotelbesitzer. Der kleine Club, in dem wir wohnten, war nur einer von vielen. Ein gutaussehender Mann. Anfang, Mitte fünfzig. Feine Gesichtszüge. Etwas korpulent, schwarzer Anzug, weißes Hemd, Krawatte auch bei dreißig Grad, feine Lederschuhe. Perfekt manikürte Finger, immer frisch rasiert. Französisch, Englisch, Deutsch. Sehr kultiviert. Die Angestellten sprachen in einer Mischung aus Angst und Bewunderung von ihm. Als ob er ein höheres Wesen wäre. Auf dem Weg zum Strand sprach er mich an. Schielte ständig auf meinen Busen. Als ob da etwas Besonderes zu sehen wäre.«

»Männer halt.«

»Wie es mir gefällt, wie lange wir bleiben, blabla. Sie klingen aber nicht deutsch. Er zu mir. Er klang deutsch. München, Vater aus Wien, die alte Geschichte. Wenn Sie etwas brauchen, sagt er, lassen Sie's mich wissen. Hier ist meine Visitenkarte. Als nächstes erfahre ich, warum er so viele Hotels besitzt. Ein Cousin von ihm ist Minister. Zwei, drei Wochen später sehe ich ihn wieder. Er lädt mich auf einen Tee ein, wir plaudern, auf einmal sagt er: Wer sind Sie wirklich? Ich war sprachlos. *Mich* interessiert das nicht, alle schwärmen von Ihnen, Sie sind gute Gäste. Aber andere könnten das anders sehen. Wir haben alles unter Kontrolle. Aber man weiß nie. Ihre Regierung hat eine Reisewarnung ausgesprochen. Wenn unsere betenden Freunde kommen – Ich mache es kurz: Sie brauchen echte Pässe.«

»Sag nicht, du hast –«

»Er war ein Gentleman. Ich habe Beziehungen, sagt er, aber das wird nicht einfach, weil es für manche bald nicht mehr einfach sein wird. *Ich* brauche kein Geld. Haben Sie Geld? Ich nicke. Schauen Sie, wohin Air Tunis fliegt. Sie haben tunesische Pässe, weil Sie hier geboren sind. Ihre Eltern arbeiteten in Tunesien für westliche Firmen. Ihre Namen können Sie behalten. Was meinen Sie, Maria? Ich wollte etwas sagen, kam aber nicht dazu. Ihnen läuft die Zeit davon. Glauben Sie mir: Sie kennen die Menschen hier nicht. Über Nacht können sie sehr unangenehm werden. Also sagte ich Ja. Aus irgendeinem Grund vertraute ich ihm.«

»Weil er dich so ansah?«

»Weißt du, was er zum Abschied sagte? Werde ich nie vergessen. Ich wäre gern noch einmal so jung wie Sie.«

»Schwein gehabt.«
»Geld.«

Pia sah Mohamed vor sich. Die Krähenfüße um die Augen, die Hand, die nach dem Weißwein griff, nachdem er seinen Tee getrunken hatte, die Unterwürfigkeit des Kellners, sein irritierter Seitenblick auf Pia, die er auf einmal anders zu sehen schien. Sie sah Riad mit gepolsterten Kopfhörern an einer Anlage DJ spielen, Ahmed am Poolrand halbvertrockneten Französinnen Aerobicübungen vorführen, Julians Freund Yamen die Reisepässe der Urlauber eindringlich studieren, die jungen Mädchen, die Tag für Tag die Zimmer putzten und die Handtücher kunstvoll auf den Betten drapierten.

Sie fragte sich, was aus ihnen geworden sei. Ob sie es besser hätten nach der Revolution, nach dem Frühling, der nicht lange gewährt hatte. Sie fragte sich, was aus Mohamed geworden sei, ob er immer noch ein hohes Tier oder fürs Erste in Deckung gegangen sei, ob er in Tunesien oder Frankreich lebe, ob man ihn festgenommen, verurteilt oder unbehelligt gelassen habe. Im Netz war nichts zu finden. Als sich ein junger Obsthändler in Sidi Bou Said angezündet hatte, waren sie bereits seit zwei Tagen in Ho Chi Minh City damit beschäftigt, eine Wohnung zu finden. Die Tunesische Revolution hatten sie im Fernsehen und im Netz verfolgt. Anderthalb Monate zuvor hätten sie keinen Cent darauf gesetzt, dass sich in diesem Land in den nächsten Jahren etwas änderte. Ihre Bekannten auch nicht.

Nach dem Abendessen tranken Pia und Sebastian Wein in einer Bar. Sebastian erzählte von seiner Freundin Sophie, die für Kasimir Ab arbeite und auf Pia eifersüchtig sei, von der Kälte und dem Nebel, denen er entkommen sei. Als

Sebastian auf die Toilette ging, dachte sie daran, wie sie in den frühen Morgenstunden aufgewacht war. Der Laptop war neben ihr auf dem Bett gestanden, sie hatte ihn ausschalten wollen, als sie sah, dass ihre Mutter geantwortet hatte. Sie freute sich über das Video. Sie wollte ein Bild von ihr.

Ob alles gut sei, wollte Sebastian wissen, als er zurückkam, weil sie mit einem Mal so abwesend aussehe. Sie erzählte ihm von dem Foto, das sie ihrer Mutter nicht schicken konnte, und bat ihn um einen Botengang nach Schönbrunn.

»Natürlich.«

Sie küsste ihn auf die Wangen.

»Kasimir würde übrigens gern deine Originale kaufen. Und für dich verkaufen.«

»Muss ich mir überlegen.«

»Warum?«

»Das sind meine Erinnerungsstücke.«

»Weißt du, welches mir am besten gefällt?«

»*Die Märkte reagierten nervös auf unliebsame Regierungen*?«

Sebastian schüttelte den Kopf.

»*Alles war sehr teuer. Dafür gab es freien Internetzugang*? *Klammer auf, Wenn man seinen Freunden kundtat, wo man war, Klammer zu*?«

Sebastian schüttelte den Kopf.

»*Überall Werbung fürs Bestehende*? Schön auf Rot gesetzt?«

»Auch nicht. *Mit der Mittelschicht wuchs der Proteinbedarf.*«

»Schau mal.«

Pia öffnete ihre Fotogalerie. Vor einer rostfarbenen, scheckigen, angeschimmelten Wand stand ein knorriger Baum mit grünen Blättern, als wäre er daraufgemalt.

»Im Innenhof des Revolutionärs.«

»Wird das nächste.«

»So viel hast du noch nie gezeigt.«

»Nicht einmal der ausgefeilteste Algorithmus kann diesen Ausschnitt zuordnen. Und wenn schon. Ich lebe nicht in Hoi An.«

»Wie lautet der Titel?«

»Morgens sah man, wo sich diesmal jemand im Namen Gottes in die Luft gesprengt und wie viele Menschen er mit sich in den Tod gerissen hatte.«

Am nächsten Tag waren sie zurück in der Stadt, in der Menschen auf Motorrollern schliefen; auf der Fahrt zur Wohnung hatten sie sie zu zählen versucht. Julian kam aus der Dusche, sie lag auf der Couch, bereit, hinaus ins Warme zu gehen, als Sebastian ins Wohnzimmer gestürzt kam und seinen Laptop auf den Tisch stellte.

»Da! Schaut!«

»Irre.«

Julians Stimme zitterte, Pia starrte auf den Bildschirm. Er zog sie an sich, strich ihr über den Kopf und küsste sie auf die Schläfe.

»Woher kennst du den eigentlich?«

Sie wollte Sebastian antworten. Es gelang ihr nicht.

»Als sie aus der vorletzten Bank kam«, sagte Julian, »hob er gerade einen Stein aus der Straße der Sieger. Miss Robin Hood steckte ihm fünfhundert Euro zu. Übrigens, Schatz, bevor ich's vergesse: Hast du noch Geld?«

Pia schüttelte den Kopf.

»Ich hab vorhin abgehoben.« Julian griff in seine Hosentasche und reichte ihr ein dickes Bündel Scheine. »Fünf Millionen. Nicht alles auf einmal ausgeben.«

48

Die Bäume waren kahl, der Himmel war grau, außer den großen schwarzen Raben, die über den eisigen Boden hüpften, schienen alle Vögel in den Süden verschwunden. Der Kies unter den Stöcken der Nordic Walkerinnen knirschte härter als gewöhnlich, die Läufer dampften, Tauben kreisten um Futterhäuschen, pickten nach Körnern, schwirrten davon. Mütter schoben ihre Kinderwagen durch den Schlosspark, Pensionistinnen erzählten einander im Gehen, dass es wie immer nichts Neues gebe, Vogelfütterer verstreuten Brotkrümel und alte Semmeln, verliebte Schüler knutschten auf Parkbänken, vor dem Eingang zum Tiergarten warb Fi Fo für Jahreskarten.

Rita hatte umgedreht und war am Palmenhaus vorbei zurück zur Hauptallee gegangen. Obwohl sie frei hatte, war sie vom Flughafen direkt nach Schönbrunn gefahren. Sie fühlte sich nicht müde. Außerdem wusste sie nicht, was sie zu Hause tun sollte. In der Schnellbahn hatte sie aus dem Fenster auf einen trüben, nebeligen Tag geblickt, die Ölraffinerie und den Zentralfriedhof gesehen, auf dem mehr Tote lagen als Lebende durch die Stadt gingen. Sie war in die U-Bahn umgestiegen und nach Hietzing gefahren, ihren Koffer hatte sie beim Eingang untergestellt. Es war kaum zu glauben, dass sie vor einem Tag in Chengdu in ein Flugzeug gestiegen und nun wieder in Wien war. Ruth Harkness war drei Wochen auf dem Ozeandampfer gewesen.

Sie ging an den weißen Statuen vorbei, versuchte, sich den Krähen zu nähern, aber die waren scheu wie Pandas und flogen davon, ehe sie sie aus der Nähe betrachten konnte. Vor dem Schloss blieb sie stehen. Touristen gingen an ihr vorbei und fotografierten, darunter viele Asiaten, vielleicht war jemand aus Sichuan dabei. Sie drehte sich nach rechts und blickte zur Gloriette auf dem Hügel. Als Kaiser Franz Joseph an die Macht kam, war der Panda gerade entdeckt worden. Zeichnungen waren in Umlauf gekommen, erste Beschreibungen, der Beginn eines Raunens. In der Luft über ihr kreisten Möwen. Sie sah noch einmal hin. Hier hatte sie noch nie Möwen gesehen. Andererseits kam sie üblicherweise nicht so weit. Sie fragte sich, was Möwen Ende November in Schönbrunn taten. Blöde Frage. Sie flogen. Sie kreisten. Sie stießen schrille Schreie aus. Es klang, als verspotteten sie die Menschen.

Es war nicht Angst, was sie zögern ließ. Sie drehte um. Sie fühlte sich frei und leicht und auch sehr sonderbar. Sie ärgerte sich, um kein Pandakostüm gebeten zu haben. Sie würde es jetzt anziehen und damit in den Tiergarten gehen. Er ist fort, ich bin hier. Nehmt mich. Kümmert euch um mich. Füttert mich. Freut euch über mich. Weil ich da bin. Weil ich lebe. Weil ich in einen Panda geschlüpft bin. Immerhin war ein Panda ihr nächster Mensch gewesen. Hatte sie das tatsächlich gedacht?

Rita blieb stehen. Ein Panda ihr nächster Mensch? Ja, hatte sie, und warum sollte das seltsam sein? Man konnte vieles denken. Sie musste sich davor nicht fürchten. Sie hatte frei. Sie war frei. Das hatte sie von Fi Fo. Das hatte sie von Pia. Sie hatte *das* von ihrer Tochter. Die musste es aber von ihr haben. In ihr hatte es immer geschlummert.

In den Panda schlüpfen. Die Welt aus seiner Sicht sehen. Das war befreiend. Das war Pandaismus. Sie war Pandaistin.

Als Rita den Tiergarten betrat, stellte sie sich vor, im Pandakostüm zu kommen. Sie sah die Menschen klatschen und mit den Fingern auf sie deuten. Obwohl sie nicht wüssten, dass sie eine Sie war. Klassischer Fall von Pandaismus. Nicht so wichtig. Clowns brauchten auch bloß rote Nasen. Sie beobachtete die Menschen genauer. Bei diesem Wetter war es wunderbar im Zoo. Wenig Besuch, Ruhe für die Angestellten. Draußen, im Park, auf der Straße, in der U-Bahn, wirkten die Menschen schwermütig. Keine Sonne, der Himmel bedeckt, grau in grau. Hier sahen sie fröhlich aus. Sollte man sie jemals wieder interviewen, würde sie allen Depressiven einen Besuch im Zoo empfehlen. Sie, als der Panda, der sie war, würde ihnen eine Jahreskarte ans Herz legen. Damit es wieder aufginge. Und ab und zu in einen Panda schlüpfen, um den Kuckuck rufen zu hören.

Rita betrat das Pandahaus. Sie war auf Besuch. Vor der Scheibe stand eine Großmutter mit ihrer Enkelin, die mit einem Finger und offenem Mund auf Fu Mao deutete. Fu Mao saß auf dem Boden, vor ihr lag eine Astgabel, hinter ihr ein dicker alter Baumstamm, an dem eine lange Bambusstaude lehnte, die sie dort wahrscheinlich vorsorglich platziert hatte. In ihren Tatzen hielt sie eine frische Staude. Fu Mao fraß so schnell, dass ihr Gesicht von wackelnden Blättern verdeckt war. Als bliese der Wind Sichuans durchs Gehege. Das Mädchen lachte und klopfte gegen die Scheibe. Hinter Fu Mao lehnte Yang Lang an der Glasscheibe, welche die beiden voneinander trennte. Rings um ihn Bambus. Rita sah bloß seinen großen Kopf, die schwarzen Schultern und die schwarze Tatze, die ein kurzes Bambusrohr in den Mund steckte.

»Hör mal«, sagte die Großmutter. Die Kleine hielt im Klopfen inne. Es raschelte und knackte.

»Wir haben sehr scharfe Zähne«, sagte Rita.

Die Kleine drehte sich um und sah sie mit großen Augen an.

»Sie, meine ich, die Pandas. Und sie haben, wenn du genau schaust, einen sechsten Finger, wie einen Daumen, nur unbeweglich. Damit können sie den Bambus besser halten.«

Die Großmutter lächelte Rita zu.

»Wo ist das Baby?«

»In diesem Jahr gibt's kein Baby.«

»War das Weibchen nicht schwanger?«

»Scheinschwangerschaft, leider. Kommt immer wieder vor. Die Weibchen entwickeln dabei alle Symptome einer echten Schwangerschaft.«

»Und der Kleine«, sagte die Großmutter zu ihrer Enkelin, »musste nach China zurück. Dort kommen die Pandas nämlich her.«

Rita blickte noch einmal zu Fu Mao. Sie war tatsächlich eine Diva. Sie saß genau dort, wo man sie am besten sah. Direkt vor der Scheibe. Und zwar so, dass es auf den ersten Blick wirkte, als wäre Yang Lang weiter hinten bloß ihre Spiegelung in der gläsernen Trennwand. Man konnte nicht wissen, ob sie wusste, dass ihr Kleiner weg war. Riechen konnte sie ihn jedenfalls nicht.

Das Licht ging aus. Es war 16 Uhr 15. In einer Viertelstunde sperrte der Tiergarten zu. Rita wünschte den beiden einen schönen Tag, dann verließ sie das Pandahaus. Sie suchte nicht Verena, wie sie vorgehabt hatte; als sie Peter sah, drehte sie sich schnell weg. Wahrscheinlich hätte er sie in ihrem Kostüm ohnehin nicht erkannt. Sie verließ den Zoo durch den Souvenirladen. Überall lächelte ihr Fi Fo entgegen. Auf Postern, Plakaten und T-Shirts. *Alles Walzer* war einmal. Nun hieß es *Alles Panda*. Handtäschchen, Babysitze, Rucksäcke, Mützen, Tassen, Pullover. Pandairrsinn. Nichts im Vergleich zum Besucherzentrum in Wolong. Sie sah sich, im Pandakostüm, alles zu Boden fegen. Den ganzen Krempel.

Es war dunkel, als sie ihren Koffer hinter sich über den Kies zog. Die großen Fenster des Palmenhauses waren in ein dunkles Orange getaucht, in der Ferne, jenseits des Schlosses, leuchtete der Himmel dunkelrot. Die Hietzinger Kirche war von mattem Gelb beschienen, über der kahlen Mauer war bloß ihre Spitze zu sehen. Die Laternen brannten, Rita war, als sähe sie alles zum ersten Mal. Als wäre sie nicht schon Hunderte Male an ähnlichen Tagen zur Straßenbahn gegangen. So war sie noch nie hier gewesen. Sie trug ein neues Kostüm.

Rosanna freute sich, als Rita zur Tür hereinkam. Sie strich um ihre Beine, rieb ihren Kopf an ihren Waden und schnurrte. Rita beugte sich zu ihr, strich ihr über den Kopf und die Ohren, drückte sie fest an sich, ehe sie ihr Geschenk aus der Handtasche holte.

»Das ist für dich, Süße. Aus dem Reich der Mitte.«

Sie hielt Rosanna den kleinen Stoffpanda vors Gesicht. Rosanna beäugte ihn.

»Musst aufpassen. Ist noch sehr klein. Frisch aus dem Brutkasten.«

Als sie aus der Dusche kam, bemerkte Rita, wie müde sie war. Ihre Beine waren schwer, ihre Gedanken verzögert. Rosanna hatte ihr neues Spielzeug durch die Wohnung gezerrt, nun lag sie mit ihm auf der Couch. Rita gesellte sich zu ihnen, fuhr ihren Laptop hoch und lehnte sich an einen Polster. Sie musste sehen, was Pia getan hatte, ehe sie sich hinlegen und ausschlafen wollte. Sie öffnete Facebook. Das Briefsymbol war rot. Sie sah nach. Pia hatte ihr einen Link geschickt.

Fi Fo's second day in Wolong.

3:30. Im Dunklen waren die Umrisse von Bäumen zu erkennen. Dahinter die Umrisse zweier Gebäude. Fi Fo schlief am Rand einer Grube. Auf einmal hob er seinen Kopf. Er drehte ihn langsam nach rechts. Seine Augen funkelten. Er sah sich um. Er horchte. Er roch. Dann erhob er sich und trottete aus dem Kameraausschnitt.

9:30. Ein trüber Tag. Fi Fo saß in einer Baumgabel und blickte zu seinem Pfleger, der ihn mit zwei Stöcken, auf die Essbares gespießt war, herunterlocken wollte. Abwechselnd hob er den einen, dann den anderen zum Wedeln. In seiner braunen Uniform sah er wie ein Pandalotse aus. Die Bäume standen im Gras, vom Boden bis in einen Meter Höhe war der Stamm von einer Bambusmatte umgeben. Rechts davon verlief eine Mauer, hinter der auf lehmigem Grund zwei steinerne Baracken standen. Auf der Wiese vor ihm lagen Steinbrocken und ein aus Baumstämmen gezimmerter Parcours, vor dem die Grube lag, die ein kleiner Tümpel war. Im Hintergrund, jenseits des Baumes, schien ein zweites, ähnliches Gehege zu sein, noch weiter hinten lagen Wiesen und ein in die Berge führender Wald. Der Pfleger hob unermüdlich seine Stöcke, Fi Fo tappte vorsichtig auf der Astgabel umher, bevor er sich seines Darminhalts entledigte. Rita musste lachen. Sie hatte ihn nicht umsonst *Scheißer* genannt. Er schien nicht recht zu wissen, wie er überhaupt da hinaufgekommen war. Und vor allem: Wie er wieder hinunterkommen sollte. Da schwang er sich auf die Astgabel, klammerte sich mit den Tatzen fest, fand mit den Hinterläufen auf dem Baumstamm Halt und ließ sich langsam hinunter. Nachdem er auf dem Boden angekommen war, wackelte er auf allen vieren zu seinem Pfleger, der ihm über den Kopf strich und den Stock entgegenstreckte. Fi Fo saß da, vor einem Steinbrocken, in Rückenansicht, und kaute. Dann erhob er sich und trottete davon.

Zwanzig Minuten später sah man ihn zwischen den Bäumen herumwackeln, im Hintergrund schafften zwei Pfleger Bambus heran. Auf einmal war Fi Fo von ganz nahe zu sehen, das Gesicht direkt in der Kamera. Rita drückte auf Pause.

Das runde weiße Gesicht.

Die feine Schnauze mit dem schwarzen Punkt.

Die kleinen Augen und die großen Flecken um sie.

Die kleinen schwarzen Ohren.

Sie drückte auf Play. Im Hintergrund war ein zweiter Panda zu sehen, Fi Fo wollte wieder auf den Baum, drehte aber um und ging Richtung Tümpel, ehe er sich erneut umdrehte, um flink auf den Baum zu klettern. Wieder stand er auf der Gabel, von der große Äste weiter hinauf führten. Auf einem kletterte er höher. Fi Fo verschwand unter dem Laub.

Anderthalb Stunden später kannte sie das Video auswendig. Sie hatte gelacht und ein wenig geweint, Rosanna war eingeschlafen und wieder aufgewacht. Rita war, als wäre sie noch dort. Sie roch die Luft. Sie hörte die Geräusche. Sie sah die Menschen.

Noch immer wusste sie nicht, ob sie Pia die Datei mit ihren Sätzen schicken sollte. Sie wollte sie noch einmal durchlesen. Jetzt war sie zu müde. Sie klickte die Nachricht an.

Wunderbar! Danke, Pia!

Sie schickte ein pochendes rotes Herz hinterher.

Schick mir doch ein Foto von dir. Bitte!!!

Beim Zähneputzen entdeckte sie neue graue Haare. Sie lächelte sich im Spiegel zu.

»Du Chinesin«, sagte sie.

»Du Passagierin«, sagte sie.

»Du Unsinnstier«, sagte sie.

Sie war nicht mehr jung. Aber sie war noch lange nicht alt. Sie gefiel sich. Nein: Sie mochte sich. Sie hatte ein gutes Leben. Sie hatte sich lange nicht mehr gefragt, ob sie glücklich sei.

»Bist du glücklich, Unsinnstier?«

Rita nickte. Auf jeden Fall war sie glücklicher als an jenem Sonntag, an dem sie ein junger Mann im Auftrag eines Ministeriums angerufen hatte. Sie stellte sich vor, wie Pia neben Julian gestanden war und ihr zugehört hatte. Sie dachte an sie. Rita war keine schlechte Mutter. Vielleicht war sie bereits Großmutter. In Pias Alter war sie längst Mutter gewesen. Großmutter, wie das klang.

Es klang gut. Sie würde ihren Enkel oder ihre Enkelin sehen. Wo immer er oder sie sein sollte. Bis ans Ende der Welt würde sie fliegen. Das schwor sie sich in diesem Moment. Zoos gab es überall. Sie konnte anderswo leben. Wenn sie es recht bedachte, hielt sie nicht viel in Wien. Sie wollte Großmutter werden. Sie wollte Großmutter sein. Ein Kind brauchte eine Großmutter. Ihr Enkelkind brauchte sie. Rosanna konnte fliegen. Pia vielleicht nicht. Sie wollte ihr in die Augen blicken. Sie in die Arme nehmen. Ihr über den Kopf streichen und ihr sagen, wie sehr sie sie liebe. Dass alles gut sei.

»Du Muttertier«, sagte sie, »bist vielleicht ein Großmuttertier. Wird ja nicht unfruchtbar sein, dieser Julian Fuchs.«

Sie wollte nur nicht, dass Pia seinen Namen annahm. Sie sollte heißen, wie sie hieß. Pia Fuchs klang albern. Albern war auch, dass Rita Swoboda auf Facebook Pia Swobodas Fan war.

Pia hatte geantwortet. Rita setzte sich an den Rand der Couch. Sie bekam kaum Luft. Sie benahm sich wie ein verliebter Teenager.

Liebe Mama!

Das Problem ist, ich weiß nicht, ob das DU bist. Ich glaube es, kann es aber nicht wissen. Ich bin nicht paranoid. Ich muss aufpassen. Ich will dir so viel sagen und erzählen und zeigen. Mitte Dezember wirst du Besuch von einem jungen Mann bekommen. Er heißt wie der zweite Sohn unserer Nachbarn früher. Die über uns. Er wird deinen Computer so einrichten, dass wir UNGESTÖRT reden können. Und wenn das nicht DU bist, hat ein Schnüffler zumindest etwas Interessantes gesehen und gelesen. Ich hab DICH sehr lieb. Denke oft an dich.

Bis bald!

Deine Pia

P. S. Solltest das nicht DU sein, hat es keinen Sinn, liebe Schnüffler, einen jungen Mann zu meiner Mutter zu schicken. Weil der Richtige etwas mit hat, das er nur von mir haben kann.

P. P. S. Fi Fo ist der Süßeste.

Am nächsten Morgen wachte Rita fünf Minuten vor dem Klingeln des Weckers auf. Sie kochte Kaffee, verteilte Futter auf kleine Tellerchen, fand den chinesischen Stoffpanda ramponiert vor und stellte sich mit der Tasse ans Fenster.

Der Himmel war blau, ein paar Wolken zogen rasch darüber, sie meinte, die Kälte sehen zu können. Die Menschen auf der Straße waren dick eingepackt, trugen Handschuhe, Mützen und Schals, aus ihren Mündern trieben Atemwölkchen. Auch wenn es kein Tag wie alle anderen war, wollte sie ihn so behandeln. Sie freute sich auf den Tag, an dem der Gesandte käme. Der zweite Sohn der Nachbarn über ihnen hatte Sebastian geheißen. Sie wartete auf einen Sebastian, der mit etwas käme, das er nur von Pia haben konnte. Wahrscheinlich ein Parfum, dachte Rita und schmunzelte. Höchst interessant, was ihr in letzter Zeit alles durch den Kopf ging.

Es war kalt, als sie auf die Straße trat. Sie zog den Schal über den Mund, ein eisiger Wind blies ihr ins Gesicht. Rita senkte den Kopf, ihre Silhouette spiegelte sich auf dem Gehsteig. Sie steckte ihre Hände in die Manteltaschen und atmete durch die Nase.

Als sie an der Straßenbahnhaltestelle den Kopf hob, sah sie ihn.

Sie schloss die Augen. Sie öffnete sie wieder. Er war noch immer da, mindestens zwei Meter groß. Auf die kahle, graue, trostlose Feuermauer gegenüber, auf der längst nicht mehr geworben wurde, war ein gigantischer Fi Fo gesprüht. Seine ausgestreckte Rechte krallte sich an einem kleinen grünen Knirps fest, der ihn himmelwärts hob, die linke Körperhälfte hing schlaff nach unten. Sein Maul stand offen, ein Eckzahn funkelte golden, auf seiner Stirn leuchtete ein roter Punkt, Fi Fo zwinkerte ihr schelmisch zu. Gegen alle Gesetze der Schwerkraft und des gesunden Menschenverstandes schien ihn der kleine Knirps nach oben zu ziehen, höher und immer höher, als wehte ein Sturm von unten, der ihn der Straße, den Autos, Menschen und Hauseingängen entrückte.

Die Straßenbahn hielt, Menschen stiegen aus, Menschen stiegen ein, Rita blieb stehen. Mit einem Mal hatte sie die schönste Haltestelle der Stadt. Als die Straßenbahn abgefahren war, setzte sie sich auf die kalte Bank unter dem Wartedach. Fi Fo schwebte. Er war dabei, zu entschwinden. Er war noch immer da.

Sie stand auf. Sie sah sich um. Sie rief seinen Namen und lachte.

49

Ende Januar stand Pia vor dem Geldautomaten ihrer Bank. Sie tippte ihren Code ein, wählte den Betrag, durch die Fensterscheibe sah sie eine Angestellte hinter ihrem Computer. Auf dem Bildschirm tauchte ein rotes Dreieck um ein schwarzes Rufzeichen auf. Der Automat spuckte ihre Karte aus, sie schob sie zurück, gab ihren Code ein und wählte den Betrag. Wieder war das rote Dreieck zu sehen. Sie versuchte es noch einmal mit einem niedrigeren Betrag. Der Automat gab ihr nichts.

Sie steckte ihre Brieftasche ein und drehte um. Der Verkehr rauschte an ihr vorbei, sie summte ihr Fluchtlied. »Du schwitzt ja«, sagte ihre Mutter jedes Mal aufs Neue, wenn das Bild anging, »schwer vorzustellen hier.« Ihre Mutter fror, die Elefanten hatten ihre Christbäume verspeist, die Freunde des Großen Panda hofften auf eine gelungene Paarung im Frühjahr. Es war Mittag in Ho Chi Minh City, wenn es Abend in Wien war. Merkwürdigerweise konnte Pia über die Distanz viel besser mit ihrer Mutter sprechen. Anfangs war es ein behutsames Abtasten gewesen, mittlerweile sprachen sie freier miteinander. Vielleicht hing es auch damit zusammen, dass Pia ein neues, ihr eigenes Leben hatte.

Sie sprachen eher wie Freundinnen miteinander als wie

Mutter und Tochter. Eine von Ritas ersten Fragen war, ob sie bereits Großmutter sei; seither hatte sie mehrere Male wiederholt, wie gern sie es wäre. Sie hatte sich ein paar Mal mit Julian unterhalten und wissen wollen, warum er nicht mehr für das Ministerium Glücksumfragen mache. Pia hatte ihre Mutter nicht als humorvoll in Erinnerung gehabt. Unlängst hatte sie Pia anvertraut, ein gewisser Hans Fröhlich, der etwas verschrobene Mann, der Sebastian zu ihr gefahren habe, stelle ihr nach. Er sei überaus charmant, und als er gemeint habe, das alles könne kein Zufall sein, und sie ihn verdattert angesehen habe, habe er gesagt, sie solle nicht so erschrocken dreinblicken, er suche keine Altenpflegerin. Jetzt wollte er sie auf einen Kaffee oder Spaziergang einladen.

Ihre Mutter hatte von *ihr* wissen wollen, ob sie die Einladung annehmen solle. Pia hatte sich bei Sebastian über Hans erkundigt und grünes Licht gegeben. Das Leben war bizarr.

Und Kasimir Ab ein Schatz. Oder der Unbekannte Künstler. Oder beide. Der riesige schwebende Panda, der von einem kleinen grünen Knirps in die Lüfte entführt wurde, war so friedlich und heiter und frech und leicht, dass sich selbst der Hausbesitzer zustimmend zu Wort gemeldet hatte. Nicht nur sehe er von einer Anzeige ab, er wünschte vielen traurigen Wänden ähnliche Verzierungen. Manche vergaben dem Unbekannten Künstler, Kasimir Ab und nicht den Vorstandsvorsitzenden einer Bank entführt zu haben, weil er der Pandapflegerin ihren Panda zurückgebracht habe, andere sahen darin nicht mehr als einen sentimentalen Anflug. In Wirklichkeit war es egal.

Er hatte es für Rita getan. Vielleicht wegen Pia, vielleicht wegen Hans, vielleicht wegen beider, vielleicht auch nicht.

Es war egal. Er hatte ihrer Mutter eine Freude gemacht, die sich nicht beschreiben ließ, wie Pia gesehen hatte, als Rita ihr von dem Moment zu erzählen versucht hatte. Wenn auch die Welt in Flammen stand, die Reichen immer reicher und die Armen immer ärmer wurden, wenn Kindersoldaten Diamantenminen in Afrika bewachten und ein großer Teil der Menschheit ein Leben führen musste, das diesen Namen nicht verdiente, selbst wenn ihre Titel die Welt adäquat beschrieben, waren da noch immer die Liebe und die Zärtlichkeit und das Mitgefühl und die Auflehnung gegen die Zumutungen. Man konnte der herrschenden Ordnung die Finger zeigen. Man konnte leben, als lebte man bereits in der neuen, besseren Welt.

Das wollte sich Pia merken. Sie wurde von Tag zu Tag klarer. Rosa, die Große Unbekannte, wer immer das war, hatte ihnen geholfen, im Großen wie im Kleinen. Als Pia sich über Pandas hatte schlau machen wollen, war sie auf einen Artikel in einer kostenpflichtigen Fachzeitschrift gestoßen. Sie hatte Rosa geschrieben und ein paar Stunden später den gewünschten Artikel in ihrem elektronischen Posteingang gehabt. Pia war nicht allein. Um sie herum waren Menschen, denen sie vertrauen konnte, auch wenn sie manche davon nie gesehen hatte. Es gab eine unausgesprochene Übereinkunft, einander zu helfen und zu stützen, wenn man die Ordnung der Welt nicht hinnehmen wollte.

Vor wenigen Tagen hatte ihre Mutter ihr Hunderte handgeschriebener Seiten geschickt. *Fi Fos Tagebuch*. Sie war unheimlich stolz gewesen, das mit Mobiltelefon und Laptop zustande gebracht zu haben. Pia hatte noch keine Zeit zum Lesen gehabt. Außerdem schickte Rita mehrmals pro Woche Fotos von ihrer Straßenbahnhaltestelle.

Das Schönste hatte Pia auf ihrer Seite veröffentlicht. *Thank you, UK! (Anarchy in the)*

Als sie die Wohnungstür aufsperrte, lag Julian mit einem Handtuch um die Hüften auf dem Sofa. Sein Brustkorb hob und senkte sich, die Hände hatte er hinter dem Kopf verschränkt. Er öffnete die Augen und blickte sie abwesend an.

»Der Automat hat mir vorhin kein Geld gegeben. Weißt du, was da los ist?«

Julian stand auf und trat ans Fenster. Seine Schultern begannen zu zucken, sein Rücken schien zu beben, er rieb sich die Schläfen. Als er sich langsam umdrehte und die Augen niederschlug, stellte sie ihre Tasche auf den Boden.

»Julian? Was ist?«

Er setzte sich auf die Couch und begann zu heulen. Er bekam kaum Luft, setzte immer wieder zu sprechen an, es gelang ihm nicht. Er drehte den Kopf in ihre Richtung. Sie hatte ihn noch nie so verzweifelt gesehen.

»Ich hab's –«

»Ja?«

Er schüttelte den Kopf und strich sich übers Gesicht.

»Weg. Alles.«

Sie setzte sich neben ihn auf die Couch und drehte seinen Kopf in ihre Richtung.

»Was heißt weg, Julian? Rede!«

Er wusste nicht, wo er beginnen sollte. Seit Tagen konnte er keinen klaren Gedanken fassen. Er schlief nicht, er hatte keinen Appetit, er lag auf der Bank, die Stange mit den Gewichten über ihm, er konnte sie nicht anrühren. Nachts lag er neben Pia und tat, als schliefe er, während er eine Lösung zu finden suchte, die nicht zu finden war. Alles löste sich auf. Er löste sich auf. Die Welt löste sich auf.

Julian schlug die Augen auf. Pia saß neben ihm. Nicht mehr lange. Er hatte alles zerstört. Er war schuld. Er war so allein, wie man nur allein sein konnte. In einem fremden Land, in dem er nichts verstand. Vielleicht konnte er sich Geld leihen, vielleicht irgendwo Unterschlupf finden, bei seinen Freunden, von denen er nicht einmal wusste, ob sie tatsächlich seine Freunde waren. Er schnappte nach Luft, seit Tagen fiel ihm das Atmen schwer, und wenn er Pia in die Augen blickte, schämte er sich so sehr, dass er wünschte, alles wäre vorbei. Er hatte keine Ahnung, wie er jemals wieder –

»Du musst reden, Julian. Mein Gott, was ist passiert?«

Dale. Er atmete durch. Er schuldete ihr eine Erklärung. Wo es keine gab. Er begann mit Dale, mit der Quersumme, dem Versprechen, *one shot*. Und die Wohnung, die schöne große Wohnung im Sky Garden, das Schmiergeld für den Makler, die zwei Jahresmieten im voraus, die Ablöse für die Möbel, dies und das.

Jedes Wort tat weh. Jede Verknüpfung schmerzte. Er konnte nicht fassen, dass er so blöd war. Obwohl.

Es war dieses verdammte Obwohl.

Obwohl es funktioniert hatte. Beim ersten Mal, beim zweiten Mal, als er nur zugesehen hatte. Und dann das dritte Mal. Sein *one shot*. Dale war – was auch immer. Aber er war ehrlich. Er hatte sich bedanken wollen. Es hätte diesen Dienstag und dieses Spiel nie geben dürfen. Sie hatten die Aufstellung einer Mannschaft und eine sichere rote Karte in einem anderen Spiel. Sowohl der Trainer als auch der Verteidiger standen in der Schuld von Dales Bekannten. Wer immer das war. Ein Dialog, ein Wortwechsel, den er nicht aus dem Kopf bekam. Dale setzte auf die Aufstellung, die Quote war phantastisch.

Julian: Was ist, wenn wir die Aufstellung kennen und beim Aufwärmen, kurz vor Anpfiff, verletzt sich einer? Da kann der Trainer noch so sehr in eurer Schuld stehen.

Dale: Daran hab ich noch nie gedacht.

Julian: Weil du nie Fußball gespielt hast.

Es liefen aber die elf Spieler aufs Feld, die ihnen angegeben worden waren. Dale jubelte. In Julian zog sich etwas zusammen, das er nicht wahrhaben wollte. Er hätte, ohne eines dieser grauenhaften Spiele ansehen zu müssen, absurd viel Geld gewonnen. Er hätte den halben Sky Garden mieten können. Obwohl. Der kleine Verteidiger in dem blauen Dress mit der Nummer 23. Er sollte nicht zu lange warten, noch vor der Halbzeit vom Feld geschickt werden. In der fünfzehnten Minute lief ein gelber Stürmer aufs Tor zu, der kleine Verteidiger mit der 23 grätschte wie ein Bluthund von hinten hinein, der Schiedsrichter zeigte sofort auf den Elfmeterpunkt, Julian ballte die Fäuste und reckte die Arme in die Höhe, Dale küsste ihn auf die Wangen.

Aber was tat der Schiedsrichter? Er zückte die gelbe Karte und redete streng auf den kleinen Verteidiger mit der 23 ein. Wenn jemals ein Foul Rot verdient hatte, dann dieses. Julian wusste nicht, wie ihm geschah. Das konnte nicht wahr sein. »Easy, man«, sagte Dale, »that's crazy, beim nächsten Husten ist er raus.« Julian nickte. Natürlich. Bei der nächsten Kleinigkeit wäre er draußen. Er musste ruhig –

Dann wurde der Trainer eingeblendet, außer sich vor Wut. Neben dem Trainer stand ein Spieler. Die Gelben verwandelten den Strafstoß. Der Linienrichter hielt die Anzeigetafel hoch. Die Nummer 23, der kleine Verteidiger, musste vom Feld. An seiner Stelle kam die Nummer 4. Julian blickte Dale hilflos an, Dale schloss die Augen, der kleine Verteidiger war in Großaufnahme zu sehen, wie er mit hängendem Kopf langsam vom Spielfeld trottete. Als er an dem Trainer vorbeiging, der ihn keines Blickes würdigte, sah man kurz sein Gesicht. Julian sah darin dieselbe Angst, die ihn in diesem Moment überkam. Er wollte aus dem Lokal, nichts wie weg, aber Dale hielt ihn fest, das Spiel dauerte noch eine Dreiviertelstunde, sie müssten nur beten, dass ein Blauer des Feldes verwiesen werde. Als der Schiedsrichter abpfiff, war niemand des Feldes verwiesen worden. Julian stand auf und verließ wortlos das Lokal.

»Du hast unser Geld auf eine rote Karte gesetzt?«

Julian hob den Kopf. Das war er ihr schuldig. Es war zwar anders, aber. Er blickte Pia in die Augen und nickte.

»Du Vollidiot!«

Julian nickte.

»Haben wir nichts mehr?«

Er schüttelte den Kopf. Ein paar Tausend Dollar hatte er noch. Dale hatte ihm ein Kuvert im Fitnessstudio hinterlegt. Irgendwie musste es möglich sein, von dem Vertrag zurückzutreten.

»Hast du auch unsere Schatzis? Fiat Panda? Herrn Werner?«

Er schüttelte den Kopf.

»Natürlich nicht.«

Auf einmal brach Pia in schallendes Gelächter aus. Sie lachte so laut, wie er sie noch nie lachen gehört hatte. Tränen liefen ihr aus den Augen, sie hielt sich den Bauch, japste nach Luft. Er hatte Angst, sie würde verrückt. Er hatte keine Ahnung, was dann. Sie wollte etwas sagen, es gelang ihr nicht, sie stand auf, beugte sich nach vorn, stützte die

Hände auf die Oberschenkel, atmete tief durch und langsam durch die Nase ein, ehe sie vom nächsten Schub erfasst wurde und sich widerstandslos auf die Couch fallen ließ.

»Rote Karte.« Sie lachte und wiederholte ein ums andere Mal das Wort. »Rote Karte!«

Julian wollte nicht, aber es war ansteckend. Er lachte kurz auf, ehe er wieder in sich versank. Er weinte. Es war kein Alptraum.

»Komm in den Hof.«

»Kann nicht.«

»Ich kann jetzt keinen depressiven Mann brauchen. Komm.«

Als sie durchs Treppenhaus gingen, kam ihnen eine junge Mutter mit zwei süßen Jungen entgegen. Sie wandte ihren Blick ab, als sie Julian sah. Sie musste denken, Pia habe ihm eben das Herz gebrochen und begleite ihn ein letztes Mal vor die Tür. Pia dachte schnell. Sie dachte sehr schnell. Sie sah klar. Kurz fragte sie sich, ob sie gerade auseinander falle. Sie fühlte sich gut.

Sie schloss kurz die Augen und atmete die warme Luft ein, als sie in den Hof trat. Der Himmel war blau, die Sonne stark, ein paar Vögel kreisten über ihr. Menschen rauchten auf Balkonen und blickten in den Hof, einem Pinguin steckte ein Karton im Schnabel quer, Kinder spielten Abfangen. Sie dirigierte Julian an einen Tisch in der Hofmitte.

»Setz dich. Ich komm gleich.«

Er blickte kurz auf, dann ließ er den Kopf sinken.

In einem Minimarkt um die Ecke kaufte sie eine Flasche Champagner und ließ sich zwei Plastikbecher geben. Sie hatte noch 300 000 Dong in der Brieftasche, als sie in den

Hof zurückkam und Julian vorfand, wie sie ihn zurückgelassen hatte. Sie stellte die Becher auf den Tisch, schälte das Stanniol vom Korken, drehte den Draht auf und ließ den Korken knallen. Ein paar Menschen drehten sich in ihre Richtung. Sie zuckte lächelnd mit den Achseln.

»Willst du mich verhöhnen?«

»Auf unsere neu gewonnene Armut!«

Julian hob mechanisch den Becher, sie stieß mit ihm an und nahm einen Schluck. Wieder bemerkte sie, dass ihr Champagner nicht schmeckte. Julian trank seinen Becher auf einmal leer, verschluckte sich und hustete. Seine Augen waren gerötet, seine Hand zitterte. Er trug den Ring, den sie ihm in einem Hinterzimmer in Neapel angesteckt hatte.

»Du bist tatsächlich ein Schwachkopf.«

»Wirfst du mich jetzt raus?«

»Was hätte ich davon?«

Er schwieg.

»Na ja, ich könnte mir einen Untermieter nehmen. Irgendwer muss doch die Miete bezahlen.«

»Aber du verlässt mich.«

»Warum?«

»Wenn ich du. All das Geld. Unser Geld. Und ich –«

»Das ist nicht meine Logik. Das ist die Logik, der ich entkommen wollte. Ich hoffte, du würdest das ähnlich sehen.«

»Pia, ich tu alles, ich schwöre, alles, was –«

»Hör zu. Erstens: Steh auf und lauf nicht wie ein geprügelter Köter durch die Gegend. Bringt niemandem was. Wir müssen jetzt stark sein. Wir haben ein Mal was Großes gemacht, wir schaffen das ein zweites Mal.«

Julian nickte.

»Zweitens: Versuch, so viel – Gefällt dir unsere Wohnung nicht?«

»Doch. Aber ich wollte. Für uns und –«

»Mich bringen keine zehn Pferde dorthin! Die ganze Siedlung ist ein riesiges Gefängnis. Versuch, so viel wie möglich zurückzubekommen. Wie auch immer. Aber leg das Geld nicht in Aktienpaketen an.«

Julian wollte etwas sagen, nickte aber nur.

»Drittens: Du wettest nie wieder. Nicht einmal tausend Dong.«

Julian nickte.

»Versprich's mir.«

»Ich verspreche es dir.«

»Viertens: Wir haben noch verzierte Scheine. Und meine Originale. Wir werden auf meinen Beinen stehen müssen.« Sie atmete tief durch. »Du kannst mein Assistent sein. Wirst ein Weilchen unbezahlt arbeiten müssen.«

Julian rieb sich die Augen, ehe er sich aufrichtete.

»Scheiß Geld.«

»Nicht das Geld, Julian. Das ist nicht das Problem. Die Frage ist, was man damit anstellt.«

»Ich wollte doch nur –«

»Eben. Und wofür? Für deinen Kleinbürgertraum? Haben wir all das für eine schicke Wohnung getan?«

»Ich werde arbeiten. Als Personal Coach. Einer von den Jungs ist Lehrer in der großen Schule da vorn. South Saigon International School. Er schlägt mich als Fußballtrainer für die Schülermannschaften vor. Die Chancen stehen gut. Nächste Woche treffe ich die Direktorin.«

»Ich sollte dir die rote Karte zeigen. Aber weißt du was?«

Julian blickte ihr in die Augen. So ähnlich musste er mit sieben ausgesehen haben.

»Ich bestrafe dich mit der gelben.«

Er schenkte Champagner nach. Ein kleines Mädchen lief an ihm vorbei.

»Wir könnten uns bei einer Sicherheitsfirma bewerben, um nachts Automaten mit Geld zu befüllen.«

50

Mirjam König brüllte vor Schmerzen, Kasimir Ab konnte seine Augen nicht von den Händen der Hebamme nehmen. Gerade wischten sie mit einem feuchten Tuch den Schweiß aus der Stirn der Schreienden, die Kasimirs Hand weggeschlagen und ihm unmissverständlich bedeutet hatte, den Raum zu verlassen.

»Wir rufen Sie, wenn es so weit ist«, sagte die Hebamme. »Kann noch dauern.«

Kasimir tat, wie ihm geheißen wurde. Auf dem Gang hielt er kurz inne, um zu horchen, ob Mirjam nicht doch nach ihm riefe; nach ein paar Minuten musste er sich die Vergeblichkeit seines Unterfangens eingestehen. Er machte sich auf die Suche nach einem Aufenthaltsraum, die vielen Türen und verschlungenen Korridore verwirrten ihn; er verstand noch immer nicht, warum Mirjam in ein öffentliches Krankenhaus gewollt hatte.

In einem muffigen Zimmer saßen ein paar alte Menschen in Rollstühlen vor einem Fernsehgerät, sie hingen an Infusionen, Kasimir grüßte knapp und nahm so weit wie möglich von ihnen entfernt Platz. Er wollte sich mit seinem Mobiltelefon ablenken.

»Lauter Trottel«, sagte ein alter Mann.

»Lebenslänglich wegsperren«, sagte eine alte Frau.

»Traurig«, sagte ein dritter, »weit haben wir's gebracht.«

»Keine Gefangenen machen«, sagte der erste, »meine Meinung.«

Es war der 4. April 2012. Pia Swoboda hatte etwas über einen Athener Rentner veröffentlicht, der sich aus Verzweiflung über neue Pensionskürzungen öffentlich verbrannt und einen Abschiedsbrief hinterlassen hatte. Er hieß Dimitris Christoulas. Kasimirs Tochter würde Pia heißen. Da waren Mirjam und er ausnahmsweise einer Meinung.

Kasimir konnte sich nicht auf *diese* Pia konzentrieren, steckte sein Telefon ein und hob den Blick. Auf dem stumm gestellten Fernsehschirm waren Menschen zu sehen, die aufgeregt ihre Mobiltelefone in die Kamera hielten und Fotos herzeigten, auf denen sie mit einem großen flauschigen Panda abgebildet waren. Der Panda streichelte Kindern über den Kopf, posierte mit Touristen und schenkte Vorübergehenden Bonbons. *Banküberfall auf der Mariahilfer Straße* war neben einem pulsierenden roten Punkt eingeblendet, *live*, *Sondereinsatz im Gange*.

»Was ist da los?«

»Der Unbekannte Kuckuck wahrscheinlich«, sagte die alte Frau, ohne sich umzudrehen.

»Alles Verbrecher«, sagte der Mann neben ihr.

»Könnten Sie den Ton anstellen?«

»Was?«

»Ob Sie den Ton anstellen könnten?«

»Junger Mann, Sie müssen lauter sprechen, wir sind schwerhörig.«

»KÖNNTEN SIE BITTE DEN TON ANSTELLEN! AUDIO-VISION!«

Die Menschen mit den Mobiltelefonen wurden ausgeblendet, man sah einen Reporter, der direkt vor jener

Bank stand, in der Pia und Julian zum letzten Mal gesehen worden waren. Er sprach in ein Mikrofon, deutete über seine Schulter, wollte jemanden zu sich bitten, als er einen flinken Schritt zur Seite machte und aus dem Bild verschwand. Die Schiebetür ging auf, schwer bewaffnete Polizisten führten einen Panda mit hängendem Kopf ins Freie. Vor dem Eingang hatten weitere Einsatzkräfte der Sondereinheit Stellung bezogen.

»Abdrücken«, sagte einer der Alten, »worauf wartet's?«

Kasimir schlug sich mit der flachen Hand auf die Stirn: Es war Peter Ost, dem gerade unter tosendem Applaus von einem Polizisten der Pandakopf abgenommen wurde. Die Schaulustigen grölten und pfiffen, Peter Ost schüttelte wild den Kopf, Kasimir zeigte ihm den Vogel.

Phänomenale Rückkehr! Andererseits würde sich Peters Galeristin seiner erinnern, mit einem Mal gäbe es wieder eine Nachfrage nach dem seit Jahrzehnten vergessenen Werk, von dem Kasimir einen nicht unbedeutenden Teil besaß. Kasimir blickte auf den Gang, über den noch immer niemand zu ihm eilte. Vielleicht würde die Galeristin seinem alten Freund einen schmucken Fernsehapparat in die Zelle stellen. Kasimir zückte sein Mobiltelefon. »Du wurdest gar nicht entführt«, hatte Peter gesagt, bevor Kasimir mit einer großen Tasche verschwunden war, in der alle Alkoholika waren, derer er hatte habhaft werden können. »Weiße Haare vom Schock hab ich trotzdem«, hatte er geantwortet. *Möwe, schick deinen Anwalt zu Ost, sofort, K.*

Der Festgenommene wurde in Großaufnahme eingeblendet, sein Gesicht wirkte müde und aufgekratzt, unter den Augen hatte er dunkle Ringe. Sein strähniges Haar war verschwitzt, offensichtlich hatte er getrunken oder etwas anderes zu sich genommen. Die Polizisten führten ihn ab, er versuchte vergeblich, sich loszureißen. Peter schien zu schreien, der Ton ging an.

»Nicht überfallen! Hören Sie! Zumindest nicht, um sie auszurauben! Ich wollte, hier, sehen Sie, einen verzierten, *Limited Edition,* ZURÜCKBRINGEN, den mir mein Freund, Kasimir Ab, der Entführte, geschenkt hat! Die Pistolen, Spielzeugpistolen, hier, bitte, okay, aber nicht gela–«

Die Polizisten packten seine Arme fester, drehten sie auf den Rücken, Handschellen klickten. Die Seitentür eines Kastenwagens ging auf, ein Polizist drückte Peter Osts Kopf hinunter, die Tür ging zu. Der Unbekannte Künstler, dachte Kasimir, hätte doch die letzten Scheine von einer Drohne über dem Stephansplatz abwerfen lassen sollen.

»Der Mann im Pandakostüm soll stundenlang über die Mariahilfer Straße spaziert sein«, sagte der Reporter, »ehe er die Bank betrat und zwei Pistolen zückte. Ich höre gerade –«

»Der Schweinsbraten zu Mittag war voller Flachsen«, sagte die alte Frau.

»Sie können wieder stumm fernsehen«, sagte Kasimir, »ich hoffe, das Abendessen ist besser.«

Auf dem Gang kamen ihm der Polizist und die Polizistin entgegen, die ihn aus dem Supermarkt befreit hatten.

»Wir suchen Sie, Herr Ab«, sagte der Polizist.

»Wir würden uns gern mit Ihnen unterhalten«, sagte die Polizistin, »es gibt neue Spuren.«

»Nicht unbedingt der beste Zeitpunkt. Pia sollte jeden Moment zur Welt kommen.«

»Dann besuchen Sie uns bitte auf dem Präsidium«, sagte die Polizistin, »wir würden gern Ihre Fingerabdrücke nehmen.«

Der Autor dankt dem Deutschen Literaturfonds e. V., der Bowling Green State University – und allen, die an dieser Geschichte beteiligt waren. Vor allem Kasu.

MIX
Papier aus verantwortungsvollen Quellen
FSC® C014496

Verlagsgruppe Random House FSC® N001967

1. Auflage

Luchterhand Literaturverlag, München,
in der Verlagsgruppe Random House GmbH,
Neumarkterstraße 28, 81673 München
Umschlaggestaltung: buxdesign | München
Covermotiv: © Ruth Botzenhardt
Autorenfoto: © Andreas Duscha
Satz: Greiner & Reichel, Köln
Druck und Einband: GGP Media GmbH, Pößneck
Printed in Germany
ISBN 978-3-630-87531-6

www.luchterhand-literaturverlag.de
Bitte besuchen Sie unseren LiteraturBlog
www.transatlantik.de